dtv

Alle Jahre wieder versammeln sie sich an den Kurorten und in den Sanatorien der Pyrenäen: die Betrüger und die Psychopathen, die angesehenen Politiker und ruhmreichen Militärs und was des Gesindels aus der vornehmen Gesellschaft noch mehr ist. Sie kommen, um die gesunde Höhenluft zu atmen und weil es die Mode so will. Vor allem aber kommen sie um der Lust willen, einander zu beäugen, auszuspionieren und sich ausgiebig das Maul zu zerreißen. Mit diesen Tätigkeiten versüßt sich auch Georges Vasseur, ein Neurastheniker, der die Berge verabscheut, den verhaßten Kuraufenthalt. Mit bösartiger Scharfsicht schildert er die Kurgäste, spießt ihre Macken auf, entlarvt ihre Prätentionen. Aus Vasseurs Beobachtungen und den schier unerschöpflichen, haarsträubenden Anekdoten, die er daran knüpft, entsteht ein »fulminantes Sittengemälde« (›Frankfurter Allgemeine Zeitung‹) der dekadenten französischen Gesellschaft im ausgehenden 19. Jahrhundert.

Octave Mirbeau wurde 1848 in Trévières/Calvados geboren. Ab 1871 lebte er als Romancier, Dramatiker und Journalist in Paris. Bekannt und gefürchtet für die Schärfe seiner Polemiken forderte er schon vor Zola die Wiederaufnahme des Dreyfus-Prozesses und zahlte auch die Strafe, zu der Zola wegen seiner berühmten Schrift ›J'accuse‹ verurteilt worden war. Seine Schriften mit ihren antimilitaristischen, antiklerikalen Tendenzen und ihrem unerbittlichen Zynismus zählen zu den literarisch kühnsten und provokantesten des europäischen Naturalismus. Mirbeau starb 1917 in Paris.

Octave Mirbeau

Nie wieder Höhenluft

oder

Die 21 Tage eines Neurasthenikers

Roman

Aus dem Französischen und
mit einem Nachwort versehen
von Wieland Grommes

Deutscher Taschenbuch Verlag

Titel der Originalausgabe:
›Les 21 jours d'un neurasthenique‹

Vollständige Ausgabe
September 2002
Deutscher Taschenbuch Verlag GmbH & Co. KG,
München
www.dtv.de

Umschlagkonzept: Balk & Brumshagen
Umschlagbild: ›Allons! Dansons la Ténébreuse ...‹
(1929–1930) von Max Ernst (© VG Bild-Kunst, Bonn 2002)
Gesamtherstellung: Druckerei C. H. Beck, Nördlingen
Gedruckt auf säurefreiem, chlorfrei gebleichtem Papier
Printed in Germany · ISBN 3-423-12999-9

1

Im Sommer will es die Mode – oder die Sorge um die Gesundheit, die auch eine Mode ist –, daß man sich auf Reisen begibt. Ist man ein wohlhabender Bourgeois mit allem Respekt und Gehorsam gegenüber den mondänen Gepflogenheiten, so hat man sich zu einer bestimmten Zeit des Jahres von seinen Geschäften, seinen Freuden, seinen geschätzten Bequemlichkeiten und geliebten Vertrautheiten zu trennen und sich, ohne so recht zu wissen weshalb, ins große Ganze zu stürzen. Der diskreten Sprache der Zeitungen und den erlauchten Herrschaften zufolge, die sie lesen, nennt man dies eine Ortsveränderung – ein Begriff, der zwar weniger poetisch ist als Reise, doch um wie vieles treffender! ... Das Herz ist zwar nicht immer geneigt, seinen Ort zu verändern, man kann sogar behaupten, dazu ist es nie geneigt, aber dieses Opfer ist man seinen Freunden, seinen Feinden, seinen Lieferanten, seinem Personal, kurzum, all jenen schuldig, gegenüber denen man einen glänzenden Rang zu wahren hat, denn das Reisen läßt auf Geld und das Geld auf sämtliche gesellschaftlichen Vorrechte schließen.

Also reise ich, was mich jedoch unendlich langweilt, und ich reise in die Pyrenäen, was die bereits generelle Langeweile, die mir das Reisen bereitet, in eine ganz besondere Tortur verwandelt. Was ich den Pyrenäen am meisten vorwerfe, ist, daß sie ein Gebirge sind ... Denn so sehr ich ihre gewaltige und furchterregende Poesie wie jeder andere empfinde, sind Gebirge für mich der Inbegriff all dessen, was das Universum an unheilbarer Trübsal, an rabenschwarzer Entmutigung, an unerträglicher und tödlicher Atmosphäre überhaupt zu bieten hat ... Ich bewundere ihre grandiosen Formen und ihr wechselndes Licht ... Aber was mich schaudern macht, ist die Seele des Ganzen ... Mir scheint, als müßten die Gefilde des Todes Gebirge und Abergebirge wie die sein, die ich, während ich dies schreibe, direkt vor meinen Augen habe. Vielleicht lieben so viele Menschen sie gerade aus diesem Grund.

Die Besonderheit der Stadt, in der ich gerade weile und deren »himmlisch idyllische Schönheit« der exzellente, so knochentrocken deutsche Baedeker mit ausschweifenden Lyrismen besingt, besteht darin, daß sie keine Stadt ist. Im allgemeinen besteht eine Stadt aus Straßen, die Straßen aus Häusern, die Häuser aus Bewohnern. In X dagegen ... da gibt es weder Straßen noch Häuser noch einheimische Bewohner, da gibt es nur Hotels ... fünfundsiebzig Hotels, riesige, an Kasernen oder Irrenanstalten gemahnende Gebilde, die sich endlos aneinanderreihen auf dem Grunde einer nebelverhangenen und finsteren Schlucht, in der ein kleiner Sturzbach unablässig vor sich hin hüstelt und röchelt wie ein kleiner bronchitischer Greis. Hier und da, im Parterre der Hotels eingerichtet, einige Schaufensterauslagen, Läden mit Büchern, mit illustrierten Postkarten, mit photographischen Ansichten von Wasserfällen, Bergen und Seen, Sortimenten von Spazierstöcken und allem, was die Touristen benötigen. Dann, an die Hänge verstreut, einige Villen ... und, auf dem Grunde eines tiefen Lochs, das eigentliche Thermalbad, das auf die Römer zurückgeht ... Denn alles stammt ... o ja! ... von den Römern! ... Direkt gegenüber: Das hohe, düstere Gebirge; hinter einem: das düstere, hohe Gebirge ... rechter Hand: Das Gebirge, zu dessen Füßen ein See ruht; linker Hand: Noch immer das Gebirge und noch ein weiterer See ... Und kein Himmel ... niemals Himmel über einem! Dicke Wolken, die ihre schweren, undurchdringlichen und rußschwarzen Massen von einem Berg zum anderen schleppen ...

Wenn das Gebirge bereits eine unheilschwangere Sache ist, was soll man dann erst von diesen Seen sagen – o diese Seen! –, deren falsches und grausames Blau, das weder Wasserblau noch Himmelblau noch überhaupt blaues Blau ist, mit nichts von dem harmoniert, was sie umgibt und was sich in ihnen spiegelt ... Sie wirken – o Natur! – wie von Monsieur Guillaume Dubufe gemalt, wenn sich dieser von Monsieur Leygues so geschätzte Künstler zu den gewaltigen symbolträchtigen und religiösen Kompositionen aufschwingt ...

Aber vielleicht könnte ich es den Gebirgen ja noch verzeihen, daß sie Gebirge, und den Seen, daß sie Seen sind, wenn zu ihrer natürlichen Feindseligkeit nicht noch jener erschwerende Umstand hinzukäme, daß sie als Vorwand dafür dienen, daß sich in ihren felsigen Schluchten und an ihren abweisenden Gestaden derart unerträgliche Kollektionen sämtlicher Vertreter der Menschheit versammeln.

In X zum Beispiel ... quellen die fünfundsiebzig Hotels geradezu über vor Reisenden. Und nur unter größter Mühe konnte ich schließlich noch ein Zimmer finden. Leute aus aller Herren Länder gibt es hier, Engländer, Deutsche, Spanier, Russen und sogar Franzosen. All diese Leute kommen nicht hierher, um ihre kranke Leber, ihren gastritischen Magen oder ihre Dermatosen zu kurieren ... nein, sie kommen – hören Sie nun genau hin – zu ihrem Vergnügen her! ... Und von morgens bis abends sieht man sie in schweigenden Horden oder verstocktem Gänsemarsch der Reihe der Hotels folgen, sich vor den Schaufenstern gruppieren, lange an einem bestimmten Punkt verweilen und riesige Ferngläser auf einen berühmten und schneebedeckten Berg richten, von dem sie wissen, daß er sich dort befindet und der sich dort tatsächlich befindet, nur bekommt man ihn unter der dicken überdachenden Wolkenwand, die ihn ewig verdeckt, niemals zu Gesicht ...

All diese Leute sind ungemein häßlich, von jener Häßlichkeit, welche die Besonderheit der Heilbäder ausmacht. Kaum ein einziges Mal pro Tag wird mir inmitten all dieser dicken Masken und all dieser hängenden Bäuche die Überraschung eines hübschen Gesichts und einer schlanken Figur zuteil. Sogar die Kinder wirken wie kleine Greise. Ein trostloses Schauspiel, denn es wird einem dabei bewußt, daß die bürgerlichen Klassen im Niedergang begriffen sind; und alles, was man antrifft, selbst die Kinder, so armselig erblüht in den fauligen Sümpfen der Ehe ... gehört bereits der Vergangenheit an! ...

Gestern abend habe ich auf der Terrasse des Hotels diniert ... An einem Tisch neben mir schwadronierte ein Herr laut vor sich hin. »Die Bergbesteigungen?« meinte er ... »Ich bitte Sie, die Besteigungen ... die habe ich schon alle absolviert, so wahr ich zu Ihnen spreche ... und zwar ohne Führer! ... Das hier, das ist doch zum Lachen ... Die Pyrenäen, das ist überhaupt nichts ... die sind doch kein Gebirge ... In der Schweiz ist das schon was anderes! ... Dreimal habe ich den Mont-Blanc bestiegen ... bequem wie in einem Sessel ... in fünf Stunden. Ja, in fünf Stunden, verehrter Herr.«

Der verehrte Herr meinte nichts dazu, er aß, die Nase in seinen Teller getaucht, weiter. Der andere fuhr fort:

»Vom Mont-Rose will ich gar nicht erst reden ... noch vom Mont-Bleu ... noch vom Mont-Jaune ... alles ein Kinderspiel ... Und hören Sie mir zu, vor Jahren habe ich einmal auf dem Großen Sarah-Bernhardt drei Engländer gerettet, die sich im Schnee verirrt hatten, was sagen Sie dazu? Oh, wenn ich damals schon Faschoda vorausgesehen hätte ...«

Er gab noch mehr zum besten, was ich zwar nicht genau verstehen konnte, worin aber in einem fort »Ich! Ich! Ich!« wiederkehrte. Dann beschimpfte er den Ober, ließ die Speisen zurückgehen, mäkelte über die Weinsorte und meinte, wieder an seine Tischgefährten gerichtet:

»Ich bitte Sie, ich bitte Sie! ... Ich habe noch ganz andere

Sachen gemacht. Ich bin in vier Stunden von Territet bis Genf über den Genfer See gerudert ... Ja, ich ... ich ... ich! ...«

Muß ich Ihnen noch eigens hinzufügen, daß dieser Herr ein echter Franzose aus Frankreich war?

Die Zigeunermusik hinderte mich daran, noch mehr zu verstehen, denn Zigeunermusik gab es auch noch dazu ... Sie sehen, alles komplett.

Was habe ich also besseres zu tun, als Ihnen einige meiner Freunde vorzustellen, einige der Personen, mit denen ich hier den ganzen Tag über ständig in Berührung komme? Es sind zumeist entweder groteske oder abstoßende Wesen; im allgemeinen aber richtige Kanaillen, deren Beschreibung ich jungen Mädchen kaum zur Lektüre empfehlen könnte. Natürlich höre ich Sie jetzt sagen: »Dieser Herr hat ja schöne Bekanntschaften«, aber ich habe auch andere, die überhaupt nicht komisch sind und von denen ich niemals spreche, weil ich sie unendlich schätze. Ich bitte Sie also, verehrte Leser, und auch Sie, schamvolle Leserinnen, das berühmte Sprichwort »Sage mir, mit wem du verkehrst ...« nicht auf mich anzuwenden. Denn mit jenen Seelen, deren oftmals häßliche Physiognomien ich Ihnen präsentieren, deren wenig erbauliche Geschichten und fast immer skandalöse Reden ich Ihnen erzählen werde, ›verkehre‹ ich im Sinne dieses Sprichworts nicht ... Ich begegne ihnen, was etwas ganz anderes ist und von meiner Seite keinerlei Zustimmung mit einbezieht, und ich bringe diese Begegnung nur zu Ihrer und zu meiner Unterhaltung zu Papier ... Auch zu meiner! ...

Dies als Einleitung, um Ihnen klarzumachen, daß mein Freund Robert Hagueman nicht mein Freund ist. Es ist jemand, den ich früher, vor vielen Jahren, gekannt habe, der mich duzt, den ich duze und den ich hier und da zufällig und ohne Vergnügen wiedersehe.

Außerdem kennen Sie ihn ebenfalls. Mein Freund ist nämlich kein Individuum, sondern ein Kollektivum. Breitkrempiger grauer Filzhut, graues Jackett, rosa Oberhemd mit weißem Kragen, weiße Beinkleider mit scharf gezogener Bügelfalte, weiße Lederschuhe, so kann man ihnen am Strand und in den Bergen begegnen; derzeit gleichen Robert Hagueman an die dreißigtausend, deren Anzüge und Seelen, so könnte man meinen, aus der Konfektion ein und desselben Schneiders stammen, die Seelen natürlich als Dreingabe, denn es sind Seelen von einfachem Schnitt und aus einem Stoff, der nicht gerade teuer ist.

Heute morgen, als ich gerade aus der Trinkhalle trat, erblickte ich meinen Freund Robert Hagueman. Morgenanzug von einer tadellosen Korrektheit, die die faszinierenden Platanen der Allee, ungeheuer philosophische Bäume, die seit den Römern, den Gründern eleganter Bäder und Anzapfern mondäner Quellen, schon ganz andere Dinge gesehen haben, keineswegs in Erstaunen versetzte. Zunächst tat ich, als interessierte ich mich leidenschaftlich für das Treiben eines Straßenarbeiters, der mit einer Kasserolle bewaffnet Wasser aus einem Bach schöpfte und es anschließend unter dem täuschend stadtverwalterischen Vorwand, diese zu benetzen, quer über die Allee goß ... Und um meinem Freund die Zeit zu geben, sich zu entfernen, begann ich mit dem Straßenarbeiter sogar ein Gespräch über die prä-ädilische Absonderlichkeit seines Arbeitsgeräts, doch Robert Hagueman hatte mich gleichfalls erblickt.

»Nein! Was für eine Überraschung!« rief er.

Überschwenglich trat er auf mich zu und streckte mir seine mit weißem Leder behandschuhten Hände entgegen.

»Wie? Du bist es wirklich? ... Und was treibst du hier?«

Nichts hasse ich so sehr, wie die Leute über meine kleinen Unpäßlichkeiten ins Vertrauen zu ziehen. Ich antwortete:

»Ach, ich gehe nur so ein bißchen promenieren ... Und du?«

»Oh! Ich ... ich bin zur Kur hier ... Der Arzt hat mich hergeschickt ... Ich bin ein bißchen angeschlagen, verstehst du ...«

Sofort nahm die Unterhaltung eine banale Wende. Robert erzählte mir von Paul Deschanel, den man am nächsten Tag erwarte; vom Casino, in dem dieses Jahr nicht viel los sei; vom Taubenschießen, das auch nicht so recht in Gang käme ... und so fort.

»Und keine Frauen, mein Alter, einfach keine Frauen! ...« schloß er. »Wo stecken sie dieses Jahr nur? Einfach nicht herauszufinden ... Eine miserable Saison, verstehst du! ...«

»Aber du hast doch das Gebirge!« rief ich ... in ironischer Begeisterung ... »Es ist doch himmlisch hier ... das Paradies auf Erden. Sieh dir nur diese Vegetation an ... diesen Phlox, diese Chrysanthemen und Wucherblumen, die bis zur Höhe der Buchen hinaufreichen ... und diese gigantischen Rosenbüsche, die wirken, als hätte Monsieur de Jussieu sie aus ich weiß nicht welchem Traumland mitgebracht!«

»Oh, wie grün du noch hinter den Ohren bist!«

»Und die Wasserfälle«, jubelte ich, »und die Gletscher ... Das alles sagt dir überhaupt nichts? ...«

»Du machst mir Spaß ...«, antwortete Robert ... »Sehe ich wirklich wie ein Spießer aus, der auf einen solchen Schwachsinn fliegt? Mit Wasserfällen kann man mir nicht kommen! ... Und am Gebirge, was ist daran schon aufregend? Wie der Mont-Valérien, nur größer, weiter nichts, und weniger lustig ...«

»Du magst also lieber das Meer? ...«

»Das Meer? ... Was redest du da? ... Ich bitte dich, mein Kleiner, seit fünfzehn Jahren fahre ich jeden Sommer nach Trouville ... Und wenn ich mich einer Sache rühmen kann, dann der Tatsache ... daß ich mir nicht ein einziges Mal das Meer angesehen habe ... Es ödet mich an ... O nein! ... Ich glaube, ich habe was anderes im Hirn, als mich an dem zu ergötzen, was du die Schauspiele der Natur nennst ... Die stehen mir bis hier, verstehst du?«

»Dann bist du also wirklich wegen deiner Gesundheit hier? ... Machst du denn wenigstens irgendeine Anwendung?«

»Sogar eisern streng ...«, sagte Robert ... »Das wär ja noch schöner!«

»Und was machst du?«

»Du meinst, welche Anwendung?«

»Ja.«

»Nun ... ich steh um neun Uhr auf. Dann Spaziergang durch den Park, um die Trinkhalle herum ... Treffen mit diesem oder jenem Herrn, dieser oder jener Dame ... man verschnauft ein wenig ... man erzählt einander, daß man sich langweilt ... man läßt sich endlos über die Kleidung der Leute aus ... Das beschäftigt mich bis zum Mittagessen ... Nach dem Mittagessen eine Partie Poker bei Gaston ... Um fünf Uhr Casino ... eher lustlos Station einlegen an einem Baccaratisch ... nichts als kleine Provinzbarone, biedere Runde *en famille* ... dann Abendessen ... dann wieder Casino ... Das ist alles ... Und am nächsten Morgen das Ganze von vorn ... Manchmal ein kleines Intermezzo mit einer Laïs aus Toulouse oder einer Phryne aus Bordeaux ... O là, là, mein armer alter Freund! ... Nun, hätt'st du das gedacht? Dieses so hochgelobte Bad, das einen von allen Krankheiten heilt ... bei mir zeigt es keinerlei Wirkung ... Ich bin immer noch so angeschlagen wie bei meiner Ankunft ... Der reine Witz, dieses Thermalwasser ...«

Er schnüffelte in die Luft und meinte:

»Und ständig dieser Geruch! ... Riechst du es nicht? ... Einfach abscheulich ...«

Ein Geruch nach unterschwefliger Säure, welcher der Trinkhalle entströmte, schwebte durch die Platanen ...

»Das riecht wie ... wie ...«, fuhr mein Freund fort, »mein

Gott! Was für eine Erinnerung ... das riecht wie bei der Marquise ...«

Und er begann laut zu lachen.

»Stell dir vor ... eines Abends ... da hatten wir, die Marquise de Turnbridge und ich, eigentlich vor, im Restaurant zu speisen ... Du erinnerst dich doch noch an die Marquise ... diese Blonde, mit der ich zwei Jahre zusammen war? ... Nein? ... Du erinnerst dich nicht? ... Aber alter Freund, das weiß doch alle Welt in Paris. Egal, ist auch unwichtig! ...«

»Was war mit dieser Marquise?« fragte ich.

»Sie war eine sehr schicke Dame ... alter Freund ... Ehemals Weißwäscherin aus Concarneau, dann durch die Gnade von ich weiß nicht wem zur Marquise avanciert, und obendrein zu einer Marquise de Turnbridge ... Und eine Intellektuelle, nur soviel sei dir gesagt! ... Nun, anstatt im Restaurant zu dinieren, wie zunächst vereinbart, wollte die Marquise – eine verrückte Laune von ihr – lieber bei sich zu Hause speisen ... Gut, einverstanden! ... Wir kehren zu ihr nach Hause zurück. Doch kaum ist die Tür hinter uns ins Schloß gefallen, da werden wir bereits im Vorzimmer förmlich erstickt von einem schauderhaften Geruch: ›Ach du meine Güte!‹ entfährt es der Marquise ... ›Das ist schon wieder meine Mutter ... Nie werde ich ihr das abgewöhnen können ...‹ Und wie rasend steuert sie auf die Küche zu. Da stand die Mutter und war gerade dabei, eine Kohlsuppe zu kochen ... ›Ich wünsche nicht, daß du bei mir zu Hause Kohlsuppe machst ... Ich hab's dir schon zigmal gesagt ... das verpestet die ganze Wohnung ... Und wenn ich einen anderen Mann als nur meinen Liebhaber mitgebracht hätte, welchen Eindruck würde ich dann machen bei diesem Gestank wie auf dem Klosett? ... Hast du das endlich begriffen?‹ Und an mich gewandt, fügte sie hinzu: ›Man hat, Herrgott noch mal, den Eindruck, als sei hier ein ganzes Kürassierregiment zum Furzen eingerückt ...«

Bei dieser Erinnerung wurde er ganz melancholisch ... und er seufzte:

»Und doch war das eine aufregende Frau ... verstehst du? ... und so was von chic!... Wie dem auch sei, dieser Gestank, der einen hier auf Schritt und Tritt verfolgt ... der erinnert mich an die Kohlsuppe von Mutter Turnbridge ... Das ist genau dasselbe ...«

»Die Erinnerung an die Marquise müßte dir doch helfen, ihn leichter zu ertragen ...«, meinte ich.

Und während ich ihm die Hand zum Abschied reichte, sagte ich: »Also dann, gute Besserung ... Ich möchte deine Anwendung nicht unterbrechen ...«

»Halt, halt, wohin so eilig?« rief Robert.

Doch ich war bereits seitwärts auf den Rasen gesprungen und hatte den dicken Stamm einer riesigen Sequoia zwischen meinen Freund und mich gebracht.

2

Heute abend bin ich ins Casino gegangen, bin ich also ins Casino gegangen, um die Zeit totzuschlagen ... Irgendwo muß man sie ja absitzen, bis es Zeit wird, zu Bett zu gehen ...

Während ich dort im Park auf eine Bank hingesunken dasaß und zusah, wie die Leute an mir vorbeidefilierten, trat plötzlich ein fetter und schmieriger Mann an mich heran, der mich bereits seit geraumer Zeit beobachtete.

»Irre ich mich nicht? ...« meinte er zu mir ... »Du bist doch Georges Vasseur?«

»Ja ...«

»Und ich? ... Erkennst du mich nicht wieder?

»Nein ...«

»Clara Fistule, alter Freund ...«

»Nicht möglich ...«

»Aber ja ... aber ja ... Oh! Das macht mir ein riesiges Vergnügen, dich wiederzusehen ...«

Er schüttelte mir so fest die Hand, daß er mir fast die Knochen brach.

»Wie? Du wußtest es nicht? ... Aber ich bin doch eine wichtige Persönlichkeit hier ... Ich bin der Direktor der Werbeabteilung ... Ja, alter Freund ... Stehe ganz zu deiner Verfügung, Donnerwetter! ...«

Mit einem freundschaftlichen Überschwang, der mich übrigens nicht im geringsten berührte, bot er mir seine Dienste an: Freien Eintritt im Casino ... im Theater ... eine Empfehlung für den Club ... freien Tisch im Restaurant und *les petites femmes* ...

»Oh, wir werden uns hier amüsieren! ...« schrie er ...

»Und du weißt ... alles gratis ... Verdammter Georges, nein so was! ... Teufel, wenn ich das geahnt hätte! ...«

Ich dankte ihm herzlich. Um den Eindruck zu erwecken, ich würde mich für ihn interessieren, erkundigte ich mich:

»Und du? ... Bist du schon lange hier?«

»Als Patient ... seit zehn Jahren ...«, antwortete er ..., »als Kurverwaltungsangestellter seit vier ...«

»Und bist du zufrieden?«

»Oh, und ob, alter Freund! ...«

Aber bevor ich fortfahre, möchte ich Ihnen Clara Fistule zuerst einmal vorstellen ... Hier ein Porträt von ihm, daß ich gerade in meinen Notizen wiederfinde.

»Heute Besuch von Clara Fistule bekommen.

Clara Fistule ist keine Frau, wie Sie angesichts seines femininen Vornamens vielleicht glauben könnten. Er ist aber auch nicht ganz und gar ein Mann; er ist eine Art Zwischenwesen zwischen Mensch und Gott; ein Zwischenmensch, so könnte Nietzsche ihn nennen. Ein Dichter, das versteht sich von selbst. Aber er ist nicht nur Dichter, er ist auch Bildhauer, Musiker, Philosoph, Maler, Architekt, er ist einfach alles ... ›Ich vereine in mir die vielfältigen Intellektualitäten des Universums‹, erklärt er, ›aber das ist ziemlich ermüdend, und allmählich werde ich es leid, das erdrückende Gewicht meines Genies ganz allein zu tragen.‹ Clara Fistule ist noch nicht einmal siebzehn und doch ist er, o Wunder!, bereits allen Dingen bis auf den Grund gegangen. Er kennt das Geheimnis der Quellen und das Mysterium der Abgründe. *Abyssus abyssum fricat.*

Sie werden sich ihn gewiß sonderbar hochgeschossen und blaß, mit einer Stirn, deformiert von den Erschütterungen des Denkens, und mit Lidern, versengt von Träumen, vorstellen. Weit gefehlt: Clara Fistule ist ein dicker, schwerer und massiger Junge, mit der kräftigen Statur eines Mannes aus der Auvergne und mit Wangen, die vor rotglühender Gesundheit strahlen. Er ist sich der materiellen Solidität seines Knochenbaus nicht einmal bewußt und hält sich gern für *körperlos*. So sehr er die Mischgeschlechtlichkeit predigt und überall von dem *Grauen, männlichen Geschlechts zu sein* und vom *Abschaum, eine Frau zu sein* tönt, schwängert er dennoch heimlich alle Obstfrauen seines Viertels.

Auf Gemäldeausstellungen, etwa in der Bodinière und im Œuvre, werden Sie sicher schon einmal einem Wesen begegnet sein, das in einen langen perlgrauen Gehrock gekleidet, dessen Brust in ein kupferrotes Samtgilet geschnürt und dessen Haupt, behangen mit langem, flach abfallendem Haar, mit einem breitkrempigen schwarzen Filz bedeckt ist, einem richtigen Bischofshut, um den sich, in Gedenken an die sieben Schmerzen des Weibes, eine geflochtene Kordel mit sieben Quasten windet. Das ist Clara Fistule. Wie Sie sehen, paßt dies alles nicht recht zusammen. Aber von siebzehnjährigen Genies, die bereits alles gesehen, alles gefühlt, alles verstanden haben, darf man keine Logik verlangen.

Ich empfing Clara Fistule in meinem Arbeitszimmer. Als erstes warf er einen verächtlichen Blick auf die Wanddekoration, auf die kunstvolle Anordnung meiner Bücherregale, auf meine Zeichnungen ... Ich erwartete ein Kompliment.

›Oh! Also mich‹, sagte er jedoch, ›mich interessieren diese Dinge nicht ... Ich lebe ausschließlich im Abstrakten.‹

›Wirklich? ...‹ entgegnete ich, ein wenig pikiert ... ›Das muß Sie manchmal aber ziemlich in Verlegenheit bringen ...‹

›Absolut nicht, verehrter Monsieur. Das Materielle der Möbel, das unangemessen Grobstoffliche des Wandschmucks, all dies wirkte auf mich stets wie eine Beleidigung ... So ist es mir schließlich auch gelungen, mich von allen Nebensächlichkeiten zu befreien ... ich schalte das Atmosphärische aus ... ich tilge die Materie ... Meine Möbel, meine Wände sind nichts als Projektionen meiner selbst ... Ich wohne in einem Haus, das aus nichts als meinem Denken besteht und das nur mit den Ausstrahlungen meiner Seele geschmückt ist … Aber darum geht es nicht … Ich bin um ernsthafterer Dinge willen gekommen.‹

Nichtsdestoweniger ließ sich Clara Fistule herab, auf dem Stuhl Platz zu nehmen, den ich ihm anbot, wobei ich mich dafür entschuldigte, daß ich ihn ihm anbot, denn ich war mir bewußt, daß dieser sehr wenig mit den Ausstrahlungen seines ätherischen Hintern harmonierte.

›Verehrter Monsieur‹, meinte er nach einer Geste leicht hochnäsiger Zustimmung, ›ich bin der Erfinder einer neuen Form menschlicher Fortpflanzung.‹

›Ach!‹

›Ja … Es handelt sich um die sogenannte Stellogenese … Sie ist eine Form der Empfängnis, die mir sehr am Herzen liegt … Ich kann mich einfach nicht mit dem Gedanken anfreunden, daß ich … ich, Clara Fistule … aus der Tierhaftigkeit eines Mannes und den prostitutionellen Gefälligkeiten einer Frau gezeugt worden sein soll … Auch war ich nie gewillt, die zwei verworfenen Kreaturen, die das bürgerliche Gesetz als meine Eltern bezeichnet, als solche anzuerkennen.‹

›Das ehrt Sie‹, pflichtete ich ihm bei …

›Nicht wahr? … Ich bitte Sie, verehrter Monsieur, es ist einfach unzumutbar, daß ein Wesen von Intelligenz, wie ich es bin, daß ein Wesen aus nichts als Seele, wie ich es bin, daß ein Wesen schließlich, das so höherentwickelt ist, daß es vom menschlichen Körper nur jene rein äußerliche Erscheinung behalten hat, die leider Gottes auf einem so unvollkommenen Niveau der Gesellschaft wie der unseren notwendig ist; es ist einfach unzumutbar, sagte ich mir, daß ein solches Wesen aus widerwärtigen Organen herausgekrochen sein soll, die, obwohl Instrumente der Liebe, nichtsdestoweniger Ausscheidungsorte von Exkrementen sind … Wenn ich die Gewißheit haben müßte, daß ich mein Leben einer solchen Kombination von Abscheulichkeiten verdanke, dann würde ich diese Urschande nicht einen einzigen Augenblick überleben wollen ... Aber ich glaube, daß ich in Wirklichkeit aus einem Stern geboren bin ...‹

›Das glaube ich auch ...‹

›Ich glaube es um so mehr, als ich des Nachts in meinem Schlafzimmer zuweilen um mich herum ein eigenartig strahlendes Licht verbreite ...‹

›Mein Kompliment ...‹

›Nun, Monsieur, um ein für allemal mit diesem physiologischen Irrweg der Fortpflanzung des Menschen durch den Menschen Schluß zu machen ... habe ich ein außergewöhnliches und aufleuchtendes Werk geschaffen, das ich die *Kosmogonischen Virtualitäten* nenne ... Es ist, wenn ich so sagen darf, eine Trilogie, der ich, um sie einfühlbarer zu machen, drei verschiedene Formen des Ausdrucks verliehen habe: Die plastische, die literarische und die musikalische ... Durch die Bildplastik zeige ich mit Hilfe geometrischer Linien und paralleler Kurven die Flugbahn des stellaren Ovums in jenem präzisen und ungeheuerlichen Moment, wo es, vom tellurischen Pollen getroffen, zu menschlicher Gestalt aufplatzt ... Das Buch ist die rhythmische Paraphrase dieser Skulptur und die Musik ist ihre Kondensation ... ihre orchestrierte Kondensation oder kondensierte Orchestrierung. Sie sehen, daß dieses Werk, obgleich verschieden im Ausdruck, aufgrund der Konzeption und Kontinuität des Symbols eins ist ... Aber ich finde niemanden, der es verlegt. Mit anderen Worten ... könnten Sie mir vielleicht zwanzig Francs leihen?«‹

Hier enden meine Aufzeichnungen über Clara Fistule.

Dadurch, daß ich ihm zwanzig Francs geliehen habe, die er mir übrigens nie zurückgab, waren wir Freunde geworden ... Und dann, eines Tages, hatte ich nichts mehr von ihm gehört ...

Wie konnte es geschehen, daß er aus einem so hochfliegenden Traum in eine so verschriene Wirklichkeit abgestürzt ist? Ich drückte ihm meine Verwunderung aus.

»Ach! Du findest, daß ich mich verändert habe? ...« meinte er zu mir. »Das ist wahr ... Und das ist eine Geschichte für sich ... Willst du, daß ich sie dir erzähle?«

Hier die sonderbare Geschichte, die er mir, ohne meine Zustimmung abzuwarten, erzählte.

»Vor rund zehn Jahren hat man mich, da ich krank war, nach X geschickt ... Diesen Ruf eines großen Heilers ... den verdient X zweifellos mehr als alle anderen Bäder der nämlichen Art, denn während der sechs aufeinanderfolgenden Jahre, in denen ich hierher kam, um durch sein Wasser, durch sein Klima, durch die Behandlung seiner Ärzte Heilung zu finden, habe ich nicht ein einziges Mal vom Tod reden hören, habe ich nicht ein einziges Mal vernommen, daß ein Patient gestorben wäre. Ja, wahrhaftig, es schien, als sei der Tod aus diesem Winkel französischer Erde verbannt worden ... In Wahrheit kam es aber täglich vor, daß nicht wenige Personen plötzlich verschwanden ... Und wenn Sie sich erkundigen gingen, so lautete die unveränderliche Antwort: ›Die Herrschaften sind gestern abgereist.‹ Eines Tages, als ich mit dem Kurdirektor, dem Bürgermeister der Stadt und dem Pächter des Casinos dinierte, brachte ich mein Erstaunen über dieses beständige Wunder zum Ausdruck, natürlich ohne irgendwelche Zweifel über seine Echtheit zu äußern.

›Sie können sich ruhig erkundigen‹, sprachen sie im Chor ... ›Seit mehr als zwanzig Jahren haben wir hier nicht eine Beerdigung gehabt ... Dies ist so wahr, verehrter Monsieur, daß wir aus dem Bestattungspersonal unsere Duschbademeister ... unsere Croupiers ... unsere Gesangskomiker gemacht haben ... und daß wir uns derzeit mit dem Gedanken tragen, unseren Friedhof in einen exquisiten Taubenschießplatz umzugestalten ...‹

Erst im letzten Jahr meiner Behandlung kam ich dem Geheimnis dieser ungewöhnlichen Unsterblichkeit auf die Spur ... Und zwar so:

Eines Nachts, als ich sehr spät heimkehrte und in der unsterblichen und glückseligen Stadt alles zu schlafen schien, vernahm ich plötzlich aus einer Seitenstraße zu jener, in welcher ich mich gerade befand, ungewöhnliche Geräusche, Geräusche von atemlos keuchenden und flüsternden Stimmen, von schleppenden Schritten, von hohl hallenden Lasten, die offenbar aneinanderstießen ... Ich wagte mich in jene Straße hinein, die nur von einer einzigen Gaslaterne an ihrem anderen Ende mit trübem und flackerndem Licht erhellt wurde. Und bevor ich noch erkennen konnte, was da vorging, hörte ich ganz deutlich folgendes:

›Verflucht noch mal! ... Schweigt gefälligst ... ihr werdet noch die Fremden aufwecken! ... Und wenn's denen in den Sinn käme, herzukommen und nachzusehen, was wir hier treiben ... nun, dann wären wir geliefert ...‹

Ich pirschte mich näher heran, und das sonderbare, das unerwartete, das düstere Schauspiel, das sich mir bot: zehn Särge, jeder von vier Männern getragen, zehn Särge, die in einer Reihe aufeinanderfolgten ... und die nach und nach im Dunkel verschwanden ... In einer Stadt, in der niemand starb, war ich in einen Verkehrsstau von Särgen geraten ... Welch überraschende Ironie!

Da wurde mir klar, weshalb man seit zwanzig Jahren in X keine Beerdigungen mehr gesehen hatte ... man logierte die Toten still und heimlich um! ...

In hellem Zorn darüber, daß mich die städtischen und casinotischen Autoritäten auf so üble Art hereingelegt hatten, sprach ich einen der Leichenkärrner, dessen Visage aus dieser shakespearehaften Nacht aufleuchtete, an.

›He, mein Freund! ... Was hat das zu bedeuten? ...‹ fragte ich ihn, auf die Särge zeigend.

›Das da?‹ meinte er ... ›Das sind Koffer ... Koffer von Fremden, die abreisen.‹

›Koffer? ... Ha, ha, ha! ...‹

›Ja, Koffer ... Und wir bringen sie zum Bahnhof ... zum großen Bahnhof ...‹

Ein Stadtgendarm, der das Manöver dirigierte, trat an mich heran.

›Bitte gehen Sie weiter, Monsieur‹, bat er mich höflich ... ›Sie behindern diese Männer ... Sie sind schon spät dran ... Diese Koffer – denn das sind Reisekoffer – sind ungeheuer schwer ... Und der Zug wartet nicht ...‹

›Der Zug? ... Ha! ... Ha! ... Ha! ... Und wohin fährt er, dieser Zug?‹

›Aber ...‹

›Er fährt in Richtung Ewigkeit, nicht wahr?‹

›Ewigkeit?‹ meinte der Gendarm kalt ... ›Dieses Land kenne ich nicht ...‹

Am nächsten Tag, das kannst du dir denken, habe ich dem Bürgermeister ... dem Kurdirektor ... dem Pächter des Casinos ... mit diesem Abenteuer die Hölle heiß gemacht ... Ich drohte ihnen, alles zu enthüllen ... Sie besänftigten mich, indem sie mir eine beachtliche Geldsumme anboten und mich mit einem sehr vorteilhaften Vertrag zum Exklusivagenten für ihre Werbung machten ... Und den hast du nun vor dir! ...«

Mit seelenruhiger Heiterkeit schlug er mir auf die Schenkel.

»Tolle Geschichte, was?« meinte er.

Dann:

»Apropos: Hast du eigentlich einen Arzt? ...«

»Ja.«

»Fardeau-Fardat?«

»Nein ... Triceps ... meinen Freund Dr. Triceps ...«

»Ah! Um so besser ... Denn Fardeau-Fardat ... Halt! ...

Diese Geschichte muß ich dir auch noch erzählen. Oh, es gibt vielleicht Typen hier! ... Und es bleibt einem keine Zeit, sich auch nur eine Minute zu langweilen.«

Und Clara Fistule begann mit einer neuen Erzählung.

»Wie gesagt, man hatte mich nach X geschickt ... Noch am Tag meiner Ankunft begab ich mich zu Dr. Fardeau-Fardat, dem ich besonders empfohlen worden war ... Ein kleiner bezaubernder Mann, aufgeweckt und heiter, der sich in überschwenglichen Reden erging, dabei das verrückteste Gefuchtel vollführte und trotzdem Vertrauen einflößte.

Er empfing mich mit beflissener und alles andere als belangloser Herzlichkeit, und nachdem er mich von Kopf bis Fuß mit einem raschen Blick gemustert hatte, meinte er:

›Ha, ha! ... Dünnes Blut ... angegriffene Lunge? ... Neurastheniker? ... Alkoholiker? ... Syphilitiker? Wunderbar ... Woll'n doch mal sehen ... woll'n doch mal sehen ... Bitte nehmen Sie Platz ...'

Und während er ich weiß nicht was in der Unordnung seiner Praxis suchte, fragte er mich mit einem leisen, hüpfenden Kichern, und ohne daß er mir Zeit ließ, ihm zu antworten, aus.

›Elende Vererbung, nicht wahr? ... Familie von Tuberkulösen? ... Von Syphilitikern? ... Väterlicherseits? ... Mütterlicherseits? ... Verheiratet? ... Junggeselle? ... Dann also die Frauen ... *les petites femmes!* Ah! Paris! ... Paris! ...‹

Nachdem er gefunden hatte, wonach er suchte, begann er mich von neuem lang und breit und noch methodischer auszufragen, horchte mich eingehend ab, maß mit den Gesten eines Schneiders meinen Brustumfang, prüfte mit dem Dynamometer meine Muskelkraft, notierte sich meine Antworten und Beobachtungen in ein kleines Notizbuch; dann meinte er plötzlich mit jovialer Miene:

›Allem voran ... eine Frage gestattet? ... Im Falle des Ablebens hier … werden Sie sich da einbalsamieren lassen?‹

Ich zuckte zusammen.

›Aber Herr Doktor? …‹

›Soweit sind wir noch nicht‹, verbesserte sich dieser liebenswürdige praktische Arzt. ›Zum Teufel, nein! … Aber ich meine …‹

›Ich dachte …‹, sagte ich ein wenig verunsichert …, ›ich dachte, hier in X stirbt man nie …?‹

›Zweifellos … zweifellos … Im Prinzip stirbt man hier nicht … Aber, ich meine … ein dummer Zufall … ein Malheur … eine Ausnahme … Sie werden doch wohl eine Ausnahme zulassen? … Ihre Chancen stehen neunundneunzig zu eins, daß Sie hier nicht sterben … Das steht fest … Also …?‹

›Also … ist es doch nutzlos, darüber sprechen, Herr Doktor …‹

›Verzeihung … im Gegenteil: sogar sehr nützlich … für die Behandlung … verdammt noch mal!‹

›Nun, Herr Doktor, wenn ich ausnahmsweise und nur dieses eine Mal hier sterben würde … nein, dann würde ich mich nicht einbalsamieren lassen …‹

›Oh!‹ rief der Doktor aus … ›Da haben Sie unrecht … denn wir haben einen erstaunlichen … wunderbaren … einfach genialen … Einbalsamierer … Eine einmalige Gelegenheit, verehrter Monsieur … Er nimmt zwar ziemlich viel … aber er ist die Vollendung in Person. Wenn man von ihm einbalsamiert wird … das ist so perfekt, daß man glauben könnte, man sei noch am Leben … die absolute Illusion … zum Schreien … wie der einbalsamiert … wie der einbalsamiert!!!‹

Und da ich noch immer den Kopf schüttelte, um eine entschiedene Ablehnung auszudrücken:

›Sie wollen nicht? … Gut … Einbalsamierung ist schließlich nicht Pflicht …‹

Auf der Seite des Notizbuchs, in dem er bereits andere Bemerkungen meine Krankheit betreffend festgehalten hatte, trug er mit rotem Stift und in dicken Lettern KEINE EINBALSAMIERUNG ein, dann verfaßte er ein endlos langes Rezept und reichte es mir mit den Worten:

›Hier ... ernsthafte Behandlung ... Ich werde Sie täglich, und sogar zweimal am Tag, besuchen.‹

Und während er mir herzlich die Hände schüttelte, sagte er noch:

›Abgemacht! ... Im Grunde ... haben Sie völlig richtig reagiert ... Also dann, bis morgen ...‹

Ich muß sagen, mit der Zeit fand ich an seiner ingeniösen und hingebungsvollen Behandlung Geschmack. Seine originelle Art, sein unerschütterlicher, spontaner und manchmal ein wenig makabrer Frohsinn hatten mich für ihn eingenommen. Wir wurden exzellente und treue Freunde.

Sechs Jahre danach, eines Abends, als er mit mir speiste, teilte er mir mit, und dies mit einer zärtlichen Freude, die mich bis auf den Grund des Herzens rührte, daß ich endgültig geheilt sei ...

›Und wissen Sie was? ...‹ sagte er ... ›Bis dahin war's ein ganz schön langer Weg, mein Lieber ... Oh, weiß Gott, ja!‹

›Ich war sehr, sehr krank, nicht wahr? ...‹

›Ja ... aber das meine ich nicht ... Erinnern Sie sich noch an den Moment, als ich so beharrlich darauf bestand, daß Sie sich einbalsamieren lassen?‹

›Gewiß ...‹

›Nun, wenn Sie sich bereit erklärt hätten, mein lieber Freund ... dann wären Sie jetzt ein toter Mann ...‹

›Um Himmels willen! ... Und weshalb? ...‹

›Weil ...‹

Plötzlich brach er ab ... wurde einige Sekunden lang ernst und besorgt ... Und als seine Fröhlichkeit zurückgekehrt war, fuhr er fort:

›Weil … damals waren die Zeiten hart … und von irgendwas mußte man ja leben … Und wie viele haben wir einbalsamiert von diesen armen Teufeln … die heute … noch alle am Leben wären, wie Sie und ich! … Aber was wollen Sie machen? Des einen Tod … ist des anderen Leben …‹

Und er zündete sich eine Zigarre an.«

Clara Fistule verstummte … Da mich diese vertrauliche Mitteilung völlig sprachlos gemacht hatte, meinte er noch zu mir:

»Ein bezaubernder Junge, ich versichere es dir … dieser Dr. Fardeau-Fardat … Nur, ich meine … du verstehst … bei dem ist man nie ganz sicher … Er balsamiert … und balsamiert … Aber was soll's! … Sage mir offen: Findest du, daß ich mich verändert habe?«

»Und wie!« antwortete ich … »Also nichts mehr von kosmogonischen Virtualitäten … nichts mehr von Stellogenese? …«

»Ich bitte dich! …« sagte Clara Fistule … »Die überspannten Torheiten der Jugend … Oh! Heute liegt das alles weit zurück …«

An diesem Abend hatte ich die größte Mühe der Welt, meinen Freund wieder loszuwerden, denn er wollte mich partout in den Spielsalon mitschleppen … und mich mit diversen Damen bekannt machen … *les petites femmes* … sehr chic …

»Ein ausgekochtes Schlitzohr, weiß Gott! …«

3

Natürlich taugt dieser Dr. Triceps auch nicht mehr als Dr. Fardeau-Fardat ... aber Triceps ist mein Freund ... Ich kenne ihn schon so lange! ... Und da er nun mal hier ist ... da er nach den verschiedensten Abenteuern schließlich in diesem Heilbad gestrandet ist ... ist er ebenso gut wie jeder andere ... Dem Tod ist es egal, welcher Arzt ihn herbeiführt ...

Auch er eine Type für sich, wie Clara Fistule zu sagen pflegt.

Ein kleiner Mann, mittelmäßig, ehrgeizig, hektisch und dickköpfig. Er läßt nichts unberührt, behandelt alles mit gleicher Kompetenz. Er war derjenige, der 1897 auf dem Kongreß von Folrath (Ungarn) entdeckte, daß die Armut eine Neurose ist. 1898 legte er der *Société de Biologie* eine reich dokumentierte Denkschrift vor, in der er für den Inzest als regenerierende Kraft der Rasse plädierte. Im Jahr darauf passierte mir eine Geschichte, eine eher wenig gewöhnliche, die mir Vertrauen in seine Diagnose einflößte ...

Als ich eines Tages – nur Gott weiß vielleicht weshalb – in den Keller hinabgestiegen war, da fand ich auf dem Boden einer alten Obstkiste unter einer dicken Schicht von feinem, sogenanntem Flaschenstroh ... da fand ich ... was? ... einen Igel. Zur Kugel zusammengerollt schlief er jenen tiefen, jenen erschreckenden Winterschlaf, dessen Morphologie – ist das der richtige Ausdruck? – uns die Wissenschaftler noch immer nicht erklären konnten. Die Anwesenheit dieses Tiers in dieser Obstkiste erstaunte mich kaum. Der Igel ist ein berechnender und sehr raffinierter Vierbeiner. Anstatt sich für den Winter einen wenig komfortablen Unterschlupf unter einem gefährlichen und den Zufällen unterworfenen Blätterhaufen oder im Loch eines alten abgestorbenen Baums zu suchen, war dieser zu dem Urteil gelangt, daß er es in einem Keller wärmer und ruhiger haben würde. Beachten Sie überdies, daß er sich mit dem Feinsinn eines komfortgewöhnten Wesens diese Obstkiste deshalb zum Überwintern ausgesucht hat, weil sie an einer ganz bestimmten Stelle an der Wand stand, nämlich dort, wo das Heizungsrohr vorbeiführt. Darin erkannte ich deutlich einen jener *Tricks*, die den Igeln wohlvertraut sind, denn sie sind nicht so dumm, daß sie sich erfrieren lassen wie vulgäre Hungerleider.

Das Tier schien, nachdem es von mir mit Hilfe gelehrter Kunstgriffe allmählich aufgeweckt worden war, gleichfalls nicht übermäßig erstaunt über die Anwesenheit eines Menschen in dem Keller und daß dieser es, über seine Kiste gebeugt, indiskret eingehend betrachtete. Langsam entrollte es sich, streckte sich mit vorsichtigen Bewegungen immer mehr aus, richtete sich auf seinen Hinterpfoten auf und reckte sich schließlich, wie eine Katze mit seinen Krallen über den Boden kratzend, in voller Länge. Das Ungewöhnliche dabei: Als ich es in die Höhe hob und in meine Hand setzte, rollte es sich nicht nur nicht zur Kugel zusammen, sondern es stellte auch nicht einen seiner Stacheln auf und runzelte auch nicht die stacheldrahtigen Falten seines kleinen Schädels. Im Gegenteil, an der Art, wie es rüsselte und seine Kiefer knacken ließ, an der Art, wie sein schnupperndes Näschen zitterte, erkannte ich, daß es Freude, Zutrauen ... und Appetit ausdrückte. Armer kleiner Teufel! Er war blaß und gewissermaßen verwelkt und ausgebleicht wie Salatköpfe, die zu lange an einem dunklen Ort gelegen haben. Seine pechschwarzen Augen glänzten mit jenem sonderbaren Funkeln, das die Augen von Bleichsüchtigen haben, und seine feuchten, leicht tränenden Lider verrieten meinem geübten Auge des Diagnostikers eine Anämie in fortgeschrittenem Stadium.

Ich trug ihn in die Küche hinauf, und sofort verblüffte er uns durch seine Zutraulichkeit und die behagliche Art, mit der er sich hier zu Hause fühlte. Wie ein Verhungernder schnupperte er in Richtung des Frikassees, das sanft auf dem Feuer köchelte, und seine Nüstern sogen mit mächtigem Genuß die vorüberschwebenden Wohlgerüche der Saucen ein.

Zuerst bot ich ihm Milch an, und er schlappte sie begierig. Dann hielt ich ihm ein Stück Fleisch vor die Nase, auf das er sich, sowie er es gerochen hatte, gefräßig stürzte wie ein Tiger auf seine Beute. Die beiden Vorderpfoten zum Zeichen definitiven Besitzes über dem Fleischstück gekreuzt, zerriß er es grunzend von der Seite, und in seinen kleinen schwarzen Augen flammte ein wildes Leuchten auf. Winzige rote Fasern hingen ihm zwischen den Kiefern heraus, und sein Rüssel bekleckerte sich mit Sauce. In wenigen Sekunden war das Fleisch verschlungen. Eine Kartoffel ereilte das nämliche Schicksal; eine Weintraube verschwand, sowie sie ihm dargeboten wurde. Mit mächtigen, geräuschvollen Schlucken leerte er eine Tasse Kaffee ... Danach ließ er sich satt und vollgefressen in seinen Teller fallen und schlief ein.

Bereits am nächsten Tag war der Igel so zahm wie ein Hund. Sowie ich die Kammer betrat, in der ich ihm ein wohlig warmes Lager hergerichtet hatte, brachte er eine überschwengliche Freude zum Ausdruck, kam auf mich zu getrippelt und war erst glücklich und zufrieden, wenn ich ihn in die Hand genommen hatte. Als ich dann seine Stacheln streichelte, die so fest auf seinem Rücken angelegt waren, daß sie zart wie das Fell einer Katze waren, ließ er leise, gedämpfte Quieklaute vernehmen, die schon bald zusammenhängend, monoton und einschläfernd wie ein Schnurren wurden.

Ja, den Naturalisten sei es gesagt, damit sie es wissen: Dieser Igel schnurrte.

Da er mich ungemein amüsierte und ich bereits anfing, ihn

zu lieben, hatte ich ihm die Ehre zuteil werden lassen, an meiner Tafel zu speisen. Man trug ihm ein Gedeck neben dem meinem auf, und er aß von allem, tat durch drollige Zornesausbrüche seinen Unmut kund, wenn er sah, daß eine Platte abgetragen wurde, von der er nichts probiert hatte. Nie habe ich einen Menschen gekannt, der ähnlich leicht zu verköstigen war. Fleisch, Gemüse, Konserven, Zwischengerichte, Obst – es gab nicht ein Gericht, dem er sich verweigert hätte. Eine besondere Vorliebe hatte er jedoch für Hasenbraten. Er roch ihn bereits von weitem. An solchen Tagen wurde er schier verrückt; und er war einfach nicht zu sättigen. Dreimal verdarb sich das arme Tier am Hasen so sehr den Magen, daß es fast daran eingegangen wäre und ich mit energischen Mitteln und soliden Purgationen dagegen ankämpfen mußte.

Das Unglück wollte, daß ich ihn aus Schwäche, vielleicht auch aus Perversität an alkoholische Getränke gewöhnte. Als er einmal daran genippt hatte, weigerte er sich fortan mit cholerischem Starrsinn, noch andere zu sich zu nehmen. Jeden Tag schlürfte er sein Gläschen Cognac, einen *Fine Champagne*, wie ein Mann. Das brachte ihn nicht im mindesten in Verlegenheit, verursachte keine Benebelung, keinen Rausch. Als standfester Trinker vertrug er soviel wie ein alter Seebär. Er nahm auch die Gewohnheit an, sich einen Absinth zu genehmigen, worauf er sich recht wohl zu fühlen schien. Sein Borstenfell war wieder dunkler geworden, seine Augen tränten nicht mehr, jede Spur von Anämie war verschwunden. Und manchmal entdeckte ich in seinem Blick eine sonderbare Unrast und so etwas wie ein lüsternes Leuchten. In der Gewißheit, daß er schon wieder in seinen Bau zurückkehren würde, ließ ich ihn in schönen warmen Nächten frei im Wald auf Abenteuer ausziehen, und am Morgen hockte er bereits bei Tagesanbruch an der Haustür und wartete darauf, daß man ihm öffnete.

Fast den ganzen Tag über schlief er einen bleiernen Schlaf

und erholte sich auf diese Art von seinen nächtlichen Ausschweifungen.

Eines Morgens fand ich ihn der Länge nach ausgestreckt auf seinem Lager. Er erhob sich nicht, als ich näher trat. Ich rief ihn, er rührte sich nicht. Ich nahm ihn in die Hand; er fühlte sich ganz kalt an. Aber er atmete noch ... Oh, seine Äuglein und diesen Blick, den er mir zuwarf, den er mir gerade noch zuzuwerfen vermochte, werde ich nie vergessen ... diesen fast menschlichen Blick, in dem Erstaunen, Traurigkeit, Zärtlichkeit und so viel Rätselhaftes und Tiefes lag, das ich zu gerne hätte verstehen wollen ... Er atmete noch ... Eine Art leises Röcheln, vergleichbar mit dem Gluckern einer auslaufenden Flasche ... dann ein zweimaliges Zucken, ein Krampf, ein Quieken, noch ein Krampf ... und er war tot.

Beinahe wäre ich in Tränen ausgebrochen ...

Blöde betrachtete ich ihn in meiner Hand. Sein Körper, nun schlaff wie ein Lappen, wies keine Spur von Gewalt auf; kein deutliches Symptom einer Krankheit ließ sich erkennen. Am Tag zuvor hatte er keinen Ausflug in den Wald gemacht und am Abend hatte er fröhlich, viril wie ein ganzer Kerl sein Gläschen *Fine Champagne* getrunken. Woran war er also gestorben? Und warum so plötzlich?

Ich schickte den Kadaver an Triceps, der eine Autopsie vornahm. Hier die knappe Notiz, die ich drei Tage später erhielt:

»Lieber Freund,
komplette Alkoholvergiftung. Ist an der Trinker-Pneumonie gestorben. Besonders bei Igeln ein seltener Fall.
Dein Alexis Triceps,
Doktor der Medizin zu Paris.«

Sie sehen, mein Freund Triceps ist kein ganz und gar gefühlloser Mensch.

Der gute Triceps!

Oh, diese Reise, die ich einmal nach X unternahm ... damals jedoch in familiären Angelegenheiten! Wie lang ist das schon her! Nachdem meine Geschäfte geregelt waren, fiel mir ein, daß ich einen Freund hatte, der dort intern in der Irrenanstalt wohnte, und daß dieser Freund kein anderer als Triceps war. Ich entschloß mich, ihm einen Besuch abzustatten. An diesem Tag herrschte ein Wetter, bei dem man keinen Hund vor die Tür jagt ... Die Luft war eisig; rasende Nordwestböen peitschten mir entsetzlich ins Gesicht. Anstatt in einem Café vor Anker zu gehen, winkte ich einer Droschke und ließ mich zu der Anstalt hinausfahren.

Die Droschke hatte die Geschäftsviertel und dichtbevölkerten Stadtrandgebiete durchquert. Als sie durch düstere Vororte rumpelte, tauchten plötzlich zwischen öden Brachflächen, von geteerten Staketenzäunen umschlossen, riesige schwarze Gebäude, nämlich Krankenhäuser, Kasernen und Gefängnisse auf; die einen waren mit im Wind schwankenden Kreuzen gekrönt, die anderen von schweren Wachtürmen überragt, die unheilschwanger von Alpendohlen umkrächzt wurden. Dann bog sie zwischen hohe verrußte Mauern ein, triste, dicke, erdrückende Gemäuer, hier und da durchbrochen von kleinen verglasten, eisenvergitterten Rechtecken, hinter denen man Leiden, Verdammnis und Tod spürte. Schließlich hielt sie vor einer gewölbeförmigen, in Schmutzgrau gestrichenen und mit dicken vierkantköpfigen Nägeln beschlagenen Pforte.

»Das sind die Irren ... Wir sind da ...«, sagte der Kutscher.

Ich zögerte einige Sekunden, ob ich die furchterregende Schwelle überschreiten sollte. Zum einen zweifelte ich nicht im mindesten, daß mich mein Freund mit indiskreten Bitten und Wünschen jeglicher Art bestürmen würde, zum anderen fiel mir wieder ein, daß ich den Blick eines Irren nicht mehr ertragen kann. Der Blick der Irren erschreckt mich wegen der Möglichkeit einer Ansteckung, und der Anblick ihrer langen verkrampften Finger, ihrer grimassenschneidenden Münder macht mich krank. Sofort wird mein Hirn zur Beute ihres eigenen Deliriums; ihr Irrsinn teilt sich auf der Stelle meinem ganzen Sein mit; an den Fußsohlen spüre ich eine Art schmerzhaftes und beharrliches Prickeln, weshalb ich in den Anstaltshöfen ständig von einem Bein aufs andere hüpfen muß wie ein Truthahn, wenn grausame Kinder ihn zwingen, über ein rotglühendes Blech zu laufen.

Dennoch trat ich schließlich ein. Der Pförtner übergab mich einem Aufseher, der mich Höfe, Höfe und nochmals Höfe, die zu dieser Stunde zum Glück aber menschenleer waren, durchqueren ließ; der mich Flure entlanggehen und Treppen, Treppen und nochmals Treppen steigen hieß. Von Zeit zu Zeit gewährten Glastüren auf den Etagen einen flüchtigen Blick in große Säle und auf weißliche Deckengewölbe, und ich konnte ein seltsames Hin und Her von Kattunhauben auf bleichen und in Falten gezogenen Stirnen erkennen. Aber ich bemühte mich, nur die Wände und die Decke anzustarren, über die in lichtbeschienenen Rechtecken, so hatte ich den Eindruck, Schatten von krampfhaft sich ringenden Händen huschten. Ich weiß nicht, wie ich mich schließlich in einem sehr hellen Zimmer wiederfand. Mein Freund Triceps fiel mir um den Hals und rief:

»O nein, so was! … O nein, so was! … Bist du's wirklich? … Oh! Du kommst wie gerufen … gerufener könntest du gar nicht kommen … Was für eine famose Idee! …«

Und ohne weitere Willkommensworte legte er los:

»Hör zu … du wirst mir einen Gefallen tun, nicht wahr? … Gerade habe ich eine kleine Arbeit über die *Dilettanten der Chirurgie* abgeschlossen … Du weißt vielleicht nicht, was das ist? … Nein? … Das ist eine neue Form von Irrsinn, die man gerade entdeckt hat … Die Typen, die alte Frauen in Stücke hacken … das sind keine Mörder mehr … das sind Dilettanten der Chirurgie. Anstatt ihnen eins mit dem Fallbeil ins

Genick zu verpassen, verabreicht man ihnen jetzt Duschen ... Von Deiblers Behandlung sind sie in die meine übergegangen ... Ja, so ist das ... Zum Schieflachen, nicht wahr? ... Zum Schieflachen! ... Aber mir ist das egal ... Ich habe eine umfassend dokumentierte Abhandlung über die Dilettanten der Chirurgie verfaßt ... ich habe sogar – und das ist wirklich komisch! – die Gehirnwindung entdeckt, die mit dieser Manie korrespondiert ... verstehst du? ... Nun, und diese Abhandlung werde ich der *Académie de médecine* von Paris vorlegen ... Kurz und gut, du mußt deine Beziehungen spielen lassen, um für mich einen Preis durchzuboxen ... einen Preis, der es in sich hat ... und die *Palmes académiques*, die akademische Würde ... Ich verlaß mich auf dich ... Du wirst dich mit Lancereaux, Pozzi, Bouchard, Robin, Dumontpallier treffen ... du wirst dich mit allen treffen ... ich kann mich auf dich verlassen, nicht wahr? ... Außerdem wollte ich dir gerade schreiben ... Oh, alter Freund, du kommst wie gerufen! Nein, so was, wirklich ... das nenn ich ein Glück ...«

Während er redete, beobachtete ich ihn. Er schien in der Größe noch mehr geschrumpft, sein Schädel noch schmaler, sein Bart noch spitzer geworden. Mit seiner samtenen Kappe und seinem graubraunen Kittel, der ihn wie einen Ballon aufblähte, und mit seinen abgehackten Gesten erinnerte er an ein Kinderspielzeug, wie man es in den Läden der Pariser Passagen sieht.

»Und was sagst du zu meinem Zimmer?« fragte er unvermittelt. »Es ist nett hier, nicht? ... Ich hab's gut hier, nicht wahr? ... Und das da? ... Was sagst du dazu?«

Er öffnete ein Fenster und sagte, jeweils mit dem Finger zeigend:

»Diese Bäume da, ganz nah, und die kleinen weißen Dinger, das ist der Friedhof ... Hier ... rechts, die großen schwarzen Häuser, das ist das Spital ... Zu deiner Linken ... sieh genau, wo ich hinzeige ... das da ... das sind die Kasernen der

Marineinfanterie ... Das Gefängnis kannst du nicht gut sehen ... aber unten im Hof zeig ich's dir gleich ... Nicht wahr? Hier hat man Luft, hier ist es ... ruhig ... richtig geruhsam ... Komm, gehen wir nach unten ... ich werde dir alles zeigen ...«

Was sich mir nun bot, war in der Tat ein Abstieg ... Man hörte Glocken läuten.

»Du hast vielleicht Glück! ...« meinte Triceps zu mir ... »Schau, da kommen die Irren in die Höfe heraus ...«

Und wir begeben uns in einen der Innenhöfe.

Einige Irre promenieren mit trauriger oder verstörter Miene unter den Bäumen; einige Irre sitzen reglos oder stumpfsinnig auf Bänken. Einige Irre lagern in den Ecken, kraftlos an die Mauern gestützt, auf dem Boden. Manche stöhnen; manche sind noch schweigsamer, fühlloser, toter als Leichen.

Der Hof ist quadratisch umschlossen von hohen schwarzen Gebäuden mit Fenstern, die einen ebenfalls mit irren Blicken anzustarren scheinen. Kein Ausweg in Richtung Freiheit oder Freude; immer das gleiche Geviert leeren Himmels. Und man vernimmt ein gedämpftes Lamento erstickter Rufe, geknebelter Schreie aus man weiß nicht welchen Folterkammern, man weiß nicht welchen unsichtbaren Grüften und welchen fernen Schattenwelten ... Ein Greis hüpft, den Körper zusammengekrümmt, die Ellbogen an die Schenkel gepreßt, hinkend auf seinen geschwächten und zitternden Beinen vor sich hin. Manche marschieren mit schnellen Schritten, doch zu welchen unbekannten Zielen getrieben? Andere verbeißen sich in streitsüchtige Gespräche mit sich selbst.

Sobald sie uns bemerken, kommen die Irren in Bewegung, rotten sich zusammen, tuscheln, beraten, diskutieren, während sie verstohlene und mißtrauische Seitenblicke nach uns richten. Sofort sehen wir grimmige Gesten, kreidebleiche

Hände sich erheben und durch die Luft fahren, was an das Auffliegen erschreckter Vögel erinnert. Die Aufseher schreiten durch die Gruppen und ermahnen sie barsch zur Ruhe. Gesprächsrunden bilden sich:

»Ist das der Anstaltsdirektor?«

»Los, geh hin zu ihm.«

»Nein, du ...«

»Er versteht mich nicht, wenn ich mit ihm spreche.«

»Er hört mir nie zu.«

»Und doch müssen wir verlangen, daß man uns in unsrer Suppe keine Kröten mehr serviert.«

»Und doch müssen wir erreichen, daß man ab und zu mit uns Ausflüge aufs Land macht.«

»Los, geh hin ... Und sprich ihn einfach an, wie von Mann zu Mann.«

»Nein, du ...«

»Gut, ich gehe ...«

Einige Irre lösen sich aus den Gruppen, treten an Triceps heran, tragen fundierte oder unverständliche Beschwerden über das Essen, das Gebaren der Aufseher, die Ungerechtigkeit des Schicksals vor. Die Gesichter bekommen Farbe, die Hälse recken sich. In all diese armen verwirrten Kinderaugen tritt ein Leuchten vager Hoffnung, während der Greis, dem Geschehen gegenüber gleichgültig, auf seinen geschwächten Beinen hinkend weiterhüpft und ein junger Mann, mit Augen erfüllt von Ekstase, an Ort und Stelle Luftsprünge macht, wobei er seine Arme nach vorn wirft und lange knochige, sich in einem fort öffnende und schließende Hände ständig die Leere umkrallen. Auf all diese Beschwerden antwortet Triceps:

»Einverstanden ... völlig einverstanden ...«

Zu mir meint er:

»Das sind sehr gutmütige Teufel ... wenn auch ein wenig bekloppt ... Hab keine Angst.«

Ich antworte:

»Aber sie wirken nicht verrückter als die anderen ... Ich hatte sie mir ganz anders vorgestellt ... Ich finde, das Ganze gleicht der Abgeordnetenkammer, nur mit pittoreskeren Zügen.«

»Und mehr Fröhlichkeit ... Außerdem, mein Freund, ist es, wie du gleich sehen wirst, tatsächlich sehr amüsant ... Manchmal weiß man nicht, wo diese armen Kerle ihren Verstand gelassen haben ...«

Er hält einen Irren an, der gerade vorüberkommt, und fragt ihn aus:

»Warum trägst du heute keine Beschwerde vor?«

Der Irre, bleich, hager und tieftraurig, deutet eine Handbewegung an und meint nur:

»Wozu?«

»Bist du eingeschnappt? ... Schmollst du etwa?«

»Ich bin nicht eingeschnappt ... ich bin traurig.«

»Man darf aber nicht traurig sein ... Das ist sehr schlecht in deinem Zustand ... Sag uns mal, wie du heißt?«

»Wie meinen?«

»Dein Name! Sag uns deinen Namen!«

»Das ist aber nicht nett«, warf der Irre ihm mit einer sanftmütigen Miene vor, »einen armen Menschen zu verspotten. Sie wissen doch besser als jeder andere, daß ich keinen Namen mehr habe ... Darf ich diesen Herrn zum Richter nehmen? ... Der Herr sind gewiß der Direktor?«

Und auf ein bestätigendes Nicken von Triceps' Seite:

»Oh, diese Gelegenheit macht mich überglücklich ... Hier meine Geschichte, Herr Direktor ... Ich besaß einen Namen, wie jeder andere auch ... Das war mein gutes Recht, nicht wahr? Mir scheint, das war nicht übertrieben, oder? Was meinen Sie? ... Als man mich hier eingeliefert hat, hat mir der Herr meinen Namen weggenommen ...«

»Du weißt ja nicht, was du sagst.«

»Pardon, Pardon, ich weiß sehr wohl, was ich sage ...«

Und an mich gerichtet:

»Wo der Herr meinen Namen hingetan hat? ... Ich weiß es nicht ... Hat er ihn verloren? ... Durchaus möglich ... Tausendmal habe ich ihn zurückverlangt ... Denn schließlich brauche ich doch meinen Namen ... Nie wollte er ihn mir zurückgeben ... Das ist ein Jammer ... Und ich weiß nicht: Bis zu welchem Punkt hat der Herr überhaupt das Recht, mir meinen Namen wegzunehmen? ... Mir scheint, das ist ein echter Machtmißbrauch ... Sie, Herr Direktor, müssen doch verstehen, wie peinlich mir das ist ... Ich weiß nicht mehr, wer ich bin ... Ich bin nicht nur für die anderen, sondern auch für mich selbst ... ein Fremder ... Eigentlich existiere ich überhaupt nicht ... Stellen Sie sich vor, alle Zeitungen wollen seit langem meine Biographie veröffentlichen ... Wie sollen sie das machen? ... Die Biographie von wem? ... Von wem? ... Ich habe keinen Namen mehr ... Ich bin berühmt, sehr berühmt, alle Welt kennt mich in Europa ... Aber was nützt mir diese Berühmtheit, da sie heute anonym ist? ... Kurzum, es muß doch irgendeine Möglichkeit geben, mir meinen Namen zurückgeben zu lassen, oder nicht? ...«

Ich beruhige ihn:

»Bestimmt ... ganz bestimmt ... Ich werde darüber nachdenken ...«

»Vielen Dank! Und wo Sie schon die Güte haben, sich für mich zu interessieren, Herr Direktor, darf ich Sie da noch um einen anderen Gefallen bitten? ... Denn ich bin, kurz gesagt, das Opfer von ganz ungewöhnlichen Dingen, die auch ich nicht glauben würde, wenn sie anderen Leuten als mir passiert wären ...«

»Erzählen Sie, mein Freund.«

»Ich war Dichter, Herr Direktor, und ich hatte einen Schneider, dem ich Geld schuldete ... Ich brauchte feine Anzüge, da ich bei der Marquise d'Espard, bei Madame de

Beauséant ständig ein- und ausging und Mademoiselle Clotilde de Grandlieu heiraten sollte … Die Geschichte ist in aller Ausführlichkeit bei Balzac beschrieben … Sie sehen also: ich lüge nicht … Dieser gemeine Schneider belästigte mich immer wieder … mit aller Gewalt forderte er sein Geld … Ich hatte aber keines … Eines Tages, als er sich bedrohlicher als je zuvor gebärdete, bot ich ihm an, er möge sich, um zu seinem Geld zu kommen, bei mir nehmen, was immer ihm beliebte … eine Pendüle – ich besaß eine sehr schöne Pendüle – Familienstück … mit einem Wort: was immer sein Herz begehrte … Und wissen Sie, was er sich genommen hat? … Einfach unbegreiflich … Er nahm sich mein Denken … so wie mir später der Herr meinen Namen wegnehmen sollte … Also wirklich: habe ich etwa Glück? … Und was konnte er, ausgerechnet er, ein Schneider, schon damit anfangen?«

»Aber wie haben Sie denn bemerkt, daß dieser Schneider Ihnen Ihr Denken weggenommen hat?« frage ich.

»Wie? Aber ich habe es doch gesehen, in seinen Händen, Herr Direktor … Er hatte es in dem Moment, als er es mir wegnahm, in seinen Händen.«

»Wie sah es denn aus?«

Der Irre macht eine aus dem zweifachen Ausdruck von Bewunderung und zärtlichem Mitleid gemischte Miene.

»Es sah aus, Herr Direktor, wie ein kleiner gelber, wunderschöner, ganz zarter Schmetterling, der mit den Flügeln schlägt; ein kleiner Schmetterling wie sie an sonnigen Tagen in den Gärten auf den Rosen sitzen … Ich bat den gemeinen Schneider, mir mein Denken wieder zurückzugeben … er hatte dicke, kurze und ungeschickte Wurstfinger, ganz rohe, brutale Finger, und ich hatte Angst, er könnte es verletzen, wo es doch so leicht, so zerbrechlich ist … er stopfte es in seine Tasche und ergriff kichernd die Flucht …«

»Das ist in der Tat ein ungewöhnliches Abenteuer.«

»Nicht wahr? … Zuerst schrieb ich dem Schneider und

verlangte von ihm mein Denken zurück, tot oder lebendig ... Er antwortete mir nicht ... Ich sprach beim Polizeikommissar vor, aber der warf mich brutal aus seiner Amtsstube und schimpfte mich einen Irren ... Und schließlich drangen eines Abends ein paar Typen mit finsteren Mienen in mein Haus ein und brachten mich hierher ... Wie soll ich da Ihrer Meinung nach glücklich sein?«

Er zieht ein kleines sorgsam in Papier eingeschlagenes Heft aus der Tasche seines Kittels, und während er es mir reicht, fleht er mich an:

»Nehmen Sie das an sich ... Darin habe ich mein ganzes Unglück aufgezeichnet ... Wenn Sie es gelesen haben, werden Sie über die gerichtlichen Maßnahmen entscheiden, die Sie für richtig halten.«

»Einverstanden ...«

»Aber ich mache mir keine Hoffnungen, das muß ich Ihnen gleich sagen ... Es gibt derart sonderbare Fatalitäten, die derart weit über dem Willen der Menschen stehen, daß man nichts gegen sie auszurichten vermag.«

»Ja ... ja ... ich versprech's Ihnen.«

Nach einem kurzen Schweigen:

»Soll ich Ihnen etwas sagen, nur Ihnen allein?«

»Nur zu!«

»Die Sache ist sehr kurios.«

Und ganz leise:

»Manchmal kommt ein kleiner Schmetterling hierher ... ich weiß nicht genau, weshalb, denn es gibt keine Blumen hier, und das hat mich lange Zeit beunruhigt ... Manchmal kommt so ein kleiner gelber Schmetterling hierher ... Er sieht genauso aus wie der, den ich an jenem furchtbaren Tag in den dicken und unsauberen Händen des Schneiders sah ... Genau wie dieser ist er ganz zart, zerbrechlich und wunderschön ... Und er fliegt voller Anmut ... Es ist ein köstlicher Genuß, ihm zuzusehen, wie er dahinfliegt ... Aber er ist nicht immer gelb ... Manchmal ist er blau, manchmal weiß, manchmal malvenfarben, manchmal rot ... das hängt vom jeweiligen Tag ab ... Rot ist er zum Beispiel nur, wenn ich weine ... Das kommt mir nicht natürlich vor ... Und ich glaube fest ... ja, ich bin zutiefst davon überzeugt, daß dieser kleine Schmetterling ...«

Er neigt sich näher zu mir und geheimnisvoll, seine Lippen fast an mein Ohr pressend, flüstert er:

»Das ist mein Denken ... Aber, pst! Nur ja keine Silbe! ...«

»Sie glauben wirklich?«

»Pst! ... Es sucht nach mir ... es sucht mich schon seit einem halben Jahr. Verraten Sie es nicht ... verraten Sie es niemandem ... Oh! Was für ein langer Weg – das unglückliche Wesen! Es hat vielleicht Meere, Gebirge, Wüsten, eisige Ebenen überquert, bevor es hierherkam ... Das bricht mir vor Ergriffenheit das Herz ... Aber wie soll es mich finden, da ich doch keinen Namen habe? ... Es kennt mich nicht mehr ... Ich kann es noch so sehr rufen, es flieht vor mir ... Das ist klar und unverkennbar ... Und was würden Sie an seiner Stelle tun? Also entfernt es sich wieder ... Das ist der Grund, weshalb sich der Herr so falsch verhalten hat.«

Jäh dreht er sich um.

»Halt, da, sehen Sie es ... da ... über den Bäumen?«

»Ich sehe nichts.«

»Sie sehen nichts? ... Sehen Sie doch ... da ... jetzt schwebt es herab.«

Der arme Irre zeigt auf einen imaginären Punkt ins Leere.

»Heute ist es malvenfarben, ganz malvenfarben ... Ich erkenne seinen leichten und zuverlässigen Flug wieder ... Es sucht nach mir ... und wir werden nie mehr zusammenfinden ... Sie gestatten?«

Er grüßt, entfernt sich, steuert auf den imaginären Punkt zu. Ein paar Minuten lang macht er Jagd auf einen unsichtbaren Schmetterling, rennt, wendet sich hier- und dorthin, stürzt vor und wieder zurück, sichelt mit seinen Armen durch die Luft. Dann sinkt er keuchend, erschöpft, in Schweiß gebadet am Fuße eines Baums zu Boden.

Triceps schmunzelt und zuckt die Achseln.

»Genug damit! ... Er ist vielleicht nicht verrückter – vielleicht sogar weniger verrückt, wer weiß? – als die anderen Dichter, die Dichter, die frei herumlaufen, die behaupten, sie hätten Gärten in ihrer Seele, ganze Prachtalleen in ihrem Geist, die das Haar ihrer hirngespinstigen Mätressen mit den Masten von Schiffen vergleichen ... und die man auszeichnet und denen man Denkmäler errichtet ... Was soll's! ...«

Aber das Leben dieser armen Wesen geht mir zu schmerzlich nahe. Ich bitte Triceps inständig, mich diesem grauenhaften Schauspiel zu entreißen ... Wir durchqueren Höfe und nochmals Höfe und Kreuzgänge ganz in Weiß und gelangen auf eine Art Terrasse, wo ein paar mickrige Blumen wachsen, wo zwei Kirschbäume unter ihren langen harzigen Tränen vor sich hin kümmern. Von dort aus öffnet sich einem die ganze tragische Landschaft aus schwarzen Mauern, unheimlichen Fenstern, vergittertem Tageslicht, graufahlem Grün, die ganze Landschaft aus sozialem Entsetzen, aus Wehklagen und Foltern, worin man eine arme, angekettete Menschheit leiden, verröcheln, dahinsterben fühlt ... Mit zusammengeschnürtem Herzen, einer Beklemmung, die mich an der Kehle packt, mit dem auf meinem gesamten Wesen lastenden Gefühl von etwas unsäglich Schwerem, von etwas unerträglich Wahnsinnigem verharre ich in Schweigen.

Da ruft mir, ganz winzig, urkomisch mit einer Kappe aus schwarzem Samt und seinem geblähten Kittel Triceps zu:

»Schau, da, zu deiner Linken ... das ist das Gefängnis, alter Freund ... sehr chic ... verstehst du ... neuestes Modell ...«

Und während er mich ich weiß nicht wohin mitzieht, schließt er:

»Du siehst: hier lebt sich's gut ... Blumen, weiter Horizont, viel Grün. Man ist richtig auf dem Lande! ...«

Und hier und da, über grauen Mauern, über schwarzen Mauern, führen unsichtbare Soldaten auf unsichtbaren Wachrunden das grelle Aufblitzen ihrer Bajonette spazieren.

4

Im Park des Hotels warte ich auf die Stunde des Dîners ... Und ich bin traurig, traurig, traurig! Traurig in jener beängstigenden und schmerzhaften Form von Traurigkeit, die keine Ursache, nein, die in Wahrheit keine Ursache hat. Kommt sie daher, daß ich mir jene Anstaltshöfe, jene so sonderbar verstörenden Physiognomien der armen Irren ins Gedächtnis gerufen habe? ... Nein ... denn ich bin bereits traurig, seit ich hier bin ... Wenn man weiß, warum man traurig ist, so ist das beinah schon Freude ... Aber wenn man die Ursache seiner Traurigkeiten nicht kennt ... dann gibt es nichts, was noch schmerzlicher zu ertragen wäre ...

Ich glaube fest daran, daß diese Traurigkeit vom Gebirge kommt. Das Gebirge deprimiert mich, erdrückt mich, macht mich krank. Nach dem Begriff, den Triceps gebrauchte, als ich ihn gerade aufsuchte, um mich ein paar Minuten mit ihm zu unterhalten, leide ich an einer »Phobie«, an einer sogenannten Gebirgsphobie. Was für ein Witz! ... Hierhergekommen zu sein, um Gesundheit zu suchen, und dabei nichts zu finden als eine Phobie! ... Und wie könnte man ihr hier entrinnen? ... Vor einem, hinter einem, über einem ständig Wände, Wände und nochmals Wände, die einen vom Leben trennen! ... Niemals eine Aufheiterung, ein Lichtblick, ein Ausblick auf einen Horizont, eine Ausflucht zu irgend etwas oder irgendwohin – und nicht ein einziger Vogel! ... Selbst wenn ich sentimental wäre, könnte ich, noch unglücklicher als Silvio Pellico, nicht zu meiner Ablenkung singen:

O freundliche Schwalbe
die du frei vorüberfliegst
an des Gefang'nen Gitter!...

Nein, nichts als diese düsteren, schwarzen Wände, gegen die der Blick stößt, ohne sie überwinden zu können, an denen sich das Denken bricht, ohne sie durchdringen zu können ... Und auch kein Himmel; niemals Himmel! ... Begreifen Sie dieses Grauen? ... Schwere, erstickende Wolken, die sich herabsenken, immer und ewig herabsenken, erst die Gipfel bedecken, dann über die Abhänge herabkriechen, die wie die Gipfel gleichfalls verschwinden, und schließlich in die Täler hinuntergelangen ... Und dies ist die Vorhölle, dies ist die Leere, der Abgrund des Nichts ... Noch undurchdringlicher als gewachsener Fels oder Schiefer, macht mich dieser Himmel, den nie auch nur ein einziger Traum aufreißt, verrückt ... Er spricht mir von nichts als Verzweiflung, bringt mir nichts als beharrliche Ratschläge zum Tod ... überall geht hier der Selbstmord um wie andernorts auf den Wiesen und in Gärten und Parks die Freude ... Und ich habe das dumpfe Gefühl, als sei ich lebendig eingemauert, doch nicht in einem Gefängnis, sondern in einer Gruft ...

»So was muß man überwinden ...«, meint Triceps zu mir ... »Du mußt Fußmärsche machen ... gehen, laufen, laufen ... verdammt noch mal!«

Der macht mir Spaß ... Aber wo denn laufen? ... Wohin denn laufen? ... Zu wem denn gehen?

Je weiter ich gehe und laufe, desto enger ziehen sich die Wände zusammen, desto stärker verdichten sich die Wolken, desto tiefer und tiefer senken sie sich herab, bis sie mir den Schädel berühren wie eine zu niedrige Zimmerdecke ... Und mein Atem wird kürzer, meine Knie knicken ein und weigern sich, mich zu tragen, in meinen Ohren zirpt es ...

Ich frage den Bergführer:

»Weshalb gibt es hier so viele Grillen? ... Sie gehen mir auf die Nerven ... Kann man sie nicht zum Schweigen bringen?«

Und der Führer antwortet mir:

»Hier gibt es keine Grillen ... was da zirpt, ist das Blut von Monsieur! ...«

Und das stimmt ... Was da zirpt um mich herum, ist meine eigene Grille, die grauenhafte Grille des Fiebers ... Ja, jetzt erkenne ich es ...

»So schweig doch endlich ... elendes Vieh!«

Und da zirpt es noch lauter ... erfüllt mir die Ohren mit einem feinen Sirren, das bei jeder Anstrengung, die ich dagegen unternehme, noch vielfältiger wird ...

Die Phobie und das Fieber! ... Nun ist wirklich alles komplett.

Da mir Triceps geraten hat zu laufen, laufe und laufe ich ... Das enge Tal wird zu einem schmalen Gang und der Gang zu einem Spalt im Fels ... Stunden- und aberstundenlang zu meiner Rechten eine schwitzende, eisige und so hohe Wand, daß ich nicht ihr Ende sehe; zu meiner Linken röchelt ein kleiner Gebirgsbach ... Er geht mir auf die Nerven, dieser kleine Gebirgsbach ... mir ist, als höre ich ständig einen hüstelnden und nörgelnden Greis ... Ah! Da kommt eine Brücke, endlich ... Nun wird vielleicht alles anders ... Ich überquere die Brücke ... Tatsächlich ist nun alles anders, denn nun habe ich die schwitzende Wand zu meiner Linken und der kleine Gebirgsbach röchelt zu meiner Rechten ... Ich laufe ... ich laufe ... und dies den ganzen Tag lang ...

Von Zeit zu Zeit erklärt mir der Führer:

»Diese Stelle heißt *Rue d'Enfer* – die Höllengasse ...«

Oder:

»Diese Stelle ist das *Trou du Diable* – das Teufelsloch ...«

Oder:

»Diese Stelle hier, das ist die *Porte de la Mort* – die Todespforte ...«

Er nennt mir Namen von Graten, Sätteln und Pässen, die man, so erklärt er, als *pics*, *ports* oder *cols* bezeichnet. Und diese Namen drücken nie etwas anderes als Vorstellungen von Fluch und Verdammnis aus. An dieser oder jener Stelle kleine Holzkreuze, die den Vorüberkommenden die Erinnerung an ein Verschüttetwordensein durch Schnee oder Gestein ins Gedächtnis rufen.

»Hier fanden neun Kesselschmiede den Tod, die gerade auf dem Weg nach Spanien waren ...«, erklärt mir der Führer weiter, denn er begreift, daß ich traurig bin und daß man mich ein wenig ablenken muß.

»Aber die Gipfel ... die Gipfel ...? Ich möchte doch die Gipfel erreichen! ...«

»Es gibt keine Gipfel ...«

Er hat recht, dieser Führer. Nie gibt es irgendwelche Gipfel ... Wenn man glaubt, man habe einen Gipfel erreicht, stellt sich jedesmal heraus, daß man sich noch immer in einem Gefängnis, in einer Gruft befindet ... Vor einem Wände, die noch schrecklicheren, noch schwärzeren eines weiteren Gipfels ... Und von Gipfel zu Gipfel steigt man zu nur noch mehr Tod auf ...

Ich sehe mir den Führer an. Er ist klein, gelenkig, gedrungen ... Aber auch er ist traurig ... Es ist kein Himmel in seinen Augen ... Es liegt darin nur die düstere und zum Greifen nahe und hoffnungslose Spiegelung jener Wände, zwischen denen wir uns bewegen.

Oh! Kehren wir doch um, kehren wir bloß wieder um nach Hause ...

Also habe ich schließlich nie mehr den Park des Hotels verlassen ... Dieser Park ist von Mauern umschlossen, und die Mauern sind von Fenstern durchbrochen, und hinter diesen Fenstern sehe ich manchmal etwas, was mich tröstet und wieder aufrichtet, und das fast an so etwas wie Leben erinnert ... Ja zuweilen sind an diesen Fenstern Gesichter zu sehen ...

Gerade erblicke ich einen Herrn, der sich den Schnauzbart kämmt, einen anderen, der sich seinen Smoking anzieht ... Und hier, linker Hand, schnürt eine Kammerzofe ihrer Herrin das Korsett ... Ich klammere mich geradezu an diese Gesichter und diese Bilder ... Ich klammere mich an die Kommenden und Gehenden, die den Park betreten, an die armseligen Geranien in den Rabatten, an die empfindlichen Bananenpalmen auf den Rasenflächen, an die gelben Schuhe, an die weißen Kleider, an den unterwürfigen Anzug der Kellner ... An all dies klammere ich mich, um mir selbst unumstößlich zu beweisen, daß dies das Leben ist und daß ich nicht tot bin ...

Aber dann befällt mich eine weitere Schwermut, die Schwermut der Heilbäder mit all diesen so wenig zusammenpassenden, aus ihrem vertrauten Zuhause herausgeworfenen Existenzen ... Woher kommen sie? Wohin gehen sie? ... Man weiß es nicht ... und sie wissen es selbst nicht ... Während sie darauf warten, bis sie es wissen, drehen sie sich als arme blinde Wesen im Karussell ihrer Langeweile ...

Und nun läutet die Glocke ... Es ist Abend geworden ... und die Säle werden illuminiert ... Leute finden sich ein, die ich kenne ... Aber ich mag sie auch noch so gut kennen, sie sind mir noch fremder, als wenn ich sie nicht kennen würde ...

»Sie gehen heute abend ins Casino?«

»Aber natürlich! Und Sie?«

»Leider Gottes, ja ...«

Oh, müßte ich doch kein Gebirge mehr sehen! ... Nur noch Flachland, Flachland, Flachland!

5

Monsieur Isidor-Joseph Tarabustin, Lehrer am Lycée von Montauban, ist mit seiner Familie eingetroffen, um eine Saison in X zu verbringen ... Monsieur Tarabustin leidet an einem Katarrh an der Eustachischen Röhre; Madame Rose Tarabustin an einer Kniegelenkshydarthrose; der Sohn, Louis-Pilate Tarabustin, an einer Rückgratverkrümmung; eine sehr moderne Familie, wie man sieht. Zusätzlich zu diesen eingestandenen und im übrigen ehrbaren Krankheiten haben sie noch andere, die sie an den Quellen des Lebens selbst angreifen. Aus welch unreinen Erbteilen, in welch schmutzigen Leidenschaften, in welch geizhalsigen und heimlichen Ausschweifungen, in welchen ehelichen Kloaken müssen Monsieur und Madame Tarabustin, er so gut wie sie, nur gezeugt worden sein, um am Ende jenen allerletzten Vertreter mißwüchsiger Menschheit, jene deformierte und von Skrofeln zerfressene Mißgeburt zuwege zu bringen, die der junge Louis-Pilate darstellt? Mit seiner lehmfarbenen und faltigen Haut, seinem zickzackförmigen Rücken, seinen verdrehten Beinen, seinen schwammartigen und weichen Knochen wirkt dieses Kind, als sei es siebzig Jahre alt. Es weist sämtliche Merkmale eines debilen und schrulligen Greises auf. Befindet man sich in seiner Nähe, so leidet man richtig darunter, daß man es nicht töten, nicht von seinen Leiden erlösen kann. Als ich all diese Tarabustins zum ersten Mal sah, kam mir spontan der Gedanke, auf sie zuzugehen und ihnen ins Gesicht zu schreien:

»Warum kommt ihr mit eurer dreifachen Gegenwart, mit der Unmoral eurer dreifachen Gegenwart die gewaltige

Pracht des Gebirges und die Reinheit der Quellen beleidigen? ... Geht wieder nach Hause ... Ihr wißt doch genau, daß es kein Wasser gibt – so wundertätig es auch sein mag –, das die irdische Verfaultheit eurer Organe und den moralischen Dreck, in dem ihr geboren seid, je wieder abwaschen könnten ...«

Aber ich denke, daß Monsieur Isidor-Joseph Tarabustin über die Wortgewalt dieser Sprache in höchstem Maße erstaunt gewesen wäre und daß er diesem homerischen Befehl mitnichten gehorcht hätte.

Jeden Tag begegnet man morgens zu festgesetzten Zeiten auf den Alleen oder der Esplanade des Quinconces Monsieur Isidor-Joseph Tarabustin, wie er, gerade aus dem Kurbad gekommen, feierlich, methodisch, als großer Verteiler von Worten und Gesten, seine kurzen Beine, sein lymphatisch aufgequollenes Gesicht und seinen krankhaft aufgeblähten Bauch promenieren führt. Seine Familie begleitet ihn und zuweilen auch ein Freund, sein Zimmernachbar und wie er ein Lehrer, dessen kranke, mehlige Haut ihm ein Gesicht wie von einem trübsinnigen Pierrot verleiht, der sich mit Asche bepudert hat. Nichts ist so faszinierend, wie ihnen zuzusehen, wenn sie sich am Ufer des Sees ergehen und mit den Schwänen reden, während der junge Louis-Pilate mit Steinen nach ihnen wirft ... und das bereits in seinem Alter!

»Ich möchte wirklich wissen, warum man diese geflügelten Wesen ›Schwäne‹ nennt?« fragt Monsieur Isidor-Joseph Tarabustin.

Worauf der Freund ihm mit einem Zähneknirschen antwortet:

»Stimmt, eigentlich sind es nur Gänse mit einem zu langen Hals ... Tja, immer diese Liebe zur Lüge.«

Abends, bevor er zu Bett geht, pflegt Monsieur Tarabustin majestätisch auf der Route d'Espagne bis zur »letzten Gaslaterne Frankreichs« zu flanieren. Seine Stimme blähend, pflegt er dann zu sagen: »Auf bis zur letzten Gaslaterne Frankreichs!« Seine Gemahlin folgt ihm mühsam humpelnd, schlaff, aufgedunsen von gelbem Fett und ihrerseits gefolgt von ihrem Sohn, der sich, um seinen Fuß hineinzusetzen, die breitesten Kuhfladen, die dicksten Pferdeäpfel aussucht, die zu dieser Stunde auf dieser Landstraße, die im Laufe des Tages so viele Rindergespanne und so viele Pferde passiert hatten, besonders zahlreich sind ... An der letzten Gaslaterne Frankreichs angelangt, bleibt Monsieur Tarabustin stehen, meditiert lange vor sich hin oder improvisiert, je nach Laune, moralische Reflexionen und hochfliegende philosophische Gedanken zur Bildung seiner Familie. Dann dreht er sich langsam um in Richtung Stadt und kehrt in das Zimmer ohne Luft und Licht zurück, welches er in einem engen, feuchten und ungesunden Haus gemietet hat, das selbst während der hellsten Sonnentage durch eine doppelte Reihe von Bäumen verdüstert wird. Und alle drei, deren Betten einander berühren und deren Lungen in traut familiärer Weise das Gift ihrer dreier Atemdünste austauschen, schlafen ein ... Und manchmal, wenn ihr Sohn schläft, stürzen sie sich verbissen in widerwärtige Liebesakte und betrüben mit ihren malthusianischen Küssen die Stille der Nacht.

Gestern bin ich Monsieur Isidor-Joseph Tarabustin auf der Route d'Espagne begegnet. Er hatte am Fuße der letzten Gaslaterne Frankreichs haltgemacht. Seine Frau hielt sich zu seiner Rechten, sein Sohn zu seiner Linken. Und vor dem Hintergrund der Berge, in der Abenddämmerung, die der Mond in Silber tauchte, wirkte dies wie eine bizarre Passionsszene, eine groteske Parodie auf Golgatha.

Niemand kam mehr auf der Landstraße vorüber, weder Tiere noch Menschen. In der Tiefe des engen Tals brodelte der Gebirgsbach zwischen Felsgeröll und wälzte Kiesel mit Geräuschen einer Glasharmonika. Und der Mond glitt langsam über den Himmel in den Einschnitt zwischen zwei Bergen, die von Sekunde zu Sekunde weniger schwarz und in malvenfarbene Nebelschleier gehüllt wurden.

Da ich voraussah, daß Monsieur Isidor-Joseph Tarabustin sogleich Worte von endgültigem Wert von sich geben würde, und da ich begierig war, sie zu vernehmen, versteckte ich mich hinter der Böschung der Landstraße, um ihn in seiner Eloquenz nur ja nicht zu verschrecken.

»Rose ...«, befahl Monsieur Tarabustin plötzlich ..., »und du, Louis-Pilate ... seht euch beide dieses Instrument ... dieses Instrument ... der Erleuchtung ... an.«

Und mit einer edlen Geste wies er auf die Straßenlaterne, welche die städtische Verwaltung mit kluger Sparsamkeit an diesem Abend, da Vollmond war, nicht angezündet hatte.

»Seht euch dieses Instrument an«, fuhr der Lehrer fort, »und sagt mir, was das ist.«

Louis-Pilate zuckte mit seinen verdrehten Schultern. Rose antwortete, während sie sich ihr krankes Knie rieb:

»Aber das ist eine Gaslaterne, mein Freund.«

»Eine Gaslaterne ... eine Gaslaterne! ... Natürlich ist das eine Gaslaterne ... Aber das ist beileibe keine Gaslaterne wie die anderen ... Das ist etwas ganz Besonderes und, so meine ich, etwas sehr Symbolisches ... Wenn ihr sie betrachtet ... ich bitte euch, meine liebe Rose, und du, Louis-Pilate, empfindet ihr dann nicht etwas ... eine Ergriffenheit ... einen Schauder ... ich meine, etwas Starkes, Mächtiges ... Religiöses ... ja, sprechen wir das Wort ruhig aus ... etwas Patriotisches? ... Sammle dich einen Augenblick, Rose ... Louis-Pilate, begib dich hinab in deine Seele ... Also? Sagt euch das nichts? ...«

Rose seufzte, fast den Tränen nahe.

»Und warum willst du, Isidor-Joseph, daß ich ausgerechnet vor dieser Straßenlaterne etwas empfinde, was ich vor anderen nicht empfinde?«

»Weil diese Straßenlaterne, meine liebe Frau, eine Idee enthält ... eine heilige Idee ... eine mütterliche Idee ... ein Mysterium ... das keine andere Straßenlaterne enthält ... weil ... hör mir gut zu ... weil diese Gaslaterne die letzte Gaslaterne Frankreichs ist, weil nach ihr ... da kommt das Gebirge ... da kommt Spanien ... das Unbekannte ... begreifst du? Ich meine: die Fremde, das Ausland ... Weil es das Vaterland ist, was hier jeden Abend zur Freude, zur Dankbarkeit unserer Herzen erleuchtet wird und uns zu sagen scheint: ›Wenn du mich liebst, gehst du keinen Schritt weiter!‹ Genau das ist diese Gaslaterne ...«

Madame Tarabustin betrachtete lange diese Gaslaterne, gab sich gewaltige Mühe, um die göttliche Erschütterung zu spüren, und traurig, tief betrübt darüber, daß sie nicht im Einklang mit den Gefühlen war, die das Herz ihres Gemahls schwellten, seufzte sie:

»Ich habe einfach nicht deine Intelligenz, mein Freund ... Und ich sehe in einer einfachen Straßenlaterne nicht so wunderschöne Dinge ... Das ist ein großes Unglück ... Für mich ist eine Gaslaterne immer eine Gaslaterne, selbst wenn sie die letzte Gaslaterne Frankreichs ist ...«

Monsieur Tarabustins Stimme nahm einen schwermütigen Tonfall an.

»Leider Gottes!« entfuhr es ihm ..., »bist du nur eine Frau ... du bist nicht wie ich in die Tiefe der Dinge gedrungen ... Die Dinge, meine arme Freundin, sind nur äußerlicher Schein, unter dem die ewigen Symbole wesen ... Der Gewöhnliche nimmt nur den äußerlichen Schein wahr ... Nur große Geister wie ich entdecken die Symbole unter dem äußerlichen Schein, der sie verbirgt ... Ja!«

Es folgte ein Moment Stille.

Der Atem der Tarabustins entweihte die belebende Reinheit des Abends. Ein Duft nach wilden Veilchen, der sich bis zu ihnen vorgewagt hatte, machte kehrt und verlor sich im Tal. Die Grillen waren, als sie die Stimme des Lehrers vernahmen, über diese Dissonanz erstaunt, verstummt.

»Und du, Louis-Pilate?«

Aber der Junge zertrat gerade unter seinem Absatz ein Glühwürmchen, das eben im Gras aufgeleuchtet war … Er antwortete nicht.

Da betrachtete Monsieur Isidor-Joseph Tarabustin ein letztes Mal inbrünstig die letzte Gaslaterne Frankreichs. Und dann zog er, gefolgt von seiner Frau, die wieder mühsam zu humpeln begann, und von seinem Sohn, der sich wieder anschickte, in die Kuhfladen und Pferdeäpfel zu stapfen, von dannen.

6

Heute habe ich in den Parkanlagen des Casinos, während das Kurorchester unter dem Pavillon die *Semiramis*-Ouvertüre spielte – oh, diese hüpfende *Semiramis*-Ouvertüre, die einen wie ein Ohrwurm verfolgt! –, Leute und nochmals Leute kommen und gehen sehen, Gestalten von jeglicher Sorte, die ich kenne oder die ich wiedererkenne, sämtliche Genres von Pariser Berühmtheiten, Monsieur Georges Leygues und seine provinzielle Eleganz, den berühmten Advokaten Maître du Buit, den nicht minder illustren Abgeordneten Monsieur Emile Ollivier sowie Schauspieler und Dichter und Dentisten und Damen von Welt und Dämchen der Halbwelt, all dies ein bizarrer und so trauriger Anblick! … Ich betrachte sie begierig. Auf jedes dieser Gesichter setze ich eine Geschichte; Erinnerungen, die mich zumindest für einen Tag aus meiner Langeweile, aus der Finsternis meiner Langeweile herausreißen werden. Und das sind der General Archinard, die Marquise de Parabole, der Oberst de Présalé und andere, wieder andere und immer noch weitere andere … Aber ganz besonders hänge ich mich an Monsieur Georges Leygues, denn er stimmt mich immer nur heiter. Ich liebe Monsieur Georges Leygues und seine schöne südländische Aufrichtigkeit sowie diese Sicherheit in den Beziehungen, die bei Politikern so selten ist und die er in hohem Maße besitzt. Monsieur Leygues kann man mit geschlossenen Augen lieben; das ist sogar die beste Art, ihn zu lieben, um dabei keine Enttäuschungen zu erleben … Für mich bedeutet es eine köstliche und kräftige, immer neue und geradezu nationale Freude, wenn ich irgendwo mit ihm zusammen bin. Ich bewundere, wie ihm die

Gewohnheit der Ministerien mit der Zeit eine Seele voller Nachsicht und Eklektizismus verliehen hat, deren buntscheckigem Zauber man, ohne es zu wollen, erliegt ...

Eines Abends, als er in den Kulissen der Oper eine Anekdote erzählte, begann er so:

»Zu jener Zeit war ich noch nicht Minister ...«

»Das können Sie mir aber nicht erzählen!« protestierte Monsieur Gailhard.

»Gut! Zu jener Zeit war ich bereits Minister und Angestellter des Gerichtsvollziehers im Département Tarn-et-Garonne.«

Und dann erzählte er seine Anekdote.

Banal bis zum Überdruß, doch unerschöpflich redegewandt, entlockt seine Konversation allen, die in ihren Genuß kommen, den schmeichelnden Ausruf: »Was für ein hübscher Causeur!« Und diese erstaunliche Persönlichkeit plaudert in der Tat über alle Dinge gleichermaßen kompetent. Nie, glaube ich, bin ich in meinem Leben einem Mann begegnet, dessen Kompetenz von ähnlich universeller Art war. Vollends unschlagbar ist er jedoch in Fragen der Kunst ... Wer nicht gehört hat, wie er über das Gefühl für das Dekorative bei Flameng redet, der hat rein gar nichts gehört ... Und wenn er erst über die erzieherischen Schönheiten der Komischen Oper loslegt ... oh, was für ein Genuß!

Eines Tages gratulierte ich ihm einmal – ganz devoter Schmeichler – zu dieser unbestreitbaren Superiorität.

»Nicht doch«, entgegnete mir Monsieur Leygues bescheiden ..., »von einer Superiorität kann keine Rede sein.«

»Oh! Ich bitte Sie, Herr Minister ...«

»Ich besitze nämlich alle.«

»Wie wahr!«

»Aber ich besitze sie nicht alle auf einmal ... ich besitze sie nacheinander ... je nach dem Ministerium, das ich gerade leite.«

»Und da Sie sie alle geleitet haben, Herr Minister? ...« bemerkte ich mit einer sehr tiefen Verneigung.

»So ist es ...«, meinte Monsieur Leygues mit einer himmlischen Pirouette, die mir bewies, daß sein Knie ebenso geschmeidig ist wie sein Geist.

Er ist einfach zauberhaft ...

Wenn ich mit ihm bei Freunden diniere und mir dabei seinen Schädel aus patiniertem Elfenbein und seinen nationalistischen Schnauzbart betrachte, fühle ich mich stolz, wahrhaftig stolz, ein Steuerzahler zu sein. Und ich sinniere im stillen:

Wenn man bedenkt, daß dieser Mann dort derjenige ist, unter dessen Mandat die Comédie-Française gebrannt hat und unter dessen Mandat gewiß auch der Louvre brennen wird! ... Und er ist in keiner Weise eingebildet ... er ist wie alle Welt, wie Sie und ich! ...

Und als ich eines Tages meine stummen Gedanken in Worte faßte, brachte ich sie so zum Ausdruck:

»Denn ich meine, Herr Minister, der Louvre wird doch brennen, nicht wahr?«

Das war einige Wochen nach der Katastrophe des Théâtre-Français.

Monsieur Leygues antwortete bescheiden:

»Was die Comédie betrifft: das war längst vorgesehen, und ich habe daran, bitte glauben Sie mir, keinerlei Verdienst. Aber Katastrophen dieser Art haben ganz wie unsere klassische Literatur gewisse Traditionen, mit denen man nicht von heute auf morgen brechen könnte. So rasch, mein werter Herr, folgen sie nicht auf einander. Verdammt, nein! ... Sie gehorchen bestimmten Gesetzen oder, wenn Sie so wollen, bestimmten Rhythmen der Periodizität wie die Epidemien, die Weltausstellungen, die großen Eiszeiten, die großen Revolutionen und die großen Kriege: Rhythmen, deren Natur wir nicht genau kennen, die aber nichtsdestoweniger existieren, und deren Auftreten sich geradezu mathematisch, bis auf wenige Monate genau, berechnen läßt. Daher haben wir nun mehrere Jahre Gnadenfrist vor uns.«

»Um so besser ... oh, um so besser!«

»Zu alledem«, fuhr Monsieur Georges Leygues fort, »kommen noch rein materielle Gründe hinzu, in denen ich, das versteht sich von selbst, weniger Sicherheit finde, aber die gleichfalls ihr Quentchen an Bedeutung haben ... und zwar an politischer, sofern man ausschließlich materiellen – und folglich launischen und wenig soliden – Gründen irgendeine Bedeutung, und sei es gar eine politische, beimessen kann.«

»Und diese Gründe wären, mein lieber Herr Minister?«

Liebenswürdig – denn seine Liebenswürdigkeit ist ebenso unerschöpflich wie reich dokumentiert – antwortete Monsieur Georges Leygues:

»Nach jeder Katastrophe dieser Art kann man folgendes beobachten: strengere Überwachung; Anwesenheit von Feuerwehrleuten; fast tägliche Überprüfung der eisernen Vorhänge, der Hauptsicherungen, Heizquellen, elektrischen Kontakte und was weiß ich noch alles ... lauter Dinge von banalster Nebensächlichkeit, mit denen man jedoch die einfältigen Gemüter beruhigt. Oder was ist, wenn Sie den einfältigen Gemütern etwas von geheimnisvollen Gesetzen, von kosmischen oder anderen Rhythmen erzählen? Die lachen Ihnen doch ins Gesicht. Was uns dagegen, Menschen mit Verstand und Idealen, die wir große Gedanken gewohnt sind, die wir wissen, was es mit den großen irdischen Harmonien auf sich hat, was uns dagegen bezüglich der Unmöglichkeit eines nahe bevorstehenden und ähnlichen Desasters vollkommen beruhigen muß, das sind, ich sage es Ihnen noch einmal, seine Gesetze, seine Rhythmen, seine Traditionen. Die Tradition – nennen Sie sie, wie Sie wollen – weist aber mit all ihren unbesiegbaren Kräften die unmittelbare Idee eines neuerlichen Brandes von sich. Das Odéon vielleicht? ...

Und wenn, dann liegt der Zeitpunkt noch in so weiter Ferne! Er liegt nicht, und zwar ganz gewiß nicht, im Bereich des fraglichen Rhythmus'. Seien Sie also ganz beruhigt, mein werter Herr. Und nun lassen Sie uns an etwas anderes denken.«

»Aber sehen Sie, Herr Minister«, entgegnete ich, »wenn wir gerade unter dem Eindruck eines großen persönlichen Unglücks stehen, wenn wir beispielsweise einen geliebten Menschen oder Geld oder eine Stellung verloren haben, dann haben wir die Gewohnheit, uns viele Gedanken zu machen, uns vielen Erinnerungen hinzugeben, eine eingehende Prüfung unseres Gewissens vorzunehmen ... und schließlich Beschlüsse bezüglich eines neuen und besseren Lebens zu fassen ...«

»Mit anderen Worten: ›Da ließ er noch einmal sein ganzes Leben vor sich vorüberziehen‹, wie die Autoren des psychologischen Romans zu sagen pflegen ...«

»So ist es! ... Ich meine also: Könnte die Comédie-Française nicht auch diese Prüfung vornehmen und diese Beschlüsse fassen? Ich weiß ihr sehr wohl Gerechtigkeit widerfahren zu lassen ... Sie ist von wahrem Adel ... von großer Höflichkeit ... und sogar von unendlich distinguierter Langeweile, was alles sehr respektabel ist und was ich persönlich keineswegs für gleichgültig halte. Aber sie bringt alle Bewegung zum Stillstand und bringt das Feuer der Meisterwerke zum Gefrieren ... Aus den verschiedenen Formen des Menschlichen, die sie verkörpert, macht sie völlig gleich aussehende Puppen. Oh! Zu höchst erlesenen, das gestehe ich Ihnen durchaus zu, und zu solchen, die die edelsten Manieren haben ... aber dennoch zu Puppen, in denen kein Leben ist ... Selbst in den Momenten heftiger und überschwenglicher Leidenschaft behält sie die harmonisch verkünstelte Steifheit in Geste und Bewegung; auch nicht für eine Minute vergißt sie jene rhetorische Sprache, jene traditionelle, so paradoxe Diktion, welche den Elan bremst, die Emotion – und infolgedessen die Kunst – abtötet ...«

»Das ist gerade das Zeichen der großen Kunst«, warf Monsieur Leygues ein ...

»Es gibt keine große oder kleine Kunst ... Es gibt keine alte Kunst oder junge Kunst ... es gibt nur die Kunst ...«

Nachdem ich dieses Glaubensbekenntnis verkündet hatte, fuhr ich fort:

»In der Comédie-Française gibt es nie etwas Schlampiges, Stürmisches, Chaotisches; nie jenes Unvorhergesehene, das das Leben der Mimik des Gesichts, den Gesten, dem Aufschrei verleiht ... immer das gleiche erstarrte Tragische, immer die gleiche komische Kälte. Nie hat man den starken, notwendigen und ergreifenden Eindruck, daß dies Männer, daß dies Frauen sind, und zwar wirklich lebendige, die auf dieser ruhmreichen Bühne hin und her rennen, weinen oder leiden oder lachen, sondern daß es richtige Statuen sind, deren Stimmen – denn diese Statuen können sprechen – ebenso kalt und glattpoliert wie der Marmor wirken, aus dem sie geschaffen sind. Das soll eine Konvention sein, die ich Sie durch eine andere Konvention zu ersetzen bitte? Einverstanden, und ich weiß, daß das Theater nur von Konventionen lebt. Aber könnte man diese Konventionen nicht logischer und schöner machen, indem man sie so weit wie möglich der Natur, dem Leben annähert, außerhalb dessen es nichts gibt ... »Nein«, ereiferte ich mich, auf eine – im übrigen vage – Geste von Monsieur Leygues' Seite reagierend, »die Comédie-Française ist in Wirklichkeit kein Theater; sie ist ein Museum ... Bedenken Sie, daß all diese Schauspieler enorm viel Talent besitzen ... Und wenn sie es nicht auf etwas Edleres, etwas Heiligeres anwenden, so liegt der Fehler dafür in der grundlegenden Ausbildung, die sie erhalten ...«

»Gut, dann laßt uns auch das Konservatorium verbrennen«, schrie Monsieur Leygues freudestrahlend.

»Nein, mein lieber Herr Minister, ich verlange nicht, daß man das ›Konservatorium‹ niederbrennt. Aber könnte man es nicht einfach so und für immer schließen? ... Allein schon dieser Name ›Konservatorium‹ ... bedenken Sie, daß er soviel wie altes posthumes Zeug, alte abgelegte Formen, alter toter Staub bedeutet ...«

Monsieur Leygues überlegte. In seinem Innern tobte ein heftiger Kampf zwischen den zwei rivalisierenden Persönlichkeiten, die er darstellt. Dann sagte er:

»Als Mensch bin ich ganz Ihrer Meinung. Ich gehe vielleicht sogar noch weiter als Sie ... Denn ich besitze eine unglaubliche Kühnheit ... in heftigen, revolutionären, anarchistischen Ansichten ... Aber der Mensch ist nur die eine Hälfte meiner Person; ich bin auch Minister. Und als Minister könnte ich diese Ansichten, die ich als Mensch vertrete, nicht befürworten ... Ich kann sie nicht nur nicht befürworten, sondern ich muß sie sogar bekämpfen ... Und das ist, glauben Sie mir, eine sehr schmerzliche Angelegenheit und zugleich eine sehr komische, dieser furchtbare Kampf zwischen einem Menschen und einem Minister in ein und derselben Person ... Vergessen Sie auch nicht, daß ich den Staat repräsentiere ... daß ich der Staat bin ... und daß der Staat, sofern er noch weiterhin der Staat bleiben will, nur einen bestimmten Grad von Kunst erlauben darf, daß er weder der Kunst erlauben darf, total zu sein, noch dem Genie erlauben darf, zeitgenössisch zu sein. Für den Staat ist das Genie erst dann offiziell Genie, wenn es durch mehrere Jahrhunderte beglaubigt wurde ... Solange das Genie nicht durch mehrere Jahrhunderte beglaubigt wurde, behandelt der Staat es als einen Feind. Ich fasse zusammen ... Aus all diesen Gründen werde ich gezwungen sein, die Comédie-Française in ihrem alten Rahmen und ihrem alten Geist wieder aufzubauen. Denn es ist doch klar, nicht wahr, daß in diesem homerischen Kampf, den ich Ihnen gerade beschrieben habe, immer der

Minister über den Menschen siegt? ... Denn sonst wäre der Mensch nicht mehr Minister ... Und dann? Was wäre ich dann?«

Bei dieser melancholischen Reflexion lief mir ein eisiger Schauer über den Rücken, und da ich an all das dachte, wozu ein solcher Mensch sonst noch imstande wäre, drückte ich ihm ganz entschieden meine Befürchtungen wegen der Instabilität des Kabinetts aus und geißelte nicht ohne Nachdruck die Verbissenheit, mit der so viele Leute danach trachteten, es zu stürzen ...

»Mich«, meinte Monsieur Leygues darauf in einem gleichgültigen Ton, »berühren diese Dinge überhaupt nicht ... Und sie interessieren mich absolut nicht ...«

»Wie bitte?« fuhr ich auf ... »Sie sind nicht solidarisch mit Ihrem Kabinett?«

»Ich bin mit allen Kabinetten solidarisch«, entgegnete der Minister lebhaft. »Da ich generell allen angehöre, gehöre ich keinem im besonderen an. Und das erlaubt mir, mich in jener einzigartigen und komischen Lage zu befinden, nämlich der ewige Minister zu sein, der ich bin ... Die Minister kommen und gehen ... ich bleibe ... Die einen sind Radikale.. die anderen Opportunisten ... jene sind Nationalisten ... wieder andere Sozialisten ... ich bleibe ... Ob unter Waldeck, Méline, Ribot, Dupuy, Millerand oder Déroulède ... das spielt keine Rolle ... ich bleibe.«

In logischer Konsequenz fügte er hinzu:

»Infolgedessen ist die Möglichkeit ausgeschlossen, daß der Louvre unter einem anderen Ministerium als dem meinen in Flammen aufgeht ...«

Nach einer kurzen Pause des Schweigens, in der ich meiner galoppierenden Bewunderung die Zügel schießen ließ, rief ich:

»Oh, Herr Minister! Der Brand des Louvre, verstehen Sie, das wird gewiß keine kleine Affäre sein ...«

Worauf Monsieur Leygues feierlich antwortete:

»Es gibt niemals kleine Affären ... es gibt immer nur große Affären ... es gibt immer nur große Minister.«

Und er leerte einen Kelch Champagner.

Man erhob sich von der Tafel. Später traf ich Monsieur Leygues im Rauchsalon wieder. Obwohl er dichtgedrängt von Leuten umringt war, an die er auf herzliche Art und Weise Ehrenlegions-Kreuze verteilte, gelang es mir, ihn in eine Ecke zu ziehen, und ich sagte ihm noch:

»Sie haben mich eben tief beeindruckt. Nun glaube ich tatsächlich an Ihre ministerielle Unabsetzbarkeit; ich bin überzeugt, daß Sie genügend viele Ressourcen im Geist und genügend viel Unabhängigkeit im Herzen besitzen, so daß eine schlichte Frage politischer oder sozialer Ansicht für Ihre ... wie soll ich sagen? ... für Ihre ministerielle Unsterblichkeit kein Hindernis bedeuten könnte.«

»Verdammt, das will ich meinen! Ich besitze die Gabe einer Art moralischer Levitation, die mich über jene nichtigen und albernen Dinge erhebt und mich über ihnen schweben läßt ...«

»Dessen bin ich mir sicher ... Aber in den Geschehnissen auf menschlicher Ebene muß man doch auch dem Unvorsehbaren Rechnung tragen. Könnte nicht einmal ein Umstand eintreten – ein unwahrscheinlicher, gewiß, aber letztlich doch möglicher – in welchem Sie nicht mehr Minister sein werden? ... Sie verliehen eben selbst dieser Befürchtung Ausdruck.«

»Reine Ironie, so zu reden, verehrter Herr ... In Wirklichkeit nehme ich nicht an, daß ein solcher Umstand eintreten kann, er kann einfach nicht eintreten ... Halt! Was passieren kann, ist, daß ein klerikaler Minister ... Gut, aber ich bin dann der unverzichtbare Mann in dieser neuen Konstellation ... In einer Schublade meines Schreibtischs habe ich fix und fertig ein Projekt zur Reform des Unterrichtswesens bereitliegen ... Es ist wirklich bewundernswert.«

»Daran zweifle ich nicht ...«

»Es ist insofern bewundernswert, als ich den Jesuiten das ausschließliche Unterrichtsmonopol in sämtlichen Klassenstufen erteile ... Übrigens habe ich noch ein anderes, durch das ich im Falle eines Sieges der Republikaner dieses ausschließliche Monopol ... den Freimaurern erteile ... denn ich bin überzeugt, darunter gibt es auch Freimaurer ... Also wo ist das Problem? ... Sie sehen selbst, daß der Umstand, von dem Sie sprechen, vollkommen undenkbar ist ...«

»Man muß an alles denken, Herr Minister ... Ein weiser und voraussehender Mann wie Sie muß alles in Erwägung ziehen ...«

»Nämlich?«

»Ich habe mich nämlich, ganz wie Sie vorhin, oft mit Besorgnis, das versichere ich Ihnen, sogar mit Schmerzen gefragt, was Sie aufgrund der Fatalität irgendeines beliebigen Umstandes wohl sein könnten, wenn Sie nicht mehr Minister wären ...«

Ich sah auf Monsieur Leygues' Stirn eine Wolke vorüberziehen ... Und als die Wolke vorübergezogen war, meinte er:

»Was ich dann wäre? ...«

»Ja ... ja ... o ja!«

Seine Stimme blähend, die Handflächen an die Schenkel pressend, den Schnauzbart noch schärfer gespitzt, meinte er:

»Dichter! ... Und das ist viel schöner! ...«

In diesem Moment vernahm ich im Zimmer den Lärm eines in Scherben fallenden Gegenstandes. Es war eine Büste Victor Hugos, die, als sie dies vernommen hatte, von ihrem Sockel gestürzt, vom Kaminsims auf den Boden gerollt und in tausend Stücke geplatzt war ... vor Lachen.

7

Und hier Maître du Buit.

Zuweilen nimmt Maître du Buit sein Bad in einer Kabine neben der meinen ... Ich höre, wie er sich mit dem Jungen vom Badepersonal unterhält.

»Es liegt nicht in meiner Macht ... Personen von größerer Autorität ... Und ich füge hinzu ... Mein Bad ist kalt ... und ich füge hinzu ... und nicht schwefelig genug ... Wir stehen an einem Wendepunkt der Geschichte ... und man gestatte mir diesen Ausdruck ... an einer gefährlichen Kurve der Menschheit ... Die Ehre der Armee ... Bétolaud ... Diese Romanschmierfinken ... Einfach nicht zu belangen ...«

Er sagt noch viele andere ähnlich bewundernswerte Dinge ... Selbst während der bescheideneren Funktion seiner bescheideneren Organe bleibt er Rhetoriker ... und bestätigt sich als sehr eloquent ...

Eine schon weit zurückliegende Erinnerung drängt sich mir auf ... Es war während des berühmten Prozesses um die *Société des Métaux*, eines Prozesses, der heute vergessen ist, denn alles gerät in Vergessenheit. Maître du Buit, ein sehr tüchtiger Anwalt, dessen kahler und graubrauner Schädel aus dem gleichen Material wie sein Name geschnitzt zu sein scheint, verteidigte damals, wenn ich mich recht entsinne, Monsieur Secrétan. Und was er sagte, war folgendes:

»Meine Herrn, man wirft uns vor – sprechen wir das Wort ruhig aus – man klagt uns an, wir hätten das Kupfer unrechtmäßig monopolisiert ... Das Kupfer, meine Herrn! *(Sardonisch grinsend)* Eigentlich eine sehr sonderbare Anklage. *(Wiegt sich hin und her und blickt dem Staatsanwalt kühn in die Augen.)* Eine ungeheuerliche Anklage, nicht wahr? ... Aber ich werde, meine Herrn, mit einem Wort, mit einem einzigen Wort *(er kippt seine prall mit Papieren gefüllte Aktentasche aus)*, ich werde sie, so behaupte ich, mit einem einzigen Wort zu Staub zermalmen (*er schlägt kräftig auf die Gerichtsschranke*), sie zunichte machen ... sie in nichts auflösen, die wertlosen Argumente unserer Gegner ... die angeblichen Berechnungen ... die angeblichen Beweise, die von der Staatsanwaltschaft nach Belieben aufgehäuft wurden ... *(Plötzlich ganz ruhig und knapp)* Ein einfacher Vergleich wird genügen ... *(Stille. Er wiegt sich einen Augenblick hin und her, dann schiebt er mit einem jähen Ruck die wehenden Falten seines Ärmels bis zu den Achselhöhlen hoch, richtet seinen erhobenen Zeigefinger zur Saaldecke und beugt sich, seinen Körper mit der Bewegung eines Harlekins zusammenklappend, über die Schranke.)* Meine Herrn ... *(mit einschmeichelnder und kaum hörbarer Stimme)* ein Ackersmann ... *(mit deutlicherer und überzeugterer Stimme)* ein Landwirt ... *(mit volltönender und begeisterter Stimme)* ein Agronom ... *(mit donnernder Stimme)* ein Bauer ... *(Pause. Der erhobene Zeigefinger kreist in der Luft, zittert, hält inne, dann entfaltet sich in ruckartigen Bewegungen die ganze Hand)* der sein Korn sät ... *(allmählich seine Stimme aufblähend)* der sein Korn mäht ... der sein Korn erntet ... der sein Korn drischt ... der sein Korn einfährt ... *(die Stimme hat ihr Maximum an Lautstärke erreicht – wird dann schwächer und sinkt, wie gebrochen, auf dumpfe Tonhöhen zurück.)* Ja, meine Herrn, man kann sagen ... *(gleiches Spiel wie zuvor)* daß dieser Bauer ... dieser Agronom ... dieser Landwirt ... dieser Ackersmann ... *(gleiches Spiel wie zuvor)* der dieses Korn gesät ... der dieses Korn gemäht ... der dieses Korn geerntet ... der dieses Korn gedroschen ... der dieses Korn eingefahren hat ... Ja, ich frage jedes anständige Gewissen ... kann man behaupten, daß dieser Agronom ... daß dieser

Landwirt ... daß dieser Ackersmann ... daß dieser Bauer ... daß er dieses Korn, das er gesät hat ... das er gemäht hat ... das er geerntet hat ... das er eingefahren hat ... daß er dieses Korn unrechtmäßig monopolisiert hat? Dieses Korn, das sein Schweiß und – erlauben Sie mir, dies hier ohne Furcht zu sagen – nicht auch sein Blut ist? Nein, meine Herrn ... *(Der Zeigefinger hat sich wieder zu den geschlossenen Fingern seiner Hand gesellt, und der Arm fährt herab und hebt sich hoch, hebt sich hoch und fährt herab und schlägt mit regelmäßigen Hieben wie ein Dampfhammer auf die Schranke)* das kann man nicht behaupten ... das darf man nicht behaupten ... das wird man nicht behaupten! ... *(Erneute Pause, in der er sich leicht die Stirn abtupft, dann tritt er zurück, hebt die Ellbogen, breitet seine ausgestreckten und gespreizten Finger auf seine Hemdbrust.)* Denn, beachten Sie es wohl, meine Herrn ... juristisch, staatsbürgerlich, moralisch, und ich würde noch hinzufügen, legal ... ja, Herr Staatsanwalt, auf ganz legale Weise hat dieser Bauer ... dieser Landwirt ... dieser Ackersmann ... dieser Agronom ... der dieses Korn gesät hat ...«

Und Maître du Buit fuhr noch zwei Stunden lang weiter auf diese Art fort ... Und die Macht dieser Eloquenz war so gewaltig, daß jener Bauer ... jener Ackersmann ... jener Landwirt ... jener Agronom ... am Ende eine richtig körperliche Konsistenz annahm ... allein für sich füllte er mit seiner ausschließlichen und furchtbaren Gegenwart den ganzen Saal. Man sah nur noch ihn. Die Kupferhalden waren verschwunden.

Die Richter waren verzückt. Während der Unterbrechung der Anhörung schwärmten die Anwälte in heller Begeisterung durch die Gänge, gaben laut ihre Bewunderung kund. Man hörte Gespräche wie das folgende:

»Nein, wirklich, das ist unvergleichlich ... haben Sie jemals ein so sprühendes Plädoyer gehört?«

»Niemals ... Man fühlt sich zurückversetzt in die große Zeit von Berryer ... an die großen Kämpfe von Jules Favre ...«

»Und klärt das die anstehende Frage? Ach woher! ... Nein, aber das Gesicht, das der Staatsanwalt gemacht hat! ... Haben Sie es gesehen, ja? ... Können Sie sich vorstellen, daß den Staatsanwalt das Ganze amüsiert?«

Und die Angeklagten nahmen, in ihrer Sache bestärkt, von da an die unbeugsame Haltung von Anklägern ein ...

Einige Wochen danach wurde Maître du Buit per Akklamation zum Präsidenten der Anwaltskammer gewählt.

8

Mehrere Male habe ich den immer ruhigen und lächelnden Monsieur Emile Ollivier wiedergesehen ... Aber diese Ruhe und dieses Lächeln haben nichts Erschreckendes mehr für mich, seit ich ihren Grund kenne ... seit mir ihr Geheimnis enthüllt wurde ...

Vor nun vier Jahren ...

Es war in einem Zugabteil, natürlich ... Die Knie mit einem Plaid mit Karomuster, das Haupt mit einem schottischen Barett bedeckt – einem jener Barette, die an nach außen gestülpte Hutbänder erinnern –, fuhr Monsieur Emile Ollivier büßerischen und unbekannten Zielen entgegen. Zumindest liebte ich es, mir vorzustellen, daß dem so wäre ...

Das Schauspiel eines Emile Ollivier, den ich mir ziellos, ohne jemals anzuhalten, und überall vom Fluch verfolgt durch die Welt irrend vorstellte, eines Emile Ollivier, der die Ebenen, die Gebirge, die Wälder, die Meere durchmißt, der unablässig auf der Suche nach unmöglich zu findender Stille und noch unmöglicher zu findender Vergessenheit von den *railways* auf die *tramways*, von den *tramways* auf die Überseedampfer, von den Überseedampfern auf die Kamele, von den Kamelen auf die Schlitten umsteigt: dieses Schauspiel ergötzt, ich gebe es zu, zu allererst meine nach Gerechtigkeit dürstende Patriotenseele – denn Patriotenseelen dürsten ständig nach etwas –, und ich mußte an Elsaß-Lothringen denken, und mit welch ergriffenem Mitleid!

Auch er muß daran gedacht haben, und wie schmerzlich betrübt, der Unglückselige! Er war kreidebleich, mit vor

Schlaflosigkeit verquollenen Lidern und einem Ausdruck des Leidens auf dem ganzen Gesicht. Ich war ihm dankbar für diese Plastik, die mit dem, was ich für den Zustand seiner Seele hielt, so vollkommen harmonierte, ich konnte nicht umhin, davon ergriffen zu sein, denn ich gehöre zu jenen, ich gebe es zu, ein wenig unkonventionellen und absolut nicht Corneilleschen Patrioten, in denen der Patriotismus die Gefühle von großherziger Menschlichkeit und von Mitgefühl noch nicht restlos ersticken konnte. Ja, dieser Mensch – denn ist er letztlich nicht ein Mensch? – rührte mich. Stellen Sie sich das vor: Seit dreißig Jahren reist er ohne Rast, ohne Ruh hier unter den sengendsten Sonnen, dort in den unbarmherzigsten Eiswüsten, mal hier-, mal dorthin geworfen von der schrecklichen Ananke, von einem Pol zum andern, unentwegt! ... Kann man sich eine schlimmere Folter vorstellen? Gibt es irgendwo ein peinigenderes Los? ... Ach, der arme Teufel! ...

Meine Phantasie, die mir nie andere Gedanken eingibt, wanderte, wanderte und wanderte und drängte mich zu den edelsten Arten der Nachsicht, zu den vollkommensten Formen der Vergebung. Dabei war ich bis zu jenem Überschwang, bis zu jenem Gipfelpunkt gelangt, wo ich Monsieur Emile Ollivier den Tod wünschte, der auch Bazaine am Ende erlöste. Und fiebernd beschwor ich, ich weiß nicht welche abstrakte Gottheit, die mich jedoch nicht hörte, mit den Worten:

»Er ist genug gewandert, er hat zur Genüge seine elende sterbliche Hülle über die Erde geschleppt. Erbarmen! Möge er endlich irgendwo anhalten, egal wo, und wär's auch nur im Schatten einer Weide, im Winkel eines unbekannten Friedhofs! ...«

Ein banaler Zwischenfall mit einer Abteiltür, wegen der sich zwei Reisende stritten, ob sie offen oder geschlossen sein sollte, und der unser Eingreifen notwendig machte, verband uns auf das angelegentlichste miteinander. Und ohne weitere

Förmlichkeiten stellten wir uns einander vor. Oh, das Leben!

»Hocherfreut, Monsieur ...«

»Ganz meinerseits ...«

»Monsieur!«

»Monsieur!«

Aber trotz dieser herzlichen Begrüßungsworte war es uns unmöglich, frei zu reden, solange jene beiden Reisenden, obendrein von ziemlich rüpelhafter Art, zugegen waren und uns belauschten. Ebensosehr aus guter Erziehung wie aus Mitleid wollte ich diese Person mit Schottenbarett, diesen waffenlosen und schmerzlich leidenden Paria, diesen beklagenswerten Ewigen Juden der Ewigen Reue – hatte ich doch, so schien mir, auf ritterliche Art seinen Schutz übernommen und mir seine Achtung erworben – nun nicht dem groben Gespött dieser Rüpel, dieser Franzosenrüpel, und womöglich gar ihrem ignoranten Zorn überlassen. Und um die Aufmerksamkeit jener lästigen Reisegefährten abzulenken, denen unser Treiben nicht entgangen war und die den Schmerzensmann mit offenkundiger Feindseligkeit zu mustern begannen, fühlte ich mich bemüßigt, diesen sogar mehrmals und mit lauter Stimme als *Monsieur de Cœurléger* anzureden, ihm die vorübergehende Eigenschaft eines Winzers aus der Champagne zu verleihen und ihn auszufragen, wie die Weinlese ausgefallen sei – ein Feingefühl, das ihn, wie sein verwunderter Blick mir zu verstehen gab, mitnichten befriedigte, im Gegenteil.

Ein paar Stationen später stiegen die beiden Reisenden aus. Von da an waren wir allein und hatten Stunden und Aberstunden und ganze Nächte über die Schienen zu rollen, vorbei an teilnahmslosen Landschaften. Sofort bemühte sich meine wohlwollende Haltung mit sämtlichen Arten des Lächelns Monsieur Emile Ollivier zu den intimsten Geständnissen zu ermuntern, und im stillen sagte ich mir, die Seele von barmherziger Traurigkeit erfüllt:

»Rede, armer Mann, und schütte dein Herz aus, schütte es aus bis zur Neige ... Es gibt nichts, was so gut tut und was besser beruhigt, wenn man leidet ... Und wenn du weinen willst, so weine ... oh, ich bitte dich, weine dich aus ... Ich werde deine Tränen gewiß nicht lächerlich finden!«

Aber erhörte er diese glühende innere Rede?

Nein, er erhörte sie nicht, denn er begann wie folgt:

»Monsieur, ich habe die Zeitungen von heute früh gelesen ... Nun, die Dinge stehen ganz und gar nicht gut ... Es geht immer mehr bergab ... Wir werden nicht regiert ... Wir werden weniger regiert als die nacktesten Wilden auf dem afrikanischen Kontinent ... Und in Wahrheit weiß ich nicht ... nein, ich wage nicht zu wissen, ich will nicht wissen, wohin wir uns bewegen ... Es gibt keine Prinzipien mehr in Frankreich, Monsieur, keine Traditionen, keine Religion, keine Moral, keine Achtung vor den Gesetzen, keinen Patriotismus mehr, nichts mehr, nichts mehr, rein gar nichts mehr ... Das ist ungeheuerlich! ...«

»In der Tat«, sagte ich, bereits abgekühlt durch diese Worte, die ich mir aus einem solchen Munde nicht erwartete.

Emile Ollivier fuhr fort:

»Es ist ungeheuerlich! Eine Regierung aus Unordnung und Ignoranz, zusammengesetzt aus dem niedersten provinziellen Mittelmaß; ein Parlament von Piraten, das sich obendrein noch zu deren Gefangenem erklärt hat; und der Sozialismus als Hintergrund des Ganzen mit seinen Attentaten, seinen Aufständen, seinen Streiks, all seinen revolutionären Gewaltakten, die sogar noch legalisiert, ja zum Gesetz erhoben werden! ... Das sind die Verhältnisse, die wir heute haben ... Wenn es in dem politischen Personal wenigstens noch eine stille Reserve, eine alte Garde gäbe ... Männer wie mich! ... O ja! ... Statt dessen überall Typen, die sich für nichts anderes interessieren als für ihre persönliche Fortüne, die an nichts anderes denken als an ihre eigene Tasche und an ihren

Bauch und die einen Mann wie Lamartine vollkommen vergessen haben ... Das ist einfach abscheulich; das hat es noch nie gegeben, und ich begreife nicht, wie Frankreich sie noch länger dulden kann ... Nein, wirklich, diese Geduld, die Frankreich an den Tag legt, empört mich und widert mich an ... Sie bringt mich zur Weißglut, bringt mich ganz aus dem Häuschen ... Ihre Seelenruhe, Monsieur, erstaunt mich wirklich ...«

Da ich, stumm vor Erstaunen, nichts sagte, warf er mir vor:

»Sie sehen also nicht, was diese Verbrecher treiben? Sie reißen einen Abgrund auf, den man nie mehr auffüllen wird ... Noch ein paar Wochen von diesem Regime, allerhöchstens ein paar Monate, und dann ... Sie wissen, was dann passiert? ...«

»Reden Sie!« meinte ich, immer mehr zu Eis erstarrt.

»Nun, dann ist der Bankrott da, mein verehrter und blinder Herr, und – hören Sie mir mit beiden Ohren gut zu und merken Sie sich gut, was ich Ihnen jetzt sagen werde – das bedeutet: die Zerstückelung des Vaterlands ... des Va-ter-lands! ... Ist das klar?«

»Sie sind streng in Ihrem Urteil, Monsieur Emile Ollivier.«

Der Name Emile Ollivier, den ich gerade ausgesprochen hatte und der so dicht auf jenes Satzstück »Zerstückelung des Vaterlands« folgte, das er – o diese Gedankenlosigkeit! o diese Schamlosigkeit! – gerade so grausam betont hatte, hallte wie ein tragisches Echo der Vergangenheit durch den Waggon. Und bei diesem Namen erschauerte ich von Kopf bis Fuß. Denn in diesem Namen hatte ich noch im selben Augenblick, als er mir über die Lippen kam, klar und deutlich und gewissermaßen einen nach dem anderen die mächtigen Schreie des Zorns, die Schluchzer der Witwen, die Verfluchungen der Mütter, die heulenden Ach- und Weherufe der Niederlage vernommen.

Aber genau so, wie er nichts von meiner flehentlichen Aufforderung zu Demut und Reue vernommen hatte, warf ihm auch der Name Emile Ollivier, als er ihm plötzlich ins Gesicht geschleudert wurde, kein anderes Echo als das seiner eigenen Eingebildetheit und seines unermeßlichen Hochmutes entgegen. Er lächelte bei diesem Namen, wiegte und weidete sich in diesem Namen wie in einem Lügenspiegel, fand sich schön und antwortete in hochtrabendem Ton:

»Nein, ich bin nicht streng ... ich bin gerecht und scharfsinnig, das ist alles, und ich bin ein Patriot ... Ich bin ein höherer Politiker, ja, ein klarsichtiger Staatsmann, den die großen Vorbilder der Geschichte geprägt haben und die großen Kämpfe der Gegenwart, in denen sich mein Name auszeichnete ... ich kenne die Menschen, Monsieur, und weiß, wie man sie führt und regiert ... und ich kenne auch die Situation Europas, seine maßlosen Ambitionen, seine geheimen Machenschaften, das, was es sich von unserer verkommenen Literatur, von unserer verrotteten Kunst erwartet, was es sich von unserer Unbekümmertheit und von unserem Unverstand erhofft ... Und das ist der Grund, weshalb ich Ihnen sage: *Worauf wir zusteuern, ist die Eroberung durch den Feind, die Zerstückelung des Vaterlandes ... des Vaterlands! ...*«

Mit einer prachtvollen rhetorischen Geste riß er sich sein Schottenbarett vom Kopf, das zwischen den Journalen und Broschüren auf die Sitzpolster rollte, und fuhr fort:

»Die Entente zwischen den Mächten ist perfekt ... der Aufteilung wurde zugestimmt ... Meine Informationen darüber sind hieb- und stichfest ... Ich habe getan, was ich tun konnte ... Aber was konnte ich schon tun ohne Mandat? Ich bin nichts mehr ... Ich besitze nichts mehr außer meiner Redegabe und meinem politischen Genie ... Man hat nicht auf mich gehört ... Heute hört man nicht mehr auf das politische Genie, und Redekunst wird verachtet ... Was beschlossen ist, ist folgendes ... Oh, wie blutet mir das Herz! ... Spanien wird die Pyrenäen, Italien wird Nizza, Savoyen und die Rhônemündung annektieren; Deutschland wird sich das Elsaß sowie Lothringen und die Champagne nehmen … Und was England, das unersättliche England betrifft … tja, das nimmt sich …«

Und er machte eine Handbewegung, die den gesamten Erdball in die Tasche steckte …

Ich hörte ihm nicht weiter zu; ich beobachtete ihn … Nein, eigentlich machte er nicht den Eindruck, als würde er sich über mich lustig machen oder als würde er sich selbst die Komödie eines so ungeheuerlichen und zynischen Hirngespinstes vorspielen … Indem er die Annexion von Elsaß-Lothringen durch Deutschland erst für die Zukunft in Aussicht stellte, glaubte er keinen beleidigenden Scherz zu machen. Er redete in voller Überzeugung und aufrichtig und vielleicht sogar begeistert patriotisch in einer unfaßbaren geistigen Verwirrung. Und er redete weiter mit echtem und glühendem Zorn, dem Leuchten eines Propheten in den Augen. Er redete über alles, urteilte über alles, verurteilte alles, die Menschen und die Dinge, ohne Nachsicht, ohne Erbarmen, wobei sein anklägerischer Pessimismus den Rausch seiner losgelassenen Worte weiter aufputschte. Ohne es zu wollen, vernahm ich noch den folgenden Satz:

»In der Politik hat man nicht das Recht, sich zu irren … Der Irrtum ist ein Verbrechen, Irrtum ist Verrat …«

Meine Verblüffung war so groß, daß ich auch nicht einen Augenblick daran dachte, zu protestieren, ihn zur Scham vor sich selbst zurückzurufen, ihm den Pranger zu zeigen, von dem ihn dreißig Jahre Vergessen, aber nicht Vergeben noch immer nicht loszuketten vermochten. Und warum hätte ich auch daran denken sollen? Was hätte das genutzt? … Da Monsieur Emile Ollivier doch soeben, vor nur einer Minute weder vor Scham gezittert noch vor Entsetzen mit den Zähnen geklappert hatte, sobald er auch nur seinen Namen hörte; da er seinen Kopf nicht unter seiner Decke verborgen hatte; da er nicht daran gedacht hatte, sich durch die Waggontür in die Nacht hinauszustürzen, um sich den Schädel zu zertrümmern ...

Ja, was hätte das genützt? Denn nun begriff ich, was das entsetzliche Geheimnis dieses Verhaltens war; ich hatte die Erklärung für diese erschreckende Unbewußtheit:

Monsieur Emile Ollivier hatte alles vergessen!

Angesichts eines so sonderbaren pathologischen Phänomens legte sich auf einmal mein Zorn; und mit einer sanften Stimme, so wie man mit Kranken und armen Irren redet, sagte ich zu ihm:

»Nun ist aber gut! ... Jetzt ist schon tiefe Nacht ... Nun roll dich schön in deine Decken ein, leg dich auf die Polster und vor allem sei still ... und schlafe!«

Gestern bin ich Monsieur Emile Ollivier auf der Allee gefolgt, während er sich mit Monsieur d'Haussonville unterhielt ... Er war heftig erregt ... Und ich hörte ihn noch immer die entsetzlichsten Unglücke für Frankreich prophezeien ...

»Ich sage Ihnen ... werter Kollege, über kurz oder lang erleben wir die Zerstückelung des Vaterlands ... des ... Va-terlands ...«

»Was wir brauchen, ist ein König ...«, argumentierte Monsieur d'Haussonville.

»Nein ...«, widersprach Monsieur Emile Ollivier heftig ..., »einen Kaiser.«

Darauf Monsieur d'Haussonville konziliant:

»Einen Kaiserkönig ...«

Doch mehrere Male hörte ich, wie Monsieur Emile Ollivier – denn nicht alle seine Worte drangen bis zu mir – mit verbitterter Stimme schrie:

« ... des Va ... ter ... lands! ... des Va ... ter ... lands!«

9

Heute morgen kam mich Clara Fistule besuchen. Unter anderen Geschichten erzählt er mir, daß Oberst Baron de Présalé hier all seine Tage und Nächte am Baccaratisch verbringt ... Die Casinoverwaltung drückt ein Auge zu, wenn der tapfere Oberst sich das kleine Spielchen der *poussette* leistet, d. h., wenn er mogelt und rasch noch nachträglich auf das Feld setzt, das gewonnen hat ... Bei jedem Stich genehmigt sie ihm einen Louis, den sie anschließend den Bankiers wieder zurückerstattet ...

»Was willst du machen? ...« erklärt mir Clara Fistule ... »Zunächst mal geht es um die Ehre der Armee ... Und außerdem ist das keine Affäre ... das fällt unter die allgemeinen Kosten ...«

Als gestern sein Feld gewann, schob der furchtlose Oberst flink einen Hundert-Francs-Schein auf das Tuch, und als er an die Reihe kam, ausgezahlt zu werden, verkündete er vergnügt:

»Alles geht auf diesen Schein ...«

Der Croupier zögerte, wußte nicht, was er tun sollte ...

»Aber ... Herr Oberst? ...« stammelte er.

»Nun, was gibt's? ... Was gibt's? ... Wissen Sie nicht, was ein Hundert-Francs-Schein ist ... verdammt noch mal?«

Da neigte sich der Spielaufseher, der gerade direkt hinter dem heldenhaften Soldaten stand, an sein Ohr, klopfte ihm diskret auf die Schulter und sagte ganz leise zu ihm:

»Vorsicht, Herr Oberst ... Das geht zu weit ... Das geht wirklich zu weit ...«

»Glauben Sie? ...« meinte der Oberst. »Donnerwetter!«

Und an den Croupier gewandt:

»Mach schon, Kerl ... nur einen Louis auf den Schein ...«

Wie man sieht, ein Soldat von echtem Schrot und Korn ...

Auf dem Höhepunkt der Dreyfus-Affäre kam der Oberst mich gelegentlich am Vormittag besuchen. Hustend, spukkend, fluchend trat er ein ...

»Oh, Herr Oberst?«

»O ja, da bin ich! ... Allmählich geht's wieder aufwärts mit mir, wie Sie sehen ... Aber ich habe verdammt schwere Zeiten durchgemacht ... O weiß Gott!«

»Ihr Patriotismus ...«

»Es geht nicht um meinen Patriotismus ... es geht um meinen Dienstgrad ...«

»Das ist dasselbe ...«

»Sehr richtig, das ist dasselbe ...«

»Also?«

»Also ... zwei Wochen lang habe ich geglaubt, sie würden ihn mir nehmen, meinen Dienstgrad, diese Typen ... Ehrenwort! ...«

»Aber heute fühlen Sie sich schon besser? ... Sie sehen die Dinge wieder zuversichtlicher?«

»Zuversichtlicher ... zuversichtlicher? ... Ich meine ... man hat wieder etwas Luft, das ist alles ... Das schon, aber man muß abwarten ... man muß abwarten, weiß Gott!«

Hier wurde der Oberst plötzlich nachdenklich, und unter dem zerwühlten Gestrüpp seiner Brauen schien sein Blick die Zukunft zu durchdringen ...

»Das heißt also«, fragte ich ihn abrupt, »Sie werden wieder anfangen, in Ihren Tagesbefehlen die Zivilisten als dreckige Schweine zu beschimpfen ... und wieder davon reden, Sie wollen den Kosmopoliten Ihren tapferen Säbel in den Leib rammen?«

»Teufel! ... Das sind ja herrliche Reden! ... Zuerst werde ich abwarten und eine ruhige Kugel schieben ... und wenn sie richtig rollt, das heißt, wenn die Regierung schlapp macht ... oh!, dann können Sie Gift drauf nehmen, daß ich diesen Kosmopoliten ein paar gepfefferte Befehle um die Ohren hauen werde ...«

»Und wenn sie falsch rollt, Herr Oberst?«

»Was meinen Sie damit? ...«

»Ich meine, wenn die Regierung ihre Entschlossenheit verschärft und gegen die prätorianischen Erregungen ernsthafte Verteidigungsmaßnahmen ergreift?«

»Dann ist es was anderes ... dann heißt's, Schnauze halten, mein Junge ... Oder ich werde denen was vorsingen von meiner Achtung vor dieser Nutte namens Gesetz ... von meinem Gehorsam gegenüber dieser Schlampe Republik ... Bin ja schließlich Soldat, oder nicht? ... Also: stillgestanden und links schwenkt, marsch! ...«

Melancholisch fügte er hinzu:

»Oh!, beim Militär ist nicht alles Gold, was glänzt ... Da muß man seinen gezückten Säbel verdammt oft runterschlucken, weiß Gott! ... Öfter, als einem lieb ist ... Aber was soll's! ... Anders geht's nun mal nicht ... Der Patriotismus ...«

»Der Dienstgrad als Oberst ...«

»Das ist dasselbe ...«

»Sehr richtig ...«

Der tapfere Oberst schritt, an einer Zigarre kauend, von der er nur vage angedeutete Züge tat, im Zimmer auf und ab ... Und bei jedem Zug wiederholte er:

»Frankreich ist im Arsch, weiß Gott! ... Frankreich befindet sich in den Klauen der Kosmopoliten ...«

»Sie führen immer dieses Wort Kosmopoliten im Munde ... Wäre es indiskret, Sie zu fragen, was genau Sie darunter verstehen? ...«

»Unter Kosmopoliten?«

»Ich bitte darum, Herr Oberst ...«

»Was weiß ich? ... Dreckiges Viehzeug ..., verdammte Dreckschweine von Verrätern und Vaterlandslosen ...«

»Zweifellos ... aber was noch?«

»Gekaufte ... Freimaurer ... Schmeißfliegen ... Zivilisten eben!«

»Werden Sie etwas deutlicher, Herr Oberst.«

»Mein Gott, mieses Gesindel eben!«

Und der Oberst zündete sich erneut seine Zigarre an, die unter der zornigen Sturzflut dieser philologischen Erklärungen vollends erloschen war ...

Dann:

»Und wovon wird geredet? ... Daß Gallifet die Uniform in der Armee abschaffen wird! ... Haben Sie das gehört, Sie?«

»Kein Sterbenswort! ...«

»Man sagt, zunächst wird er den Anfang bei den Hosen machen, die auf der Parade am 14. Juli angeblich *ad libitum* sein sollen! ... Weiße Hosen, blaue Hosen, karierte Hosen, Cordhosen, kurze Fahrradhosen ... Und daß für die Kompaniechefs der Zylinder Vorschrift werden soll ... Keine weißen Federn mehr ... kein Panasch mehr? ... Wirklich eine tolle Idee ... Da kann man ja gleich die ganze Armee abschaffen ... Denn was ist die Armee? ... Der Panasch, verdammt noch mal! ... Und wie könnte man da in Zukunft noch einen Zivilisten von einem Soldaten unterscheiden? ...«

»Gibt es nicht eine ganze Menge Dinge, Herr Oberst, wodurch sich ein Zivilist von einem Soldaten unterscheidet? ...«

»Und was erzählt man noch in den Zeitungen? ... Daß Dreyfus nach Frankreich zurückgekehrt ist? ...«

»Gewiß, Herr Oberst.«

»Also das ist ja unglaublich ... Ein starkes Stück ... o weiß Gott, ein starkes Stück!«

»Aber er ist doch unschuldig!«

»Unschuldig? Ein Jude ... ein dreckiger Itzig? Sie haben ja schöne Ansichten! ... Und wenn's so wäre? ... Wen geht das was an? ... Was geht uns das an? Unschuldig! ... Na und? ... Das ist doch kein Grund ...«

»Aber ... Herr Oberst! ...«

»Da gibt's kein Aber ... Ist Dreyfus verurteilt worden? Ja. Vom Militärgericht? Ja ... Ist er Jude? Ja ... Nun, dann laß er uns gefälligst in Frieden ... Oh! Wenn wir statt einer Regierung von Kosmopoliten eine Regierung von echten Patrioten hätten, die ihn wieder auf seine Insel zurückschickt, diesen Halunken! Eins, zwo ... eins, zwo! ... Hopp und marsch! ... Zunächst mal ist er ein Kerl, der sich ohne ausdrücklichen Befehl seiner Vorgesetzten die Freiheit herausnimmt, unschuldig zu sein, ein Lump, verstehen Sie mich ... ein dreckiger Lump ... ein schlechter Soldat ... Und was macht er jetzt für eine Figur, dieser miese Verräter?«

»Zunächst hieß es, er sei sehr verändert und sehr niedergeschlagen ...«

»Reine Komödie! Ist ein Unschuldiger jemals niedergeschlagen? Bin ich, ich, vielleicht niedergeschlagen? Ich bitte Sie! ... Wenn man seiner Unschuld sicher ist, dann schreit, dann brüllt man sie, verdammt noch mal, hinaus! Dann hat man keine Angst, zum Teufel! Dann trägt man den Kopf hoch ... wie ein Soldat.«

»Genau das ist mit Dreyfus ja geschehen, Herr Oberst ... denn die erste Untersuchung entsprach nicht den Tatsachen ... Die Wahrheit ist, daß Dreyfus sich sehr entschlossen zeigt und bereit zu kämpfen ...«

»Ein Renommist also? ... Ein Aufsässiger? ... Na bitte! ... Genau, was ich gesagt habe ... Wenn man unschuldig ist, spielt man nicht den frechen Kerl oder Aufschneider ... Dann wartet man traurig, mit gesenktem Kopf, im Stillgestanden ab, harrt der Dinge und hält's Maul ... wie ein Soldat ... Und das ist noch nicht alles ... Ob unschuldig oder schuldig, er ist ein Schandfleck ... Daran ist nicht zu rütteln ... oder Frankreich ist vollends im Arsch ... Nehmen Sie mich zum Beispiel: Hören Sie, was mir passiert ist ... Freunde von mir, Besitzer von Rennpferden, hatten neulich ein *match* veranstaltet ... ein verdammt wichtiges *match*! ... Wegen meiner wohlbekannten Integrität hatten sie mich zum Schiedsrichter gewählt ... Wir begeben uns also nach Maisons-Laffitte ... die Pferde rennen ... Und was ist passiert! Ich habe keine Ahnung ... Habe ich vielleicht geträumt? ... Schon möglich ... Kurz und gut, ich habe dem Pferd, das als letztes durchs Ziel gelaufen ist, den ersten Platz gegeben ... Meine Freunde reklamierten, protestierten, haben einen Mordsspektakel gemacht ...«

»Und Sie, Herr Oberst?«

»Und ich, mein Junge, ich habe unerschütterlich an meinem Urteil festgehalten ... und habe sie zum Teufel geschickt mit den Worten: ›Ich habe mich geirrt, das stimmt ... ich hatte Hornhaut auf den Augen ... ich gebe es zu ... aber laßt mich gefälligst in Frieden! ... Wenn ich ein Zivilist, ein dreckiger Drückeberger von Kosmopolit wäre, dann würde ich dem Pferd den Preis zuerkennen, das wirklich gewonnen hat ... oder ich würde das Rennen für ungültig erklären ... Aber ich bin Soldat. Disziplin und Unfehlbarkeit ... ich bleibe dabei: Das Rennen gilt, basta ... Wegtreten!‹ Und sie sind weggetreten ...«

»Aber, Herr Oberst ..., die Gerechtigkeit ...«

Der tapfere Soldat zuckte mit den Schultern, dann sagte er, während er die Arme vor seiner mit Orden übersäten und mit Auszeichnungen bepflasterten Brust verschränkte:

»Die Gerechtigkeit? ... Sehen Sie mich an ... Seh ich aus wie ein dreckiger Zivilist, ich? ... Verdammt noch mal! Bin ich Soldat, oder nicht?«

»Oh, Herr Oberst«, antwortete ich ..., »ich fürchte, Sie sind es noch mehr, als Ihr Dienstgrad besagt.«

»Das ist dasselbe ...«, schrie der kühne Recke, der wieder im Zimmer auf- und abzuschreiten begann und dabei die

Möbel ohrfeigte und den Stühlen Faustschläge verpaßte ... und lauthals »Tod den Juden! ... Tod den Juden! ...« vor sich hin brüllte.

Am heutigen Abend hatte Oberst Baron de Présalé auf einem Bankett den Vorsitz geführt, das von den in X zur Kur weilenden Kolonialherren und Patrioten gegeben wurde ... und zwar zu Ehren von General Archinard, »unserem illustren Gast«, wie sich die *Gazette des Etrangers* ausdrückt ... Dieses Ereignis fand im Restaurant des Casinos statt. Das Bankett war großartig gewesen – und nichts als flammende Reden! Wie immer hatte der Oberst sich so eloquent wie knapp ausgedrückt.

»Es lebe Frankreich, verdammt noch mal!« hat er, sein Glas erhebend, ausgerufen ...

Wenn es uns nicht gegeben war, Ägypten zu erobern, die Engländer aus Faschoda, die Deutschen aus Elsaß-Lothringen und sämtliche Ausländer aus welcher Ecke auch immer zu verjagen ... so ist es gewiß nicht die Schuld der Teilnehmer an diesem Bankett gewesen ...

Vor einigen Jahren ließ General Archinard in dem Verlangen, seinem Ruhm als Soldat noch ein wenig literarischen Ruhm hinzuzufügen, in der *Gazette européenne* eine Artikelserie erscheinen, in der er seine Pläne in Sachen Kolonisation darlegte. Die Pläne waren einfach, aber grandios. Ich notierte mir daraus die folgenden Erklärungen:

»Je mehr man Schuldige oder *Unschuldige* schlägt, desto mehr wird man geliebt.«

Und an anderer Stelle:

»Der Säbel und der Gummiknüppel sind mehr wert als alle Verträge der Welt.«

Und noch eine Stelle:

« ... indem wir gnadenlos möglichst viele umbringen.«

Da ich diese Ideen, wenn auch beileibe nicht neu, so doch

bemerkenswert als solche fand, stattete ich diesem tapferen Soldaten mit dem Ziel, ihn zu interviewen, einen Besuch ab. Es war keineswegs leicht, bis zu diesem illustren Eroberer vorzudringen, und ich mußte lange verhandeln. Zum Glück hatte ich mich *an höchster Stelle* mit Briefen und Empfehlungen versehen, vor denen selbst einem Helden seines Kalibers keine andere Wahl blieb, als sich zu verneigen. Der General leistete daher, der reinen Form halber, nur einen überdies recht schwachen Widerstand und empfing mich schließlich ... Gott weiß, wie heftig mein Herz klopfte, als ich bei ihm vorgelassen wurde.

Ich muß sagen, er empfing mich auf jene charmant barsche Art, die man bei den Herren Militärs als Herzlichkeit bezeichnen kann. Eine joviale, direkte Herzlichkeit, die zudem den Geist eines jeden Franzosen erfreut, der Georges d'Esparbès gelesen hat. Mit einem roten Burnus gekleidet, saß er auf einem Tigerfell und rauchte nach arabischer Sitte eine riesige Wasserpfeife. Auf seine Einladung, knapp wie ein Befehl, ich möge ... eins, zwo! ... eins, zwo!.. auf einem schlichten Schaffell ihm gegenüber Platz nehmen, konnte ich mich, während ich seinem Befehl gehorchte, dennoch nicht dagegen wehren, daß ich tief ergriffen war; und aus dem hierarchischen Unterschied seiner Sitzfelle zog ich im stillen ebenso grandiose philosophische Schlüsse wie wenig tröstliche Analogien.

»Dreckszivilist? ... Soldat? ... Oder was? ... Was sind Sie? ...«

So lauteten die knappen, rasch aufeinanderfolgenden Fragen, mit denen mich der General bestürmte.

»Territorialer!« antwortete ich diplomatisch, denn ich war Reservist und als solcher automatisch der *armée territoriale* zugeordnet.

Mit einem Gurgeln der Verachtung kam ihm so etwas wie ein pöh! oder vielleicht pah! über die Lippen, und zweifellos hätte ich allein schon aufgrund dieses mitte-links orientierten und ausweichenden Geständnisses eine, wie man bei uns zu sagen pflegt, *ungemütliche Viertelstunde* verbracht, wenn in diesem Moment nicht ein bizarr kostümierter kleiner Negerjunge eingetreten wäre, der ein Tablett mit zahlreichen Flaschen und Gläsern brachte ... Es war die müßige Stunde, in der die Helden gern ein Glas trinken.

Ich war hocherfreut, genau zu jener von der Vorsehung erwählten Stunde des Absinths erschienen zu sein.

»Gomme? ... Curaçao? ... Oder was? ...« fragte mich abgehackt der ruhmreiche Soldat.

»Pur, Herr General ...«

Und an dem zustimmenden Schmunzeln, mit dem diese martialische Erklärung quittiert wurde, sah ich, daß ich mir soeben das Wohlwollen und vielleicht sogar die Wertschätzung des berühmten Sudan-Zivilisateurs erobert hatte.

Während der General, peinlich genauen Ritualen folgend, die Apéritif-Getränke zubereitete, musterte ich den Raum um mich herum. Er war sehr düster. Orientalische Stoffe schmückten die Fenster und die Türen mit einer – zumindest für meinen Geschmack – etwas aus der Mode geratenen, etwas zu sehr an die Rue de Caire erinnernden Dekoration. An den Wänden glänzten Waffen, ein ganzes Arsenal furchterregender und raffinierter Waffen. Auf dem Kaminsims zwischen zwei Vasen, aus denen als Blumenstrauß arrangiert langhaarige Skalps ragten, der Kopf eines ausgestopften Jaguars, der seine Zähne in eine Glaskugel schlug, in deren Mitte das Zifferblatt einer winzigen Uhr die Stunden eingefangen, transparent und vergrößert anzeigte. Was meine Aufmerksamkeit jedoch am meisten anzog, waren die Wände selbst. Über ihre gesamte Fläche waren sie mit einem Leder, einem ganz eigenartigen Leder, sehr feinporig, von sehr glattem Material bespannt, dessen bald grünlich, bald kupferrot schimmerndes Schwarz mich, ich weiß nicht weshalb, beeindruckte und in mir ein unerklärliches Unbehagen hervorrief. Diesem Leder entströmte ein ganz eigenartiger, scharfer und zugleich fader Geruch, den ich nicht zu definieren vermochte. Ein Geruch *sui generis*, wie die Chemiker sagen.

»Oho! Sie betrachten mein Leder? ...« meinte General Archinard, wobei seine Physiognomie mit einemmal erstrahlte, während seine geblähten Nasenflügel mit sichtlichem Genuß den zweifachen Duft einsogen, der diesem Leder und diesem Absinth entströmte, ohne sich miteinander zu vermengen.

»Ja, Herr General ...«

»Das verschlägt Ihnen die Sprache, dieses Leder, was?«

»In der Tat, Herr General ...«

»Kein Wunder: Das ist Negerleder, mein Junge.«

»Das ist ...«

« ... Negerleder ... Völlig richtig gehört ... Famose Idee, was?«

Ich spürte, wie ich erbleichte. Mein Magen, von einem plötzlichem Ekel in Aufruhr geraten, empörte sich bis zur Übelkeit. Aber ich versuchte diese vorübergehende Schwäche, so gut ich konnte, zu überspielen. Zudem stellte ein Schluck Wermut das Gleichgewicht meiner Organe rasch wieder her.

»Famose Idee, in der Tat ...«

»Auf diese Art verwendet«, dozierte General Archinard, »werden die Neger kein totes Kapital mehr sein und unsere Kolonien werden wenigstens zu etwas von Nutzen sein ... Ich bringe mich schier um, so oft sage ich das ... Sehen Sie sich das mal an, junger Mann, fühlen Sie mal ... Das ist Lederware vom Feinsten ... Nicht wahr? ... Da können selbst die in Córdoba mit ihrem Leder nicht mehr mithalten ...«

Wir erhoben uns von unseren Fellen, machten die Runde durch das Zimmer und musterten eingehend die sauber aneinandergefügten Lederstreifen, mit denen die Wände bedeckt waren. Alle Augenblicke wiederholte der General:

»Famose Idee, was? ... Fühlen Sie mal ... Hübsch ... solide ... strapazierfähig ... wasserfest ... Kurzum, eine Goldgrube für den Staatshaushalt!«

Und ich, ich tat, als wollte ich mich über die Vorzüge jener neuartigen Gerberware informieren, und stellte ihm diverse technische Fragen:

»Wie viele Negerhäute braucht man, Herr General, um ein Zimmer wie dieses zu tapezieren?«

»Einhundertneun, ungefähr ... Die Bevölkerung eines kleinen Dorfs. Aber alles wird ja nicht verwendet, wohlgemerkt ... An diesen Häuten, vor allen an den Frauenhäuten, gibt es auch feinere, geschmeidigere Stellen, woraus sich Lederwaren für den gehobenen Geschmack herstellen lassen ... Luxusartikel ... zum Beispiel Portemonnaies ... Reisekoffer und Reisenécessaires ... und sogar Handschuhe ... Handschuhe für Trauerfälle ... Ha, ha, ha!«

Ich glaubte, gleichfalls lachen zu müssen, obwohl meine zusammengeschnürte Kehle gegen diese Art kannibalistischer und kolonialistischer Scherze protestierte.

Nach einer detaillierten Inspektion bezogen wir wieder Position auf unseren jeweiligen Fellen, und der General sprach, um genauere Erklärungen gebeten, wie folgt:

»Obwohl ich erstens die Zeitungen und zweitens die Journalisten nur wenig schätze, bin ich Ihnen durchaus nicht böse, daß Sie gekommen sind ... weil Sie meinem Kolonialisationssystem ein beträchtliches Aufsehen verleihen werden ... Hier in zwei Worten, worum es geht ... Verstehen Sie, ich mache weder große Phrasen, noch lange Umschweife ... Ich gehe schnurgerade zum Ziel ... Also aufgepaßt! ... Ich kenne nur ein Mittel, die Menschen zu zivilisieren, und das ist, sie umzubringen ... Egal, welchem Regime man die eroberten Völker unterwirft ... Protektorat, Annexion etc. etc., man hat immer nur Ärger damit, da diese Kerle niemals Ruhe geben wollen ... Wenn ich sie dagegen *en bloc* massakriere, stelle ich damit alle späteren Schwierigkeiten ab ... Ist das klar? Nur, und das ist das Problem ... so viele Leichen ... das ist lästig und gesundheitsschädlich ... Dabei können Epidemien entstehen ... Was mache ich also? Ich gerbe sie einfach ... ich verarbeite sie zu Leder ... Und Sie sehen ja selbst, was für ein Leder man von Negern erhält. Einfach superb! ... Ich fasse zusammen ... Auf der einen Seite: Abschaffung der Aufstände ... auf der anderen Seite Schaffung eines fabelhaften Industriezweigs ... Das ist mein System ... Ein Gewinn auf der ganzen Linie ... Was sagen Sie dazu?«

»Im Prinzip«, entgegnete ich, »bin ich ganz Ihrer Meinung, was die Haut betrifft ... aber das Fleisch, Herr General? ... Was machen Sie mit dem Fleisch? Essen Sie es etwa?«

Der General überlegte einige Minuten und antwortete:

»Das Fleisch? ... Leider Gottes ist der Neger ungenießbar; es gibt sogar welche, die giftig sind ... Nur wenn man es auf eine bestimmte Art verarbeitet, könnte man aus diesem Fleisch, glaube ich, vorzügliche Konserven machen ... für die Truppe ... Der Sache muß man einmal nachgehen ... Ich werde der Regierung einen Vorschlag in dieser Richtung unterbreiten ... Aber die Regierung ist ziemlich sentimental ...«

Und hier schlug der General einen vertraulicheren Ton an:

»Was unser Untergang ist, schreiben Sie sich das gut hinter die Ohren, junger Mann ... das ist die Sentimentalität ... Wir sind ein Volk von begossenen Pudeln und blökenden Lämmern ... Wir verstehen uns nicht mehr darauf, energische Entschlüsse zu fassen ... Für die Neger, mein Gott! ... das mag ja noch hingehen ... Daß wir sie massakrieren, löst noch kein allzu großes Geschrei aus ... denn im Bewußtsein der Öffentlichkeit sind die Neger ja keine Menschen und praktisch Tiere ... Aber wenn uns das Malheur passieren würde, einem Weißen auch nur die leichteste Schramme zu versetzen? ... O là, là! ... dann hätten wir gleich die schlimmsten Geschichten am Hals ... Ich frage Sie in aller Aufrichtigkeit ... Die Gefangenen, die Sträflinge, was haben wir mit denen zu schaffen? ... Sie kosten uns das letzte Hemd, sie fallen uns zur Last, und was bringen sie uns? ... Was? ... Wollen Sie mir das bitte sagen? ... Glauben Sie nicht, daß die Arbeitslager, die Gefängnisse, all diese Strafanstalten wundervolle und komfortable Kasernen abgeben würden? ... Und was für ein Leder man aus ihren Insassen machen könnte! ... Verbrecherleder, ich bitte Sie! Alle Anthropologen werden Ihnen bestätigen, daß es nichts Besseres gibt ... Jawohl! ... Aber berühren Sie nur mal einen Weißen! ...«

»Herr General«, unterbrach ich ihn, »ich habe da eine Idee ... Sie ist vielleicht etwas ausgefallen, aber genial.«

»Legen Sie los! ...«

»Man könnte die Weißen vielleicht in Schwarze umfärben, um die nationale Sentimentalität zu schonen ...«

»Gut ... und dann ...«

»Und dann könnte man sie umbringen ... und dann könnte man sie gerben! ...«

Der General wurde ernst und nachdenklich.

»Nein!« rief er dann. »Keine Betrügerei! ... Ein solches Leder wäre nicht loyal ... Ich bin Soldat, loyaler Soldat ... Und nun, wegtreten! ... Ich habe zu arbeiten ...«

Ich leerte mein Glas, auf dessen Grund noch ein paar Wermutstropfen zurückblieben, und zog mich zurück.

Dennoch macht es mir ein Vergnügen und erfüllt mich mit Stolz, von Zeit zu Zeit Helden dieses Schlages wiederzusehen ... in denen sich die Seele des Vaterlandes verkörpert.

10

Durch ihre Kleidung und das Strahlen ihrer Schönheit wirkt die Marquise de Parabole geradezu wie eine Revolution für das Land und die Fremdenkolonie ... Früher habe ich sie einmal gekannt, aus intimster Nähe gekannt – aber als guter Freund, in allen Ehren, wie Sie sogleich sehen werden ... Vielleicht hätte ich die Bekanntschaft mit ihr sogar wieder erneuern können ... Aber auf diesen Gedanken bin ich überhaupt nicht gekommen ... Wozu auch? ... Und ich schätze mich glücklich, daß mein Gesicht sie – denn ich begegne ihr morgens und abends in der Trinkhalle, auf den Alleen, im Casino – an nichts von unseren einstigen Intimitäten erinnert hat ...

Von ihrer ersten Ehe ist sie geschieden, von ihrer zweiten verwitwet und was sie jetzt macht und wovon sie lebt und weshalb sie Marquise de Parabole heißt, weiß ich nicht genau ... Es liegt mir auch nicht viel daran, es zu wissen ... Sie ist sehr umschwärmt hier ... ständig auf Festen und Exkursionen ... und in ihrem Gefolge zieht sie eine Herde von Verehrern mit sich, in der sämtliche Gattungen der menschlichen Tierwelt vertreten sind.

Aber sehen Sie selbst, wie sich die Geschicke in den Heilbädern fügen, die die einzigen Orte auf Erden sind, wo sich das Werk der göttlichen Vorsehung, obwohl es andernorts so sehr angefochten wird, noch heute offenbart.

Seit einigen Tagen habe ich einen Herrn von ziemlich tristem oder vielmehr sehr unscheinbarem Äußeren als Zimmernachbarn im Hotel ... Obwohl sein Haar bereits ganz grau ist, grau wie sein Gesicht und sein Jackett und gewiß auch wie seine Seele ... obwohl sein Rücken gebeugt ist und seine Beine schlottern, hat man nicht den Eindruck, als sei er sehr alt ... Er wirkt verlegen und ein wenig verrückt ... Ich hatte bemerkt, daß er mich beim Dîner, im Hof des Hotels, beim Promenieren wiederholt mit beharrlicher Neugier beobachtete ... Das fiel mir auf die Nerven, obwohl ich in dem Ausdruck seiner Augen, während er mich anblickte, nichts persönlich Feindseliges feststellen konnte ... Nichtsdestoweniger traf ich bereits Anstalten, entschieden dafür zu sorgen, daß dieser Zustand ein Ende nähme, als der Herr gestern plötzlich in mein Zimmer hereingeplatzt kam ...

»Verzeihen Sie mir ...«, sagte er ..., »aber es ist mächtiger als mein Wille ... Ich muß endlich Gewißheit haben ... Sie sind mit der Marquise de Parabole sehr speziell bekannt ... Ich habe Sie oft, sehr oft mit ihr zusammen getroffen ... im Theater ... im Restaurant ...«

»Ich habe sie gekannt, das stimmt ...«, antwortete ich kalt.

Und in meiner Naivität glaubte ich hinzufügen zu müssen:

»Als guter Freund ... in allen Ehren ...«

»Das weiß ich, mein Herr.«

Dann, nach einer kleinen Pause, stellte er sich vor:

»Gestatten, ich bin der erste Gemahl der Marquise ...«

Ich reichte ihm die Hand zum Gruß, und nachdem ich ihn solcherart begrüßt hatte, machte ich eine deutlich fragende Miene.

»Ja, Monsieur ... Ich liebe die Marquise noch immer ... Ich folge ihr, wohin sie auch geht ... Ich wage sie nicht anzusprechen, noch ihr zu schreiben ... So habe ich mir gedacht ...«

»Was gedacht, Monsieur?«

Auf einmal wirkte er sehr verlegen ... Und er seufzte:

»Ach, wissen Sie, Monsieur ... mein Schicksal hat etwas wahrhaft Ungewöhnliches ... Aber möchten Sie mir erlauben, Ihnen zuerst die sonderbare Geschichte meiner Ehe zu erzählen?«

Nach einem Zeichen der Zustimmung:

»Die Marquise«, begann er, »war, als ich sie ehelichte, eine kleine rosige und blonde Frau, sehr eigen, lebhaft und bezaubernd, ja, ein sehr eigenes, lebhaftes und bezauberndes Tierchen, das mal hierhin, mal dorthin sprang wie ein Zicklein im Klee und vor sich hin plapperte wie im Frühling ein Vogel im Walde. Um die Wahrheit zu sagen, das war noch nicht ganz und gar eine Frau, weder ganz und gar ein Tierchen noch recht eigentlich ein Vögelchen. Sie war etwas eher Mechanisches und ganz Ungewöhnliches, was durch den Lärm, die Intelligenz, die geschwätzige Verrücktheit, die tänzelnde Launenhaftigkeit, durch ihre Wesensart, die meinen Vorlieben, meinem Empfinden, meiner Liebe so fern stand, mit alledem irgendwie zusammenhing. Was am sonderbarsten an ihr war, das war ihre Seele, eine winzig kleine Seele, ein Seelchen, eine Mückenseele, neckisch, kitzelnd und vibrierend, die mich unablässig in Zickzackflügen umschwirrte und die mit einem Kreischen und einem Lachen, das einen schier verrückt machte, überall anstieß.

Laure war meine sechste Gemahlin ... Ja, meine sechste, um die Wahrheit zu sagen! Zwei waren, ich weiß nicht warum, gestorben; die anderen hatten mich eines schönen Abends verlassen ... Warum? Das weiß ich auch nicht. Und was ich noch weniger weiß, ist der verborgene und glückswidrige Grund, der mich übermächtig zu dieser Heirat trieb, denn ich wußte ja im voraus, was mich dabei erwartete.

Mein Leben, Monsieur, ist, wenn ich so sagen darf, ein Geflecht von Widersprüchen ... Ich habe das Gefühl, daß ich das umgänglichste Wesen der Welt bin, dem alles Schmollen, alles Spotten, alle Übellaune unbekannt ist. Mein ganzer Wille, meine ganze Energie, alles strebt nur danach, denen, die mich umgeben, zu gefallen. Ich füge mich sämtlichen Launen, so verrückt sie auch sein mögen. Nie eine Klage, ein

Streit, ein Ich-hätte-lieber, ein Befehl. Ich opfere mich – so sehr, daß ich mich restlos in nichts auflöse, daß ich meinen Wünschen, meinen Vorlieben Schweigen gebiete – dem, was meiner Meinung nach das Glück dessen bedeutet, wer immer mit mir leben mag. Nun – trotz dieses heroischen Ausharrens in Selbstverleugnung ist es mir unmöglich, eine Frau länger als drei Monate zu halten. Nach Ablauf von drei Monaten öde ich alle, ob braun oder blond, klein oder groß, füllig oder dünn wie Papier, so sehr an, daß alle mich schließlich so sehr hassen, daß pfttt! ... pfttt! ... pfttt! ... ohne Grund die einen dahinsterben und die anderen das Weite suchen. Ohne Grund, ich schwör's, oder zumindest ohne einen anderen Grund als den, daß wir, sie als Frauen und ich als Mann, sie so gut wie ich, mit Sicherheit absolut gegensätzliche Wesen sind.

Ja, ja, ich weiß, was man mir entgegenhalten kann ... Natürlich wird man mich beschuldigen, ich sei meines eigenen Unglücks Schmied ... Aber so ist es nun mal ... Ich kann die Einsamkeit nicht ertragen. Wenn ich allein bin, glaube ich mich verloren und werde sofort zur Beute schmerzhafter und unerträglicher Ängste, die mich noch ärger peinigen als eine Frau. Mein Leben muß umgeben sein von vertrautem und täglichem Lärm. Ob er Musik oder gräßliches Gekreisch ist, ist einerlei, vorausgesetzt, er ist da und er verscheucht die entsetzlichen Gespenster der Stille.

Nun werde ich etwas wenig Schickliches sagen. Ich bitte Sie daher um Vergebung, denn ich werde mich kurz fassen und mich hüten, zu lasziven Bildern zu greifen.

Gleich in der ersten Nacht meiner Ehe erlebte ich ein sonderbares und unangenehmes Abenteuer. Ich war gerade dabei, mich mit überschwenglicher Inbrunst mit meiner Frau zu vereinen, als Laure plötzlich mit einem Lendenstoß die Umarmung abbrach und mich mit einem Aufschrei auf dem Bett zur Seite warf.

›Mein Gott, wie vergeßlich ich bin! ...‹, schrie sie auf. ›Mein Gott! O mein Gott! ... Ich habe mein Gebet an den heiligen Joseph vergessen!‹

Ohne mein Erstaunen, geschweige denn die anstößige Aufgewühltheit meines Fleisches zu beachten, kniete sie auf dem Bett nieder und trotz aufgelöstem Haar und entblößter Brust bekreuzigte sie sich.

›O heiliger Joseph‹, begann sie zu beten, ›beschütze meinen lieben Vater, meine liebe Mutter, meine liebe Schwester ... auf daß sie glücklich seien und lange leben! ... Beschütze Plume und Kiki, meine geliebten Katzen, und auch den armen Nicolas‹ – Nicolas war ein Papagei –, ›der schon so alt ist und nicht mehr singt und den ich noch nicht sterben sehen will ... Und dann beschütze auch meinen lieben Mann, auf daß er mir keinen Kummer bereite.‹

Worauf sie, wieder eine ehelichere Stellung einnehmend, mit einem seligen Lächeln zu mir meinte:

›So ... das wäre erledigt ... Nun dürft Ihr weitermachen ...‹

Doch der Zauber war verflogen ... Es war mir unmöglich, zu dem göttlichen Augenblick zurückzufinden. Dies enttäuschte Laure nicht wenig, und obwohl sie ihre Enttäuschung vor mir zu verbergen suchte, blieb sie in jener Nacht noch lange in ihren Mundwinkeln sichtbar.

Am nächsten Tag machten wir nach dem Mittagessen einen Ausflug aufs Land. Sie war bezaubernd und voller Frohsinn, sogar ein wenig verrückt, doch ohne das Maß zu überschreiten. Sie wälzte sich im Gras, hielt freudige Zwiesprache mit den Blumen, mit den Vögeln, mit den Insekten, wobei sie der Reihe nach selbst eine Blume, ein Vogel, ein Insekt wurde ... Ihr Mückenseelchen tänzelte unter hauchzarten Schnurren durch die Sonne. In einem Kastanienwald begann ich sie, da wir beide ganz allein waren, zu liebkosen und zu küssen ... Es war bereits spät, als wir an den Rückweg dachten. Sie war ein wenig erschöpft, stützte sich im Gehen auf meinen Arm und hüllte sich in Schweigen. Ich dagegen errichtete innerlich ganze Paläste des Glücks ... gleichfalls schweigend, doch in jenem Schweigen, das alle großen Reden, alle große Musik, alle großen Donner in sich faßt. Plötzlich löste sie sich aus meinen Arm und stürmte lebhaft und in winzigen, gestelzten Sprüngen wie eine Elster, die frühmorgens durchs nasse Gras hüpft, einen Pfad hinunter, der rechter Hand zur Straße in Richtung Tal führte.

›Aber wo wollt Ihr denn hin?‹ rief ich ... ›Wo wollt Ihr da denn hin?‹

›Unser Haus liegt doch dort gegenüber, auf der anderen Seite des Hangs ... Also nehm ich den kürzesten Weg‹, sagte sie.

Und leichtfüßig, wie schwerelos, hüpfte sie weiter den Pfad entlang. Ich holte sie ein.

›Dieser Weg führt nirgendwo hin, mein liebes kleines Seelchen ... Er führt zum Fluß ...‹

Laure protestierte:

›Nun, wenn er zum Fluß führt ... dann werden wir eben die Brücke überqueren.‹

›Aber es gibt keine Brücke ...‹

›Es gibt keine Brücke? ... Warum sagt Ihr, es gibt keine Brücke? ... Das ist aber nicht nett von Euch, wirklich nicht nett ... Und warum sollte es einen Weg geben, wenn's keine Brücke gibt? ... Dann wäre dieser Weg doch völlig albern ...‹ Und dann sagte sie, plötzlich ganz streng, mit einer Schnute, die keine Widerrede duldete:

›Ich will die Brücke überqueren, basta! ... Habt Ihr mich verstanden? ... Geht Ihr ruhig übers Dorf, wenn's Euch Freude macht ...‹

Ich versuchte ihr sanft die Sache auszureden, aber sie gebot mir mit einer so knappen, klaren, scharfen Stimme zu schweigen, daß ich nicht mehr weiter zu insistieren wagte, und so folgte ich Laure zwischen großen Steinen, die uns die

Füße aufschürften, und den Ranken der Hecke, die ihr im Vorüberstreifen den Rock zerrissen, den Pfad entlang ...

Unten am Ende des Pfades strömte breit, tief und am anderen Ufer durch einen dichten Vorhang von Weiden und Erlen verschlossen, die seine Oberfläche in ein schwarzes Grün, ein Grün von der Farbe des Abgrunds, verwandelte, der Fluß.

›Da seht Ihr's doch!‹ meinte ich ganz sanft und ohne Vorwurf zu ihr ... ›Es gibt keine Brücke ... Und Ihr werdet am Ende sehr erschöpft sein.‹

Enttäuscht verzog sie den Mund, antwortete nichts und betrachtete ein paar Sekunden lang das grüne Wasser, dann die Erlen und Weiden am anderen Ufer. Dann kehrten wir um, beide gehemmt durch irgend etwas plötzlich Schwereres in der Stimme, beide bedrückt durch das Einbrechen eines neuen Schicksals, was unseren Gang lastend und taumelnd wie einen Aufstieg nach Golgatha machte.

Da Laure vollkommen erschöpft ein Bein schleppend vor das andere setzte, bot ich ihr wiederholte Male die Stütze meines Arms. Sie lehnte einfach ab.

›Nein ... nein ... Ich will Euren Arm nicht ... Nichts will ich von Euch ... Ihr seid ein gemeiner Kerl.‹

Am Abend erschien meine Frau nicht zu Tisch und wollte mich auch nicht in ihrem Schlafzimmer empfangen, das sie noch dazu von innen verriegelt hatte.

›Verschwindet ...‹, rief sie durch die Tür ... ›Ich bin sterbenskrank ... Ich will Euch nicht mehr sehen ...‹

Ich flehte vergeblich ... vergeblich, doch mit einer Beredsamkeit, die mich selbst überraschte, beschwor ich sie, mir zu verzeihen, wenn ich ihr ungewollt Kummer bereitet haben sollte ... Ich ging sogar so weit, mich zu entschuldigen.

›Aber ja!‹ schrie ich und drehte verzweifelt am Schlüssel ... der Tür ... ›Aber ja, natürlich ... natürlich gab es eine Brücke ...‹

Sie blieb unbeugsam und verstockt, wiederholte in einem fort:

›Nein ... nein ... es ist aus ... es ist zu spät! ... Ich will Euch nicht mehr sehen ... Verschwindet ...‹

Ich zog mich zurück und verbrachte die Nacht in Tränen.

Mein Gott! sagte ich mir, während ich in meinem Zimmer auf und ab ging, schon wieder eine, die mir entwischt ... Und warum? ... Und was geht in ihr vor? ... Kann sie es mir denn nicht verzeihen, daß es einfach keine Brücke über diesen verdammten Fluß gegeben hat? ... Durchaus möglich ... Schon Clémence hatte mich verlassen, weil es eines Abends, als wir gerade den Ball verließen, geregnet hat und ihre Toilette dabei zuschanden ging ... Oder bildet sie sich allen Ernstes noch zu dieser Stunde ein, daß ich es war, der sie in einer raffinierten Form von Grausamkeit und kraft meiner törichten Autorität als Ehemann, obwohl sie sehr müde war, auf böswillige Art gezwungen hat, diesem Pfad zu folgen und eine Brücke zu überqueren, von der ich wußte, daß sie nicht existierte? ... Das würde ich zu gern wissen ... Aber sie weiß es vielleicht selbst nicht ...

»Habe ich nicht wirklich Pech?«

Er verstummte.

»Und dann«, fragte ich ihn,« ... haben Sie sich scheiden lassen?«

»Ein halbes Jahr später ... ja ..., denn ich war einfach zu unglücklich ...«

»Und sie hat wieder geheiratet?«

»Im Jahr darauf hat sie sich mit Joseph de Gardar, einem reizenden Jungen, den ich gut kannte, neu verehelicht ...«

Nach einer Pause fügte er hinzu:

»Das hat ihn das Leben gekostet ...«

»Ach!«

»Leider Gottes, ja!«

»Und wie das?«

»Oh, Monsieur, auf die komischste Art!«

Sein Mund verzog sich zu einem leichten Grinsen.

»Hier die Anekdote«, sagte er. »Acht Tage nach ihrer Hochzeit meinte Laure, als sie gerade in trauter Zweisamkeit das Dîner beendeten, zu ihrem Gemahl:

'*Mon ami*, ich hätte gern, daß du ein Bad nimmst.'

Verwirrt sah de Gardar sie an.

›Ein Bad? ... Jetzt? ... Und weshalb?‹

›Weil ich es gern hätte, *mon ami*.‹

›Bin ich denn schmutzig?‹

›O nein ... Aber ich hätte eben gern, daß du ein Bad nimmst, jetzt sofort.‹

›Ich bitte dich, das ist doch verrückt! ... Heute abend, vorm Zubettgehen, ja ... Aber jetzt?‹

›O bitte, bitte, bitte! Ich hätte es so ... so ... so gerne ...‹

Sie faltete ihre kleinen Hände; ihre Stimme war flehentlich.

›*Ma chérie*, ... das ist doch unsinnig, worum du mich da bittest ... Und außerdem versichere ich dir: Das ist gefährlich ...‹

›Oh! Mach mir doch die Freude ... Ich hätte es gerne, *mon chéri* ...‹

Sie setzte sich auf seinen Schoß, umarmte ihn zärtlich und sagte leise:

›Bitte ... sofort.‹

Sie begaben sich ins Badezimmer. Laure wollte ihm das Bad selbst herrichten und stellte Seifen, Salben, Bürsten, Massierhandschuh und Bimsstein auf einem Tisch bereit ...

›Und ich werde dich massieren ... Du wirst sehen, wie gut das tut.‹

Während er sich entkleidete, protestierte er weiter, sagte immer wieder:

›Was für eine komische Idee! ... Und außerdem ist es sehr gefährlich, so rasch ... nach dem Essen ... Du weißt, daran sind schon Leute gestorben ...‹

Aber darauf lachte sie mit einem hellen, schallenden Lachen.

›Ach, die Leute ... Erstens stirbt man nie, wenn man seiner kleinen Frau eine Freude macht.‹

Sie ließ sich nicht erweichen:

›Und zweitens bin ich ganz sauber ... ich habe heute früh ein Bad genommen ... Ich bin ganz sauber.‹

›Ich bitte Euch! Werdet jetzt nicht gemein!‹

Sehr verwundert stieg er in die Wanne und tauchte ins Wasser ein.

›Na!‹ sagte Laure ... ›Macht das nicht Spaß? Tauch gut unter, *mon chéri* ... So! ... Noch tiefer! ...‹

Nach einigen Minuten verspürte Joseph de Gardar ein sonderbares Unwohlsein. Obwohl das Wasser sehr heiß war, hatte er das Gefühl, als würden seine Beine ganz kalt. Zugleich war ihm, als bekäme er keine Luft mehr; und sein Kopf, mit einemmal rot angelaufen, glühte ... Seine Ohren dröhnten wie betäubt von rasendem Glockenschlag.

›Laure! ...‹ schrie er. ›Laure! ... mir ist schlecht ... sehr schlecht ...‹

Dann zeigte sich plötzlich das Weiße seiner weit aufgerissenen Augäpfel, die sich verdreht und mit roten Äderchen überzogen hatten. Er versuchte sich aufzurichten, seine Hände schlugen mit einer schwachen und verkrampften Bewegung aufs Wasser, er sackte zurück und glitt mit einem gewaltigen Blubbern auf den Grund der Wanne.

›Oh, *mon chéri*, das ist aber nicht nett, was du da machst‹, murmelte Laure mit leicht gespitzten Lippen.

Und bitterböse verließ sie das Badezimmer und ging zu Bett.

Am nächsten Morgen fand der Kammerdiener seinen Herrn in der Badewanne ... ertrunken, naturgemäß.«

Der Herr zuckte mit den Schultern und meinte:

»Und seitdem ... weiß der Teufel, was sie getrieben hat ...

Und der Teufel in diesem Sinne, das sind Sie, ich ... und die anderen ... all die anderen ...«

Er verstummte erneut, nur auf seinen Lippen schwebte noch so etwas wie eine grinsende Grimasse ... Und wie er so ohne jede Regung dasaß, fragte ich:

»Und nun, Monsieur ...?«

»Nun, das wäre alles! ... Zu der Gefälligkeit, um die ich Sie eigentlich bitten wollte, gibt es nun keinerlei Anlaß mehr. Über sie zu reden, das hat mich von meinem Verlangen nach ihr befreit ... Das ist sogar etwas ganz Ungeheuerliches, daß sie mir so plötzlich gleichgültig geworden ist. Ich bitte Sie um Verzeihung, Monsieur, und spotten Sie nicht allzu sehr über das Absonderliche meines Besuchs.«

Er erhob sich, und ich begleitete ihn bis zur Tür, wo er sich nochmals in umständlichen Entschuldigungs- und Abschiedsfloskeln erging.

Den Rest des Tages verbrachte ich in Träumen ... in Erinnerungen ... Komische Erinnerungen in Wahrheit, traurige Träume! ...

Ich habe die Marquise gekannt, als sie die Mätresse meines Freundes Lucien Pryant war, eines tüchtigen und reizenden Jungen, der heute berühmt, reich, hochdekoriert ist und der eine so schöne, eine so rasante Karriere in der militärischen Spionage gemacht hat.

Beide hatten sie mich sofort über ihre Liebe ins Vertrauen gezogen, wenn auch nicht aus einem Anfall freundschaftlicher Gefühle, wie Sie vielleicht glauben könnten, sondern weil sie zu dem Schluß gelangt waren, daß ich ihnen sehr nützlich sein könnte ... Und außerdem besitze ich tatsächlich besondere Veranlagungen für die Rolle des Vertrauten ... in der Komödie ...

Zu jener Zeit, von der ich spreche, war Lucien arm, denn damals hatte er noch keine Gelegenheit gehabt, den ausländischen Mächten die Geheimnisse – jene berühmten offenen Geheimnisse – unserer Bewaffnung sowie die Pläne unserer Immobilmachung zuzuspielen. Überdies besaß er nur ein elendes Zimmer in einem tristen möblierten Hotel in der Rue des Martyrs, einem aus der Mode gekommenen Viertel, das für Amouren dieser Art kaum geeignet war …

»Du verstehst doch«, meinte Lucien zu mir, »ich kann meine Freundin wirklich nicht bei mir empfangen … Bei mir ist's einfach grauenhaft. Möbel in granatrotem Rips, wacklige Fauteuils … Und wenn du mein Bett sehen würdest … wenn du meinen Spiegelschrank sehen würdest … Elegant, an Luxus, an jede Art von Luxus gewöhnt, wie sie ist, würde sie mir sofort den Laufpaß geben … Zur Liebe braucht es einen hübschen Rahmen! … Stell dir vor, mein Lieber, ich besitze nicht einmal ein Klavier, und die Kunstwerke, die die Wände meines Zimmers schmücken, sind nur grauenhafte Kitschlithos à la *Heimkehr des Seemanns*, *Übergabe der Fahnen*, *Ein Hase, aufgehängt an einem Hinterlauf*, und das dürfte keinerlei Gefühle erregen in der an Komfort gewöhnten und leidenschaftlichen Seele einer Frau, die bei sich zu Hause echte Maurice Denis' besitzt – denn sie ist sehr religiös – und die sich von Boldoni porträtieren ließ – denn sie ist sehr … ja, du hast vollkommen recht! … Wirklich zu dumm, wenn man kein gepolstertes, geheiztes Appartement besitzt mit rosa Tapeten, rosa Lampenschirmen … und Teppichen, auf denen sich die kleinen nackten Füße nicht schmutzig machen! … Und wenn du wüßtest, wie viele herrliche Gelegenheiten, wie viele himmlische Gelegenheiten mir wegen dieses abscheulichen Zimmers gegangen sind … bei den verheirateten Frauen! …«

»Aber«, entgegnete ich …, »deine Freundin ist doch verwitwet und ungebunden … Weshalb empfängt sie dich nicht bei sich?«

»Sie kann nicht, alter Freund … wegen der Dienstboten … Und außerdem ist sie stark in der katholischen Welt engagiert

… sie kennt De Mun und De Mackau … Sie hat sogar im *Bazar de la Charité* verkauft …«

Dann fügte er in flehentlichem Ton hinzu:

»Deine Wohnung ist dagegen so zauberhaft … in British und Louis XVI. eingerichtet, genau wie bei ihr … und so intim … so galant! Oh, wie würden wir uns darin lieben! Stell dir vor, ich bin schon drauf und dran, meiner armen Freundin zu sagen, daß es mir leider unmöglich ist, sie bei mir zu empfangen … denn da würden mein Vater, meine Schwester und zwei alte, an den Rollstuhl gefesselte Tanten wohnen … Das wäre entsetzlich! … Muß ich mir also auch diese Gelegenheit entgehen lassen? Oh, wenn du wüßtest! …«

Angesichts dieser Bitten gab ich nach. Dreimal pro Woche überließ ich mein Appartement der freien Liebe Luciens und seiner Mätresse. Ich lieh Lucien meine Babuschen, meine Nachthemden, meine Kosmetikartikel, den Schlüssel zu meiner Geheimbibliothek. Ich besaß sogar das ingeniöse Feingefühl, an den Tagen ihrer Rendezvous elegante, kräftigende und gehaltvolle Imbisse für sie zu ordern: Sandwichs, Ingwertörtchen, Portwein, Tee und dergleichen mehr. Auf diese Art wurde ich Zeuge all ihrer Freuden.

»›Was für eine hübsche Wohnung Ihr habt!‹ … pflegte mir die Marquise abends im Restaurant, im Theater zu sagen, denn – Monsieur de Mun, Monsieur de Mackau und dem Wohltätigkeitsbasar zum Trotz trennten wir uns nicht mehr voneinander … ›Was für ein zauberhafter Geschmack! … Wie geschaffen für die Liebe!«‹

»Wirklich? … Finden Sie? … Sehr liebenswürdig von Ihnen …«

»Aber Ihr Badezimmer, ich muß schon sagen …«

»Es gefällt Ihnen nicht?«

»Doch, das meine ich nicht! … Nur … schämen Sie sich nicht ein wenig … mit diesen freizügigen Gemälden darin? …«

»Und Sie? ...«

»Dasselbe gilt für Ihre Bücher ... Nein, wie abscheulich! ...«

»Ach! Sie lesen sie also? ...«

»Wie dem auch sei: Sie haben einen zauberhaften Geschmack! ....«

So verbrachten wir unsere Abende in ernsthaften und tiefsinnigen Gesprächen.

Dies währte drei Monate lang. Eines Tages suchte mich Lucien jedoch bleich, niedergeschlagen, mit Tränen in den Augen auf, um mir mitzuteilen, daß alles aus und zu Ende sei. Sie betrüge ihn ... Eine furchtbare, gewalttätige, grauenhafte Szene! ... Im Laufe einer heftigen Aussprache muß er drei meiner Spiegel und eine ganze Reihe sehr teurer Nippessachen zerschlagen haben ... Dann gab er mir den Schlüssel zu meinem Appartement zurück und verschwand.

Mehrere Jahre vergingen, ohne daß ich ihn wiedersah, und ich verlor die Marquise de Parabole vollkommen aus den Augen.

Eines Abend begegnete ich ihr zufällig in einem befreundeten Hause bei einer Österreicherin aus Galata, die die kuriosesten Gestalten zu empfangen pflegte und mit einer farblosen Stimme Schumann sang. Das Exquisite dabei war, daß in diesem befreundeten Haus keiner den anderen kannte, denn der Kreis der Gäste erneuerte sich ständig, da er in den ausländischen Kolonien rekrutiert und sogar in den elegantesten Strafkolonien von Paris ausgesucht wurde.

Freudig trat ich auf Madame de Parabole zu. Sie war noch immer jung, schön, verrückt, verführerisch, leidenschaftlich, sogar noch eine Idee blonder als früher.

»Oh, wie lange ist es her!« rief ich aus ... »Und was ist aus Ihnen geworden ... seit jener Katastrophe? ...«

Madame de Parabole blickte mich starr an, die Stirn in Falten vor angestrengtem Bemühen, sich zu erinnern.

»Welche Katastrophe?« fragte sie.

»Aber Sie sind doch Madame de Parabole?«

»Gewiß ... Und Sie, Monsieur, wer sind Sie?«

»Georges Vasseur ...«, erklärte ich mit einer Verbeugung ... »Sie erinnern sich nicht? ...«

»Nicht im geringsten! ...«

»Und an Lucien Pryant?«

»Lucien Pryant? ... Welcher Lucien Pryant? ... Warten Sie ... Ein kleiner Blonder?«

»Nein, Madame, ein großer Brünetter ...«

»Ich kann mich absolut nicht erinnern!«

»Ein großer Brünetter, den Sie leidenschaftlich geliebt haben ... drei Monate lang ... bei mir zu Hause ... in meinem Appartement ... ein zauberhaftes Appartement? ...«

Madame de Parabole konzentrierte sich, rief sich alle Erinnerungen wach, ließ all ihre Liebhaber Revue passieren ... alle Appartements ihrer Liebhaber ... Und mit unmißverständlicher und schmerzhafter Aufrichtigkeit meinte sie:

»Nein, ehrlich ... ein großer Brünetter ... in Ihrem Appartement ... ich weiß beim besten Willen nicht, wer das sein soll ... Und ich glaube, Sie sind verrückt, Monsieur! ...«

Acht Tage später fand ich sie in einem anderen befreundeten Hause wieder, bei einer Chilenin aus Kanada, die mit der Stimme und den Handschuhen von Yvette Guilbert Schubert sang ... Und da sprach sie mich hastig und schmunzelnd als erste an:

»Sie müssen mich für verrückt gehalten haben ... neulich am Abend, nicht wahr? ... Aber natürlich, jetzt erinnere ich mich wieder an alles ... Lucien Pryant! ... Wie konnte ich nur? ... Gott, wie dämlich er war, der arme Junge! ... Und wie haben wir ihn betrogen, wir beide!«

»Ich ihn betrogen, ich ...«, zuckte ich zusammen ... »Aber mit wem?«

»Na, mit mir doch ... Unsere Küsse ... Unsere Bisse ...

und mein Haar! Du hast es also schon vergessen, du Undankbarer?«

Nun war es an mir, erstaunt zu sein.

»Sie irren sich, Madame … Mit mir haben Sie meinen Freund Lucien Pryant nicht betrogen …«

»Aber mit wem denn sonst? … Ich bitte Sie! … Sie waren doch der Freund von Lucien Pryant?«

»Natürlich!«

»Und ich soll ihn nicht mit Ihnen betrogen haben? …«

Sie zog eine hinreißende Schnute, machte ungläubige Augen …

»Also das wäre das erste Mal, daß ich mich … Sie erstaunen mich zutiefst …«

In diesem Moment ging eine leichte Unruhe durch den Salon. Man kündigte an, daß die Herrin des Hauses sogleich ein Lied von Schubert singen würde. Madame de Parabole ließ mich stehen.

Ich habe sie nicht wiedergesehen …

Ich habe sie erst hier wiedergesehen …

Vielleicht spreche ich sie morgen einmal an …

11

Vor dem Dîner promenierte ich mit Triceps noch ein wenig über die Esplanade des Quinconces. Dabei begegneten wir einer unendlich viel zu elegant gekleideten Dame, die gerade aus der Trinkhalle kam. Sie warf Triceps ein Lächeln zu und rief:

»Guten Abend, Alter ...«

»Guten Abend, mein Kätzchen«, erwiderte Triceps.

In einer wahren Parfümwoge ging sie vorbei ...

»Das ist Boule-de-Neige ...«, erklärte mir Triceps ..., »die einstige Mätresse des alten Baron Kropp ... du weißt ... der letztes Jahr gestorben ist ... der alte Baron Kropp ... Du weißt doch, wen ich meine? ... Oh, mein Lieber, es ist kaum zu glauben, daß es solche Männer gibt! ... Hör dir das an ...«

Und Triceps, höchst befriedigt, eine Geschichte anbringen zu können, begann, während er sich an meinem Arm einhakte, zu erzählen:

»Eines Morgens kam der alte Baron zu mir. Und ohne Überleitung fragte er mich:

›Stimmt es, Doktor, daß das Blut Eisen enthält?‹

›Ja, das stimmt ...‹

›Ach! ... Ich wollte es partout nicht glauben ... Wie kompliziert ist doch die Natur!‹

Die Lippen des greisen Barons zitterten und sabberten ein wenig. Seine Augen waren schon fast erloschen ... Und die Haut seines Halses bildete unter dem Kinn so etwas wie eine nachlässig gebundene Krawatte aus schlaffem Fleisch. Er sann einen Augenblick nach, dann fragte er:

›Aber doch nicht viel ... viel? ...‹

›Ach, mein Gott! ...‹, antwortete ich. ›Das ist natürlich kein ganzes Erzbergwerk ... von der Art wie in der Ariège ...‹

›Was meinen Sie damit? ...‹

›Ich meine, aus dem Blut eines Menschen könnte man nicht genug Eisen gewinnen, um – wie soll ich Ihnen das erklären? – um zum Beispiel einen zweiten Eiffelturm zu bauen ... Verstehen Sie? ...‹

›Ja ... Ja ... Ja! ...‹

Und der alte Baron skandierte jedes seiner Jas ... mit einem so zustimmenden wie entmutigten Nicken ... Dann fügte er hinzu:

›Im übrigen verlang ich ja so viel nicht ...‹

Dann, nach einem kurzen Schweigen:

›Sie glauben also, man kann Eisen ... ein wenig Eisen extrahieren ... aus meinem Blut?... Aus meinem Blut?‹

›Nun! ... Warum eigentlich nicht? ...‹

Der Baron lächelte und fragte weiter:

›Glauben Sie auch, daß das Blut Gold enthält?‹

›Oh! Also das nicht ... Und Sie verlangen wirklich viel, mein lieber Baron. Gold gibt es nur in den Zähnen ... in den kranken.‹

›Leider Gottes, Herr Doktor, habe ich keine Zähne mehr, nicht einmal kranke‹, seufzte der Greis. ›Und wenn ich Zähne hätte und Gold in den Zähnen, dann wäre das immer noch fremdes Gold, Gold, das ich nicht selbst produziert hätte – mit einem Wort: Gold, das nicht ein Teil von meiner Substanz wäre. Welchen Nutzen hätte es dann? Sie sind also sicher, daß mein Blut kein Gold enthält?‹

›Absolut sicher ...‹

›Das ist sehr ärgerlich ... Und ich bedaure es wirklich ... Denn, sehen Sie, für meinen Ring wäre mir Gold lieber gewesen als Eisen ...‹

Ich dringe nicht weiter in ihn, denn ich weiß, daß der Baron ein wenig eitel ist. Dieser fuhr jedoch, mit der Zunge über seine sabbernasse Lippe schnalzend, fort:

›Sie wissen nämlich nicht, wie sehr ich Boule-de-Neige liebe. Ich habe ihr alles geschenkt … Hotels, Pferde, Schmuck, Liebhaber, die sie zum Schreien bringen vor Wonne … Sie besitzt Bettwäsche für fünfzigtausend Francs … Sie besitzt alles, was eine Frau besitzen und erträumen kann … Kurz und gut, ich würde ihr gern noch mehr schenken, ihr schenken, was noch nie irgendeine Frau besessen hat … Ja, ihr auf einen Schlag und in einer materiellen, einer fühlbaren Form alles schenken, was mein Blut noch an Mark enthält … mit einem Wort: meine ganze Substanz, gebettet in eine Schatulle, die die schönsten Diamanten der Erde zieren sollen … Daß ich sterben muß, ist mir einerlei … Ja, aber würde ich genug Blut dafür haben?‹

›Dafür hat man immer Blut genug‹, antwortete ich nachlässig. ›Abgesehen davon … tut man, was man kann …‹

›Oh! Herr Doktor! … Mir ist nicht gut …‹

Erschöpft von alledem, was dieses senile Begehren an aussichtsloser Anstrengung bedeutete, schwanden dem Baron, er war mit einemmal sehr bleich geworden, die Sinne. Ich bettete ihn auf den Diwan, lagerte seine Beine hoch, ließ ihn Riechsalze von beißender Schärfe einatmen, massierte ihm mit einem feuchten Handtuchzipfel das Gesicht … Die Ohnmacht währte nur wenige Minuten. Dann, als er wieder zu sich gekommen war, gab ich Anweisung, daß man ihn, von zwei Bediensteten unter den Achseln gestützt, bis zu seinem Wagen zurückgeleitete, der auf der Straße wartete … Zwischen seinen Lippen, die Mühe hatten, sich noch zu berühren, stammelte er:

›Oh! … Boule-de-Neige! … Boule-de-Neige! … Ich gebe dir …‹

Und, mit weichen Knien in seine Kissen gesunken, murmelte der alte Baron, dem der Kopf auf die Brust gesackt war, trotzig weiter vor sich hin:

›Ja … so ist es … meine ganze Substanz … ich schenke dir meine ganze Subst …‹

Am nächsten Tag begab er sich zu einem ob seines Wissens sehr renommierten Chemiker.

›Ich hätte gerne‹, sagte er zu ihm, ›daß Sie mir aus meinen Adern so viel Blut abzapfen, daß man daraus fünfunddreißig Gramm Eisen extrahieren kann.‹

›Fünfunddreißig Gramm?‹ … meinte der Chemiker, der sein Erstaunen nicht unterdrücken konnte … ›Donnerwetter!‹

›Ist das zuviel?‹ erkundigte sich der Baron besorgt …

›Das ist viel …‹

›Ich werde bezahlen, was zu bezahlen ist … Und wenn Sie mein ganzes Blut dafür benötigen, dann nehmen Sie es …‹

›Ich meine nur‹, hielt ihm der Chemiker entgegen, ›Sie sind nicht mehr der jüngste …‹

›Wenn ich jung wäre‹, entgegnete der Baron, ›dann würde ich meiner Boule-de-Neige doch nicht mein Blut geben … sondern was ganz anderes …‹

Nach zwei Monaten hatte der Chemiker dem Baron ein kleines Stück Eisen liefern können.

›Es wiegt nur dreißig Gramm …‹, meinte er zu ihm.

›Wie klein das ist! …‹ murmelte der Baron, dessen Stimme nur noch ein Hauch war und dessen Gesicht noch bleicher wirkte als ein Leichentuch …

›Oh, ich bitte Sie, Herr Baron! … Eisen ist schwer und macht nicht viel Volumen.‹

›Wie klein das ist! … Wie klein das ist! …‹

Und während er das winzige Metallstück zwischen seinen zitternden Fingern betrachtete, seufzte er:

›Das ist also meine ganze Substanz! … Schön ist es ja nicht … Und doch enthält dieses schwarze Körnchen die ganze Unermeßlichkeit meiner Liebe … Wie stolz wird Boule-de-

Neige sein, ein solches Schmuckstück zu besitzen ... ein Schmuckstück ... das aus Mark besteht ... das aus Blut ... das aus Leben besteht! ... Und wie wird sie mich lieben! ... Und wie wird sie vor Liebe weinen!‹

Die letzten Worte flüsterte er nur noch, da er nicht mehr die Kraft besaß, sie laut auszusprechen ... Und nachdem er nur noch in sich hinein wiederholt hatte: ›Es ist ganz klein ... und doch gibt es und hat es auf Erden nie, weder am Hals einer Frau noch am kleinen Finger ihrer Hand, jemals ein so großes Schmuckstück gegeben ...‹ versank er in einen unruhigen, von Alpträumen erfüllten Schlaf ...

Einig Tage später fiel der Baron in Agonie.

Boule-de-Neige stand an seinem Bett und betrachtete mit gelangweilten Blick die Gegenstände um sie herum, und dieser Blick wollte sagen:

›Der Alte macht mich verrückt ... Sein Sterben nimmt einfach kein Ende ... Wie gern wäre ich jetzt woanders ...‹

Ein Diener brachte eine Schatulle herein.

›Was ist das? ...‹ fragte der Baron mit keuchender Stimme ...

›Der Ring ... Herr Baron.‹

Bei diesem Wort trat ein Lächeln auf die Lippen und ein Leuchten in die Augen des greisen Sterbenden ...

›Gib her ... Und du, Boule-de-Neige, komm ganz nah her zu mir ... und hör gut zu ...‹

Mit Mühe öffnete er die Schatulle, steckte Boule-de-Neige den Ring an einen Finger und sagte mit einer von Röcheln und Pfeifen unterbrochenen Stimme:

›Boule-de-Neige ... Sieh dir diesen Ring an ... Was du da siehst, ist Eisen ... Das ist Eisen, das mein ganzes Blut darstellt. Man hat mir die Adern geöffnet und sie durchwühlt, um es zu extrahieren ... Ich habe mein Leben hingegeben, damit du einen Ring besitzt, wie keine Frau jemals einen besessen hat ... Bist du glücklich? ...‹

Boule-de-Neige betrachtete den Ring mit einem ins Verächtliche übergehenden Erstaunen und meinte schlicht:

›Oh! Wirklich nett … mein Alter … aber weißt du … eine Pendüle wäre mir eigentlich lieber gewesen.‹«

Und Triceps schloß seine Geschichte mit einem schallenden Lachen.

»Nein … wie ist diese Boule-de-Neige doch komisch! … Eine echte Natur! …«

12

Ich habe heute eine bedeutende Entdeckung über die Immunität des Igels gegenüber dem Gift der Viper gemacht und bitte Sie, verehrte künftige Leser, um Erlaubnis, meine Freude darüber mit Ihnen teilen zu dürfen.

Diese Immunität rührt nicht etwa, wie die Naturalisten glauben, die niemals weiter als bis zur Spitze ihres Skalpells sehen, von bestimmten physiologischen Besonderheiten her, die den Igel aufgrund seiner Konstitution gegen das Viperngift gefeit machen würde; nein, sie kommt lediglich von der erstaunlichen Durchtriebenheit, mit der die Natur diesen kleinen Vierbeiner begnadet hat, und von der ans Wunderbare grenzenden Geschicklichkeit, die er in seinem Kampf ums Überleben entwickelt. Das werde ich sogleich beweisen.

Wenn ich das, was man die gelehrte Welt nennt, nicht von meiner Entdeckung in Kenntnis setze, so deshalb, weil ich weiß, daß sie unverbildeten Beobachtern gegenüber aufgrund ihrer Natur wenig aufgeschlossen und aufgrund ihres Systems dem Eindringen der literarischen Zunft in die Wissenschaft unverhohlen feindlich gesonnen ist, da sie diese als ausschließlich ihre Domäne betrachtet. Sehr zu Unrecht, wie ich zu behaupten wage. Immerhin dürften mir meine früheren Arbeiten und meine darauffolgenden Untersuchungen eine ernstzunehmende Bescheinigung dafür ausstellen, daß ich in diesem Bereich des menschlichen Verstandes nicht der erstbeste Dahergelaufene bin. Muß ich noch daran erinnern, daß ich derjenige war, der das so interessante und so neue Gesetz von der Fortbewegung der Pflanzen aufstellte? Und was meine Beobachtungen über die Bimentalität und Autokriminologie der Spinne betrifft, so stellten diese in der Physiologie jenes flügellosen Insekts eine solche Revolution dar, daß Sir John Lubbock, an den ich sie, in einem glänzenden Bericht zusammengefaßt, schickte, so sehr in Rage geriet, daß der Baron de Courcel, zu jener Zeit unser Botschafter in London, all sein diplomatisches Geschick aufbringen mußte, um England davon abzuhalten, daß es sich in Ägypten noch weitere Dummheiten leistete.

Es ist jedoch ein Glück, daß die Irrtümer der Gelehrten zuweilen bereits von einfachen Poeten korrigiert werden, und ich will gar nicht daran denken, in welch grauenhafte geistige Finsternis wir noch getaucht wären, wenn wir immer nur die Gelehrten gehabt hätten, um uns das Wenige zu erklären, was wir von den Geheimnissen der Natur wissen. Der Alchimist Van Helmont, ein für seine Zeit beachtlicher Gelehrter, der ebenso leidenschaftlich intuitiv wie streng experimentell arbeitete, beschenkte die Wissenschaft mit der Theorie der sogenannten spontanen Zeugung. Er stellte sich die Dinge folgendermaßen vor: Eines Abends legte er in seinem Garten ein paar vertrocknete Nüsse unter einen hermetisch geschlossenen Blumentopf. Am nächsten Morgen hob er den Blumentopf hoch und erblickte Mäuse, die genüßlich an den Nüssen knabberten. Sofort zog er daraus den Schluß, daß die Mäuse mit außerordentlicher Spontaneität aus den Nüssen geboren wurden, und trug diese frohe Botschaft den europäischen Akademien zu, die begeistert waren. Leider Gottes sind nahezu alle wissenschaftlichen Experimente von jenem Wert – nämlich dem, daß sie, egal, ob sie den Kulturgebräuen unserer Tage oder den geheimnisvollen Athanoren des Mittelalters entstammen, stets die reine Lüge darstellen, zumindest nach Ansicht der Jesuiten, die immerhin die denkbar besten Erzieher sind. In einigen Jahren werden unsere Söhne ebenso sehr über die Bazillen von Monsieur Pasteur lachen, wie wir über die spontanen Mäuse des Monsieur van

Helmont lachen, und die Lokalisierungen der Gehirnpartien des Dr. Charcot werden ihnen vielleicht wie ein noch unzulässigerer Blödsinn als der Homunculus von Arnaud de Villeneuve und die wesenhaften Kröten von Henning Brandt vorkommen. *Experimentia fallax*, wie der alte Hippokrates bereits sagte.

Heute nachmittag bin ich mit meinem Freund Robert Hagueman in einem Wald spazierengegangen ... ein alter, verwilderter Park, der sich ein paar Kilometer von der Stadt entfernt an einer Stelle des Tals befindet, wo es des Umstandes, nur ein Riß im Gebirge zu sein, überdrüssig ist und sich so weit verbreitert, daß es die Illusion einer kleinen Ebene erweckt ... Der Wald, nun wieder frei, fast wieder ursprünglich, ist einfach ein Genuß ob seiner Stille und Kühle. Blumen jeglicher Art wachsen dort, gelbe, rote, blaue, rosafarbene, und zwischen den Zweigen sieht man endlich einmal den Himmel.

Nachdem wir eine gute Weile gegangen waren, ließ ich mich am Rand einer Lichtung, den Rücken an den Stamm einer Buche gelehnt, zur Rast nieder. Zum Greifen nahe neben mir öffneten Milchsterne ihre weißen Blütendolden der Sonne entgegen. Ringsum verzierte Johanniskraut den Schatten mit seinen lebhaft goldenen Sternen ... Und ich dachte an nichts, außer daran, diesen Aufschub voller Sanftmut und Licht zu genießen, den dieses Stück Natur mir bot. Robert Hagueman dagegen war auf einem Bett von Moos eingeschlummert. Oh, wer mir in jenem Moment gesagt hätte, ich stünde kurz davor, eine bedeutende biologische Entdeckung zu machen, hätte mich in höchstem Maße erstaunt!

Plötzlich wurde meine Aufmerksamkeit von etwas Glänzendem gebannt, das zwischen dem Gras hindurch glitt und wie mit einem heftigen silbrigen Blitz die tief liegenden Blätter des Johanniskrauts hob. Ich erkannte, daß es eine Viper war, und ich würde lügen, wenn ich nicht hinzufügen würde: eine von der gefährlichsten Art. Sie sah mich nicht und tummelte sich frei und mußevoll zwischen den Blumen. Bald verschwand sie, bald tauchte sie wieder auf, mal gerade und gestreckt wie eine kleine Dolchklinge, mal oval gebogen wie ein Armreif oder gar sich durch das Moos schlängelnd wie ein Rinnsal klaren Wassers. Aber irgend etwas fesselte meine Aufmerksamkeit noch mehr. Nicht weit von der sorglosen Viper bemerkte ich einen kleinen Haufen verwelkter Blätter. Auf den ersten Blick bot er nichts Auffälliges; bei näherem Hinsehen kam er mir jedoch verdächtig vor. Nicht die geringste Brise, nicht der geringste Lufthauch wehte in dem Gebüsch: reglos verharrten die kleinen Gräser. Man hätte meinen können, die Blätter der Birken darüber wären gemalt gewesen. Und doch bewegte sich dieser Blätterhaufen; eine leichte, aber wahrnehmbare Atembewegung war in ihm ... Er war lebendig ... Und da es so lebendig war, flößte mir dieses Knäuel verwelkter Blätter einen undefinierbaren Schrecken ein ... Ich kniff die Augen zusammen, um besser zu sehen, um meinen Blick unter diese Blätterschichten dringen zu lassen, die unverkennbar ein Geheimnis bargen, eines jener tausend Verbrechen des mörderischen Waldes, aber welches?

Selbst die beschränktesten Tiere, die niedersten Insekten und die winzig kleinsten Larven besitzen eine ans Wunderbare grenzende Witterung für das, was sie bedroht. Mit einem Scharfsinn, der sie niemals trügt, wenn auch nicht immer rettet, spüren sie jeden noch so raffiniert versteckten Feind auf. Der Feind, der dort in den Blättern lauerte, dürfte für die Viper nichts Bedrohliches gehabt haben, denn sonst hätte sie sich in der Art, wie sie mit so lustvoll gewundener Anmut zwischen den Blumen und den weichen Moosen dahinglitt, nicht so selbstsicher, so sorglos gezeigt. Ich hatte mich gewiß getäuscht; es war lediglich meine Einbildung, die mich nun unter den harmlosen Blättern eine gefräßige Schnauze und zwei glühende Augen erkennen ließ. Ich beschloß, hinter meinem Baum ohne die geringste Geste, ohne die geringste Bewegung zu warten, um die Viper nicht zu erschrecken. Robert schlief noch immer tief und fest …

Und während die Viper in langsamem Vorankriechen leicht den Blätterhaufen streifte, sah ich plötzlich etwas ganz Wunderbares, eines der erstaunlichsten Dramen, die dem Menschen zu sehen gegeben sind. Die verdorrten Blätter flogen nach rechts und links zur Seite, und ein großer Igel tauchte, seine Stacheln gefährlich aufrichtend, seine Schnauze noch länger zuspitzend, daraus hervor. Mit einer Schnelligkeit, einem zum Angriff ansetzenden Sprung, so behend, wie man ihn sich bei einem Tier von so schwerfälliger Gestalt unmöglich vorgestellt hätte, stürzte sich der Igel auf die Viper, verbiß sich von hinten in ihren Schwanz, packte ihn fest zwischen seinen Kiefern, rollte sich zu einer Kugel ein, so daß sein ganzer Körper durch die Tausende wie Speerspitzen aufgestellter Stacheln seines Fells geschützt war. Und er bewegte sich nicht mehr.

Da begann die Viper entsetzlich zu zischen. Durch kräftige Stöße, mit denen sie kerzengerade und blitzend in die Höhe schnellte wie ein zustechendes Messer, versuchte sie sich aus der Klammergriff des Igels zu befreien. Vergebens. Vergebens versuchte sie ihn zu beißen, indem sie mit ihrem giftbewehrten Rachen auf die Stacheln des raffinierten Tiers herabschnellte, aber dabei zerriß sie sich ihn mehr und mehr. Als sie bereits völlig blutüberstömt war und ihre kleinen Äuglein ausgestochen waren, fuhr sie immer noch fort, sich zu winden und mit einer rasenden Wut, die mit den Verwundungen noch zunahm, in die undurchdringliche Rüstung des Ungeheuers zu beißen. Zehn Minuten lang dauerte dieser Kampf. Schließlich durchbohrte sie sich in ihrem Zorn, sich befreien zu wollen, an den unbeugsam starren Spießen ihr Hirn und sank leblos, ein dünnes graues, von Blut beflecktes Band, neben der reglosen Kugel zu Boden.

Der Igel wartete noch ein paar Augenblicke. Dann entspannte er mit wirklich bewundernswerter Behutsamkeit und Vorsicht seine Stacheln, wagte sich mit seiner Schnauze hervor, streckte zur Hälfte seinen Körper aus, öffnete wild und grinsend seine zwei kleinen schwarzen Augen, fuhr seine Pfoten aus. Dann, als er sich genau davon überzeugt hatte, daß die Viper tot war, verzehrte er sie grunzend wie ein Schwein.

Danach schleppte er sich schwerfällig und vollgefressen auf seinen kurzen Pfoten von dannen und wälzte sich, mit der Schnauze in die Erde wühlend und zur Kugel zusammengerollt, auf einem Haufen von Blättern, bis er völlig darin verschwand …

Auf dem Rückweg betäubte mich Robert, dem die Geschichte von dem Kampf der Viper gegen den Igel nicht den geringsten Genuß bereitet hatte, mit Geschichten über Frauen und Pferderennen. Ich hörte ihm nicht zu … Als wir nur noch wenige hundert Meter von der Stadt entfernt waren, zog er mich auf einmal am Arm und während er auf ein hübsches Haus deutete, das gut plaziert auf halber Höhe des Hangs zwischen Terrassen und prächtigen Gärten lag, fragte er mich:

»Kennst du es?«

»Nein …«

»Aber das ist doch die Villa, in der es spukt, alter Freund … Wie? Du kennst sie nicht? … Eine erstaunliche Geschichte … Hör zu, wie ich davon erfahren habe.«

Und mein Freund begann zu erzählen:

»Vor zwei Jahren wollte ich hier eine Villa mieten … Man riet mir, mich an einen der Notare, Maître Claude Barbot, zu wenden, der deren vier besaß, die vier schönsten und bestgelegenen der Gegend. Der Notariatsbeamte empfing mich mit ausgesuchter Höflichkeit und seine leicht schurkenhafte Jovialität mißfiel mir sofort unendlich.

Er war ein kleines glatzköpfiges Männchen mit rundem, fleischigem Gesicht ohne Sinnlichkeit und einem Schmerbauch, der unter einem abgetragenen Samtgilet mit Blumenmuster und von altmodischem Schnitt hervorquoll. Alles an ihm war rund wie sein Gesicht, alles an ihm war auf eine vulgäre Art jovial bis auf die Augen, aus deren gelblich trüben Äpfeln, die rot umrandet und in den dreifachen fettigen Wulstring der Lider gebettet waren, eine – wenn ich so sagen darf – recht unheilschwangere Miene näßte. Aber ich war so daran gewöhnt, dieser Miene in fast immer gleicher Form in allen Blicken der Geschäftsleute zu begegnen, daß ich ihr keine andere Beachtung schenkte als jene, die ich gleichgültig und flüchtig den Blicken von Passanten auf der Straße widme. Zudem brauchte ich mit diesem subalternen Kurortnotar nicht über den beträchtlichen Mietzins zu diskutieren. Denn selbst unter der Annahme, wir würden über die Miete der Villa handelseinig werden, könnte er mich höchstens um ein paar Louis beschummeln. In ein paar knappen, kühlen Worten erklärte ich ihm den Zweck meines Besuches.

›Aha‹, rief er, während er zwei wurstfingrige und stark behaarte Hände – denn obwohl sein Schädel nicht die Spur von Haaren aufwies, wuchsen sie ihm auf seinen Händen in dichten Büscheln – über seinen kurzen Schenkeln spreizte ... ›Aha ... man kommt sich also den ganzen Sommer über in den Pyrenäen ausruhen? ... Ausgezeichnete Idee ... Dafür gibt es keinen besseren Ort, auch keinen angenehmeren und gesünderen ...‹

›Das will ich hoffen‹, erklärte ich blöde, denn ich wußte nicht, was ich darauf antworten sollte.

Der Notar verstärkte noch den unangenehm vertraulichen Ton seiner Phrasen:

›Und man kommt … haha!… und man kommt Maître Claude Barbot – meine Wenigkeit – fragen, ob er einem nicht eine seiner kleinen Villen vermieten könnte? … Verdammt, ja, ich glaube, das läßt sich machen … Es sind die hübschesten und komfortabelsten …‹

›Zumindest haben sie diesen Ruf …‹

Ich hatte einfach kein Glück in der Wahl meiner Antworten. Maître Barbot grinste:

›Und zwar verdientermaßen! … Also mir scheint, da könnten wir ins Geschäft kommen … O ja, da könnten wir ins Geschäft kommen …‹

Der Notar verschränkte die Arme und ließ sein Kreuz gegen die wippende Rückenlehne seines Fauteuils sinken.

›Sehen wir uns die Sache mal an … sehen wir uns die Sache mal an …‹, meinte er … ›Und fassen wir die Situation zusammen … Erster Punkt … Sind Sie verheiratet?‹

›Nein.‹

›Ah! … unverheiratet … sehr gut … sehr gut! Zweiter Punkt … Haben Sie ein Verhältnis? … Ich meine, eine Bekanntschaft … so eine kleine Freundin, o là, là … Sie wissen schon? …‹

Und herzlich, mit einem wohlwollenden Schmunzeln, fügte er hinzu:

›Meine Güte! Wir wissen doch, wie das Leben ist … In der Provinz ist man nicht so sehr hinter dem Mond, wie man allgemein annimmt … Man ist schließlich mal jung … hier wie überall … Und die Notariatskammer, die kann mich mal … Ha, ha!‹

Da ich, so erstaunt wie schockiert darüber, welche Wende das Gespräch nahm, nichts antwortete, erklärte Maître Barbot:

›Meine Güte … verzeihen Sie mir, wenn ich Ihnen diese Fragen stelle … Das geschieht nur, um mir ein Bild davon zu machen, was für Sie das richtige ist … nur aus reiner Sorge als

Besitzer … Meine vier Villen, Monsieur, sind jeweils im Hinblick auf bestimmte gesellschaftliche Umstände eingerichtet … auf ganz bestimmte Umstände … oder unbestimmte, je nachdem … verstehen Sie?… Ich habe eine für echte Familien: das ist die unattraktivste … eine andere für vorübergehende Familien, für die Sommerfamilien: die ist schon besser … und eine für alleinstehende Herrn: diese ist einfach zauberhaft, Monsieur … Und so weiter und so fort … Sie versehen: was dem einen zusagt, sagt dem anderen nicht zu … Also, in welche Kategorie darf ich Sie …?‹

›Ich bin ohne Anhang‹, bestätigte ich.

›Ausgezeichnet …‹, applaudierte Maître Barbot … ›Und damit haben Sie den richtigen Weg gewählt … Also bekommen Sie die schönste von meinen Villen … Sie sehen mich hocherfreut, denn Sie gefallen mir sehr … wirklich sehr …‹

Ich deutete eine vage Geste des Danks an. Der Notar fuhr fort:

›Es verwundert Sie vielleicht, daß ich die schönste, die kompletteste, die luxuriöseste, die attraktivste von meinen Villen für alleinstehende Herrn reserviert halte? … Das ist so eine ganz persönliche Idee von mir, die ich Ihnen gleich erklären werde … während wir die Besichtigung vornehmen, wenn Sie gestatten …‹

Und sein gelblicher und verschwommener Blick musterte, durchsuchte mich geradezu. Ich fühlte ganz real, wie dieser Blick mich abtastete, mich maß und wog, meinen gesellschaftlichen, moralischen und kommerziellen Wert bestimmte. In dem Blick dieses Mannes war ich so etwas wie ein edler Stein in der Hand eines Juden.

In diesem Moment öffnete sich die Tür seines Kabinetts, und umgeben von einem Rauschen von Seide und Spitzen, eingehüllt in einen intensiven Wohlgeruch nach Frau und Blumen, erblickte ich einen Schwall fuchsroten Haars, einen roten Mund, die blauen Blitze zweier herrlich glutvoller

Augen, eine blendende Erscheinung wie ein Wunder an Schönheit, Jugend und Liebe, die, kaum aufgetaucht, mit dem Aufschrei: *Pardon!* sofort wieder verschwand.

›Meine Frau ...‹, erklärte Maître Claude Barbot beiläufig.

›Mein Kompliment!‹ rief ich, noch nicht wieder bei Sinnen nach dem Erstaunen, in das mich die flüchtige Vision dieses strahlenden Geschöpfs versetzt hatte, das ich in dem Spalt einer rasch geöffneten und ebenso rasch wieder geschlossenen Tür kaum so recht wahrgenommen hatte ...«

Robert hielt einen Augenblick inne.

»Ah, alter Freund ...«, hauchte er ..., »wenn ich nur daran zurückdenke! ... Diese Augen! ... Diese Lippen! ...«

Dann fuhr er fort.

»Die Villa gefiel mir. Hübsch ins Gebirge gesetzt, zwischen Gruppen von Bäumen, rings umgeben von Gärten, von nüchterner und schlanker Architektur – Maître Barbot hatte ihre Vorzüge nicht übertrieben. Die Inneneinrichtung war hell, hinreißend, von diskretem Luxus, was der Landschaft aus grünender Natur, Gebirge und Himmel, in deren Mitte sie sich erhob, nichts von ihrem Gewicht raubte.

Ich erinnere mich insbesondere an das Schlafzimmer, ein gelbes Schlafzimmer mit weißen Möbeln, von einer Zartheit, einer delikaten und lustvoll heiteren Weichheit, worin die Konturen der Gegenstände, die Tönungen von nackter Haut eine ungeheure Feinheit, eine Qualität wie von unbeschreiblichem und bis in die Träume dringendem Licht erhielt. Einige freizügige Kupferstiche, Kopien nach Guilio Romano und andere, ganz und gar obszöne, ich glaube von Félicien Rops, schmückten die Wände; und hier und da verbreiteten auf dem Kaminsims, den Regalen, den Tischen unzüchtige Figurinen aus Sachsen den grazilen Charme hübscher Sündhaftigkeit ...

Eben in diesem Schlafzimmer befanden wir, Maître Barbot und ich, uns gerade, als ich ihn, fest entschlossen, diese Villa zu mieten, nach dem Preis fragte.

›Fünfzigtausend Francs, und keinen Sou weniger ...‹, erklärte er mit fester Stimme.

Ich fuhr zusammen. Doch der Notar bot mir an, Platz zu nehmen, und nun hören Sie sich an, was er zu mir sagte, während sein bleicher Blick sonderbar beherrschend starr auf mich gerichtet war:

›Fünfzigtausend Francs ... das kommt Ihnen teuer vor, auf den ersten Blick? Das kann ich durchaus verstehen ... Aber ich werde Ihnen die Sache mit einem Wort erklären ...: In dieser Villa spukt es ...‹

›Es spukt in dieser ...?‹ stammelte ich.

›Ja ... Nacht für Nacht erscheint dort ein Geist ... Oh! Er ist kein Gespenst mit Totenkopf, mit einem Skelett als Körper und das Schlag Mitternacht, von mondfahlem Licht umflort mit Leichentüchern und Eisenketten durch die Gänge schlurft ... Von wegen ... Er ist ein Geist, wie man ihn so oft nicht zu Gesicht bekommt, nicht einmal im Traum, ein einfach himmlischer und hinreißender Geist, mit Kopf und Körper einer Frau, deren fuchsrotes Haar, deren blaue Augen und deren Fleisch, das nur so strahlt unter durchsichtigen Gewändern von herrlich duftendem Batist, selbst einen Heiligen in die Verdammnis stürzen würde ... Dieser Geist hat zudem die besondere Eigenschaft, daß er mit sämtlichen Geheimnissen der Liebe vertraut ist und sogar noch weitere erfindet und daß er diskret ist, hundertprozentige Diskretion ... Er erscheint, wann immer man es wünscht ... und verschwindet auf die nämliche Art ... Niemand erfährt etwas ... nichts gesehen, nichts gehört ... Kurzum, da greift man zu oder läßt es bleiben ... Ich vermiete sie niemals ohne ihn ... Wenn Sie sie nicht wollen, bin ich Ihnen nicht im geringsten gram ... Nein, weiß Gott, nicht im geringsten!‹

Ich blickte den Notar an … Ein ironisches Grinsen umsäumte seine Lippen, verzerrte seine Augen, deren rotumrandete Ringe ein noch röteres Nässen belebte … Und ich rief:

›Diesen Geist … den kenne ich, den habe ich doch gerade … Das ist doch …‹

Maître Barbot gebot mir Schweigen, indem er mich heftig unterbrach mit den Worten:

›Ein Geist, weiter nichts … Sie kennen ihn nicht, Sie haben nichts gesehen … Es ist ein Gespenst wie jedes andere … Und nun, gehen wir … Unterwegs können Sie sich die Sache weiter überlegen …‹

Und achselzuckend, mit einer Miene souveräner Verachtung fügte er noch hinzu:

›Oh, diese Schwachköpfe, die noch feilschen, wenn es um *l'amour* mit einem Geist geht … mit einem Geist wie diesem! … O là, là! … Und so was rühmt sich, auf der Jagd nach ausgefallenen Genüssen, nach unerhörten Lusterlebnissen zu sein? … Erbärmliche Literaten! … Ich bitte Sie, gehen wir …'«

Nachdem er seine Geschichte beendet hatte, fragte mich Robert, während er aus dem Wagen sprang:

»Und du weißt also nicht … wer dieses Jahr in der Spukvilla wohnt? … Dickson-Barnell, der amerikanische Milliardär … Außerdem weißt du ja, daß wir heute abend mit ihm dinieren … Also dann, bis später! …«

Ein reizender Junge, dieser Dickson-Barnell … Nachdem wir uns miteinander bekanntgemacht und uns vor dem Dîner noch einige Cocktails genehmigt hatten, wurden wir sofort die besten Freunde der Welt …

Im übrigen ist er – und so war er mir gleich bei der ersten Begegnung erschienen – ein fröhlicher Gesell, von mitreißender und aufrichtiger Heiterkeit … ja, so echt wie Gold. Sofort beeilte ich mich, ihn zu seiner Heiterkeit von Herzen zu beglückwünschen.

»Eine ziemlich seltene Tugend, Monsieur, die hierzulande von Tag zu Tag mehr im Schwinden begriffen ist ...«, bemerkte ich mit zuneigungsvoller und dogmatischer Feierlichkeit. »Im übrigen sind nur noch die Amerikaner ein heiteres Volk ...«

Dem stimmte Dickson-Barnell zu:

»In der Tat ...«, meinte er ..., »bin ich ein heiterer Typ, sofern ich überhaupt so richtig weiß, was Heiterkeit ist. Aber das heißt nicht, daß ich glücklich bin ... Wissen Sie, die Moralisten haben völlig recht ... Die Reichen können nicht glücklich sein ... Glücklichsein, das ist etwas anderes als Reichsein ... Das ist, glaube ich, sogar das Gegenteil.«

Als ich mich über diese Folge melancholischer Axiome wunderte, seufzte er:

»Oh! ... wenn man so reich ist wie ich, dann hat man nur zu bald bis auf den Grund aller Dinge geblickt ... Dann wird das Leben etwas grauenhaft Eintöniges und ohne jede Überraschung ... Die Frauen, der Wein, die Pferde, die Reisen ... die Gemälde, Souvenirs: Wenn Sie wüßten, wie sehr einen das alles sofort anödet bis zur Übelkeit ... dieses unermeßlich Anödende ... dieses unermeßlich Eitle ... *Vanitas vanitatum.*«

Ich war fest entschlossen, diesem Mann auf jede Art zu schmeicheln, und ich meinte zu ihm:

»Ihre Worte sind Gold in meinen Ohren, Monsieur.«

»Um Gottes willen!« antwortete der Milliardär darauf schlicht mit einer Geste, deren abgrundtiefe Melancholie ich nie vergessen werde.

Und nach ein paar Minuten des Schweigens fragte er mich plötzlich:

»Rauchen Sie?«

»Mit Vergnügen ...«

Er reichte er mir eine Zigarre, so hoch wie ein Obelisk und die wie eine Säule aus Gold in der Sonne glänzte.

»Donnerwetter!« rief ich bewundernd.

Dickson-Barnell reagierte darauf mit jenem ernüchterten und so bitteren Lächeln, das die Lippen des pessimistischen Ecclesiasticus häufig umflort haben muß. Und er erklärte mir:

»Ja, das ist eine Idee von mir. Diese Zigarre besteht ganz und gar aus kontrolliertem und gestempeltem Blattgold. Ich besitze ganze Kisten davon, Kisten so lang und so tief wie jene Diwane, von denen bei Ihrem Baudelaire die Rede ist ... Ich hatte geglaubt, das Rauchen von Gold sei der Gipfel des Reichtums ... Und was mußte ich feststellen? Es gibt nichts, was ähnlich schlecht schmeckt, Monsieur ... Absolut unrauchbar ...«

Er machte eine entmutigende Handbewegung von so gewaltigem Radius, daß sie praktisch das ganze Universum umfaßte ... Und mit einer Stimme, dessen Tonfall und symbolträchtige Gedehntheit ich wiederzugeben außerstande bin, sagte er:

»Leider Gottes ist alles unrauchbar ...«

Und weiter:

»Das ist wie mit den Frauen ... O Monsieur ... ich kann sagen, ich habe sie alle gehabt ... und ich kann sagen, ich habe überhaupt nichts gehabt, nichts außer Überdruß und Ekel ... Also wollte ich den Traum der Dichter verwirklichen ... Ich wollte die Geschöpfe der Schönheit und der Chimären, die ultra-irdischen Geschöpfe, wie man sie in den Gedichten sieht, in meinen Armen halten. Ich habe durch unvergleichliche Künstler Frauen schöpfen lassen mit Haar aus echtem Gold, mit Lippen aus reinem Korall, mit einem Teint aus unbestreitbar vollkommenem Lilienmark ... die Brüste modelliert aus echtem Schnee etc. etc. Ja, Monsieur ... Und was soll ich Ihnen sagen ...«

»Nun ...«

»Einfach unrauchbar ...«

Und er seufzte:

»Oh!, reich zu sein ... zu reich zu sein ... ein tragisches Schicksal! ... Und dieser furchtbare Gedanke, daß man alles haben kann, bereits in derselben Minute, wo man es sich wünscht, alles ... sogar literarisches Genie ... alles mit Geld! ... Denn ich besitze auch literarisches Genie ... Ich bin der Autor einer ganzen Reihe von Dramen, die ein junger Mann verfaßt hat, der mich überall hin begleitet ... Diese Dramen sind einfach genial, und sie öden mich an ... Es gibt nichts Grauenhafteres als das ... denn ich weiß selbst nicht mal, wie reich ich bin ... Tag für Tag tauche ich kopfüber in das unermeßlich weite Meer meines Reichtums, doch vergebens, denn noch nie konnte ich bis auf seinen Grund gelangen. Kennen Sie meine Gärten und Parks?«

»Nein ... aber ich würde sie gern kennenlernen!«

»Das sind Parkanlagen von fünfzig Hektar Größe, in denen alle Blumen und alle Blüten künstlich sind und in ihren Kelchen kleine elektrische Glühlampen enthalten. Am Abend, bei Einbruch der Dunkelheit, drehe ich an einem Schalter und alle Blumen werden illuminiert ... Das ist wie im Märchen, Monsieur ... und Sie haben keine Ahnung, wie sehr mich das anödet ... Das ödet mich so sehr an, daß ich in meinen Palästen, Jachten, Schlössern und Villen das elektrische Licht wieder gegen das rußende Licht der Harzfunzeln ausgetauscht habe ... Ach! Monsieur, werden Sie, verdammt noch mal!, nur ja nie reich ...«

Dickson-Barnell stieß einen langen Seufzer aus. Er drehte und wendete sich auf seinen Kissen, ohne jedoch eine Lage zu finden, die ihm genehm war. Und in einem kläglichen Ton fuhr er fort:

»Ich hab es mit der Wissenschaft versucht, mit der Philosophie, mit der Fotografie und mit der Politik. Ich habe gelesen, gelesen, gelesen, Bücher von jeglicher Sorte und von aller Welt. Ich wollte, um ihre Ideen zu extrahieren und sie mir anzueignen, die Werke von Paul Bourget, von René Doumic, von Melchior de Vogüé dem gleichen mechanischen Quetsch- und Auswaschverfahren wiebei goldhaltigem Flußsand unterziehen, mit dem man Gold gewinnt.«

»Leider Gottes«, unterbrach ich ihn ..., »wurden diese Bücher bereits vor langer Zeit auf noch strengere Art als die Ihre durchsiebt. Und alles, was heute noch übrig ist, ist nichts als träge Masse und totes Gewicht.«

»Das sagte ich Ihnen doch! ...« seufzte der leidgeprüfte Dickson-Barnell ... »Alles ist unrauchbar ... Und dann das noch! ... Ich stand bereits mit dem König von Belgien in Verhandlungen – was für ein Typ, auch dieser! –, um ihm Belgien abzukaufen ... Ich hatte vor, dort die Pracht und Prasserei der römischen Kaiser zu neuem Leben zu erwecken ... Wir, Leopold und ich, waren uns schon fast handelseinig ... da habe ich an der Porte-Saint-Martin zufällig *Quo vadis?* gesehen ... Das hat mir für alle Zeiten den Geschmack am Neroismus verleidet ... Alles ist unrauchbar! ...«

Das Dîner nahm einen trübseligen Verlauf ... Robert Hagueman war ohne Elan ... Dickson-Barnell trank stumm vor sich hin ... das Gesicht kupferrot, die Augen blutig unterlaufen ... Vergebens gab sich Triceps grazil wie ein Eichhörnchen ... und hüpfte von einem Thema zum andern ... Ich sinnierte weiter über den Kampf zwischen der Viper und dem Igel auf der blühenden Lichtung ... Und als wir uns von der Tafel erhoben, fragte ich Dickson-Barnell:

»Aber ... ist der Geist von der Villa, in der es spukt ... ha! ha! ... etwa auch unrauchbar?«

»Unrauchbar ...«, stammelte der amerikanische Milliardär mit belegter Stimme.

Noch unbestimmter fügte er mit dem Schwanken eines Säufers hinzu:

»Alles ... alles ist unrauchbar ...«

Er versuchte sich wie die anderen zu erheben ... Seine weichen Knie konnten das Gewicht seines Körpers nicht tragen ... Er sackte wie eine leblose Masse auf seinen Stuhl zurück ... während er mit dem Starrsinn eines Betrunkenen ständig »Alles ist unrauchbar ... un ... rauch ... bar!« vor sich hin stammelte.

Und dann schlief er ein ...

Im Rauchsalon meinte Robert Hagueman zu mir:

»Er hat sich ganz schön verändert, der arme Dickson-Barnell. Früher ... da kannte ich ihn geradezu sprühend vor Esprit ... Zum einen vertrug er das Trinken wie eine Eiche ... Und zum andern jammerte er nicht über das Leben wie ein lyrischer Poet ...«

»Wahrhaftig! Wenn man so reich, so lange reich ist ...«, warf Triceps ein, »dann muß man mindestens zum Neurastheniker werden.«

Und Robert fuhr fort:

»Ihr erinnert Euch gewiß – denn das war ein großes Ereignis in Paris – was ihm eines Morgens, während er seine Kutsche lenkte, passierte. Als er gerade nach Hause fuhr, streifte die Kutsche im Trab seiner vier Pferde dahinschießend, mit einem so gewaltigen und unglücklichen Schlag das Torgitter seines Stadtpalais', daß Dickson-Barnell wie ein Postpaket auf das Pflaster des Hofs geworfen wurde und hart aufschlug. Bewußtlos und in einem so zerschundenen Zustand, daß man ihn für tot hielt, hob man ihn auf. Und wie hätte er dabei nicht tatsächlich den Tod finden können? Sein Schädel war an zwei Stellen frakturiert, drei Rippen waren gebrochen, die Knie ausgerenkt, ein Bein zerquetscht, und aus einem breiten Riß am Unterleib floß in Strömen das Blut hervor. Nur mit größter Mühe gelang es, ihn in sein Bett zu verfrachten. Auf dem Weg dorthin über die Treppen und Flure hinterließ er eine Bahn von Blut, und die Bedienten, die ihn trugen, waren davon von Kopf bis Fuß rot bespritzt ... In aller Hast gerufen, kam der Arzt, ein sehr geschätzter Freund von Dickson-Barnell, herbeigeeilt, untersuchte die Wunden, runzelte die Brauen und legte die notdürftigsten Verbände an, während er auf den Chirurgen wartete, den er beim ersten Anblick des Verletzten sofort hatte kommen lassen. ›Ist der tot?‹ fragte der Sekretär, der in das Schlafgemach trat. ›Noch nicht!‹ antwortete der Arzt ... ›Aber ...‹, und dabei nickte er auf eine Art mit dem Kopf, die sagen wollte: ›Aber so gut wie ...‹ – Mein Gott! Mein Gott! ...', seufzte der Arme nur ... worauf der Doktor streng entgegnete: ›Ich bitte Sie, Mr. Winwhite ... wenn Euer Herr Euch hören würde, wäre er nicht gerade sehr erfreut ...‹ Nachdem das Verbinden beendet war, kam der Verletzte wieder zu sich. Er musterte den Arzt mit jenem aufrichtigen, unumwundenen und forschenden Blick, mit dem er damals allen Menschen und allen Dingen im Leben ins Auge blickte, wurde sich der Schwere seines Falles bewußt und fragte in einem trockenen Ton, mit jener knappen Art zu reden, die ihm eigen war: ›Endgültig hin?‹ -›Vermutlich‹, antwortete der Arzt, der sich im häufigen Umgang mit seinem Freunde gleichfalls jene telegrammstilhafte und summarische Sprache angeeignet hatte, in der die überflüssigen Worte und sogar die Worte überhaupt keinen Platz haben, da sie gewissermaßen einfach zu phonetischen Zeichen geworden sind. ›Sehr gut‹, meinte Dickson-Barnell ... Und ohne weitere Ergriffenheit über sich selbst, als ein Mann, der es gelernt hat, sich nie über einen Tatbestand zu beklagen, gegen den man nichts auszurichten vermag, zog er einen schwarzen Strich durch sein Leben wie durch eine schlechte Investition ... ›Und doch‹, fuhr der Arzt fort, ›glaube ich, daß man es mit einer Operation versuchen könnte ... Sind Sie dafür?‹ – ›Was für eine?‹ fragte Dickson-Barnell. – ›Die Bauchhöhle weit öffnen ... die vom Blut getränkten Eingeweide säubern ... wieder zunähen.‹ – ›Versteh schon ... versteh schon ...‹, unterbrach ihn heftig der Verletzte ... Und rasch fragte er weiter: ›Wie viele Chancen mit Operation?‹ – ›Zwanzig Prozent.‹ – ›Sehr gut ... Wieviele Chancen ohne Operation?‹ – ›Keine.‹ – ›Also Operation ...‹ Das hatte er ohne ein Aufmucken, ohne eine Klage, ohne einen Schauder des Entsetzens, mit einer so vollkommenen Ruhe gesagt, als wäre es um den Kauf von Korn oder eine Börsenorder gegangen. Aber so knapp sie auch waren, erschöpften ihn diese Worte doch, und er hatte nichts mehr anzumerken. Ein paar Augenblicke verharrte er in Schweigen, mit völlig ruhigem Gesichtsausdruck unter dem Verband, der seinen Schädel umgab ... Der Chirurg traf ein, untersuchte seinerseits eingehend die Verletzungen, und nach einem kurzen Kolloquium zwischen den beiden wissenschaftlichen Kapazitäten fragte Dickson-Barnell: ›Ich brauche eine halbe Stunde, bevor ... Darf ich? ...‹ – ›Selbstverständlich‹, stimmte der Doktor zu ... ›Das ist genau die Zeit, die wir für die Vorbereitungen brauchen.‹ – ›Sehr gut! ... Mr. Winwhite? ... Mein Testament, *please* ...‹ Mr. Winwhite entnahm der Schublade eines Möbelstücks ein breites, mit sechs Siegeln verschlossenes Kuvert und reichte es dem Sterbenden. Und während die Ärzte und ihre Assistenten rasch das Zimmer sterilisierten und dort die Folterbank herrichteten, las Dickson-Barnell noch einmal sein Testament durch, strich bestimmte Absätze, verfaßte neue Verfügungen, all dies mit sicherer, fest entschlossener Hand, deren Schmerzen ihn auch nicht eine einzige Minute lang von seinem unerschütterlichen Willen abbringen konnten. Als er damit fertig war, bat er seinen Freund, den Doktor, auf dem Testament zu bestätigen, daß er sich bei geistiger Gesundheit und bei völlig klarem Verstand befand. Außerdem verlangte er, daß auch die beiden Assistenten ihre Unterschrift unter die des Arztes setzten, um ihre unanfechtbare Echtheit zu beglaubigen. Darauf harrte er, nachdem der Umschlag wieder verschlossen und versiegelt worden war, des Eingriffs der

Messer ... Mitten in der auf die Operation folgenden Nacht rief der von heftigem Fieber und verzehrendem Durst befallene Dickson-Barnell nach Winwhite. ›Monsieur?‹... ›Wasser ... was zu trinken!‹ – ›Nein, Monsieur.‹ – ›Fünfhundert Dollar!‹ – ›Nein, Monsieur.‹ – ›Zweitausend Dollar.‹ – ›Nein, Monsieur.‹ – ›Sehr gut ...‹ Der Arzt, der auf einer Chaiselongue ausgestreckt vor sich hin schlummerte, hörte Stimmenlärm, wachte auf und kam an das Bett des Patienten: ›Wünschen Sie etwas?‹ erkundigte er sich. ›Ja ... etwas Wasser ... zu trinken!‹ – ›Nein.‹ – ›Zwanzigtausend Dollar!‹ – ›Nein.‹ – ›Fünfzigtausend Dollar!‹ – ›Nein.‹ Da richtete Dickson-Barnell, über diesen Widerstand verwundert, einen ganz außergewöhnlichen Blick auf seinen Freund, einen Blick, der in Wahrheit seinen Marktwert abschätzte ... ›Hunderttausend Dollar!‹ rief er schließlich als äußerstes Gebot. ›Nein.‹ – ›Sehr gut ...‹ ... er insistierte nicht mehr weiter; aber als er auf einem Tisch nahe an seinem Bett und in Reichweite sein Lorgnon erblickte, ergriff er es und schob es sich in den Mund. Die Kühle des Brillenglases schien ihn ein wenig zu beruhigen, und er schlummerte weg ...«

Als Robert zu Ende gesprochen hatte, schlug Triceps den Vorhang zu Seite, der die beiden Salons voneinander trennte. Und wir gewahrten Dickson-Barnell, mit auf die Brust gesunkenem Kopf, erschlafften Lippen und herabhängenden Armen ... noch immer in sich zusammengesunken und schnarchend auf seinem Stuhl ...

»Ein herrlicher Anblick, so ein reicher Mensch ...«, meinte Triceps.

Er schloß die Portière wieder, griff sich eine edle Zigarre, und während er Rauchringe in die Luft paffte, seufzte er, Dickson-Barnells Stimme parodierend:

»Alles ist unrauchbar! ...«

13

Heute habe ich einen sehr langen Brief von meinen Freund Ulric Barrière erhalten, der gerade auf Reisen in Rußland weilt ... Aus diesen zahlreichen Blättern löse ich einige beeindruckende Seiten heraus und gebe sie hier wieder:

»(...) In den großen Städten habe ich einige stattliche Kavallerie-Regimenter gesehen. Man führt sie übrigens ganz bewußt den Ausländern vor, als wolle man ihnen sagen: ›Nicht wahr, das ist eine furchterregende und prächtige Armee! ... Wehe dem, der mit ihr in Berührung kommt!‹ In Wirklichkeit sind das aber keine Regimenter von Soldaten, sondern von Clowns. Ich habe mehreren Paraden beigewohnt, und jedesmal hatte ich den Eindruck, ich befände mich im Zirkus. Diese Reiter sind wirklich erstaunlich; sie führen auf Pferden, die für solche Spielereien dressiert sind, völlig mühelos tausend Geschicklichkeits-, Gleichgewichts- und Gymnastikkunststücke auf. Und wie das alles glänzt, schillert und blitzt! Ich bin sicher, bei Franconi wäre das ein lebhafter Erfolg. Trotz der Prachtentfaltung dieser Manöver habe ich nicht den Eindruck von einer Streitmacht, sondern nur von einer Bühnenparade mit nach Hause genommen. Ich fürchte, dieses extravagante und farbenprächtige Dekor ist alles und es steckt nichts dahinter. Und ich weiß nicht, ob ich mich darüber freuen soll.

Als ich heute nachmittag über einen der Vororte der Stadt in mein Hotel zurückkehrte, sah ich einen uralten Juden, der auf dem Grenzstein einer Straßenecke hockte. Hakennase, gegabelter Bart, elender Blick, in stinkende Lumpen gehüllt und trotz alledem eine wahre Schönheit, so saß er da und wärmte sein verspottetes Gerippe in der Sonne ... Ein Offizier, der einen großen Säbel hinter sich übers Straßenpflaster schleifte, kam vorüber. Als er den Juden erblickte, blieb er dicht vor ihm stehen und begann ihn ohne jede Provokation von dessen Seite aus reinem Amüsement eines rohen Flegels zu beschimpfen ... Der alte Jude schien ihn nicht zu hören. Wütend über diese Trägheit, die keine Furcht, ja nicht einmal Verachtung war, versetzte der Offizier dem Greis mit seiner behandschuhten Hand eine so heftige Ohrfeige, daß der arme Teufel von seinem Grenzstein auf den Boden geschleudert wurde, wo er zuckend wie ein vom Schuß getroffener Hase liegenblieb. Einige Passanten, bald eine ganze Schar, hatten sich, erfreut über dieses unverhoffte Abenteuer, um den hingestürzten Juden versammelt, und sie schrien ›Hu! Hu!‹ und versetzten ihm Fußtritte und spuckten ihm auf seinen Bart, daß es eine Schande war. Der Jude raffte sich, da er sehr alt und noch unbeholfener als ein Kleinkind war, unter größten Mühen auf, und ohne jeden Zorn in seinen Augen, die angesichts einer Geste von so unerklärlicher, so unlogischer Brutalität nichts als Verwunderung zeigten, fragte er nur: ›Warum schlägst du mich? ... Hab ich dir irgendein Unrecht getan? Hast du dich über mich zu beklagen? ... Kennst du mich überhaupt? ... Mich einfach so zu schlagen, das ist doch gegen allen Verstand ... Bist du etwa verrückt?‹ Der Offizier zuckte lediglich die Achseln und setzte, gefolgt von einer ganzen Menschenmenge, die ihm wie einem Helden applaudierte, seinen Weg fort ... Was den Juden betrifft, der nahm seelenruhig wieder seinen Platz auf dem Grenzstein ein ... Ich begann mich ein wenig mit ihm zu unterhalten. ›So sind sie alle‹, sagte er zu mir ... ›Sie schlagen uns ohne Grund. Dieser Offizier weiß nicht, was er tut. Aber im Grunde ist er kein böser Mensch ... Gut, er könnte mich umbringen ... Aber niemand würfe ihm was vor ... im Gegenteil, alle Welt würde ihm gratulieren. Und er bekäme gewiß noch eine Beförderung ... Nein, im Grunde ist das kein böser Mensch ...‹

(...) Dringt man fern von den großen Hauptstädten und industriellen Aktivitäten weiter ins Landesinnere vor, so sieht man nur noch Not, nur noch Elend. Da wird es Ihnen kalt ums Herz. Überall abgezehrte Gesichter, vor Leid und Knechtung gekrümmte Rücken. Etwas unausdrückbar Leidendes lastet auf der brachliegenden Erde und den vom Hunger geschwächten Menschen. Man hat den Eindruck, als wehe über diese trostlosen Weiten ständig ein Hauch des Todes. Die düsteren Wälder, in denen die Wölfe schlafen, sind ein unheilverheißender Anblick, und die kleinen Städte sind schweigend und bedrückend wie Friedhöfe. Nirgends erblickt man mehr prächtige Uniformen, noch tänzelnde Pferde; verschwunden sind die Reiter mit ihren clownesken Voltigen. Ich frage die Leute: ›Und die Armee? ... Wo steckt sie denn, diese furchteinflößende Armee?‹ Da zeigt man mir zerlumpte Gestalten ohne Waffen, ohne Stiefel, die meisten besoffen vom Schnaps; ziellos ziehen sie ihrer Wege, und des Nachts erpressen sie Bauern, plündern die Isbas als menschenscheue Bettler und mörderische Vagabunden der Abenddämmerung. Und ganz leise meint man zu mir: ›Das ist die Armee. Es gibt keine andere. In den Städten hält man sich hier und da noch prächtige Regimenter, die tanzen und musizieren, aber die Armee, das sind diese armen Teufel ... Man darf es ihnen nicht allzu übelnehmen, daß sie so sind ... Denn sie sind nicht glücklich, und sie bekommen nicht immer genug zu essen.‹ Ein anderer hat mir gestanden: ›In den Arsenalen und Magazinen gibt es keine Waffen, keine Munition, keinen Proviant ... All das verkauft man, weiß der Teufel an wen, ja ... alles verkauft man ... hierzulande.‹ Das habe ich im übrigen selbst erlebt, wie Du gleich sehen wirst.

(...) Seit einigen Wochen bin ich bei Fürst Karagin zu Gast ... sein Schloß ist einfach phantastisch. Es ist eine einzige Folge von beeindruckenden Monumenten, Ehrenhöfen, herrschaftlichen Terrassen und märchenhaften Parks. Das Leben darin ist tatenvoll, brillant, lärmend und volkreich wie in einer Stadt. Es gibt Stallungen mit Platz für hundert Pferde, ein militärisch diszipliniertes Heer von Domestiken, die kostümiert sind wie Theaterstatisten. Die Küche ist exquisit, die Weine sind rar und erlesen, die Frauen sind charmant und haben nichts als die Liebe im Kopf. Die zu dem Schloß gehörigen Ländereien erstrecken sich, ob Ebenen oder Wälder, über eine Fläche, so groß wie ein kleines Königreich. Wir gehen viel auf die Jagd, und ich glaube nicht, daß es irgendwo in Frankreich, selbst bei unseren prunksüchtigsten Finanzbaronen, Jagden gibt, die ähnlich stark bestückt sind an sämtlichen bekannten Arten von Wild. Jeden Tag ein wahres Gemetzel, ein Wetteifer der Vernichtung, blutrote Berge aus getöteten Tieren. Am Abend Bälle, Komödien, wilde Flirts, nächtliche Feste in den von feenhafter Beleuchtung entflammten Parks ... Und doch bin ich traurig, traurig, entsetzlich traurig. Ich kann mich an diesen Wahnsinn an Eleganz, Luxus und ununterbrochenen Vergnügungen nicht gewöhnen; er kontrastiert so bitter mit jenem Wahnsinn an Elend, der dort keine zwei Schritt weit von uns entfernt herrscht. Trotz der trunkenen Ausgelassenheit, die mich so gewaltsam von mir selbst fortreißt, habe ich das Gefühl, als höre ich ständig irgend etwas weinen um mich her ... Ich kann dieses schlechte Gewissen, das ich dabei unausgesetzt verspüre, dieses schlechte Gewissen, an jenen Räuschen teilzunehmen, die aus der Folter eines ganzen Volkes bestehen, einfach nicht verscheuchen ... Gestern wurden während der Jagd versehentlich drei Bauern getötet: ein ganz alltäglicher Zwischenfall im übrigen, der nicht zählt. Man ließ sie einfach an Ort und Stelle liegen. Während eine Armee von Domestiken sorgsam das tote Wild aufsammelte, blieben die Leichen der drei Bauern in der tragischen Stellung, in der sie das Blei der Jäger niedergestreckt hatte, im Moos zurück.

Man wird sie nicht beerdigen. ›Wozu auch?‹ meinte der Fürst zu mir ... auf eine Frage, die ich für angebracht hielt, ihm zu stellen. ›Heute nacht werden die Wölfe sie holen ... Gibt es für solche Leute ein besseres Begräbnis?‹ Und niemand verlor ein weiteres Wort darüber ...

(...) Am Tag meiner Ankunft in dem Schloß fiel mir, nachdem ich triumphale Innenhöfe durchquert hatte, unter Portiken hindurchgeschritten und an Kolonnaden und Bassins aus Marmor vorübergekommen war, unweit des Ehrenperrons – in Form von monumentalen, mit Statuen aus rotem Porphyr und Balustraden aus Malachit geschmückten Freitreppen – ein häßlicher, aus schlecht gefugten Brettern gezimmerter und als Dach mit Birkenzweigen bedeckter Verschlag auf. Vor der Schönheit dieser Fassade wirkte er wie ein Geschwür in einem frischen Frauengesicht. Als er sah, daß mich dies verwunderte, meinte der Fürst zu mir: ›Aber dieser Bretterverschlag ist das Höchste meiner Fortüne ... hier verkaufe ich den Schnaps an meine Bauern ... Das gesamte Korn, alle Kartoffeln aus meinem Gut enden dort in Alkohol verwandelt ...‹ Und fröhlich fügte er hinzu: ›Oh, Ihr kommt in ein Land von Trinkern ... Es gibt keine schlimmeren Schnapsdrosseln als meine Bauern ... Es gibt Tage, an denen alle Leute auf meinen Ländereien besoffen sind ... Das ist komisch, wirklich komisch anzusehen. Aber was wollen Sie? ... Je mehr sie trinken, desto reicher bin ich ...‹ Und doch gilt der Fürst als der liberalste unter den Grundherren ... Nein, wirklich, er hat viel für die Bauern getan ... In den höchsten Kreisen steht er sogar im Verdacht, ein Revolutionär zu sein ... Also was werden dann erst jene sein, die keine sind? ...'

Einmal stellten wir fest, daß es keine einzige Patrone mehr im Hause gab; eine um so peinlichere Entdeckung, als am nächsten Tag eine große Jagd stattfinden sollte. Pulver und Blei in der Stadt, die noch dazu weit vom Schloß entfernt lag, holen zu lassen, daran war nicht zu denken, denn am Vortag hatte ein ungemein heftiges Unwetter sämtliche Straßen aufgeweicht. Und alle waren verzweifelt.

›Ich bitte euch‹, sagte da der Fürst, ›laßt uns einfach ins Arsenal gehen ... Dort finden wir vielleicht Pulver ...‹

›Wie bitte?‹ rief ich leicht entsetzt. ›Das Arsenal verkauft Pulver?‹

›Aber sicher, mein Lieber ... Pulver, Gewehre, Kanonen, alles, was das Herz begehrt ...‹

Das Arsenal befand sich nur wenige Kilometer vom Schloß entfernt. Nach dem Mittagessen machten wir einen Spaziergang dorthin.

Der wachhabende Offizier empfing uns höchst ehrerbietig. Auf die Frage des Fürsten entschuldigte er sich mit den Worten:

›Ich bin zutiefst verzweifelt! Heute morgen haben wir das Wenige, was uns noch verblieben war, verkauft.‹

›Aber die Stückpatronen? ... Die Granaten? ...‹

›Leer, mein Fürst ... absolut leer ...‹

›Oh, wie ist das peinlich!‹

Der Offizier überlegte einen Augenblick.

›Meine Güte, was soll's!‹ meinte er dann ... ›Vielleicht haben die Männer noch ein paar Kartuschen in ihren Patronentaschen.‹

›Dann lassen Sie doch nachsehen, Monsieur‹, bat der Fürst ...

Der Offizier verließ die Wachstube. Nach ein paar Minuten kam er wieder zurück, gefolgt von einem Gemeinen, der eine Art Weidenkorb schleppte, auf dessen Boden sich schätzungsweise hundert eingesammelte Patronen befanden ...

›Das ist alles, was noch übrig ist ...‹, meinte der Offizier ..., ›bitte gütigst um Verzeihung.‹

Der Fürst fragte:

›Wieviel, Monsieur?‹

›Zehn Rubel, mein Fürst.‹

›Verdammt! Das ist aber ein bißchen teuer.‹

›Oh! Ich bitte Euch!‹ winselte der Offizier ... ›Hier ... haben wir nichts, was wir für nichts hergeben könnten ...‹

Und an den Gemeinen gewandt, befahl er:

›Bring diese Patronen aufs Schloß des Fürsten Karagin.‹

Während wir wieder den Rückweg einschlugen, meinte der Fürst vertraulich zu mir:

›Ein reizendes Land, nicht wahr? Aber auch Ihr, mein Lieber, dürftet es Euch leisten können, um unserem Väterchen Zar die gesamte Artillerie abzukaufen ... Ihr könntet sie mühelos zu Euch nach Frankreich mitnehmen ...‹

Ich mußte schmunzeln:

›Das käme sicher ziemlich teuer.‹

Worauf der Fürst phlegmatisch mit einem Satz resümierte:

›Oh! Das hängt ganz vom jeweiligen Tag ab.‹

(...) Die Fürstin Karagin ist eine glutvolle und geschmeidige Frau mit wilden, wunderschönen Augen und einer ganz besonderen Passion für Tiere. Einen Teil ihrer Zeit verbringt sie im Stall im Kreise der Hengste und streichelt ihre biegsamen Flanken und die in Zuckungen glänzende Decke. Stets ist sie gefolgt von sechs riesigen weißen, kräftigen Fleischerhunden, die wie Tiger knurren ... Heute morgen sah ich, wie sie sich nach ihrem gewohnten Ausritt aus dem Sattel schwang. Sowie sie auf die Erde gesprungen war, hob sie mit einem lebhaften Ruck ihre Rockschöße, klemmte sich die Reitgerte unter die Achsel und drückte einen Kuß auf die dampfenden Nüstern des Hengstes. Und da bei diesem Kuß etwas Schaum des Tiers um ihre Lippen hängengeblieben war, hatte sie diesen mit einem Zungenschlag und einer Art lustvoller Naschsucht abgeleckt und hinuntergeschluckt. Und mir war, als hätte ich dabei über ihre hellen, klaren Augen das wilde Begehren der Pasiphae huschen sehen ...«

Am Abend dinierte ich auf Einladung von Clara Fistule im Casino. Unter den Tischgästen fand sich auch ein russischer Schauspieler, Lubelsky mit Namen. Naturgemäß unterhielten wir uns über sein Land. Und da mein Geist noch ganz erhitzt war von dem Brief meines Freundes Ulric Barrière, glaubte ich mich bemüßigt, den wohlunterrichteten Mann spielen zu müssen und erzählte hunderterlei Anekdoten. Monsieur Lubelsky sprach kein Wort. Von Zeit zu Zeit pflichtete er dem, was ich sagte, bei oder widersprach durch ein leichtes Nicken bzw. Schütteln des Kopfes. Nach dem Dîner erzählte er, da er viel getrunken hatte, auf Drängen von Clara Fistules Seite dennoch folgendes:

»Ich habe Alexander III. sehr gut gekannt. Er war ein exzellenter Mensch, sofern man von einem Kaiser sagen kann, er sei ein Mensch, ein einfacher Mensch wie Sie, wie ich, wie alle Welt. Teufel, nein! Diese Kühnheit besitze ich nicht. Wie dem auch sei, er war ein exzellenter Kaiser, der wahre Vater für sein Volk, und ich bin überhaupt nicht böse, daß Ihre Republik einer Brücke in Frankreich seinen Namen verliehen hat. Voilà eine Brücke, die, so scheint mir, ganz ungewöhnliche und rätselhafte Dinge miteinander verbinden dürfte. Wenn ich behaupte, Kaiser Alexander III. sei mein Freund gewesen, so wäre das zweifellos übertrieben. Er gab mir die Ehre seines Wohlwollens, das ist die Wahrheit, und bei vielen Gelegenheiten zeigte er sich mir gegenüber sehr großzügig. Ich besitze von ihm zwar keine Tabatière, aber eine silberne Zigarettenspitze mit meinen Initialen, eingelegt mit seltenen Steinen, wie man sie nur in den Bergwerken in der Nähe des Pols findet ... Das Ding ist nicht viel wert und nicht mal sonderlich schön. Daneben besitze ich auch noch, o ja!, eine Zündholzschachtel. Aus einem unbekannten Metall, das nach Erdöl riecht und auf der sich rein gar nichts anzünden läßt. Aber die Schönheit dieser kaiserlichen Souvenirs liegt nicht in ihrer mehr oder weniger großen Kostbarkeit, in ihrem mehr oder weniger großen Marktwert, sondern sie liegt in dem Erinnerungsstück als solchem, nicht wahr?

In Rußland bekleidete ich damals, ich spreche von vor sechs Jahren, eine ähnliche Position – wenn auch eine geringere, versteht sich, denn einen Febvre gibt es nur einmal – wie die, welche Ihr Frédéric ruhmvoll in der Monarchie unter Napoléon III. bekleidete. Damit ist Ihnen klar und deutlich gesagt, daß ich Schauspieler war. Kaiser Alexander schätzte sehr mein Talent, das aus erhabener Eleganz und selbst im Aufwallen der Emotion noch edler Haltung bestand: Ich war eine Art russischer Laffont, wenn Sie so wollen. Oft kam er mich in meinen besten Rollen hören und geruhte, obwohl mit seinen Äußerungen nicht gerade verschwenderisch, mir an den gebührenden Stellen zu applaudieren. Er war ein kultivierter Geist, und er verstand es, das sage ich ohne höflingshafte Schmeichelei, in den dramatischen Werken, die ich spielte, die erhabenen Szenen von selbst zu goutieren, ohne daß er es nötig hatte, sich an das Protokoll zu halten, das es bei uns im übrigen nicht gibt. Wie viele Male ließ mich Seine Majestät zu sich rufen und gratulierte mir mit jener eigenartigen und eisigen Begeisterung, die sich nur ein absoluter Herrscher erlauben darf, der in den verschiedensten Dingen zu großer Zurückhaltung gezwungen ist. In Rußland, wissen Sie, ist man nicht im Midi, nicht im Süden Frankreichs, und die Sonne lacht in den Seelen so wenig wie auf den schneebedeckten, von Wölfen verunsicherten Kiefernwäldern. Aber das spielt keine Rolle. Der Kaiser liebte mich so sehr, daß er mich, nicht damit zufrieden, mir in aller Öffentlichkeit zu applaudieren, auch noch bei den bedeutenden Anlässen um Rat fragen wollte, und natürlich nur in Dingen, die meine Kunst betrafen, versteht sich. Denn, ich sagte es bereits, es gibt auf der Welt nur einen Febvre. Ich war derjenige, der beauftragt wurde, die Aufführungen im Winterpalais und in den anderen kaiserlichen Residenzen zu organisieren, wann immer der Kaiser dort seine Feste gab. Mein Ansehen bei Hofe war so groß, daß Monsieur Raoul Gunzbourg mich mit scheelem Blick anzusehen begann und mich auf hinterhältige Art bei Ihrem Sarcey selig anzuschwärzen begann in Voraussicht darauf, daß ich auf die Idee kommen könnte, eines Tages ebenfalls ein russisch-französisches Gastspiel in Frankreich zu wagen.

Ich war also glücklich, reich an Geld, an Renommee, an Beziehungen, einflußreich oder zumindest als solcher geltend, was mehr zählt, als daß man es tatsächlich ist, und jeden Abend, bevor ich zu Bett ging, betete ich vor den heiligen Ikonen, daß mein Leben in dieser Art weitergehen möge, da ich meine Ambitionen zu beschränken wußte und keine anderen Güter wünschte als die, welche ich genoß – oh!, so vollkommen genoß!«

Hier nahm die Stimme des Erzählers einen ernsten Ton an, seine Augen wurden betrübt, und nachdem er ein paar Sekunden geschwiegen hatte, fuhr er fort:

»Ich war Waise und Junggeselle, lebte mit meiner Schwester zusammen, einem himmlischen Kind von fünfzehn Jahren, das die Freude meines Herzens, die Sonne des Hauses war. Ich liebte sie über alles. Und wie hätte man dieses zauberhafte kleine Wesen, so lebhaft und hübsch, so geistreich und zart, so begeistert und großherzig auch nicht lieben können, das sich unter einem hellklingenden Lachen, das ständig zwischen ihren Lippen ertönte, freudig erregte an allem, was schön ist, an allem, was groß ist. Unter dieser zerbrechlichen Hülle eines lachenden Kindes fühlte man eine glühende, reife und freie Seele atmen. Dieses Aufblühen von nationalem Heroismus ist bei uns keine Seltenheit. In der erdrückenden Stille, die auf unserem Lande lastet, unter dem gewaltigen polizeilichen Argwohn, der es erwürgt, wählt sich der Geist, um seine Brut zu schützen und zu tarnen, zuweilen den unverletzlichen Zufluchtsort, der das Herz eines Kindes oder eines jungen Mädchens sein muß. Meine Schwester gehörte wahrhaftig zu jenen Erwählten. Nur eine einzige Sache machte mir Kummer an ihr: die extreme Aufrichtigkeit ihrer Worte und die aufrührerische Unabhängigkeit ihres Geistes, die sie vor niemandem zu verschweigen wußte, nicht einmal vor jenen, in deren Gegenwart man den Mund restlos stumm und die Seele gut verschlossen halten muß. Aber ich tröstete mich, indem ich mir sagte: In ihrem Alter ziehen diese kleinen Normabweichungen keine Folgen nach sich, obwohl es bei uns für die Justiz und das Unglück keine Altersgrenze gibt.

Eines Tages, als ich aus Moskau zurückkehrte, wo ich ein paarmal aufgetreten war, fand ich das Haus leer. Meine beiden alten Diener hockten auf einer Bank im Flur und klagten Ach und Weh.

›Wo ist denn meine Schwester‹, fragte ich.

›Ach!‹ rief der eine von ihnen, denn der andere machte nie den Mund auf. ›Sie sind gekommen ... und sie haben sie mitsamt dem Kindermädchen mitgenommen ... Gott hab mit ihnen Erbarmen!‹

›Ich glaube, du bist verrückt‹, schrie ich ..., ›du hast zu viel getrunken? ... Oder was? ... Weißt du überhaupt, was du da redest? ... Los, sag mir: Wo ist meine Schwester?‹

Der Alte hob sein bärtiges Gesicht zur Zimmerdecke:

›Ich hab's dir doch gesagt‹, stammelte er. ›Sie sind gekommen ... und sie haben sie mitgenommen ... weiß der Teufel, wohin! ...‹

Ich glaubte, ich würde vor Schmerz in Ohnmacht fallen. Und doch hatte ich noch die Kraft, mich an eine Türklinke zu klammern, und rief heftig aus:

›Aber weshalb? ... Ich bitte euch, weshalb? ... Haben sie etwas gesagt? ... Sie haben sie doch nicht einfach so mitgenommen, ohne Grund? ... Haben Sie gesagt, weshalb? ...‹

Und der Alte antwortete, nachdem er den Kopf geschüttelt hatte:

›Sie haben nichts gesagt ... Sie sagen nie etwas ... Sie kommen daher wie die Teufel, man weiß nicht, von wo ... Und dann, wenn sie wieder fort sind, kann man nur noch den Kopf gegen die Wände schlagen und heulen ...‹

›Aber sie‹, beharrte ich ..., ›sie? ... Sie hat doch sicher irgend etwas gesagt? ... Ich bitte euch, sie hat doch protestiert? ... Sie hat ihnen mit mir gedroht, mit dem Zaren, der mein Freund ist? ... Sie hat doch sicher irgend etwas gesagt? ...‹

›Was soll sie deiner Meinung nach gesagt haben, die liebe Seele? ... Und was hätte sie auch sagen können? Sie hat ihre beiden kleinen Hände gefaltet wie vor den heiligen Bildern ... Und das ist alles ... Und jetzt, du und wir zwei, für die sie wie das Leben selbst war ... jetzt können wir nur noch weinen, solange wir leben ... Denn sie ist dahin gegangen, von wo sie nie mehr zurückkommt ... Gelobt sei Gott und unser Väterchen, der Zar!‹

Mir wurde klar, daß ich aus diesen schicksalsergebenen und treuen Tölpeln keine weiteren Auskünfte herausbringen würde, und ich trat, nach Informationen jagend, auf die Straße hinaus. Ich wurde von einer Behörde zur anderen, von einem Büro zum anderen, von einem Schalter zum anderen verwiesen, und überall stieß ich gegen stumme Gesichter, gegen verriegelte Seelen, gegen Blicke, die mit Ketten verhängt waren, als wären es Gefängnistore ... Man wisse nichts ... man wisse nichts ... man könne mir nicht das Geringste sagen ... Manche forderten mich auf, gefälligst leise zu reden, überhaupt nichts zu sagen, heiter und gelassen wieder nach Hause zu gehen ... In meiner Verzweiflung dachte ich daran, den Kaiser um eine Audienz zu ersuchen ... Er war ein guter Mensch, er liebte mich. Ich würde mich ihm zu Füßen werfen, würde ihn um Milde anflehen ... Und dann, wer weiß? ... vielleicht wußte er überhaupt nichts von dieser in seinem

Namen ausgeübten Gerichtsbarkeit, er wußte mit Sicherheit nichts davon! ...

Hofbeamte unter meinen Freunden, die ich um Rat anging, rieten mir von dieser Idee heftig ab.

›Darüber darf man nicht sprechen ... darüber darf man nicht sprechen ... Das passiert doch jedem. Auch wir haben Schwestern, Freundinnen, die dort drunten schmachten ... Darüber darf man nicht sprechen ...‹

Um mich abzulenken von meinem Schmerz, luden sie mich abends zum Souper ein ... Wir würden uns bis zum Rausch in Champagner baden, wir würden die Ober des Restaurants zum Fenster rausschmeißen ... Wir würden den Mädels die Kleider vom Leibe reißen ...

›Kommt doch mit ... mein Lieber, kommt doch mit ...‹

Wirklich prächtige Freunde! ...

Erst am an übernächsten Tag gelang es mir, den Direktor der Polizei zu erreichen. Ich war gut mit ihm bekannt. Oft machte er mir die Ehre, mich im Theater in meiner Garderobe zu besuchen. Er war ein charmanter Mann, dessen leutselige Art und geistreiche Konversation ich bewunderte.

›Pst!‹ meinte er bereits auf meine ersten Worte verstimmt ... ›Denken Sie nicht mehr daran ... Es gibt Dinge, an die man niemals denken soll, niemals denken darf.‹

Und ganz unvermittelt erkundigte er sich nach höchst intimen Details über eine französische Sängerin, die am vergangenen Abend in der Oper rauschende Ovationen erhalten hatte und die er ausnehmend hübsch fand.

Schließlich, acht Tage nach diesen schrecklichen Ereignissen – nein, ein ganzes Jahrhundert, ich versichere es Ihnen ... o ja!, ein ganzes Jahrhundert an Ängsten, tödlichen Leiden, unsäglichen Qualen, unter denen ich verrückt zu werden glaubte – gab das Theater eine Galavorstellung. Der Kaiser ließ mich durch einen Beamten seines Gefolges rufen. Er war wie gewöhnlich, er war wie immer, ernst und ein wenig traurig, auf eine leicht überdrüssige Art majestätisch, von leicht eisiger Wohlgesonnenheit. Ich weiß nicht, warum, aber als ich diesen Hünen so vor mir sah – war es der Respekt, die Angst, das letztlich doch ganz deutliche Gefühl von seiner Allmächtigkeit? –, war es mir unmöglich, ein Wort, auch nur ein einziges Wort, jenes schlichte Wort *Gnade!* herauszubringen, das gerade noch meine Brust mit Hoffnungen erfüllt, mir in der Kehle vibriert, mir auf den Lippen gebrannt hatte. Ich war im wahrsten Sinn des Wortes gelähmt und wie leer und wie tot ...

›Mein Kompliment, Monsieur ...‹, meinte er zu mir ..., ›heute abend haben Sie gespielt wie Monsieur Guitry ...‹

Worauf er mich, nachdem er mir seine Hand zum Kuß gereicht hatte, elegant entließ.«

Der Erzähler blickte auf seine Uhr und verglich die Uhrzeit, die sie zeigte, mit der Pendüle, die auf einer kleinen Kommode neben ihm tickte, und fuhr fort:

»Ich komme zum Ende ... Außerdem ist es auch an der Zeit, und diese Erinnerungen verzehren mir das Herz ... Zwei Jahre vergingen. Ich wußte noch immer nichts; ich hatte noch immer nichts über dieses entsetzliche Rätsel in Erfahrung bringen können, das mir auf einen Schlag genommen hatte, was mir das Liebste auf Erden war. Jedesmal, wenn ich einen Beamten ausfragte, konnte ich immer nur dieses wahrhaft erschreckende *Pst!* aus ihm herausbringen, mit dem man bereits sofort nach dem Vorfall selbst meine dringlichsten, flehentlichsten Bitten um Aufklärung empfangen hatte. Alle Einflüsse, die ich geltend zu machen versuchte, führten lediglich dazu, daß sie meine Ängste noch drückender und das Dunkel, in dem das Leben des armen, anbetungswürdigen Kindes versunken war, das ich beweinte, nur noch undurchdringlicher machten ... Sie werden sich nun fragen, ob ich da wohl noch mit dem Herzen beim Theater, bei meinen Rollen, bei jenem bewegten Leben weilte, das mich früher so sehr begeisterte. Aber nicht einen Augenblick dachte ich daran, so schmerzlich dies auch für mich war, es aufzugeben. Dank meines Berufes stand ich in täglichem Umgang mit bedeutenden Persönlichkeiten des Zarenreiches, die ich eines Tages vielleicht nutzbringend für mein schreckliches Unglück interessieren könnte. Und aus Gründen möglicher, ferner Hoffnungen, deren trüben, verschwommenen Schein ich durch sie heraufschimmern sah, wirkte ich beharrlich darauf hin. Was den Kaiser anbetraf: Er bewahrte mir weiterhin das gleiche eisige Wohlwollen. Auch er, so war deutlich zu sehen, litt mit bewundernswertem, stummem Mut an einem unbekannten Schmerz. Wenn ich seine Augen sah, spürte ich ... oh!, da spürte ich auf eine brüderliche Art, daß auch er nicht wußte, auch er nicht das mindeste wußte, daß er traurig, traurig in der unendlichen Traurigkeit seines Volkes war und daß der Tod an seiner mächtigen Statur eines kaiserlichen und melancholischen Riesen fraß und sie mehr und mehr zu Boden sinken ließ. Und unermeßliches Mitleid stieg in meinem Herzen nach dem seinen auf ... Warum habe ich es dann also nicht gewagt, jenen Schrei auszustoßen, der meine Schwester vielleicht gerettet hätte?... Warum? ... Ach, ich weiß es nicht.

Nach Tagen und Nächten unsäglicher Leiden begab ich mich, da ich so nicht mehr leben konnte und entschlossen war, alles zu riskieren, zum Polizeidirektor.

›Hören Sie‹, erklärte ich mit fester Stimme ... ›Ich bin nicht gekommen, um Ihnen unnützes Gerede vorzutragen ... ich bitte Sie nur um Gnade für meine Schwester, ich frage Sie nicht einmal, wo sie sich befindet ... Ich möchte lediglich wissen, ob sie lebt oder ob sie tot ist ...‹

Der Direktor machte eine gelangweilte Handbewegung.

›Schon wieder? ...‹ meinte er ... ›Warum um Himmels willen müssen Sie denn ständig daran denken, mein Lieber? ... Vernünftig sind Sie nicht gerade, um die Wahrheit zu sagen ...

und Sie bereiten sich ganz nutzlos den größten Kummer ... Ich bitte Sie! ... Das alles liegt doch schon weit zurück ... Tun Sie doch so, als sei sie tot ...‹

›Genau das ist es ja, was ich wissen möchte ...‹, beharrte ich ... ›Dieser Zweifel bringt mich um ... Ist sie tot, oder ist sie noch am Leben? ... Sagen Sie es mir ...‹

›Sie erstaunen mich, mein Lieber ... Aber ich weiß doch nichts ... Woher soll ich das denn wissen? ...‹

›Informieren Sie sich ... das ist mein gutes Recht ...‹

›Wollen Sie das wirklich?‹

›Ja, ja, ja, ich will es‹, schrie ich ...

›Nun gut, einverstanden! ... Ich werde mich informieren, ich verspreche es Ihnen ...‹

Und wie nebenbei fügte er, mit seinem goldenen Federhalter spielend, hinzu:

›Nur bitte ich Sie, mein Lieber, sich für die Zukunft gefälligst eine etwas weniger familiäre Auffassung von Ihren Rechten anzueignen ...‹

Sechs Monate nach dieser Unterredung überreichte mir eines Abends im Theater in meiner Garderobe, als ich mich gerade für meinen Auftritt ankleidete, ein Mann von der Polizei ein versiegeltes Kuvert ... Fieberhaft riß ich es auf. Das Schreiben trug weder Datum noch Unterschrift und enthielt die folgenden, mit rotem Stift hingeworfenen Worte:

›Ihre Schwester lebt, doch ihr Haar ist schlohweiß geworden ...‹

Ich sah, wie die Wände der Garderobe und die Lichter und der Spiegel sich zu drehen, drehen, drehen begannen, dann schwanden ... und ich stürzte wie eine leblose Masse auf den Teppich ...«

Der Erzähler erhob sich. Er war noch ein wenig blasser und gebeugt wie ein Kranker ... Er taumelte benommen von dem Schmerz und vielleicht auch vom Champagner, denn nichts verleitet so sehr zum Trinken wie die Ergriffenheit.

»Das war vor fünf Jahren! ...« meinte er noch ... »Und heute ist die arme Kleine gerade erst dreiundzwanzig ... Und der Kaiser ist tot ... Und nichts hat sich geändert ...«

Darauf schüttelte er uns die Hände und nahm Abschied von uns ...

Uns war vor Ergriffenheit die Seele zugeschnürt, und der Abend hätte ein allzu trauriges Ende genommen, wäre der alte Plançon, der Inspizient des Theaters, der gleichfalls mit uns gespeist hatte, nicht auf den Gedanken gekommen, uns ein wenig aufzuheitern, indem er uns ein paar alte Lieder aus seiner Jugend zum besten gab ... Er stammte noch aus der guten dramatischen Schule und wollte partout nicht, daß sich der Vorhang im Theater wie im Leben über einem zu schmerzhaften Ende senkte ...

Armer Père Plançon! ... Während er sang, und zwar mit einer meckernden Stimme und mit Gesten, wie Skelette sie produzieren dürften ... erzählte mir der Direktor des Casinos die folgende Geschichte über ihn:

»Eines Tages wurde der gute Plançon hochoffiziell in das Bureau seines Direktors befohlen.

›Setzt Euch, Père Plançon‹, meinte dieser zu ihm ..., ›und unterhalten wir uns ein wenig, wie wär's?‹

Der gute Père Plançon war ein kleines eingeschrumpftes Männchen, runzlig, kahlhäuptig, haarlosen Gesichts, und seine zu weiten Kleider hingen schlotternd um seinen zu mageren Körper wie eine Fahne über einem Abgrund. Er machte einen sehr elenden Eindruck, aber der gewohnte Umgang mit der Bühne verlieh ihm so etwas wie eine karikaturhafte Würde, eine lächerliche Wichtigkeit, die aufs beste mit seiner gesamten Person harmonierte und den Anblick seiner Armut um eine Prise schmerzhafter Komik erhöhte. Da er in seinem Theater sehr mäßig entlohnt wurde, hatte er lange Zeit zusätzlich zu seinen noblen Funktionen als Statist das Metier des Perückenmachers ausgeübt, worin er zu früheren Zeiten großes Geschick und tadellose Korrektheit bewies. Leider hatte er dieses Metier, da es ihm zu schwierig geworden und zudem nicht genügend einträglich war, an den Nagel gehängt.

›Einfach degoutant‹, pflegte er zu sagen ... ›Heutzutage findet man nur noch schwarzes Haar und Haare von Juden ... Nirgends gibt es mehr blondes Haar ... und wirklich französisches ... Und das schwarze, entfärbte Haar und das ausländische Haar, müssen Sie wissen, das läßt sich schlecht verarbeiten ... das ist nicht füllig ... das ist nicht geschmeidig ... das ist einfach nicht das wahre! ... Die Damen mögen meine Perücken nicht mehr, und, bei meiner Seele, sie haben recht ... Das sind einfach keine Perücken mehr ...‹

Man muß hinzufügen, daß seine Hand allmählich zu zittern anfing; seine Finger schliefen ihm auf den Pappmachéköpfen ein. Alle Perücken mißrieten ihm, und so blieb er auf ihnen sitzen. Darauf hatte er sich zum Versicherungsagenten gemacht. Aber er versicherte nicht eben viel, der arme Père Plançon ... Und so herrschte ständig bittere Armut.

Der gute Père Plançon nahm also nach den Regeln der strengsten Inszenierung seinem Direktor gegenüber Platz. Den Körper leicht nach vorn geneigt, die Beine im gewünschten Winkel gespreizt, den rechten Ellbogen ein wenig angehoben, die Hand flach auf den Schenkel gelegt, so saß er da und fragte:

›Bin ich richtig so, Herr Direktor? Bin ich in der Tradition?‹

›Vollkommen ...‹, bestätigte der Direktor.

›Also, Herr Direktor, ich höre.‹

Und der Direktor sprach wie folgt:

›Mein lieber Père Plançon, heute sind es genau zweiundvierzig Jahre, daß Ihr dem Theater *Athenaeum Dramatique* angehört. Das macht Euch aber nicht jünger, mein armer Alter ... mich im übrigen auch nicht ... genauso wenig das Theater ... aber was wollt Ihr dagegen tun? ... So ist das Leben ... Ihr seid ein tüchtiger, anständiger Mann, o ja, gewiß! ... Ihr habt Euren Posten stets ehrenvoll ausgefüllt ... Jedermann schätzt Euch hier ... Kurzum: Ihr seid so etwas wie das Gewissen des Hauses, mein lieber Père Plançon ... hab ich nicht recht? ...‹

›Ich habe eben gearbeitet, Herr Direktor‹, erklärte der gute Mann.

Und dieses *ich habe eben gearbeitet* erhielt aus seinem Munde eine ungewöhnlich lyrische Note.

Der Direktor pflichtete ihm bei:

›Oh!, und ob Ihr gearbeitet habt! ... Das will ich meinen ... Einen Satz wie *Für Madame ist angerichtet!* zu sagen, das konnte nie jemand und das wird nie jemand so bringen wie Ihr ... Das steht fest ... Die gesamte Kritik ist sich darüber einig ... Selbst wenn Ihr kein Wort zu sagen hattet, wenn Ihr nur ein Tablett hereinzutragen, eine Lampe zu löschen, einen Sessel abzustauben, den kleinen Vicomte ins Gemach der Gräfin hineinzubitten hattet, dann war das eine Sensation ... das hatte Stil ... ja! Ganz einfach ein großer Künstler, mein lieber Père Plançon ... Bescheidene Rollen, schon möglich ... aber ein großer Künstler, Ihr wart ein großer Künstler ... Das steht außer Frage ...‹

›Die Natur, Herr Direktor ... ich habe die Natur studiert ...‹, erklärte der alte Statist, der, sich aufgrund dieses Kompliments in die Brust werfend, seine leicht gebeugte Gestalt aufzurichten versuchte.

Und er fügte hinzu:

›Die Natur und die Tradition ... das war mein Geheimnis ...‹

Aber ja, aber ja doch ... Oh! Domestiken wie Ihr, die bringt man heutzutage nicht mehr hervor ... Leute von solchem Schrot und Korn sind verschwunden, im Theater wie übrigens auch in der Stadt. Verlangt das nur mal von den Jungen von heute! ... Oh!, weiß Gott, ja ... Also habe ich folgendes beschlossen ... Wir werden nächsten Monat Eure Abschiedsvorstellung geben ... Wir werden *Gloire et Patrie*, Eure beste Rolle, aufführen ... Das gefällt Euch, nicht wahr? ... Das kitzelt Euren Stolz? ...'

Auf eine Handbewegung, deren schmerzlichen Ausdruck er nicht verstehen wollte, insistierte der Direktor:

›Aber ja ... aber ja ... und das ist ganz natürlich ... Verdammter Père Plançon! Wie Ihr da im zweiten Akt die Türen zum Salon aufstoßt und Ihr *Für Frau Gräfin ist angerichtet!* ruft, das ist ungeheuer packend, versteht Ihr ... das ist ein Ereignis ... das geht einem bis hier, gar keine Frage ... das geht einem bis hier.‹

Und der Direktor schlug sich an der Stelle des Herzens heftig auf die Brust.

Trotz dieser glorreichen Erinnerungen war Père Plançon dennoch ganz traurig geworden. Er war nicht darauf gefaßt gewesen, daß einmal der Tag kommen würde, wo er gezwungen war, ebenso vom Theater Abschied zu nehmen, wie er von den Perücken Abschied nehmen mußte. Und dieser Gedanke erschütterte ihn – nicht wegen des rabenschwarzen Elends, das für ihn von nun an beginnen würde, sondern weil das Theater sein wahres Leben war und weil er außerhalb des Theater keinerlei Horizont sah, weil er dort nichts als Finsternis und Tod sah. Von den Worten des Direktors niedergeschmettert, doch mit bühnenreifen und der Situation angemessenen Gesten stammelte er:

›Also ... nächsten Monat? Oder träume ich? ... Schon so bald!‹

›Was heißt schon so bald? ... Nach zweiundvierzig Jahren Arbeit, guter und treuer Dienste nennt Ihr das schon so bald? ... Und außerdem ... danach ... Guten Abend, Freunde ...

Freiheit, Muße, Leben auf dem Lande ... Ihr werdet Euch zur Ruhe setzen.‹

Und heiter setzte er noch drauf:

›Hat er nicht ein Glück, der verdammte Père Plançon? ... Und in *Gloire et Patrie* noch dazu ... mit anderen Worten: der Triumph ... Abtreten im Triumph, mit zweihundert Piepen in der Tasche ... Und er scheint darüber nicht gerade glücklich! ... Aber was verlangen Sie denn noch, verdammt noch mal?‹

Der Direktor schritt händeringend im Raum auf und ab und wiederholte andauernd:

›Was verlangt er denn noch? ... Nein, so ein Trotzkopf ... Oh, diese verdammten großen Künstler! ... alle die gleichen, einer wie der andere ...‹

Nach einigen Sekunden ergreifenden Schweigens, in denen sich ihm vor Angst und Sorgen die Kehle zuschnürte, meinte der alte Père Plançon mit sanfter und resignierter Stimme:

›Also gut, einverstanden, Herr Direktor ... Nur, wie soll ich sagen ... Ich möchte Sie um eine Gnade bitten, eine ganz kleine Gnade, die Sie mir nicht verwehren können ... Am Tag meiner Abschiedsvorstellung ... da würde ich, nun ja, da würde ich gern ... den kleinen Vicomte spielen ...‹

Der Direktor fuhr zusammen:

›Ihr seid wohl verrückt, vollkommen verrückt‹, schrie er. ›Aber das ist unmöglich ... Den kleinen Vicomte? ... Eine schlechte Rolle, eine ganz miese Rolle, unter der Würde Eures Talents ... Auf gar keinen Fall ... niemals werde ich das zulassen ... Ich möchte, daß Ihr im Publikum einen unvergeßlichen Eindruck hinterlaßt, mein lieber Père Plançon, habt Ihr verstanden? ... Ich möchte, daß man noch in fünfzig, in hundert, in dreihundert Jahren sagt: Nur der gute Père Plançon konnte einen Satz wie *Für Frau Gräfin ist angerichtet!* bringen. Aber was ich gegen Euch selbst verteidige, ist doch nur Euer Ruhm ... Oh, diese Komödianten, diese Komödianten, diese Dreckskomödianten! ... Man bietet ihnen den sonnenklaren Erfolg, den garantierten Applaus, zehn, fünfzehn, zwanzig Vorhänge ... und obendrein noch ein Vermögen ... Und da wollen sie sich lieber auf ich weiß nicht welche verrückten Abenteuer einlassen ... Den kleinen Vicomte! Nein, so was! ... Nein, also das ist einfach zu dämlich ...‹

›Herr Direktor! ...‹

›Nein ...‹

›Herr Direktor, ich bitte Sie, hören Sie mich an‹, flehte der alte Statist, der sich nun gleichfalls erhoben hatte und dem Direktor seine rhythmisch schwingenden Arme entgegenstreckte ..., ›ich mache Sie zum Richter über meine Lage, Herr Direktor, ich lege meine Berufsehre in Ihre Hände ... Aber im Namen des Himmels, hören Sie mich an ... Ich muß es Ihnen anvertrauen ... Den kleinen Vicomte, den studiere, den komponiere, den lebe ich bereits seit zehn Jahren Abend für Abend heimlich bei mir zu Hause ... Diese Rolle hat nur zehn Zeilen Text ... Aber sie ist himmlisch, und ich habe Effekte, wirkliche Effekte dazu gefunden! ... Oh! Wenn Sie doch nur wollten! ... Das wäre die Krönung meiner Karriere. Dabei bekäme das Publikum eine der unbekannten Seiten meines Talents zu sehen ... Herr Direktor, bitte lassen Sie mich doch den kleinen Vicomte spielen ...‹

›Nein ... nein ... und noch mal nein! ... Ist das klar!‹

›Herr Direktor, ich flehe Sie an! ...‹

›Nein, habe ich gesagt! ... Das könnt Ihr Euch sparen ...‹

›Herr Direktor, ich würde sogar eher auf meine zweihundert Francs verzichten ...‹

›Ach, laßt mich doch in Frieden, Plançon ... Allmählich geht Ihr mir auf die Nerven ... Los, raus, raus mit Euch! ...‹

Und unsanft verabschiedete er ihn.

Der alte Plançon war unendlich traurig. Tag für Tag kam er ins Theater, streunte unruhig, schweigsam, fast hamlethaft auf der Bühne und auf den Gängen herum. Wenn seine Kollegen ihn ansprachen, antwortete er ihnen so gut wie nicht. Und er monologisierte in sich hinein:

›Der kleine Vicomte … Einfach unbegreiflich … Mir eine so einfache Sache abzuschlagen, die so schön gewesen wäre, eine Sache, die für mich den Ruhm bedeuten würde, die für das Publikum und für Sarcey eine Offenbarung wäre! … Was könnte es dieser Kanaille, dieser fetten Kanaille, die sich mit meinem Talent und meinen durchwachten Nächten gemästet hat, schon ausmachen? … Oh!, ich habe keine Chance gehabt! … Und niemand wird je erfahren, was in mir steckte, was hier, unter dieser Schädeldecke, verborgen war …‹

Er glaubte an eine Kabale, an einen Komplott, und er betrachtete fortan alle mit einem mißtrauischen Blick, einem Blick, in den er, der beklagenswerte und sanftmütige Mann, vergeblich einen bösartigen und rachsüchtigen Ausdruck einzufügen versuchte.

Schließlich kam der große Tag. Bis zum letzten Moment hatte der gute Plançon in der Tiefe seines Herzens auf ein Wunder gehofft. Und mit zermartertem Herzen, mit Tränen in den Augen sah er, wie sich langsam, unerbittlich der Vorhang über dem ersten Akt von *Gloire et Patrie* hob.

Der alte Mann hatte seinen Auftritt erst am Ende des zweiten Akts. Als der Augenblick gekommen war, trat er majestätisch, mit weißer Perücke und schwarzen Strümpfen auf die Bühne, öffnete mit edler Geste die beiden Flügel der Tür, durch die der Speisesaal im Funkeln seiner Kristallgläser und in den Spiegelungen seines Tafelsilbers erstrahlte, und verkündete mit dem feierlichen und meckernden Ton, der ihm eigen war:

›Für Frau Gräfin ist angerichtet!‹

Da begannen mit einemmal verdrängte Träume, abgewürgte Ambitionen, all das, was ihm mit seiner Bitterkeit das Leben vergiftet hatte, in seiner Seele aufzubegehren. Auf einen Schlag, in einer einzigen Minute höchster Begeisterung, wollte er gegen seine Vergangenheit subalterner und stummer Rollen protestieren, endlich einmal beredt, beherrschend, schrecklich, apotheotisch auftreten. Bruchstücke von Dramen, zornige Repliken, wütende Apostrophen, furchterregende Tremoli und Kerkerzellen und Paläste und unterirdische Gewölbe und Dolche und Hakenbüchsen kamen ihm in Massen, wahllos durcheinander, flammend wie ein Lavastrom in den Sinn. Er fühlte die brüllenden und brüderlichen Seelen eines Frédérick Lemaître, eines Mélingue, eines Dumaine, eines Mounet-Sully, eines Coquelin auch in seiner Seele brüllen. Der Rausch ergriff ihn, raubte ihm den Verstand, drängte ihn zu den extravagantesten Heldentaten. Und er richtete seine gebeugte Gestalt des greisen Dieners auf, warf seinen Kopf nach hinten, auf dem die weiße Perücke vor Entsetzen ihre Haare sträubte wie ein rächender Filz, und aus keuchender und pfeifender Brust, die Linke an sein Herz schlagend, die Rechte ausgestreckt wie ein treues Schwert, schrie er mit rauher Stimme, mit einer Stimme, gebrochen vor Ergriffenheit, sich endlich vor den Massen als ein Held zu offenbaren, den geladenen Gästen entgegen:

›Für Frau Gräfin ist angerichtet! ... Doch zuvor, General, laßt mich Euch ins Gesicht sagen ... Der Mann, der eine Dame beleidigt, der ist ... ein feiger Hund!‹

Dann wich er zurück und ließ die konsternierten Gäste passieren.

Im Saal brach donnernder Beifall aus. Die Zuschauer, von diesem kraftvollen und sublimen Ausfall begeistert, riefen den guten Père Plançon frenetisch jubelnd auf die Bühne zurück.

Doch der Vorhang blieb beharrlich herabgelassen trotz der Schreie, trotz des Füßegetrampels und der begeisterten Bravo!-Rufe, die sich auch noch eine Zeitlang während der Pause fortsetzten.

Père Plançon wurde jedoch von seinen Kameraden umringt und mit Vorwürfen überhäuft.

›Was ist denn in Euch gefahren, Père Plançon?‹ rief die große Kokette … ›Seid Ihr etwa verrückt geworden? … Oder seid Ihr krank? …‹

›Keineswegs, Frau Gräfin‹, entgegnete der gute Père Plançon vornehm … ›Und sprecht mir nur nie mehr von Eurer Ehre … Es gibt keine zweierlei Ehren … Es gibt nur anständige Menschen …‹

Und dann verschwand er, einen beschwörenden Finger zum Bühnenhimmel erhebend, im Dunkel der Kulissen …«

Und der gute Père Plançon sang noch immer …

14

Nach dem Mittagessen habe ich einen Abstecher in den Club gemacht. Gerade war ich stumpfsinnig in die Lektüre der Zeitungen versenkt, als plötzlich geräuschvoll ein Herr eintrat und, als er mich erkannt hatte, einen Freudenschrei ausstieß …

»Parsifal! …« rief ich aus … »Mein alter Parsifal! …«

»Nanu? … Muß man erst hierherkommen, um dich zu treffen? …«

Und er schloß mich zärtlich in die Arme und küßte mich auf die Wangen. Parsifal ist im Grunde kein übler Kerl …

»Und so wachst du also über mich?« meinte er, nachdem er seine Herzensergüsse beendet hatte. »Menschenskind … wie lange haben wir uns nicht …?«

Es ist wahr … seit fünf Jahren hatte ich ihn nicht gesehen …

»Also weißt du … das ist aber gar nicht chic, alter Freund …«, fügte er hinzu, während er mich mit freudigen Faustschlägen traktierte … »Ehrenwort: das ist eine Schande …«

Parsifal war nicht allzu sehr verändert … nicht allzu sehr gealtert.

»Was treibst du jetzt? …« fragte ich ihn.

»Ein bißchen dies, ein bißchen das …«, antwortete er …, »was sich eben so ergibt … ich mache Werbung in den Zeitungen … ich bin Vertreter von Wein aus der Champagne … ich bin Sekretär einer Radrennbahn … und Poidatz hat mich ins Geschäft mit seinen Volkstheatern gebracht … All das ist nicht gerade lukrativ … Aber das Beste und Sicherste in meiner Geschichte … das ist, daß ich durch Rouvier … durch unseren alten Rouvier ... letzten Monat ... eine Stelle als Grabschriftkorrektor für die Vereinigten Seine-Friedhöfe erhalten habe ... Ja, mein Lieber ... ich bin jetzt derjenige, der das *deleatur* auf die Grabsteine setzt! ... Was willst du machen? ... Sechstausend pro Jahr ... das ist besser als nichts ...«

»Und mit der Politik hast du endgültig Schluß gemacht?«

»Mußte ich doch ... ich hatte Dreck am Stecken ... Dreck am Stecken ... verstehst du! ... Das ist das, was mir am meisten zu schaffen macht ... Und doch ...«

Mit einer komödiantischen Geste deutete er auf seine Taschen:

« ... hatte ich etwas da drin! ...«

Er tat einen langen Seufzer ...

»Ich habe einfach kein Glück ...«

»Und deine Frau?« erkundigte ich mich nach kurzem Schweigen.

Parsifal, mit einer Geste, als wolle er eine wichtige Sache weit, sehr weit von sich weisen:

»Meine Frau? ... Aber die ist doch gestorben ... vor zwei Jahren. Eine Lungenembolie hat sie dahingerafft ... leider viel zu spät, denn ihr verdanke ich all mein Unglück ... Nie konnte sie auch nur das geringste von der Politik begreifen ...«

Diese Erinnerungen hatten ihn zweifellos betrübt ... Er setzte sich zu mir und nahm sich eine Zeitung ... und verstummte ...

Ich dachte an die Vergangenheit ... an Parsifals Vergangenheit ... und ich sah ihn wieder vor mir, diesen braven, anständigen Parsifal ... wie er eines Morgens im November, so erinnere ich mich, bleich und niedergeschlagen zu mir ins Zimmer trat und mich anflehte, ihn zu retten ... Er war damals Abgeordneter im Département Nord-Nord-Ouest ... Ich empfing ihn freundschaftlich wie üblich, und mit einem opportunistischen Schmunzeln, denn ich war seine Machenschaften seit langem gewohnt, meinte ich:

»Wohl wieder eine Lumperei?« sagte ich.

»Natürlich«, antwortete Parsifal ... »Was könnte mich sonst zu dieser Stunde zu dir führen?«

»Nun! Sprich dich aus.«

Denn ich duze mich mit ihm. Ich duze mich mit ihm, obwohl er im eigentlichen Sinne nicht mein Freund ist. Nein. Sondern er ist etwas noch Schlimmeres. Gambetta hat ihn mir unter Umständen, die ich sogleich erzählen werde, vermacht, und Sie werden verstehen, daß ein Vermächtnis Gambettas für mich, verdammt noch mal, etwas Heiliges ist!

Als Gambetta im Sterben lag, ließ er mich zu sich rufen und meinte mit einer Stimme, die bereits in weiter Ferne von den Umstehenden, von den letzten ihn noch Umstehenden war, zu mir:

»Ich vermache dir Parsifal ... Parsifal ist kein Hund, wie du vielleicht glauben könntest ... Das ist ein Abgeordneter aus meiner Bande ... er vertritt im Nord-Nord-Ouest meine Politik ... Und das sage ich dir deshalb, weil du über meine kleinen Affären nicht besonders auf dem laufenden bist, nicht wahr? ...«

Der illustre Staatsmann machte keine langen Umschweife ... man spürte, daß sein Ende nahte ... Nach einigen Sekunden Pause fuhr er, denn der Tod vereinigt alle regionalen Mundarten, mit einer weniger südfranzösisch klingenden Stimme fort:

»Ich vermache dir Parsifal ... Obwohl der Mann ein furchtbarer Lump ist, wie es – leider – mehr als einer meiner Freunde war ... aber immerhin ist er im Grunde kein schlechter Mensch ... Wache über ihn ... damit tust du mir einen großen Gefallen ... Außerdem hat er eine Frau, die ... eine Frau, der ...«

Und mit diesem unvollendeten Satz auf den Lippen verschied der große Mann ...

Was hatte er damit nur sagen wollen? ... Leider Gottes

weiß ich das immer noch nicht ... Und dies um so weniger, als ich schon bald, nachdem ich mein Vermächtnis entgegengenommen hatte, schon bald zugeben mußte, daß Parsifal zwar tatsächlich ein furchtbarer Lump, daß aber seine Frau, ein häßliches, verbiestertes und tyrannisches Weib, beileibe keine von jenen Frauen war, über die ein Kenner einem noch auf dem Sterbebett ins Ohr flüstern könnte, sie seien von einer Sorte, die ... sie seien von einer Sorte, der ... Nein, wahrhaftig, sie hatte nichts, aber auch gar nichts von dem, was solche unvollendet in der Schwebe bleibenden Konjunktionen bei Männern, die ... bei Männern, denen ... Träume von anzüglichen Schäkereien oder schwülen Intimitäten auslösen würde ... Nein, wahrhaftig nicht!

Den Absichten des Testamentgebers entsprechend, wachte ich also über Parsifal, und fünfmal gelang es mir dank der – sagen wir: fleischlichen – Beziehungen, die ich zu dem – im übrigen höchst obszönen – Dienstmädchen eines alten Justizbeamten unterhalte, mit reichlich viel Glück, Parsifal in dem Augenblick den Klauen der Justiz zu entreißen, als der gute Mann der Legislative des Nord-Nord-Ouest zu ebenso verschiedenartigen wie entehrenden – ja sogar noch mehr entehrenden als verschiedenartigen – Strafen verurteilt werden sollte, denn in jedem einzelnen Fall ging es um zehn Jahre Gefängnis. Eines Tages traf es sich, daß ich ihn vor lebenslänglichem Zuchthaus rettete: Oh, das war keine leichte Sache! Die geschickte Art meiner Manöver, die sichtbar von dem unsichtbaren Geist des großen Toten inspiriert waren, bewirkte, daß Parsifals politische Stellung von diesen törichten Streichen nicht nur nicht beeinträchtigt, sondern von Jahr zu Jahr noch bedeutender wurde – bis zu jenem Tag, an dem sie, denn Parsifal glaubte, er könne meiner Wachsamkeit entgehen und auf eigenen Beinen stehen – beinahe hätte ich treffender geschrieben: *stehlen* – unter allgemeiner Verachtung in sich zusammenfiel ...

Kurzum, nachdem ich Parsifal aufgefordert hatte, sein Herz auszuschütten, sagte er:

»Nun fangen die dummen Geschichten wieder an, und zwar wie? ... Diesmal fängt Arton mit dem Gerede an ... er redet zu viel ... er redet sogar über mich ... Überall ist immer nur die Rede von den siebenundvierzigtausendfünfhundert Francs, die mir dieser Teufel von einem Menschen in zwei aufeinanderfolgenden, gleich großen Raten bar auf die Hand gegeben hat ...«

»Ja, davon geht in der Tat die Rede ...«

»Und mit welch seelenruhiger Kälte du diese Infamie zur Kenntnis nimmst ... dieses vorsintflutlich alte, längst verjährte Geschwätz! Du weißt also nicht, in welche Situation mich das bei mir zu Hause bringt?«

»Bei dir zu Hause ...«, antwortete ich scheinbar blauäugig ..., »das ist unwichtig ... Was peinlich ist, ist die Lage, in die dich das in der Öffentlichkeit bringen wird ...«

»Ach was, die Öffentlichkeit! ... Auf die pfeif ich ...«, erklärte Parsifal mit bewundernswerter Verachtung ... »Aber meine Frau ... Meine Frau dagegen ist keine *quantité négligeable*, kein abstrakter Begriff wie die Öffentlichkeit ... Und was ist mit den Vorwürfen, den Szenen, den Geschichten, die sie mir macht? ... Oh! Das Ende davon ist noch nicht abzusehen ...«

»Deine Frau«, widersprach ich ..., »das ist nichts Ernstzunehmendes ... Was kann die schon sagen? Wie kann sie dir Vorwürfe machen wegen einer Veruntreuung, von der sie selbst profitiert hat durch eine kostbarere Garderobe, eine gepflegtere Einrichtung und ein bequemeres Leben, all das, was für eine Ehe wie die ihre ein unverhofftes Geschenk von siebenundvierzigtausendfünfhundert Francs bedeutet? ... Damit ist deine Frau doch deine Komplizin ...«

»Du begreifst aber auch gar nichts, armer Freund. Und du redest wie ein Volkswirtschaftler ... Meine Frau hat überhaupt nicht davon profitiert ... Also so was! Glaubst du allen Ernstes, ich wäre so dumm gewesen, etwas davon meiner Frau ... Ich bitte dich: siebenundvierzigtausendfünfhundert Francs? ... Du hast sie dir wohl nie richtig angesehen? ... Meiner Frau, der habe ich überhaupt nichts gegeben ... Dieses Geld, das habe ich mit Frauen verpraßt, die etwas reizvoller sind als die meine ... Und genau das ist es, was sie mir vorwirft ... genau das ist es, was sie in Rage bringt ...«

»Du hast ihr gegenüber also gestanden, daß du diese siebenundvierzigtausendfünfhundert Francs eingesteckt hast?«

»Ich bitte dich! ... Dafür gibt es erdrückende ... klare Beweise ... Von mir unterzeichnete Empfangsbestätigungen ... Daher ist es gleichgültig, ob sofort oder später.«

»Das ist doch idiotisch ... Zunächst einmal: Wer beweist dir, daß man die Geständnisse eines Arton beachten wird? ... Für diese alte Geschichte interessiert sich, über die ereifert sich kein Mensch mehr ... Wer beweist dir ferner, daß Arton wirklich etwas preisgegeben hat? Und schließlich kommt es dir, einem so gerissenen Fuchs, auf eine Lüge mehr oder weniger nicht an ... warum zum Teufel dann gestehen? Aber man muß doch immer leugnen, leugnen wider alle Evidenz, leugnen gegen alle Beweise ... Das läßt, egal wie erdrückend die Beweise auch sein mögen, stets einen Hauch von Zweifel im Bewußtsein der Leute zurück. Oh! Parsifal! ... Parsifal! ... Ich erkenne dich nicht wieder ...«

»Du hast recht ... Aber was soll ich machen? ... Vor einer rasenden Frau, da verliert man den Kopf ... Ich bitte dich: Parlamente ... Gerichte ... die hätte ich leicht um den Finger gewickelt ... Vor der Öffentlichkeit, vor der Justiz habe ich mich schon in schwierigeren Lagen aus der Schlinge gezogen ... Aber eine Frau, eine Ehefrau? ... Begreifst du nun?«

»Und dann?«

»Dann, nach meinem Geständnis, habe ich den Naiven gespielt, verstehst du? ... Zunächst habe ich behauptet, ich hätte diese Summe für Notleidende, für Streiks, für die Subskription Floquet gespendet ... Danach habe ich erklärt, ich hätte rot werden müssen, wenn ich das unsaubere Geld der Schande, des verkauften Gewissens, meiner Unehre in mein so strenges, so hochgeschätztes Zuhause gebracht hätte ... Alles, nur das nicht! ... Oh, wenn du das Gesicht gesehen hättest, das meine Frau da gemacht hat! ... Nein, also wirklich: wie egal sind den Frauen derlei edle Gefühle ... das ist erschreckend, armer alter Freund ... Der meinen blieb vor Zorn fast die Luft weg ... Sie schrie: ›Du Lump! Du Bandit! ... Du hast siebenundvierzigtausendfünfhundert Francs eingesteckt ... du Gekaufter ... Verräter ... Spion ... und ich, ich habe keinen Centime davon abbekommen ... nein, nicht einen Centime! ... Siebenundvierzigtausendfünfhundert Francs ... und ich habe mir überhaupt nichts gegönnt! ... Ich habe an meinen Hüten, an meinen Kleidern, am Licht, am Gas, am Metzger gespart! ... Und habe alle Einladungen ausgeschlagen! ... Und bin nicht ein einziges Mal im Elysée gewesen ... oder in der Operngala ... oder sonstwo ... Und bin wie ein krankes Stück Vieh hier in einer Ecke zwischen meinen verblichenen Möbeln hocken geblieben ... Oh!, dieses Aas! ... dieses Aas! ... dieses gemeine Aas! ... Wenn man bedenkt, daß ich mir schon seit fünf Jahren einen englischen Salon gewünscht habe ... und daß er es genau gewußt hat, der miese Dieb! ... und daß er einfach nicht das Herz hatte, ihn mir zu kaufen von den siebenundvierzigtausendfünfhundert Francs, die er kassiert hat! ... Oh, so sieht die Sache aus! ... Gut, dann ab ins Gefängnis, du Betrüger! ... ab ins Zuchthaus, du Zuchthäusler! ... Ja, ja, ins Zuchthaus, ins Zuchthaus, hast du verstanden! Und ich bin diejenige, die dich dahin bringt, ins Zuchthaus!‹ Kurzum, du kannst dir an fünf Fingern abzählen, wie es dann weiterging ... Die Spiegel, die Nippesfiguren, das Geschirr, das Porträt von Félix Faure, die Büste der République, die Fotografie des Zaren, die von Méline und Madame Adam, alles ging zu Bruch ... Das ganze Haus sah wie nach einer Plünderung aus ... Zum Glück war nichts von Wert dabei ...«

Und mit einer Pirouette fügte er in einem komödiantisch erheiterten Ton hinzu:

»Nichts im Wert von siebenundvierzigtausendfünfhundert Francs, nun ja!«

Parsifals Perversität ging so weit, daß er verständnisvoll und herzlich schmunzelte, während er mir von dieser Tragödie erzählte, denn im Grunde ist er kein schlechter Mensch. Gambetta hatte seine Seele richtig durchschaut.

»Das ist noch nicht alles«, fuhr er, sich in die Brust werfend und in meinen Blicken nach einem Ausdruck der Bewunderung suchend, fort ... »diese siebenundvierzigtausendfünfhundert Francs werden die Nase der Justiz und gleichzeitig die meiner Frau auf die Fährte von noch weiteren Veruntreuungen stoßen, mit denen ich nicht zögerte, mein Gewissen zu belasten ... Und wenn meine Frau dahintergekommen sein wird, daß ich während fünfzehn Jahren in der Legislative insgesamt ... ja, mein Lieber ... zweihundertvierundneunzigtausend Francs eingestrichen habe? ... daß Italien, die Türkei, Rußland, England, Bulgarien, Rumänien, das Fürstentum Monaco etc. etc. mir monatlich sagenhafte Summen zustecken ... und daß von all diesem Geld nicht ein Centime ... nein, Ehrenwort! ... an meine Frau gegangen ist ... glaubst du vielleicht, das wird lustig sein ... Und warum hätte ich auch nur einen Centime in ein Zuhause abführen sollen, wo ich nur so selten weile ... wo ich keine zweimal pro Woche speise ... wo ich meine Freunde nicht empfange? ... Ich bitte dich: Ist das gerecht? ...«

»Und nun, was wirst du tun? ... Dich scheiden lassen?«

»Aber das kann ich nicht ... aber das will sie nicht ... Und von daher wird die Sache kompliziert ... Meine Frau ist wütend ... Sie verachtet mich ... ja ... aber im Grunde bewundert sie mich ... Nie hat sie mich so sehr bewundert wie jetzt ... Sie sagt sich: ›Da er einmal Geld angenommen hat, wird er auch weiter Geld annehmen ... An mir liegt es, diese Bestechungen zu überwachen, ihn daran zu hindern, daß er sie woanders hin als zu mir bringt.‹ Ihr gewaltiger Zorn, ihre Drohungen, das ist nichts weiter als Dekor ... Sobald ihre kleine Komödie beendet ist, wird sie ihr Dekor schon wieder verräumen ... und ihren Geldbeutel aufhalten.«

»Nun, dann ist ja nichts verloren ...«

»Im Gegenteil: Alles ist verloren ... Mein Leben ist vernichtet ... Denn anstatt siebenundvierzigtausendfünfhundert Franc einzustecken, um sie fortan mit meiner Frau teilen zu müssen ... o nein! Ich bitte dich! ... da würde ich lieber überhaupt nichts einstecken ...«

Ich wußte nicht, was ich ihm raten sollte, sein Fall schien mir unlösbar.

»Iß mit mir zu Mittag«, schlug ich vor ..., »beim Dessert wird uns vielleicht etwas einfallen.«

Und mit einem inspirierten Zeigefinger wies ich auf das Porträt Gambettas an der Wand, und dieser schien uns zuzulächeln und dessen schönes Antlitz, das, dessen schönes Antlitz, dem ... Parsifal, dicht neben mir, hatte die Zeitung auf die Knie sinken lassen, und als wären ihm im selben Moment wie mir wieder all diese Erinnerungen in den Sinn gekommen, meinte er mit einem langen Seufzen:

»O ja!... trotz allem ... das waren gute Zeiten damals ...«

Nein, im Grunde ist Parsifal kein schlechter Mensch ...

Wir traten gemeinsam vor die Tür und ergingen uns eine Viertelstunde in den Parkanlagen des Casinos. Plötzlich erblickte ich in einer Allee einen Greis, der sich lebhaft mit einem kleinen Groom aus dem Restaurant unterhielt. Ich erkannte ihn wieder: es war Jean-Jules-Joseph Lagoffin ... und ich begann zu zittern, als hätte mich ein plötzliches Fieber gepackt.

»Komm, verschwinden wir ...«, sagte ich zu Parsifal ..., »verschwinden wir, auf der Stelle!«

»Was hast du denn?« staunte er, nichts von meinem Entsetzen begreifend ... »Ist es immer noch wegen Arton?«

»Komm schon, verschwinden wir ...«

Und hastig bog ich in eine andere Allee, an deren Ende sich, wie ich wußte, ein Ausgang befand ... aufs Land hinaus ...

Höchst neugierig geworden, bestand Parsifal darauf, den Grund meiner Beunruhigung zu erfahren ... Ich weigerte mich, ihn zu nennen ... Aber Sie, verehrte Leserinnen, werden ihn sofort verstehen, wenn Sie erfahren haben, wer oder was dieser Jean-Jules-Joseph Lagoffin war ... Hier seine Geschichte:

Nachdem ich in Finanzgeschäften, die bedauerlicherweise weniger sicher und nur ebenso seriös wie die Panama-, Chemin-de-Fer-du-Sud- und andere -Aktien waren, erhebliche Verluste erlitten hatte, blieb mir eines Tages nichts anderes mehr übrig, als, wie man so schön sagt, »alles zu Geld zu machen«. Ich verminderte meinen Hausstand und reduzierte meine Dienerschaft bis auf das Allernotwendigste – ich meine, bis auf einen Kammerdiener und eine Köchin –, ohne daß mir die Einsparung übrigens so recht bemerkbar vorkam, denn diese braven Dienstboten machten sich sogleich zu zweien daran, mich genauso sehr zu berauben wie die fünf, die ich entlassen hatte. Ich verkaufte Pferde und Wagen, meine Sammlung von Gemälden und persischen Fayencen, einen Teil meines Weinkellers – leider Gottes! – und meine drei mit seltenen und herrlichen Pflanzen bestückten Gewächshäuser. Und schließlich entschloß ich mich, einen kleinen Pavillon – einen entzückenden kleinen Pavillon, der abseits von meinem Anwesen lag und den ich speziell für geheimnisvolle Besuche eingerichtet hatte, die mich sehr viel Geld kosteten und die ich ebenfalls unterbinden mußte – zur

Vermietung auszuschreiben. Durch seine von den Hauptgebäuden getrennte Lage im Park und seine komfortable Einrichtung konnte sich dieser Pavillon durchaus für einen Sommerfrischler gleich welchen Geschlechts eignen, den es drei Sommermonate lang danach verlangt hätte, seine ledige Einsamkeit etwas zweisamer zu gestalten oder seinen Ehebruch darin zu verbergen.

Von Annoncen in diesem Sinne verlockt, wurden zahlreiche – und zwar die sonderbarsten und, ach du meine Güte!, die stockhäßlichsten – Personen vorstellig, denen ich die Vorzüglichkeit und Sicherheit dieses Refugiums anpries, das außen mit wildem Wein, oder wie wir sagen: mit *vignes vierges*, also ›jungfräulichem‹ Wein tapeziert war, denn was das Interieur anbetraf, so bekam man dort so etwas wie Weinlaub gewöhnlich ganz und gar nicht zu sehen – o nein! – und jungfräuliche Damen noch weniger. Aber diese Personen zeigten sich so anspruchsvoll, was die auszuführenden Reparaturen betraf – verlangten sie nicht am Ende gar, daß man den Keller auf den Speicher und den Speicher in den Keller schaffte? –, daß ich mit ihnen nicht einig werden konnte. Ich verzweifelte bereits an der Hoffnung, diesen Pavillon noch jemals zu vermieten – denn die Saison schritt immer weiter fort –, als sich eines schönen Nachmittags ein kleiner Herr, sehr sauber rasiert, sehr kerzengerade, sehr höflich und längst nicht mehr der Jüngste, mit dem Hut in der Hand präsentierte, um ihn zu besichtigen. Er trug einen Anzug von altmodischem Schnitt und ohne jede Falte, eine lange, mit bizarren Anhängern versehene Uhrkette und eine Perücke in grünlich changierendem Blond, deren altertümliche Architektur an die schlimmsten Jahre unserer orléanistischen Geschichte erinnerte.

Dieser kleine Herr fand alles fabelhaft ... fabelhaft! ... und er begeisterte sich in einem fort in so komplimenthaften Tönen, daß ich wirklich nicht mehr wußte, wie ich ihm antworten sollte. Im Badezimmer, vor den freizügigen Gemälden, die im Wechsel mit den Spiegeln die Täfelungen zierten, geriet seine Perücke ins Schwanken, ja beinahe ins Schlingern, und er sagte nur:

»Oho!«

»Die sind von Fragonard«, erklärte ich, da ich nicht wußte, ob dieses Oho! einen Tadel enthielt oder Befriedigung ausdrückte. Doch meine Zweifel wurden rasch ausgeräumt.

»Oho!« wiederholte er ... »Von Fragonard? ... Wirklich? ... Fabelhaft!«

Und ich sah, wie sich seine Äuglein unter dem Eindruck einer unmißverständlichen Empfindung sonderbar blinzelnd zusammenzogen.

Nach einem kurzen Schweigen, das er zu einer noch eingehenderen Betrachtung der Bilder nutzte, sagte er:

»Also gut ... einverstanden ... Ich nehme diesen fabelhaften Pavillon.«

»Und so verschwiegen ...«, fügte ich in einem vertraulich anzüglichen Ton hinzu, während ich durch das geöffnete Fenster mit einer vielsagenden Geste auf den hohen, den dichten, den undurchdringlichen Vorhang aus Laubgrün deutete, der uns von allen Seiten umgab.

»Und so verschwiegen ... wunderbar!«

Angesichts der respektvollen und vermutlich ein wenig *verrückten* Begeisterung dieses so leicht zufriedenzustellenden Mieters glaubte ich, unter verschiedenen geschickten Vorwänden und ohne den geringsten Einspruch von seiner Seite die bereits exorbitant hohe Miete, die ich in den Annoncen festgesetzt hatte, noch um ein paar hundert Francs erhöhen zu müssen. Aber dies ist nur ein unbedeutendes Detail, und wenn ich es erwähne, so einzig deshalb, um das vollkommene Wohlwollen jenes kleinen Herrn zu würdigen, der sich über die Art und Weise, wie ich mich ihm gegenüber verhielt, obendrein höchst entzückt zeigte.

Wir kehren wieder ins Haus zurück, wo ich mich beeilte, einen kurzen privaten Mietvertrag aufzusetzen, der mich dazu berechtigte, ihn nach seinem Namen, Vornamen, Beruf und gesellschaftlichen Stand zu fragen. So erfuhr ich, daß er Jean-Jules-Joseph Lagoffin hieß und seines Zeichens ehemaliger Notar in Montrouge war. Darauf bat ich ihn, damit in dem zwischen uns geschlossenen Vertrag alles seine Richtigkeit hatte, mir zu sagen, ob er verheiratet, verwitwet oder ledig sei. Ohne mir zu antworten, breitete er vor mir eine Reihe von Banknoten auf den Tisch, was mich ohne weitere Umschweife dazu zwang, ihm sein Geld und meine Fragen zu quittieren. »Selbstverständlich«, dachte ich bei mir, »ist er verheiratet ... Nur will er es nicht zugeben, und zwar wegen ... Fragonard.«

Daher sah ich ihn mir etwas genauer an. Ich sah mir seine Augen an, die, wenn sie überhaupt etwas ausgedrückt hätten, vermutlich so etwas wie Sanftmut ausgedrückt hätten. Aber sie drückten überhaupt nichts aus, so leblos waren sie in diesem Moment, so leblos wie die Haut der Stirn und der Wangen, die, schlaff, runzlig und grau in grau, wie in kochendem Wasser auf kleiner Flamme durch und durch ausgekocht wirkte.

Nachdem er aus Höflichkeit ein Glas Orangeade akzeptiert hatte, verabschiedete sich Jean-Jules-Joseph Lagoffin unter umständlichen Dank-, Gruß- und Reverenzbezeugungen und kündigte mir an, daß er – sofern mir dies keine Umstände machte – bereits am nächsten Tag wiederkäme, um in den kleinen Pavillon einzuziehen, dessen Schlüssel ich ihm auf seine Bitten bereits übergeben hatte.

Am nächsten Tag erschien er nicht; am übernächsten Tag erschien er genauso wenig. Acht Tage, vierzehn Tage verstrichen, ohne daß ich etwas von ihm hörte. Das war sonderbar, aber letztlich doch erklärlich. Er war vielleicht krank geworden. Aber dann hätte er mir geschrieben, seine übertriebene

Höflichkeit war mir die Garantie dafür. Vielleicht hatte sich die Begleiterin, die er eigentlich in diesen kleinen Pavillon mitbringen wollte, im letzten Moment geweigert, mitzukommen? Dies erschien mir noch plausibler, denn ich zweifelte nicht einen Augenblick daran, daß Jean-Jules-Joseph Lagoffin diesen fabelhaften und verschwiegenen Pavillon in Aussicht auf irgendeine Begleiterin gemietet hatte, da mir seine Augen, die er bei der blendenden Vision der Fragonards blinzelnd zusammengekniffen hatte, und seine jäh verrutschte Perücke ein eindeutiges Indiz für seine ausschweifenden Absichten gewesen waren. Und so kam ich zu dem Schluß, daß ich mir keine übermäßigen Sorgen zu machen brauchte, ob er kommen oder nicht kommen würde, da man mich ja bezahlt, großzügig bezahlt, über meine Hoffnungen hinaus bezahlt hatte.

Eines Morgens wollte ich gerade in den Zimmern des kleinen Pavillon, der seit Jean-Jules-Joseph Lagoffins Besuch zugesperrt geblieben war, ein wenig lüften. Ich trat durch das Vorzimmer, das Eßzimmer, den Salon und auf der Schwelle zum Bad stieß ich einen Schrei aus und wich vor Grauen zurück.

Ausgestreckt auf den Kissen lag ein nackter Körper, die Leiche eines kleinen Mädchens, entsetzlich steif, die Glieder krampfhaft gewunden und verrenkt wie von einem zu Tode Gefolterten.

Um Hilfe rufen, meine Hauspersonal rufen, alle Welt herbeizurufen, das war meine erste Regung, als ich mir, nachdem der erste Eindruck des Entsetzens vorüber war, plötzlich überlegte, daß es wohl besser wäre, wenn ich die Dinge zuerst einmal selbst, ganz allein und ohne Zeugen in Augenschein nähme. Ich war sogar so vorsichtig, den Schlüssel im Schloß der Eingangstür des Pavillons dreimal umzudrehen.

Es handelte sich tatsächlich um ein kaum zwölfjähriges Mädchen, um ein kleines Mädchen mit den schmächtigen

Formen eines jungen Knaben. An der Kehle trug es die Spuren strangulierender Finger; auf der Brust und auf dem Unterleib hatte es lange, hauchdünne, tiefe Risse, verursacht von Fingernägeln oder eher von spitzen messerscharfen Krallen. Sein aufgequollenes Gesicht war ganz schwarz angelaufen. Die Kleider einer Armen, ein armseliges ausgefranstes und verdrecktes Kleid und zerrissene Unterröcke lagen fast feinsäuberlich zusammengelegt auf einem Stuhl. Und auf dem Marmor des Toilettentischs entdeckte ich auf einem Teller einen Rest Paté, zwei grüne Äpfel, von denen der eine wie von Mäusezähnen angeknabbert war, und eine leere Champagnerflasche.

In den anderen Räumen, die ich einen nach dem andern untersuchte, war nichts verändert. Jedes Möbelstück, jeder Gegenstand befand sich an seinem gewohnten Platz.

Dann schoß es mir blitzschnell, fieberhaft, ungeordnet durch den Kopf:

»Die Polizei, die Justiz verständigen? ... Auf gar keinen Fall ... Die Richter würden erscheinen, und ich wüßte nicht, was ich ihnen sagen sollte ... Jean-Jules-Joseph Lagoffin anzeigen? ... Natürlich hatte der Mann mir nicht seinen wahren Namen genannt, und ich brauchte nicht erst nach Montrouge zu fahren, um festzustellen, daß er dort nicht wohnte ... Also was dann? ... Sie würden mir nicht glauben ... Sie würden glauben, dies sei ein Geständnis ... Sie würden nicht annehmen können, daß ich diesen Mann, der dieses abscheuliche Verbrechen nur zwei Schritt weit von mir entfernt, in einem seltsamen Haus, das mir gehört, nicht gesehen, nicht gehört haben soll ... Das möge ich anderen erzählen! ... So sehr hält man die Justiz nicht zum Narren ... Also würden sie mich mißtrauisch mit Hyänenaugen verhören, und ich würde ihren hinterhältigen und trickreichen Fragen in fataler Weise in die Falle gehen ... Sie würden mein Leben, mein ganzes Leben durchschnüffeln ... Fragonard würde mich anklagen,

Fragonard würde die Schamlosigkeit meiner Lüste, die gewohnheitsmäßige Schändlichkeit meiner Ausschweifungen hinausschreien ... Sie würden die Namen sämtlicher weiblichen Personen, die hierhergekommen sind, die Namen all derjenigen, die hierhergekommen sein könnten, all derjenigen, die nicht hierhergekommen sind, wissen wollen ... Und all den Schmutzgeschichten von fortgejagten Dienstboten, vom Samenhändler, von dem ich mich getrennt habe, vom Bäcker, den ich falscher Gewichte überführt habe, vom Metzger, dem ich sein vergiftetes Fleisch wieder zurückgehen ließ ... und von all denen, die unter dem Schutz des Richters bereit sein würden, mich mit dem Schmutz ihrer Rache und ihres nachtragenden Hasses zu besudeln! ... Und schließlich würden sie mich eines Tages angesichts meines Zögerns, der verlegenen Art meiner Antworten, meiner Furcht vor Skandalen, die sie für Geständnisse halten würden, verhaften ... O nein! ... keine Richter ... keine Gendarmen ... keine Polizei hier in diesem Haus! ... Nichts dergleichen ... Nichts als ein wenig Erde für diesen armen kleinen Leichnam, ein wenig Moos auf die Erde, und dann Schweigen, Schweigen, Schweigen ... über die ganze Angelegenheit! ...«

Ich packte das ausgefranste Kleid, die zerrissenen Unterröcke und wickelte damit die Leiche der kleinen Unschuldigen wie mit einem Leichentuch ein ... Dann, nachdem ich mich überzeugt hatte, daß in dem Pavillon alles hermetisch abgeschlossen, vor der indiskreten oder zufälligen Neugier meiner Dienstboten verschlossen war, trat ich hinaus. Den ganzen Tag über trieb ich mich ziellos in der Umgebung des Pavillons herum und wartete darauf, daß es Nacht würde.

An jenem Abend fand das Dorffest statt. Ich schickte mein Personal dorthin, und als ich allein, ganz allein war, machte ich mich daran, die Kleine tief im Park am Fuß einer Buche zu beerdigen ...

Ja! Ja! Ja! Schweigen, Schweigen, Schweigen und Erde, Erde, Erde über die ganze Angelegenheit! ...

Zwei Monate danach begegnete ich Jean-Jules-Josph Lagoffin im Parc Monceau. Er hatte noch immer die gleiche schlaffe Haut, den gleichen leblosen Blick, die gleiche Perücke von grünlichem Blond. Er folgte einer kleinen Blumenhändlerin, die den Passanten Sonnenblumen verkaufte. Dicht neben mir wiegte sich ein Stadtsergeant auf dem Absatz, während er einem Kindermädchen hinterherschaute ... Aber der stumpfsinnige Ausdruck seines Gesichts ließ mich auf der Stelle kehrtmachen ... Ich sah bereits die unentwirrbarsten Komplikationen, all jene Was?- und Wie bitte?-Fragen voraus ...

»Mein Gott! Sollen sie doch selbst damit fertig werden«, sagte ich mir. »Das ist nicht meine Angelegenheit ...«

Und beschwingt und leichtfüßig flüchtete ich in die entgegengesetzte Richtung des Stadtsergeanten, des Jean-Jules-Joseph Lagoffin und der kleinen Blumenhändlerin ... die vielleicht ein anderer bei Nacht in seinem Park unter einer Buche verscharren wird! ...

Wir hatten, Parsifal und ich hatten, ohne ein Wort gewechselt zu haben, den Eingang des Hotels erreicht. Parsifal hatte mein Entsetzen von eben vergessen ... und er sinnierte ... er sinnierte gewiß über die Vergangenheit, denn als er sich von mir trennte, schüttelte er mir die Hand und sagte:

»Ja ... Ja ... alter Freund ... das ist wahr ... das waren gute Zeiten damals.«

15

Oft habe ich Träume wie diese geträumt.

Ich befinde mich auf einem Bahnhof, ich muß den Zug nehmen. Der Zug steht da, steht fauchend vor mir. Leute, die ich kenne und die ich begleite, steigen mühelos in die Waggons ein. Nur ich, ich kann nicht ... Sie rufen nach mir ... Ich kann nicht; ich bin auf dem Boden festgenagelt. Die Bahnbediensteten gehen an mir vorbei, rempeln mich an und drängen mich: »Steigen Sie doch ein! So steigen Sie doch ein!« Ich kann nicht. Der Zug setzt sich in Bewegung, fährt ab, entschwindet meinem Blick. Die Signale grinsen über meine Ohnmacht; eine elektrische Bahnhofsuhr verspottet mich. Ein nächster Zug fährt ein, dann noch einer ... Zehn, zwanzig, fünfzig, hundert Züge formieren sich für mich, bieten sich mir nacheinander an ... Ich kann nicht ... einer nach dem andern fahren sie ab, ohne daß es mir möglich war, auch nur das Trittbrett oder den Griff der Waggontür zu erreichen. Und reglos, mit den Füßen auf dem Boden festgenagelt, wütend stehe ich noch immer da, vor den Menschenmassen, deren tausend spöttische Blicke ich auf mir lasten fühle.

Oder ich befinde mich auf der Jagd ... Lärmend flattern im Heidekraut und Futterklee Rebhühner auf ... Ich lege mein Gewehr an, ich schieße ... mein Gewehr geht nicht los ... nie geht mein Gewehr los ... Ich kann noch so sehr auf den Abzug drücken: vergebens ... Es geht einfach nicht los ... Oft halten die Hasen in ihrem Hakenschlagen inne und blicken mich verdutzt an ... Ich schieße ... ich schieße ... mein Gewehr geht nicht los; nie ist es losgegangen.

Oder ich gelange an eine Treppe ... Es ist die Treppe meines Hauses ... Ich muß unbedingt in meine Wohnung. Ich habe fünf Stockwerke zu steigen. Ich hebe ein Bein an, dann das andere ... und ich steige nicht ... ich werde von einer unbezwingbaren Kraft zurückgehalten, und so gewaltig ich mich auch anstrenge, schaffe ich es einfach nicht, meine Füße auf die erste Stufe der Treppe zu setzen ... Ich trete auf der Stelle, trete auf der Stelle, erschöpfe mich mit fruchtlosen Aufwärtsbewegungen. Meine Beine bewegen sich mit schwindelerregender Schnelligkeit ... Und ich komme nicht einen Schritt voran ... Der Schweiß rinnt mir am Körper herab ... Ich komme außer Atem ... und nicht einen Schritt voran ... Und plötzlich erwache ich mit klopfendem Herzen, mit beengter Brust, Fieber in all meinen Adern, durch die der Alptraum galoppiert ... unablässig weitergaloppiert.

Nun, im Augenblick befinde ich mich in X ... genau wie in diesen Alpträumen. Zwanzigmal wollte ich abreisen, und ich schaffte es nicht. Eine Art böser Geist, der gewissermaßen an meine Stelle getreten ist und dessen nicht zu besänftigender Wille mich immer tiefer in diesen verhaßten Boden einwurzelt, mich darin festhält, mich daran festkettet ... Die Vernichtung meines Ich ist so vollkommen, daß ich mich selbst zu der geringen Anstrengung außerstande fühle, die vonnöten wäre, um meinen Koffer zu packen, in den Omnibus und vom Omnibus in den befreienden Zug zu springen, der mich wieder ins flache Land, ins Flachland bringen würde ... ins Flachland, in das gute Flachland, wo alles voller Bewegung und Leben ist, die Gräser, die Bäume, die großen wogenden Linien der Horizonte und die kleinen Dörfer und die vereinzelten Städte inmitten des Grüns und die von der Sonne vergoldeten Landstraßen und die sanft dahinfließenden Flüsse, die nicht jene grauenhaften, ewig nörgelnden und asthmatisch röchelnden Gebirgsbäche sind ...

Hier dagegen wird der Himmel immer bleierner, immer drückender und schließlich so schwer auf meinem Schädel, daß ich sein unvordenklich altes Gewicht und seine kosmische Unentrinnbarkeit ganz real, ganz körperlich spüre ... Weit davon entfernt, in X durch die Anwendung seines Wassers, durch das Inhalieren seiner Schwefeldämpfe ... ein wenig mehr Gesundheit zu erlangen, werde ich überfallen, werde ich überwältigt von Neurasthenie ... Nacheinander erleide ich sämtliche Qualen nervöser Depression und geistiger Erschöpfung. Kein einziges Gesicht, keine einzige Erinnerung verschafft mir mehr eine Ruhepause, eine Ablenkung, eine Unterbrechung der Langeweile, die an mir frißt. Ich kann nicht mehr arbeiten. Kein einziges Buch erweckt mein Interesse. Rabelais, Montaigne, La Bruyère, Pascal ... und Tacitus und Spinoza und Diderot und all die andern ... deren hochverehrte Werke ich mir mitgebracht habe ... nicht ein einziges Mal habe ich sie aufgeschlagen ... nicht ein einziges Mal habe ich ihren Geist angefleht, mir ein wenig Trost zu verschaffen und mich vergessen zu lassen, daß ich hier bin ... Und Triceps fällt mir auf die Nerven mit seiner beständigen Betriebsamkeit und seinen Geschichten ... Und Tag für Tag, Stunde um Stunde reisen Leute ab, kommen andere an ... Und ständig kehren die gleichen abgeschmackten Bilder wieder, die gleichen abgestorbenen Gesichter, die gleichen ruhelos umherirrenden Seelen und die gleichen albernen Manien, die gleichen Spazierstöcke und die gleichen fotografischen oder teleskopischen Röhren, im Anschlag auf die gleichen schwer lastenden Wolken, hinter denen diese Leute hoffen, die berühmten Berge zu entdecken, deren grauenhafte Pracht der Baedeker beschreibt und die niemand je zu Gesicht bekommen hatte und von denen es ein wahrhaft bewundernswert ironischer Streich gewesen wäre, wenn sie überhaupt nicht existierten, obwohl dank der irreführenden Versicherungen der Hoteliers, der Bergführer und der Eisenbahngesellschaften bereits ganze Generationen vor ihrer geographischen Vorspiegelei aufmarschiert waren ... O wie sehr hätte mir das gefallen! Aber leider ist es ausgeschlossen, daß selbst so viele Institutionen zusammen so viel Esprit besitzen ...

Wie süß und tröstlich muß es sein, inmitten von klaren, sich bewegenden, weithin sichtbaren Dingen, in silberhellem Licht, unter jenem weiten, leichten, launischen, unendlich tiefen Himmel, auf dem liebliche Wolken vorüberziehen, entschwinden und wieder erscheinen wie die lieblichen Gedanken, die unablässig den leichten, launischen, unendlich tiefen Himmel eines befreundeten Gehirns durchziehen ... krank zu sein – oh! Sie machen sich keine Vorstellungen, welches Glück es für Sie bedeuten würde – in einem Landstrich, der von den Baedekern verachtet wird, der den Touristen, Alpinisten und Strategisten unbekannt ist ... in einem Landstrich, in dem es – o welch himmlische Lust! – keine Aussichtspunkte gibt! ...

Kennen Sie etwas, was noch grauenhafter, auf noch aggressivere Art unerträglich ist – als Aussichtspunkte? Die Aussichtspunkte, an denen man, zu langsamem Auskristallisieren, zu wunderlichen Stalagtiten agglutiniert, die gewaltige und ewig gleiche und ständig schwitzende Dummheit all derer sieht, die sie bereits besucht haben. In Douarnenez, so fällt mir dabei ein, gab es einmal eine alte Eiche und unweit der alten Eiche einen alten verfallenen und versiegten Brunnen ... In Douarnenez gab es zwar auch ein ergreifendes Meer und ein unendlich vielfältiges Licht durch die himmlisch roséfarbenen oder goldenen oder grauen Nebel auf dem Meer ... Aber niemand ging sich je das Meer ansehen, denn das Meer war nicht der klassische und empfohlene Aussichtspunkt von Douarnenez ... Alle Welt steuerte in bewundernden Prozessionen auf die alte Eiche und den alten Brunnen zu ... Und man pflegte einander zu fragen: »Haben Sie auch den grandiosen Aussichtspunkt von Douarnenez besucht?

...« Und die Maler brillierten erst recht um die Wette. Mehr als zwanzigtausend setzten sich ein paar Meter entfernt vor die alte Eiche und begannen sie gnadenlos zu malen ... Man sah sie auch in den Andenkenläden, auf Kieseln, auf perlmuttschillernden Muscheln, auf Schachteln und Dosen ... Inzwischen ist sie abgestorben, angewidert von ihrer Berühmtheit und vor allem davon, daß sie sich fünfzig Jahre lang ständig das gleiche dumme Geschwätz anhören mußte ... Eichen sterben wenigstens ... aber Gebirge?

Nur abends, im Hotel, in meinem Zimmer lebe ich wieder ein wenig auf, denn abends kommt Leben in die Wände ... sie beginnen zu reden ... sie haben Stimmen, menschliche Stimmen ... und diese Stimmen tragen, endlich einmal vibrierend vor Leben, die Lautäußerungen der heimlichen Passionen, Manien und Angewohnheiten, der verborgenen Macken, Laster und Miseren, all jene Dinge an mein Ohr, an denen ich die Seele des Menschen wiedererkenne, an denen ich höre, daß sie noch lebt ... Nicht mehr die des Menschen, konfrontiert mit dem unsichtbaren und enttäuschenden Gebirge, sondern des Menschen, konfrontiert mit sich selbst ... Die Wände erzittern vor all der Menschlichkeit, die sie beherbergen und die in gewisser Weise gefiltert, von ihren Lügen, von ihren Posen befreit an mein Ohr dringt ... Kostbare Stunden, die mich aus meiner Niedergeschlagenheit, aus meiner Einsamkeit reißen und mich wieder eintauchen in die unermeßliche und brüderliche Komik des Lebens! ...

Es ist zehn Uhr abends. Die Zigeuner haben das Gekratze auf ihren elenden Geigen eingestellt. Allmählich leert sich die Hotelhalle. Man hat den elektrischen Strom schwächer gestellt, und sein nun gelblicheres Licht läßt den Jugenstil-Mohn auf dem Deckenfries verschwimmen. Jeder kehrt in sein Zimmer zurück. O die armen Smokings und hellen Abendtoiletten der feinen Damen aus Toulouse, Bordeaux oder Leipzig! Ein Defilee wie auf einer Beerdigung. Wenn die Verdauung bedrückend und freudlos verlaufen war, dürfte die Nacht sich schwerfällig und ohne Liebe entwikkeln. Man wird so schlafen, wie man im Wachzustand gewesen ist: bleiern und schwer. An solchen Orten hat der Schlaf die erstickende und rabenschwarze Schwere der Berge. Denn das Gebirge ist überall. Es ist trotz zugesperrter Tür und zugezogenen Vorhängen in Ihrem Zimmer; es ist in Ihnen, es füllt mit seiner düsteren Masse Ihre Träume aus ... Und welche armen Wesen werden in dieser Nacht aus den schlaffen Umarmungen dieser ziellos vagabundierenden Menschheit geboren werden, die ihre Langeweile vom Nichts zum Chaos spazierenführt?

Durch die Gänge zirkulieren noch seltsame Gerüche, an denen man vielleicht besser als an der Sprache, welche sie sprechen, die Nationalität der Frauen erkennt, die hier vorübergekommen sind. Und die Aufzüge schweben aufwärts und abwärts, die Türen schlagen und werden verriegelt, die Parkette knarren, die elektrischen Klingeln rasen. Und schließlich beruhigt sich alles. Und von der obersten bis zur untersten Etage der gewaltigen Kaserne beginnen die Wände zu flüstern.

Meine Nachbarn zur Rechten sind erst am Vortag eingetroffen, und ich habe sie noch nicht gesehen. An ihrem preziösen und melodisch singenden Akzent erkennt man jedoch sofort, daß sie aus Genf stammen. Aus Genf stammen und hierherkommen, um schon wieder in Alpen einzutauchen, diesmal in die Pyrenäen! ... Kein Zweifel ist möglich, so deutlich ist zu vernehmen, wie häßlich und feindselig sie zueinander sind, der Gemahl und die Gemahlin. Die Stimmen sind nicht mehr jung; sie sind aber auch nicht sehr alt. Fünfundvierzigjährige Stimmen in etwa, deren Gewohnheit, ständig miteinander zu reden, ihren Tonfall klanglos und aggressiv gemacht hat. Sie sind unsympathisch wie die wirklichen Stimmen, wie die nackten Stimmen, die sich nicht belauscht fühlen. Oh, wieviel Groll und Vorwurf in diesen Stimmen!

Zunächst kann ich nicht verstehen, was sie sagen, denn die Stille des Hotels ist noch nicht tief genug. Es gibt noch alle möglichen disharmonischen Schwingungen in dieser Stille, weshalb die Stimmen der Wände weniger deutlich und wagemutig sind. Bei meinen Nachbarn herrscht eine Art leises, ununterbrochenes und ausdrucksloses Schnarchen oder vielmehr Schnurren, begleitet von Geräuschen gleitender Schritte, von Koffern, die geöffnet und wieder geschlossen werden, von Gestoße von ich-weiß-nicht-was an Porzellan. Dann lösen sich einzelne Worte heraus und dringen deutlicher an mein Ohr. Es ist die Frau, die redet, redet, redet. Es klingt, als erzähle sie eine Geschichte und als sei sie unzufrieden. Sie redet … redet … redet … Nach dem Sturzbach von Sätzen zu urteilen, von denen mir viele entgehen, nach den Momenten des Erstickens der Stimme, nach den Phasen der Empörung, die hier und da ausbrechen und auf die abrupte Pausen des Verstummens folgen, muß es eine grauenvolle Geschichte sein. Ich habe ein Gefühl, als hätte ich ähnliche Stimmen gehört, wenn sie die verschiedenen Phasen eines Verbrechens schilderten. Und der Genfer Akzent verliert seine Kadenz und seinen schleppenden Rhythmus. Jetzt schleichen sich bittere Töne ein, die seinen verschwundenen Wohlklang in ein Gekläff verwandeln. Und die Verbitterung verkrampft die Worte, der Zorn verleiht ihnen etwas Pfeifendes. Nun ist es keine Stimme aus Genf mehr, nun ist es eine Stimme von überall her. Es ist, als würde die Stimme, um bis zu mir dringen zu können, sich ausdünnen, sich verschlanken, sich schärfen und wetzen zwischen den Ziegeln der trennenden Wand.

Also höre ich aufmerksam zu.

Und ich kann so viel verstehen, daß diese Dame über ihre Kammerzofe erzürnt ist. Nachdem, was ich von der Erzählung mitverfolgen kann, die sich zwischen der Flucht der

Worte zunehmend beschleunigt und ins Hecheln gerät, ist dieser Dame etwas ganz Unglaubliches und Entsetzliches passiert: Die Kammerzofe war nicht da, als ihre Herrin vor dem Abendessen nach Hause zurückkehrte, um sich umzukleiden. Sie hat überall nach ihr fragen lassen, und niemand hat gewußt, wo die Kammerzofe steckt. Und das, wo sie erst um halb acht nach Hause zurückgekehrt war, um halb acht! ... Und es folgt ein Hagel von Ausdrücken wie »dieses Flittchen!«, »dieses dreckige Flittchen!«, »diese abscheuliche Schlampe!«, ausgestoßen in einem Ton so voller Abscheu, daß man sich nicht hätte vorstellen können, daß es dabei um ein menschliches Geschöpf, sondern viel eher, daß es um ein abscheuliches Tier, um eine Krankheit oder um ein Stück Abfall ging. Und plötzlich sagt die Stimme, wie auf eine Entgegnung reagierend, die ich nicht gehört habe:

»Das ist nicht wahr ... ich habe ihr befohlen, um sechs Uhr da zu sein. Und selbst wenn ich vergessen hätte, es ihr zu sagen, gehört es dann nicht zu ihrem Beruf, da zu sein, mir ständig, zu jeder Tages- und Nachtzeit zur Verfügung zu stehen? Ich begreife einfach nicht, daß du sie auch noch verteidigst und daß es dir so sehr an Würde gebricht ... Eine Schande ist das ... Aber du, allein, wie du ...«

Meine Zimmernachbarn haben unverkennbar ihre Position gewechselt, ich vernehme nur noch konfuses, undeutliches Gebrumm.

Dann, nach einer kurzen Pause, die Stimme des Ehemanns, die von einer anderen Stelle des Zimmers zu kommen scheint:

»Zweifellos, zweifellos ...«

»Also bitte«, antwortet die Stimme der Frau. »Warum hast du das dann gesagt? Du scheinst zu glauben, ich wüßte nicht, was ich tue? ...«

Ich vernehme schwere Schritte, die zuerst an der Wand entlanggehen und sich dann entfernen ... dann die Stimme des

Mannes, aber so undeutlich, daß sie nur noch eine Art monotones und verlängertes Donnerrollen ist, so etwas wie ein Hm-hm-hm-hm-hm ...

Worauf die Frau mit einer Stimme antwortet, die wie das scharfe Geräusch einer Leinwand, die jemand zerreißt, durch die Zwischenwand dringt:

»Nein, nein, mir reicht's ... Ich will diese Schlampe, ich will dieses dreckige Flittchen nicht mehr um mich haben. Ich werfe sie hinaus. Schon morgen früh wird sie gehen. Wenn ich nur daran denke, daß ich mir selbst ... ich mir selbst, verstehst du ... meine Strumpfhalter wieder annähen mußte? ... Das geht einfach zu weit ...«

Die Stimme des Mannes entfernt sich abermals, während gleichzeitig das Geräusch einer Uhr, die aufgezogen wird, an mein Ohr dringt:

»Hm-hm-hm-hm-hm ...«

»Wie bitte? ... Was hast du gesagt? ... Ich glaube langsam, du bist verrückt ...«

Obwohl ich mein Ohr fest an die Wand gepreßt habe, ist es mir unmöglich, die Antwort zu verstehen. Aus dem gütigen, sich wiegenden Ton dieses Gemurmels kann ich jedoch schließen, daß die Stimme des Mannes zugunsten der Kammerzofe plädiert:

»Hm-hm-hm-hm-hm!«

»Nein, nein ... und nochmals nein«, kläfft die Stimme der Frau. Schon morgen früh wird sie gehen.

»Hm-hm-hm-hm ...«

»Ihre Reise? Ihr auch noch ihre Reise zahlen? Also wirklich, daran denkst du doch wohl nicht im Traum?«

»Hm-hm-hm-hm ...«

»Sie wird schon zurechtkommen. Ich werfe sie hinaus ... wegen eines schweren, sehr schweren Vergehens ... Sie wird schon zurechtkommen.«

»Hm-hm-hm-hm-hm ...«

»Bist du verrückt? Ich will keine Entschuldigungen. Entschuldigungen würde ich nicht akzeptieren ...«

»Hm-hm-hm-hm-hm ...«

»Oh! Das würde ich zu gerne sehen!«

»Hm-hm-hm-hm-hm ...«

»Laß mich in Frieden! ... Halt den Mund ... Ab ins Bett mit dir! ...«

Hierauf eine Weile Stille ... und bald darauf Geräusche von verschobenen Gegenständen ... von zu Boden sinkenden Seidenstoffen ... von klirrenden Gläsern ... von Karaffen, die geleert werden ... von Gegenständen, die auf dem Marmor des Toilettentischs hin und her gerückt werden. Aber nach einigen Minuten entgegnet die Frau, auf ein neuerliches Hm-hm-hm des Mannes hin, mit noch verbitterterer Stimme:

»Das ist überflüssig ... Es gibt kein übleres Flittchen als dieses Flittchen da ... Glaubst du vielleicht, dieses Flittchen würde, wenn die Dame des Hauses krank darnieder läge, Tag und Nacht hinter der Tür wachen? O ja, garantiert!«

»Hm-hm-hm-hm ...«

»Doch ... und ich sage dir: doch!«

»Hm-hm-hm ...«

»Und überhaupt, findest du es nicht ungewöhnlich, daß du sie so sehr verteidigst? Warum verteidigst du sie eigentlich so sehr?«

»Hm-hm-hm?«

»Oh! du ... du mit deinen Leidenschaften!«

»Hm-hm-hm ... hm-hm?«

»Ja, du ... verdammt noch mal! ... Ich hatte dich schon lange im Verdacht ... Nun, dann werdet ihr eure Ferkeleien nicht mehr miteinander treiben ... Zumindest werdet ihr es nicht mehr bei mir zu Hause treiben ...«

»Hm-hm-hm.«

»Laß mich in Ruh ... Rede mir nichts mehr davon ... Los, zieh dich aus ...«

»Hm-hm!«

»Schweig! Du Aas!«

Erneutes Schweigen. Aber man spürt, daß der Ehemann von wütender Erregung gepackt ist ... Brummend marschiert er im Zimmer auf und ab ...

Plötzlich die Stimme der Frau:

»O nein, besten Dank! ... Schon seit acht Tagen hast du dir nicht die Füße gewaschen ... Wirklich ein großes Vergnügen, mit einem solchen Mann zu schlafen!«

»Hm-hm-hm ...«

»Nein, laß mich in Ruh! ...«

Dann erneutes Hin und Her ... Stühle, die verschoben werden, das Bett, das zu Knarren beginnt ... und dann Stille ... eine noch bedrücktere Stille als alles, was ich bisher vernommen habe.

Dann, nach einigen Minuten dieser Stille ... die Stimme der Frau, nun weniger gallig ... kindlicher ...

»Nein ... laß mich ... Nicht heute abend ... heute abend hast du es nicht verdient ... Deine Hände ... also ich bitte dich! ...«

Dann leise Schreie ... leise Küsse ... weiche Küsse ... keuchende Atemstöße ... bald im Wechsel ... bald vereint ... Und dazu die Stimme der Frau, zärtlich, ungemein zärtlich:

»*Mon chéri ... Oh!, oui ... comme ça ... Oh! Dieu! ...*«

Dann, nach wieder einigen Sekunden, fast ein lauter Schrei ... und jene Worte so voll unendlicher Dankbarkeit:

»*Mon petit homme ... mon petit homme ... mon petit homme ...*«

16

Heute morgen, als ich aus dem Kurbad kam, bin ich Triceps begegnet, der einen gebrechlich und leicht verlegen wirkenden Herrn begleitete ... Er sprach mich an:

»Gestatte, daß ich dir Monsieur Jules Rouffat vorstelle ... einen meiner guten Patienten, gestern abend eingetroffen mit einer Empfehlung meines Freundes, Dr. Huchard ... So wie du ihn vor dir siehst, kommt Monsieur Rouffat geradewegs aus dem Zuchthaus, wo er sieben Jahre eingesessen hat ... aufgrund eines Irrtums ... Ja, mein Freund ... Und das macht ihn nicht gerade jünger ... weiß Gott nicht! ...«

Monsieur Rouffat lächelt, mit einem schüchternen Lächeln.

»Und ein Unschuldiger, das müßte dich doch interessieren? So einer gehört gewissermaßen in dein Fach ...«

Ich schüttelte Triceps' Patienten die Hand und tauschte mit ihm ein paar Höflichkeiten aus.

Trotz seiner Schüchternheit und seiner Verlegenheit versuchte Monsieur Rouffat, so konnte ich beobachten, einen Eindruck von Wichtigkeit, den Eindruck eines nicht x-beliebigen Menschen zu machen ... Jetzt, wo er wieder in Freiheit war, war deutlich zu sehen, daß ihn der Umstand, im Zuchthaus gesessen zu haben, nicht sonderlich störte. Im Gegenteil, er schien sich sogar etwas darauf einzubilden und daraus abzuleiten, daß er etwas Besonderes sei. Als die Badegäste an uns vorübergingen, sagte Monsieur Rouffat mit einer mächtigen Stimme und großspurigen Gesten, damit er von ihnen gehört wurde:

»Ja, Monsieur, ich bin das Opfer eines Justizirrtums. Und

ich habe im Zuchthaus gelebt – sofern leben das richtige Wort ist –, und das sieben Jahre lang! … Es ist nicht zu glauben …«

Da fragte mich Triceps:

»Gehst du zurück ins Hotel?«

»Ja …«

»Na, dann laßt uns zusammen gehen … Monsieur Rouffat wird dir seine Geschichte erzählen … Sie ist wirklich sensationell, alter Freund … Ein famoses Thema für einen Artikel …«

Im Hotel ließ ich Portwein und Sandwiches heraufbringen … Und nachdem er sich leicht gestärkt hatte, begann Monsieur Rouffat wie folgt:

»Eines Morgens, als ich auf der Landstraße nach Trois-Fétus gerade meinen gewohnten Spaziergang machte, bemerkte ich nicht ohne Verwunderung einige hundert Meter weit vor mir an der Wegböschung eine Gruppe von Bauern, unter denen sich ein Gendarm gewichtig machte und drei in schwarze Redingoten gekleidete und streng mit Zylinder bedeckte Herren herumfuchtelten. All diese Leute umringten mit gereckten Hälsen und gebeugten Köpfen etwas, was sich meinen Blicken entzog. Ein Wagen, eine Art Mietlandauer, sehr betagt und wie man ihn nur noch in entlegenen Provinzen findet, hielt der Gruppe gegenüber auf der Landstraße. Diese ungewöhnliche Versammlung machte mich neugierig, denn die Straße war für gewöhnlich menschenleer und man begegnete auf ihr höchstens Fuhrkutschern oder hier und da vereinzelten Fahrradfahrern. Gerade wegen ihrer Einsamkeit hatte ich sie gewählt und auch deshalb, weil sie von alten Ulmen gesäumt war, die jenes einzigartige, unwahrscheinliche Glück besitzen, von der Verwaltung der öffentlichen Brükken und Straßen nie verstümmelt zu werden. Je mehr ich mich ihr näherte, desto aufgeregter wurde die Gruppe, und der Kutscher des Landauers hatte ein Gespräch mit dem Gendarm begonnen.

›Sicher irgendein Streit um einen Grenzstein‹, sagte ich mir …, ›oder vielleicht ein gerade noch verhindertes Duell?‹

Und innerlich angestachelt von der Hoffnung, es würde sich jene letztere Vermutung bestätigen, trat ich zu der Gruppe.

Ich wohnte erst seit kurzem in dem Dorf Trois-Fétus und kannte dort niemanden, da ich von Natur aus schüchtern bin und aus Prinzip den Verkehr mit Menschen meide, denn ich habe dabei nur Betrügerei und Unglück erlebt. Abgesehen von diesem täglichen Morgenspaziergang auf dieser wenig frequentierten Landstraße verbrachte ich den ganzen Tag eingeschlossen in meinem Haus mit dem Lesen der geliebten Bücher oder war damit beschäftigt, in meinem bescheidenen Garten, den hohe Mauern und ein dichter Vorhang von Bäumen vor der Neugier der Nachbarn schützten, auf den Beeten Unkraut zu hacken. Ich war nicht nur kein wohlbekannter Mann, sondern in Wahrheit ein vollkommen Unbekannter in der Gegend, außer für den Briefträger, mit dem ich wegen der Unterschriften, die er häufig von mir verlangte, und wegen der Versehen, die ihm ständig bei der Zustellung unterliefen, fortlaufende Beziehungen pflegen mußte. All dies – nicht wahr? – nur zum Verständnis meiner Erzählung und nicht aus törichter Eitelkeit, um über meine Person zu sprechen und mich auf naive Weise dieser oder jener Eigenart zu rühmen. O weiß Gott nicht, nein!

Ich trat also an die Gruppe heran, und zwar auf meine schweigsame und vorsichtige Art, die selbst die geringsten Taten meines Lebens begleiten; und ohne die Aufmerksamkeit von irgendeinem zu erregen – mit so viel Diskretion und, wenn ich so sagen darf, so leise auf Zehenspitzen war ich vorangegangen, als ich mich in eine Angelegenheit einmischte, mit der ich ja nichts zu tun hatte – trat ich in die Mitte dieser sonderbaren Leute, die auf der Böschung ich weiß nicht was anstarrten … Und ein grauenhafter Anblick, an den ich am allerwenigsten gedacht hätte, bot sich meinen Augen ... Im Gras lag ausgestreckt eine Leiche, die Leiche eines armen Mittellosen, nach den verdreckten Lumpen zu schließen, die ihm als Kleider dienten; sein Schädel war nur noch ein roter Brei und so plattgedrückt, daß er an eine Erdbeertorte erinnerte. Das Gras war an der Stelle, wo die Leiche lag, niedergetreten, ja zertrampelt; auf der Böschung hingen einige Stückchen purpurroter Gehirnmasse zitternd wie Blüten auf der Spitze einer Distel.

›O mein Gott!‹ schrie ich auf.

Und um nicht zu Boden zu stürzen – so sehr fühlte ich mich ohnmächtig werden –, mußte ich das Wenige an Kräften, was mir noch geblieben war, zusammenraffen und mich verzweifelt an den Umhang des Gendarms klammern.

Ich bin ein armer Mann und kann den Anblick von Blut nicht ertragen. Auf der Stelle weicht alles Blut aus meinen Adern, in meinem Kopf beginnt sich alles zu drehen, zu drehen, zu drehen und fängt an zu dröhnen; in meinen Ohren rauscht es wie Schwärme von Mücken; meine weich gewordenen Beine beginnen zu schwanken, und ich sehe Myriaden roter Sterne und Insekten mit feurigen Hörnern vor mir tanzen; nur selten endet dieses Schwindelgefühl nicht in einer Ohnmacht. Als ich jung war, mußte ich nicht einmal Blut sehen: es genügte bereits, wenn ich nur daran dachte, und schon schwanden mir die Sinne. Allein der Gedanke – nein, nicht erst der Anblick – allein schon der Gedanke an eine abscheuliche Krankheit oder eine schmerzhafte Operation verursachte in meinem Innern einen plötzlichen Stillstand der Blutzirkulation, einen momentanen Tod mit totaler Auslöschung des Bewußtseins. Noch heute schwinden mir die Sinne, wenn mir die Erinnerung an einen unbekannten Vogel hochkommt, dessen ekelhaftes und fauliges Fleisch man mir einmal eines Abends servierte.

Vor dieser Leiche gelang es mir durch Willensanstrengung,

durch eine gewaltige Konzentration all meiner Energien, daß ich nicht vollends ohnmächtig wurde. Aber ich war kreidebleich geworden; meine Schläfen, meine Hände, meine Füße waren eiskalt wie von Todeskälte; und ein übermäßig starker Schweiß rann an meinem Körper herab. Ich wollte mich gerade zurückziehen.

›Sie verzeihen? ...‹ sagte da einer der Männer in schwarzer Redingote, während er mir seine Hand grob auf die Schulter legte ... ›Wer sind Sie?‹

Ich nannte meinen Namen.

›Wo wohnen Sie?‹

›In Trois-Fétus.‹

›Warum sind Sie hier? ... Was haben Sie hier zu suchen?‹

›Ich machte gerade einen Spaziergang auf der Landstraße, nach meiner täglichen Gewohnheit ... Ich sah eine Ansammlung von Menschen an der Böschung ... Ich wollte nachsehen, was da los war. Aber das hier hat mich zu sehr angegriffen. Ich werde wieder gehen.‹

Er zeigte mit einer knappen Geste auf die Leiche.

›Kennen Sie diesen Mann?‹

›Nein, absolut nicht‹, stammelte ich ... ›Und woher sollte ich ihn auch kennen? ... Ich kenne keinen Menschen hier ... Ich lebe erst seit kurzem hier ...«

Der Mann in der Redingote musterte mich von oben bis unten mit einem kreuz und quer zuckenden Blick, einem Blick so blendend wie ein Blitz ...

›Sie kennen diesen Mann nicht? Und als Sie ihn erblickten, sind Sie kreidebleich geworden? ... Sie wären beinah zu Boden gesunken? ... Und Sie meinen, das sei die natürlichste Sache der Welt?‹

›So bin ich eben ... ich kann nichts dafür ... Ich kann weder Blut noch Tote sehen ... Schon beim geringsten Anlaß schwinden mir die Sinne ... Das ist ein physiologisches Phänomen ...‹

Der schwarze Mann grinste und sagte:

›Natürlich … jetzt auch noch die Wissenschaft bemühen … Darauf hatte ich gewartet, obwohl dieses Verteidigungsmittel schon reichlich abgegriffen ist … Von nun an ist der Fall klar … Der Beweis liegt auf der Hand …«

Und an einen Gendarm gewandt befahl er:

›Nehmen Sie diesen Mann fest …‹

Vergeblich versuchte ich einige Worte des Protestes zu stammeln – etwa von der Art:

›Aber ich bin ein anständiger Mensch, ich bin ein armer Teufel … Ich habe nie jemandem etwas zuleide getan … Ich falle wegen nichts in Ohnmacht … wegen nichts … Ich bin unschuldig …‹

Aber sie wurden nicht gehört. Der Herr mit der Redingote hatte sich wieder mit tiefschürfendem, rächendem Blick der Leiche zugewandt, und der Gendarm bearbeitete meinen Rücken mit Faustschlägen, um mich zum Schweigen zu bringen.

Mein Fall war klar, in der Tat. Er wurde im übrigen auch ohne viel Federlesens erledigt. Während der zwei Monate, die die Untersuchung dauerte, gelang es mir nicht, mein Erbleichen und meine Verwirrung beim Anblick der Leiche auf eine zufriedenstellende Art zu erläutern. Sämtliche Erklärungen, die ich dafür anführte, widersprachen, so schien es, den gesichertsten kriminalistischen Theorien. Weit davon entfernt, meiner Sache zu dienen, stützten sie sogar erneute Beweise, *das Bündel* evidenter, auf der Hand liegender, unwiderlegbarer Beweise, die man für mein Verbrechen besaß … Mein beharrliches Leugnen wurde von der Presse wie von den Psychologen der Gerichtspresse als seltener Fall von Verstocktheit bewertet. Man empfand mich als feig, menschenverachtend, widersprüchlich und ungeschickt; man sagte über mich, ich sei ein gemeiner Mörder und alles andere als Sympathie erweckend. Täglich forderte man meinen Kopf.

Bei der Zeugenvernehmung sagte das ganze Dorf Trois-Fétus geschlossen gegen mich aus. Jeder sprach von meinem undurchsichtigen Gebaren, von meinem ungeselligen Verhalten, von meinen heimlichen Spaziergängen in aller Herrgottsfrühe, was natürlich mit dem Verbrechen in Zusammenhang gebracht wurde, das ich daher mit solcher Raffinesse und so roher Besessenheit begangen haben mußte. Der Briefträger behauptete, ich empfinge mysteriöse Korrespondenz, Bücher mit sonderbarem Umschlag, ungewöhnliche Pakete. Ein Schauder des Grauens durchlief die Bank der Geschworenen und die Zuhörer, als der Gerichtspräsident mir auch noch vorwarf, daß man bei mir zu Hause Bücher wie *Schuld und Sühne*, *Verbrechen und Wahnsinn* ... die Werke von Goncourt, von Flaubert, von Zola, von Tolstoi beschlagnahmt habe. Aber all dies war in Wirklichkeit nichts, nichts als rein zufällige, zusätzlich belastende Begleitumstände, vergleichsweise geringe Anklagepunkte, die noch hinzukamen zu jenem laut hinausgeschrienen Geständnis, das mein Erbleichen gewesen war.

Und mein Erbleichen gestand das Verbrechen so vernehmlich, schrie es so laut hinaus, daß selbst mein Anwalt nicht für meine Unschuld plädieren wollte – wurde sie doch so eindeutig durch mein Erbleichen widerlegt. Er plädierte auf Unzurechnungsfähigkeit, auf manische Tobsucht, auf unvorsätzlichen Totschlag; er erklärte, ich sei von allen Formen der Demenz befallen, ich sei ein Mystiker, ein Erotomane, ein Dilettant auf dem Gebiet der Literatur. In einem brillanten Schlußplädoyer beschwor er die Geschworenen, nicht das Todesurteil über mich auszusprechen, und er bat unter bewundernswerten Tränen, oh!, unter welch bewundernswerten Tränen des Mitleids bat er, daß sich von nun an über meinem gefährlichen Wahnsinn die Tore der Folter, die Vergessenheit der Irrenanstalt schließen möge!

Unter dem Beifall aller Anwesenden wurde ich zum Tode

verurteilt ... Aber es traf sich, daß Monsieur le Président de la République gewillt war, die Guillotine durch lebenslängliches Zuchthaus zu ersetzen ... Und in diesem Zuchthaus säße ich noch heute, wenn im vergangenen Jahr nicht der wahre Mörder, von Reue getrieben, sein Verbrechen und somit meine Unschuld öffentlich eingestanden hätte.«

Nachdem er verstummt war, betrachtete sich Monsieur Rouffat selbstgefällig im Spiegel ... ›Ja, im Grunde‹, schien er sich zu sagen, ›bin ich ein sehr nobles Opfer ... Und das sind Abenteuer, die wahrlich nicht jedem widerfahren ...‹ Dann erzählte er mir in weitschweifigen und ausgefeilten Worten seine sieben Jahre der Foltern.

Ich bedauerte ihn zutiefst. Und da ich ihn trösten wollte, indem ich mit seinen persönlichen Mißgeschicken die Mißgeschicke all der armen Opfer der menschlichen Justiz in Verbindung setzte, meinte ich ganz sanft zu ihm:

»Leider Gottes, Monsieur ... sind Sie nicht der einzige, gegen den sich eine Gesellschaft verschworen hat, die nur von Fehlern lebt, sofern es sich nicht gar um vorsätzliche Verbrechen handelt ... Auch der glücklose Dreyfus mußte diese grausame Erfahrung machen ...«

Sowie der Name Dreyfus fiel, flammte in Monsieur Rouffats Augen ein Leuchten wilden Hasses auf.

»Oh! Dreyfus ...«, sagte er scharf ..., »das ist beileibe nicht dasselbe ...«

»Und warum nicht ...«

»Weil Dreyfus ein Verräter ist, Monsieur ... und weil es eine Schande, eindeutig ein Verbrechen ist, daß dieser Elende um der Ehre der Gerechtigkeit, der Religion und des Vaterlandes willen seine viel zu milde Strafe nicht bis zu Ende abbüßen mußte! ...«

Triceps krümmte sich vor Lachen in seinem Sessel.

»Oh! Da siehst du's«, schrie er ... »Hab ich's dir nicht gesagt ...«

Monsieur Rouffat hatte sich erhoben. Feindselig musterte er mich mit beinahe herausfordernden Blicken ... Und mit den Worten »Hoch lebe die Armee! Nieder mit den Juden ...«, die er in den Raum schleuderte, verließ er uns.

Als Monsieur Rouffat gegangen war, blieben wir, Triceps und ich, einige Sekunden reglos sitzen und blickten uns sprachlos an.

»Das ist vielleicht eine Kanaille! ...« rief ich, als ich die Empörung, die in mir kochte, nicht mehr länger bändigen konnte ...

»Ach was«, meinte Triceps ..., »ein Verrückter ... Ich selbst bin kein Dreyfusianer, und ich habe das Recht, es nicht zu sein ... denn das würde sich negativ auf meine Patientenschaft auswirken ... du verstehst doch? ... Aber er? ... Ich versichere dir: Das ist ein Verrückter ...«

Und damit kam er auf sein Lieblingsthema, den Wahnsinn, zu sprechen ... Und von all seinen Beobachtungen, von all seinen Geschichten sei hier noch die folgende wiedergegeben, die mir Triceps unter anderem deshalb erzählte, um mir zu beweisen, daß Monsieur Rouffat verrückt war, daß ich verrückt war, daß alle Welt verrückt war.

»Jean Loqueteux setzte sich, von einem langen Fußmarsch erschöpft, an die Böschung der Landstraße, den Kopf im Schatten einer kommunalen Ulme, die Beine im Straßengraben, der von einem kürzlich niedergegangenen Wolkenbruch noch eine feuchte Kühle bewahrt hatte. Im Moment sengte die Sonne jedoch hart auf die wieder getrocknete Landstraße, und es herrschte eine erstickende Hitze. Jean Loqueteux nahm sich seinen randvoll mit Kieseln gefüllten Bettelsack von den Schultern, zählte die Kiesel, einen neben dem anderen vor sich ins Gras reihend, verstaute sie dann wieder und sagte sich:

›Die Zahlen stimmen ... ich habe immer noch meine zehn

Millionen ... und das ist wirklich kurios ... denn soviel ich auch an alle Welt verteile – denn ich bin ja kein übler reicher Kerl, kein Geizhals! –, fehlt mir nicht ein einziger ... Zehn Millionen, stimmt genau! ...‹

Er wog seinen Bettelsack mit den Händen, wischte sich den Schweiß von der Stirn und stöhnte:

›Aber zehn Millionen zu schleppen, das ist ganz schön schwer!.. Meine Schultern sind schon ganz wund davon und meine Hüften schaffen's nicht mehr ... Verdammt, wenn ich noch meine Frau hätte, dann würde sie mir jetzt tragen helfen! ... Aber sie ist gestorben, sie ist an zuviel Reichtum gestorben ... Und auch mein Sohn ist gestorben, man weiß nicht woran ... Nun bin ich ganz allein mit dieser Last ... Aber das reicht nicht ... Ich bräuchte einen kleinen Karren, den ich selbst ziehen würde ... oder den ich von einem Hund ziehen lasse ... Mein Gott, wie bin ich die Sache leid! ... Man macht sich keine Vorstellungen, was für arme Schweine Millionäre manchmal sind ... und wie bedauernswert, wie bedauernswert ... Oh! Herr Jesus Christus, wie sehr sind sie zu bedauern! ... Ich zum Beispiel besitze zehn Millionen ... Ganz sicher, denn ich spüre sie ja hier in meinem Bettelsack ... Und doch sitze ich auf der Straße ... wie ein Vagabund ... Einfach unbegreiflich ...‹

Er karessierte seine nackten und vom Gehen geschwollenen Füße in der Kühle des feuchten Grases ...

›Nein, wirklich!‹ fuhr er fort ... ›Es gibt Momente, in denen ich lieber ein armer Schlucker wäre, wie ich ihnen so oft auf meinen Wegen begegne ... ein armer Teufel am Bettelstab ... nicht einen Sou in der Tasche haben ... und von der Barmherzigkeit der Vorüberkommenden leben ... O ja, das wäre etwas! ...‹

Jean Loqueteux war so gut wie nackt, denn er war mit nichts als Lumpen bekleidet ... nein, nicht einmal mit Lumpen, sondern mit Fetzen vom Abfall, mit Stoffetzen, die nur vom Dreck zusammengehalten wurden. Zwischen den Rissen, den Ausfransungen seiner Jacke schien rot und aufgerissen seine Haut hervor. Strohhalme, Wollfäden, Federreste hingen in seinem Bart, so daß er an das zerzauste Gewirr eines Spatzennestes erinnerte.

Nachdem er seine Tasche durchwühlt hatte, brachte er einen Kanten Brot, hart und schwarz wie ein Stück Kohle, zum Vorschein und aß es langsam und bedächtig. Unter seinen Zähnen machte das Brot ein Geräusch, als würden Steine zerschlagen.

Und von Zeit zu Zeit hielt er beim Kauen inne und sagte sich mit vollem Mund und blutendem Zahnfleisch:

›Jawohl ... Das ist mir unbegreiflich ... Ich besitze zehn Millionen ... Sie sind da, stets in greifbarer Nähe; ich kann mich daraus bedienen, so viel ich will ... Und ich wäre schön blöde, wenn ich mich nicht bedienen würde, wo sie sich doch immer wieder erneuern, je mehr ich davon ausgebe ... Auch wenn keine mehr da sind, sind noch welche da, immer noch welche übrig ... Ich mache die großzügigsten Geschenke ... den Armen auf der Landstraße ... den kleinen Soldaten, die Ausgang haben ... den Alten, die elend auf ihrer Türschwelle hocken ... den hübschen Mädchen, die singend an den Hekken entlang tänzeln ... Ich verschleudere sie nach allen Richtungen des Himmels und der Erde ... Nie sehe ich ein Ende ... Und doch habe ich mir nie ein anderes Brot als dieses leisten können, das ich hier esse ... Nein, es ist wirklich nicht gut! Es riecht nach Dreck und Schweiß ... es riecht nach Misthaufen ... es riecht nach ich weiß nicht was ... Und selbst die Schweine würden es nicht fressen wollen ... Da ist etwas, was ich mir einfach nicht erklären kann ... ein Mißverständnis, das mir unbegreiflich ist ...‹

Er schüttelte den Kopf, betastete seinen Bettelsack und wiederholte zwischen zwei Bissen:

›Was soll's, auf alle Fälle besitze ich zehn Millionen, soviel ist sicher ... da sind sie ... ich kann sie fühlen ... So reich sein ... und nicht mal satt zu essen haben! ... Also das ist ein starkes Stück ... Und auch kein Bett zum Schlafen haben ... in einem Haus, geschützt vor der Sonne und dem Frost ... und ständig von den anderen Menschen abgewiesen und von den Hunden gebissen, wann immer ich mich einer menschlichen Ansiedlung nähere ... Auch das ist ein starkes Stück ... das ist einfach nicht zu glauben ... Die Welt – und das stimmt wirklich! – läuft nicht so, wie sie sollte.‹

Nachdem er zu Ende gegessen hatte, streckte er sich, seinen Bettelsack zwischen den Beinen, an der Böschung des Straßengrabens aus und fiel in einen ruhigen und tiefen Schlaf.

An jenem Tag wurde Jean Loqueteux von Gendarmen aufgegriffen, die auf der Landstraße an eben der Stelle vorüberpatrouillierten, wo er eingeschlafen war, und vermutlich von prächtigen Palästen und opulenten Tafeln, beladen mit herrlichsten Speisen und Weißbrot, träumte. Und da er keine Papiere bei sich hatte, da seine Worte von einer Verwirrtheit zeugten, die selbst für jene Sorte unbehauster Habenichtse ungewöhnlich war, schimpften die Gendarmen ihn einen Säufer, hielten ihn für gefährlich, vielleicht gar für einen Mörder, gewiß aber für einen Brandstifter und führten ihn schließlich mit in die Stadt, wo er brutal und noch schlimmerer Dinge gewärtig in die Arrestzelle geworfen wurde. Nachdem er diverse Verhöre und peinlich genaue Untersuchungen über seine Vergangenheit über sich ergehen lassen mußte, wurde er ins Gefängnis abgeführt, wo er krank wurde, und von dort ins Spital, wo er um ein Haar gestorben wäre. Als seine Gesundheit wiederhergestellt war, diagnostizierte der Arzt in einer gelehrten Untersuchung eine Gestörtheit der geistigen Fähigkeiten des armen Teufels und beschloß seine sofortige Einweisung in ein Irrenhaus. Jean Loqueteux blieb weiterhin sanftmütig und höflich und versuchte sich, so gut er konnte, zu rechtfertigen, indem er in bescheidenen und gewählten Worten von seinen zehn Millionen sprach und sich erbot, eine erhebliche Summe für ein wohltätiges Werk aufzuwenden. Man hörte ihn nicht an und brachte ihn sogar mit größerer Härte, als angebracht gewesen wäre, zum Schweigen, und eines Morgens schlossen sich hinter ihm die schweren Tore der Anstalt.

In seiner neuen Laufbahn eines Irren – eines amtlich erklärten Irren – zeigte sich Jean Loqueteux unendlich sanftmütig, dienstbereit, nützlich und verständig. Nachdem man ihn zunächst in die Abteilung der ruhigen Irren eingesperrt hatte, ließ man ihn nach zwei Jahren der Beobachtung, in denen sich bei ihm nicht eine einzige Krise gefährlicher Demenz zeigte, gewissermaßen frei; damit meine ich, man machte ihn zu einer Art Anstaltsbediensteten und bürdete ihm Arbeiten jedweder Art auf. Zuweilen betraute man ihn sogar außerhalb der Anstalt mit delikaten Aufgaben, die mit moralischer Verantwortung verbunden waren, und er erledigte sie mit Verstand und Rechtschaffenheit.

In der ersten Zeit seiner Internierung sprach er häufig von seinen zehn Millionen, und dies in verschwörerischen, diskreten und verheißungsvollen Tönen. Wenn er einen seiner unglücklichen Kameraden sah oder wenn er ihn sich über ganz egal was beklagen hörte, pflegte er zu ihm zu sagen:

›Weine nicht … nur Mut … An dem Tag, wo ich hier herauskomme, werde ich meine zehn Millionen holen gehen und dir eine abgeben …‹

Auf diese Art hatte er mehr als hundert davon verteilt … Aber bald nahm diese Manie ab, immer weiter ab und verschwand schließlich so restlos, daß er nicht mehr den Fallen auf den Leim ging, die der Direktor der Anstalt und ich seinem Verstand stellten. Wenn der Direktor auf raffinierten Umwegen geschickt seine Erinnerungen auf die Ursache seines früheren Irrsinns zurücklenkte, lächelte Jean Loqueteux, zuckte die Achseln und schien damit zu sagen: ›Ja, ich war verrückt, früher einmal ... Ich glaubte an die Realität dieser zehn Millionen ... aber heute weiß ich natürlich, daß es nur Kieselsteine waren.‹ Mehrere Jahre lang widersprach er sich nicht ein einziges Mal.

Alle hielten ihn für geheilt, und es stellte sich die Frage, ob man ihn nicht wieder in die Freiheit entlassen könne. Er selbst hatte dies sogar viele Male mit rührenden Tönen und anrührenden Bitten beantragt, er hatte wieder Sehnsucht nach den Landstraßen, den Scheunen, in die man sich abends zum Schlafen niederlegt, nach den grasigen Böschungen, wo die Müdigkeit einen unter dem märchenhaften Baldachin des besternten Himmels über Nacht beherbergt. Aber ich zögerte noch.

Eines Morgens ließ ich Jean Loqueteux um einer letzten Probe willen zu mir rufen. Der Direktor, ernster als gewöhnlich, assistierte mir, und einige Angestellte des Asyls waren ebenfalls herbeizitiert worden.

›Jean Loqueteux‹, sagte ich, ›ich werde nun Ihr *exeat* unterschreiben ... Aber zuvor muß ich Ihnen noch ein paar Fragen stellen. Bemühen Sie sich, sie genau zu beantworten ...‹

Die Verrückten haben zuweilen bewundernswerte Vorahnungen. Jean Loqueteux bemerkte etwas Feindseliges in meinem Blick, er spürte, daß all diese Leute dort versammelt waren, um ihn in einen Hinterhalt geraten zu lassen ... Da kam ihm eine Idee.

›Herr Doktor‹, sagte er zu mir ..., ›ich würde Sie gerne für einen Moment unter vier Augen sprechen ...‹

Und als die anderen hinausgeschickt worden waren, sagte er noch einmal:

›Herr Doktor ... Ich muß fort von hier ... und ich spüre, daß Sie das nicht wollen ... Nun, wenn ich fortgehe ... hören Sie mir gut zu ... dann werde ich Ihnen eine Million geben ...‹

›Wirklich? ...‹

›Ich schwöre es, Herr Doktor ... Und wenn eine Million nicht genügt ... Nun, dann werde ich Ihnen eben zwei geben ...‹

›Und wo befinden sich Ihre Millionen, mein armer Loqueteux?‹

›Sie befinden sich, Herr Doktor, an einem nur mir bekannten Ort ... am Fuße eines Baums, unter einem großen Stein ... Und sie müssen seit all der Zeit Junge bekommen haben! ... Aber pst, kein Sterbenswort! ... Da kommt der Herr Direktor zurück ... und er belauscht uns ...‹

Und noch am selben Abend kehrte Jean Loqueteux wieder in die Irrenabteilung zurück, und er seufzte im Kreise seiner Kameraden:

›Ich bin zu reich ... Man hat etwas gegen mich. Ich bin zu reich ...‹«

Plötzlich unterbrach sich Triceps:

»Verdammt! ... Meine Sprechstunde – die hätte ich jetzt beinahe vergessen ...«

Und er erhob sich, machte eine Pirouette, griff nach seinem Hut und meinte mit einem Lachen, das wie eine elektrische Klingel klang:

»Und damit Schluß! ... Aber in diesen Zeiten halten sie sich wenigstens schön brav und ruhig ...«

Und, die Stimme und die Gesten von Monsieur Rouffat parodierend, rief er:

»Hoch lebe die Armee! Nieder mit den Juden!«

Und wie ein Wirbelwind verschwand er aus dem Zimmer.

17

Seit einigen Tagen wird hier viel über den Marquis de Portpierre geredet. Und die Kurverwaltung macht mit seinem Namen mächtig Reklame für sich ... Der Marquis gewinnt beim Baccara, beim Pokern und beim Taubenschießen fette Summen ... Sein Automobil zieht die Massen an, wann immer er ausfährt ... Kurzum, sein Leben aus rauschenden Festen, Chic und Charme sorgt für eine wahre Sensation ... Clara Fistule versichert mir, daß man ihn im Hotel gratis logieren läßt und ihn im Casino freihält.

»Bedenk doch ... ein so großer Name!« erklärt er mir ... »Eine so fette Position in der Politik und der Gesellschaft! ... Und ein guter Junge: wenn du wüßtest! ... Und kein bißchen überheblich ...«

Man sagt auch, er sei nach X. gekommen, um in unmittelbarer Nähe von Spanien zu sein, wo er häufige und entscheidende Unterredungen mit dem Herzog von Orléans haben soll ... Man kündigt mir sogar die baldige Ankunft von Monsieur Arthur Meyer an, der der Freund des Marquis und eine Art Verwalter seiner Börsengeschäfte und seiner Vergnügungen ist ...

Hier, was ich über den Marquis de Portpierre zu berichten weiß.

Eines Sonntagmorgens kam ich mit einem Freund in Norfleur an. Norfleur ist eine kleine, ungemein malerische Stadt in der Normandie, die ihren altertümlichen Charakter noch fast unversehrt bewahrt hat. Sie wurde halbmondförmig am Ende des hübschen Tals der Trille, leicht erhöht über ausgedehnten fieberträchtigen Wiesen erbaut, deren stets grünende Flächen sich nach Westen ausdehnen, und wird im Osten und Norden von bewaldeten Hängen in geschmeidig und sanft wogender Linie überragt. Dort kann man noch die Reste einer sehr alten Abtei, eine lange Reihe gotischer Fensterbögen, die nur dank des Efeus, der sie stützt, noch aufrecht stehen, sowie eine sehr schöne, kaum restaurierte Kirche aus dem 15. Jahrhundert bewundern. Die Trille mit ihren pappelgesäumten Ufern legt um sie einen lockeren Gürtel aus luftigen Kräuseln und Wasser, übersät von hauchzarten Spiegelungen ... So, wie ich die Stadt vor zwanzig Jahren gesehen habe, so, wie ich sie an jenem Morgen wiedersah, mit den gleichen engen und unsauberen Gassen, den gleichen Häusern mit hohem, schieferbedecktem First, nur noch ein wenig älter, ein wenig enger zusammengeduckt, ein wenig schwankender auf den Beinen ... und auch mit der gleichen Einwohnerschaft, die im gleichen Dreck wie früher vor sich hin döst ... hat Norfleur nichts dem Fortschritt geopfert, der die Weiler und Städte in seinem Umkreis allmählich verwandelt hat ... Mit Ausnahme eines armseligen Sägewerks, das die Hälfte des Jahres überdies arbeitslos ist, kam keinerlei Industrie seine eintönige und stille Existenz, bestehend aus feindseligen und verstockten Kleinbauern, stören.

Und doch stand an jenem Tag auf dem Rathausplatz eine zahlreiche Schar sonntäglich herausgeputzter Bauern versammelt, die gekommen waren, um die Messe zu hören und anschließend über ihre diversen kleinen Probleme zu schwatzen. Diesmal war die Menge jedoch aufgeregter als gewöhnlich und geräuschvoller, denn man befand sich gerade im hitzigsten Fieber des Wahlkampfs ... Durch die Leidenschaften, die sie wachrütteln, durch die Interessen, denen sie schmeicheln oder gegen den Strich gehen, waren allein die Wahlen in der Lage, dieser Stadt eine flüchtige Illusion von Bewegung und Leben zu verleihen. Die Wände waren bedeckt mit blauen, gelben, roten, grünen Plakaten, und hier und da standen vor ihnen einzelne Grüppchen postiert mit gehobenem Kinn, aufrichtigem Blick, verschlossenem Mund, auf dem Rücken verschränkten Händen, doch ohne ein Wort, ohne eine Geste, die irgendeine Meinung oder Präferenz ausgedrückt hätte ... An einer der Ecken des Platzes warteten die Bäuerinnen vor Körben voll magerem Geflügel hockend oder vor kleinen Ständen mit Gemüse sitzend, das in einer bereits sengenden Sonne verwelkte, auf Kundschaft ... Und fliegende Händler führten auf fahrbaren Stellagen undefinierbare Handelsobjekte und vorsintflutliche Kurzwaren spazieren ...

Der Freund, der mich begleitete, zeigte mir, inmitten einer zahlreicheren und lebhafteren Gruppe hochtrabend dozierend und gestikulierend, einen der Kandidaten, den Marquis de Portpierre, einen mächtigen Großgrundbesitzer, der in der ganzen Normandie für seinen prunkvollen Lebenswandel und in Paris für die tadellose Korrektheit seiner Dienerschaft und seiner Gespanne berühmt war. Als Mitglied eines Jockey-Clubs, Mann mit Vorliebe für Pferde, Hunde und leichte Mädchen, hochgeschätzter Taubenschütze, notorischer Antisemit und aktiver Royalist zählte er laut Aussage der Zeitungsschreiber zum Besten, was die französische Gesellschaft zu bieten hat ...

Um so größer war meine Verwunderung, daß ich ihn in einem langen blauen Kittel und mit einer Kappe aus Kaninchenfell auf dem Kopf sah. Man erklärte mir, dies sei seine Wahlkampfuniform und sie erspare ihm jedes weitere Glaubensbekenntnis ... Im übrigen sah er wie ein richtiger Roßtäuscher und Bauernfänger aus. Nichts an seinem Gebaren zeigte an, daß dies nur eine zufällige Kostümierung war; nichts unterschied ihn auch in seiner Physiognomie, rotwangig und vulgär, doch spöttisch und durchtrieben, von anderen Gaunern, und nichts an ihm ließ etwas vom dem erkennen, was die Zeitungs-Anthropologen als *Rasse* bezeichnen.

Fasziniert betrachtete ich ihn.

Niemand dürfte in geschäftlichen Dingen härter und schlauer vorgehen, niemand dürfte eine Kuh oder ein Pferd raffinierter auffrisieren, niemand mehr Liter Wein in ein Faß füllen können, niemand beim Abschließen eines Handels mit sämtlichen Listen und Tricks der Marktplätze besser beschlagen sein als er ... Als ich dicht an ihm vorüberkam, hörte ich, wie er inmitten des Gelächters schrie:

»Aber ja ... aber ja ... die Regierung ist ein Verein von miesem Pack. Denen werden wir's schon zeigen, dafür steh ich euch ein ... O weiß Gott, ja! ... meine Kinder ...«

Unter seinem Bauernkittel fühlte er sich wahrhaft wohl in seiner Haut, trug eine lärmende Herzlichkeit zur Schau, spielte eine Art gutmütigen, leicht zerlumpten Gesellen und zeigte eine himmlisch kumpanhafte Unverschämtheit, lachte bald nach dieser, empörte sich bald nach jener Seite ... und war stets im richtigen Moment verschwenderisch im Händeschütteln und Duzen, schlug den Leuten auf die Schultern und die Bäuche, machte ständig den Laufburschen auf dem Platz, wo er unermüdlich hier ein Gläschen, dort ein Gläschen spendierte ... Und er zückte herrisch einen schweren normannischen Knüppel aus Kornelkirsche, den ein kräftiger Lederriemen an seinem rechten Handgelenk hielt ...

»O weiß Gott, ja! ...«

Man muß auch hinzufügen, daß der Marquis de Portpierre in Norfleur, das er als seinen Lehenssitz betrachtete, zu Hause war und daß ihm dort sein Sinn für List und Tücke, sein Genie in Bauernfängerei, sein Geschick, *die Leute hereinzulegen*, eine enorme Popularität eingebracht haben. Mit seinen Qualitäten vulgärer Direktheit, für die man andernorts mit Steinen nach ihm geworfen hätte, hatte er das Land so sehr für sich gewonnen, daß niemand auch nur daran dachte, sich über die jähen Verwandlungen zu wundern, die er in Zeiten des Wahlkampfs an seinem Aufzug vornahm. Alle Welt war im Gegenteil hocherfreut darüber, und man sagte über ihn:

»Oh! Monsieur le Marquis ist ein guter Kerl. Endlich mal einer, der nicht überheblich ist! ... Endlich mal einer, der den Landwirt schätzt!«

Niemand wunderte sich auch darüber, daß er die Privilegien und Ehrenbezeugungen bewahrt hatte, die sich die Landesherren von früher zugestanden, wie etwa diese ... Jeden Sonntag nach dem Ende der Messe kam der Schweizer am Eingang der kleinen, *nur dem Schloß vorbehaltenen* Kapelle Aufstellung nehmen, und wenn der Marquis, gefolgt von seiner Familie und seiner Dienerschaft, heraustrat, schritt der Schweizer mit seinem Federhut und seinem Degengehänge aus roter Seide ihm stolz in feierlichem Abstand voraus, geleitete ihn, Stühle und Leute umrempelnd, mit seinem Stock mit goldenem Knauf auf die Fliesen der Kirche schlagend, bis zu seinem Wagen und schrie dabei:

»Los ... Platz da ... Platz gemacht für Monsieur le Marquis! ...«

Und alle waren glücklich, der Marquis, der Schweizer und die Menge ...

»Oh! Man könnte meilenweit laufen, bis man einem solchen Marquis begegnet ...«

Man war auch glücklich über sein Schloß, dessen Fassade aus weißem Stein und dessen hohe Schieferdächer zwischen dem dichten Gewoge der Buchen auf dem Hang das ganze Stadtbild beherrschte; man war glücklich über sein Automobil, das gelegentlich auf den Landstraßen Hunde, Schafe, Kinder und Kälber überfuhr; glücklich über die Mauern, die, mit scharfkantigen Flaschenböden bestückt, seinen Park umgaben; glücklich über seine Wildhüter, die dreimal im Waldesdickicht abscheuliche Wilderer erschossen hatten, die sie *in flagranti* dabei ertappt hatten, wie sie seine Hasen und

Kaninchen belästigten. Und ich glaube, man wäre sogar noch glücklicher gewesen, wenn Monsieur le Marquis die Güte gehabt hätte, auch all die anderen schönen aristokratischen Bräuche von einst wie zum Beispiel die Bastonnade – das Auspeitschen – wieder aufblühen zu lassen. Aber Monsieur le Marquis hatte diese Güte nicht ... Dazu war er viel zu modern ... und außerdem, das können wir ruhig sagen, fürchtete er die Richter, so sehr er auch ein Marquis war. Alles in allem, der aufrichtigste Mensch der Welt, und einer, der seine Beliebtheit gewiß nicht gestohlen hatte ...

Bauern gelten für gewöhnlich als schlau und listig; politische Kandidaten dagegen sehr häufig als beschränkt. Über dieses Phänomen hat man Romane, Komödien, soziologische Abhandlungen und Statistiken verfaßt, die allesamt diese zwei Wahrheiten bestätigt haben. Es kommt jedoch vor, daß es gerade die beschränkten Kandidaten sind, welche die schlauen Bauern *hereinlegen*. Dazu besitzen sie ein nie versagendes Mittel, das keine Intelligenz, kein vorbereitendes Studium, keine persönlichen Qualitäten, nichts von alledem erfordert, was man selbst von dem subalternsten Angestellten, selbst von dem debilsten Staatsdiener verlangt. Dieses Mittel liegt voll und ganz in dem einen Wort: *versprechen* ... Um zu reüssieren, braucht der Kandidat nichts weiter zu tun, als die beständigste, die hartnäckigste, die unausrottbarste Manie der Menschen auszubeuten – und zwar auszubeuten nach allen Regeln der Kunst –, nämlich die Hoffnung. Über die Hoffnung spricht er direkt die Quellen des Lebens selbst an; den eigenen Vorteil, die Leidenschaften, die Laster. Das folgende Axiom läßt sich durchaus zum absoluten Prinzip erklären: »Naturgemäß wird derjenige Kandidat gewählt, der während eines Wahlkampfs am meisten und die meisten Dinge versprochen hat, egal welche seine Ansichten sein mögen, egal welcher Partei er angehören mag, und mögen diese Ansichten und diese Partei denen des Wählers auch diametral entgegengesetzt sein.« Diese Operation, die die Zahnausreißer alltäglich, wenn auch mit weniger Aufhebens und mehr Zurückhaltung, auf den öffentlichen Plätzen vornehmen, nennt sich für den Abordnenden: *seinen Willen diktieren* und für den Abgeordneten: *auf die Wünsche des Volkes hören* ... In den Zeitungen erhält dies noch vornehmere und volltönendere Namen ... Und der wundervolle Mechanismus der politischen Gesellschaften funktioniert in der Weise, daß schon seit mehreren tausend Jahren die Wünsche immer *an*gehört, aber nie *er*hört werden und daß sich die Maschine ohne den kleinsten Riß in ihrem Räderwerk, ohne die geringste Unterbrechung in ihrem Lauf dreht und dreht. Alle sind glücklich, und so, wie alles läuft, läuft es sehr gut.

Das Bewundernswerte an dem Funktionieren des allgemeinen Wahlrechts ist, daß man dem Volk, da es ja souverän ist und keine Herren über sich hat, Wohltaten versprechen kann, in deren Genuß es niemals kommen wird, und daß man Versprechen, die überdies niemand die Macht hat zu verwirklichen, nie zu halten braucht. Es ist sogar besser, überhaupt nie ein Versprechen zu halten, und zwar aus dem wahlkämpferischen und höchst menschlichen Grunde, daß man auf diese Art die Wähler unwiderruflich an sich bindet, die ihr Leben lang diesen Versprechen hinterherlaufen wie die Spieler ihrem Geld, wie die Verliebten ihrem Leid. Ob Wähler oder nicht, wir sind alle so ... Befriedigte Wünsche bereiten uns keine Freude mehr ... Und wir lieben nichts so sehr wie den Traum, denn der ist ewig und ein vergebliches Streben nach einem Gut, von dem wir wissen, daß es unerreichbar ist.

Das Wichtige bei einer Wahl ist also, viel zu versprechen, unermeßlich viel zu versprechen, mehr als die anderen zu versprechen. Je unrealisierbarer die Versprechungen sind, desto fester wird der, der sie gemacht hat, im Vertrauen der Öffentlichkeit verankert sein. Der Bauer will zwar gerne seine

Stimme abgeben, d. h. seine Vorlieben, seine Freiheit, sein Erspartes an den erstbesten Schwachkopf oder erstbesten dahergelaufenen Banditen veräußern; und doch verlangt er, daß die Versprechen, die er für all dies als Gegenleistung erhält, diese Mühe wert sind … für sein Vertrauen, und zwar sein ewiges, verlangt er, ganz wie es seiner Bestimmung entspricht, betrogen zu werden.

»Was will der Bauer?« meinte eines Tages ein Abgeordneter in einer Anwandlung von Aufrichtigkeit zu mir. »Er will Versprechungen, das ist alles. Er will, daß sie ungeheuerlich, hanebüchen und gleichzeitig klar und deutlich sind … er verlangt nicht, daß man sie verwirklicht, so weit geht seine wohlbekannte Gefräßigkeit nicht; er verlangt lediglich, daß er sie versteht. Er ist glücklich, wenn sie seine Kuh, seinen Acker, seinen Hof betreffen. Und wenn er abends nach dem Nachtmahl, sonntags vor dem Kirchenportal oder im Wirtshaus darüber reden kann wie über etwas, das eintreten könnte, aber niemals eintreten wird, dann hält er sich für zufrieden. Dann kann man ihn mit Steuern erdrücken, die Abgaben, die auf ihm lasten, sogar noch verdoppeln … Er reagiert darauf nur mit einem verschmitzten Lächeln, und bei jeder neuen Belastung, jeder neuen behördlichen Schikane sagt er sich: »Wunderbar … wunderbar … macht nur so weiter … Aber ja, ich habe einen Abgeordneten, der dem Spuk schon bald ein Ende machen wird. Er hat es versprochen!«

So hat der Marquis de Portpierre früher einmal ein Wahlkampfabenteuer erlebt, das höchst amüsant ist.

In seinem Wahlkreis befand sich ein vom Schloß sehr weit entfernter Kanton, in dem sein persönlicher Einfluß weniger direkt und, wenn ich so sagen darf, weniger täglich war. Man muß sogar zugeben, es hatte sich eine starke Opposition gegen ihn gebildet, die zwar in keiner Hinsicht seine politische Stellung bedrohte, ihm aber dennoch lästig war … Diese Opposition hatte er besiegt, indem er feierlich versprach, bei der

Verwaltung durchzusetzen, daß im Hauptort des Kantons, der sie bereits seit langem gefordert hatte, eine Haltestation der Eisenbahn errichtet würde. Die Jahre vergingen, die Legislaturperioden ebenfalls, und die versprochene Haltestation wurde nicht gebaut ... was den Marquis jedoch nicht daran hinderte, stets wiedergewählt zu werden.

Einmal, als die Bauern sahen, daß ihr Abgeordneter nicht mehr zu ihnen sprach, wurden sie in einer Abordnung bei ihm vorstellig, um sich respektvoll nach dem neuesten Stand bezüglich der Haltestation zu erkundigen, wobei sie hinzufügten, daß der Mann von der Gegenpartei ebenfalls versprochen habe, eine solche für sie durchzusetzen ...

»Die Bahnstation?« rief der Marquis ... »Wie?... Ihr habt sie noch nicht? Aber die Sache ist beschlossen, meine guten Leute ... nächste Woche wird angefangen. Wir hatten ganz schöne Schwierigkeiten, ich kann euch sagen ... mit dieser miesen Regierung ... die nichts für die Bauern tun will.«

Sie entgegneten, das käme ihnen unnatürlich vor ... man habe noch keinen einzigen Spatenstich getan ... noch kein einziger Ingenieur sei aufs Land gekommen ... Aber eine solche Kleinigkeit brachte den Marquis nicht in Verlegenheit.

»Eine Haltestation ... versteht ihr, meine guten Leute ... so was ist keine Affäre ... das ist gar nichts ... Und wegen einer solchen Kleinigkeit machen sich die Ingenieure nicht eigens auf den Weg ... Sie haben ja Pläne ... Sie zeichnen die Trassen in ihren Büros ... Aber ich versichere euch: Die Sache ist beschlossen ... nächste Woche fangen sie an ...«

Und tatsächlich, fünf Tage später sahen die Bauern in aller Herrgottsfrühe eine Lastkarre, voll beladen mit Steinen, eintreffen ... danach eine Lastkarre, voll beladen mit Sand ...

»Oh! Oh! Das ist unsere Haltestation! ...« riefen sie ... »Nun gibt's keinen Zweifel mehr ... Monsieur le Marquis hatte recht ...« Und sie gingen ihren gewohnten Wahlzettel zur Urne tragen.

Zwei Tage nach der Wahl erschien ein Fuhrkutscher, der die eine Lastkarre wieder mit den Steinen, dann die andere Lastkarre wieder mit dem Sand belud ... Und als er im Begriff war, wieder abzufahren, riefen die Bauern:

»Aber das ist unsere Haltestation! ...«

»Man hat sich, scheint's, geirrt ... das ist für ein anderes Département bestimmt ...«

Bei den nächsten Wahlen forderten die Wähler des Kantons ihre Haltestation, und sogar noch heftiger als gewöhnlich ... Da machte der Marquis eine grandiose Handbewegung und schrie ...

»Eine Haltestation! ... Wer spricht von einer Haltestation? Was wollt ihr mit einer mickrigen Haltestation? ... Pah! Haltestationen entsprechen nicht mehr den modernen Bedürfnissen ... Was ihr braucht, ist ein Bahnhof ... Wollt ihr einen Bahnhof? Sprecht euch nur aus! ... Einen großen Bahnhof ... einen schönen Bahnhof ... einen verglasten Bahnhof mit elektrischen Uhren ... mit Büffets ... mit Bibliotheken? ... Vive la France ... Und wenn ihr Anschlußverbindungen braucht, dann sagt es mir ... Vive la France! ...«

Die Bauern sagten sich:

»Ein großer Bahnhof? ... Natürlich wäre das besser ...«

Und sie wählten ein weiteres Mal den Marquis ...

Als an dem Morgen, von dem ich hier spreche, der Marquis, gefolgt von einer Horde Bauern, die sich noch mit dem Handrücken die vom Billigwein feuchten Lippen abwischten, für einen Augenblick aus dem Café de l'Espérance heraustrat, kam gerade sein Konkurrent vorüber ... Er war ein armer Teufel, sehr mager, sehr blaß, mit pickeligem Gesicht, so daß man spürte, daß er sehr arm war, und der auf den sonderbaren Einfall gekommen war, gegen den Marquis anzutreten, und zwar als sozialistischer Kandidat ... Als ehemaliger Volksschullehrer im Département und von Monsieur Leygues entlassen, da er – leider zu früh, der Arme! – die Erklärung der Menschenrechte an den Wänden seines Klassenzimmers angeschlagen hatte ... war er vom Revolutionären Aktionskomitee zum Kandidaten für alle Reformen, alle Proteste und alle Forderungen gewählt worden. Obwohl sehr intelligent, sehr überzeugt, sehr »der Sache« ergeben, besaß er leider kein vorteilhaftes Äußeres. Und sein Gesicht entsprach in keiner Hinsicht den stolzen und leidenschaftlichen Erklärungen seiner Plakate ... Seinen Wählern zu Ehren hatte er seine beste Kleidung angezogen ... Eine schwarze, ramponierte und abgewetzte Redingote von sehr altmodischem Schnitt, die einen unangenehmem Geruch nach Mottenpulver verströmte und an der dennoch an vielen Stellen gefräßige Mottenkolonien nagten ... Ein hoher, ausgeblichener, vergilbter Zylinder mit glänzenden Rändern und vor Fett schillerndem Hutband bildete die Krönung seines erbärmlichen Aufzugs ... Er war allein ... ganz allein ... und da er spürte, daß sich ein Wind der Feindseligkeit gegen ihn erhob, suchte er mit verlegenen und ängstlichen Blicken in der Menge nach seinen Freunden, die aber wohl noch nicht eingetroffen waren ...

Sofort zeigte der Marquis ihn mit der Spitze seines normannischen Knüppels und spöttischer Miene den Leuten, die ihn begleiteten ...

»Seht euch diesen Stutzer an! ...« brüllte er mit einem breiten Lachen, aus dem die Grimasse des Hasses grinste. »Und so was nennt sich Sozialist! ... Was für ein Unglück! ...«

Zuerst folgte darauf hier und da ein heimliches Schmunzeln, dann verschiedenes Gemurmel ...

»O là! là! ...«

Der Marquis de Portpierre stand dagegen, seine Kaninchenfellkappe burschikos in den Nacken geschoben, kerzengerade mit seinen schweren eisenbeschlagenen Schuhen da ... Und der Wind blähte seinen Kittel, dessen Ausschnitt über der Brust die Zipfel eines roten Halstuchs sehen ließ.

»Und so was kommt hierher und spielt den feinen Herrn ...«, fuhr er fort, »den gelackten Pinkel ... um seinen Luxus zur Schau zu stellen ... um das Volk mit seinem fürstlichen Gewand zu beleidigen! ... Seht euch das an! ... O weiß Gott, ja! ... Das ist eine Schande ...«

Zweihundert Blicke umhüllten den armen Kandidaten mit verachtendem, grinsendem Haß ... Dadurch ermutigt, schrie der Marquis mit noch lauterer Stimme:

»Und wo hat er diese Redingote gestohlen? ... Und diesen Hut, wer hat ihm den bezahlt? ... Darüber dürfte man in Deutschland einiges wissen ... Dieses Pack ... dieses elende Pack! ...«

Das Gemurmel nahm zu, schwoll bedrohlich an ... Ein Wagner, die Arme bis zu den Ellbogen entblößt und riesenhaft unter seiner Lederschürze, die seine Beine verbarg, tönte:

»Aber natürlich ... das ist ein Verräter ...«

Und einige Stimmen brüllten:

»Nieder mit den Verrätern! ...«

Der Marquis fuhr, seinen blauen Kittel, seine Kaninchenfellkappe, seine eisenbeschlagenen Schuhe, seinen knotigen Knüppel zum Zeugen nehmend, fort:

»Kleiden sich die wahren Freunde des Volkes in eine Redingote ... wie die Ausländer ... wie die Hottentotten, wie die Juden? Trage ich etwa eine Redingote ... und eine achtekkig funkelnde Zylinderröhre ... Was meint ihr anderen dazu? ...«

»Es lebe Monsieur le Marquis!«

»Ich trage den Kittel des Bauern ... den Kittel des anständigen französischen Bauern ... den Kittel der Ehrbarkeit und der Arbeit ... den Kittel der französischen Sparsamkeit ...«

»Vive Monsieur le Marquis! ...«

»Und ich fühle mich deswegen nicht entehrt ... Nicht wahr, Kameraden? ...«

»Vive ... vive Monsieur le Marquis! ...«

»Während dieser gelackte Pinkel da ... dieser Kosmopolit ... dieser Sozialist ...«

»Ja! ... Ja! ... Ja! ...«

« ... es wagt, hierherzukommen ... und das Elend des Volkes zu verhöhnen ...«

»Ja ... Ja ... So ist es ...«

»... und des anständigen Landwirts ... der die Seele Frankreichs darstellt ... der Frankreich ist! ... O weiß Gott, ja! ...«

»Nieder mit den Verrätern!«

Der unglückselige Kandidat war stehengeblieben ... Er begriff nichts von dieser Explosion des Hasses gegen ihn ... Zunächst musterte er seine Redingote, um zu sehen, ob sie tatsächlich eine Beleidigung des Volkes bedeutete. Dann wollte er das Wort ergreifen, protestieren ... Aber die Stimmen deckten seine Stimme zu ...

»Nieder mit den Verrätern!«

»Hau wieder ab nach Deutschland.«

»Nach England.«

»Ja ... Ja ... Nieder mit den Gekauften! ... Nieder mit den Verrätern! ...«

Und als sich bedrohlich die Fäuste gegen ihn erhoben, ergriff er, von dem höhnischen Gebrüll der ganzen Stadt verfolgt, die Flucht.

Da kehrte der Marquis triumphierend ins Café de l'Espérance zurück und bestellte inmitten der Begeisterung und des Beifalls weitere Flaschen, während er mit seinem Knüppel auf die Marmortische schlug und schrie:

»Und auch das ist wahr ... weiß Gott, ja, verdammt! ... Ein dreckiger Kosmopolit ...«

Dann hob er sein volles Glas in die Höhe ...

»Auf den französischen Bauernkittel ... meine Freunde! ... Respekt vor dem französischen Bauernkittel! ...«

Das Abenteuer mit dem armen sozialistischen Kandidaten hatte in mir den lebhaftesten Wunsch aufkommen lassen, diesen Marquis de Portpierre näher kennenzulernen ... Ich holte Informationen ein und erfuhr schon bald eine Menge bemerkenswert komischer Geschichten ... Im übrigen brauchte man die Leute vom Lande nur reden zu lassen, denn sie waren unerschöpflich im Erzählen von Anekdoten; und dieser vollendete Edelmann war selbst unerschöpflich in Taten jeglicher Art, in denen sich das Komische auf angenehme Weise mit dem Grauenhaften mischt, wie es sich gehört ... Und ich spürte, je weniger diese Abenteuer von Skrupeln begleitet waren, desto mehr wurde er geschätzt ... Wahrhaftig, seine Popularität nahm mit jeder seiner Schurkereien zu, die zumindest das, zudem sehr französische, Verdienst hatten, daß es einfallsreiche und lustige Schurkereien war ...

Der Marquis wachte sehr eifersüchtig über seine Jagdreviere, deren Aufsicht er kräftigen, brutalen und streitsüchtigen Kerlen mit furchteinflößender Miene anvertraute, denen man nachts besser nicht im Wald begegnete. Er wählte sie mit Vorliebe unter den Unteroffizieren, ehemaligen *chaouchs*, aus, die mit den Foltermethoden der Zuchthäuser und Arbeitslager vertraut waren und für die das Leben eines Menschen nichts zählt ... Daher waren sie nicht wenig gefürchtet ... Er bezahlte sie übrigens gut, gestand ihnen reiche Prämien für jede ihrer ›Ergreifungen‹ zu und achtete väterlich darauf, daß an Schnaps in ihren Kellern niemals Mangel herrschte.

»Man muß sie«, so sagte er, »in einem konstanten Zustand guter alkoholischer Wärme halten ... Auf diese Art meckern sie nicht über ihre Arbeit und haben keine Hemmungen, dir bei Bedarf einen Menschen wie ein Karnickel abzuschlachten ...«

Denn er war der Ansicht, gegen Wilderer sei jedes Mittel erlaubt. Sein Prinzip lautete, man müsse sie jagen wie Iltisse, Marder, Füchse, Wölfe und anderes stinkendes Viehzeug ...

Im übrigen wagten es infolge von zwielichtigen Dramen und blutrünstigen Hinrichtungen, die ihm auf dem Lande noch ein Mehr an Popularität und Liebe einbrachten, die Wilderer kaum noch, einen Fuß auf seinen Besitz zu setzen, der so schrecklich, so heldenhaft bewacht wurde ... Sie wußten, was sie dann erwartete.

»Ich bitte dich! ...« pflichtete man ihm bei ... »Die Hasen, die Fasane, die Rehe, die Karnickel ... gehören die dem Herrn Marquis, ja oder nein? ... Warum lassen sie sie dann nicht in Frieden ... diese Hornochsen ...? Was ihnen dann blüht, geschieht ihnen ganz recht ...«

Nicht alle Heldentaten des Marquis de Portpierre waren von dieser finsteren Art. Er wußte auch mit Späßen aufzuwarten und sich der Ironie zu bedienen.

Jedes Jahr schickte er am Tag der Jagderöffnung vor dem Morgengrauen seine Jagdhüter mit Knüppeln in die seinem Grund und Boden benachbarten kommunalen Jagdreviere, so daß sich das Wild erschrocken in *seine* Remisen und *seine* Wälder flüchtete, wo man es an diesem Tag in Frieden ließ, wo man über es wachte wie über einen Freund ... Und die armen Jäger von Norfleur kehrten, nachdem sie sich den ganzen Tag lang im Klee und der Luzerne abgemüht hatten, nachdem sie Scholle für Scholle, Furche für Furche, Brombeerbusch für Brombeerbusch, Brachflächen, Stoppelfelder und Feldgehölze durchkämmt hatten, am Abend entmutigt, ermattet und unverrichteter Dinge wieder nach Hause. Und während sie ihre vom Pulver unberührte Büchse und ihre leere Jagdtasche wieder an den Nagel hängten, stöhnten sie:

»Ein schlechtes Jahr ... ein schlechtes Jahr ... Es gibt nichts ... nichts ... rein gar nichts ...«

Und als sie am darauffolgenden Tag auf dem Markt vor dem Marquis über diesen beklagenswerten Stand der Dinge jammerten, erklärte dieser mit sehr ernsthafter Miene ...

»Was wollt ihr machen? ... Bei dieser Drecksregierung ...

dieser miesen Republik ... da wundert mich nichts mehr.«

Einmal im Jahr lud der Marquis die wichtigsten Bürger von Norfleur, die sich sehr viel darauf einbildeten, zu einer großen Kaninchenjagd ... Aber noch am selben Morgen trug er Sorge, von seinen Jagdhütern sämtliche Baue durchstöbern und sämtliche Kaninchen einfangen zu lassen, die man am folgenden Tag wieder freiließ ... Am Abend bei dem Dîner, das dem Brauch gemäß dieses kleine Familienfest beendete, entschuldigte sich der Marquis bei seinen niedergeschlagenen und enttäuschten Gästen mit den Worten:

»Es tut mir unendlich leid, wirklich ... Das Ganze ist mir ein Rätsel ... Aber Kaninchen ... nichts ist so unberechenbar wie diese Viecher ... An einem Tag tritt man förmlich in Scharen auf sie ... und dann ... am nächsten Tag ... da schaust du in die Röhre ... nicht ein einziges mehr da ... Die sind verdammt schlau ... berüchtigt widerspenstig ... und wie ... diese Biester ...«

Und bei einem Glas Champagner vergaßen die Bürger ein wenig ihre Niedergeschlagenheit ...

Gleichermaßen unerbittlich zeigte sich der Marquis auch beim Fischfang, obwohl er selbst nie zum Fischen ging, sondern einzig deshalb, um in einer Zeit, wo sie so wenig anerkannt wurden, den Grundrechten, den geheiligten Rechten auf Autorität und Eigentum Geltung zu verschaffen ... Auf der anderen Seite der Stadt und nicht mit seinem Besitz verbunden, besaß er drei Wiesen, die ein kurzes Stück Bach durchquerte. Dieser Bach mit seinem klaren und munter murmelnden Wasser, das von keiner Fabrik vergiftet wurde, war berühmt für die Qualität seiner Krebse ... Sich ihm zu nähern, war streng verboten, und damit jedermann darüber Bescheid wußte, war durch ein Schild flußaufwärts und durch ein weiteres Schild flußabwärts die für die Fischer verbotene Zone klar und deutlich abgegrenzt ... Eines Nachmittags, als er auf dem Heimweg nach der Besichtigung einiger

Mastochsen über die Allee ins Schloß zurückkehrte, entdeckte er den alten Franchard, wie er am Rand des Baches unter einer Weide saß und gerade seine Krebsreusen auslegte ... Der gute Père Franchard war ein sehr alter und sanftmütiger Mann mit von Wind und Sonne gegerbter Haut und schlohweißem Haar und dessen linker Arm seit mehr als fünfzehn Jahren, vom Räderwerk einer Mühle zerquetscht, gebrochen war ... Solcherart behindert und zur Arbeit nicht mehr tauglich, lebte er von kleinen sonderbaren Tätigkeiten, von der öffentlichen Fürsorge und auch vom Krebsfang, wenn er keine andere Beschäftigung hatte ... Aber von alledem lebte er nur sehr schlecht ...

Sofort stürzte der Marquis auf den alten Franchart zu und sprach ihn fröhlich an:

»Guten Tag, Père Franchart ... Na, immer noch kräftig auf den Beinen? ... Läuft alles nach Wunsch?«

»Nur mäßig ... Monsieur le Marquis ... nur mäßig ... Oh!, bei Gott, mäßig ...« antwortete der Mann, während er mit einer hastig grüßenden Geste seinen Hut abnahm.

»Ich bitte Euch!« entgegnete der Marquis ... »Ihr seid doch ewig am Jammern ... und Ihr steht robust und aufrecht da wie eine Eiche ...«

Der alte Franchart schüttelte sein greises Haupt:

»Ach ja! Wie eine Eiche ... glauben Sie nur das nicht, Monsieur le Marquis ... Oh! Mein Gott ... da fehlt's weit ...«

Der Marquis stand breitbeinig mit seinen hautengen Wildledergamaschen da und während er, die Linke an den Schenkel gepreßt, mit der Rechten mit seinem Knüppel das Gras um sich herum peitschte ... rief er in freundschaftlichem Ton:

»Jaja, der verdammte alte Père Franchart! ...« Dann:

»Und mit dem Fischfang? ... Wie läuft's da?«

»Sie sind sehr gütig, Monsieur le Marquis ... Da läuft's so leidlich ... Heute bin ich nicht unzufrieden ...«

»Oho! Oho! … Um so besser … um so besser, Donnerwetter! … Und habt Ihr viele Krebse erwischt?«

»Naja! … zweihundert vielleicht, Monsieur le Marquis …. vielleicht gar mehr …«

»Donnerwetter! … Und auch schöne?«

»Es gibt keine schöneren, Monsieur le Marquis! …«

»Und was bringen die so ein, die Krebse?«

»Krebse … wie diese … Monsieur le Marquis … die bringen sicher hundert Sous das Hundert … das dürfte also zehn Francs ausmachen …«

»Donnerwetter! … Wirklich ein famoser Tag, Père Franchart … da laufen die Geschäfte … was?«

»Oh!, ich bitte Sie, Monsieur le Marquis … schon seit sehr sehr langer Zeit hab ich das nicht mehr erlebt …«

Der Marquis tippte dem Alten mit seinem Knüppel auf die Schulter … und sagte:

»Wenn sie schon so schön sind … Eure Krebse … na, dann hab ich richtig Lust, sie Euch abzunehmen …«

»Immer zu Diensten, Monsieur le Marquis …«

»Zeigt sie mir doch mal.«

Da entdeckte er, halb im Gras verborgen und an den Weidenstamm gelehnt, einen Sack aus grobem Tuch, den oben eine Schlinge aus Schilf zusammenhielt … Der alte Franchart griff nach dem Sack, riß die Schlinge auf, und schlug ihn weit auseinander … Und zwischen frisch geschnittenen Brennesselblättern wimmelte, ruckte und zuckte es nur so von bronzeglänzenden Flußkrebsen …

»Verdammter Franchart!« rief der Marquis aus … »Ganz schön geschickt, dieser alte Fuchs! … Und die sind wahrhaftig prächtig. Nun … abgemacht … ich nehme sie …«

Er ergriff den Sack, leerte ihn blitzschnell unter leichtem Schütteln über dem Wasser aus, und die Krebse fielen einer nach dem andern, zu zweien, zu zwanzig … alle fielen sie mit einem nassen Klatschen in den Bach … Ein paar Sekunden trieben sie noch auf der Oberfläche, dann verschwanden sie in der Tiefe des Wassers ... Bald waren nur noch die Brennnesselblätter übrig, die rasch von der Strömung fortgetragen wurden.

»Verdammter Franchart! ...« wiederholte der Marquis, während er den leeren Sack ins Gras schleuderte ...

Der alte Franchard war stumm vor Verwunderung ... Ohne ein Wort, ohne einen Aufschrei, ohne irgendeine Geste blickte er den Marquis an ... blickte ihn mit seinen offenherzigen Augen an ... aus denen plötzlich zwei Tränen ... zwei arme Tränen traten und sich in den Runzeln seines alten pergamentartigen Gesichts verloren ...

Sah der Marquis sie fließen? ... Vielleicht. Auf alle Fälle sagte er, als er sich entfernte, in einem halb drohenden, halb jovialen Ton:

»Laßt es euch gesagt sein, Père Franchart ... wenn ich Euch noch einmal erwische, wie Ihr mir meine Krebse stibitzt, dann erklingt eine andere Musik ... Verdammter Spitzbube! Auf Wiedersehen ... Gehabt Euch wohl ...«

Noch am gleichen Abend machte die Anekdote in ganz Norfleur die Runde ... Man krümmte sich vor Lachen ...

»Was für ein Spaßvogel, der Monsieur le Marquis! Was für ein guter Junge!«

Es ist bereits einige Jahre her, da kam ein biederer Mann namens Chomassus nach Norfleur und erwarb ein kleines Anwesen, welches an das des Marquis grenzte. Dieser Chomassus, seines Zeichens Kommissionär der Pariser Markthallen, hatte sich vor kurzem aus den Geschäften zurückgezogen und wollte seinen Lebensabend mit seiner Frau in der Poesie und Ruhe der Wiesen und Felder beschließen ... Er war ein dicker, gutgenährter Mann, mit einem schwerfälligen Bauch, von wenig eleganter Erscheinung und wirkte auch noch schüchtern. Da er witterte, daß aus dieser Nachbarschaft irgendein Vorteil für ihn herausspringen könnte, nahm der Marquis mit dem exzellenten Chomassus sogleich Kontakt auf.

Eines Tages, als der ehemalige Markthallenkommissionär gekommen war, um die Ausbesserungs- und Einrichtungsarbeiten zu kontrollieren, die er an seinem Wohnhaus, das bereits sehr betagt war, vornehmen ließ, stellte sich der Marquis ihm völlig überraschend vor.

»Mein Lieber«, sprach er ihn an, »verzeihen Sie mein ungewöhnliches Vorgehen ... Aber Sie werden mein Nachbar sein ... vielleicht sogar mein Freund ... Darüber bin ich natürlich hocherfreut ... Und so bin ich ohne alle Förmlichkeit gekommen, um Sie hier in unserer Gegend ... einer ganz berühmten Gegend, wissen Sie das eigentlich? ... herzlich willkommen zu heißen ...«

Chomassus fühlte sich durch diese Avancen sehr geschmeichelt. Er bedankte sich demütig, mit verlegenen, doch anerkennenden Worten ... Der Marquis fügte, während er ihm so kräftig die Hand schüttelte, daß er sie ihm beinahe brach, hinzu:

»Und überhaupt ... genieren Sie sich nicht ... Donnerwetter! ... Verfügen Sie über mich in allem, was Sie hier benötigen ... Und haben Sie keine Angst, daß Sie mich belästigen könnten ...«

Als der ehemalige Markthallenkommissionär sich, tief bewegt über diese ein wenig lautstarke, aber doch so aufrichtige Herzlichkeit, in eifrigsten Dankbezeugungen erging, beruhigte ihn der Marquis:

»Das ist doch ganz natürlich, mein Lieber ... ich bitte Sie, unter Leuten von Adel, Donnerwetter!«

Darauf entgegnete der biedere Chomassus schüchtern, ja beinahe verschämt:

»Es ist nur ... ich meine, ich, ich bin nicht von Adel ... Monsieur le Marquis ... Dazu fehlt es sogar weit!«

Worauf der Marquis antwortete:

»Was sagen Sie da, mein Lieber? ... Man ist ein Mann von Adel ... wenn man ein Herz in der Brust hat ... und Sie haben ein Herz ... Donnerwetter! Das sieht man sofort!«

Solange sein Besuch währte, traktierte er ihn mit freundschaftlichen, kumpanhaften Schlägen und fröhlichen Versicherungen, die sein Vertrauen erweckten. Und so sagte der gute Kaufmann, kaum daß er abends nach Hause zurückgekehrt war, begeistert zu seiner Frau:

»Alles läuft bestens ... alles läuft bestens ... Wir haben einen Marquis zum Nachbarn, der kein bißchen überheblich ist. O weiß Gott nicht, verdammt noch mal! ... der gute Junge. Wirklich ein Vergnügen, daß es Marquis' von seiner Sorte gibt ...«

Jedesmal wenn sich Chomassus vom Stand der Arbeiten überzeugen kam, konnte er sicher sein, daß der Marquis ihm, stets voller heiterer Worte, stets überschwenglich in herzlichen Gesten, einen Besuch abstattete. Der Gipsstaub und die frische Farbe schreckten ihn nicht ihm geringsten ab. Er wollte alles sehen.

»Aber das ist ja sehr chic hier, mein Lieber. Die Sache nimmt Gestalt an. Oh! Sie haben wirklich Geschmack ... Wissen Sie, ich bin richtig neidisch auf Ihr Schloß. Es beschämt das meine geradezu ...«

»Oh, von wegen mein Schloß!« ... entschuldigte sich Chomassus.

»O doch ... o doch ... Donnerwetter, mein Lieber, wenn das kein Schloß ist ... was ist es dann?«

Er gab ihm Ratschläge für die Bepflanzung, nannte ihm die besten Lieferanten der Stadt, klärte ihn über die Gewohnheiten, die Sitten des Landes auf:

»Und, wissen Sie ... nächstes Jahr finden Kommunalwahlen statt. Ich zähle absolut auf Sie ... Sie werden ganz oben auf meiner Liste stehen ... Doch ... doch ... ich lege Wert darauf ... Und wir werden's dieser miesen Regierung von Verrätern schon zeigen. Denn Sie, Sie gehören zur Partei der anständigen Leute, der wahren Franzosen, zur Partei des lieben Gottes ... Verdammt! ... Denn Er, der liebe Gott, ist kein Kosmopolit ... er ist Franzose ...«

Eines Tages wollte er ihn zum Mittagessen mit aufs Schloß nehmen. Chomassus zögerte. Der Marquis insistierte ganz entschieden:

»Ohne Förmlichkeiten, mein Lieber, ohne Förmlichkeiten. Donnerwetter! Das wäre doch wohl das mindeste, zwischen Leuten von Adel ... Und außerdem verlangt die Marquise, der ich unaufhörlich von Ihnen erzähle, brennend danach, Sie kennenzulernen.«

Seiner Schüchternheit zum Trotz sagte Chomassus schließlich zu ... Aber er war dennoch nicht frei von Furcht, da er noch nie bei einem Marquis gespeist hatte ... Was für ein Bild würde er bei Tisch abgeben? Würde er sich nicht lächerlich machen? Und die Marquise? Und diese verdammten Lakaien? Er hatte mächtiges Herzklopfen, als er das über und über mit alten Tapisserien ausgeschlagene Vestibül betrat ...

Das Mittagessen war ausgezeichnet und von einer Heiterkeit, deren warme und herzliche Ergießung der arme Mann noch nie erlebt, noch nie so sehr bis in sein Innerstes empfunden hatte. Die Marquise zeigte sich von unkomplizierter, gastfreundlicher Anmut, nahm ihm sofort sämtliche Hemmungen. Sie interessierte sich lebhaft für Madame Chomassus, für die Familie Chomassus, für die Freunde der Familie Chomassus.

Und alles, was er sah, nahm ihm seine Steifheit; die Tapisserien an den Wänden, das Silber in den Vitrinen ... ein herrliches Gemälde in der Wandtäfelung ihm gegenüber, das eine entzückende Märchenszenerie aus Blumen und Früchten darstellte ... und die beiden Leibdiener, die ihm unaufhörlich Wein nachschenkten, der in Karaffen aus ziseliertem Silber dekantiert war. Und auf dem Gipfel seiner Freude sagte er sich:

»Oh! Immerhin habe ich ganz schön Dusel gehabt, daß ich in diese Gegend gekommen bin ... Und so schwierig ist es auch wieder nicht, bei Marquisens zu speisen ... Hol mich der Teufel, wenn ich je daran gedacht hätte, daß ich meine Tage eines einfachen Markthallenkommissionärs dereinst in richtigen Schlössern, mit der Freundschaft des Adels, beschließen würde.«

Hochmütig träumte er bereits von ausgefallenen Dingen, von märchenhaften Ehren und noch märchenhafteren Genüssen.

Beim Kaffee fragte der Marquis Chomassus beiläufig:

»Sie haben natürlich Ihre eigenen Wagen, nicht wahr?«

»Nein«, antwortete er, »ich besitze keine ... ich rechne auch nicht damit, je welche zu besitzen ...«

Empört fuhr der Marquis auf:

»Wie bitte? ...« fragte er. »Aber Sie brauchen doch ein paar Wagen ...«

Ein wenig verschämt und errötend erklärte Chomassus:

»Also einen kleinen Karren, mit einem Esel ... für die Besorgungen ... das wird uns genügen.«

»Das ist doch unmöglich ...«, erklärte der Marquis gebieterisch. »Das werde ich nicht zulassen ... Sie brauchen unbedingt eine Viktoria und ein Coupé ...«

»Die Sache ist nur ...«

»Ich bitte Sie, mein Lieber ... mit weniger kommen Sie nicht aus ...«

»Glauben Sie wirklich ...«, stammelte Chomassus verwirrt.

»Absolut unerläßlich, mein Lieber. Und, hören Sie ... ach was, spielt keine Rolle! ... Sie gefallen mir so gut, ich bin so hocherfreut, daß Sie mein Nachbar sind ... daß ich für Sie ein Opfer bringen werde.«

»Oh! Monsieur le Marquis!«

»Ein sehr großes Opfer ... Ich habe ein Coupé und eine Viktoria-Chaise, beide so gut wie neu, das neueste Modell, fabelhaft in der Ausführung ... Wenn die Marquise der Sache zustimmt, nun, mein Lieber, dann überlaß ich sie Ihnen ...«

»Oh! Monsieur le Marquis!«

»Zwischen Leuten von Adel ... verdammt noch mal! Diese Wagen haben mich fünftausend Francs das Stück gekostet. Und sie sind kaum gefahren. Ich überlasse Sie Ihnen für je zweitausend Francs ... das ist verrückt ... aber, basta! ... was macht das schon? ... Und außerdem ... wenn ich Sie darin sehe, zusammen mit Madame Chomassus, dann könnte ich mir weiter einbilden, sie gehörten noch mir ... Ich werde sie Ihnen gleich zeigen. Keine Wagen, mein Lieber? ... Aber was würde man da von Ihnen denken, hier in dieser Gegend? ... Halt, richtig! ... Ich habe auch noch zwei ausgezeichnete Kutschpferde, die ich Ihnen gratis überlassen will ... ich meine, so gut wie gratis ...«

Er schlug ihm auf die Schulter:

»Ein Gespann, das Aufsehen erregt, mein Lieber! ... Oh, ich bitte Sie! Das ist mir eine Freude ... Ja, so bin ich nun mal ... Im Leben, da hat man ... verdammt! ... da hat man nicht so viele Gelegenheiten, um anständigen Leuten einen Dienst zu erweisen.«

Und mit strahlendem Gesicht, mit leidenschaftlichen Gesten setzte er hinzu:

»Merken Sie sich das gut: Was man Freunden schenkt, macht hundertmal so viel Freude wie das, was man von ihnen empfängt ... Sehen Sie, so einer bin ich.«

Chomassus ›blieb die Spucke weg‹. Sein Kopf schwankte auf seinen Schultern hin und her ... und er wiederholte noch einmal:

»Also ... Monsieur le Marquis ... wenn Sie glauben? ...«

»Verdammt! ... was heißt hier: wenn ich glaube? ... Noch

ein Glas von diesem edlen Champagner ... Und dann auf zu den Remisen, mein Lieber ... Sie werden Augen machen ... dafür verbürge ich mich ...«

Plötzlich machte er seine besorgte Miene ... und während er seine Frau ansah, die in einer Zeitung blätterte, sagte er:

»Es sei denn ... die Marquise hätte etwas dagegen? ... Denn eigentlich hatte ich diese zwei fabelhaften Wagen eher zu ihrer Verfügung bestimmt ...«

Liebenswürdig und lächelnd antwortete die Marquise:

»Für einen anderen ... da würde ich nein sagen ... und zwar sofort ... aber für Monsieur Chomassus ... da gäbe es nichts, was ich nicht für ihn tun würde ...«

Chomassus wurde immer verwirrter ... Gewiß, der Gedanke, sich mit zwei derart aufwendigen Wagen zu belasten, sorgte ihn ein wenig. Dies würde den Unterhalt eines Kutschers erforderlich machen ... die Ernährung von zwei Pferden ... zusätzliche Steuern ... Das bedeutete eine ziemliche Belastung für ihn, vielleicht einen zu großen Luxus ... Aber wie konnte er eine solche Gelegenheit, und noch dazu eine so zartfühlend angebotene, ablehnen? ... Da hätte er wirklich der letzte gefühllose Grobian sein müssen ...

»Wirklich, Madame la Marquise ... Sie sind zu gütig ...«, bedankte sich Chomassus mit einer Stimme, die vor Ergriffenheit ... vor Verlangen, galant zu sein ... vor Stolz ... vor Hochmut ... ein wenig zitterte ...

»Pah!« sagte der Marquis ... »Zwischen Leuten von Adel! ...«

Dann:

»Kommen Sie, mein Lieber ...«

Und Arm in Arm verließen sie den Salon ...

Der Marquis besaß ein uraltes Coupé und eine noch ältere Viktoria, die er seit mehr als zehn Jahren loszuwerden versuchte ... aber vergeblich. Es waren Kutschen von altmodischer und alberner Form, wie man sie auf Radierungen von sportlichen Sujets aus den Anfängen des Kaiserreiches sehen kann. Sie waren vollkommen unbrauchbar zu jeglicher Verwendung. Die abgescheuerten und verbogenen Federungen vermochten den aus allen Fugen geratenen, überdies zur Hälfte morschen Wagenkasten nicht mehr zu tragen. Sie hielten wahrhaftig nur durch ein Wunder noch zusammen auf ihren Rädern. Bereits bei der geringsten Bewegung schwankten diese antiken gliederlahmen Vehikel gefährlich von einer Seite zur anderen wie bei kleinen Greisen, deren Kopf beim Gehen zittrig auf den Schultern wackelt. Im Trab der Pferde hätten sie die verrücktesten Kurven beschrieben, wären in schwindelerregendes Schlingern geraten wie Betrunkene. Der Stoff der Polster, früher einmal blau gewesen, hatte eine neutrale Farbe angenommen, die sich zwischen Pissegelb und welkem Grün bewegte, eine Art abscheuliches Grau, von dem man spürte, daß es aus unvordenklich altem Staub und unermüdlicher Abnutzung bestand. Die sonnenversengten Lederbespannungen hatten die Inkonsistenz, die Brüchigkeit von dürrem Zunder. Die Fensterscheiben an den Wagenschlägen ließen sich nicht mehr bewegen, ebenso wenig die Vorhänge. Durch Bürsten und Abwetzen während eines halben Jahrhunderts waren die Borten so gut wie verschwunden. An den seidenen Kordeln und Tressen kam bereits das Innere, so grob wie rohe Schnur zum Vorschein; die einstigen Knöpfe in den Vertiefungen der Polster waren nur mehr winzige glanzlose Stummel ... Selbst der übelste Gebrauchtkutschenhändler hätte diese nicht einmal mehr als Nachtdroschken haben wollen, die im Umkreis der Bahnhöfe parken oder als seltsame Gespenster auf Rädern durch die verrufenen Viertel der Stadt rumpeln.

Vergeblich hatte der Marquis sie bereits aller Welt zu Spottpreisen angeboten. Mehrere Jahre hindurch hatten sie als *einmalig günstige Gelegenheit* in den Annoncen der Fachzeitschriften gestanden, die unter dem Vorwand von Tierzucht,

Einbürgerung exotischer Novitäten und elegantem Lebensstil ihre Abonnenten zu den raffiniertesten Betrügereien, zu den überraschendsten Tauschgeschäften animieren ... und wo man lesen kann, wie selbst schwerreiche Leute und solche aus dem höchstem Adel versuchen, sich gegenseitig *übers Ohr zu hauen*, indem sie ein Paar fahlgelbe Meerschweinchen gegen ein Klavier von Erard, Larousse-Lexika gegen Tulpenzwiebeln, alte speckige Skapuliere gegen Mandolinen, vom Papst geweihte Rosenkränze gegen Islandponys und alles ›ohne Mängel und in bestem Zustand‹ etc. etc. zu tauschen suchen ... Sobald sich ein Kauf- oder Tauschinteressent, von den begeisterten und trügerischen Beschreibungen der Annonce oder durch wenig wahrheitsgetreue Fotos verlockt, auf dem Schloß präsentierte, um die Wagen in Augenschein zu nehmen, ergriff er bereits bei der ersten Begutachtung, zuweilen unter heftigen Protesten, die Flucht.

»O nein! ...« sagte er dann ... »Solche Späße erlaubt man sich nicht, zumindest nicht unter Leuten von Adel ... Man macht sich nicht einfach lustig über die Menschen ... auf diese schamlose Art.«

Und wutentbrannt ging er wieder.

Und so hatte sich der Marquis, als er bereits an der Hoffnung zweifelte, ob er seine verdammten Wagen bei dem erbärmlichen Zustand, in dem sie sich befanden, noch jemals verkaufen würde, dazu entschlossen, sie sukzessive durch den Wagner der Gegend reparieren zu lassen, und hatte den Maler beauftragt, sie mit einer leichte Schicht Farbe aufzuschminken. Dann hatte er sie mit altehrwürdigen Möbelüberzügen zugedeckt, ließ sie in einer Remise schlummern und wartete auf die Gelegenheit, wo er sie jemandem mit Gewinn andrehen könnte.

»Denn«, so pflegte er zu sagen, »irgendeine Gelegenheit, die Leute fürstlich *übers Ohr zu hauen*, ergibt sich immer ... Man muß nur *den Mumm haben*, auf sie zu warten.«

Sein Leben lang war er dieser weisen Maxime gefolgt und war immer gut damit gefahren. So hatte er, sowie er dem exzellenten Chomassus begegnet war, sogleich mit jenem besonderen Gespür eines Mannes von Adel gewittert, daß dieser biedere Mann die lang ersehnte Gelegenheit war ...

Während sie mit fröhlichen Schritten und Arm in Arm auf die Remise zusteuerten, machte sich der Marquis daran, den ehemaligen Markthallenkommissionär – obwohl dieser durch ein gutes Mahl, durch das so erlesene Lächeln der Marquise, durch die so gewinnende, so schlichte und gutmütige Herzlichkeit des Marquis und vor allem durch die drei Jahrhunderte Ruhm und Ehre, die jener moderne und vollendete Edelmann auf so schöne Weise repräsentierte, bereits auf sämtliche Kapitulationen vorbereitet worden war – mit Worten, Gesten, Auf-die-Schulter-schlagen und komischen Geschichten noch mehr zu betören.

Und während sie dahinschritten und während er dem Marquis zuhörte, bewunderte Chomassus die weiten gewundenen Rasenflächen, die Blumenmosaike, die riesigen Baumgruppen, in der Ferne die Wirtschaftsgebäude, elegante Konstruktionen aus weißem Stein und rosa Ziegeln, deren buntverzierte und mit Türmen besetzte Dächer anmutig in den Himmel ragten, und all das, was ein solcher Besitz in seiner bescheidenen Pariser Kaufmannsseele an Assoziationen von Ruhm, Pracht und Sinnenlust auslöste ... Während sie an einem Tennisplatz entlangschritten, fragte ihn der Marquis:

»Spielen Sie gern Tennis? ... Und Madame Chomassus doch sicher auch? ... Ich warne Sie: die Marquise ist eine sehr starke Spielerin ... so leicht werden Sie sie nicht schlagen.«

Dann, nachdem der Platz hinter ihnen lag, rief er:

»O mein Lieber, ich bin wirklich hocherfreut, daß Sie sich diese *einmalig günstige Gelegenheit* nicht entgehen lassen ... Ausgerechnet Sie müssen das sein ... Donnerwetter, ist das nicht kurios, daß ich an Ihnen einen solchen Narren gefressen habe? ... Was ist nur an Ihnen, daß Sie mit mir machen können, was Sie wollen? ... Ihr bezauberndes Wesen, das ist es ... Verdammter Chomassus! ... es bleibt einem keine Zeit, sich davor in acht zu nehmen ... und schon ... peng! ... ist es passiert! Und doch bin ich nicht so einfach rumzukriegen ... Ich bin kein Naivling ... ich kenne mich aus bis in den letzten Winkel ... Aber bei Ihnen ... da hilft kein Mittel, verdammt! ...«

Chomassus unterbrach ihn von Zeit zu Zeit, um ihm für seine Komplimente zu danken:

»Oh! Monsieur le Marquis! ... Monsieur le Marquis ...«, wiederholte er mit stockender Stimme.

Und der Marquis entgegnete:

»Stimmt, das ist es ... Sie besitzen Charme ... Man kann Ihnen einfach nichts abschlagen ... Und daher ...«

Eine Pause, dann sagte er:

»Was mir aber Sorgen macht ... das ist, mein Lieber, daß alle Leute in der Gegend neidisch auf Sie sein werden ...«

»Auf mich? ...« stammelte der arme Mann.

»Aber ja, auf Sie ... Sie verstehen ... diese wundervollen Wagen ... keinem einzigen wollte ich sie geben ... auch nicht für fünftausend Francs ... und Ihnen, Ihnen gebe ich sie für zweitausend! ... Die werden schäumen vor Wut. Aber was kann Ihnen das schon ausmachen? Das ficht Sie doch nicht an, oder? ... Und wissen Sie noch was, mein Lieber? ... Das sind historische Wagen.«

Der Mann sperrte einen gräßlich klaffenden Mund auf ... Seine Augen wurden immer größer.

»Historische? ...« sagte er ... »Aber ich bitte Sie ...«

»Aber ja ... Ihnen ward die Ehre zuteil ... aber schwören Sie mir, daß Sie keinem auch nur ein Sterbenswort davon sagen ... zu keinem Menschen ... Donnerwetter! ...«

»Ich schwöre es!«

Diese Eidesformel hatte er mit einer schwachen und ängstlichen Stimme gesprochen, nicht weil er jemals auf den Gedanken gekommen wäre, die Sache zu verraten ... sondern in diesem Wort *historisch* ... lag etwas so Geheimnisvolles, etwas so Feierliches, daß er noch verlegener wurde ... und daß die besagten Wagen nun die Proportionen von hochoffiziellen Krönungswagen annahmen. Der Marquis fuhr in einem vertraulichen Ton fort:

»Ihnen ward die Ehre zuteil ... vor fünf Monaten ... Seine Hoheit den Herzog von Orléans von Le Havre abzuholen und wieder dorthin zurückzubringen ... Aber kein Wort, verdammt noch mal! ... Seine Hoheit den Herzog von Orléans, der unter strengster Geheimhaltung ein paar Tage in meinem Hause verbringen wollte.«

Immer erstaunter ... bis zum Verrücktwerden erstaunt, stammelte Chomassus:

»Seine Hoheit der Herzog von Orléans? ... O mein Gott! ... Seine Hoheit der Herzog von Orléans? ... Auf diese Art! ...«

»Ja, mein Lieber ... er selbst ... Ich werde Euch miteinander bekannt machen, wenn er wiederkommt ... Aber kein Wort darüber! ...«

»Oh! Monsieur le Marquis.«

»Und wissen Sie, was er zu mir gesagt hat, der Herzog von Orléans? ... Er hat gesagt: ›Ich bin mit Ihren herrlichen Wagen so sehr zufrieden, mein lieber Marquis, daß ich keine anderen möchte, wenn ich wieder zu meinem Volk zurückkehren werde ...‹ Und wissen Sie, was ich Seiner Hoheit dem Herzog von Orléans geantwortet habe: ›Hoheit ... das wäre für meine Wagen ein ewige Ehre ... aber das können Sie doch nicht machen ... Sie dürfen doch nicht im Wagen zu Ihrem Volk zurückkehren ... sondern im Sattel, zu Pferde, Hoheit ...‹ Das ist doch auch Ihr Gefühl, Chomassus?«

»Selbstverständlich ... selbstverständlich ... Monsieur le Marquis ... Zu Pferde ... selbstverständlich.«

»Verdammt ... dessen war ich mir auch sicher ...«

Er fuhr fort:

»Da hat Seine Hoheit der Herzog von Orléans meine Hand ergriffen, hat sie mit seiner königlichen Hand geschüttelt und hat zu mir gesagt ... richtig zitternd vor Ergriffenheit: ›Ganz richtig ... ganz richtig ... zu Pferde muß ich zu meinem Volk zurückkehren ... Ihr habt recht ... Ihr seid mir ein guter Diener!‹ Na, was sagen Sie dazu? ... Hier sind sie, Ihre Wagen ...«

Man näherte sich den Wirtschaftsgebäuden ... Der Marquis blieb plötzlich stehen und sagte, seine Hand auf Chomassus' Schulter legend:

»Beinahe königliche Wagen ... Mensch, Sie haben vielleicht Dusel, mein alter Chomassus! ...«

Chomassus wußte kaum noch, wo er sich befand ... Throne, Reiche, prächtige Federbüsche, Purpurmäntel ... Hermeline ... Zepter ... tanzten in seinem Kopf die wildesten Reigen ... Und da der Marquis ihn weiter an der Schulter rüttelte, stöhnte er auf:

»Niemals, Monsieur le Marquis ... niemals werde ich es wagen, mich da hineinzusetzen ...«

»Aber ich bitte, mein Lieber ... nur zu«, ermutigte ihn der Marquis ... »Und Sie werden Aufsehen erregen ... und auch Madame Chomassus wird Aufsehen erregen ... Lassen Sie mich nur machen ... Ich will, daß Sie das Land hier mit Ihrem *Chic* in Erstaunen versetzen ...«

Ein Stallknecht erschien:

»Los, öffne die Remise ...«, befahl der Marquis ..., »die Remise der Wagen Seiner Hoheit des Herzogs von Orléans ...«

Chomassus war ungeheuer ergriffen. Sein Herz schlug bis zum Zerspringen.

Er war ergriffen, und sein Herz schlug heftig bei dem Gedanken, daß er nun endlich jene berühmten Wagen sehen und berühren würde, die zwar nur einen Anwärter auf den Thron gefahren hatten, die uns aber um ein Haar einen König zurückgebracht hätten. Er versuchte sich diese Wagen vorzustellen, *die beinahe ein Thron gewesen waren*, diese wundervollen Wagen, bei denen nur wenig gefehlt hätte und sie wären inmitten des begeisterten Aufruhrs, des tosenden Beifalls eines ganzen Volkes von Boulogne nach Paris gerollt … Sie mußten einfach märchenhaft schön sein und über und über vergoldet, mit Wappenschildern, bemalt mit Ehrfurcht und Schauder einflößenden Emblemen … mit breiten und hohen Sitzen, überzogen wie das Bett einer Königin mit lilienbestickten Bezügen … und dahinter diese verdammten Heiduken, gepudert, mit Gold verbrämt, in Gold geschnürt, mit dem schmuckvollen Lampion auf dem Kopf, mit den markanten Waden, mit Waden wie von Gladiatoren unter der schmeichelnden Zartheit des seidenen Strumpfs. Und die Laternen, mit Sicherheit ziseliert wie die berühmten Pendülen von Monsieur de Comondo! … Und die biegsamen, agilen, in den Schlaf wiegenden Federungen, die sich herabneigen wie Schwanenhälse! … Mit ihrer kostbaren Ausstattung und ihrem staatskarossenhaften Glanz setzte er die Wagen mit der blendend prächtigen Kalesche des Herzogs von Braunschweig gleich, die er einst im Hippodrom so sehr bewundert hatte, als sie im Trab ihrer vier tänzelnden Rösser Athleten in mauvefarbenem Trikot und Clowns in silberbesterntem Altrosa auf der Aschenbahn absetzte … Sie erinnerten ihn auch an die imposante, die architekturhafte Schönheit der federgeschmückten, mit symbolischen Attributen und erlesenen Blumen geschmückten Leichenwagen … wie sie ruhmreiche Generäle oder milliardenschwere Bankiers in ihre von Monsieur de Saint-Marceaux in Stein gehauenen Mausoleen überführen.

Und er, der sich bisher als guten Republikaner geglaubt, er, der stets für Monsieur Goblet gestimmt hatte, er entdeckte in sich nun plötzlich eine monarchistische Seele. Ja, die Rettung Frankreichs ... die Rettung des französischen Handels war hier zu suchen ... Man mußte zu den Traditionen des Dekorativen, zu den festlichen Höfen, zu den funkelnden Uniformen, zu all den Verrücktheiten des verschwenderischen Luxus zurückkehren ... zum Königtum ... oder gar ... mein Gott, warum nicht! ... zum Kaiserreich ... In jener Minute ergriff ihn eine gewaltige Verachtung für die bürgerliche Selbstverleugnung der republikanischen Prachtentfaltung ... Zutiefst empfand er als guter Pariser Patriot das Lächerliche der Armut ... der geradezu geschäftsschädigenden Armut der Landauer eines Monsieur Emile Loubet ... »Billige Hochzeitskutschen«, kicherte er innerlich ...

Hochzeitskutschen waren zwar auch die, die er sogleich, in einer Minute, zu sehen bekäme ... Aber für was für eine Hochzeit! ... Schlicht und einfach für die Hochzeit zwischen Frankreich und seinem König ...

Trotz der ungewohnten Höhen, in welche die Wagen des Marquis seine Gedanken emporgehoben hatten, verlor Chomassus jedoch nicht das Gefühl seiner eigenen Niedrigkeit. Großen Dingen war er natürlich aufgeschlossen, gewiß; aber er war ängstlich und voller Mißtrauen gegen sich selbst ... Er sagte sich:

»Der Marquis ist wirklich sehr edel zu mir ... Er ist geradezu vollkommen für mich ... Er gibt mir für einen lächerlichen Preis – soviel ist gewiß – für zweitausend Francs ... historische Wagen, um die sich alle berühmten Museen Europas streiten würden ... Das ist eine ungeheure Ehre, und sie erfüllt mich mit großen Stolz ... Aber ich, ich bin ein praktisch denkender Mensch ... Ich habe ein Gefühl dafür, was eine günstige Gelegenheit ist und was nicht ... Was werde ich mit diesen Wagen anfangen ... Nie werde ich es fertigbringen ... nie werde ich mich auch nur trauen, sie zu benutzen ... Ich selbst ... vielleicht gerade noch? ... Aber meine

Frau? ... Rotgesichtig, dickbäuchig und schwerbrüstig, wie Madame Chomassus nun mal ist ... daran ist überhaupt nicht zu denken ... Und das macht mir erhebliche Sorgen ... Oh!, wenn er, dieser so gute Marquis, der mir so viel Gutes wünscht ... wenn er mir doch einen englischen zweirädrigen Karren geben wollte ... oder, mein Gott, warum nicht!... einfach einen kleinen offenen Einspänner aus lackiertem Holz ... mit einem kleinen Pony, mühelos zu lenken? ... Das wäre mir lieber ... das käme mir wesentlich mehr gelegen ...«

Während er über diese Dinge nachdachte und der Marquis ihn nachdenklich, in tiefem Ernst und mit einer Falte auf der Stirn sah, rempelte er ihn leicht an und fragte:

»Was denn ... was denn? ... Worüber denken Sie denn so angestrengt nach, Chomassus? ...«

»Ich denke, Monsieur le Marquis ...«, antwortete Chomassus, »also ... ich denke, daß angesichts unserer Position ... ein kleiner offenen Einspänner aus lackiertem Holz, mit einem kleinen Pony, mühelos zu lenken ...«

Aber der Marquis unterbrach ihn mit einer dröhnenden Lachsalve und meinte, während er ihn mit freundschaftlicher Grobheit an der Schulter schüttelte:

»Verdammter Chomassus! ... was für ein komischer Vogel, dieser Kerl! ... Eine einmalige ... außergewöhnliche ... Gelegenheit? ... Zum Teufel ... lassen Sie sich ruhig von mir anleiten, mein Lieber ... Ich weiß schon, was Sie brauchen ... Und nun aufgepaßt! ... Jetzt kommt der Moment ...«

Der Moment kam in der Tat ...

Von ihren Leinwandplanen befreit, standen die Wagen endlich da ... in all ihrer historischen Herrlichkeit vor ihm ...

Zuerst – *traute er seinen Augen nicht* ...

»Der Marquis hat sich sicher geirrt«, sagte er sich ... »Diese alten ramponierten Stiefel ... diese vorsintflutlichen Droschken, bei denen man förmlich riecht, wie abgenutzt sie an allen Ecken sind ... das kann doch nicht sein, daß das die

Wagen ... die bewundernswerten Wagen Seiner Hoheit des Herzogs von Orléans ... Nein ... das ist unmöglich ...«

Mit noch weiter aufgerissenen Augen, den Mund zu einer Grimasse verzogen, begutachtete er die Wagen mit verwundertem Erstaunen ... und dann wanderte sein Blick, immer noch mehr erstaunt, zum Marquis hin, wie um einen Protest oder zumindest eine Erklärung zu erflehen ... Aber die Miene des Marquis drückte nichts dergleichen aus ... Hoch aufgerichtet, die Handflächen an die Schenkel gelegt, die Ellbogen abgewinkelt, wiegte er sich unbekümmert – auf ganz und gar aristokratische Art unbekümmert – auf seinen Beinen und lächelte wie jemand, der den Augenblick genießt, wo er vor etwas ungeheuer Schönem steht.

»Nun, mein alter Chomassus ...«, fragte der Marquis, »was sagen Sie zu meinen Wagen? ... Sind sie nicht phantastisch?«

»Doch ... doch ...«, beeilte sich der arme Mann zu stottern ... »wirklich phantastisch! ...«

»Neuestes Modell, mein Lieber ... Von dieser Art sind vielleicht nicht mal zwanzig im Verkehr ...«

»Ach! Glauben Sie? ...«

»Aber natürlich, mein Lieber ...«

Chomassus erkühnte sich so weit, die Klinke eines Wagenschlags zu ergreifen und den Wagen mit leichten ruckenden Stößen zum Schaukeln zu bringen ... Die Federn quietschten ... Die Karosserie knarzte ... Ihm war, als würde der ganze Wagen im nächsten Moment vor seiner Brust zusammenbrechen.

»Nicht wahr? ... Diese Federn, was? ...« jauchzte der Marquis ... »Wie weich ... das ist reines Öl ... Wissen Sie, mein Lieber, da drin fühlt man sich wie im eigenen Bett ...«

»Ach! ... Glauben Sie? ...«

»Aber natürlich ...«

Dann, in einem anderen Ton:

»Also so was, nein … Chomassus … warum überhaupt all diese Fragen? … Sehen Sie mir mal in die Augen … Seh ich so aus wie ein Mann, der die Leute übers Ohr haut? … Zwischen Leuten von Adel – lassen Sie sich das gesagt sein – erlaubt man sich niemals solche Späße … mein Lieber …«

Chomassus bat demütig um Vergebung und öffnete, während er nochmals um Vergebung bat, den Wagenschlag … Das Innere kam ihm noch erbärmlicher, noch heruntergekommener als das Äußere vor … Und er murmelte …

»Die Sitzgarnituren sind ziemlich verblichen, wie mir scheint? …«

»Verblichen? …« rief der Marquis aus … »Sie sind ja verrückt, mein Lieber … Aber das ist alles ganz neu … das ist grün … das ist alles … Empire-Grün … der letzte Schrei …«

»Ach! …«

»Der letzte Schrei …«

»Ach! …«

Und während er dieses »Ach!« ausstieß, hob er den Teppich an, mit dem der Boden des Coupés ausgelegt war … Und da entdeckte er zwei kleine Eisenschienen, grob geschmiedet, kreuzweise angeschraubt und dazu bestimmt, das verrottete, aus den Fugen geratene, zerbröckelte Holz vor dem unwiderruflichen Herabfallen zu bewahren …

»Sehen Sie doch, Monsieur le Marquis …«, flehte Chomassus … »sehen Sie sich das an …«

Der Marquis wurde nicht eine Sekunde lang verlegen:

»Das da? …« meinte er … »Aber das ist doch das Binder-Kreuz.«

»Das ist das was? …«

«… das Binder-Kreuz, unsäglicher Chomassus … Sie kennen das Binder-Kreuz nicht? …«

»Monsieur le Marquis? …« flehte der arme Markthallenkommissionär.

»Die letzte Neuigkeit von Binder … Sein unverkennbares

Markenzeichen ... seine Signatur, gewissermaßen! Oh! ... oh! ... oh! ... der arme Chomassus ... was muß der noch alles lernen! ...«

Der Marquis schloß den Wagenschlag wieder.

»Sie haben vielleicht ein Dusel! ...« rief er ... »Und wissen Sie ... mein Wappen auf den Täfelungen ... die dürfen Sie ruhig verwenden ... ich erteile Ihnen die ausdrückliche Genehmigung dazu ... O mein Gott! ... verdammter Chomassus! ... Kommen Sie, sehen Sie sich jetzt die Pferde an ...«

Chomassus sah die Pferde und kaufte sie. Er sah auch das Zaumzeug und kaufte es ebenfalls; aber die Pferde brachen sich bereits bei der ersten Ausfahrt die Knie; das Zaumzeug, dessen Leder verrottet war, zerbröckelte wie abgestorbene Kruste auf einer Wunde ... Was die Wagen anbetraf, so mußte er zuerst die Räder, dann den Rahmen, dann die Karosserie erneuern. All dies kostete ihn neuntausendfünfhundert Francs ...

Und er sagte sich:

»Egal ... aber lieber wäre mir ein kleiner offener Einspänner aus lackiertem Holz, mit einem Pony gewesen ...«

Er wurde wieder zum gemäßigten Republikaner, hatte genug von Marquis ... von königlichem Pomp ... von Luxuskarossen ... von Binder-Kreuzen ... und dachte voller Rührung an Monsieur Goblet. Und, das Herz von seinem Abenteuer verwundet, zürnte er nicht selten:

»Wenn das die Art ist, wie die Monarchie den Handel in Schwung bringt ... na dann besten Dank!«

Er mußte sogar jene höchste Entehrung hinnehmen, daß alle Welt in Norfleur ihm offen ins Gesicht lachte ...

»Ist er nicht ein herrlicher Spaßvogel, dieser Marquis! ... Ist er nicht ein guter Junge!«

Ein Ausruf, dem ich auch hier wieder bei Clara Fistule und Triceps, mit einem Wort: in aller Munde begegne; den ich im Hotel vernehme, das den Marquis de Portpierre gratis logiert, im Casino, das ihn mit kostspieligen Vergnügungen freihält ... und sogar mit Jetons für tausend Francs ... Und während ich ihn heiter, kumpanhaft und glückselig bis zur Unverschämtheit vorübergehen sehe, muß ich ständig an den so armen, so abgewetzten, so mageren sozialistischen Kandidaten denken, über dessen Elend mitten auf dem Rathausplatz von Norfleur so unbarmherzig, so beleidigend die *Nieder mit den Gekauften!*-Rufe dieses Edelmannes, dieses Bauernfängers, Betrügers und Patrioten niederfuhren ...

18

Habe gestern zwei eher beängstigende Typen getroffen: Monsieur Jean le Tregarec, einen bretonischen Bürgermeister; Monsieur Arthur Lebeau, einen *Clubman* aus Paris.

Zuerst der Bürgermeister:

An der bretonischen Küste, zwischen Lorient und Concarneau, liegt ein Dorf namens Le Kernac.

Flache wandernde Dünen, auf denen magerer Löwenzahn und Klatschmohn wächst, trennen Le Kernac vom Meer. Eine Bucht, durch hohe Mauern aus roten, rechteckigen Felsen vor den Südwestwinden gut geschützt und mit einem Deich und einem Kai versehen, bietet den Fischkuttern wie den kleinen Küstenbooten Schutz auf der Flucht vor schwerem Wetter. Hinter dem Dorf mit engen und abschüssigen Gassen bieten die umliegenden Felder einen trostlosen Anblick. Es sind, in einer Art Wanne gelegen, die von kreisförmig umschließenden Heidehängen gebildet wird, sumpfige Wiesen, in denen selbst in den trockensten Sommern ölig und schwarz das Wasser steht. Von diesen Wiesen steigen übelriechende Dämpfe auf. Der Menschenschlag, der dort in verdreckten, vom Geruch nach Salzlake und faulenden Fischabfällen durchdrungenen Katen lebt, ist schwächlich klein und schmerzhaft anzusehen: blasse und verkümmerte Männer; gespensterhafte Frauen von wächserner Bleichheit. Man begegnet nichts als gekrümmten Rücken, wandelnden Kadavern und unter den Hauben, in weißen und zerknitterten Gesichtern, verschreckt blickenden Augen, in denen der glasige Glanz des Fiebers leuchtet. Während der Mann in seinem schlecht getakelten Kutter auf See der eher unwahrscheinlichen Sardine nachsetzt, bebaut die Frau, so gut sie kann, das sumpfige Land und die Heidehänge darüber, wo hier und da zwischen den Stechginsterbüschen triste bestellte Äcker wie nackte Stellen grindiger Haut auf den Schädeln von Greisinnen hervorschimmern. Es ist, als würde ein unheilbares Verhängnis auf diesem fluchbeladenen Erdenwinkel lasten, und an den bedrückenden, den totenstillen Abenden glaubt man den Tod durch die Lüfte ziehen zu sehen. Besonders im Herbst fällt das Fieber verheerend über diese elende Bevölkerung her. Dann ducken sich die Menschen noch mehr zusammen, verlieren auch noch den letzten Rest an Farbe, dörren aus und sterben dahin wie kranke, von einem unheilvollen Wind erfaßte Pflanzen.

In dieser Friedhofsatmosphäre, in dieser unatembaren Natur gab es nur zwei Männer, die sich bester Gesundheit erfreuten: der Pfarrer und der Bürgermeister.

Der Pfarrer – der *Curé* oder vielmehr *Recteur*, wie man in der Bretagne zu sagen pflegt – war ein kleiner dürrer Mann, der ständig mit irgend etwas beschäftigt war und der seinen Glauben und sein Priesteramt ernst nahm. Im Gegensatz zur Mehrzahl seiner bretonischen Amtskollegen, die man, wenn man sie besucht, ständig damit beschäftigt findet, Wein in Flaschen zu füllen oder den Mädchen die Röcke hochzuheben, war er nüchtern und keusch und führte das Leben eines Asketen … Und was für ein guter Wirtschafter! … Mit dem Bürgermeister, seinem Freund, als Komplizen und indem er Tag für Tag durch raffinierte Kollekten und furchtbare Zehnten das Elend der armen Leute von Le Kernac noch schlimmer machte, war es ihm gelungen, ohne die Unterstützung des Départements und des Staates eine schöne Kirche aus weißem Stein mit einem kunstvoll gemeißelten Portal, einem Glockenturm mit Fensteröffnungen und einem riesigen goldenen Kreuz als Krönung zu bauen. Die reiche Pracht dieses

Gotteshauses war ein unerwarteter Anblick inmitten der unsäglichen Trostlosigkeit dieses Landstrichs ... Damit ließ es der Pfarrer aber noch nicht bewenden. Jede Woche appellierte er in der Predigt, ohne je zu ermüden, an den Glaubenseifer seiner Gemeindemitglieder oder entriß ihrer Furcht – denn man kannte ihn als rachsüchtig und allmächtig – noch weitere, immer schwerere Opfer. Eines Sonntags bestieg er, das Banner der Heiligen Jungfrau Maria in die Höhe schwingend, die Kanzel.

»Seht Euch dieses Banner an«, schrie er mit zorniger Stimme ..., »ist das nicht eine Schande? Seht Euch das an ... Ist das ein Banner? ... Die Seide daran ist verrottet, die Fransen sind zerschlissen und die Quasten haben ihr Gold verloren ... Die Fahnenstange hält nicht mehr ... Nirgends mehr eine Spur von den Stickereien ... Und was das Bildnis der Jungfrau Maria betrifft ... das ist vollends zuschanden! ... Damit würdest du, Charles le Teur, nicht mal deine Stute striegeln ... und du, Josephine Briac, nicht mal deine Herdkessel scheuern wollen ... Oh! Euch ist das egal, während ihr in Überfluß und Luxus schwelgt, euch ist es egal, ihr elenden Fischer, daß die Heilige Mutter Gottes am Tag der Prozessionen und großen Feste der Gemeinde in Sack und Asche gekleidet und mit nacktem Hintern in eurer Mitte wandeln muß! ... Ich sage euch, das muß ein Ende haben ... Die Jungfrau Maria hat genug von eurer schuldhaften Gleichgültigkeit und Euren schändlichen Sünden ... Sie wünscht ein neues Banner, habt ihr verstanden ... ein strahlendes Banner ... das schönste, das sich denken läßt ... ein Banner für mindestens zweihundert Francs ... Hört mir gut zu ... und merkt euch meine Worte, wenn ihr nicht wollt, daß das schlimmste Unglück hereinbricht über euch, über eure Äcker ... über eure Boote ... wenn ihr nicht verwandelt werden wollt in Rochen ... in Kröten ... in Waldteufel ... in Seewölfe ... Hört mir gut zu ... Du, Yves Legonnec, du wirst hundert Sous spenden ...

Was hast du gesagt? ... Nicht einen? ... Ist ja allerliebst ... Du wirst gefälligst was von deinen Saufereien absparen, du Schwein! ... Du, Rose Kerlaniou ... du ebenfalls hundert Sous ... Und wenn ich dich noch einmal erwische, wie du hinter der Mole mit Kenlaur, diesem Lümmel, Sauereien treibst ... dann werden's nicht hundert Sous, sondern zehn Francs sein ... Du, Mutter Miliner, du wirst das Kalb spenden, das bei dir gestern abend zur Welt kam ... Und sieh mich nicht so an, alte Diebin ... denn wenn du dich stur stellst, dann wirst du nicht nur das Kalb spenden ... sondern die Kuh ... Jules, Pierre und Joseph Le Ker, ihr bringt mir einen Fang Fische ... Und daß es nur ja ein ordentlicher ist ... Nichts Altes und keinen Ausschuß, meine Jungs ... Etwas Solides ... Butt oder Seezunge ... Habt Ihr mich verstanden, ja ...?«

Und mehr als eine Viertelstunde lang verteilte er auf diese Art an jeden seinen zu entrichtenden Beitrag, entweder in Geld oder in Sachwerten – ganze Fässer Butter, ganze Säcke Kartoffeln oder Korn – wobei er die strengsten Befehle mit den unflätigsten Beschimpfungen mischte ...

Ein alter Zöllner, der jedoch noch als heller Kopf galt und der ganz hinten im Kirchenschiff an einen Pfeiler gelehnt stand, wähnte sich von dem schrecklichen Recteur verschont und begann diskret in das schlohweiße Haar seines dicken Kinn- und breiten Schnauzbarts zu kichern ... Dieses Kichern entging dem Priester jedoch keineswegs, und plötzlich zeigte er mit seinem ausgestreckten Arm, an dessen Ende das Banner wie ein Kuttersegel im Sturm hin- und herschlug, auf den Zöllner und rief:

»Du da, alter Rauschebart ... du hast überhaupt nichts zu kichern ... Und da du dir die Freiheit herausnimmst, du unverschämter alter Esel, im Haus unseres Herrgotts auf so unzüchtige Art zu kichern ... wirst du zwanzig Francs spenden ...«

Und da der Zöllner protestierte, wiederholte der Pfarrer mit noch lauter hallender Stimme:

»Jawohl, zwanzig Francs, du Teufelsbart! ... Und gib genau acht, was ich dir jetzt sage ... Wenn du sie mir nicht noch heute Abend nach der Vesper bringst, diese zwanzig Francs ... dann weißt du, was dir blüht ... Ich zeig dich beim Obersten Staatsanwalt an ... dafür daß du – noch keine Woche ist es her – an der Küste angetriebenes Strandgut gestohlen hast ... Aha! Da kicherst du nicht mehr, alter Rauschebart ... Darauf warst du nicht gefaßt, wie ... du Höllenbart?«

Und er bekreuzigte und sprach:

»*In nomine patris et filii et spiritus sancti ... Amen*!«

Dann stieg er von der Kanzel herab und begab sich, während er das Banner bedrohlich über den betroffenen Häuptern klatschen ließ, wieder an den Altar ...

So waren Seine Hochwürden der Recteur von Le Kernac.

Der Bürgermeister – Monsieur Le Tregarec – war ein Mann von anderem Kaliber.

Aus Concarneau stammend und einst Sardinenfischer gewesen, hatte er sich rasch ein hübsches Vermögen verdient und nach Le Kernac zurückgezogen, wo er am Hang, dem einzigen freundlichen Winkel der Gegend, dem einzigen, wo es etwas gab, was entfernt an Bäume, an blühendes Grün, an Blumen, an ein wenig Leben erinnerte, einige Ländereien und ein komfortables Haus besaß. Die tödlichen Erreger der Malaria gelangten nicht bis zu der Höhe hinauf, wo sich dieses glückselige Haus erhob, und der Wind von der offenen See hinterließ von seinem Vorüberwehen hier nur das Gesunde seines kräftigen Salzgehaltes und seiner belebenden Aromen.

Dieser Bürgermeister war ein herzensguter Mensch – zumindest galt er als ein solcher in dieser Gegend. Ihn verlangte nach nichts anderem, als sich für seine Bürger einzusetzen. Und er setzte sich tatsächlich ungeheuer ein. So, wie der Recteur eine schöne Kirche aus weißem Stein gebaut hatte, errichtete der Bürgermeister ein prächtiges Rathaus im Stil Ludwigs XIII. und dann ein wundervolles Schulhaus im Stil Ludwigs XIV., das jedoch nie auch nur ein einziges Kind besuchte. Den Bau eines eleganten Brunnens im Renaissance-Stil mußte er ebenfalls abbrechen, da es an den nötigen Mitteln fehlte und man entdeckte, daß es kein Wasser gab.

Die Gemeinde war bankrott, krümmte sich unter der Last ihrer Schulden. Die Leute wurden erdrückt von Steuern, zusätzlichen Zehnten, den verschiedensten Abgaben; aber sie betrachteten ihren Bürgermeister als einen Heiligen, als einen Helden, und dies linderte ein wenig ihre Leiden. Er wiederum sonnte sich in seinen guten Werken und lebte mit seinem Gewissen in Frieden und in der Liebe seiner Mitbürger.

Da es kein einziges Bauwerk mehr zum Wohle des Volkes zu errichten gab, sann er in philanthropischer Weise auf irgendwelche Katastrophen, in denen er die ganze Güte seiner Seele unter Beweis stellen könnte.

»Wenn ganz plötzlich eine entsetzliche Epidemie über das Dorf hereinbräche?« sagte er sich ... »Oh, wie würde ich sie da pflegen, wie würde ich sie abreiben und massieren ... Sie sterben zwar, das stimmt ... Aber sie sterben einer nach dem andern, in monotoner Gleichmäßigkeit ... Wenn sie aber gleich zu zehnt, zu zwanzig, zu dreißig auf einen Schlag stürben? ... Oh!, wie gut könnte ich da meine Tatkraft, mein Organisationstalent, meine zärtliche Liebe zu diesen armen Teufeln zeigen!«

In solchen Momenten fühlte er das Herz eines Jules Simon in seiner Brust schlagen.

Eines Tages konkretisierte sich sein Traum; das war im Jahre 1885, als in Marseille und Toulon die Cholera wütete. Eines Morgens spazierte der Bürgermeister über den Kai von Le Kernac, und seine Gedanken stolzierten, Meere und Kontinente überquerend, inmitten der dortigen Cholerakranken. Er malte sich die überfüllten Spitäler aus, die düster verödeten Straßen, das Entsetzen der Einwohner, die von dem grauenhaften Übel gekrümmten Leiber, den Engpaß an Särgen, die riesigen Feuer, die auf den öffentlichen Plätzen brannten, und er sagte sich:

»Was haben die für ein Glück, die Bürgermeister da unten! ... Ich werde diese Chancen nie haben ... Und was tun sie? Nichts ... Die verlieren den Kopf, das ist alles. Die haben einfach kein Organisationstalent. Oh!, es komme mir nur eine ordentliche Epidemie ins Haus, dann wird man Augen machen. Man kennt mich noch nicht ... Und was verlange ich denn? ... Nichts ... Ich habe keine anderen Ambitionen als die, mich nützlich zu machen ... Das Kreuz der Ehrenlegion genügt mir vollkommen ...«

In diesem Augenblick lief ein Kutter aus Quiberon in den Hafen ein und machte am Kai, genau an jener Stelle der Kaimauer fest, wo der Bürgermeister gerade stehengeblieben war und jene Träume der Nächstenliebe träumte. Und mit einemmal zuckte er zusammen.

»Oh! Mein Gott!« rief er aus.

Im Heck des Kutters lag, auf einem Ballen von Netzen gebettet, ein Matrose, der von einem unsäglichen Übel befallen schien. Mit gekrümmten Beinen, verkrampften Armen, am ganzen Körper von Zuckungen geschüttelt, lag er da, stieß seltsame Klagelaute und sonderbare Flüche aus. Tief ergriffen rief der Bürgermeister den Kapitän des Kutters an:

»Aber dieser Mann da ist krank! ... Dieser Mann hat die Cholera! ...«

»Die Cholera?« meinte der Kapitän achselzuckend ... »O ja ... eine wirklich drollige Art von Cholera ... besoffen ist er, dieses Schwein ...«

Der Matrose klagte und stöhnte in einem fort. Plötzlich wurde er von einem Würgen gepackt. Er stützte sich ein wenig auf seinen Fäusten hoch und gab aus weit geöffnetem Mund, hin und her schwankendem Kopf und vor innerer Anstrengung geschüttelter Brust einen langgestreckten Kotzestrahl von sich.

»Schnell ... schnell ... zu Hilfe! ...« brüllte der Bürgermeister ... »Das ist die Cholera ... ich sag's Euch: Das ist die Cholera ... Die Cholera hat Le Kernac erreicht ...«

Ein paar Männer traten heran ... Andere ergriffen die Flucht ...

»Los, Karbolsäure her! ...« kommandierte der Bürgermeister ... »Und Desinfektionsbecken! ... Und macht Feuer auf dem Kai ...«

Und den Beteuerungen des Kapitäns zum Trotz, der ständig wiederholte: »Wenn ich's Ihnen doch sage: Der ist nur besoffen«, sprang der Bürgermeister mit einem Satz in den Kutter.

»Los, helft mir ... packt mit an ... habt keine Angst ...«

Man hob den Seemann an Armen und Beinen hoch, verfrachtete ihn an Land. Von drei Männern getragen, führte man ihn, mit dem Bürgermeister an der Spitze, durch alle Gassen des Dorfes bis zum Spital.

»Was hat er? ... Was hat er? ...« erkundigten sich die Frauen, als sie dieses ungewohnte Defilee vorüberziehen sahen.

Und der Bürgermeister antwortete in einem fort:

»Das ist ganz harmlos ... Geht wieder nach Hause ... Wirklich ganz harmlos ... Habt keine Angst ... das ist die Cholera!«

Die Frauen schwärmten, auf diese Nachricht hin noch aschfahler geworden, im Dorf aus und klagten mit verzerrten Mündern:

»Die Cholera! ... Die Cholera! ... Die Cholera ist hier!«

Und während alles die Flucht ergriff, kommandierte der Bürgermeister mit dröhnender Stimme:

»Geht den Recteur benachrichtigen ... Er soll die Glocken läuten lassen ... Spritzt Chlor auf die Straßen ... Habt keine Angst ... Macht Feuer an, wie in Marseille ...«

Im Spital wollte der Bürgermeister den Erkrankten persönlich pflegen ... Er entledigte ihn seiner Kleider, reinigte ihn von seinem Schmutz ... Und da die Schwestern ein wenig bleich geworden waren, beruhigte er sie mit den Worten:

»Seht ihr? ... Ich habe keine Angst ... Man darf keine Angst haben ... Das ist keine Affäre ... Ich bin ja da ...«

Dann streckte er den Körper in einem vorgewärmten Bett aus, rieb ihn lange mit einer Bürste ab, legte ihm heiße Ziegel an die Seiten, unter die Füße, in die Achselhöhlen, auf den Bauch. Der Seemann knurrte, wehrte sich, stieß die Ziegel, die ihm die Haut verbrannten, von sich, keuchte wütende Klageschreie, gemischt mit groben Flüchen.

»Die Krämpfe ... Das sind die Krämpfe ... Etwas Rum, schnell ...«, befahl der Bürgermeister ... »Man bringe mir eine Flasche Rum ... Jetzt bleibt nur noch Zeit, um ... Habt keine Angst ...«

Er schob dem Patienten den Hals der vollen Rumflasche zwischen die Lippen. Zuerst schien der Säufer hochentzückt. Ein Ausdruck von Freude erhellte sein Gesicht.

»Na also ... Seht ihr? ...« meinte der Bürgermeister. »Er kommt zu sich ... Ihm geht es schon besser ... Es geht doch nichts über den Rum! ... Wir werden ihn durchbringen ... Los, packt mit an ...«

Und mit einem Ruck schwang er die Flasche hoch und schob sie dem Matrosen senkrecht nach unten tief in den Mund.

Plötzlich begann dieser würgend nach Luft zu ringen. Er schlug wie wild um sich. Ein Krampf schüttelte seine Kehle. Die wieder ausgestoßene Flüssigkeit rann ihm mit einem röchelnden Gluckern und seltsamen Pfeifen aus Mund und Nase.

»Na los ... trink schon ... so schluck doch endlich, verdammter Trotzkopf«, rief der Bürgermeister und schob ihm die Flasche noch tiefer in den Mund ...

Aber er verdrehte seine Augen bis unter die Lider, so daß nur noch das Weiße zu sehen war. Die starren Glieder entspannten sich, das Umsichschlagen ließ nach ... Der Matrose war gestorben, erstickt an dem Rum.

»Zu spät ...«, erklärte der Bürgermeister mit untröstlicher Stimme ... »Dieser verdammte Trotzkopf!«

Noch am selben Abend lief der Stadt-Tambour durch die Straßen von Le Kernac und verlas alle zwanzig Schritte nach einem Trommelwirbel folgende Bekanntmachung:

An die Einwohner von Le Kernac

Liebe Mitbürger, Liebe Steuerzahler,

In unseren Mauern ist die Cholera ausgebrochen. Sie hat bereits zahlreiche Opfer gefordert. Aber seid unbesorgt. Euer Bürgermeister wird Euch nicht im Stich lassen.

Er nimmt seinen ständigen Wohnsitz im Rathaus, ist auf sämtliche Eventualitäten vorbereitet und fest entschlossen, Euch vor dieser Geißel Gottes zu schützen. Verlaßt Euch auf mich.

Es lebe Le Kernac!

Aber die Gassen waren menschenleer und sämtliche Einwohner schlotterten bereits tief in ihre verbarrikadierten Katen verkrochen mit den Zähnen.

Und nun zu Monsieur Arthur Lebeau, dem Clubman aus Paris.

Eines Nachts im vergangenen Winter schlief ich gerade tief und fest, als ich plötzlich von einem lauten Geräusch wachgerüttelt wurde: so etwas wie das Umstürzen eines Möbels im Zimmer nebenan. Gleichzeitig schlug die Pendüle vier Uhr, und meine Katze begann jämmerlich zu miauen. Ich sprang aus dem Bett, und geschwind, ohne jede Vorsicht, mit einem Wagemut, der allein durch die Glut meiner konservativen Überzeugungen zu erklären war, öffnete ich die Tür und trat in das Zimmer. Es war hell erleuchtet, und was ich als erstes sah, war ein Herr, sehr elegant, in Abendanzug und sogar, jawohl, mit Orden auf der Brust, der damit beschäftigt war, wertvolle Gegenstände in einen hübschen gelben Lederkoffer zu stopfen. Der Koffer gehörte zwar nicht mir, die Wertgegenstände gehörten mir dagegen sehr wohl, weshalb ich dies als ein höchst widersinniges und unanständiges Tun empfand, gegen das ich gerade aufs schärfste protestieren wollte. Obwohl mir dieser Herr völlig unbekannt war, hatte er dennoch ein Gesicht, das mir vertraut und von der Art war, wie man ihm auf den Boulevards, im Theater, in den Abendrestaurants begegnet, eines jener korrekten und gepflegten Gesichter, bei deren Anblick Sie sich über die Personen, zu denen sie gehören, jeweils sagen: »Das muß jemand aus dem Club sein.« Hätte ich behauptet, es habe mich nicht im geringsten verwundert, um vier Uhr morgens einen Herrn in Anzug in meinem Haus zu erblicken, den ich nicht aufgefordert hatte, sich dort einzufinden, so wäre dies übertrieben gewesen. Aber mit dieser Verwunderung ging keinerlei sonstiges Gefühl, etwa Zorn oder Erschrecken, einher, wovon solche nächtlichen Besuche normalerweise begleitet werden. Die Ausstrahlung von Eleganz und guter Laune dieses Clubman hatte mich sofort beruhigt, denn ich hatte, so muß ich gestehen, nichts dergleichen erwartet und vielmehr befürchtet, ich würde einem grauenhaften Rohling von Einbrecher gegenüberstehen und gezwungen sein, zu Akten defensiver Gewaltanwendung gegen ihn zu greifen, wozu ich keine Neigung verspüre und bei denen man nicht immer weiß, wie sie ausgehen. Bei meinem Erscheinen hatte der elegante Unbekannte in seiner Arbeit innegehalten und meinte mit einem Schmunzeln gutmütiger Ironie zu mir:

»Verzeihen Sie, Monsieur, daß ich Sie auf so unhöfliche Art geweckt habe ... Aber das ist nicht ganz und gar meine Schuld. Sie haben nämlich sehr sensible Möbel, wirklich, die bereits beim Nahen der leichtesten Brechstange in Ohnmacht fallen ...«

Da erst fiel mir auf, daß das Zimmer in wüsteste Unordnung gebracht war: Schubläden aufgerissen und ausgekippt, Schranktürscheiben zersplittert, ein kleiner Empire-Sekretär, in dem ich meine Wertsachen und meinen Familienschmuck aufbewahre, beklagenswert umgestürzt auf dem Teppich ... Mit einem Wort, eine wahre Plünderung ... Und während ich noch all diese Feststellungen machte, fuhr mein allzu frühmorgendlicher Besucher mit seiner wohltemperierten Stimme fort:

»Oh, diese modernen Möbel! ... Was haben die für eine empfindliche Seele, nicht wahr? Mir scheint, auch sie sind von der Krankheit des Jahrhunderts infiziert und neurasthenisch wie alle Welt ...«

Er ließ ein leises, diskretes und charmantes Lachen vernehmen, das mich durchaus nicht verletzte und das insgesamt einen Mann von bester Erziehung offenbarte. Ich beschloß, auch mich zu Wort zu melden.

»Mit wem habe ich die Ehre?« fragte ich und verfolgte mit einem weniger besorgten Blick das Tun des nächtlichen Besuchers, während ein Luftzug, hervorgerufen durch die offenstehenden Türen, die Schöße meines Nachthemdes albern hin- und herflattern ließ.

»Mein Gott!« antwortete jener vollkommene Gentleman in einem ungezwungenen Ton. »Im gegenwärtigen Moment könnte mein Name für Sie womöglich eine allzu heftige Überraschung bedeuten ... Meinen Sie im übrigen nicht auch, daß es besser wäre, ein gegenseitiges Bekanntmachen, das ich mir baldmöglichst wünsche und das ich außerdem, jetzt kann ich es Ihnen ja gestehen, heute durchaus nicht anstrebte, auf eine weniger befremdliche Gelegenheit aufzusparen? Ich würde, wenn Sie nichts dagegen haben, bis auf weiteres lieber strengstes Inkognito wahren.«

»Einverstanden, Monsieur ... Aber all dies erklärt mir noch nicht ...«

»Meine Anwesenheit in Ihrem Hause zu einer so übertrieben frühen Stunde und in dieser Unordnung?«

»Ja, so ist es ... Und ich wäre Ihnen sehr verbunden ...«

»Aber ich bitte Sie!« stimmte mir der unbekannte elegante Herr zu. »Ihre Neugier ist sehr berechtigt, und ich habe nicht vor, mich ihr zu entziehen ... Aber ... bitte um Verzeihung! ... Da Sie wünschen, daß wir ein wenig miteinander plaudern, meinen Sie nicht, daß es da für Sie ratsam wäre, sich einen Morgenmantel überzuziehen ... Ihr Schlafgewand macht mich untröstlich ... Es ist kalt hier, und in diesen sonderbaren Zeiten hat man sich im Nu diese verdammte Influenza eingefangen.«

»Sehr richtig ... Würden Sie mich also bitte für eine Minute entschuldigen ...«

»Aber bitte, Monsieur, lassen Sie sich nicht aufhalten ...«

Ich begab mich in mein Ankleidezimmer, wo ich mir rasch einen Morgenmantel um die Schultern warf, und kehrte wieder zu dem Unbekannten zurück, der während meiner kurzen Abwesenheit versucht hatte, in dem mit den Resultaten seiner Übergriffe übersäten Zimmer wieder ein wenig Ordnung zu machen.

»Lassen Sie doch, Monsieur, lassen Sie doch, ich bitte Sie ... Mein Kammerdiener wird das alles morgen schon aufräumen.«

Ich bot ihm einen Stuhl an, nahm selbst Platz, und nachdem ich mir eine Zigarre angeraucht hatte, sagte ich in einem aufmunternden Ton zu ihm:

»Monsieur, ich stehe zu Ihren Diensten ...«

Der Clubman hätte sich nun zunächst einmal ›sammeln‹

können, wie es alle Romanhelden zu tun pflegen, bevor sie ihre Geschichte erzählen. Diese Banalität vermied er jedoch und begann sofort:

»Monsieur, ich bin ein Dieb ... ein professioneller Dieb ... nennen wir die Sache, wenn Sie wollen, beim Namen: ein Einbrecher ... Das hatten Sie gewiß schon geahnt, nicht wahr?«

»Allerdings ...«

»Das macht Ihrem Scharfsinn alle Ehre ... Nun, ich bin also ein Dieb. Ich habe mich erst dazu entschlossen, diese gesellschaftliche Stellung zu bekleiden, nachdem ich schlicht und einfach festgestellt habe, daß sie in den verwirrten Zeiten, in denen wir leben, noch die ehrlichste, aufrichtigste und ehrbarste von allen ist ... Der Diebstahl, Monsieur – und ich sage Diebstahl ganz wie ich auch Anwaltschaft, Literatur, Malerei, Medizin sagen könnte – war eine verrufene Karriere, weil alle, die sich ihr bisher verschrieben, nichts als häßliche Rohlinge, abstoßende Vagabunden, Leute ohne Eleganz und gute Erziehung waren. Ich bin bestrebt, ihr wieder einen Glanz zu verleihen, der ihr rechtens gebührt, und den Diebstahl zu einem ehrenwerten und beneideten freien Beruf zu machen. Reden wir nicht um die Sache herum, Monsieur, und betrachten wir das Leben als das, was es ist. Der Diebstahl ist die einzige Beschäftigung der Menschen. Wir suchen uns dieses oder jenes Metier – egal, welches es sein mag, wohlgemerkt – nur deshalb aus, weil es uns die Möglichkeit gibt, zu stehlen, mal mehr, mal weniger, gewiß, aber letztlich doch irgend jemandem irgend etwas zu stehlen. Sie sind ein viel zu kluger Kopf, Sie wissen viel zu gut, was sich hinter der täuschenden Fassade unserer Tugenden und unserer Ehre verbirgt, als daß ich genötigt wäre, meine Rede durch beweiskräftige Beispiele und unwiderlegbare Aufzählungen zu stützen.«

Diese Worte schmeichelten dem, was ich mir – im übrigen

durchaus berechtigt – auf meine Kenntnisse in puncto Psychologie und Sozialwissenschaft einbilde, viel zu sehr, als daß ich sie nicht mit einem ganz entschiedenen und überlegenen »*Sehr richtig!*« aufgenommen hätte. Ermutigt, fuhr der elegante Einbrecher, seine Worte mit vertrauteren und vertraulicheren Gesten unterstreichend, fort:

»Ich möchte Ihnen natürlich nur von dem sprechen, was meine Person betrifft ... Außerdem werde ich mich sehr kurz fassen. Begonnen habe ich mit dem Handel der gehobenen Kategorie ... Aber die schmutzigen Geschäfte, die ich dabei notgedrungen machen mußte, die üblen Listen, die schändlichen Betrügereien, die falschen Gewichtsangaben, die Börsencoups ... die unlauteren Ankäufe ... widerstrebten schon bald meinem ganz instinktiven Feingefühl, meiner aufrichtigen, von so viel Herzensgüte und so viel Hemmungen geprägten Natur ... Ich wandte mich vom Handel ab und der Finanzwelt zu. Die Finanzwelt ekelte mich an ... Zu meinem Leidwesen konnte ich mich einfach nicht dazu überwinden, fiktive Geschäfte zu lancieren, falsche Aktien und falsche Edelmetalle zu emittieren, falsche Bergwerke, falsche Schiffskanäle, falsche Kohlengruben zu finanzieren! Ewig daran zu denken, wie ich das Geld der anderen in die eigenen Tresore umleiten, wie ich mich mit der Hilfe blendender Broschüren und der Legalität erpresserischer Machenschaften am langsam, aber sicher fortschreitenden Ruin meiner Kunden bereichern kann, das war für mich ein inakzeptables Tun, gegen das sich mein gewissenhafter und der Lüge feindlicher Geist einfach sträubte ... Daraufhin dachte ich an den Journalismus ... Aber ich brauchte nicht einmal einen Monat, um mich zu überzeugen, daß der Journalismus seinen Mann, es sei denn, er ist zu schmerzhaften und komplizierten Erpressungen bereit, nicht ernährt ... Wenn ich nur daran denke, daß die Zeitungen heutzutage nur von Bankrotteuren und zwielichtigen Finanziers gegründet werden, die des

Glaubens sind – und das sogar mit Erfolg –, sie könnten auf diese Art das Schicksal umgehen, ihre Tage im Gefängnis oder Zuchthaus zu beschließen … nein, also mit dieser Auffassung kann ich mich wirklich nicht anfreunden. Ganz zu schweigen davon, daß es Menschen wie mir, die ein gewisses Maß an Kultur und Bildung besitzen, äußerst schwer fällt, sich zum Sklaven zu machen für ignorante und ungehobelte Idioten, von denen die meisten weder lesen noch schreiben können, es sei denn, es geht darum, ihre Unterschrift unter unsägliche Rechnungen zu setzen … Da versuchte ich es mit der Politik …«

Hier konnte ich mir nicht verkneifen, in ein dröhnendes Lachen auszubrechen, das sich endlos fortzusetzen drohte.

»Sehr richtig!« bestätigte der verführerische Gentleman. »Sprechen wir nicht weiter davon … Danach spielte ich mit dem Gedanken, es als Salonlöwe zu versuchen … ein wahrer Mann von Welt zu werden … ich sehe nicht übel aus, habe etwas natürlich und unbestreitbar Verführerisches … habe Esprit … eine eiserne Gesundheit … unendlich viel Eleganz … nichts fiel mir leichter, als mir Zutritt im *Epatant*, dem Club in der Rue Royale, zu verschaffen … und zu den berühmten *Soirées carminales* des noch berühmteren Monsieur de Montesquiou eingeladen zu werden … Aber ich hatte zu viele Skrupel … am Spieltisch, beim Pferderennen zu mogeln, ein Pferd zu dopen … junge Kokotten auszuhalten … die alten wieder an die Luft zu setzen … meinen guten Namen, meine Einflüsse in der Gesellschaft zu verkaufen zum Vorteil eines neuen Modetränks à la *Kina*, eines zweifelhaften Bankiers, eines renommiersüchtigen Hemdschneiders, eines Automobilherstellers … oder, wer weiß, vielleicht eines Pfandleihers oder einer hübschen Frau? … Ich bitte Sie: Nicht mit mir! … Kurzum, auf diese Art habe ich alles erschöpfend ausprobiert, was das öffentliche oder private Leben einem regsamen, intelligenten und feinfühligen jungen

Mann, wie ich es bin, an vorzeigbaren Berufen und noblen Karrieren zu bieten hat. Ich sah klar und deutlich, daß der Diebstahl, ganz gleich, mit welchem schmückenden Namen man ihn behängt, das einzige Ziel und die einzige Triebfeder – doch wie verstellt, wie versteckt und folglich um wie vieles gefährlicher! – all unseres Tuns ist! Ich stellte also folgende logische Überlegung an: ›Da der Mensch jenem fatalen Gesetz des Diebstahls nicht entrinnen kann, wäre es doch viel ehrenwerter, wenn er ihn aufrichtig betreiben würde und sein natürliches Begehren, sich das Gut seines Nächsten anzueignen, nicht mit hochtrabenden Ausreden, aus der Luft gegriffenen Qualitäten und überflüssigen Titeln zu umgeben, deren beschönigender Zierat keinen Menschen mehr zu täuschen vermag.‹ Also stahl ich Tag für Tag, drang des Nachts in reiche Häuser ein; ich entnahm auf einen Schlag der Kasse meines jeweils Nächsten das, was ich zur Erweiterung meiner Bedürfnisse, zur Entwicklung meiner Persönlichkeit als Mensch für notwendig erachte. Dies kostet mich jede Nacht nur ein paar Stunden, so zwischen einer Partie im Club und einem Flirt auf dem Ball. Außerhalb dieser Zeit lebe ich wie jeder andere ... Ich bin Mitglied in einem ziemlich schicken und konservativ anständigen Club; ich habe gute Beziehungen. Erst kürzlich hat mir der Minister einen Orden verliehen ... Und wenn ich einen guten Fang getan habe, habe ich für alle Großzügigkeiten ein offenes Ohr. Denn letzten Endes, Monsieur, mache ich nur offen und ehrlich und auf direkte Art das, was alle Welt auf gewundenen Umwegen sowie auf solchen Wegen praktiziert, die um so schändlicher sind, weil ... Mit einem Wort: Mein befreites Gewissen macht mir keine Vorwürfe mehr, denn von allen Leuten, die ich kennenlernte, bin ich der einzige, der mutig sein Tun mit seinem Denken in Einklang gebracht und seine Natur auf hermetischer Ebene dem geheimnisvollen Sinn des Lebens angepaßt hat ...«

Allmählich verblaßten die Kerzen, allmählich drang der Tag durch die Spalten der Gardinen herein. Ich bot dem unbekannten Elégant an, mein Frühstück mit ihm zu teilen, aber er hielt dem entgegen, daß er noch im Abendanzug sei und mich durch eine solche Unkorrektheit nicht verletzen wolle.

Arthur Lebeau ist ein charmanter Causeur ... seine anmutige und espritvolle Art ist mir wirklich stets ein großer Genuß ... Leider ist er in X ... nur auf der Durchreise ... für kaum eine Woche. Aber zu einem späteren Zeitpunkt wird er wieder zurückkommen ...

»Ich bin sehr beschäftigt ... Im Augenblick ... habe ich keine Zeit ...«, meint er zu mir ...

Und als ich ihn frage, ob er auch hier seinem Beruf nachgeht ...

»Nein ... Hier ruhe ich mich aus ... Hier ... lebe ich von Ihren Vermögen ...«

19

Gestern haben wir bei Triceps diniert: ein Dîner, zu Ehren seines Freundes und Beschützers Dr. Trépan gegeben. Wir waren zehn Tischgäste, alle reich, alle glücklich. Während des Essens und nach dem Essen haben wir naturgemäß über nichts anderes als das menschliche Elend geredet. Es ist eine Art sadistisches Vergnügen der Reichen, nachdem sie getrunken haben und mit guten Speisen vollgestopft sind, über die Armen zu weinen ... Nichts ist so sehr wie reichliche und gut gewürzte Gerichte, erlesene Weine, herrliches Obst, Blumen und Tafelsilber dazu geeignet, uns zu sozialistischen Emotionen anzuregen. Die Diskussion, zunächst auf dem Niveau des Philosophischen begonnen, war allmählich auf das rein Anekdotische herabgesunken ... Und jeder hat seine Geschichte erzählt. Der eine, ein bekannter Schriftsteller, beleibt, rotwangig, mit wulstigen Lippen und spitz zulaufenden Ohren eines Fauns, sagte:

»Avenue de Clichy, ein Uhr nachts. Es regnet. Der fette Morast des Straßenpflasters macht das Gehen beschwerlich und rutschig. Die Avenue ist fast menschenleer. Nur wenige Passanten kommen, das Gesicht in die hochgeschlagenen Kragen der Überzieher verborgen, vorüber; nur wenige Droschken rollen leer vorbei oder fahren man weiß nicht was man weiß nicht wohin; nur wenige Frauen stöckeln auf den Trottoirs auf und ab, die wie bleiche Lichtstreifen im Mondlicht glänzen.

›Monsieur ... Monsieur ... kommen Sie mit zu mir.‹

Rufe, vermischt mit obszönen Flüchen und Drohungen. Dann Pausen, Stille ... und fluchtartiges Fortrennen ... und wieder Zurückkommen. Ein ständiges Kommen, Sichumdrehen, Sichverdrücken, Verschwinden, Zurückkommen, Sichdraufstürzen wie Raben auf einem Acker, auf dem ein Stück Aas liegt.

Hier und da sind nur noch Läden von Weinhändlern geöffnet, deren beleuchtete Fronten die Schattenmasse der schlafenden Häuser mit gelben Helligkeiten durchlöchern. Und Gerüche nach Schnaps und Moschus – Verbrechen und Prostitution – ziehen in brüderlichen Schwaden durch die Luft.

›Monsieur … Monsieur … kommen Sie mit zu mir.‹

Seit fünf Minuten folgt mir eine Frau, die ich nicht sehe und von der ich hinter mir nur das beharrliche Stöckeln und die Stimme höre, die diesen monotonen, flehenden Refrain flüstert:

›Monsieur … Monsieur … kommen sie mit zu mir.‹

Unter einer Straßenlaterne bleibe ich stehen. Die Frau bleibt ebenfalls stehen, doch außerhalb des Lichtscheins. Ich kann sie mir aber trotzdem eingehender betrachten. Sie ist weiß Gott weder schön, o nein!, noch verführerisch, und sie stößt mit all der Distanz ihres tristen Elends den Gedanken an Sünde ab. Denn Sünde, das ist Freude, das ist Seide, das sind Parfüms und geschminkte Lippen und verzückt verdrehte Augen und gefärbtes Haar und fleischliche Formen, geschmückt wie ein Altar, sauber gewaschen wie ein Kelch, bemalt wie ein Götzenbild. Und auch reiche Traurigkeit, opulenter Ekel, prachtvolle Lüge, Schmutz aus Gold und Perlen. Sie hat mir nichts dergleichen anzubieten, die Unglückliche. Gealtert mehr durch Armut als an Jahren, verunstaltet vom Hunger oder von schweren, in Kaschemmen ausgebrüteten Räuschen, entstellt durch die entsetzliche Fron ihres tragischen Metiers, gezwungen, immerzu unter der Drohung des Messerstichs zu laufen, zu laufen und zu laufen, durch die Nacht, der streunenden und suchenden Geilheit entgegen, fortgejagt von ihrem Zuhälter, der sie ausnimmt, hin zur Polizei, die sie erpreßt, von der Absteige ins Gefängnis, ist sie ein schmerzhafter Anblick. Ein leichtes schwarzwollenes Mieder bedeckt ihre Brust; kotbespritzte Röcke schlagen ihr um die Beine, auf dem Kopf ein riesiger Hut, dessen Federn im Regen sich auflösen, und vor ihrem Bauch hält sie ihre Hände gekreuzt, zwei arme, vor Kälte gerötete – oh!, beileibe nicht obszöne – Hände, zwei unbeholfene, knotige Hände, deren Finger aus altmodisch langen Spitzenhandschuhen ragen. Wäre es nicht diese Stunde, nicht dieser Ort, nicht dieser Tonfall ihres Anrufs gewesen, so hätte ich sie für irgendeine Dienstmagd ohne Bleibe gehalten und nicht für eine Streunerin der Trottoirs. Zweifellos fürchtet sie sich vor ihrer Häßlichkeit, ist sich bewußt, wie wenig Sinnlichkeit ihr Körper bietet, denn sie entzieht sich immer mehr meinem Blick, schiebt Dunkel und nochmals Dunkel zwischen ihr Gesicht und mich und scheint eher um ein Almosen zu bitten, als Lust anzubieten, während sie mit einer schüchternen, zitternden, sich fast schämenden Stimme wiederholt:

›Monsieur ... Monsieur ... kommen Sie mit zu mir ... Monsieur ... ich werde alles machen, was Sie wünschen ... Monsieur ... Monsieur ...!‹

Da ich nicht antworte, und zwar weder aus Abscheu noch aus Verachtung, sondern weil ich im selben Moment voller Mitgefühl ein Korallenkollier anstarre, das unheilvoll ihren Hals mit einer roten Linie umschlingt, fügt sie ganz leise, in einem Ton noch schmerzlicheren Flehens, hinzu:

›Monsieur ... wenn Sie so was lieber mögen ... Monsieur? ... Ich habe auch ein kleines Mädchen bei mir zu Hause ... Sie ist dreizehn, Monsieur ... und sie ist sehr artig ... Und sie kennt die Männer schon wie eine Frau ... Monsieur ... Monsieur ... ich bitte Sie ... kommen Sie mit zu mir ... Monsieur ... Monsieur! ...‹

›Wo wohnst du?‹ frage ich sie.

Und lebhaft, nach einer Gasse gegenüber deutend, die wie Kiefer finsterer Schatten, wie ein Rachen des Abgrunds in der Avenue aufklafft, antwortet sie:

›Ganz in der Nähe ... Sehen Sie, da ... zwei Schritte von hier ... Sie werden sehr zufrieden sein, kommen Sie!‹

Im Laufschritt überquert sie den Fahrdamm, um meiner Überlegung keine Zeit zu geben, sich noch zu ändern, und dem, was sie für mein Begehren hält, keine Zeit, zu erkalten ... Ich folge ihr ... Oh, diese arme Teufelin! ... Bei jedem Schritt, den sie tut, wendet sie den Kopf, um sich zu vergewissern, daß ich mich nicht davongemacht habe, und springt dabei, riesig und rund wie eine monströse Kröte, in die Pfützen ... Männer, die aus einem Nachtlokal heraustreten, rufen ihr im Vorübergehen Unflätigkeiten zu ... Wir tauchen in die Gasse ein ... Sie zuerst, ich dahinter, schreiten wir auf etwas immer Schwärzeres zu.

›Da sind wir ...‹, sagt die Frau ... ›Du siehst, ich habe nicht gelogen ...‹

Sie stößt eine Tür auf, die nur angelehnt ist. Am Ende eines schmalen Hausflurs regen sich im Schein einer kleinen Petroleumlampe, deren Docht qualmt und flackert, Irrlichter von Verbrechen, Schatten von Tod an den Wänden. Wir treten ein ... Meine Füße berühren weiche, meine Arme streifen fettige Gegenstände ...

›Warte einen Moment, Chéri ... Die Treppe ist so tükkisch! ...‹

Sie hat wieder ihre Selbstsicherheit zurückgewonnen. Sie begreift, daß sie sich nicht mehr erniedrigen darf, daß sie vielleicht gar nicht mehr so häßlich ist, da ich ja da bin, da sie mich in der Hand hat, da sie einen Mann erobert, einen Mann mitgebracht hat, einen Mann, den es nun mit Reden von zärtlichen Worten zu halten, zu Freigebigkeiten anzustacheln gilt durch Verheißungen von Liebe ... Von Liebe! ... Ich bin nicht mehr der zögernde ›Monsieur‹, den sie eben noch angefleht hat; ich bin der ›Chéri‹, die erhoffte reiche Beute, der, der vielleicht etwas einbringt, womit sie für den nächsten Tag etwas zu essen hat oder womit sie den wüsten Suff bezahlen kann, durch den sich der Hunger und alles, alles, alles vergessen läßt! …

An der schiefen Flamme der Wandlampe zündet sie einen Handleuchter an, zeigt mir den Weg und steigt, mir voraus, die Stiege hinauf. Der Aufstieg ist beschwerlich. Jede Stufe kostet die Unglückliche Mühe und Anstrengung; sie atmet schwer, keucht und röchelt; mit ihrer freien Hand hält sie sich den Bauch, der sie behindert, der sie beschwert, mit dem sie nicht umzugehen weiß wie mit einem zu schweren Paket.

›Nur Geduld, Chéri … Es ist im zweiten …‹

Und das Geländer ist klebrig, die Wände schwitzen und schwären, die hölzernen Stufen knarren unter den Füßen; man muß seinen Magen verschließen gegen Anfälle von Übelkeit, die einen durch unerträgliche Gerüche von Straßenkot, der mit den Männern heraufgebracht wird, von Schmutz, den die Feuchtigkeit noch krasser macht, und von Stuhlgang hinter schlecht schließenden Türen überkommt; auf den Etagen vernimmt man durch die Türen bald lachende, bald schreiende, bald bettelnde Stimmen, verhandelnde, drohende, fordernde Stimmen, obszöne Stimmen, besoffene Stimmen, erstickte Stimmen … O diese Stimmen! Das Traurige dieser Stimmen an diesem Ort der Nacht, des Schreckens, des Elends und … der Lust!

Schließlich sind wir angekommen. Der Schlüssel hat im Schloß gequietscht, die Tür hat in den Angeln gequietscht, und wir stehen in einem kleinen Zimmer, in dem es nur einen zerrissenen und wackligen Sessel, bespannt mit grünem Rips, und nur eine Art Feldbett gibt, auf dem sich eine Alte, die gerade noch schlief, bei dem Geräusch wie ein Gespenst aufgerichtet hat und mich von oben bis unten mit ihren runden gelben Augen mustert, die seltsam starr und wie die der Vögel sind, die nachts in den Wäldern wachen ... Gegenüber dem Fenster trocknet Wäsche auf einer Schnur, die von einer Wand zur anderen gespannt ist.

›Ich hab dir gesagt, du sollst das abnehmen‹, wirft die Frau der Alten vor, worauf diese so etwas wie ein Grummeln vernehmen läßt, die Wäsche abnimmt und auf einen Haufen auf den Sessel wirft.

Noch eine Tür, und wir sind in der Schlafkammer ... Und wir sind allein. Ich frage sie:

›Wer war diese Alte?‹

›Sie ist die, die mir die Kleine ausleiht, Chéri ...‹

›Ist sie ihre Mutter?‹

›O nein! Hab keine Ahnung, wo sie die aufgelesen hat. Ich hab sie erst seit gestern ... Sie hatte kein Glück gehabt im Leben, die arme Frau! ... Oh!, wirklich! Auch sie is‹ nich' auf Rosen gebettet ... Ihr Sohn sitzt in der *Nouvelle* ein ... Der war früher mein Geliebter ... Er hat den Uhrmacher aus der Rue Blanche erstochen, du weißt doch, diesen Uhrmacher? ... Ihre Töchter schaffen im Freudenhaus an ... und geben ihr nicht einen Sou ab ... Von irgendwas muß sie doch auch leben! ... Oder? Glaubst du nicht? ...'

Dann:

›Nur bringt sie die Kleine hierher mit ... weil bei ihr zu Hause ... Oh!, wenn du das sehn würdest! ... Da ist's so was von arm, so was von arm! ...‹

Die Kammer ist kaum möbliert und offenbart unsägliches Elend ... Die Fenster haben keine Vorhänge, im Kamin brennt kein Feuer. Durch die Feuchtigkeit löst sich die Tapete von den Wänden; an manchen Stellen hängt sie in ganzen Bahnen herab wie Fetzen abgestorbener Haut ... Es ist kalt ... die Frau entschuldigt sich ...

›Das kommt, weil ich kein Holz habe ... und auch keine Kohle ... Der Winter ist so rasch gekommen! ... Und außerdem sind vor einem Monat die Leute von der Sitte hier gewesen … Sie haben mich mitgenommen … erst vor drei Tagen haben sie mich wieder rausgelassen, nicht zu glauben, was? …‹

Und sie fügt hinzu:

›Hätte ich nur zwanzig Francs gehabt, um sie ihnen zuzustecken, dann hätten sie mich in Ruhe gelassen … Oh, diese gemeinen Hunde! … Es gibt welche, die verlangen *eine Nummer Freude* … andere wollen Geld … Von mir, da wollen sie immer nur Geld, so was dürfte nicht erlaubt sein …‹

Im Hintergrund des Zimmers steht ein großes, breites Bett mit zwei durch eine Nackenrolle hochgestützten Kopfkissen … Daneben ein weiteres Bett, ein kleineres, in dem ich, aus den Zudecken herausragend, ein zerzaustes Gewirr blonder Haare bemerke und in diesem Blond ein kleines, schmales, schlafendes Gesicht.

›Das ist die Kleine, Chéri … Leg ab, mach's dir schon mal bequem … Ich weck sie inzwischen auf … Oh!, du wirst sehn, wie erfahren und raffiniert sie ist … Du wirst sehr zufrieden sein, komm …‹

›Nein … nein … laß sie.‹

›Oh!, weißt du … die macht's nicht mit jedem … sie macht's nur mit den Messieurs, die auch großzügig sind …‹

›Nein … laß sie schlafen …‹

›Wie du willst, Chéri.‹

Sie ist sich des Verbrechens, das sie mir anbietet, nicht bewußt, und meine Ablehnung verwundert sie eher … Als sie das Kind aufwecken wollte, habe ich sie beobachtet. Ihre Hand hat nicht gezittert; sie hat im Herzen nicht jenes krampfhafte Zusammenziehen gespürt, bei dem einem das Blut aus den Adern schwindet und man kreidebleich im Gesicht wird. Ich frage sie:

›Und wenn die Polizei sie bei dir fände? … Weißt du, was das Schwurgericht, was das Zentralgefängnis bedeutet?‹

Die Frau macht eine vage Handbewegung und sagt:

›Ach, so ist das ... was willst du dann?‹

Aber angesichts meiner ernsten und traurigen Miene hat sie erneut ihr Selbstvertrauen verloren. Sie traut sich nicht, sich im Spiegel zu betrachten; sie traut sich auch nicht, sich mir zu zeigen, nicht einmal in dem armseligen Schein dieses Handleuchters ... Und das Wasser tropft von ihrem Hut wie von einem regennassen Dach ... Sie hat den Leuchter auf dem Kaminsims abgestellt, ist im Halbdunkel an das große Bett herangetreten und macht Anstalten, sich zu entkleiden.

›Nein‹, sage ich zu ihr ... ›Nicht nötig ... Von dir will ich auch nichts.‹

Und ich gebe ihr zwei Goldstücke, zwei Goldstücke, die sie dreht und wendet, in der Handfläche wiegt und danach mit stumpfem Blick, ohne ein Wort zu sagen, nur anstarrt.

Auch ich habe ihr nichts zu sagen. Was könnte ich ihr auch sagen? Ihr von reumütiger Umkehr, von den Schönheiten der Tugend predigen? Worte, Worte, Worte! ... Nicht sie ist die Schuldige. Sie ist haargenau so, wie die Gesellschaft sie haben wollte mit ihrem unersättlichen Appetit, dem man täglich seine reichliche Portion an menschlichen Seelen liefern muß ... Ihr von Haß, von Aufbegehren reden? ... Wozu? ... Auch nur Worte. Das Elend ist viel zu feig; es hat nicht die Kraft, über der egoistischen Sinnenlust der Glücklichen ein Messer zu zücken oder eine Fackel zu schwingen ... Also ist es besser, ich schweige! ... Im übrigen bin ich nicht hierhergekommen, um zu dozieren wie ein Sozialist. Dies ist nicht die geeignete Stunde für eitle Moralpredigten, die für nichts ein Heilmittel sind und das Leere der Taten in der Leere der Phrasen nur noch deutlicher zeigen ... Ich bin gekommen, um zu sehen, und ich habe gesehen ... Nun bleibt mir nichts mehr zu tun als zu gehen ... ›Guten Abend!‹ ...

Das Kind schläft noch immer goldumkränzt in seinem Bett. Das viele Benutztwordensein der noch Unreifen hat bereits ihren Mund verunstaltet, ihren Atem verdorben und in den Winkeln ihrer geschlossenen Augen Falten gezogen. Im Zimmer nebenan höre ich die Alte hin und her gehen und über die knarrenden Dielen schlurfen. Die Frau hat die zwei Goldstücke unter die Nackenrolle versteckt und sagt ganz leise zu mir:

›Die Alte wird rasend sein, daß du's nicht mit der Kleinen gemacht hast ... Gib ihr auch was, damit sie mir nicht alles nimmt, was du mir gegeben hast ... Das ist ein böses altes Weib und gemein, hundsgemein ... Oh! und wie ... Und dann warte, damit ich dir Licht mach, Monsieur ... Die Treppe ist so tückisch! ...‹«

Und hier, was ein anderer erzählte:

»Neulich hatte ich einen Arbeiter von der Schreinerei im Haus, der gekommen war, um meinen Bücherschrank zu reparieren. Er ist ein sehr intelligenter Mann, und er plaudert gern. Während er arbeitete, fragte ich ihn:

›Haben Sie Kinder?‹

›Nein ...‹, entgegnete er mir hart.

Und nach einer Pause, in einem sanfteren Ton:

›Ich habe keine mehr ... Ich habe drei gehabt ... Sie sind alle tot.‹

Und, mit dem Kopf nickend, fügte er hinzu:

›Oh, weiß Gott!, wenn man sieht, was sich so abspielt ... und wie schwer man's im Leben hat, dann ist es vielleicht besser für sie, daß sie tot sind, die armen kleinen Würmer. Dann leiden sie wenigstens nicht.‹

Ein wenig grausam forschte ich weiter:

›Ist es schon lange her, seit das letzte gestorben ist?‹

›Zehn Jahre‹, sagte er.

›Und danach ...‹

›Danach, verstehen Sie, da haben weder ich noch meine Frau noch weitere haben wollen ... Oh!, wirklich nicht ...‹

Ich erklärte ihm die bewundernswerte Funktionsweise des

Piotschen Gesetzes, wonach er, da er ein so schlechter Patriot ist, daß er überhaupt keine oder keine lebenden Kinder mehr hat … eine Steuer aufgebrummt bekäme, falls dieses Gesetz verabschiedet würde …

Das schien ihn nicht sehr zu erstaunen, da er es sich zur Gewohnheit gemacht hatte, das Leben als Philosoph zu betrachten:

›Bei den Gesetzen bin ich auf alles gefaßt‹, meinte er ohne Bitterkeit zu mir … ›Ein Gesetz, verdammt, ich weiß, was das ist … ich weiß, daß das nie für unsereins ist … Die Gesetze werden immer für die Reichen und gegen die Armen gemacht … Aber zugegeben … das, von dem Sie gerade reden … ist wirklich ein wenig arg … Denn wenn ich keine Kinder mehr habe … dann ist es deren Schuld …‹

›Deren Schuld? … Von wem? …‹

›Na, von den Behörden … vom Staat … was weiß ich … von all den feinen Herrn, die damit beauftragt sind, die Gesetze zu fabrizieren, von all denen, die damit beauftragt sind, sie anzuwenden … Das ist ganz einfach … und das ist nichts Neues … Der Staat – so viel Gerechtigkeit muß man ihm widerfahren lassen – schützt das Geflügel, die Stiere, die Pferde, die Hunde, die Schweine mit bewundernswertem Eifer und höchst gelehrter Kenntnis vom Fortschritt der Wissenschaft. Für all diese verschiedenen und interessanten Tiere hat man entsprechende Aufzuchtmethoden von perfekter Hygiene gefunden. Auf dem gesamten französischen Territorium gibt es Vereine – so viele, daß man sie nicht mehr zählen kann – zur Verbesserung der verschiedenen Haustierrassen. Diese haben schöne Schweine-, schöne Kuh- und schöne Pferdeställe … schöne Volieren … schöne Hundehütten … gut durchlüftet … gut geheizt … und nicht nur so mit dem Nötigsten ausgestattet … sondern mit großem Luxus … Man hält sie in ständiger und strenger Sauberkeit … hält sie von allen Krankheitserregern und schädlichen Ansteckungen rein durch tägliches Waschen, wohldurchdachtes Desinfizieren mit Karbolsäure, Borsäure etc. etc. So wahr ich zu Ihnen spreche, ich habe Hühnerställe gebaut, die wahre Paläste sind ... Das ist alles gut und schön ... Ich bin nicht neidisch auf die peinliche Sorgfalt, mit der man die Tiere umgibt ... Daß man sie auf Leistungsschauen mit Preisen krönt ... daß man sie prämiert ... daß man ihnen beträchtliche Geldsummen gibt, den landwirtschaftlichen Vereinen, das lasse ich durchaus gelten ... Für mich haben alle Lebewesen ein Anrecht auf Schutz, auf soviel Glück und Wohlergehen, wie man ihnen nur verschaffen kann ... Aber ich würde mir wünschen, daß den Kindern – den Menschenkindern – nicht, wie es der Fall ist, all diese ... all diese tierfreundlichen ... Wohltaten systematisch vorenthalten werden ... Aber das scheint unmöglich zu sein. Ein Kind, das zählt rein gar nichts ... dieses menschliche Gewürm kann verrecken und verschwinden ... Das spielt keine Rolle ... Man organisiert sogar amtlicherseits die Tötung ganzer Hekatomben von Neugeborenen ... so als wären wir von einem gefährlichen Überhandnehmen unserer Spezies bedroht ... Und die führenden Persönlichkeiten, die Herren dieser schönen Gesellschaft – die wenn auch nicht die erste Ursache, so doch zumindest die unbekümmerten Fortsetzer jenes Übels sind, das sie mit einem so empörten Patriotismus anprangern –, die beklagen sich bitter über die ständig abnehmende Zahl der Kinder, deren Geborenwerden sie gerade verhindern oder die sie, sowie sie geboren sind, mit den sichersten und raschesten Verfahren töten ... Denn der wahre Kindermörder ist diese Gesellschaft, die so grausam zu den ledigen Müttern ist, die ihre Kinder nicht ernähren können ... Man muß sich nur ansehen, wie sie die Familien ermahnt, sich immer weiter zu vermehren, oder wie sie sie mit sehr strengen fiskalischen Strafen bedroht, wenn sie schließlich auf die Idee kommen, kinderlos zu bleiben, da sie nicht wollen, daß aus ihrer Mitte Geschöpfe hervorgehen, die gnadenlos zum Elend und zum Sterben verdammt sind … O nein … davon wollen wir nichts mehr wissen …‹

All dies hatte er in einem ruhigen Ton gesagt, während er, rittlings auf einer Doppelleiter hockend, methodisch und bedächtig ein Holzbrett zurechtsägte … Als das Brett fertig zugeschnitten war, verschränkte er die Arme und blickte mich, mit dem Kopf nickend, an:

›Ich bitte Sie, Monsieur‹, sagte er …, ›stimmt das vielleicht nicht, was ich da sage? … Und wie sehr liegen sie uns mit ihrem verdammten Bevölkerungsrückgang in den Ohren? … Wenn all diese herrlichen Spaßmacher einmal ihr Gewissen geprüft und offen und ehrlich zugegeben haben, daß der Grund des Übels nicht bei uns liegt … sondern in der Beschaffenheit der Gesellschaft selbst … in der kapitalistischen Barbarei und dem Egoismus der Gesetze, die nur die Glücklichen und Wohlhabenden schützen … ja, dann läßt sich vielleicht noch einmal reden über die Sache … Aber bis dahin werden wir das menschliche Samenkorn und die Keime des Lebens weiter in den Wind schießen, der sie austrocknet … Was habe ich, ich, vom Ruhm und Reichtum eines Landes, in dem ich nur ein einziges Recht besitze, nämlich das, vor Elend, Unwissenheit und Knechtung zu verrecken? …‹

Da fragte ich ihn, aus welchem Grund und auf welche Art seine drei Kinder gestorben sind.

›So wie sie alle oder fast alle bei unsereins sterben‹, gab er mir zur Antwort … ›Oh!, diese Geschichte ist rasch erzählt, es ist die Geschichte aller meiner Standesgenossen … Von Fall zu Fall mag die Form des Elends zuweilen variieren, aber die Ursache ist die gleiche … Ich sagte Ihnen vorhin, daß ich drei Kinder gehabt habe … Alle drei waren sie gesund, kräftig, in guter Konstitution, hatten alle Voraussetzungen, um ein gutes Leben zu haben, das versichere ich Ihnen … Die beiden ersten, in dreizehn Monaten Abstand geboren, sind auf die gleiche Art hinübergegangen … Bei unsereins kommt es selten vor, daß die Mutter ihre Kinder mit der eigenen Milch stillen kann ... Schlechte oder ungenügende Ernährung ... Scherereien in der Ehe ... Arbeit, Erschöpfung ... mit einem Wort, Sie wissen, was das ist ... Die Kinder bekamen also die Flasche ... und es dauerte nicht lange, da ging's mit ihnen bergab ... Nach vier Monaten waren sie so schmächtig und krank, daß wir uns Sorgen machten ... Der Arzt meinte zu mir: »Mein Gott!, das ist immer die gleiche Geschichte ... die Milch taugt nichts ... Die Milch vergiftet Ihre Kinder.« Da sagte ich zu dem Arzt: ›Sagen Sie mir, wo es gute Milch gibt, und ich geh sie dort kaufen.‹ Aber der Arzt schüttelte den Kopf und antwortete: ›Es gibt keine gute Milch in Paris ... Schicken Sie Ihr Kind aufs Land.‹ Ich vertraute den Kleinen der öffentlichen Fürsorge an, die ihn wiederum einer Amme in Perche anvertraute ... Acht Tage später lag er im Sterben ... Er starb, wie sie alle dort sterben, am Mangel an Pflege, an der bäuerlichen Verrohtheit ... am Schmutz ... Mein drittes, das behielt ich im Hause ... Es entwickelte sich bestens ... In jener Zeit, das ist wahr, verdienten meine Frau und ich täglich recht ordentlich, und an Geld fehlte es nicht ... Es war dick, rosig, es schrie nie ... Man hat unmöglich ein kräftigeres und hübscheres Kind als dieses gesehen ... Eines Tages hat es sich, ich weiß nicht wie, eine Augenkrankheit eingefangen, die zu jener Zeit in unserem Viertel grassierte ... Der Arzt meinte zu mir, man müsse es ins Krankenhaus bringen ... Für diese Krankheit gab es eine Spezialklinik. Oh! An Spitälern fehlt es nicht! ... Der Kleine wurde gesund; aber am Tag, als die Mutter ihn wieder abholte, da fand sie ihn ganz abgemagert im Gesicht, und er krümmte sich vor Bauchschmerzen ... Er hatte sich mit Kinderdurchfall angesteckt ... Aber man behandelte ihn nicht dagegen ... Das verwunderte die Mutter ... Da meinte irgendein Kerl vom Personal, der zufällig dabeistand: ›Wir behandeln hier nur Augenkrankheiten ... Wenn Sie wollen, daß man ihn gegen Durchfall behandelt ... dann bringen Sie ihn in ein anderes Spital.‹ Die Mutter konnte noch so viel bitten, flehen und drohen, es war vergebens ... Da nahm sie ihr armes Kind in die Arme, um es in ein Krankenhaus zu bringen, das man ihr genannt hatte ... Auf der Fahrt dorthin ist es gestorben ... So, nun wissen Sie's! ... Und noch immer ermahnt man mich: ›Im Namen Gottes, zeugt Kinder! ... zeugt Kinder ...!‹ O nein! ... Dabei mache ich nicht mehr mit.‹

Er zuckte die Achseln und sagte in einem energischeren Ton:

›Wirklich große Klasse, diese feinen Herrn ... Anstatt nach Mitteln zu suchen, um die Bevölkerungszahl zu vermehren, täten sie besser daran, das Mittel zu finden, wie sich der Wohlstand in der Bevölkerung vermehren läßt ... Ja ... aber das ... das ist ihnen egal! ...‹

Als er seine Arbeit beendet hatte, betrachtete er die Bände, die eingeordnet auf den Regalen der Bibliothek standen.

›Voltaire ...‹, sagte er ... ›Diderot ... Rousseau ... Michelet ... Tolstoi ... Kropotkin ... Anatole France ... Ja, das alles ist wunderschön ... Doch wozu nützt es? ... Die Ideen schlummern in den Büchern ... Die Wahrheit und der Wohlstand treten nie aus ihnen heraus ...‹

Er packte sein Werkzeug zusammen und verabschiedete sich traurig ... sehr traurig ...«

Ein dritter, ein normannischer Grundbesitzer, erzählte:

»Der alte Père Rivoli besitzt eine Mauer. Diese Mauer läuft an einer Landstraße entlang. Und sie ist in arg heruntergekommenem Zustand. Der Regen und die Hacke der Straßenarbeiter haben ihr Fundament unterhöhlt; die bloßgelegten Steine halten kaum noch und Risse bilden sich. Und doch ist sie ein hübscher Anblick mit ihrem Aussehen wie eine alte Ruine. Vereinzelte Schwertlilien krönen ihren First, Leinkraut, Frauenhaar, Hauswurz wächst in ihren Spalten; hier und da reckt sich auch Klatschmohn stolz und vergänglich aus den Lücken zwischen den Bruchsteinen. Aber der gute Père Rivoli hat kein Gefühl für die Poesie seiner Mauer und nachdem er sie lange und eingehend inspiziert, nachdem er an den Steinen, so wacklig wie die Zähne im Kiefer eines armen Schluckers, gerüttelt hat, entschließt er sich am Ende, sie auszubessern.

Er braucht dazu nicht den Maurer kommen zu lassen, denn er hat im Laufe seines Lebens in sämtlichen Berufen gearbeitet. Er versteht sich ebenso darauf, Mörtel anzurühren wie ein Brett zu hobeln, ein Stück Eisen zu schmieden oder einen Dachbalken abzuvieren. Außerdem kommt der Maurer teuer, und mit ihm geht die Arbeit auch nicht schneller von der Hand. Also kauft sich der Père Rivoli etwas Löschkalk, etwas Sand, stapelt ein paar Feldsteine, die er auf seinem Hof gefunden hat, am Fuß der Mauer an die Straße und macht sich ans Werk.

Doch eines Morgens hat er kaum eine halbe Kelle Mörtel gegen die Mauer geworfen, um das erste Loch zu stopfen und den ersten Stein einzusetzen, als er plötzlich hinter sich eine strenge Stimme rufen hört:

›Na, Père Rivoli, was treibt Ihr denn da?‹

Es ist der Straßenmeister auf seiner morgendlichen Runde. Er trägt einen Sack, gefüllt mit Vermessungsinstrumenten, auf dem Rücken und unter seinem Arm zwei rot und weiß lackierte Nivellierkreuze ...

›Oho!‹ ruft er von neuem, nachdem er sich wie eine furchterregende Statue des behördlichen Reglements auf der Straßenböschung aufgepflanzt hat ... ›Oho! Noch in Eurem Alter ... begeht man eine Ordnungswidrigkeit? ... Laßt mal sehen, was treibt Ihr denn da?‹

Der alte Père Rivoli hat sich umgedreht, und er sagt:

›Nu ... ich besser meine Mauer aus ... Sie sehn doch, die bröckelt schon an allen Ecken und Enden zusammen ...‹

›Das sehe ich …‹, antwortet der Straßenmeister …, ›aber habt Ihr auch eine Genehmigung dazu?‹

Der Alte zuckt zusammen und erhebt sich, beide Hände an die stocksteif aufgerichteten Hüften gepreßt.

›Eine Genehmigung, sagt Ihr? … Gehört meine Mauer denn nicht mir? … Brauch ich vielleicht eine Genehmigung, wenn ich mit meiner Mauer machen will, was mir Spaß macht? … Sie zu Klump hau'n oder wieder aufzubau'n, wenn ich's mir in den Kopf setz? … ›

›Spielt nicht den Naiven, alter Gauner … Ihr wißt genau, wovon die Rede ist …‹

›Ich bitt Euch …‹, beharrt der Père Rivoli …, ›gehört sie nu mir, die Mauer, oder nich?‹

›Diese Mauer gehört Euch … aber sie steht an der Straße … Und Ihr seid nicht berechtigt, eine Mauer auszubessern, die zwar Euch gehört, die aber an einer Straße steht …‹

›Aber Ihr seht doch, daß sie nich' mehr hält und sie, wenn ich sie nicht ausbesser, bald umfällt wie ein toter Mann …‹

›Möglich … das ist nicht meine Angelegenheit … Ich erteile Euch eine gebührenpflichtige Verwarnung: erstens wegen Ausbesserns Eurer Mauer ohne Genehmigung; zweitens wegen Abstellens von Baumaterial auf einem öffentlichen Weg, gleichfalls ohne Genehmigung. Das kostet Euch fünfzig Ecus Strafe, hä! hä!, mein lieber Père Rivoli … Das wird Euch lehren, nicht mehr so zu tun, als wüßtet Ihr von nichts …‹

Der alte Père Privoli sperrt weit seinen zahnlosen Mund, so schwarz wie ein Ofenloch, auf … Aber seine Verblüffung ist so gewaltig, daß er kein einziges Wort herausbringt. Seine Augen drehen sich wie winzige Kreisel in ihren Höhlen. Nach einer Minute stöhnt er, mit einer Geste abgrundtiefer Verzweiflung seine Kappe packend:

›Fünfzig Ecus! … Ist das die Möglichkeit … Jesus, Gott im Himmel?‹

Der Straßenmeister fährt fort:

›Und das ist noch nicht alles … Ihr werdet Eure Mauer umgehend instand setzen …‹

›Nein, o nein … ich werd sie nicht ausbessern … Sie ist keine fünzig Ecus wert … Da kann passieren, was will …‹

›Ihr werdet Eure Mauer instand setzen‹, fährt der Beamte mit einem befehlenden Ton fort …, ›weil sie baufällig ist und bei einem Einsturz die Straße beschädigen würde … Und merkt Euch eines gut: Falls Eure Mauer einstürzt, müßte ich eine weitere gebührenpflichtige Verwarnung gegen Euch erheben, und die beliefe sich in diesem Fall für Euch auf hundert Ecus Strafe …‹

Der alte Père Rivoli gerät außer sich:

›Auf hundert Ecus! … O je! Was für ein Unglück! In was für ’ner Zeit leb ich nur?‹

›Aber zuvor, hört mir gut zu … Zuvor werdet Ihr auf einem amtlichen Formular zu zwölf Sous beim Präfekten eine Genehmigung beantragen …‹

›Aber ich kann nich schreiben …‹

›Das ist nicht meine Angelegenheit … Wie dem auch sei, Ihr wißt Bescheid … ich werde die Sache kontrollieren …‹

Der alte Père Rivoli kehrt nach Hause zurück. Er weiß nicht, wozu er sich entschließen soll; aber er weiß auch, daß die Behörden mit armen Leuten nicht spaßen. Wenn er seine Mauer ausbessert, dann kostet das fünfzig Ecus Strafe; wenn er sie nicht ausbessert, dann macht das hundert Ecus … Man zwingt ihn, seine Mauer auszubessern, und zugleich verbietet man es ihm. In beiden Fällen verstößt er gegen die Vorschrift und muß zahlen … seine Gedanken geraten völlig durcheinander. Sein Kopf schmerzt. Und seine Ohnmacht und ausweglose Lage in ihrem gesamten Ausmaß fühlend, seufzt er:

›Und der Abgeordnete hat mir doch erst neulich gesagt, daß ich ›souverän‹ bin, daß alles nur durch mich geschieht und daß ich tun darf, was ich will …‹

Er geht einen Nachbarn, der die Gesetze kennt, da er Stadtrat ist, um dessen Meinung fragen.

›So ist das nun mal, Père Rivoli ...‹, sagt dieser mit gewichtiger Miene. ›Daran führt kein Weg vorbei ... Und da Ihr nicht schreiben könnt, werde ich Euch gern diese kleine Gefälligkeit erweisen ... Ich werde Euren Antrag abfassen ...‹

Der Antrag ist abgegeben. Zwei Monate vergehen ... der Präfekt antwortet nicht ... Präfekte antworten nie ... Sie dichten Verse, sie flirten mit den Gattinnen von Steuereinnehmern oder aber sie sind in Paris, wo sie ihre Abende im *Olympia* oder im *Ambassadeurs* verbringen. Jede Woche macht der Straßenmeister vor dem Haus von Père Rivoli halt.

›Na ... und die besagte Genehmigung?‹

›Noch nichts.‹

›Dann muß man ein Erinnerungsschreiben einreichen ...‹

Die Erinnerungsschreiben werden in der Gruft der Amtsstuben zwischen unberührbaren Staubschichten mit zu dem auf amtlichem Formular verfaßten Antrag abgelegt. Tag für Tag lauert der Père Rivoli dem Postboten auf seinem Rundgang auf. Nie macht der Postbote an seiner Haustür halt. Und die Risse in seiner Mauer werden immer größer; die Steine lösen sich heraus und rollen auf die Böschung, der Mörtel zerbröckelt, hebt sich mehr und mehr ab, da es in der Zwischenzeit einen starken Frost gegeben hat; und die klaffenden Wunden befallen und zerfressen jene arme, schon zur Hälfte eingestürzte Mauer immer weiter mit ihrem Aussatz.

Eines Nachts, während eines starken Sturms, ist sie vollends eingestürzt. Am nächsten Morgen hat der Père Rivoli das Desaster bereits im Morgenrot entdeckt. Bei ihrem Einsturz hat die Mauer auch noch die Obstspaliere auf seinem Hof umgerissen, die im Herbst so herrliche Früchte trugen. Und nichts schützt nun mehr das Anwesen des armen Mannes; Diebe und streunendes Gesindel können es nun zu jeder Zeit betreten, den Hühnern nachstellen, die Eier stehlen ...

Und furchterregend ist der Straßenmeister erschienen:
›Ha! ... Da seht Ihr's: Genau wie ich Euch gesagt habe ... nun ist sie eingestürzt, jawohl! ... Also bitte! Dann muß ich Euch eine gebührenpflichtige Verwarnung erteilen ...‹
Der arme Père Rivoli bricht in Tränen aus:
›Ist das etwa meine Schuld? Ist das etwa meine Schuld? Wo Ihr mich doch dran gehindert habt, sie auszubessern!‹
›Ich bitte Euch, ich bitte Euch ... das ist doch keine große Affäre ... Mit den fünfzig Ecus der ersten Verwarnung macht das nicht mehr als hundertfünfzig Ecus, zuzüglich Bearbeitungsgebühren ... Das könnt Ihr doch wohl bezahlen ...‹
Aber der arme Père Rivoli kann das nicht bezahlen. All sein Vermögen steckt in seinem Hof und den zwei Armen, die seinen Hof bis zur Erschöpfung mit ihrer ständigen Mühe am Leben halten. Der gute Mann wird düster und verschlossen ... Er verläßt nicht mehr sein Haus, in dem er den ganzen Tag über, den Kopf in die Hände gestützt, vor seinem Herd ohne Feuer hocken bleibt. Zweimal ist bereits der Gerichtsvollzieher erschienen. Er hat das Haus gepfändet, er hat den Hof gepfändet. In acht Tagen wird man alles abholen kommen ... Da verläßt der alte Père Rivoli eines Abends seinen Stuhl und seinen Herd ohne Feuer, steigt leise in seinen Keller ohne Licht hinunter ... Tastend sucht er zwischen den leeren Cidre-Flaschen und dem Arbeitswerkzeug und den Obstkörben ein dickes Seil, das er zum Rollen seiner Weinfässer verwendet ... Und dann steigt er wieder in seinen Hof hinauf.
Mitten auf dem Hof steht ein großer Nußbaum, der seine knorrigen Äste über dem Gras in den Himmel breitet, den bereits das erste Mondlicht in Perlmutt taucht. Er bindet das Seil an einen der oberen Äste, denn er ist mit Hilfe einer Leiter von Astgabel zu Astgabel hinaufgeklettert; dann schlingt er das Seil um seinen Hals und läßt sich mit einem Ruck wie ein Klotz in die Tiefe fallen ... Im Niedergleiten hat das Seil

aufgeschrien an dem Ast, der Ast hat ein leichtes Knarren vernehmen lassen …

Am nächsten Tag bringt der Postbote die Genehmigung des Präfekten … Und er sieht den Erhängten, wie er auf seinem Hof zwischen den Ästen des Baums, auf dem zwei Vögel zwitschern, am Ende eines Seils baumelt.«

Dann erzählt ein vierter:

»Eines Abends, spät nach einem fruchtlosen Tageslauf, beschließt Jean Guenille, nach Hause zurückzukehren … nach Hause! … So nannte er eine Bank, die er sich auf der Grünfläche der Place d'Anvers auserkoren hatte und auf der er seit mehr als einem Monat mit dem Gewölbe eines Kastanienbaums als Baldachin schlief … In diesem Augenblick befand er sich auf einem Boulevard vor dem *Vaudeville*, wo ihm die von Abend zu Abend größer werdende Konkurrenz, seine geringe Beweglichkeit und auch sein Pech nur eine lächerlich geringe Abendkasse beschert hatten … zwei Sous … und dazu noch zwei ausländische Groschen, die keinen Zahlungswert hatten …

›Einem armen Kerl wie mir zwei falsche Sous geben … noch dazu ein Millionär! … wenn das kein Jammer ist …‹

Er sah den Herrn wieder … ein schöner Herr, elegant gekleidet … weiße Krawatte … strahlende Hemdbrust … goldener Spazierstock … Und Jean Guenille zuckte die Achseln, doch ohne Haß.

Was ihm am meisten zu schaffen machte, war das Problem, wie er wieder bis zur Place d'Anvers zurückkäme … Das war ganz schön weit, und er hing nun einmal an seinem *Zuhause*, an seiner Bank. Dort hatte er es im Grunde nicht allzu schlecht, und er konnte sichergehen, daß er nicht belästigt wurde … denn er kannte die Polizisten, die sich am Ende seiner erbarmt hatten und ihn in Ruhe schlafen ließen …

›Donnerwetter! …‹ fluchte er … ›Das war ein verdammt

schlechter Tag … Seit drei Wochen … habe ich keinen so schlechten gehabt … Und man hat allen Grund zu sagen, daß die Geschäfte nicht mehr wie früher gehen … Wenn die Engländer daran schuld sind … wie man behauptet … diese verfluchten Engländer … dann soll sie der Teufel holen! …‹

Er machte sich auf den Weg, denn er hatte die Hoffnung nicht verloren, daß er unterwegs einem barmherzigen Herrn oder einem großzügigen begegnete, der ihm zwei Sous geben würde … zwei echte Sous, mit denen er sich am nächsten Morgen ein Stück Brot kaufen könnte …

›Zwei Sous … zwei echte Sous … das ist doch nicht die Welt! …‹ sagte er sich noch einmal, während er langsam einen Schritt vor den anderen setzte … denn zusätzlich zu seiner Erschöpftheit hatte er auch noch einen Leistenbruch, der ihn heute mehr als gewöhnlich plagte.

Und als er seit einer Viertelstunde weiterging und bereits an der Hoffnung zweifelte, daß er dem von der Vorsehung gesandten Herrn noch begegnen würde, da fühlte er plötzlich etwas Weiches unter seinen Füßen … Zuerst dachte er, das könnte ein Stück Abfall sein … Doch dann überlegte er sich, daß es auch etwas sein könnte, was man noch essen kann … Man kann nie wissen! Der Zufall liebt die Armen zwar wenig und hält für sie nur selten glückliche Überraschungen bereit … Und doch erinnerte er sich, daß er eines Abends in der Rue Blanche eine Hammelkeule, noch ganz frisch, eine herrliche, riesige Keule gefunden hatte, die wohl von dem Wagen eines Metzgers herabgefallen sein mußte … Was er zu dieser Stunde unter seinen Füßen hatte, das war natürlich keine Keule … aber vielleicht ein Kotelett … ein Stück Leber, ein Kalbsherz …

›Aber was soll's! …‹ sagte er sich … ›Man muß sich die Sache dennoch ansehen …‹

Und er bückte sich, um dieses Etwas aufzuheben, auf das seine Füße traten …

›Wie bitte?‹ entfuhr es ihm ... als er es berührt hatte ... ›Das ist nichts, was man essen kann ... Ich bin angeschmiert ...‹

Die Straße war so gut wie menschenleer ... Kein einziger Schutzmann, der die Runde machte ... er trat unter eine Gaslaterne, um festzustellen, was er da in der Hand hielt ...

›Ach du meine Güte! ... Das ist ja noch schlimmer ...‹, murmelte er ganz laut.

Es war eine Brieftasche aus schwarzem Maroquinleder mit verstärkten Ecken aus Silber ... Jean Guenille öffnete sie, untersuchte ihr Inneres ... In einem der Gefache fand er ein Bündel Banknoten ... zehn Tausend-Francs-Scheine, zusammengeheftet mit einer Nadel ...

›Ach du meine Güte ...‹, rief er noch einmal.

Und, den Kopf hin und her wiegend, fügte er hinzu:

›Wenn ich denke, daß es Leute gibt, die Brieftaschen wie diese in ihrer Tasche haben ... und in ihren Brieftaschen zehntausend Francs! ... Wenn das kein Jammer ist ...‹

Er durchsuchte die anderen Gefache der Brieftasche ... Sie enthielten nichts ... Keine Karte ... keine Photographie ... keinen Brief ... keinen Hinweis, wie man den Besitzer dieses Vermögens kennenlernen könnte ... das er hier ... in der Hand hielt.

Und während er die Brieftasche wieder schloß, sagte er sich:

›Nun, besten Dank! ... Das muß ich zum Polizeikommissar bringen. Das wird mich einen Umweg kosten ... ich bin schon reichlich ... reichlich erschöpft ... Nein, wirklich ... heute abend habe ich kein Glück ...‹

Die Straße wurde noch menschenleerer ... Nicht ein Passant kam vorüber ... Nicht ein Sergeant, der seine Runde machte ... Jean Guenille kehrte also um und begab sich zum nächstgelegenen Polizeikommissariat ...

Jean Guenille hatte größte Mühe, bis zu dem Magistraten

vorzudringen ... Wegen seiner zerlumpten Kleider, der ausgezehrten und aschfahlen Haut seines Gesichts hielt man ihn zuerst für einen Verbrecher. Und es fehlte nicht viel und man hätte sich auf ihn gestürzt ... und ihn in die Arrestzelle gesperrt ... Aber mit Hilfe von sanften Worten und ruhiger Beharrlichkeit wurde ihm schließlich die Gunst gewährt, daß man ihn ins Büro des Polizeikommissars führte ...

›Herr Polizeikommissar‹, grüßte Jean Guenille, ›ich bringe Ihnen etwas, was ich gerade auf der Straße unter meinem Fuß gefunden habe ...‹

›Was ist es?‹

›Es ist das hier, Herr Kommissar ...‹, antwortete der arme Schlucker und reichte ihm mit den Spitzen seiner knochigen Finger die Brieftasche ...

›Gut.. gut ... Und natürlich ... ist diese Brieftasche leer?‹

›Überzeugen Sie sich selbst, Herr Kommissar ...‹

Dieser öffnete die Brieftasche, nahm das Bündel Banknoten heraus ... zählte sie ... Und rief mit vor Überraschung kreisrunden Augen:

›Aber hören Sie ... aber hören Sie? ... Das sind ja zehntausend Francs! ... Donnerwetter! ... Das ist ja eine enorme Summe ... eine ... ganz enorme Summe ... Himmeldonnerwetter! ...‹

Jean Guenille blieb ganz ruhig ... Er sagte:

›Wenn ich denke, daß es Leute gibt, die zehntausend Francs in ihrer Brieftasche haben ... was für ein Jammer!‹

Der Kommissar musterte unablässig den Vagabunden und dies mit einem Ausdruck in den Augen ... einem ganz sonderbaren Ausdruck, in dem mehr Erstaunen als Bewunderung lag.

›Und Sie haben das gefunden? ... Donnerwetter ... Sie sind aber ein ehrlicher Mensch ... ein anständiger Mann ... Sie sind ein Held ... Das steht außer Zweifel ... Sie sind ein Held.‹

›Oh! Herr Kommissar …‹

›Ein Held … dabei bleibe ich … Denn schließlich … schließlich hätten Sie ja auch … Kurz und gut: ein anständiger Mann … Sie sind ganz einfach ein Held! … Das ist eine glänzende Tat, die Sie da getan haben … eine heroische Tat … Ich finde kein anderes Wort … Sie verdienen den Prix Montyon … Wie heißen Sie?‹

›Ich heiße Jean Guenille … Herr Kommissar.‹

Der Kommissar hob zwei beschwörende Arme zur verräucherten Zimmerdecke seines Büros:

›Und er heißt auch noch Jean Guenille! … Wirklich bewundernswert … Darüber müßte man ein Buch schreiben … Ihr Beruf?‹

›Ach!‹ antwortete der Bettler … ›Ich habe keinen Beruf …‹

›Wie, keinen Beruf? … Sie leben also von Ihren Einkünften?‹

›Von der öffentlichen Barmherzigkeit, Herr Kommissar … Und ich frage mich: Kann ich das wirklich ›leben‹ nennen?‹

›O verdammt! O verdammt! … Ich fürchte, das erschwert die Sache ein wenig … o verdammt!‹

Hier zog der Kommissar eine flüchtige Grimasse und fragte in einem weniger begeisterten Ton:

›Das heißt also … Sie sind Bettler?‹

›Ich bitte Sie … Herr Kommissar.‹

›Ja! … Ja! …‹

Der Kommissar war ernst geworden … Nach einer kleinen Pause begann er von neuem sein Verhör:

›Ihr Wohnsitz? …‹

›Wie soll ich einen Wohnsitz haben?‹ antwortete Jean Guenille entmutigt.

›Sie haben keinen Wohnsitz?‹

›Leider Gottes, nein …‹

Sie haben keinen Wohnsitz? … Sie spaßen wohl, guter Mann?'

›Ich versichere Ihnen, ich habe keinen …‹

›Aber Sie sind gezwungen, einen Wohnsitz zu haben … gezwungen durch das Gesetz.‹

›Und durch die Armut … bin ich gezwungen, keinen zu haben … Ich habe keine Arbeit … ich habe keinerlei Einkünfte. Und wenn ich die Hand aufhalte … dann gibt man mir ausländische Sous … Zu allem Überdruß … bin ich auch noch alt und krank … Ich habe einen Leistenbruch …‹

›Einen Leistenbruch … einen Leistenbruch! … Schön und gut … Aber das ist nicht das Problem … Sie haben einen Leistenbruch … aber Sie haben keinen Wohnsitz … Sie leben im Zustand der Stadtstreicherei … Sie machen sich ganz einfach des Delikts der Stadtstreicherei schuldig … Ein Held … das steht außer Zweifel … Sie sind ein Held … Aber Sie sind auch ein Vagabund … O je! … O je! … Und wenn es auch keine Gesetze für Helden gibt … so gibt es doch welche gegen Vagabunden … Ich bin gezwungen, das Gesetz anzuwenden … Das ist mir peinlich … das ist mir äußerst unangenehm … denn … was Sie getan haben … das ist sehr löblich … Aber … was soll ich machen? … Gesetz ist Gesetz … und dem Gesetz muß immer noch Genüge getan werden … Gottverdammter Teufelskerl! … Und überhaupt, allein schon der Gedanke! …‹

Während er redete, ließ er die Brieftasche in seiner Hand aufhüpfen … Und er fuhr fort:

›Hier haben wir also diese Brieftasche? … Gut, einverstanden … An Ihrer Stelle und in Ihrer Lage gibt es vielleicht nicht viele, die sie abgegeben hätten … Das gebe ich zu … Ich will nicht behaupten, daß Sie ein Schwachkopf gewesen sind, sie abzugeben, diese Brieftasche … Nein … im Gegenteil … Ihre Tat ist äußerst verdienstvoll … sie ist einer Belohnung würdig … Und diese Belohnung … ich schätze, nicht weniger als hundert Sous … die werden Sie zweifellos bekommen, sobald wir sie gefunden haben – sofern wir sie jemals finden –

ich meine die Person, der diese Brieftasche gehört und die zehn Tausend-Francs-Scheine, die sie enthält ... Ja, aber daraus folgt noch nicht, daß Sie einen Wohnsitz haben ... und darin liegt das ganze Problem, Jean Guenille ... Verstehen Sie mich recht ... Weder im *Code Civil* noch irgendwo anders existiert ein Gesetzesparagraph, der Sie dazu verpflichtet, Brieftaschen, gespickt mit Banknoten, auf der Straße zu finden ... Im Gegensatz dazu gibt es aber einen, der Sie dazu zwingt, einen Wohnsitz zu haben ... Oh! Sie hätten besser daran getan, das versichere ich Ihnen, einen Wohnsitz anstatt dieser Brieftasche zu finden ...‹

›Und das bedeutet? ....‹ fragte Jean Guenille.

›Das bedeutet‹, antwortete der Kommissar ..., ›nun ... Sie werden heute Nacht in der Zelle schlafen ... Und morgen werde ich Sie ins Untersuchungsgefängnis schicken ...‹

Und er läutete ... Zwei Sergeanten präsentierten sich ... Der Magistrat machte eine Handbewegung ... Und während sie Jean Guenille in die Arrestzelle abführten, seufzte dieser:

›Nein, so was! ... Also wirklich, heute habe ich kein Glück ... Täten diese verdammten Bourgeois, so frage ich Sie, nicht besser daran, ihre Brieftaschen in ihren Taschen zu behalten? ... Das ist wirklich ein Jammer ...‹«

Schließlich erzählte ein fünfter:

»Sie werden mir verzeihen, wenn meine Geschichte weniger lustig ist ... Bis jetzt wurde nur das komische Elend angesprochen ... hier nun das tragische Elend ... Es ist genauso schmerzlich ... obwohl es nicht zum Lachen ist ...«

Und er begann:

»Eines Morgens läutete ein Mann von etwa fünfzig Jahren, sehr ärmlich gekleidet, von kränklicher und verwahrloster Erscheinung, mit überspannten Gesten und wirren Reden an meiner Tür. Nach einigen Erklärungen, die der Aufwärterin einen Heidenschrecken einjagten und von denen sie kein

Wort verstand, verlangte er mich zu sprechen ... Die Dienstboten haben keinen Sinn für das Mysteriöse, sie mögen die armen Leute nicht und fürchten sich vor leidenden, vor menschenscheuen Gestalten ... Man sagt ihm, daß ich nicht zu Hause sei ... daß ich erst sehr spät zurückkehren würde ... und daß ich vielleicht ... sogar ganz sicher ... überhaupt nicht nach Hause käme ... Der Mann schien für einen Augenblick fassungslos, aber er insistierte nicht weiter und entfernte sich ohne ein Wort ...

Eine halbe Stunde später läutete er wieder an der Tür ... Der Ausdruck seines Gesichts war, so schien es, nicht mehr derselbe ... er war ruhig, beinahe heiter ... Er lächelte der Aufwärterin ins Gesicht, und sein Lächeln war voller Sanftmut und Güte ... In einem äußerst höflichen Ton sagte er:

›Sie werden ihm diese vier Blätter geben, die ich gerade unten bei der Concierge geschrieben habe ... Sie werden sie ihm geben, sowie er nach Hause kommt ... Vergessen Sie es nicht ... es ist von höchster Wichtigkeit ...‹

Leiser, beinahe geheimnisvoll, fügte er hinzu:

›Es geht um das Wohl der Menschheit. Sie sehen also, wie dringend das ist ... aber kein Wort! ... Sprechen Sie nicht mit der Köchin darüber ... Die Köchinnen, das sind Spatzenhirne ... Die pfeifen auf das Wohl der Menschheit ...‹

Gleichzeitig überreichte er ihr eines nach dem anderen diese vier Blätter, bedeckt mit einer breiten, auseinandergezogenen, fieberhaften, bald sicheren, bald zitternden Schrift ... ohne jede Streichung ... An manchen Stellen war die Tinte noch nicht getrocknet.

›Kein Sterbenswort! ...‹ sagte er von neuem ... ›Ich verlasse mich auf Sie ...‹

Und sehr geschwind, ohne weitere Kommentare, stürmte er die Treppe hinunter.«

Der Gast zog eine kleine Papierrolle aus seinem Smoking und entrollte sie:

»Wenn sich unter Ihnen Menschen mit Geschmack, tugendhafte Menschen und Schwärmer für Vaudevillehaftes befinden, so bitte ich diese, nicht zuzuhören ... Hier der besagte Brief ...«

Und er begann zu lesen:

»Verehrter Herr,

Oh!, ich kenne durchaus den Grund ... den Grund, weshalb Ihr mich nicht versteht ... mich nicht schätzt ... mich niemals schätzen werdet und weshalb Ihr alle mich, solange es Euch gibt, eiskalt, ohne einen Blick des Mitleids für mich, ohne auch nur einen Blick der Neugier für mich, auf dem Schafott umkommen oder in den Strafkolonien krepieren laßt ...

Ihr alle, verehrte Herrn, seid gesunde und kräftige Kerle ... Ihr habt eine zähe Haut, einen klaren Blick und einen langen Arm ... und Macht. O ja! und Macht ... Aber das tut nichts zur Sache ... auch ich habe Macht ... das walte Gott!

Ihr, meine verehrten Herren, seid geboren ... habt Euch prächtig entwickelt in herrlichen Gegenden, wo überall Nahrung gedeiht und wo sogar nicht nur die Nahrung gedeiht ... Und die Muskeln voller Kraft, die Adern voller heißem Blut, die Lungen voll reiner Luft, habt Ihr Euch der Seligkeit und Fruchtbarkeit Eurer Landsitze entrissen und habt dieses so schöne Ideal, das so herrlich nach frischem Gras und Wiese duftet, den Wohlgeruch der Quellen, die Ruhe, die Stille der tiefen Wälder ... die Ställe und das Heu ... o das Heu! nach Paris mitgebracht ... ja, nach Paris ... um Paris zu zähmen, das Ihr, gestattet mir, Euch das zu sagen, so wenig kennt.

Oh, ein Pariser! Ich gäbe viel darum (ich, der ich nichts besitze) ... wenn ich keiner wäre, wenn ich nie einer gewesen wäre ... Vielleicht sähe ich dann etwas weniger trübsinnig aus ... vielleicht wäre ich dann etwas weniger krank und hätte etwas mehr Haar auf dem Kopf ... Und vielleicht wäre ich, wenn nicht in Paris geboren, irgendwo geboren so wie Ihr alle! ... Es sei denn, ich wäre nirgendwo geboren, was für mich ein famoses Glück gewesen wäre ...

Denn ich, ich bin das Kind von Paris ... aus elenden Lenden geboren ... und gezeugt von degenerierten Rassen ... Ich hatte das Verbrechen zum Vater, das Elend zur Mutter ... Die Freunde meiner Kindheit hießen Bibi Sapeur, la Gousse, Titi und Trompe-la-Mort mit Namen ... Mehrere dieser armen Lumpenkinder sind im Zuchthaus gestorben, andere unter der Guillotine geendet ... Und ich fühle, daß mir vielleicht ein ähnlicher Tod beschieden sein wird! ... Bis zu meinem elften Lebensjahr habe ich nicht ein einziges Getreidefeld gesehen ... nicht eine kleine Quelle ... nicht einen herrlichen Wald ... Ich habe nur Messer gesehen, nur rasende Augen ... nur rote Hände ... die armen Hände! ... rot, weil sie getötet haben ... bleiche Hände ... die armen Hände! ... bleich, weil sie gestohlen haben ... Denn was hätten sie sonst auch tun können?

In meinen Augen spiegeln sich im Aufbrausen, im Zorn und im Hunger ... und auch in der Liebe ... diese Messer meiner Kindheit und erinnern mich an die Guillotine ... Und meine Hände ... ach! meine Hände ... sie haben alles gesehen ... und da sie so viele entsetzliche, traurige und schmerzliche Dinge gesehen haben ... sind es verkrampfte Hände ... verstörte Hände ... geblieben, die nicht mehr arbeiten können.

Ich habe Jahre in den Fabriken und in den Werkstätten von Paris verbracht ... und ich habe Lasten gestemmt, und ich habe Masten in amtlich blauer Farbe gestrichen ... und ich bin erstickt in Qualm und Rauch ... - und ich bin in Schächte gestiegen ... und ich habe nicht satt zu essen gehabt, und ich habe unter meinen Kameraden keinen gefunden, der mich geliebt hat ... Dazu hat man hat keine Zeit ... und die Arbeit verhärtet das Herz ... und führt dazu, daß einer den anderen haßt ...

Später, mit dreißig, bin ich in ein Haus eingetreten, in dem ein anderer Wind wehte ... Das war ein bürgerlichen Haus ... Dort durfte man sich keine krumme Sachen erlauben ... Dort gab es einen Herrn im Hause ... anstatt zweihundert ... Dort mußte man gehorchen ... Ich habe mich gefügt ... ich habe meine Nerven gezähmt ... die schönen Tage haben den Rest besorgt ... Da ich mich auf dem Lande befand, habe ich verweilt, wurde ich von allem gerührt, während ich durch die Felder und die Wälder spazierte ... und ich habe mit den kleinen Quellen geredet ... mit den Blumen an den Böschungen der Landstraßen und auf den Wiesen ... Und obwohl bereits alt durch das Elend und geschwächt durch die Arbeit, hatte ich junge Träume, wie man sie mit sechzehn hat ...

Und dann bin ich nach Paris zurückgekommen ... und bin durch die Straßen flaniert und abends in die Nachtlokale ... in die Kaschemmen ... und habe endlich Kameraden getroffen ... Es waren anständige und ehrbare Leute, Gelegenheitssäufer, ausgemachte Säufer ... Gelegenheitszuhälter, ausgemachte Zuhälter ... traurige und lustige ... barmherzige und bösartige ... und die ich liebte, denn sie zumindest ... sie hatten ein Herz.

Ja, aber das alles ist kein Leben ...

Die Dinge spüren und sein Elend von abends bis morgens von einem Ort zum anderen, vom Weinhändler zum Gefängnis zu schleppen, das ist kein Leben ...

Und daher will ich nun folgendes werden – sofern man mich nicht so sehr erhöht, daß man mich in ein Irrenhaus ... in ein Zuchthaus ... oder in ein Krankenhaus einsperrt ...

Ich will endlich eine Gefahr für die Gesellschaft werden ...

Und ich werde für das Volk von Paris und für die Bauern auf dem Lande, die ich liebe ... ja, für sie alle ... werde ich allen Abgeordneten und allen Wählern, selbst wenn's hundert Millionen wären, einen Besuch abstatten und sie fragen, ob sie nicht endlich aufhören wollen, uns alle zu verarschen!

Für das Volk von Paris und für die Bauern, die ich liebe, werde ich ... ja, für sie alle werde ich ... Loubet aufsuchen; ich werde ihn zwingen, mir an einem Tag, an dem der Lohn ausgezahlt wird, zu allen Kneipenwirten der Rue de la Roquette, der Rue de Charonne, des Faubourg Antoine zu folgen ... Und ich werde ihn zu allen Rathäusern mitnehmen, an denen Gesuche nach Arbeit angeschlagen sind, und ich werde ihn alle Elendsabsteigen und Kellerlöcher betreten lassen, in denen die armen Schlucker verzweifelt ihre armen kranken Köpfe schütteln ...

Für das Volk von Paris ... und für die Bauern, die ich liebe ... werde ich ... ja, für sie alle werde ich den König von Belgien, den Prince of Wales und alle Könige und alle Reichen, Wohlhabenden und Glücklichen einladen, mit mir die Bordelle von Montmartre, alle Kerker und das zentrale Untersuchungsgefängnis zu betreten ... damit sie sich schämen über ihren Reichtum, ihren Wohlstand und ihr Glück ... und damit sie die Straßenmädchen lieben und die Zuhälter und all die anständigen Seelen schätzen lernen, gegen die sie Gesetze, Polizeispitzel und Guillotinen aufstellen, während sie ihnen in Wirklichkeit Paläste und Denkmäler errichten müßten.

Für das Volk von Paris und für die Bauern, die ich liebe, werde ich ... ja, für sie alle werde ich mit Vergnügen die Messieurs Georges Leygues und Roujon einladen, mir in die Theater von Paris, in den Louvre ... und in die Kunstakademien und in die Sorbonnen zu folgen ... Das wird sie erbarmen!

Ich werde nach Rom gehen und dem Papst sagen, daß das Volk von Paris und die Bauern, die ich liebe, nichts mehr wissen wollen von seiner Kirche, von seinen Priestern und von seinen Gebeten ... Und ich werde den Königen, den Kaisern, den Republiken sagen, daß es aus ist mit ihren Armeen, mit ihren Gemetzeln ... mit all diesem Blut, mit all diesen Tränen, womit sie ohne Sinn und Verstand das gesamte Universum bedecken ...

Und ich werde mein Messer und meine roten Hände über all diese Gesichter ziehen, in all diese Bäuche rammen.

Und so wird sich meine Rolle als Gefahr für die Gesellschaft vollziehen ...

Ich habe die feste Hoffnung, Sie in Bälde persönlich zu sprechen, an einem Tag, an dem Sie nicht allzu sehr mit Arbeit überlastet sind, an dem Sie nicht allzu spät nach Hause zurückkehren und nicht allzu sehr in Eile sind ...

Denn die Menschen, die in Eile sind, schätze ich nicht allzu sehr.«

Der Erzähler faltete den Brief wieder zusammen, steckte ihn wieder in seine Tasche ... Ein Schweigen trat ein, und ich fühlte so etwas wie einen leichten eisigen Lufthauch über meinen Nacken fahren ...

Triceps, ganz seinen Pflichten als Hausherr ergeben, hatte während all dieser Geschichten nicht ein Wort gesagt ... Aber er war nicht der Mann, der aus ihnen keine wissenschaftlichen Schlüsse gezogen hätte.

»Meine Freunde«, sagte er, »ich habe euren Geschichten aufmerksam zugehört. Und sie bestätigen mich noch mehr in der Ansicht, die ich mir seit langem, insbesondere seit dem Kongreß von Folrath, über das menschliche Elend entwickelt habe. Während ihr behauptet habt, die Armut sei das Ergebnis eines mangelhaften und ungerechten Zustandes der Gesellschaft, würde ich dagegen behaupten, daß sie nichts anderes als eine individuelle Degeneration physiologischer Art ist ... Während ihr behauptet habt, die soziale Frage könne nur durch die Politik, die politische Ökonomie, die kämpferisch engagierte Literatur gelöst werden, schrie ich stets laut und vernehmlich hinaus, daß dies nur durch die Therapie geschehen kann ... Aber das ist doch vollkommen klar ... darüber besteht überhaupt kein Zweifel ... Oh!, die Wissenschaft, was für ein Wunder! ... Wißt ihr, aufgrund welcher gewissenhaften, unerschütterlichen Experimente wir, einige Wissenschaftler und ich, dazu gebracht wurden, zu erklären, daß Genialität zum Beispiel nur eine furchtbare Geistesverwirrung ist? ... Denn was sind die genialen Männer? ... Menschen mit Wahnvorstellungen, Alkoholiker, Degenerierte, Verrückte ... So haben wir lange Zeit geglaubt, Zola zum Beispiel würde sich höchster geistiger Gesundheit erfreuen; alle seine Bücher schienen diese Wahrheit zu bestätigen, ja, hinauszuschreien ... Ganz und gar nicht ... Zola? ... Ein Krimineller ... ein Kranker, den man behandeln muß, anstatt ihn zu bewundern ... und bei dem es mir unbegreiflich ist, daß wir im Namen der nationalen Gesundheit ... noch nicht seine Einweisung in eine Irrenanstalt erwirken konnten ... Beachtet, meine Freunde, daß ich das, was ich von Zola sage, in gleicher Weise auch von Homer, Shakespeare, Molière, Pascal, Tolstoi sage ... Verrückte ... Verrückte ... nichts als Verrückte ... Wißt ihr auch, daß die angeblichen Fähigkeiten des Geistes, die angeblich moralischen Tugenden, auf die der Mensch sich so viel einbildet und die wir – oh, was für ein Schwachsinn! – durch die Erziehung auch noch mit allen Mitteln zu fördern suchen ... ja, ich meine ... daß Intelligenz, Erinnerungsvermögen, Mut, Rechtschaffenheit, Gelassenheit, Hingabe, Freundschaft etc. etc. nichts anderes als schwere physiologische Schäden ... Degenerationserscheinungen ... mehr oder weniger gefährliche Erscheinungsformen der großen, der einzigen, der furchtbaren Krankheit unserer Zeit sind – nämlich der Neurose? ... Nun, eines Tages habe ich mir die Frage gestellt: ›Was ist Armut? ...‹ Und sofort habe ich geantwortet: ›Eine Neurose natürlich! ...‹ Zunächst ging ich mit mir abwägend zu Rate und habe mir gesagt: ›Vorsicht ... langsam ... nur nichts überstürzen ... befreien wir uns von allen Gemeinplätzen, von allen Klischees, die sich seit Jahrhunderten und Aberjahrhunderten die Schriftsteller, Dichter, Philosophen ständig zuspielen ... Wie kann es in einer Zeit von Produktion und Überproduktion wie der unseren vorkommen, daß es noch Arme gibt? ... Ist es vorstellbar, ist es zumutbar, daß wir in einer Epoche, in der man zuviel Tuch, zuviel Samt, zuviel Seide, Leinen- und Baumwollstoff produziert, noch Leuten begegnen, die aufs ärmlichste gekleidet sind? ... Daß menschliche Wesen an Hunger und Elend krepieren, während sich die Nahrungsprodukte, Lebensmittel jeglicher Art, in Hülle und Fülle auf sämtlichen Märkten des Universums stapeln? ... Aufgrund welcher – auf den ersten Blick, so scheint es, vollkommen unerklärlichen – Anomalie finden wir inmitten so vieler verschwendeter Reichtümer, inmitten von so viel ungenutztem Überfluß noch Menschen, die stur und steif darauf beharren, die verbissen danach trachten, arm zu bleiben?‹ ... Die Antwort war einfach. ›Sind das Kriminelle? ... Nein .... Wahnsinnige, Degenerierte, Abartige, Verrückte? ... Ja ... Also letztendlich Kranke ... Und ich muß sie heilen! ...«

»Bravo! ... Bravo! ...« applaudierte jemand.

Ein anderer schrie:

»O ja! O ja! ... Genau so ist es! ...«

Ermutigt fuhr Triceps fort:

»Sie heilen? ... Zweifellos! ... Aber diese Argumentation mußte zuvor von der Ebene der Hypothese in die der gewissenhaften experimentellen Überprüfung ... von den Sümpfen der politischen Ökonomie, von den Torfmooren der Philosophie auf den pflanzlichen Boden der Wissenschaft transponiert werden ... Für mich ein Kinderspiel, wie ihr sehen werdet ... Ich besorgte mir zehn Arme, die alle äußeren Merkmale bitterster Armut aufwiesen ... ich setzte sie der Wirkung von Röntgenstrahlen aus ... Und nun hört mir genau zu ... Sie wiesen am Magen, an der Leber und am Darm Funktionsstörungen auf, die mir noch nicht hinreichend charakteristisch und spezifisch erschienen … Das Entscheidende war eine Reihe schwärzlicher Flecken, die sich im Gehirn sowie im gesamten Zerebrospinalapparat zeigten … In den Gehirnen von reichen oder auch nur wohlhabenden Patienten habe ich solche Flecken dagegen nie beobachtet … Von diesem Moment an stand die Sache für mich fest, und ich zweifelte nicht einen Augenblick mehr daran, daß sie die Ursache jener dementiellen und neuropathischen Affektion – genannt: Armut – waren …«

»Wie sahen diese Flecken denn aus?« fragte ich.

»So ähnlich wie die, welche die Astronogen an der Oberfläche der Sonne feststellten …«, antwortete Triceps unerschütterlich …, »wenn auch mit der Besonderheit … daß sie das Aussehen von hornartigen Verhärtungen hatten … Und hast du bemerkt, mein Freund, wie gut sich alles zusammenfügt … wie eine Entdeckung zu einer nächsten führt? … Gestirn und Gehirn, verstehst du, was ich meine? … Von nun an hatte ich nicht nur die Lösung der sozialen Frage, sondern auch die noch viel wichtigere Lösung eines noch viel wichtigeren Problems in der Hand, nach dem ich bereits seit fünfzehn Jahren suchte: nämlich die Frage, wie sich sämtliche Wissenschaften vereinigen lassen.«

»Wirklich bewundernswert! … Und nun?«

»Ich habe keine Zeit, euch eine komplette physiologische Beschreibung dieser Flecken zu liefern … Im übrigen wäre dies auch ein zu schwieriges Gebiet für euch … Es mag euch daher genügen, zu wissen, daß ich nach geduldigen histologischen Analysen ihre Natur exakt bestimmen konnte … Der Rest war nur noch eine Kleinigkeit für mich … Ich sperrte meine zehn Armen in Zellen, die in geeigneter Weise für die Behandlung ausgestattet waren, die ich nun vornehmen wollte … Ich verabreichte ihnen eine intensive Ernährung, Jodabreibungen auf dem Schädel sowie eine ganze Kombination von geschickt gereihten Duschen … und war fest entschlossen, diese Therapie fortzusetzen bis zur vollständigen Heilung ... ich meine, bis diese Armen reich geworden waren ...«

»Und das Ergebnis?«

Und das Ergebnis! ... Nach sieben Wochen ... hatte einer dieser Armen zweihundert Millionen Francs geerbt ... ein anderer hatte einen Hauptgewinn in den Panama-Obligationen gewonnen ... ein dritter war von Poidatz angefordert worden, im *Matin* über die herrlichen Aufführungen der Volkstheater zu berichten ... Die sieben anderen waren gestorben ... Ich hatte sie zu spät in Behandlung genommen! ...«

Plötzlich machte er eine Pirouette und schrie:

»Neurose! Neurose! Neurose! ... Alles ist Neurose! ... Der Reichtum ... seht euch nur Dickson-Barnell an ... ist ebenfalls eine Neurose ... Aber ja! ... aber das ist doch evident ... Und der Ehebruch? ... Oh!, meine Kinder, der auch ... Ein Bier gefällig? ... Chartreuse? ... Zigarren? ...«

20

Ich habe mich mit Monsieur Le Trégarec, jenem bretonischen Bürgermeister liiert, von dem ich Ihnen bereits gesprochen habe. Er kommt mich jeden Tag besuchen … Er ist ein guter Kerl, dessen beständige Fröhlichkeit ich schätze … Er erzählt mir Geschichten aus seiner Gegend … Und er hat wirklich eine aufrichtige und komische Art, »das war in dem Jahr, als in Kernac die Cholera wütete …« zu sagen, derer ich nie überdrüssig werde. Und wie sollte sie auch nicht aufrichtig und komisch sein, da meinem Freund Le Trégarec aufgrund ›dieser Epidemie‹, auch wenn sie sich nur auf den Tod eines besoffenen Seemanns beschränkte, ein Orden verliehen wurde.

Aus den vielen Geschichten, mit denen er die Güte hatte, meine Langeweile einzuschläfern, seien hier drei wiedergegeben, denen, wie mir scheint, ein ganz besonders bodenständiger Duft anhaftet.

Erste Geschichte:

»Jean Kerkonaïc, ein Zollhauptinspektor, wünschte sich, nachdem ihm seine Alterspension ausgezahlt worden war, seine Tage in seiner geliebten Bretagne zu beschließen, die er in sehr jungen Jahren verlassen hatte, die er aber, wohin ihn seine blaue Hose mit roten Streifen auch geführt hatte, dennoch stets in seinem Herzen in lebhafter Erinnerung behielt. Er wählte sich eine malerische Stelle am Ufer des Flüßchens Goayen zwischen Audierne und Pontcroix und baute dort ein kleines Haus. Sein kleines Haus war ganz weiß inmitten der Kiefern und nur wenige Schritte von dem Flüßchen entfernt, das ganz grün war von dem Seegras, das es bei Ebbe wie eine Wiese bedeckte. Bei Flut war es ein gewaltiger Fluß, der zwischen hohen, bald mit stämmigen Eichen, bald mit Schwarzkiefern bewachsenen Hügeln dahinfloß.

Als er sein Anwesen in Besitz nahm, sagte sich der Hauptinspektor:

›Endlich werde ich in aller Ruhe an den *Bigorneaux* arbeiten können.‹

Vielleicht ist es nicht unangebracht, den Gelehrten ins Gedächtnis zu rufen, daß das Wort Bigorneau nichts anderes als der volkstümliche Name für jene winzige Mollusken- oder Weichtierart ist, die unser großer Cuvier, man weiß nicht weshalb, als *turbo littoral* bezeichnet. Für diejenigen, die in der Meeresfauna nicht bewandert sind und die das Fachgebiet der Embryologie herzlich wenig interessiert, füge ich noch hinzu, daß der Bigorneau – auch Strandschnecke genannt – jenes kleine Schalentier der Gattung ›Gasteropoden und Schneckenartige‹ ist, das man an sämtlichen Tafeln bretonischer Hotels als Hors d'œuvre serviert und das man verzehrt, indem man es mit Hilfe einer Nadel und heftig kreisförmig wirbelnden Bewegungen aus seiner Schale zerrt. Ich weiß nicht, ob ich mich verständlich ausdrückt habe.

›An den Bigorneaux zu arbeiten‹, das war ein Gedanke, der den braven Hauptinspektor Kerkonaïc bereits seit langem wie besessen verfolgte; nach den Worten derer, die ihn kannten, war dies sogar der einzige Gedanke, der sein Hirn jemals heimgesucht hatte, denn er war ein vortrefflicher Mensch im Sinne der Evangelien.

Er war stets, wie er sagte, *verblüfft* gewesen über die kulinarische Vortrefflichkeit dieser Molluske, aber auch über ihre Winzigkeit, die ihre Verwendung in der Ernährung kompliziert und mühsam macht. Der Hauptinspektor hatte aber den Ehrgeiz, daß der Bigorneau keine örtlich beschränkte Laune der gastlichen Tafel bleiben, sondern zu einem allgemeinen Nahrungsmittel werden sollte wie zum Beispiel die Auster, die ihm aber nicht das Wasser reichen könne, nein, nicht-das-Wasser-reichen könne. Oh, so dachte er, wenn der Bigorneau doch nur das auch nicht gerade übertriebene Volumen der landlebenden und salatfressenden Gartenschnecke erreichen könnte! Was für eine Revolution! Das würde seinen Ruhm und, wer weiß? ... vielleicht seine Fortüne bedeuten. Ja, aber wie die Sache beginnen?

Und da sagte sich der vortreffliche Zöllner, während er bei Ebbe an den Uferböschungen entlangspazierte und durch die felsigen Pfützen stiefelte, in denen sich der Bigorneau festsetzt, dessen sowohl nomadisierende als auch seßhafte Sitten er unermüdlich studierte und den er unter dem zweifachen physiologischen Aspekt der zellularen Elastizität seiner Schale und seiner möglichen Fähigkeit, sich mästen zu lassen, untersuchte – da sagte er sich:

›Man mästet schließlich auch die Ochsen, die Schweine, das Geflügel, die Austern und die Chrysanthemen. Man verleiht ihnen abnorme Proportionen, monströse Entwicklungen, die die Natur in Erstaunen versetzen ... Und nur der Bigorneau als einziges unter den organisierten Lebewesen soll für diese intensive Zucht ungeeignet sein, sich dem Fortschritt gegenüber sperren? ... Das ist doch nicht möglich.‹

Voll und ganz seiner Idee hingegeben, vergaß er die Küsten, das Entladen der Schiffe, das wöchentliche Übungsschießen mit den Rettungsraketen zu überwachen. So brauchte sich der Schmuggel nicht einmal mehr zu verstekken, und die Seeleute deckten sich mit dem reichlichen von der See angespülte Strandgut ein ... Es kehrten die Zeiten der einstigen Zoll-Franchise zurück, und das goldene Zeitalter der paradiesischen Freiheiten erblühte aufs neue im Land.

Eines Nachts, als er einige Fischer aufs Meer hinaus begleitet hatte, hievten diese in ihrem Schleppnetz die halb abgefressene Leiche eines Mannes an Bord, dessen Brust- und

Bauchhöhle voller Bigorneaux waren. Die Bigorneaux wimmelten wie Würmer in den verfaulten Fleischpartien, sie klebten in wilden Trauben an den grünschimmernden Gebeinen, sie okkupierten das Innere des enthirnten Schädels, durch dessen angefressene Öffnungen der Nasenlöcher und der Augen, sich gegenseitig schiebend und stoßend, ständig ganze Armeen weiterer Bigorneaux eindrangen. Und das waren keine kleinen von jener mageren und schwindsüchtigen Art, wie man sie an den Flanken der Felsen zwischen den Algen auffliest. Nein, das waren riesige und opulente Bigorneaux von der Größe einer Walnuß, vollgefressene und dickbäuchige Bigorneaux, deren fleischiger Körper aus dem perlmuttfarbenen Schneckengehäuse quoll, das herrlich im Mondlicht schillerte.

Das war für den Zöllner eine urplötzliche Offenbarung und voller Begeisterung schrie er auf:

›Jetzt weiß ich, was sie brauchen … Sie brauchen Fleisch!‹

Am nächsten Morgen nahm er einen Vorrat dieser Mollusken, die er sich unter den fettesten und nahrhaftesten Teilen des Kadavers ausgewählt hatte, mit nach Hause, ließ sie sich kochen und verspeiste sie. Er fand sie zart, auf der Zunge zergehend und von köstlichem Geschmack. Bereits ein leichtes Saugen mit den Lippen löste sie so mühelos aus ihrem Gehäuse, so daß das zu langwierige und ›diffikultöse‹ Hantieren mit der Nadel überflüssig wurde.

›Was sie brauchen, ist Fleisch!‹ wiederholte er vor sich hin. ›Das ist eindeutig …‹

Der Hauptinspektor hütete sich, auch nur irgendeinem von seiner Entdeckung zu erzählen, und die ganze Nacht hindurch träumte er von ungeheuren und riesigen Bigorneaux, die sich im Meer tummelten und sich verfolgten, in schäumender Gischt bald auf-, bald untertauchten wie Wale.

Erst einige Jahre später, nachdem seine Dienstzeit beendet war und er sich sein Haus gebaut hatte, begann er mit seinen

Experimenten. Er suchte sich in dem Flüßchen eine Stelle, bestehend aus felsigen, gut mit Algen bedeckten Durchlässen und richtete dort Zuchtbecken oder ›Bänke‹ von der Art ein, wie man sie in Holland für die Austern anlegt, eine Reihe rechteckiger Kammern, eingefaßt von betonierten, niedrigen Mauern und jeweils mit einer Schleuse versehen, um das Wasser bei Ebbe zurückzustauen oder je nach den Erfordernissen der Zucht abzulassen. Anschließend bevölkerte er diese Schneckenbänke mit jungen, lebhaften, wohlgestaltigen Bigorneaux, die er sorgfältig unter denen ausgewählt hatte, die ihm *am zukunftsträchtigsten* zu sein schienen. Und schließlich fütterte er sie jeden Tag mit Fleisch.

Um seine Bigorneaux zu ernähren, machte er sich zum Wilderer. Nacht für Nacht auf der Lauer liegend, schoß er Kaninchen, Hasen, Rebhühner, Rehe, die er anschließend in blutigen Vierteln in seine Zuchtbänke warf. Er erschoß die Katzen, die streunenden Hunde, all jenes Getier, das von dem Verwesungsgeruch angelockt wurde oder dem er zufällig in Reichweite seiner Flinte begegnete. Wann immer ein Pferd oder eine Kuh in der Gegend verendete, kaufte er die Kadaver, zerteilte sie und schichtete sie samt Knochen, Muskeln und Fell in seine gemauerten Gevierte, die schon bald zu einem unerträglichen, einem den Atem raubenden Leichenberg wurden. Tagtäglich wuchs und wuchs das Ausmaß an Aas und Verwesung, verpestete die Luft, wehte den Odem des Todes über Pontcroix und Audierne. Die Bauern, die einige Kilometer weit entfernt wohnten, wurden plötzlich von unbekannten Krankheiten befallen und starben unter entsetzlichen Qualen dahin. Fliegen verbreiteten den Tod unter dem Vieh, über die Heide, die Hügel, die Wiesen. Die Pferde bäumten sich, scheuend vor dem infamen Gestank, mitten auf der Landstraße auf und wollten keinen Schritt mehr weiter tun oder gingen in wilder Panik durch. Niemand kam sich mehr an den Ufern des Flüßchens ergehen.

Man erhob Beschwerde ... aber vergebens.

Der Hauptinspektor wiederum wurde menschenscheu wie ein Tier. Er trennte sich nicht mehr von seinen Zuchtbänken, in denen er, bis zum Bauch in der Fäulnis watend, mit Haken die Aasteile rührte und wendete, auf denen es vor Bigorneaux nur so wimmelte. Mehrere Wochen vergingen, während derer man ihn weder in Audierne, noch in Pontecroix erblickte, wo er es gewohnt war, samstags seine Einkäufe zu machen. Aber man sorgte sich nicht, sondern man sagte sich: ›Sicher frißt er sein Aaszeug, um Geld zu sparen.‹

Eines Tages entschloß sich doch jemand, dem Zuchtpark einen Besuch abzustatten. An dem kleinen weißen Haus zwischen den Kiefern standen alle Türen offen.

›He, Hauptinspektor?‹

Niemand antwortete.

Der Besucher stieg zu dem Park hinunter, während er weiter ›He, Hauptinspektor?‹ rief.

Aber niemand antwortete.

Und als er das Kadavergefild erreicht hatte, machte der Besucher vor Entsetzen einen Sprung zurück.

Auf einer Pyramide grünschillernder Aasstücke, aus denen in klebrigen Strömen der Eiter rann, lag, die Arme ausgestreckt zum Kreuz, ein Mensch, ein Mann, den man nicht mehr hätte identifizieren können, denn sein Gesicht war zur Gänze weggefressen von Bigorneaux, die seine Augen leergesaugt und seine Nase und seine Lippen abgenagt hatten.

Das war der Hauptinspektor Jean Kerkonaïc. Er hatte recht gehabt ... ›Was sie brauchen, ist Fleisch!‹ ...«

Zweite Geschichte:

»Madame Lechanteur, Witwe eines im Hallenviertel als ehrbar bekannten Kaufmanns, hatte zu Beginn des Sommers zusammen mit ihrer Tochter Paris verlassen, da der Arzt für diese, ein schmächtiges und zerbrechliches, leicht trübsinniges und sogar leicht kränkelndes Kind von sechzehn Jahren, mehrere Monate Ruhe an der frischen Luft inmitten des Lebens auf dem Lande empfohlen hatte.

›Am besten in der Bretagne …‹, hatte er hinzugefügt … ›Und nicht ganz und gar an der Küste … und nicht … ganz und gar … auf dem Lande … sondern dazwischen …‹

Nachdem sie lange nach einem Ort gesucht hatte, der ihr gefallen und der für ihre Tochter genehm sein würde, hatte sie schließlich drei Kilometer von der Stadt Auray entfernt am Ufer des Loch ein bezauberndes und sehr altes Haus, tief im Grün versunken und mit einem herrlichen Blick auf die Flußmündung ins Meer gefunden. Was sie zu ihrer Entscheidung bewogen hatte, war, daß es dort in der Umgebung keine Heide, kein so trostloses Moor- und Heideland gab, wie sie es so häufig in der Gegend von Vannes und dem Pays Gallo gesehen hatte. Und außerdem hatte sie der Verwalter, der sie bei ihrer Hausbesichtigung begleitete, während er die Fensterläden öffnete, darauf hingewiesen, daß man zur Flutzeit Schiffe, nämlich all die Fischkutter von Le Bonno, einem kleinen Fischerhafen ganz in der Nähe, am Zusammenfluß des Loch und der Sainte-Anne, vorbeifahren sehen könne.

›Und Gemüse? … Gibt es viel Gemüse im Garten?‹ erkundigte sich Madame Lechanteur.

›Viele Buschbohnen und ein wenig Salat …‹, antwortete der Verwalter.

Ein paar Tage später war sie in Toulmanac'h – so hieß das Anwesen – eingezogen …

Und als sie von Paris abreiste, hatte Madame Lechanteur ihre Dienstboten entlassen, denn sie sagte sich, in der Bretagne würde sie so viele bekommen, wie sie wollte, von jeglicher Kategorie und zu günstigstem Entgelt. Auf den guten Glauben einiger – jedoch wenig glaubwürdiger – Historiographen hatte sie die folgende Wahrheit gegründet:

›Das sind treue, tugendsame, uneigennützige Menschen,

denen man nur wenig zahlt und die nichts essen, Menschen von vor der Revolution ... wahre Perlen! ...‹

Und doch, nach Ablauf eines Monats, welch böses Erwachen! ... Sie hatte zwölf Köchinnen, Kinder- und Zimmermädchen gehabt, die sie wieder entlassen mußte, kaum daß sie erschienen waren ... Die einen stahlen den Zucker, den Kaffee; die anderen vergriffen sich an ihrem Wein und besoffen sich wie rohes Gesindel ... Die eine war noch vorlauter als ein Fischweib; eine andere hatte sie mit dem Jungen vom Nachbarhof ertappt ... Und alle verlangten mindestens bei einer Mahlzeit am Tage Fleisch ... Fleisch – in der Bretagne! Die letzte war freiwillig wieder gegangen, weil sie, da aus einem strengen Schwesternorden kommend, mit keinem Mann auch nur um einer Dienstleistung willen und sei dieser Mann nur der Briefträger, der Bäcker oder der Metzger, sprechen konnte, ohne sich einer Todsünde schuldig zu machen. Und Madame Lechanteur war am Verzweifeln ... Immer öfter dazu gezwungen, sich selbst um ihre Küche zu kümmern, sich selbst ihre Kammer zu fegen, seufzte sie in einem fort:

›Was für eine Plage, mein Gott! ... Was für eine Plage! ... Und das sind Bretoninnen? ... Das sollen Bretoninnen sein? ... Nie im Leben ...‹

Sie ging zur Lebensmittelkrämerin von Auray, bei der sie alle drei Tage ihre Einkäufe machte, und klagte ihr ihre Not ... Und als sie die Geschichten mit ihren Dienstmädchen erschöpfend ausgebreitet hatte, fragte sie:

›Also, Madame, wüßten Sie nicht zufällig jemanden? ... ein gutes, anständiges Mädchen? ... eine echte Bretonin?‹

Die Krämerin wiegte den Kopf:

›Das ist sehr schwierig, Madame ... sehr schwierig ... Dienstbotenmäßig ist das ein sehr undankbares Land ...‹

Und mit niedergeschlagenden Augen fügte sie in verhaltenem Ton hinzu:

›Besonders seit es Militärs hier gibt ... Das Militär, verstehen Sie … für den Handel ist es ja nicht schlecht … aber für die Tugend der Demoiselle … Ach! Madame, das brauch ich Ihnen nicht erst zu sagen …‹

›Ich kann aber trotzdem nicht auf Dienstmädchen verzichten!‹ rief Madame Lechanteur, die fast verzweifelte.

›Natürlich … natürlich … Madame … Das ist sehr unangenehm … Mein Gott! … Eine wüßte ich schon, Mathurine Le Gorrec … ein gutes, anständiges Mädchen … hervorragende Köchin … vierzig Jahre … Nur … also, sie ist nicht ganz richtig im Kopf … Ja … sie ist ein wenig närrisch … wie viele späten Mädchen von hier … Bei ihrem Alter ist das begreiflich. Aber sehr sanftmütig. O ja! … überhaupt nicht bösartig … Sie ist zehn Jahre bei Madame de Créac'hadic geblieben … Ihre Nachbarin, unten am Fluß …‹

›Aber wenn sie verrückt ist?‹ fragte Madame Lechanteur mit Entsetzen … ›Wie kann ich ihr da mein Haus anvertrauen? …‹

›Verrückt ist nicht das richtige Wort …‹, entgegnete die Krämerin … ›Sie ist schwach … ein wenig schwach im Kopf … das ist alles … Manchmal hat sie … verstehen Sie … so Ideen im Kopf … die nicht jeder hat … Aber sie ist ein braves Mädchen … sehr geschickt … und sanftmütig … sanft wie ein Lamm … Was ihre Sanftmut betrifft, da kann Madame ganz beruhigt sein … Was Besseres gibt's nicht …‹

›Gut … aber mir wäre es dennoch lieber, sie wäre nicht verrückt … Mit Verrückten … da kann man nie wissen … Aber was soll's … schicken Sie sie zu mir … ich werde ja sehen … Und der Lohn? …‹

›Meine Güte! … fünfzehn Francs … glaube ich …‹

Und Madame Lechanteur kehrte wieder zurück nach Toulmanac'h und sagte sich, um sich zu beruhigen:

›Schwach im Kopf? Das ist keine große Affäre … Und wo sie doch ganz sanftmütig ist … Und außerdem werde ich sie sicher für zehn Francs bekommen.‹

Am nächsten Tag präsentierte sich Mathurine Le Gorrec in Toulmanac'h, als Madame Lechanteur und ihre Tochter gerade das Mittagessen beendeten.

›Guten Tag, Madame ... Die hübsche Demoiselle da, das ist gewiß Ihre Tochter? ... Guten Tag, Mademoiselle!‹

Madame Lechanteur musterte Mathurine von oben bis unten. Sie hatte ein einnehmendes, sauberes Äußeres, eine sanftmütige Miene, ein lächelndes Gesicht, wenn auch mit etwas sonderbaren und ausweichenden Augen. Sie trug die Kopfhaube der Frauen aus Auray; ein kleiner lila Schal bedeckte ihre Schultern; eine kokettes weißleinenes Brusttuch schmückte ihr Mieder. Zweifellos fiel die Musterung günstig aus, denn Madame Lechanteur fragte voller Zuneigung:

›Also, mein Mädchen, wollt Ihr hier als Köchin in Dienst treten?‹

›Aber ja, Madame ... Eine so schöne Dame wie Sie, mit einer so schönen Demoiselle ... da müssen Sie eine gute Herrschaft sein ... Ich mag gute Herrschaften ...‹

›Ihr seid, so hat man mir gesagt, zehn Jahre lang bei Madame de Créac'hadic in Dienst gewesen?‹

›Zehn Jahre, ja, Madame ... eine gar gute Dame ... und sehr reich ... und sehr hübsch ... Sie hatte ein goldenes Gebiß ... Am Abend legte sie es in ein Glas Wasser ... Das war alles sehr hübsch, sehr reich ... Eine wirklich gute Dame ... Madame hat gewiß auch ein goldenes Gebiß wie Madame de Créac'hadic?‹

›Nein, mein Mädchen‹, antwortete Madame Lechanteur schmunzelnd ... ›Was könnt Ihr in der Küche?‹

Mathurines Augen waren beharrlich auf das Parkett geheftet. Plötzlich bückte sie sich, kniete sich nieder und hob mit den Fingerspitzen ein Stück Zündholz auf, das sie Madame Lechanteur zeigte.

›Das da, das ist ein Zündholz, Madame‹, sagte sie ... ›Das ist sehr gefährlich ... Eines Tages in Le Guéméné, Madame ...

und es ist wahr, was ich Madame erzähle ... das ist kein Märchen ... In Le Guéméné, da hat einmal ein Mann ein Zündholz neben ein Päckchen Tabak hingelegt ... Und das Zündholz fing Feuer, das Päckchen Tabak fing Feuer, der Mann fing Feuer, das Haus fing Feuer ... Und als man den Mann unter der Asche wiederfand, da haben ihm zwei Finger gefehlt ... Das ist ganz wahr ...‹

›Gut, aber was könnt Ihr in der Küche?‹

›Oh, Madame, ich nehme zwei Schweinsohren, zwei Schweinsfüße, gehackte Petersilie ... Und dann laß ich alles lange, lange kochen ... Das hat mir ein Marinekommandant, der in Senegal gewesen ist, beigebracht ... Das ist ganz zart ... und das kocht, Madame, wie Butter, wie Bohnenstroh ... Das ist ganz zart ...‹

Mit blinzelnden Augen betrachtete sie alles um sich herum: ›Oh!, aber ... das Anwesen hier ist wirklich sehr hübsch ... und so viel Wald ... Nur muß ich Madame unbedingt warnen, daß der Wald sehr gefährlich ist ... Im Wald, da gibt es Tiere ... So hat, Madame – was ich Madame sage, ist ganz wahr, das ist kein Märchen ... - also mein Vater hat eines Abends in einem Wald plötzlich ein Tier gesehen ... Oh! Aber ein ganz ungewöhnliches Tier ... Es hatte eine lange Schnauze, lang wie ein Bratspieß, einen Schwanz wie ein Plumeau und Beine, Madame, Beine wie Kohlenschaufeln ... Mein Vater hat sich nicht gerührt, und das Tier ist weggelaufen ... aber wenn sich mein Vater gerührt hätte, dann hätte das Tier ihn aufgefressen ... Das ist ganz wahr! ... Und so ist es immer im Wald.‹

Sie bekreuzigte sich, wie um die bösen Zauber des Waldes zu vertreiben, dessen dicht quellendes Grün man durch das Fenster sah ...

›Seid Ihr auch niemals krank gewesen?‹ fragte Madame Lechanteur, angesichts dieser wirren Reden beunruhigt.

›Niemals, Madame ... Einmal ist mir zum Beispiel die Türglocke von Madame de Créac‹hadic auf den Kopf gefallen ... das ist ganz wahr, was ich Madame sage ... und ich sag Euch, meinem Kopf ist nichts passiert ... nur die Türglocke hat nicht mehr, nie mehr geläutet ... und das ist kein Märchen.'

Sie redete mit einer sanften und singenden Stimme. Und dieses Sanftheit und dieser Singsang wirkten trotz allem, was dieses Geschwätz an Wirrem und Haarsträubendem an sich hatte, beruhigend auf die arme Witwe ... Außerdem war Madame Lechanteur es leid, keinen Augenblick Verschnaufpause zu haben, und sie sehnte sich voller Ungeduld danach, die Freuden des Landlebens zu genießen und jemanden zu haben, der während ihrer Abwesenheit das Haus hüten konnte. An diesem Tag hatte sie vorgehabt, einen Ausflug auf dem Fluß zu machen, ein wenig in Port-Navalo zu verweilen, die Dolmen von Gavrinis, die so heitere Bucht von Morbihan, die Ile aux Moines, die Küste von Arradon zu besichtigen. Sie hatte ein Boot gemietet, das bereits auf sie wartete ... Die Stunde der Flut drängte. Sie stellte Mathurine ein. Und nachdem sie ihr die Anweisungen für das Abendessen gegeben hatte, brach sie auf. Alles weitere würde man später regeln.

Es war acht Uhr abends, als die beiden selig erschöpft und entzückt von ihrem Ausflug nicht weit von ihrem Anwesen, das an dieser Stelle wegen einer grünbewachsenen Erhebung ihren Blicken jedoch verborgen war, an Land gingen.

›Ich bin richtig neugierig‹, meinte Madame Lechanteur fröhlich, ›wie sich unsere Mathurine mit dem Abendessen zu helfen wußte ... Wir werden vielleicht ungewöhnliche Sachen zu essen bekommen.‹

Dann, leicht schnuppernd:

›Wie brenzlig es hier riecht!‹

Und im selben Moment sah sie über den Bäumen am Himmel eine Säule von dickem, schwarzem Rauch aufsteigen, und ihr war, als hörte sie Wehklagen, entsetzte Schreie, unheilschwangere Rufe menschlicher Stimmen.

›Aber was ist da nur los?‹ fragte sie sich besorgt ... ›Es hört sich fast so an, als käme das von Toulmanac'h ...‹

Rasch erklomm sie das Ufer, schlug sich, den Weg abkürzend, quer durch den Wald, begann zu rennen ... Das Klagen kam immer näher, die Schreie wurden immer deutlicher ... Und mit einemmal stand sie, geblendet von dem Rauch, benommen, hin- und hergestoßen, auf ihrem Hof und stieß einen Schrei des Entsetzens aus ... Von Toulmanac'h war nichts mehr übrig, nur mehr eingestürzte Mauern, verkohlte Balken, rauchende Asche.

Ruhig und gelassen, lächelnd, mit ihrer weißen Haube, ihrem Schal und noch völlig sauberem Brusttuch stand Mathurine vor ihrer Herrin.

›Das ist ganz sonderbar, Madame‹, begann sie ... ›Das war ein Wespennest, stellen Sie sich vor ... ein Wespennest ... So groß! ...‹

Und während Madame Lechanteur sprachlos, mit starrem Blick und nichts begreifend dastand, fuhr Mathurine mit ihrer singenden Stimme fort:

›Das war ein Wespennest ... Madame wollen doch sicher, daß ich es erzähle. Das ist ganz sonderbar ... Als Madame fort sind, habe ich das Haus besichtigt ... ich bin auf den Speicher hinauf ... ein wunderschöner Speicher, den Madame da hatte ... Und in einem Loch in der Mauer, da war ein Wespennest. Das ist sehr gefährlich, Madame, das sticht nämlich, dieses kleine Viehzeug. In Le Guémené, wenn man da ein Wespennest in der Mauer findet, dann räuchert man es aus. Und alle Wespen sterben und stechen nicht mehr. Also habe ich ein Reisigbündel hinaufgeschafft ... habe das Reisigbündel angezündet, das Reisig hat die Wand angezündet, die aus Holzbrettern war ... die Wand hat das Haus angezündet, das ja ganz alt ist. Und Sie sehen: Jetzt ist kein Wespennest mehr da, kein Haus ist mehr da, überhaupt nichts ist mehr da ... das ist ganz sonderbar ...‹

Madame Lechanteur hörte kein Wort ... Und plötzlich stieß sie einen Seufzer aus, schlug mit den Händen ins Leere und sank Mathurine kreidebleich und ohnmächtig in die Arme.«

Dritte Geschichte:

»Da das Kind einen sehr schwächlichen Eindruck machte, wollte die Mutter nicht bis zu den *Relevailles*, ihrem ersten Kirchgang nach dem Kindbett, warten, um es taufen zu lassen. Und doch hatte sie sich fest vorgenommen, dieser Zeremonie beizuwohnen, ihre Tochter mit weißen Bändern geschmückt selbst zur Kirche zu führen. Aber solche kleinen Wesen, die sind ja so zerbrechlich, die sind nichts als ein Hauch; man weiß nie, was von einem Moment auf den anderen passieren kann. Selbst wenn sie sterben, muß man wenigstens dafür sorgen, daß sie christlich sterben und daß sie geradewegs in das Paradies eingehen, wo die Engel wohnen. Und ihre Tochter konnte womöglich sterben. Schon bei der Geburt hatte sie die bleierne Hautfarbe von Greisen, eine ganz verschrumpelte Haut und Runzeln auf der Stirn. Sie wollte nicht trinken und schrie, das Gesicht zur Grimasse verzerrt, in einem fort. Man mußte auf alles gefaßt sein. Man suchte in der Nachbarschaft nach einem Paten und einer Patin guten Willens, und eines Nachmittags machte man sich auf den Weg nach Sainte-Anne d'Aury, der Gemeinde, wo einer der Vikare noch am selben Morgen durch den Briefträger benachrichtigt worden war.

In Wahrheit eine armselige Taufe, so bedrückend wie das Begräbnis eines Landstreichers. Eine alte hingebungsvolle Nachbarin trug das in seine Windeln geschnürte Kind, das aus unerfindlichen Gründen wahllos vor sich hin schrie. Hinter ihr gingen der Pate in seiner blauen, mit Samt gesäumten Jacke, die Patin mit ihrer kokettesten Haube; dann folgte der Vater, verlegen in seiner alten, engen und zu abgewetzt glänzenden Redingote. Es gab keine Verwandten, keine Freunde, keinen Dudelsack, keine fröhlichen Bänder, kein ausgelassenes Gefolge, das in einer Prozession festlich durch die Heide gezogen wäre. Es regnete nicht, aber der Himmel hing grau in grau. Eine unsägliche Traurigkeit schwebte über dem verblühten Ginster und dem rostroten Heidekraut.

Der Vikar war noch nicht eingetroffen, als sie sich in der Kirche präsentierten. Man mußte auf ihn warten. Der Pate und die Patin knieten vor dem Sankt-Annen-Altar nieder und murmelten leise Gebete; die Alte wiegte das Kind, das ständig greinte, und mischte einwiegende Kehrreime unter ihre Gebete, der Vater betrachtete die Säulen, die Gewölbe, all dieses Gold, all diesen Marmor, der wie unter dem Zauberstab einer Fee aus dem dahinsiechenden Elend eines trostlosen Landes aufgetaucht war. Niedergeworfen unter den Kerzen, das Gesicht beinah auf die buntfarbigen Fliesen gepreßt, beteten einige Frauen. Und ein Lispeln aus bewegten Lippen, das an ferne Wachtelrufe auf den abendlichen Wiesen gemahnte, und Geklingel von Paternosterketten und Durch-die-Finger-gleiten von Rosenkranzperlen klirrte und antwortete einander in der Stille der bedrückenden und prächtigen Basilika.

Schließlich traf der Vikar mit einer Stunde Verspätung, hochrot und voller Ungeduld die Bänder seines Chorhemdes verknotend, ein ... Er war schlechter Laune wie ein Mann, den man plötzlich bei seiner Mahlzeit gestört hatte ... Nachdem er einen verächtlichen Blick auf die bescheidene Taufgesellschaft geworfen hatte, die ihm keine fetten Pfründe verhieß, wandte er sich in einem feindseligen Ton an den Vater:

›Wie heißt du?‹

›Louis Morin ...‹

›Louis Morin? ... Morin ... das ist doch kein hiesiger Name? ... Louis Morin? ... Du bist nicht von hier?‹

›Nein, Hochwürden.‹

›Bist du wenigstens ein Christ?‹

›Ja, Hochwürden ...‹

›Du bist ein Christ ... du bist ein Christ ... und du heißt Morin? ... Und du bist nicht von hier? Hm! Hm! Klingt nicht gerade klar ... Und woher kommst du?‹

›Ich komme aus dem Anjou ...‹

›Nun gut, das ist deine Sache ... Und was treibst du hier?‹

›Seit zwei Jahren bin ich der Verwalter des Anwesens von Monsieur Le Lubec ...‹

Der Vikar zuckte die Achseln und knurrte:

›Monsieur Le Lubec täte weit besser daran, sein Anwesen von hiesigen Leuten verwalten zu lassen ... und das Land nicht mit Fremden zu verpesten ... mit Leuten, von denen man nicht weiß, woher sie kommen ... denn schließlich kenne ich dich ja nicht, ich zumindest nicht! ... Und deine Frau? ... Bist du überhaupt verheiratet?‹

›Aber ja, ich bin verheiratet, Hochwürden. Ich habe Euch meine Papiere für den Taufakt durch den Briefträger zukommen lassen.‹

›Du bist verheiratet ... du bist verheiratet ... das ist leicht gesagt ... deine Papiere? Auch das ist leicht gesagt. Nun, wir werden ja sehen ... Und warum sieht man dich nie in der Kirche? ... Du kommst nie in die Kirche, weder du noch deine Frau noch irgendwer von deinen Leuten? ...‹

›Meine Frau ist ständig krank gewesen, seit wir hier sind; sie hat nicht das Bett verlassen, Hochwürden ... Und zu Hause gibt es viel Arbeit zu tun ...‹

›Du bist ein Gottloser, das ist alles! ... ein Ketzer ... ein *Montagnard* ... Und deine Frau genauso! ... Wenn du ein Dutzend Kerzen für unsere liebe Mutter Sainte-Anne angezündet hättest, dann wäre deine Frau gewiß nicht krank geworden. Du bist also der, der bei Monsieur Le Lubec die Kühe versorgt?‹

›Mit Eurer gütigen Erlaubnis, ja, Hochwürden.‹

›Und den Garten?‹

›Ebenfalls ich, Hochwürden.‹

›Gut ... Und du heißt Morin? ... Das heißt, das ist deine Sache.‹

Dann befahl er plötzlich der Alten, dem Kind die Haube und sein Brustlätzchen abzunehmen ...

›Ist es ein Mädchen, ein Junge? ... Was ist dieses Kind?‹

›Es ist ein Mädchen, die liebe Kleine‹, meckerte die Alte, der es mit ihren ungeschickten Fingern nicht gelang, die Knoten von den Bändern der Haube zu lösen, ›ein Mädchen von unserem lieben Herrgott, das arme Kindchen! ...‹

›Und warum schreit es so? ... Es scheint wohl krank zu sein ... Aber das ist seine Sache ... Los, beeil dich ...‹

Als die Haube abgenommen war, kam das Kind mit seinem haarlosen, runzligen Schädel zum Vorschein, der an beiden Seiten der Stirn von zwei bläulichen Quetschungen gezeichnet war. Der Vikar erblickte die zwei Quetschungen und schrie:

›Aber es ist ja nicht auf natürliche Art herausgekommen, dieses Mädchen!‹

Da erklärte ihm der Vater:

›Nein, Hochwürden ... Die Mutter wäre dabei um ein Haar gestorben ... Man mußte zur Zange greifen ... Der Doktor hatte schon gemeint, er würde das Kind nur in Stükken herausbekommen. Zwei Tage lang waren wir in großer Sorge ...‹

›Und hat man ihm wenigstens die *Familientaufe* verabreicht?‹

›Natürlich, Hochwürden. Wir hatten schon befürchtet, wir bekämen es nicht lebend durch.‹

›Und wer hat sie an ihm vorgenommen, die Familientaufe? ... Die Hebamme?‹

›O nein, Hochwürden! ... Das war Doktor Durand ...‹

Bei diesem Namen ereiferte sich der Vikar:

›Doktor Durand? Aber weißt du denn nicht, daß der Doktor Durand ein Ketzer, ein *Montagnard* ist? ... der sich betrinkt und mit seiner Hausbesorgerin im Konkubinat lebt? ... Und du glaubst, er hat dein Kind getauft, dieser Doktor Durand? ... Du dreifacher Schwachkopf! ... Weißt du, was er getan hat, dieses Ungeheuer, dieser Bandit, weißt du das? ... Nun, er hat deiner Tochter den Teufel in den Leib gejagt ... Deine Tochter hat den Teufel im Leib. Das ist der Grund, weshalb sie schreit ... Ich kann sie nicht taufen ...‹

Er bekreuzigte sich und murmelte einige lateinische Worte, und dies mit einer so zornigen Stimme, daß sie wie Flüche klangen. Als der Vater sprachlos, mit offenem Mund und staunenden Augen dastand und kein Wort herausbrachte, knurrte der Vikar:

›Und was mußt du mich da so anglotzen mit einem Gesicht wie von einem Schwachkopf ... Ich sage dir: ich kann deine Tochter nicht taufen ... Hast du mich verstanden? ... Bring sie wieder dahin zurück, von wo sie gekommen ist ... Ein Mädchen, in dem der Teufel wohnt! ... Das wird dich lehren, nicht lieber den Doktor Marrec zu rufen ... Los, du kannst deine Kühe versorgen gehen ... Morin, Durand, die Hölle und eure ganze Gesellschaft ....‹

Louis Morin brachte, während er beharrlich seinen Hut in den Händen um und um drehte, nur die Worte hervor:

›Das ist unglaublich ... das ist unglaublich ... Was soll ich jetzt tun? ... Mein Gott, was soll ich jetzt tun?‹

Der Vikar überlegte einen Moment und meinte mit wieder ruhigerer Stimme:

›Hör zu ... Es gibt vielleicht ein Mittel ... Ich kann deine Tochter nicht taufen, solange sie den Teufel im Leib hat ... Aber ich kann ihr, wenn du Wert drauf legst, den Teufel aus dem Körper austreiben ... Nur kostet das zehn Francs ...‹

›Zehn Francs? ...‹ rief Louis Morin entsetzt. ›Zehn Francs? Das ist ziemlich teuer ... das ist zu teuer ...‹

›Nun, dann sagen wir fünf Francs, weil du ein armer Schlukker bist … Du gibst mir fünf Francs … Dann, bei der Ernte, wirst du mir einen Scheffel Kartoffeln geben und im September zwölf Pfund Butter … Einverstanden? …‹

Morin kratzte sich einige Minuten ratlos am Kopf … ›Und als Draufgabe werdet Ihr sie taufen?‹

›Und als Draufgabe werde ich sie taufen … Paßt dir das?‹

›Das sind ganz schöne Kosten …‹, murmelte Morin …, ›ganz schöne Kosten …‹

›Nimmst du das Angebot an?‹

›Nun gut, nur sind das trotzdem ganz schöne Kosten …‹

Darauf fuhr der Vikar hastig mit seinen Händen über den Kopf des Kindes, tätschelte ihm den Bauch, brabbelte lateinische Worte, fuchtelte seltsame Zeichen in die Luft.

›So‹, sagte er dann, ›jetzt ist der Teufel draußen … Nun können wir sie taufen …‹

Dann besprengte er, während er wieder seine lateinischen Worte aufnahm, die Stirn des kleinen Mädchens mit Wasser, schob ihm ein Korn Salz in den Mund, bekreuzigte sich und meinte fröhlich und wieder mit einem ›So‹ beginnend:

›So, jetzt ist sie eine Christin, nun kann sie sterben …‹

Mit gesenkten Köpfen, schweigend, von unbestimmten Schrecken ergriffen, kehrten sie durch die Heide wieder nach Hause. Die Alte schritt voran und trug das Kind, das immer noch schrie; dahinter gingen der Pate und die Patin; Morin folgte in einigem Abstand. Der Abend senkte sich herab, ein nebliger Abend, ganz erfüllt von geisternden Formen, ein gespenstischer Abend, über den von der Spitze des Turms herab das spöttische und wundertätige Bild der Heiligen Anne, der Schutzpatronin der Bretonen, herrschte.«

Und nachdem mein neuer Freund, der Bürgermeister von Kernac, gegangen ist, bemühe ich mich, um das Verfolgtsein durch das Gebirge ein wenig von mir abzurücken … da bemühe ich mich angestrengt, mit Hilfe der Erinnerung noch in dieser – obwohl auch sehr bedrückenden – Bretagne zu bleiben, in dieser Bretagne, von der er mir gerade wieder verschiedene Landschaften und Gestalten vergegenwärtigt hatte, die mir vertraut sind, da ich dort lange gelebt habe … Und andere Landschaften kommen mir in den Sinn … andere Gestalten … Lange verweile ich bei ihnen …

So begegnete ich einmal an einem Tag des Freigangs in der Nähe des Jesuitenkollegs einem kleinen etwa fünfzigjährigen Herrn, der zärtlich einen jungen zwölfjährigen Knaben an der Hand führte. Zumindest maß ich jedem von ihnen dieses Alter zu. Ich habe nämlich jene Manie, den Menschen, mit denen ich für einen Augenblick in Berührung komme und die ich gewiß nie mehr wiedersehen werde, ein Alter zuzuordnen. Diese Manie treibe ich so weit, daß ich mich nicht nur auf meine eigenen Vermutungen beschränke, sondern auch meine Freunde, die mich gerade begleiten, frage:

›Seht euch diesen Menschen an, der dort vorübergeht und sagt mir … Welches Alter würdet ihr ihm geben? … Ich gebe ihm soundsoviel …‹

Wir diskutieren.

Sobald sein Alter feststeht, liebe ich es, mir über sein Leben besonders schreckliche und dramatische Dinge vorzustellen. Und so habe ich den Eindruck, als seien mir die Unbekannten weniger unbekannt.

Man amüsiert sich eben, so gut man kann.

Der kleine fünfzigjährige Herr war gebeugt, niedergeschlagen, sehr mager, ein wenig linkisch in seinen Bewegungen. Er wirkte sanftmütig und traurig.

Der junge zwölfjährige Knabe hatte ein hartes und hübsches Gesicht, wunderschöne und boshafte Augen, den geschmeidigen und zweifelhaften Charme einer Kurtisane. Sein Gang war von einer eleganten Schwerelosigkeit, die die Art des Vaters noch schüchterner, noch unbeholfener und – wie soll ich sagen? – noch erbarmungswürdiger wirken ließ.

Denn ich war überzeugt, daß es der Vater und sein Sohn waren, obwohl es zwischen ihnen keinerlei physische Ähnlichkeit, keinerlei charakterliche Affinität gab.

Beide waren in Trauer: der Vater ganz in Schwarz gekleidet wie ein Priester; das Kind lediglich mit einer Armbinde aus Trauerflor, die an den Ärmel seiner Kollegiatsjacke geheftet war.

Mir blieb keine Zeit, sie eingehend zu mustern. Sie gingen die Straße hinauf, die in Richtung Stadtzentrum führt; ich ging gerade zum Hafen hinunter, von wo ich nach Belle-Isle hinüberfahren wollte. Und außerdem war ich von dem Gedanken besessen, daß der Kutter bereits auf mich wartete und daß die Stunde der Flutzeit drängte. Meinen Blicken gleichgültig gegenüber, gingen sie vorüber, sie gingen an mir vorüber, wie alle Vorübergehenden an einem vorübergehen. Und doch wurde ich, wie ich sie so vorübergehen sah, von einer Schwermut und beinahe einem Schmerz ergriffen; ja, von einem Schmerz, so erinnere ich mich wieder. Seine Ursache hätte ich nicht definieren können. Im übrigen suchte ich auch nicht danach.

Häufig passiert es mir in Bahnhöfen und auf Schiffen und in jenen noch trübseligeren Bahnhöfen, welche die Hotels der Städte sind, in denen man vorübergehend Station macht wie in derjenigen, in der ich gerade weile, daß ich beim Anblick jener Tausenden von Unbekannten, die, man weiß nicht wohin, gehen und die mir das Leben für eine Sekunde näherbringt, eine undefinierbare und doch tief ins Innerste gehende Traurigkeit empfinde. Ist es wirklich Traurigkeit? Ist es nicht viel eher eine brennende Form von Neugier, eine Art krankhafte Irritation darüber, daß man in das Unbekannte dieses nomadischen Schicksals nicht einzudringen vermag? Und was ich aus dem Rätsel der Physiognomien an undefinierbaren Schmerzen und innerlichen Dramen zu erhaschen glaube, ist das nicht ganz einfach die Langeweile, die universelle, die unbewußte Langeweile, welche die aus ihrer häuslichen Umgebung herausgerissenen Menschen, die ziellos umherirrenden Menschen empfinden, denen die Natur nichts bedeutet und die noch verwirrter, noch entwurzelter, noch verlorener wirken als arme Tiere, die sich fern von ihren gewohnten Horizonten befinden?

Es war jedoch etwas zugleich noch Intensiveres und noch Brennenderes in dem Gefühl, das mir beim Anblick des kleinen Herrn und seines Sohnes die Seele aufgewühlt hatte; es war darin ganz real ein Leiden, das heißt die blitzschnelle, elektrische Übermittlung eines Leidens, das in ihm war, an ein Mitleiden, das in mir war. Aber welches Leiden und welches Mitleiden? Das war mir unbekannt.

Als sie vorübergegangen waren und etwa dreißig Schritte zurückgelegt hatten, wandte ich mich um, um sie weiter zu betrachten. Einige Promenierende, die sich nun zwischen ihnen und mir befanden, verbargen sie teilweise meiner Sicht, und durch die Lücken, welche die Schultern und die Hüte dieser Promenierenden bildeten, erkannte ich nur noch den Rücken des kleinen Herrn, einen niedergeschlagenen Rükken mit traurigen Ecken und hochgezogenen Schultern, einen flehenden Rücken, einen ergreifend tragischen Rücken, den Rücken eines Mannes, der zeitlebens geweint hat.

Das schnürte mir das Herz zusammen.

Zuerst dachte ich daran, ihnen, von irgendeiner, ich weiß nicht welcher Regung unklaren Mitgefühls und vielleicht auch von einem Instinkt der Grausamkeit bewogen, zu folgen. Dann ging ich jedoch – und ohne mir zu sagen, ob dies gut oder schlecht war – mechanisch weiter die Straße hinunter. Bald gewahrte ich die Masten der Briggs und ihren schwärzlichen Rumpf; ein Kutter lief gerade aus und sein ganz in Rosa leuchtendes Gaffelsegel wiegte sich in der Luft. Herrliche Düfte nach Teer, vermischt mit den jodhaltigen Ausdünstungen der steigenden Flut, drangen mir in die

Nase. Und ich dachte nicht mehr an den kleinen Herrn, da er zusammen mit den anderen fortgerissen wurde in den großen Mahlstrom des Vergessens. In jenem Augenblick wäre es mir, so glaube ich, sogar unmöglich gewesen, mir noch die Zeichnung dieses Rückens zu vergegenwärtigen, die mich so tief ergriffen hatte …

Und doch trat gegen Abend, während ich, den Kopf auf einen Stapel aufgeschossener Taue gestützt, ausgestreckt auf dem Deck des Kutters lag, der mich nach Belle-Isle übersetzte, wieder die Vision von dem kleinen Herrn in Trauer vor mein inneres Auge, aber nun in weiter Ferne und verschwommen, und ich begnügte mich damit, mir – ohne daß ich diese innerlichen Worten mit der geringsten Idee von Mitleid verknüpfte – zu sagen:

»Das ist ein Witwer, zweifellos … Und der andere, das Kind, sieht der Verstorbenen ähnlich … Sie dürfte zwanzig Jahre alt gewesen sein …«

Ich fragte mich nicht, wo er jetzt war, was er tat, ob er allein für sich in einem Hotelzimmer oder in der Ecke eines Eisenbahnabteils weinte. Und köstlich gewiegt von der Dünung des Meeres, über das der Mond, so hätte man meinen können, ein unermeßliches Netz aus Licht mit engen funkelnden Maschen geworfen hatte, schlief ich ein.

Drei Monate später sah ich sie wieder. Es war in einem Eisenbahnabteil. Ich fuhr gerade nach Carnac. Und sie, wo fuhren sie gerade hin? Der kleine Herr saß in der Ecke des Abteils zu meiner Rechten und sein Sohn in der anderen, ihm gegenüber. Mir schien, als sei der erstere noch gebeugter, noch niedergeschlagener, noch magerer, und ich glaubte zu bemerken, daß der zweite noch schöner geworden war und daß seine Augen noch boshafter geworden waren. Ich wollte mir das Gesicht des Vaters betrachten, und zwar aufmerksamer als beim letzten Mal; doch er entzog sich meinen Blicken und tat, als würde er sich für die vorüberziehenden Landschaften interessieren: Kiefern und nochmals Kiefern und enge, trostlose, todtraurige Horizonte aus Heideland. Das Kind zappelte nervös hin und her und betrachtete mich mit heimlichen Seitenblicken. Plötzlich stieg es auf die Sitzpolster, öffnete das Fenster und lehnte sich aus dem Abteil. Entsetzt stieß der Vater einen Schrei aus:

»Albert! ... Albert! ... tu das nicht, mein Kind ... du könntest hinausfallen.«

Das Kind antwortete in einem schroffen Ton und mit einer boshaften Grimasse um die Lippen:

»Und ich tu es doch ... und ich tu es doch ... Du langweilst mich ...«

Der Vater war aufgestanden, hatte ein schwarzseidenes Halstuch aus einem kleinen Reisenécessaire gezogen.

»Gut, mein Kind«, sagte er sanft ..., »aber dann lege dir wenigstens dieses Halstuch um ... Die Luft ist frisch heute ... Ich bitte dich, nimm dieses Halstuch ...«

Das Kind zuckte mit den Achseln.

»Da, sieh mal ... Hühner ...«, rief es, am grauen Himmel einen Schwarm Raben verfolgend.

»Das sind keine Hühner, mein Kind«, erklärte der kleine Herr. »Das sind Raben.«

Das Kind entgegnete schroff:

»Und wenn ich will, daß das Hühner sind, dann sind es welche! ... Laß mich in Ruhe ...«

Und es begann zu husten.

Bestürzt wühlte der kleine Herr in dem Nécessaire.

»Albert! ... dein Sirup, mein Kind ... dein Sirup ... trink deinen Sirup ... Du machst mich zittern vor Angst ...«

Das Kind nahm die Flasche, warf sie zum Fenster hinaus und rief mit einem bösen Lachen:

»Sieh, da ist dein Sirup! ... Geh ihn dir holen, wenn du willst ...«

Da wandte sich der Vater mit flehendem Blick nach mir

um. Oh!, welch ein Märtyrergesicht! Ausgehöhlte Wangen, tief gefurchte Falten und zwei große, runde, feuchte, rotumrandete Augen und ein kurzer, unsauberer, grauer Bart, wie er auf der starren Haut von Toten sprießt.

Ich erhob mich ebenfalls und schloß mit einer entschiedenen Geste das Fenster. Nörgelnd verkroch sich das Kind wieder in die Ecke des Abteils. Der Vater dankte mir mit einem schmerzlichen und gütigen Blick ... Da ich ihn beinahe berührte, neigte ich mich zu ihm und fragte ihn ganz leise:

»Sie haben nur noch ihn?«

»Ja ...«, brachte er gequält heraus.

»Und ... er sieht ... der Verstorbenen ... ähnlich?«

Der kleine Herr wurde rot ...

»Ja ... o ja ... leider Gottes!«

»Sie dürfte zwanzig gewesen sein?«

Ich sah Entsetzen in seinen Augen; ein Zittern schüttelte seine armen mageren und knochigen Beine ... er antwortete nichts.

Bis zur Station Carnac wechselten wir kein Wort mehr miteinander. Der Zug schnürte durch einen riesigen entblößten Raum, eine biblische Ebene mit Fernen wie im Orient, umgeben von etwas Rätselhaftem, das einem den Atem raubt ... Und doch hätte ich mit dem kleinen Herrn reden, ihm tröstliche Dinge, ihm irgend etwas Zuneigungsvolles sagen wollen. Zu wissen, daß irgend jemand auf Erden Mitleid mit ihm hatte, das wäre für ihn gewiß eine Linderung gewesen. Vielleicht hätte er sein schweres Leben dann besser ertragen!

Vergeblich suchte ich danach ...

Ohne mich umzudrehen, stieg ich aus dem Abteil. Und der Zug setzte seine Fahrt fort und nahm den kleinen Herrn mit, den ich nie mehr wiedersehen würde ... Oh, hätte ich doch das Wort gefunden, dessen es für seinen Schmerz bedurfte! ... Aber wer hat es jemals gefunden, dieses nicht zu fassende Wort?

Nachdem ich vier Stunden lang durch die Heide und über den Kiesstrand marschiert war, trat ich in ein kleines Gasthaus, in dem ich frisch gefischte Austern aß und einen Becher Cidre trank. Es bedienten mich Frauen, wie man sie auf den Gemälden von Van Eyck sieht: der gleiche sanfte Ernst, der gleiche Adel der Haltung, die gleiche reiche Anmut der Geste ... Und diese Stille!

Das Haus war sauber, die Wände frisch geweißelt. Über dem Kamin befand sich eine Täfelung aus altem Holz und auf dem Kaminsims lagen zwei dicke Seeigelschalen, die mich an die Alhambra erinnerten. Ich vergaß die gegenwärtige Welt, die Schmerzen der Menschen, ich vergaß alles, verbrachte dort eine köstliche Stunde ohne schlechtes Gewissen.

Im jenem gleichen Jahr verbrachte ich auch drei Tage auf der Ile de Sein.

Die Ile de Sein ist nur wenige Meilen vom Festland getrennt. Von der Pointe de Raz und der Küste von Beuzec aus erkennt man bei klarem Wetter ihre flachen Dünen als hauchdünnen gelben Strich auf dem Meer und die graue Säule ihres Leuchtturms. An dieser ein wenig unheimlichen Stelle des Meeres ist der Atlantik mit tückischen Riffen übersät, deren Spitzen selbst bei ruhiger See fast immer von Schaumkronen umfranst sind; und die zahlreichen Strömungen, die milchige Kurven auf das Grün des Wassers zeichnen, machen diese Zone zu einer gefährlichen Route für die Schiffe. Bei Ebbe verbinden diese Riffe, nun weiter entblößt, die wind- wellenumpeitschten Steilhänge der Inselküste und ihre tristen Sandflächen gewissermaßen mit einem schwarzen Rosenkranz aus Felsen. Das Ganze erinnert an einen langen, hier und da von Brechern durchbrochenen Hafendamm.

Ein elendes Wrack aus Land, einsam und verloren inmitten jenes Meeresstrudels, genannt *L'Iroise*, und Tag für Tag von ihm unterhöhlt, wirkt die Ile de Sein angesichts der unsäglichen Armut ihres Bodens und des primitiven Charakters ihrer Bewohner auf den Reisenden, der dort landet, wie ein noch ferneres Land als die Archipele des Pazifiks und noch ärmer als die Atolle der Südsee. Und doch lebt auf diesem Sand und diesen Felsen, diesem Kiesgeröll und diesen Steinen eine Bevölkerung von fast sechshundert Seelen, die verstreut in verdeckten Weilern hausen. Einige wenige Beete mit Kartoffeln und magerem Kohl, kleine Felder mit Buchweizen, spärlich und schütter bewachsen wie der Schädel eines Grindkopfs, bilden die einzige Landwirtschaft der Insel, die noch dazu der Sorge der Frauen überlassen ist. Der Baum ist dort unbekannt und der Stechginster ist die einzige buschartige Vegetation, die sich dazu herabläßt, in dieser jodhaltigen Luft und unter den beständigen Windböen von der See her zu gedeihen. Zur Zeit seiner Blüte breitet er einen Duft nach Vanille über die üblen Gerüche von menschlichem Schmutz, verfaultem Tang und getrocknetem Fisch, die zu jeder Jahreszeit die Atmosphäre verpesten.

Das Flachwasser um die Insel herum ist fischreich, und es gibt dort Meeraale und Hummer im Überfluß. Und die Männer, klein, schwächlich, mit Mäulern wie von Tümmlern, fischen. Hin und wieder gehen sie ihren Fisch in Audierne oder Douarnenez verkaufen. Die meiste Zeit über tauschen sie ihn jedoch auf englischen Dampfschiffen gegen Tabak und Schnaps. Wenn sie bei zu schwerer See gezwungen sind, an Land zu bleiben, betrinken sie sich. Häufig ganz entsetzliche Räusche, in denen man plötzlich ohne Grund das Messer aus der Tasche zieht. Die Frauen arbeiten neben der Aussaat und der Ernte, die auf ihren Schultern lasten und die entsprechend ihrer Möglichkeiten und der Gunst der Natur ausfallen, an den Netzen. Sie sind langsam, hochgewachsen und blaß, doch das beständige Heiraten unter Blutsverwandten hat ihre Züge so sehr verfeinert, daß sie geradezu hübsch sind, wenn auch von jener morbiden Hübschheit, welche die Bleichsucht verleiht. Perlmuttmatte Teints, Hauttöne wie von ausgeblichenen Blumen, was von der Bleichheit und Zersetzung des Blutes zeugt, sind keine Seltenheit. Mit ihrer Tracht aus düsterem Tuch und rechteckigem Schnitt, mit ihren altertümlichen Hauben auf plattgescheiteltem Haar, mit ihren langen nackten Hälsen, dünnen und biegsamen Stengeln, die aus den herzförmigen Brusttüchern herausragen, gleichen sie keuschen Kirchenfenstermarien.

Die meisten unter ihnen haben nie das Festland betreten. Viele von ihnen sind nie weiter als bis zu dem kleinen Hafen gekommen, von dem aus jeden Tag die Fischerboote auslaufen. Von all den Formen des Lebens kennen sie nur das, was ihre arme Insel bietet, was die Schiffbrüche, in diesem Meer voller Felsen so häufig, ihnen auf die Strände spült oder was ein Kutter, der dreimal pro Woche den Postdienst zwischen Audierne und der Ile de Sein erledigt, ihnen davon anbringt: diverse notwendige Konsumartikel oder Toilettenkrimskrams, wodurch die Neugier auf das, was ihnen unbekannt ist, jedoch nur wenig befriedigt wird. Als vor etwa dreißig Jahren ein Mann, der vor langer Zeit allein in die Ferne gezogen war, mit einem Hund zurückkehrte, löste dieser unter den Frauen heilloses Entsetzen aus. Sie glaubten, er sei der Teufel, und sie flüchteten sich unter jämmerlichem Geschrei in die Kirche. Der Geistliche, der Recteur, mußte zuerst die bizarrsten Exorzismen vornehmen und den Hund in Weihwasser tauchen, bevor sie gewillt waren, die Kirche wieder zu verlassen, in der sie sich verbarrikadiert hatten. Aber solche Zwischenfälle sind selten in dem stets gleichförmigen Alltag der Insel, auf welcher der Wagemut der Kolonisatoren nicht bis zur Einführung einer Kuh oder eines Pferdes oder gar eines Fahrrades gereicht hatte.

So geschieht es auch nicht ohne Angst und Schrecken, wenn die Gedanken der Frauen den Streifen Wassers, der sie von dem großen Leben trennt, überqueren und bei klarem Himmel dem blauen zerpflückten Flecken dieser unbekannten und geheimnisvollen Erde folgen, auf der es Städte, Wälder, Wiesen, Blumen und andere Vögel als die gewohnten Möwen und umherziehenden Sturmvögel gibt.

Die Alten, die zu alt sind, um noch auf Fischfang auszufahren und die jeden Tag auf der Türschwelle der Häuser vor dem Meer hocken bleiben, reden zuweilen. Sie haben, während sie in Diensten des Staates standen, die ungewöhnlichsten Dinge gesehen, die man sich kaum vorstellen kann: sie haben Pferde, Esel, Kühe, Elefanten, Papageien und Löwen gesehen. Mit wirrer Mimik und imitierenden Schreien bemühen sie sich, sie zu beschreiben, sie faßbar zu machen.

Einer von ihnen erzählte:

»Stellt euch ein Tier vor ... ein Tier so groß und fett wie tausend Ratten ... Nun, dort drüben ist das ein ›Pferd‹ ... ein ›Pferd‹, merkt es euch gut ... Man steigt darauf ... oder man bindet es an eine Art Haus, das Räder hat und das man eine Diligence oder Schnellkutsche nennt ... Und das Ding führt euch weit, weit fort ... im Handumdrehen ...«

»Jesusmaria!« riefen die Frauen aus und bekreuzigten sich, wie um die Angst vor teuflischen Bildern von sich fernzuhalten.

Aber diese unerhörten Dinge nahmen keinerlei präzise Gestalt in ihrem Geist an, der unfähig war, sich etwas jenseits bestimmter Konturen, bestimmter Bewegungen vorzustellen, die sich stets und kaum vergrößert, kaum verändert auf die Konturen der Dinge, die Bewegungen der Menschen zurückführen, die sie gesehen haben, in deren Mitte sie leben.

Eines Tages entschloß sich eine jener Frauen, deren Brust von Krebs zerfressen war, auf Anraten des Recteur, eine Wallfahrt nach Saint-Anne-d'Aubray zu machen. Obwohl die Küstenverwaltung auf der Insel einen Chirurgen unterhält, für den ein dreijähriger Aufenthalt dort als Ersatz für zwei Feldzüge in fernen Ländern und ich weiß nicht wie viele Verwundungen gilt, ist der wirkliche Arzt dort der Recteur, also der Priester. Nun hatte aber der Recteur auf die arme Frau bereits das gesamte Sortiment seiner Pflaster, Ermahnungen und Wundkräuter erschöpft und war zu dem Schluß gekommen, daß nur die Heilige Anne, sofern sie dazu willens war, dieses hartnäckige Übel besiegen konnte. So ging die Kranke denn eines Morgens an Bord des kleinen Kutters, und dies jedoch in einem solchen Zustand von Angst und Besorgnis, was sie alles zu sehen bekäme, daß sie während der Überfahrt die grauenhaften Schmerzen, die ihren vergifteten Körper plagten, völlig vergaß. Aber kaum stand sie auf dem Hafenkai von Audierne, da stieß sie plötzlich Schreie des Entsetzens aus, warf sich auf die Erde und schrie:

»Jesusmaria! ... Lauter Teufel ... lauter Teufel! ... Sie haben Hörner ... Heilige Jungfrau Maria, erbarme dich meiner! ...«

Sie hatte gesehen, daß man gerade Ochsen an Bord eines Frachtschoners bugsierte. In einer ganzen Herde, mit sabbernden Schnauzen, brüllten sie und peitschten dabei mit ihren Schwänzen durch die Luft ... Und die Unglückliche rief immer wieder:

»Jesusmaria! Sie haben Hörner, genau wie die Teufel ... sie haben Hörner! ...«

Man hatte große Mühe, ihr begreiflich zu machen, daß dies keine Teufel waren, sondern ganz harmlose Tiere, wie es sie überall auf dem Festland gibt und über die der gute Père Millier zu ihr meinte, sie würden beileibe nicht die Menschen verspeisen, sondern die Menschen würden im Gegenteil sie verspeisen, und zwar zu Kohl und Kartoffeln ... Da erhob sie sich, wenn auch noch keineswegs beruhigt, und machte, erstaunt über die Unerhörtheit des Schauspiels, das sie vor Augen hatte, vorsichtig ein paar Schritte.

Und da erblickte sie auf der anderen Seite des Hafens auf den Anhöhen von Poulgouazec eine Windmühle, deren große Flügel sich, von einer kräftigen Brise bewegt, im Himmel drehten, drehten und drehten ... Sie wurde kreidebleich, ließ sich erneut zu Boden sinken und begann, die Stirn auf den Boden pressend, Arme und Beine ausbreitend, auf das Pflaster des Hafenkais schlagend, zu schreien:

»Das Kreuz unseres Herrn dreht sich ... und dreht sich ... das Kreuz unseres Herrn ist närrisch geworden. Ich bin in der Hölle ... Gnade ... Gnade ... zu Hilfe!«

Sobald ihr Blick jenseits des blauen oder grünen oder grauen Wassers der gewundenen Linie der bretonischen Erde folgt, wie sie violett in der Ferne leuchtet, schlägt sie seit dieser Zeit sofort ein Kreuz, kniet auf dem Kies des Strandes nieder und dankt Gott in einem glühenden Dankgebet, daß er sie errettet hat vor den Dämonen und vor der Hölle, vor jener spottvollen und finsteren Hölle, in welcher Satan das heilige Kreuz zwingt, sich zu drehen, zu drehen, unablässig zu drehen unter dem steten Wind der Gotteslästerungen und der Sünde ...

21

Trübseliger Tag heute. Doch ich ertrage ihn beinahe freudig beschwingt, denn ich sage mir, ich wiederhole mir ständig, daß ich nur noch zwei Tage hier zubringen muß. Und dann hat mich auch noch der berühmte Maler Barnez, Guillaume Barnez, besucht ... Seine anmaßende Nullität, seine unermeßliche Eingebildetheit sind mir stets aufs neue ein Vergnügen.

Das folgende Abenteuer hat Barnez erlebt ... Es wäre gut, wenn es später in seiner Biographie auftauchen würde.

»Gegen Abend durchzuckte Madame Barnez ein letzter Krampf, sie stieß ein letztes Röcheln aus, sie starb ... Und lange Zeit verharrte der berühmte Maler wie vernichtet, mit wirrem Blick vor dem bleichen, allmählich erkaltenden Leichnam; er verstand die Welt nicht mehr, konnte nicht glauben, daß der Tod einfach so, so rasch gekommen war und ihm seine Frau geraubt hatte ... Innerhalb von drei Tagen dahingerafft! ... Innerhalb von drei Tagen, sie, so schön, von so herrlichem Fleisch, von so ebenmäßiger Zeichnung, so voll und ganz Renaissance! ... Innerhalb von drei Tagen, sie, die mit so bewundernswerten, so akademischen Gesten für die Kaiserinnen, die Kurtisanen, die Nymphen, die Märtyrerinnen posierte ... sie, die ihm für seinen *Tod der Agrippina* eine Ehrenmedaille eingebracht hatte ... Innerhalb von drei Tagen! ... Noch vor nicht einer Woche lag sie dort auf dem Modelltisch, sich räkelnd inmitten von gelben Seiden und scharlachroten Kissen, für eine Kleopatra posierend ... ja, für eine Kleopatra, mit der er gewiß einen Sitz im Institut errungen hätte! ... Und wieder sah Barnez vor sich die Starrheit der herabhängenden, goldumreiften Arme, die flutende Schwere des ausgebreiteten Haars, den strahlenden Bauch, die blendenden Brüste, den wundervollen Schwung der Hüften, das Seidige der Beine ... Innerhalb von drei Tagen dies alles erloschen, dies alles verloren, dies alles verschwunden! ... Das war furchtbar, einfach unmöglich! ...

›Mathilde! ... meine kleine Mathilde!‹ seufzte der Unglückliche. ›So sag doch was zu mir ... Sag mir, das ist doch nicht wahr, daß du tot bist? ... Du posiert für eine Ophelia, für eine Julia, nicht wahr? ... Aber du bist nicht tot, du lebst ... ach! So sag doch was ...‹

Aber auf seinen Lippen fühlte er die Kälte von toten Lippen, eine Kälte, die ihn brannte wie ein glühendes Eisen. Da sank er an dem Bett zusammen, vergrub seinen Kopf in den Laken und schluchzte:

›Mein Gott! Mein Gott! ... Sie posiert nicht.‹

Er wollte von niemandem, daß er bei seiner Frau wachte, und verwehrte den unerwünschten Tröstungen die Tür. Allein nahm er die Totenwaschung vor; allein drapierte er die Blumen, die duftenden Trauben von weißem Flieder, die weißen Rosen, die großen weißen Lilien, die Schneeballdolden auf das Bett. In ein weißes Kleid gewandet und auf das weiße Blumenlager gebettet, wirkte Mathilde, als würde sie schlafen.

Im Jahr davor hatte Barnez sein Kind verloren, seinen einzigen Sohn, ein pausbäckiges, rosiges, molliges, himmlisches Kind, das bereits als ein kleiner Mann für die Amors und Engel posiert hatte. Und nun entriß man ihm gar seine Frau! ... Nun war ihm niemand mehr geblieben, den er lieben konnte, und er war allein, so allein, daß ihm einen Moment lang der Gedanke an den Tod zu etwas Tröstlichem wurde ... Welchen Sinn hatte es noch, zu leben? Und für wen, mein Gott? Und wozu? ... Alles stürzte zusammen ... alles ... bis hin zu den egoistischen Genüssen der Kunst, bis hin zu dem himmlischen Martyrium des Schaffens; bis hin zu diesen göttlichen Begeisterungen, diesen sublimen Anwandlungen von Wahnsinn, die durch eine bestimmte Hauttönung, eine Stoffspiegelung, einen Sonnenstrahl auf dem Meer, eine in Dunstschleiern verlorene Ferne die Poeme des ewigen Traums entstehen, auftauchen und greifbar lebendig werden lassen ... und die Medaillen, die staatlichen Aufträge, die Auszeichnungen, die großen Preise ... Einige Minuten lang spielte er mit dem Gedanken, sich einen Doppelsarg anfertigen zu lassen, auf dessen Boden auch er sich ausstrecken könnte neben seiner geliebten Frau ... Seiner geliebten Frau ... seiner Kleopatra ... seiner Agrippina ... seiner Niobe, seiner Königin von Saba! ... Mein Gott! mein Gott! ... Und auch er, sein kleiner Georges, der ganz nackt, ganz von Blond umlockt, mit einer Rose zwischen den Lippen, einem Köcher quer über der Schulter, so himmlisch den Windungen blumengeschmückter Banderolen entschwebte ... oder mit blauen Flügeln über ockerfarbenen Hintergründen dahinflog! ... Mein Gott! ... mein Gott! ...

In der Nacht schlief er, der Erschöpfung, den Zerknirschungen der Emotion erliegend, ein ... Als er wieder erwachte, überflutete die Sonne das Totenzimmer mit heiterer ... vibrierender ... Helle. Barnez bereute, daß er sich vom Schlaf hatte betäuben lassen. Ja, er machte sich sogar Vorwürfe:

›Ich habe geschlafen! ... Während sie ... Oh!, meine Geliebte, verzeih! Und doch ist es wahr: Sie ist tot ... Was soll jetzt aus mir werden? Ich besitze nichts mehr, nichts ... Die Malerei? ...‹

Er machte eine zornige, eine drohende Handbewegung.

›Die Malerei ... O ja! Die Malerei! ... Ich habe ihr die Liebe meiner Frau, meines Sohns geopfert ... Wenn ich, anstatt ein Maler zu sein, Advokat gewesen wäre, Buchhalter,

Schneider, ganz egal was ... dann wären diese zwei geliebten Wesen, die ich verloren habe, die ich umgebracht habe – denn ich habe sie umgebracht – noch am Leben ... Nein, nein, keine Malerei mehr, nie mehr ... Ich zerbreche meine Palette ...‹

Sehr bleich, mit verquollenen Lidern betrachtete Barnez lange, unter Schmerzen seine Frau.

›Elender! ... Ich bin ein Elender! ... ich konnte, ich verstand es nicht ... zu lieben ...‹, schluchzte er.

Doch allmählich verloren seine Augen den Ausdruck des Schmerzes, und allmählich bekam der Blick, der gerade noch verängstigt und feucht gewesen war, jene Konzentration, jene Anspannung aller visuellen Kräfte, die das Auge des Malers zu einem wilden Blinzeln zusammenkneifen, wenn es sich einer Natur gegenüber sieht, die sein Interesse erweckt. Und er schrie:

›Was für ein Ton! ... Mein Gott! Was für ein Ton!‹

Dann, während er mit den Finger einen langsamen, abgrenzenden Kreis zog, der die Stirn, die Wange und einen Teil des Kopfkissens umschloß, hielt er sich folgende Rede:

›Wie schön das da ist ... nicht wahr? ... Nein, wie sonderbar das da ist! ... wie fein, wie delikat, wie modern das alles! ... Meine Güte! Unglaublich! ... kein Zweifel ... das hat etwas von Manet! ...‹

Er berührte die Nase, deren zusammengekniffene Flügel nur noch schmale violette Flecke waren.

›Dieser Ton da? ... Das ist unerhört!‹

Er deutete auf den Schatten unter dem Kinn, einen transparenten Schatten in einem unendlich zarten blauen Rosa:

›Und das? ... Ah! Verdammt noch mal! ... Ist das nicht zart! ... eine Wolke geradezu! ...‹

Sein Finger wanderte wieder hinauf zur Stirn, zu den Haaren, zum Kopfkissen.

›Und diese Beziehung zwischen dem da ... und dem da! ...

Und das Arrangement von dem da? ... Nein! Das ist ja phantastisch!‹

Und mit einer kreisenden Bewegung wanderte seine Hand über das Kleid, über das mit Blumen drapierte Laken ...

›Und die Weißtöne von dem da? ... Junge, Junge! ... Das ist superb! Wie ist das modern! Und was für einen Schlag ihnen das im *Salon* versetzen würde! ...‹

Eine Blume, die über den Rand des Lakens glitt, fiel auf den Teppich. Barnez hob sie auf, legte sie wieder an ihren Platz, gab hier und da den anderen Blumen etwas Luft und Frische ... dann trat er zurück, kniff ein Auge zusammen, maß mit beiden Händen den Raum, den das Motiv auf der Leinwand einnehmen würde und sagte:

›Eine dreißiger Leinwand ... Das müßte passen wie angegossen ... wie angegossen ...‹

Sein Fuß schlug den Takt, sein Kopf deutete von rechts nach links schwingend die Melodie eines lustigen Liedchens an, und er sang:

›Wie an-ge-go-hos-sen, wie an-ge-go-hos-sen ... comme un gant ... Ca-ro-lus Du-ran ...‹

Nachdem er eine Staffelei in dem Zimmer aufgestellt hatte, begann er, wie besessen zu arbeiten. Den ganzen Tag über vernahm man in der Nähe des leblosen, inmitten der Blumengebinde bereits ins Grünliche übergehenden Körpers nichts als das Tupfen des Pinsels auf der Leinwand und von Zeit zu Zeit den Gesang eines monotonen und geistlosen Atelierrefrains, den Barnez zur Begleitung seiner Arbeit vor sich hin zu summen pflegte:

Monsieur Bonnat dit à Monsieur Gérôme,
Monsieur Bonnat dit à Monsieur Gérôme:
Jaune de chrome!..
Et tra déri, dera ... Tra la la la la la!

Am nächsten Morgen hatte er, sowie es Tag geworden war, hastig und fiebernd wieder seine Arbeit aufgenommen und nörgelte sogar über Mathildes Kinn, denn es gelang ihm einfach nicht, dessen ›Valeur einzufangen‹.

›Wie ist es nun eigentlich, dieses verdammte Kinn? ... Und außerdem geht alles flöten ... Gestern war's noch fliederfarben, heute ist es orange ... Meine Relationen stimmen nicht mehr ... Gut, dann eben so! ... jetzt also grün ... Ach! meine arme Mathilde ... du posiert wirklich nicht mehr wie früher! ... Armer Liebling ... deine linke Wange, die sich nicht mehr dreht ... und die Konturen, die immer starrer werden ... Verdammter Mist! Das ist aber ärgerlich ... All diese Sachen ... die müßte man beim Posieren eigentlich ausziehen ... Halt, nein! ... das ist gar nicht schlecht so! ... Verflucht! ... Das Kadmium ist alle ...‹

Und während er in seiner Farbenkiste kramte, begann er wieder, jedoch mit einer wütenden Stimme, zu summen:

Monsieur Bonnat dit à Monsieur Gérôme,
Monsieur Bonnat dit à Monsieur Gérôme,
Cadmiôme!
Et tradéri, déra ...

Plötzlich wurde Barnez durch das Eintreten des Kammerdieners unterbrochen.

›Nun? ... was gibt's? ... Ich hab dir doch verboten, mich zu stören.‹

›Monsieur‹, antwortete der Diener ernst, ›es sind die Leute von der Bestattung!‹

›Bestattung?‹ ... platzte Barnez heraus, ›was für eine Bestattung?‹

›Aber Monsieur wissen doch ...‹

›Ach! Ja, richtig ... Schick sie zum Teufel ...‹

›Aber Monsieur‹, entgegnete der Diener ..., ›sie kommen wegen Madame!‹

›Na und? Was heißt … wegen Madame! … Ich bin noch nicht fertig. Ich brauche noch zwei Stunden … Beschäftige sie so lange, die Bestatter … Gib ihnen was zu trinken … laß sie das Atelier besichtigen … Oder halt, nein … hör zu …‹

Er gab seinem Domestiken einen Wink, näher zu treten, und heiter, mit einer lausbübischen Grimasse auf den Lippen, einer Grimasse, in der sich ganz und gar der Bohemien wiederfand, der er einst gewesen, empfahl er ihm:

›Du wirst den Bestattungsleuten sagen, sie hätten sich im Haus geirrt; und die richtige Adresse sei eine Straße weiter.‹

Und er machte sich wieder ans Malen.

Am Abend, nach der Rückkehr von der Beerdigung, schloß sich Barnez in dem Zimmer ein. Und lange verharrte er mit düsterem Blick, die Stirn in Falten, den Kopf in seine Arme gewühlt, zu Boden geworfen vor der Leinwand, vor all dem, was ihm nun noch von seiner geliebten Mathilde geblieben war. Nach einer Stunde erhob er sich, da es Nacht wurde, und seufzte:

›Oh! Ich sehe nur zu gut, was noch alles daran zu tun wäre … Das ist noch nicht das Wahre … Aber was soll ich machen!‹

Und während er das leere Bett betrachtete, auf dem noch einige Blumen vergessen und traurig vor sich hin welkten, setzte er mit tiefstem Bedauern hinzu:

›Was ich bräuchte, ist Natur!«‹

Seit dieser Zeit ist Guillaume Barnez ganz betrübt. Er gesteht mir seine Mutlosigkeit:

»Ich kann nicht mehr arbeiten«, erklärt er mir. »Und wenn ich keine alten Gemälde in meinem Atelier hätte, dann wüßte ich in Wahrheit nicht, wovon ich leben sollte … Erinnerst du dich noch an mein *Gastmal bei Nero*? … Ja? … Nun, gerade bevor ich hergekommen bin, habe ich es an die Sacré-Coeur-Kirche von Montmartre verkauft, und zwar als *Hochzeit von*

Kanaan! ... Was soll ich außerdem auch machen? ... Mit der Kunst ist es jetzt vorbei ... Jetzt interessiert man sich nur noch für die Monets ... die Renoirs ... die Cézannes ... Eine Schande ist das! ... Oh!, meine arme Mathilde hat gut daran getan, daß sie gestorben ist ...«

Ich versuche, ihn zu trösten:

»Du beklagst dich? ... Du bist doch immer noch der berühmte Maler Guillaume Barnez. Und du wurdest doch gerade erst im Institut aufgenommen!«

»Berühmt? ... Ich bitte dich! Natürlich bin ich berühmt ... Ich bin berühmter als je zuvor ... Nur, wenn durch Zufall mal eines von meinen Gemälden zum Verkauf kommt im Hôtel Drouot ... dann wird es auf siebzehn Francs geschätzt ... mit Rahmen ... Und ich versichere dir: Mit der Kunst ist es vorbei ... vorbei ... vorbei! ...«

Und mit dieser trüben Prophezeiung verläßt er mich ...

Einige Minuten später wollte ich mich, trotz alledem tief ergriffen von Guillaume Barnez' Lage, die ich in früheren Zeiten als so glänzend gekannt hatte, gerade nach oben begeben, um mich zum Dîner umzukleiden. Da rief hinter mir auf der Treppe jemand nach mir:

»Monsieur Georges? ... He! ... mein lieber Monsieur Georges ... ich bitte Sie! ...«

Ich wandte mich um. Es war Monsieur Tarte; Monsieur Tarte höchstpersönlich, der gerade im Reitanzug, elegant, beschwingt, vor sich hin summend, eine Arnikablüte im Knopfloch seines beigefarbenen Überziehers, von einem Ausflug zum Port de Vénasque zurückkehrte.

»He! Guten Abend ...«, begrüßte er mich ... »Ich bin hocherfreut, Sie zu sehen, mein lieber Monsieur Georges ... wirklich hocherfreut ...«

Und während er meine Hand in seinen mit Hundsleder behandschuhten Händen so fest schüttelte, daß er sie mir beinahe brach, wiederholte er strahlend:

»Hocherfreut … hocherfreut … Oh! Sie können sich nicht vorstellen, wie sympathisch Sie mir sind, mein lieber Monsieur Georges … Nein, also wirklich … Sie sind für mich ein Freund … ein richtiger Freund … Außerdem liebe ich heute … einfach alle … verstehen Sie … ich liebe alle! …«

Diese Gefühlsverströmungen von Monsieur Tarte erstaunten mich nicht wenig. Es gehörte nämlich keineswegs zu seinen Angewohnheiten, so großzügig mit ihnen umzugehen. Ganz im Gegenteil.

Er war ein kleiner mürrischer Mann, nervös, eigenbrötlerisch, mit aufgeregten Gesten, einer frechen, vulgären Stimme, der bereits beim geringsten Anlaß in Rage geriet. Er war gewissermaßen der Alptraum des Hotels. Es verging nicht eine Mahlzeit, die nicht durch seine Wortstreite, seine unablässigen Nörgeleien gestört wurde. Nie war er mit irgend etwas zufrieden, er beschwerte sich über das Brot, über den Wein, über das Steak, über die Ober, über seine Nachbarn. Seine bitteren Reklamationen erstreckten sich sogar bis auf das System der Spülklosetts, das ihm nicht perfektioniert genug erschien. Er war für uns alle ein tägliches Martyrium. Und nun zeigte er sich ganz plötzlich von einer zuneigungsvollen, überschwenglichen Fröhlichkeit, und sein Gesicht, ansonsten stets ergrimmt vor Zorn, strahlte wie das eines Verliebten oder eines Erben …

Was war ihm nur widerfahren? … Wirkten die Ausflüge in das schwarze und schluchtenreiche Gebirge etwa besänftigend auf das Gemüt? … Dies machte mich neugierig, und ich wollte den Grund dieser jähen Verwandlung erfahren.

»Na, angenehm amüsiert auf einem Ausflug, Monsieur Tarte?« fragte ich.

»Hervorragend sogar, mein lieber Monsieur Georges … hervorragend … oh!, wirklich hervorragend.«

Und da wir in diesem Moment vor seinem Zimmer zu stehen gekommen waren, meinte Monsieur Tarte zu mir:

»Möchten Sie mir eine große, eine große Freude machen? … Treten Sie auf eine Minute bei mir ein … oh!, nur auf eine Minute, lieber Monsieur Georges … denn ich muß Ihnen von meinem Ausflug erzählen … ich muß irgendeinem von meinem Ausflug erzählen … einem lieben Menschen … wie Ihnen … Ich bitte Sie, ja?«

Ich liebe die Originale, die Sonderlinge, die Unberechenbaren, mit einem Wort: diejenigen, die von den Physiologen als Degenerierte oder Entartete bezeichnet werden … Denn sie besitzen zumindest jene kapitale und göttliche Tugend, nicht wie alle zu sein … Ein Verrückter, zum Beispiel? … Ich meine einen frei herumlaufenden Verrückten, wie wir ihm im Leben zuweilen begegnen … wenn auch leider viel zu selten! … der aber eine Oase in jener trübseligen und ebenmäßigen Wüste ist, welche die bürgerliche Existenz darstellt … O diese lieben Verrückten, diese bewundernswerten Verrückten, Wesen voller Trost und unschätzbarem Wert, wie sehr müßten wir sie eigentlich mit einem glühenden Kult beehren, denn nur sie bewahren in unserer servilisierten Gesellschaft die Traditionen der geistigen Freiheit, der schöpferischen Freude … Nur sie wissen heute, was die göttliche Phantasie bedeutet …

Daher können Sie sich denken, daß ich das Angebot, das Monsieur Tarte mir machte, annahm …

»Aber natürlich! … Mit größtem Vergnügen, Monsieur Tarte …«

Und ich betrat mit ihm sein Zimmer.

Hastig und beflissen wies er mich auf einen Stuhl, der so bequem war, wie es der Zustand der Zivilisation und des Mobiliars in den Pyrenäen eben zuließ. Und er selbst senkte sich, ließ sich versinken in einem Fauteuil.

»Ach, Monsieur, lieber Monsieur Georges!« rief er, während er sich genüßlich ausstreckte … »Sie können gar nicht glauben, wie glücklich … glücklich … glücklich ich bin! Jetzt kann ich atmen ... Ein Gewicht weniger lastet mir auf dem Hirn, auf dem Herzen, auf dem Gewissen ... Und welches Gewicht? Die Maladetta, geehrter und geschätzter Monsieur Georges ... Ja, mein Schädel ist um das Gewicht der Maladetta und der gesamten Kette der Monts-Maudits, der ›Fluchbeladenen Berge‹, leichter. Ich bin frei, endlich fühle ich mich leicht, schwerelos, ohne Gewicht, geradezu imponderabel, wenn ich so sagen darf ... Mir ist, als sei ich soeben aus einem langen, beängstigenden, infernalischen Alptraum erwacht und als sei um mich herum, über mir, in mir lauter Licht ... Licht ... Licht ... Endlich habe ich wieder das Licht erobert ...«

»Was ist Ihnen denn widerfahren, was so außerordentlich ist? Welches himmlische Ereignis? Welches Wunder?«

Das Gesicht über und über strahlend vor Glück, die Arme schlaff über die Armlehnen des Fauteuils herabschwingen lassend, sich in köstlicher Entspannung sämtlicher Organe wie eine Katze streckend, antwortete Monsieur Tarte:

»Lieber Monsieur Georges ... o lieber Monsieur Georges ... ich habe einen Menschen getötet!«

Und auf seinem Gesicht und in seiner Stimme lag ein Ausdruck von Erleichterung, von Erlösung, die Trunkenheit einer von Teufeln befreiten Seele.

»Ich habe einen Menschen getötet! ... ich habe einen Menschen getötet! ...«

Auf eine Regung von Überraschtheit, die ich nicht unterdrücken konnte, gebot mir Monsieur Tarte mit einer Handbewegung Schweigen:

»Schreien Sie nicht empört auf ...«, sagte er, »unterbrechen Sie mich nicht ... und lassen sie mich Ihnen von dieser befreienden Freude erzählen, die mir heute zuteil wurde, nämlich die Freude, einen Menschen ... - oh!, begreifen Sie die auf der Zunge zergehende Süße dieses Wortes! – einen Menschen ... getötet zu haben! ...«

Und in kurzen, unzusammenhängenden, abgehackten Sätzen sprach er wie folgt:

»Mein lieber Monsieur Georges, ich leide an einer chronischen Pharyngitis ... bisher hat sie sich jedoch allen Behandlungen gegenüber resistent gezeigt ... Dieses Jahr hat mir mein Arzt Inhalationen in X ... verschrieben. Sie wissen, was das ist? ... Es scheint, als würde dies wie ein Wunder wirken ... Kurzum, ich kam also zum Inhalieren hierher ... Als ich zum ersten Mal den Inhaliersaal betrat, war der Apparat, den man mir verordnet hatte, jedoch bereits besetzt ... Da war ein Herr ... Die Nase, den Mund, die Stirn in die Öffnung der Röhre steckend, so saß er da und inhalierte mit tiefer Überzeugung. Ich konnte ihn nicht gut erkennen ... Ich konnte von ihm nur eine riesige Stirn erkennen, kahl und hügelig und wie eine Landstraße aus gelbem Sand zwischen zwei Böschungen aus rötlichem Haar ... So wie ich ihn vor mir sah, machte er auf mich einen Eindruck von abgeschmackter Vulgärheit ... Ich mußte eine Dreiviertelstunde warten ... Das ging über meine Geduld, und ich schwor mir, am nächsten Tag früher zu erscheinen ... Als ich am nächsten Tag erschien, war der Herr bereits da ... Am folgenden Tag verrückte ich meine Stunde auf noch früher ... er war schon wieder da ... ›Oh!, das ist zuviel ...‹, schrie ich innerlich, ›der verläßt wohl niemals diese Röhre?‹ Und ich verspürte einen gewaltigen ... einen furchtbaren ... Haß auf diesen Menschen ... das können Sie sich überhaupt nicht vorstellen ... Dieser Haß wurde immer größer, uferte von Tag zu Tag immer weiter aus, denn – Sie werden es mir nicht glauben, und doch ist nichts wahrer als das – nicht einmal während fünfundzwanzig Tagen, nein, nicht ein einziges Mal fand ich den Apparat unbesetzt ... Das erste, was ich erblickte, wenn ich in den Saal betrat, war immer diese Stirn ... Und diese Stirn schien sich über mich lustig zu machen ... schien über mich zu lachen ... Ja, in Wahrheit lachte sie über mich ... Nie hätte ich geglaubt, daß allein die Stirn eines kahlköpfigen Menschen so viel an Provokation in so wenigen Haaren enthalten konnte ... Diese Stirn verfolgte mich wie eine Obsession. Überall erblickte ich nur noch sie ... Mehrere Male mußte ich mich zur Raison bringen, mußte mich zurückhalten, um nicht mit einem Hammer, mit einem Knüppel bewaffnet auf diese beharrlich spöttische und grinsende Stirn einzuschlagen ... Mein Leben wurde unerträglich. Oh!, mein lieber Monsieur Georges, während dieser fünfundzwanzig Tage habe ich die ungewöhnliche und schmerzhafte Folter kennengelernt, an nichts anderes zu denken als daran, diesen Menschen zu töten, und es dennoch nicht zu wagen ... Der Gedanke an einen Mord keimte in mir ... im Stadium eines unbestimmten Wunsches, aber nicht im Zustand der beschlossenen Tat ... Das ist eine grauenhafte Qual ... In dieser Stimmungslage und auch zu dem Zweck, dieser schier verrücktmachenden Obsession, einen Mord begehen zu wollen, wenigstens für ein paar Stunden zu entrinnen, entschloß ich mich zu diesem Ausflug nach dem Port de Vénasque ... Heute morgen brach ich also auf. Ich hatte einen guten Führer ... ein gutes Pferd ... der Himmel war leicht verhangen; je höher ich stieg, desto mehr löste er sich aus seinem Dunstschleier ... wurde strahlend ... wurde blendend blau ... Aber das Gebirge ist grauenhaft ... Es erweckt nur Gedanken von Hoffnungslosigkeit und Tod ... Weit davon entfernt, mich von meinen Sorgen abzulenken, vermehrte es sogar noch ihre unheilvolle Macht ... An einer bestimmten Stelle kam mir die wahrhaft von der Vorsehung gesandte Idee, die bekannte Route, die Route der Touristen zu verlassen und bis zu einem Gipfel zu steigen, auf dem der Schnee in der Sonne funkelte ... Ich überließ mein Pferd der Obhut des Führers und begann allein und voller Zorn eine Art schmalen, in den Fels gehauenen Pfad emporzuklettern, der am Rande eines Abgrunds fast senkrecht in die Höhe führte ... Ein harter Aufstieg ... Zwanzigmal glaubte ich, gleich würde ich in den Abgrund stürzen ... Ich ließ nicht locker, kletterte verbissen weiter ... Als ich plötzlich von Angesicht zu Angesicht, Brust an Brust einem Mann gegenüberstand, der auf dem schmalen Pfad herabgestiegen kam ... O gottverdammter Tag! ... Es war ausgerechnet mein Mann ... der Mann an der Röhre ... Das Blut stockte mir in den Adern ... Genau an diesem Punkt unseres Zusammentreffens war die Passage so schmal, daß zwei Entgegenkommende einander unmöglich, ohne sich gegenseitig behilflich zu sein, und selbst dann nur mit höchster Vorsicht passieren konnten! ... ›Reichen Sie mir Ihre Hand‹, rief ich dem Mann zu ..., ›und geben Sie acht ... denn die Stelle ist gefährlich und der Abgrund tief ... da kommt man nicht mehr lebend heraus!‹ Und als er mir seine Hand entgegenstreckte, der Schwachkopf, der dreifache Schwachkopf, da brachte ich ihn mit einem leichten Stoß, mit einer flüchtig streifenden Berührung aus dem Gleichgewicht. Er stürzte ... ›O mein Gott‹, schrie er. ›Jetzt ist's aus! Aus und Amen! Gute Nacht!‹ Ich sah, wie er sich überschlug, von einem Felsen zum nächsten prallte ... Dann verschwand er in der Tiefe ... Man hat wahrhaftig recht zu sagen, daß Landschaften nur Zustände unseres Geistes sind ... Denn sogleich erschien mir das Gebirge strahlend vor unbekannter Schönheit ... Oh!, was für ein berauschender Tag! ... Was für eine Befriedigung! ... Was für eine selige, heitere Ruhe! ... Und was für eine übermenschlich köstliche Musik aus den Abgründen heraufschwebt!«

Monsieur Tarte erhob sich:

»Sehen Sie, auf diese Art«, meinte er nach einem kurzen Schweigen zu mir, »ist die Sache klar, ist die Sache sauber ... Ich habe kein Blut an meinen Fingern, kein verspritztes Hirn an meinen Kleidern ... Und der Abgrund ist verschwiegen ... Er wird seine kleinen Geschichten nicht aller Welt unter die Nase reiben. Ich bin glücklich ... glücklich ... ich kann wieder atmen ... Ufff! ...«

Dann, mit einem Blick auf seine Uhr:

»Aber es ist schon spät ... Nun gehen Sie sich umkleiden, denn ich gedenke heute abend sehr fröhlich zu sein ... sehr fröhlich ... Ja, mein lieber Monsieur Georges, heute abend ... Champagner in Strömen ... und ein paar tolerante Damen ... Oho! ... Oho! ...«

»Und morgen? ...« fragte ich.

»Morgen? ... Nun ja, morgen werde ich diese Stirn nicht mehr sehen müssen ... und ich werde in aller Ruhe Genesung inhalieren ... Bis gleich! ...«

Und sanftmütig, lächelnd, bieder und wohlgesittet begleitete mich Monsieur Tarte bis an die Tür.

22

Ich werde Ihnen natürlich nicht verraten, welche Folge sonderbarer Umstände dazu führte, daß ich heute das folgende sonderbare Geständnis zu hören bekam, das ich einzig und allein wegen seines großen dramatischen Interesses veröffentliche. Ich bin kein Denunziant, und ich habe es mir stets zum Prinzip gemacht – und habe mich stets dafür beglückwünscht –, die Justiz mit den Verbrechen, die sie aufzuklären und zu bestrafen hat, alleine fertig werden zu lassen. Ich habe nicht vor, mich zu ihrem Zuträger zu machen ... ganz im Gegenteil ... Sie soll mit Ives Lagoannec wie mit Monsieur Jean-Jules-Joseph Lagoffin alleine fertig werden ... Es versteht sich von selbst, daß ich die Namen dieser Geschichte geändert habe ... Im übrigen eine überflüssige Vorsicht, denn der Mann, der sie mir erzählte, ist inzwischen dank meiner Hilfe in Sicherheit ...

Hier also das Geständnis:

»Ich heiße Ives Lagoannec. Aus welcher Gegend könnte ich mit einem solchen Namen schon stammen, wenn nicht aus der Bretagne? Ich bin in der Nähe von Vannes im Morbihan – hihan! hihan! – geboren, das in der gesamten Bretagne die bretonischsprachigste Gegend überhaupt ist. Mein Vater und meine Mutter waren kleine Bauern, sehr unglücklich, sehr fromm und sehr verdreckt. Und auch versoffen, versteht sich. An den Markttagen las man sie gewöhnlich ... und, mein Gott!, in was für einem Zustand ... längs der Straßen auf. Und nicht selten verbrachten sie die Nacht, ihren Rausch ausschlafend und auskotzend, in den Straßengräben. Dem Brauch des Landes entsprechend wuchs ich im Stall zusammen mit den Schweinen und den Kühen auf, wie Jesus. Ich wurde so unrein gehalten, ich hatte so viel Schmutz und Dreck an mir, daß mein Vater, wenn er uns, die Tiere und mich, am Morgen aufwecken kam, erst einige Minuten brauchte, bis er mich von den Kotfladen unterschieden konnte. Man erzog mich in jeder Art von Aberglauben. Ich lernte die Teufel der Heide, die Feen des Teichs und des Strands bei ihren Namen kennen. Zusammen mit dem *Pater Noster* und dem *Ave Maria*, ein paar Kirchenliedern zu Ehren der Heiligen Anne und der wundersamen Geschichte des Heiligen Tugen war das alles, was ich lernte. Ich lernte auch Hochwürden Pater Maunoir ehren, der den Fremden durch einfaches Auflegen der Hand auf ihren Nacken die Gabe der bretonischen Sprache verlieh, wie aus einem bemerkenswerten Fresko hervorgeht, das jedermann in der Kathedrale von Quimper Corentin sehen kann ... Nicht ohne Stolz kann ich sagen, daß ich eines der am besten unterrichteten und gelehrtesten Kinder der Gegend war.

Den ganzen Tag über hütete ich bis zu meinem fünfzehnten Lebensjahr auf der Heide ein kleines fuchsrotes Pferd, ein kleines Geisterpferdchen, dem an der Schnauze vom vielen Reiben am Stechginster zwei lange graue Schnauzbärte gewachsen waren. Und drei Schafe, schwarz wie Dämonen, mit roten Augen und ebenfalls mit langen spitzen Kinnbärten wie von einem alten Geißbock, folgten mir hinkend und blökend hinterdrein. Wovon die alle lebten, das kann man sich wirklich fragen. Vermutlich von Luft und Wind und Wetter ... wahrscheinlich von der Gnade Gottes, denn was das Gras anbetraf, davon gab's weder fettes noch kräftiges auf der Heide, das kann ich Ihnen versichern.

Wie dem auch sei, ich war ein gehorsamer und respektvoller Junge, der Gott fürchtete, den Teufel respektierte und immer allein war. Nie hatte ein böser Gedanke, wie sie so viele andere Kinder haben, mein Hirn heimgesucht. Um ganz gerecht zu sein, müßte ich sagen, daß überhaupt nie ein Gedanke, ganz gleich welcher Art, mein Hirn heimgesucht hatte ... nicht einmal an dem Abend, als mein Vater, nachdem meine Mutter gestorben war, meine Schwester, die älter war als ich, zu sich ins Bett geholt hat ... Schreien Sie jetzt nicht empört auf und glauben Sie nur nicht, daß das eine Verrohtheit der Triebe, eine Ausschweifung wider die Natur ist ... Nein ... das ist bei uns so der Brauch und hindert einen nicht, als anständiger Mensch zu leben, seine Gebete zu verrichten und auf die Wallfahrten zu gehen ... Im Gegenteil ... Mein Vater bekam von meiner Schwester zwei Kinder, die zugleich meine Brüder und meine Neffen waren ... Sie wurden nur wenige Monate alt ... Aber ich weiß nicht, warum ich Ihnen das alles erzähle, denn es hat keinerlei Bezug zu dem weiteren Verlauf meiner Geschichte ... Und was kann Ihnen das schon ausmachen? ...

Wie alle habe ich meinen Militärdienst geleistet, und ich hatte ganz schön Mühe, ein paar Brocken Französisch zu lernen, denn ich sprach ja nur Bretonisch ... was mir viel Spott und viele Schläge einbrachte. Was das Lesen und Schreiben anging, das mußte ich all meinen Anstrengungen und meinem Fleiß zum Trotz aufgeben ... So hartnäckig ich mich auf diese Arbeit auch versteift hatte, war alles, was ich dabei am Ende gewonnen habe, eine Art Gehirnfieber, an dem ich beinah gestorben wäre, und manchmal spüre ich deutlich, daß mir davon irgend etwas im Kopf zurückgeblieben ist, was nicht natürlich ist. Aber meine Genesung im Spital in Brest und eine gewisse Schwester Marie-Angèle, deren weiße Hände meine Seele, die aus mir rausfliegen wollte, zurückgehalten hat, habe ich immer noch in zauberhafter und ganz zarter Erinnerung. Daran denke ich oft zurück und auch an diesen großen Schwan, den ich an einem Winterabend über die Heide fliegen sah ... vielleicht war er eine Fee ... und vielleicht die Seele einer Heiligen, wie diese wunderhübsche

Schwester Marie-Angèle eine war, die mich vom Tod errettet hat ...

Es ist kein Beispiel dafür bekannt, daß ein Bretone nach dem Ausscheiden aus der Armee und in der gleichen Lage wie ich nicht Dienstbote geworden wäre. Die Bretagne ist das klassische Land des Dienens. Sie dient Gott, dem Vaterland und der Bourgeoisie ... Ich wurde also Dienstbote.

Ich trat als zweiter Fuhrknecht in einen großen Bauernhof in der Nähe von Quimper ein. Und dort habe ich ein recht seltsames Abenteuer erlebt, das ich das Abenteuer mit dem kleinen Hasen nennen könnte. Immer habe ich die Idee im Kopf geglaubt, daß es einen indirekten Bezug zu meinem weiteren Schicksal ... und sogar einen Einfluß auf mein weiteres Schicksal gehabt hat. Hier, was passierte.

Eines Abends kam Jean, ein Arbeiter wie ich auf dem Hof, mit seinem Ackergerät auf der Schulter von den Feldern zurück, wo er den ganzen Tag hart gearbeitet hatte ... Triumphierend trat er in den Hof und schwenkte etwas Zappelndes an seinen ausgestreckten Händen. Der Abend dämmerte; man konnte die Gegenstände nicht mehr genau erkennen.

›Was hast du da?‹ fragte der Herr, der sich gerade an der Pumpe die Hände wusch.

›Das ist ein kleiner Hase, den ich in der Hecke von Gut Clos-Sorbier gefangen habe‹, antwortete Jean.

›Nein so was, Jean, Donnerwetter! ...‹ meinte der Herr ... ›Und was willst du mit diesem Hasen nun anfangen?‹

›Ihn aufziehen natürlich!‹

Und er fragte:

›Ihr erlaubt mir doch, nicht wahr, Herr, daß ich meinen kleinen Hasen in den Stall zu den Kaninchen tu ... und mir in der Früh einen Tropfen Milch schöpfe, um ihm zu trinken zu geben? ...‹

›Das ist der Herrin ihre Sache, mein Junge ...‹

›Oh! Die Herrin wird's sicher erlauben ...‹

Ich war in der Tenne gerade dabei, die Pferde auszuspannen. Mit böser Stimme brummte ich vor mich hin:

›Natürlich! ... Selbst wenn er den Wehrwolf daherbrächte, würde man ihm noch danken, diesem Mistkerl ... Aber wenn ich derjenige wäre? ... Oh! Dann gäb's ein Unglück!‹

Ich schlug auf meine Pferde ein und stieß einen mächtigen Fluch aus.

›Also so was!‹ rief der Herr ... ›Sieh da, unser Ives ist schon wieder eifersüchtig ... Schweig, du Vieh. Du weißt, daß ich das nicht liebe und daß ich allmählich genug habe von deinen Manieren.‹

Ich platzte vor Wut und rief in einem scharfen Ton:

›Meine Manieren ... Was ich da sage, das stimmt, und Ihr macht mir keine angst ...‹

Der Herr zuckte nur die Achseln und gab mir keine Antwort, und während ich in der Tenne weiter vor mich hin maulte, ging er ins Haus, wo die Abendsuppe dampfend auf dem Tisch wartete. Schon bald kam auch ich herein, nachdem ich die Pferde in den Stall gebracht hatte ... Dann erst kam Jean, nachdem er eine leere Ecke des Kaninchenstalls für seinen kleinen Hasen hergerichtet hatte ... Das Essen verlief in Schweigen ... Ich machte eine mürrische und verbitterte Miene ... Jean dagegen, mit ganz sanftmütigem Gesicht, träumte gewiß von den Herzigkeiten der kleinen Viecher ... Als wir uns in unsere Betten begaben, trat ich an Jean heran und sagte ganz leise mit zusammengebissenen Zähnen zu ihm:

›Ich werd's dir zeigen ... du ... wirst schon sehen ...‹

Jean, ganz ruhig, antwortete:

›Du machst mir keine angst ...‹

Und ich begriff schließlich, warum ich Jean haßte.

Ich haßte ihn, weil er zu allen Menschen nett war, auf dem Hof wie auf dem Land. Sanftmütig, gefällig, in seinen Bewegungen weniger schwerfällig als die anderen, mutig bei der

Arbeit, wurde er von den Männern und den Frauen geliebt. Ich konnte dieses Etwas-Besseres-sein nicht ertragen, ich, der, ich weiß nicht warum, von allen gehaßt wurde ... Jedes gute Wort, jedes Lob hallte wie ein dumpfer Schlag von Haß in meinem Herzen wider ... Oft und oft hatte ich Streit mit ihm gesucht, dem er aber immer mit charmantem Spott auswich. Oft und oft hatte ich versucht, ihm an den Sonntagabenden, wenn er aus der Stadt zurückkam, aufzulauern, mich auf ihn zu stürzen, ihm mit einem Stein die Fresse einzuschlagen ... Aber ich fürchtete mich vor den Folgen des Mordes. Ich traute mich auch nicht, in Beleidigungen zu weit zu gehen, denn ich wußte, daß der Herr zwischen Jean und mir nicht zögern würde, wen er in Schutz nähme.

Als ich mich an jenem Abend auf meinem elenden Lager ausstreckte, war ich mehr denn je von Haß zerfressen. Meine Brust dröhnte wie eine überhitzte Maschine, und ich krallte meine Hände mit den Gesten eines Würgers in die Bettlaken ... Bilder von Mord und Totschlag verfolgten mich die ganze Nacht, und ich fand keinen Schlaf ... Oh! Diesen Jean umbringen! ... Mir war, als könnte ich danach die anderen lieben, als könnte ich vielleicht sogar meine Pferde lieben, meine guten Pferde, die ich mit Schlägen überhäufte, seit Jean das Gift des Hasses auf die ganze Welt in mein Herz gegossen hatte. Oh! Diesen Jean umbringen! ... Anstatt die blutroten Bilder, die roten und flüchtigen Bilder von Mord und Totschlag, die in der Finsternis des Stalls vor mir vorüberzogen, zu verdrängen, strengte ich mich sogar an, ihnen eine weniger unbestimmte Form zu geben, einen gehaßten Körper, die Form und den Körper von Jean, der mit durchgeschnittener Kehle und röchelnd zu meinen Füßen lag ... Und das verschaffte mir eine momentane Erleichterung ... Es war wie ein Tropfen frischen Wassers auf die Lippen eines Wanderers, der am Verdursten ist ... Oh! Diesen Jean umbringen! ...

Der kleine Hase wuchs heran ... Jedesmal wenn Jean von

den Feldern zurückkehrte, brachte er dem Tier Milch und breitete frisches Stroh im Kaninchenstall aus. Er sagte zärtliche Sachen zu ihm und sang ihm alberne Liedchen vor wie einem Kind ... Auf dem Hof liebte man den Hasen, weil man Jean liebte ... Alle fragten Jean:

›Und? ... Wie geht's deinem kleinen Hasen?‹

Jean antwortete mit einem glücklichen Lächeln:

›Dem geht's gut ... er trinkt gut ... er hat ganz muntere Augen ...‹

Ich dagegen haßte den Hasen, weil ich Jean haßte. Jedesmal wenn man in meinem Beisein von dem Hasen sprach, spürte ich so etwas wie ein entsetzliches Brennen in der Brust ... Und an jenen Abenden sagte ich, während wir uns schlafen legten, zu Jean:

›Du Mistkerl! Du wirst schon sehen, ich werd's dir zeigen ...‹

Eines Nachts, als ich es nicht mehr aushielt in meinem Bett, stand ich auf, zündete die Laterne aus dem Stall an und ging in den Hof hinaus ... Ich war barfuß, im Hemd ... Ich schlich an dem Gebäude entlang, in dem Jean zu dieser Stunde schlief, blieb ein paar Sekunden an dem Fenster stehen, hinter dem sich Jean befand, dann setzte ich meinen Weg fort. Die Wachhunde kamen mich anschnüffeln, und da sie mich kannten, bellten sie nicht. Am liebsten hätte ich mit den Füßen nach ihnen getreten, aber ich fürchtete den Lärm von ihrem Gewinsel in der Nacht. Warum? Das weiß ich nicht ... Ich wußte nicht, wohin ich ging und was ich wollte. Als ich den Kaninchenstall erreicht hatte, blieb ich wieder stehen ... dann kniete ich mich hin ... legte mich auf die Erde, ganz dicht an ein kleines Gitter, durch das Strohhalme und ein paar Grasbüschel herausragten, die die Laterne erhellte ... Und zwischen meinen Zähnen, wo die Stimme erstickte, schrie ich:

›Du Mistkerl! ... Du Mistkerl! ...‹

Ich öffnete das Gitter, schob das Stroh und das Gras beiseite, tauchte meine Hand in das Loch …

›Ich werd dich schon finden … Warte nur! … Du kannst dich noch so sehr verstecken … ich werd dich schon finden, dreckiger Mistkerl! …‹

Meine Hand tastete eine Weile herum und angelte schließlich etwas Warmes und Weiches heraus, ein graugelbes Knäuel, das ich in den Schein der Laterne hielt … den kleinen Hasen …

›Aha! … Du bist das! … Du bist es wirklich! …‹

Und meine Stimme begann zu würgen, wurde ganz leise, ganz rauh …

›Ja, du bist es wirklich … Endlich! … Sag, daß du Jean bist, du Drecksvieh! …‹

Der kleine Hase hatte seine Ohren angelegt … In seinem gesträubten Fell sah ich nur die mümmelnde Spitze seiner Nase, die sich regte, und sein schwarzes Auge, in dem das Leben unter einen mächtigen Windstoß von Schrecken ins Wanken zu geraten schien.

›Sag, daß du Jean bist! …‹ wiederholte ich … ›Jean … Jean … Jean! …‹

Ich hielt den Hasen noch dichter an die Laterne.

›Damit ich dich seh … damit ich dich seh, wie du stirbst! … Jean … Jean … denn du bist doch Jean, sag! … Ich erkenn dich wieder. Du bist Jean … Damit ich dich seh, wie du stirbst!‹

Und ich packte den Hasen an der Kehle:

›Aha! … Schon seit langem will ich, daß du Qualen leidest … schon seit langem will ich, daß du stirbst … Denn du bist Jean … du bist seine Seele, seine Seele, die ich hasse … die ich hasse …‹

Ich drückte dem Hasen die Kehle zu.

Der Kopf des Tiers schien sich übermäßig aufzublähen … Sein Auge sprang aus der Höhle … Es versuchte mir mit seinen Pfoten die Hand zu zerkratzen ... Und je mehr sein Leben verlosch, je schwächer sein Gezappel wurde, desto mehr schrie ich:

›Ah! Endlich, hab ich dich ... Jean. Ich hab dein Leben in der Hand, Elender. Du wirst mich nicht mehr quälen ... Und nie wird dich mehr jemand lieben ... nie mehr ...‹

Schauder der Wollust liefen mir durch den ganzen Körper ... Ich glaubte wirklich, ich würde, von einer plötzlichen Flut zu heftiger Freude durchströmt, in Ohnmacht fallen ...

Als der kleine Hase tot war, warf ich ihn in den Stall zurück, schloß das Gitter, ging in den Pferdestall zurück und legte mich ins Bett ... Mit zermarterten Gliedern und leerem Hirn fiel ich in einen tiefen Schlaf wie ein Mensch ohne schlechtes Gewissen ... wie ein Erlöster.

Am nächsten Tag konnte ich Jean mit ruhigem Blick, ohne Haß in die Augen sehen ... Und seit jener Nacht passierte es mir kein einziges Mal mehr, daß ich brutal oder böse zu meinen Pferden war – zumindest nicht, solange ich auf dem Hof blieb.

Ich blieb nicht mehr lange.

Ich trat anschließend bei einem Notar in Vannes ein ... dann bei einem Arzt in Rennes ... Darüber gibt es nichts Besonderes zu berichten, außer daß man mit mir zufrieden war. In Wahrheit war ich auch pünktlich, nüchtern, gefügig, von gutem Benehmen ... und ich wog meine völlige Unkenntnis davon, wie man in bürgerlichen Kreisen dient, durch ein phänomenales Gedächtnis auf. Nicht ein einziges Mal wurde ich mehr von jenem Anfall von Haß und Mordlust gepackt, der mich auf dem Bauernhof von Quimper so viele Qualen hatte erleiden lassen. Es war, als sei der kleine Hase niemand anderer als der Teufel gewesen und als hätte ich, indem ich den Teufel erwürgte, auf den gleichen Schlag die bösen Gelüste getötet, die er mir einflüsterte ... Aber ich verdiente nur sehr wenig Geld und hatte nur einen einzigen Gedanken, mich immer mehr Paris zu nähern, wo man sich, wie es hieß, in den Anstellungen nur zu bücken brauchte, um Gold, ganze Händevoll Gold zusammenzuraffen ...

Nach dem Arzt in Rennes, der in seiner Eigenschaft als Präsident der Versammlung frommer Christen von Saint-Yves seinen Patienten mehr Gebete als Abführmittel verschrieb, war meine nächste Stellung bei einer reichen verwitweten Dame in Laval. Ich blieb jedoch nur einen Monat dort, und da sie sehr geizig und sehr fromm war, ließ sie uns gottgefällig vor Hunger eingehen ... Von Laval, wovon ich nichts weiter zu berichten habe, kam ich nach Le Mans zu einem Ingenieur – oh, der arme Mann, wie sehr wurden ihm Hörner aufgesetzt! – und von Le Mans nach Chartres zu einem Bischof ... Es wird Ihnen unglaubhaft erscheinen, und doch ist nichts wahrer als das: Zu jener Zeit war ich noch keusch und unberührt ... Ich empfand nichts für die Frauen, und die Frauen empfanden nichts für mich. Aber die Köchin des Bischofs, ein fettes Weib mit Dreifachkinn und Vierfachbauch, nahm sich der Aufgabe an, mir an einem Gewitterabend beizubringen, was die Liebe ist, nachdem sie mir fünf Gläser Chartreuse hintereinander eingeflößt hatte, wovon mir so schlecht wurde, daß ich glaubte, ich würde ersticken ... In der Folgezeit pflegte sich diese alte Vampirin mit so schlemmerischer Gefräßigkeit auf mich zu stürzen, daß ich gewiß vor Erschöpfung gestorben wäre, wenn ich mich nicht dafür entschieden hätte, eines schönen Morgens die Flucht zu ergreifen ... Sie hatte eine wahrhaft ungewöhnliche Manie ... Vor dem Liebemachen bekreuzigte sie sich dreimal und zwang auch mich, mich zu bekreuzigen, wie beim Betreten einer geweihten Kapelle ... Ja, genau so – können Sie sich das vorstellen? Schließlich gelangte ich von Chartres nach Paris, und zwar in ein Wettbüro ... Diesmal glaubte ich, ich hätte die Welt erobert ...

Sie sehen: ich folgte stets meinem Gedanken und steuerte

in direkter Linie, ohne nach rechts oder links abzuschweifen, das höchste Ziel an, wo Reichtum und Wohlstand winkten ...

In diesen verschiedenen Etappen bildete ich mich aus und erwarb das nötige Wissen für mein Metier, so daß ich, als ich in Paris ankam, ich will nicht sagen, bei Fürsten und Herzögen, aber doch in braven bürgerlichen Häusern dienen konnte und ebensosehr als Kutscher wie als Kammerdiener.

Bereits am übernächsten Tag nach meinem siegreichen Einzug in die Hauptstadt wurde ich einem alten kleinen Herrn vorgestellt, der sich in tiefster Trauer befand und dem gerade ein entsetzliches Unglück widerfahren war. Sein Kutscher – der Kutscher, den ich ersetzen sollte – hatte ihm unter mysteriösen Umständen und aus Gründen, die der Justiz noch immer unbekannt sind, seine Frau ermordet. Er erzählte mir diese ungeheuer tragische Begebenheit mit großer Diskretion und Traurigkeit. Er hatte ein leicht runzliges und sehr tückisches Gesicht, trug einen langen gefütterten Überzieher nach Art des Wintermantels eines Priesters, und seine sehr weißen Hände machten, wenn sie sich bewegten, ein leises Geräusch knackender Knöchel. Als er meine Zeugnisse durchlas, die ausgezeichnet waren, sagte er mit einem Kopfnicken und mit Bestürzung in seinem Blick zu mir:

›Die seinen waren ebenfalls ausgezeichnet ...‹

Ängstlich fügte er hinzu:

›Ihr versteht, ich brauche präzise und ernstzunehmende Auskünfte über die Diener, die ich anstelle ... Denn ich bin jetzt ganz allein ... Und wenn ich noch einmal an einen Mörder geraten würde, dann wäre es nicht meine Frau ... dann wäre ich derjenige, der ermordet würde ... Ach Gott! Ach Gott! ... Ihr versteht ... Ich kann nicht einfach den erstbesten nehmen, der dahergelaufen kommt ...‹

›Monsieur können glauben, daß ich nicht der erstbeste Dahergelaufene bin ...‹, erklärte ich ... ›Ein erstbester dahergelaufener Domestik hätte nicht bei einem Bischof gedient ...‹

›Zweifellos ... zweifellos ... Aber wie kann man wissen? ...‹

Und sein Blick schien in mich eindringen ... in mich hinabsteigen zu wollen ... bis auf den Grund der Seele ...

›Und, seht Ihr‹, hielt er mir nach einer Pause des Schweigens entgegen ..., ›Ihr seid ein Bretone. Der andere war auch ein Bretone ... Ihr werdet zugeben, daß das nicht gerade ermutigend ist.‹

›Aber Monsieur wissen doch‹, entgegnete ich mit einer Sicherheit, die mich selbst völlig erstaunte ..., ›Monsieur wissen doch, daß zwar nicht alle Bretonen Domestiken sind ... daß aber alle Domestiken Bretonen sind ...‹

›Ja ... ja ... aber das ist kein Grund ... Ich bin jetzt ganz allein; ich bin sehr alt ... ich habe ... ich habe ... viele Sachen bei mir im Hause ... Zeigt mir Eure Hände.‹

Ich zeigte ihm meine Hände. Er untersuchte sie aufmerksam, maß gewissermaßen die Länge der Finger, den Abspreizwinkel des Daumens, ließ ihre Gelenke spielen ... Und dann sagte er:

›Die machen keinen schlechten Eindruck ... die machen keinen furchterregenden Eindruck ... Das sind Hände ...‹

›Hände eines Arbeiters ...‹, betonte ich stolz ...

›Ja ... ja ... ja ... Kurz und gut, wir werden sehen ... wir werden es uns überlegen ...‹

Weder die Zeugnisse, noch die medizinische Untersuchung, noch das eingehende Verhör, das ich über mich ergehen lassen mußte, wurden als ausreichend befunden. Der kleine Herr wünschte an alle Personen, bei denen ich gedient hatte, einen sehr detaillierten Fragebogen über meinen Charakter, meinen Geisteszustand, meine nachweislichen Vorzüge, meine möglichen Fehler, meine mörderischen, erblichen und sonstigen Veranlagungen zu schicken. Ich hatte von dieser Untersuchung nichts zu befürchten und stellte mich ihr mit dem besten Gewissen der Welt, denn Sie können sich denken, daß ich es unterlassen hatte, zu meinen Referenzen auch die von jenem Hof in Quimper hinzuzufügen … Aber tief in meinem Innern fühlte ich, entnervt über diese Gesten des Mißtrauens, empört über diese Form von physiologischer Spioniererei, der ich mich wie ein Verbrecher hatte unterwerfen müssen, zum zweiten Mal finstere Gedanken und beunruhigende Sehnsüchte aufkommen, die, so hatte ich das Gefühl, einen bitteren und beißenden, berauschenden und schrecklichen Geruch ausdünsteten.

Acht Tage nach dieser Unterredung ließ mir der kleine Herr mitteilen, daß ich mit meinem Gepäck bei ihm erscheinen und umgehend meine Stelle als Kutscher antreten könne.

Ich begab mich sofort zu ihm …

Mein neuer Herr wohnte in der Rue du Cherche-Midi in einem uralten Haus, das trotz jährlicher Reparaturen ständig einen stark heruntergekommenen Eindruck machte. Er selbst war ein alter versponnener Kauz. Er sammelte – ich bitte Sie – Kerzenlöscher!

Habe ich Ihnen gesagt, daß mein Herr Baron Bombyx hieß? Sofort bemerkte ich, daß er geizig und kleinlich war. Obwohl sein Personal aus einer Haushälterin, einem Kammerdiener und einer Köchin bestand, wollte er keinem anderem die Sorge überlassen, mich einzuführen. Er zeigte mir den Pferdestall und die alte Stute, ein bereits ziemlich geschwächtes Tier, das zitternd auf schiefen Beinen stand …

›Sie heißt Fidèle …‹, erklärte er mir … ›Hoho! Fidèle … Hoho!‹

Er streichelte ihr die Kruppe und trat in die Box.

›Das ist eine gute Stute … sie ist sehr sanft … Ich besitze sie seit neunzehn Jahren … Ho! Fidèle … nicht wahr, Fidèle?‹

Fidèle wandte den Kopf nach ihrem Herrn um und leckte am Ärmel seines Überziehers.

›Seht Ihr? … sanft wie ein Lamm … Sie hat nur eine einzige Macke … sie schätzt es nicht, wenn man sie von rechts nach links striegelt ... sie möchte, daß man sie von links nach rechts striegelt ... Seht Ihr: so ...‹

Der Baron fuhr mit der Hand, die Bewegungen des Striegels imitierend, auf dem Bauch des Tiers hin und her.

›Das ist eine Schrulle von ihr ... Man braucht sie nur zu kennen ... Von links nach rechts: Könnt Ihr Euch das merken?‹

Ich untersuchte Fidèles Beine: Sie waren steif und deformiert durch den Spat.

›Sie muß doch hinken, diese Stute?‹ fragte ich.

›Ein wenig ...‹, antwortete der Baron ..., ›sie hinkt ein wenig, das stimmt ... Mein Gott, sie ist nicht mehr die Jüngste ... Aber sie hat ja auch keinen schweren Dienst ... Ich schone sie ...‹

Ich zog eine Grimasse und sagte in mürrischem Ton:

›So ist das also ... Sie kann sich nicht mehr auf den Beinen halten ... Das ist eine alte Schindmähre ... Und wenn sie auf die Nase fällt, werden der Herr Baron sagen, das sei meine Schuld ... Oh! Den Trick kenne ich ...‹

Mein Herr sah mich, die Augen zusammenkneifend, von der Seite an und meinte:

›Ach, überhaupt nicht ... Sie stolpert nie ...‹

›Natürlich nicht ... vielleicht bin ich derjenige, der stolpert ...‹, grummelte ich zwischen den Zähnen.

Ich fühlte mich sehr frei, sehr wohl und ungezwungen bei diesem armen Menschen, der mir gleich beim ersten Mal seine ganze Schwäche offenbart hatte. Ich verspürte so etwas wie eine heftige Lust, ihn durch Frechheit und durch Angst meiner Macht zu unterwerfen. Ich sah einen Hauch von Vorwurf in seinen Augen ... Aber er wagte es nicht, auf meine unhöfliche Bemerkung zu reagieren. Er trat aus der Box und schloß sie wieder.

›Hoho! ... Fildèle ... Hoho!‹

Und wir begaben uns in die Remise.

Unter einer Plane aus grauer Glanzseide schlummerte eine alte Berline, die ich, wie ich mich erinnerte, zuweilen in meiner Kindheit karikaturhafte Marquisen über die dortigen Landstraßen führen sah ... In einer Ecke waren leere Kramladenkisten und gleichfalls leere und verbeulte Blechdosen aufgestapelt. Ich fühlte mich gedemütigt.

Ich erhoffte mir zwar nicht, gleich zu Anfang in ein Haus der Kategorie *ultra-chic* einzutreten, kostbare und korrekte Livreen zu tragen und Vollblüter im Wert von zwanzigtausend, das Paar, zu kutschieren, aber ich hatte auch nicht damit gerechnet, daß ich in Paris in all diesem alten Staub begraben und in eine längst verschwundene Vergangenheit versetzt würde. Seit acht Tagen, in denen ich an den elegantesten Orten durch die Stadt promenierte, waren nicht wenige Ideen, nicht wenige Ambitionen in mir aufgekommen, und ich fühlte, wie sich in meinem Innern eine moderne Seele regte ...

Ich tröstete mich, indem ich mir dachte, mit irgend etwas muß man eben beginnen ... gewissermaßen erst einmal in die Luft dieses neuen Landes hineinschnuppern, und ich schwor mir, in diesem Gemäuer nicht lange zu bleiben ... Ich hob die Plane hoch und warf einen verächtlichen Blick auf den Wagen.

›Das da ist auch keine Jugendschönheit mehr ...‹, meinte ich ... ›Oh!, weiß Gott nicht ...‹

Der alte Bombyx machte nicht den Eindruck, als habe er diese Bemerkung gehört. Er öffnete eine Tür und sagte:

›Und hier die Schirrkammer.‹

Es war ein sehr enger Raum, gepflastert mit roten Ziegeln, getäfelt mit lackierter Fichte oder vielmehr in Fichte mit abblätterndem Lack ... Das Schirr- und Zaumzeug, das über Holzböcken hing, schien unter sich über Dinge aus längst vergangenen Zeiten zu plaudern. Von der feuchten Luft waren die Lederteile matt und stumpf und die Metallbeschläge schwarz geworden ... Ein kleiner Ofen, der nie geheizt wurde und dessen geborstenes Abzugsrohr quer über die Wand lief, paßte harmonisch zu einem strohgepolsterten Stuhl mit schwindendem Stroh und ohne Querstreben an der Rückenlehne. Auf einem Brett, bedeckt mit Teerpapier, lag säuberlich zusammengelegt die Livree des früheren Kutschers.

›Ich bitte Euch, sie einmal anzuprobieren‹, sagte mein Herr zu mir.

›Aber eigentlich‹, entgegnete ich, ›schätze ich es nicht sehr, in den Anzug eines anderen zu schlüpfen.‹

›Eine Livree‹, erklärte der Baron, ›ist kein Anzug ... Sie ist für alle da und gehört keinem allein ... Die hier ist außerdem so gut wie neu. Er hatte sie nicht mehr als zehnmal getragen, als ...‹

Er vollendete den Satz nicht, den eine grimassenhafte Faltung seines Mundes abschnitt ...

›Egal!‹ beharrte ich ... ›Ich schätze es nicht, und schon gar nicht, wenn ...‹

›Ich habe sie im Dampfbad gereinigt ...‹

Und nach einigen Minuten des Schweigens fügte er mit einer weniger ängstlichen Stimme hinzu:

›Ich wünsche, daß Ihr sie tragt ... Von den Blutflecken ist nichts mehr zu sehen ... Ich kann doch nicht alle Tage neue Livreen kaufen ... Jeder nach seinen Möglichkeiten ...‹

›Gut! Meinetwegen ...‹, gab ich nach ... ›Aber Herr Baron müssen verstehen, daß das nicht gerade ermutigend ist ... Selbst wenn er kein Mörder gewesen wäre! ...‹

›Er war sehr sauber ...‹, entgegnete der Baron ... ›Los ... probiert die Livree an ... Sie muß Euch passen wie angegossen ...‹

Nachdem er meine Größe, die Breite meiner Schultern taxiert hatte, sagte er noch einmal:

›Sie muß Euch passen ... sie wird Euch sicher passen ...‹

Ich nahm die Livree und faltete sie auseinander. Es war eine höchst bescheidene Garnitur, mit der man unmöglich Staat machen konnte: eine Jacke aus blauem Drogett, ein blaues Gilet, blaue Pantalons mit einer roten Litze, Schirmmütze aus gelacktem Leder, verziert mit einer goldenen Tresse. Dazu gab es noch ein Stallgilet mit roten und schwarzen Streifen. All dies war in der Tat sauber und so gut wie neu. Nur mit Mühe konnte ich auf dem Tuch an den Ellbogen der Jacke und an den Knien der Hose Stellen entdecken, die etwas stärker glänzten.

Ich probierte die Livree an.

›Ich habe es Euch doch gesagt‹, jubelte der Baron ... ›Sie steht Euch wunderbar ... und sie steht Euch besser als ihm ... sie sieht aus wie eigens für Euch geschneidert.‹

›Das finde ich nicht ...‹, sagte ich.

›Wo findet Ihr das nicht? Sie ist voll und ganz Eure Größe ... So seht Euch doch im Spiegel an ... die Jacke hat nicht eine Falte ... sie paßt wie angegossen ... Die Pantalons fallen sehr gut, kerzengerade ... Einfach phantastisch ...‹

Da sagte ich in einem bedächtigen und ernsten Ton:

›Ich brauche mich nicht ihm Spiegel zu betrachten ... Diese Livree paßt mir vielleicht sehr gut auf dem Körper, schon möglich ... aber auf der Seele, da paßt sie mir ganz und gar nicht! ...‹

Der alte Baron konnte gerade noch das Entsetzen meistern, das plötzlich in seine Augen getreten war.

›Wie meint Ihr das? ... Warum sagt Ihr das zu mir? ... Eure Worte haben überhaupt keinen Sinn ...‹

›Worte haben immer einen Sinn, Herr Baron ... Und wenn die meinen keinen hätten, dann würdet Ihr in diesem Augenblick gewiß nicht zittern vor Angst, nicht wahr? ...‹

›Ich? ... Unsinn! ... Alle Bretonen sind in der Tat ein wenig verrückt ...‹

Aber er hatte beschlossen, seine Ohren gegen all die Stimmen zu verschließen, die in jener Minute, dessen bin ich mir sicher, in seinem Innern widerhallten und auf ihn einredeten, ihn geradezu anschrien: ›Dieser Mann hat recht ... Kauf ihm eine vollkommen neue Livree ... Wirf diese hier, in der trotz Dampfbad und Färbersäuren ein Dämon nistet, ins Feuer und bewahr nicht einmal ihre Asche auf ...‹ Und unvermittelt sagte er mit zittrigen Gesten, bei denen die Gelenke seiner langen weißen Hände knackten, zu mir:

›Nun kommt, damit ich Euch Eure Kammer zeige.‹

Die Kammer befand sich über dem Pferdestall und neben dem Speicher. Man gelangte zu ihr über eine kleine Holzstiege, die noch immer mit Büscheln von Stroh und Heustaub übersät war. Ein wahres Elendsloch, diese Kammer, die nicht einmal ein Hund als seine Schlafnische gemocht hätte. Sofort sagte ich mir: Warte nur ein Weilchen, bis ich hier im Viertel eine hübsche kleine Kammerzofe ... eine hübsche kleine Obstverkäuferin ... eine hübsche kleine Irgendwas aufgetrieben habe ... und du wirst sehen, ob ich lange darin bleibe!' Ein Eisenbett mit einer verdreckten Matratze, zwei strohbespannte Hocker, ein Tisch aus weißem Holz mit einer gesprungenen Waschschüssel bildeten das ganze Mobiliar. Kein Schrank: lediglich eine Reihe von Garderobenhaken, vor denen eine eiserne Gardinenstange angebracht war, über die an Ringen ein alter dünner, zerschlissener und verrotteter Kattunvorhang mit roten Palmen lief; auf einem Schemel am Bett thronte ein Nachttopf aus braunem Ton, der, so vermute ich, früher einmal ein Butterfaß gewesen sein muß. Und zwischen den Ritzen der Dielen drang der Gestank der Jauche herauf.

›Nun, hier seid Ihr zu Hause‹, meinte der alte Bombyx zu mir. ›Es ist zwar nicht luxuriös, aber hier fehlt es Euch an nichts.‹

Er wollte gerade gehen, als ihm plötzlich noch einfiel:

›Oh! Ich habe vergessen, Euch zu sagen ... Den Hafer, das

Stroh und das Heu kaufe ich ein … Darum braucht Ihr Euch nicht zu kümmern … Ihr bekommt keine Zulage für die Ausrüstung des Stalls … Ihr bekommt nur Euren Lohn … Das ist ein festes Prinzip … hier im Hause …‹

Und er verließ die Kammer.

Ich warf mich auf mein Lager. In mir ging etwas Eigenartiges und Erschreckendes vor. Sowie ich die Livree des früheren Kutschers angelegt hatte, hatte ich bereits in derselben Minute auf meiner Haut eine Art Jucken verspürt … Dann drang dieses Jucken mehr und mehr in mein Inneres ein, prägte sich mir auf, drang in mein Fleisch, bis ins Innerste meiner Organe hinab und wurde zu einem Brennen … Zur gleichen Zeit stiegen sonderbare Gedanken, zunächst noch undeutlich, in mein Gehirn hinauf, das sich mit roten Nebeln und Dämpfen von Blut zu blähen schien …

›Alter Geizhals …‹, schrie ich …, ›dich hätte man umbringen sollen …‹

Ich sprang auf … riß mir mit Gewalt meine Kleider vom Leib und lief splitternackt lange, lange in der Kammer hin und her …. Dann besänftigte sich schließlich mein Fieber … ich hängte die Livree an den Mantelbügel der Garderobe … zog mir meine eigenen Kleider an … und begab mich zu Fidèle in den Pferdestall:

›Hoho! Fidèle! … Hoho! …‹

Unter diesen sonderbaren Bedingungen trat ich meinen Dienst bei dem alten Baron Bombyx an … einen kaum erdrückenden und leichten Dienst, der mir, das muß ich sagen, auch viel Freiheit ließ. Ich hatte nur Fidèle zu versorgen, den Wagen zu waschen, das Schirrzeug zu polieren. Zweimal pro Woche fuhr ich die Haushälterin morgens zum Markt, zu den Lieferanten und sonntags zur Messe. Nur selten kamen wir aus dem Viertel hinaus. Während der acht Monate, die ich in dieser Stellung blieb, überquerten wir nur achtmal die Brücken.

Alle acht Tage, und zwar samstags, fuhr ich dagegen drei Stunden lang die Haushälterin und den Baron durch die Wälder von Sceaux spazieren ... Diese Fahrten waren für mich kein Vergnügen, denn ich mußte nicht wenige Demütigungen erdulden. Diese alte hinkende Stute, die geradewegs von den symbolischen Weideflächen der Apokalypse zu kommen schien; dieses antike Vehikel, das noch apokalyptischer als die Stute war; auch meine Livree, deren zu breite Schirmmütze mir zur Gänze die Ohren und den Nacken bedeckten; und vor dem ergrauten Hintergrund der blümchengemusterten Polstergarnitur diese zwei Gesichter, das eine – das der Haushälterin – weich und aufgequollen im Flitter einer karikaturhaften und längst verschwundenen Mode verloren, das andere – das des Barons – hager und blaß, mit stets verstörten Augen, das aus dem verblichenen Samt des priesterhaften Überrocks herausragte wie ein winzig kleines, vergilbtes und von den Jahrhunderten abgegriffenes Stück Elfenbein aus seiner schwarzen Schatulle ... all das erregte das Gelächter der Passanten auf der Straße. Man folgte uns, rief uns groteske Beifallskundgebungen nach ... Die beleidigenden *Lazzi* regneten auf uns nieder wie auf kotbespritzte Masken an einem regnerischen und schmutzigen Karnevalstag ... Meine Würde hatte viel zu leiden durch diese Lächerlichkeit und durch diese Lächerlichkeit noch mehr als durch meine Livree; ich haßte den Baron, der die Grausamkeit besaß, sie mir aufzuzwingen.

In die Gemächer des Barons gelangte ich nie. Sie waren, wie es scheint, vollgestellt mit Vitrinen, in denen er sorgfältig, methodisch, geordnet nach Epochen und Ländern, seine Kerzenlöscher verwahrte. Nach dem, was die Leute im Viertel redeten, waren es mehrere Millionen ... Mehrere Millionen Kerzenlöscher! ... Und er kaufte immer noch weitere! ... Morgens nichts als ein ewiges Hin und Her zwischen Trödlern. Mittags, nach dem Essen, ging der Baron aus, immer allein, immer zu Fuß, klapperte er bis sechs Uhr abends die Eisenwarenhandlungen und Kuriositätengeschäfte ab ... Ich sah ihn jeden Morgen erst um sieben Uhr in der Früh wieder ... Er kam seine Inspektion des Pferdestalls vornehmen und persönlich festzustellen, *wie es um den Hafer stand.* Dann streichelte er die Kruppe der Stute:

›Hoho! ... Fidèle ... Hoho! ...‹

Und er entfernte sich wieder, ohne jemals ein Wort an mich zu richten ... nicht aus Verachtung, sondern eher aus Furcht und um meinen Blicken nicht zu begegnen, die ihn – das war mir aufgefallen – eigenartig beunruhigten.

Die Köchin und der Kammerdiener hatten mir gleich beim ersten Mal einen sehr üblen Empfang bereitet. Es waren alte Leute mit unterwürfigen Gesichtern, gekrümmten Rücken und devoten Gesten. Sofort spürte ich, daß sie ausgekochte Lumpen sein mußten, daß sie sich wunderbar darauf verstanden, den Herrn zu berauben und das Haus – abgesehen von den Kerzenlöschern – systematisch auszuplündern. Die Stunden der Mahlzeiten waren eine Qual ... Wir aßen schweigend, in aller Hast, wobei wir einander mit Ausdrükken und Gesten wie von feindlichen wilden Tieren die besten Fleischstücke und die Weinflasche streitig machten. Und aus ihren Gesichtern, so wurmstichig und verstaubt wie die Wandtäfelungen, Deckenbalken und Stiegen jenes Hauses, hoben sich von Zeit zu Zeit Blicke des Hasses, Blicke eines so bitteren und zugleich so schweren Hasses zu mir auf, daß ich wirklich Mühe hatte, sein Gewicht zu ertragen ...

Aber was mich am meisten empörte und mich am heftigsten außer Rand und Band brachte, das war vor allem meine Livree. Wenn ich sie auf der Haut trug – und aufgrund einer sonderbaren Abnormität, aufgrund einer unbesiegbaren Perversion wollte ich sie selbst außerhalb meiner Dienstzeit nicht mehr ausziehen –, war ich nicht mehr wirklich ich selbst. Ein anderer trat an meine Stelle, ein anderer drang in mich ein, schleuste sich durch sämtliche Poren meiner Haut in mich ein, verbreitete sich in mir wie eine gefräßige Substanz, so schleichend und brennend wie ein Gift ... Und dieser andere, das war, daran bestand kein Zweifel, der frühere Kutscher, der mörderische Kutscher, dessen Mordseele in den Kleidern geblieben war, die ich trug. Woraus bestand diese Seele? Vergeblich versuchte ich es herauszubringen ... War sie ein Gas? ... eine Flüssigkeit?... ein gallertartiger pflanzlicher Schleim? ... eine Vereinigung unsichtbarer Organismen? ... Ich versuchte jedes Mittel, um sie abzutöten! ... Ich richtete mich zu Grund mit Benzin, Kampfer, Insektengift, Waschungen mit Petroleum, gelehrter Pulverisierung der sichersten Antiseptika. Nichts wirkte. Die Seele widerstand sämtlichen Experimenten ... Und, o schreckliches Wunder! o grauenhaftes Rätsel! ... das Tuch wurde auch nicht durch ein ausgiebiges Einweichen in Schwefelsäure verbrannt, so stark hatte diese hartnäckige Seele den Stoff mit ihrer Unsterblichkeit imprägniert. Das Tuch verbrannte nicht nur nicht, sondern die Seele gewann dadurch sogar noch, indem sie noch aktiver, noch brennender, noch virulenter wurde. Ich ernährte, ich kräftigte sie mit dem, was sie hätte töten sollen ... Von da an überließ ich sie und überließ auch mich selbst ihrem Schicksal.

Und doch wollte ich noch ein einziges Mal kämpfen. Als der Baron zu seiner gewohnten Stunde den Stall besichtigen und mit seinem üblichen ›Hoho! ... Fidèle ... Hoho! ...‹ die Stute in ihrer Box streicheln kam, sagte ich zu ihm mit fester Stimme:

›Monsieur le Baron machen einen Fehler, wenn er mir keine andere Livree gibt ...‹

Und mit einer Handbewegung, die ich versuchte, möglichst mysteriös und unheimlich wirken zu lassen, betonte ich noch einmal und mit Ernst:

›Er macht einen Fehler ... möge Monsieur le Baron doch endlich begreifen, daß er einen Fehler macht ...‹

›Ist sie etwa schon verschlissen?‹ fragte er.

Ich sah dem alten Bombyx unverwandt in die Augen und schüttelte den Kopf.

›Nein‹, entgegnete ich. ›Diese Livree wird nie verschleißen ... Sie kann nämlich nicht verschleißen ...‹

Ich spürte, wie ein leichtes Zittern seinen langen Überwurf durchfuhr. Seine Lider schlugen wie vom Wind geschüttelte Jalousien ... Er sagte:

›Was soll das bedeuten? ... Warum sagt Ihr mir das?‹

›Ich sage das Monsieur le Baron, weil Monsieur le Baron wissen müssen ... In der Livree nistet eine Seele. In der Livree ist eine Seele zurückgeblieben.‹

›Ist eine was? ... eine was ... zurückgeblieben?‹

›Eine Seele, sage ich Euch, eine Seele ... Das ist ziemlich klar ...‹

›Ihr seid verrückt ...‹

›Monsieur le Baron erlaube mir, ihm mit allem Respekt, den ich ihm schulde, zu antworten ... Monsieur le Baron sind verrückt ...‹

Ich hatte langsam und mit Nachdruck gesprochen und dabei versucht, den alten Mann mit unerbittlichen Blicken meiner Macht zu unterwerfen. Der Baron wandte den Kopf zur Seite und raffte, von einem leichten Zittern gepackt, die gelösten Schöße seines Überrocks vor seiner mageren Brust zusammen. Und er sagte mit einer furchtsamen Stimme:

›Reden wir nicht mehr davon, mein Freund. Das ist zwecklos ... wenn sie verschlissen ist, werde ich Euch eine andere geben.‹

Mit einem bleichen Lächeln fügte er hinzu:

›Ihr seid zu eitel, wirklich ... Und ich bin nicht reich genug ... zum Teufel!‹

Da insistierte ich nicht länger. Aber ich rief, wieder eine feindselige Miene annehmend:

›Gut! Wie Monsieur le Baron wünschen ... Und wenn

Euch ein Unglück widerfährt, so haben Monsieur le Baron es nicht anders gewollt … Geht zum Teufel!‹

Ich ergriff die Gabel und wendete wütend das Stroh in der Box …

›Hoho! Schwing dich zur Seite, Fidèle! … Hoho! … Fidèle … Hoho! … Verdammte Schindmähre!‹

Das Stroh flog nur so durch die Zinken der Gabel; einige Brocken Pferdemist bespritzten den Überrock des Barons. Und die arme Fidèle trampelte, verwundert über dieses Verhalten, mit ihren steifen Hufen auf das harte Kopfsteinpflaster des Stalls, während sie sich in die Ecke mit der Futterraufe drückte und mich mit einem so ungewohnten Blick ansah, wie man die Irren in den Anstalten ansieht …

Der Baron fiel mir in den Arm. Und er fragte mich:

›Von welchem Unglück sprecht Ihr?‹

Trotz seines Entsetzens hatte er noch immer die Kraft, die Schultern hochzuziehen. Und ich antwortete:

›Woher soll ich das wissen? … Kann man das überhaupt wissen? … Bei einer Dämonenseele wie dieser … Teufel! … Teufel! …‹

Der alte Bombyx hielt es für klug, den Stall zu verlassen. Und er tat gut daran. Denn in dieser Minute fühlte ich die Seele des früheren Kutschers sich ganz real und physisch in mir regen, in mich einfahren, in meine Glieder fließen und an der Spitze meiner Finger in den Stiel der Gabel fahren, den sie anschwellen ließ wie einen weiteren Arm in der unbesiegbaren, der folternden, der blutroten Lust zu töten.

Von meinem Herrn gefürchtet, vom Hauspersonal abgelehnt und aus mir selbst vertrieben, entwickelte ich mich schon bald zu einem abgrundtief liederlichen Kerl, und dies ohne Mühen, ohne innerliche Kämpfe, auf eine ganz natürliche Art. Maßloser Faulpelz, dreister Lügner, Langfinger, Trunkenbold, Schürzenjäger – ich machte mir alle Laster, alle Ausschweifungen zu eigen, frönte ihnen mit einer ans Wunder grenzenden Kenntnis selbst ihrer schlimmsten Geheimnisse, als wären sie mir eine bereits lange Gewohnheit gewesen. Mir war, als sei ich mit diesen entsetzlichen und schändlichen Trieben, die ich gleichwohl erst vor kurzem mit der Livree des anderen geerbt hatte, bereits geboren worden. Oh!, wie weit lag die Zeit zurück, als ich bei dem ehrbaren Notar von Vannes als besorgter Diener voller Eifer davor zitterte, meine Pflichten niemals streng genug erfüllen zu können; als ich mich schier umbrachte, um auch nicht nur ein Körnchen Staub auf dem Fell des kleinen Pferdes zu lassen; als ich wahrhaft Kräfte eines Holzfällers darauf verschwendete, das Messing zu polieren oder zum Beispiel das Eisen einer einst vom Rost zerfressenen Kandare auf Hochglanz zu bringen. Aber nichts war mehr geblieben von jenem aktiven, arbeitsamen, ergebenen und schüchternen kleinen Mann, der ich war, als ich noch ich selbst war.

Jetzt vernachlässigte ich meinen Dienst vollkommen, und dies, obwohl er so einfach war und weit über das, was ich erhofft hatte, hinaus entlohnt wurde. Fidèle wurde schlecht versorgt, sie war verdreckt, die Beine wurden nie behandelt, der Kopf war so ungepflegt wie von einem, der sich acht Tage nicht rasiert. Unzählige Ungezieferhorden nisteten in ihrer Mähne und ihrem Schweif, die ich nie mehr kämmen oder waschen wollte. Die meiste Zeit vergaß ich sie zu füttern. Es kam nicht selten vor, daß eine ganze Woche verging, ohne daß ich ihr auch nur die Andeutung eines Verbandes anlegte. Einmal passierte es mir sogar, daß ich sie durch einen Schlag mit dem Striegel, den ich ihr ohne Grund verpaßte, am Knie verletzte. Das Knie wurde dicker und dicker. Der Veterinär erklärte, das sei ein sehr ernsthafter Unfall, und er verschrieb Rezepte, aber ich hütete mich wohl, sie anzuwenden. Dazu durfte ich mich jedoch beglückwünschen, denn das arme Tier genas um so schneller und zweifellos deshalb, weil es nicht behandelt wurde. Sie sehen, man muß eben stets der Natur vertrauen ... Nur sie allein weiß genau, was im Knie von alten Stuten wie im verstockten Hirn von alten Bombyxen und auch und ganz besonders in der mysteriösen Livree von Kutschern vor sich geht ...

Wie mein Leben aussah, das können Sie sich, so nehme ich an, alleine denken und ohne daß es notwendig wäre, es in all seinen Einzelheiten zu erzählen. Des Nachts bei den Mädchen, von denen ich sofort und ohne vorausgegangene Erziehung beachtlich zu profitieren verstand; am Tag bei den Weinhändlern, wo meine Zeit im Würfelspiel verrann und dies mit sonderbaren Gefährten, Stadtrandstreunern und Vorstadtstrolchen der finstersten Art, die gerade vorbeikamen, um nachzusehen, ob es in jenem Viertel nicht irgendeinen guten Coup auszuhecken gab. Im übrigen lauter anständige Kerle, großzügig auf ihre Art und urkomisch, und ich konnte mich nicht genug amüsieren über ihre alten englischen Anzüge mit Karomuster, ihre typischen Cordsamtkappen aus hellem Stoff und ihren Schmuckgeschmeiden, deren jedes mit einer Blut- oder Liebesgeschichte verbunden war. Sofort hatten sie begriffen, daß ich jemand *von ihresgleichen* war. Und so redeten sie vor mir ganz offen wie unter Freunden, unter Brüdern.

›Dieses Viertel ist ein Paradies ...‹, schwärmten sie. ›Kein anderes besitzt ähnliche Schätze wie dieses. Hier wimmelt's von alten Demoisellen, Damen und Witwen, alleinstehend oder schlecht behütet, weiß der Teufel wie fromm und gottesfürchtig, bei denen man auf die anständige Art arbeiten, sackweise die wertvollsten Sachen und Geld im Überfluß zusammenraffen kann, ohne daß ein Hahn danach kräht. Und hier wimmelt's auch von höchst kuriosen Greisen, Pensionisten, Sammlern, Geizigen und Verrückten von jeglicher Sorte, bei denen gute Ernte zu machen wäre. Nur kann man diese Alten nicht ums Verrecken abstechen ... An ihren alten Knochen wird höchstens die Klinge schartig ... Die haben ein verdammt hartes Leder, mit dem man einfach nicht fertig wird. Es ist teuflisch schwer, sie umzubringen!‹

Sie erzählten wüste Geschichten, von grauenhaftem und langsamem Verröcheln von Greisen unter dem Gestocher des Messers; entsetzliche Gemetzel, gräßliche Verbrechen, geschildert mit fettigen, grinsenden Stimmen, die mich ganz und gar nicht vor Grauen schaudern machten, sondern im Gegenteil mich noch mehr begeisterten als Gedichte und Musik einen Künstler, mich betrunkener machten als der Schnaps einen Säufer, mir die feurigen Schwaden der Bluträusche ins Hirn steigen ließen.

Mehr als einmal philosophierten wir, die Ellbogen auf den Tisch, das weintriefende Kinn in die Hände gestützt, ernst und ruhig darüber, wie wir uns nächtens bei dem alten Bombyx einschleichen könnten.

›Den kenn ich ... Was muß der für eine harte Schwarte haben, dieser Kerl! Oh, so ein Pech! Die ist wie gegerbt! ...‹, meinte einer.

›Müßte halbe-halbe mit dem Kammerdiener machen ... denn der hat nicht die Visage eines ehrbaren Manns ...‹, meinte ein anderer.

›Manches spricht dafür ... manches dagegen! ...‹ meinte ein dritter. ›Das ist reine Glückssache.‹

Und ein vierter meinte zu mir:

›Seine Kerzenlöscher! ... Was, glaubst du, jucken uns seine Kerzenlöscher?‹

Trotzdem lächelte mich dieser Plan verführerisch an. Wohl zwanzigmal brachte ich ihn neu zur Diskussion, wenn meinen sanftmütigen Freunden der Absinth in den Augen flammte. Und doch wurde nichts daraus.

Ob sich der alte Baron, so besessen und kleinlich, wie er war, über meinen Dienst zufrieden zeigte – oh!, das können Sie sich wohl denken ... Er schäumte vor Wut. Nur traute er sich nicht, mir gegenüber auch nur die geringste Bemerkung zu machen. Auf seinem regelmäßigen kleinen Rundgang morgens durch den Stall spürte ich, daß er sich durchaus vorgenommen hatte, mir Vorhaltungen, Vorwürfe jeglicher Art zu machen ... Aber sowie er eintrat, sah ich ihm mit einem so harten Blick ins Auge, daß ich ihm die Worte, die ihm über die Lippen kommen wollten, sofort wieder zurück in den Rachen stieß. Darauf wand und drehte er sich mit armselig kleinen, verlegenen Gesten unwohl in der Box und stammelte mit zitternder Stimme ein paar unzusammenhängende Worte.

›Sehr gut ... das ist sehr gut ... Aha! ... gut geäpfelt ... etwas trocken zwar ... aber trotzdem gut ... gute, gute Pferdeäpfel ...‹

Um seine Verwirrung noch zu steigern, schrie ich:

›Es ist kein Hafer mehr da ...‹

›Wie? Es ist kein Hafer mehr da? ... Seid Ihr sicher? ... Es muß doch noch genug für zwölf Tage da sein ...‹

Und ich knurrte:

›Aha! ... bilden sich Monsieur le Baron vielleicht ein, ich würde seinen Hafer fressen?‹

›Schon gut ... schon gut ... schon gut ... Ich habe mich wohl getäuscht ... ich werde schreiben, noch heute ... Gute Pferdeäpfel ... sehr gute Pferdeäpfel ... ein wenig schwarz ... aber gut ... gut ...‹

Schließlich sagte er, während er auf seine gewohnte Art die Kruppe der Stute streichelte:

›Arme Fidèle! ... Hoho! Arme Alte!‹

Und er zog mit seinen schwankenden, winzigen Schritten von dannen ...

Eines Morgens war ich betrunken heimgekehrt und amüsierte mich damit – nur so zum Spaß –, Fidèles Mähne und Schweif mit roter Farbe anzumalen. Da erschien der Herr.

Als der erste Moment des Erstaunens vorüber war, hatte er die Kraft, mich zu fragen:

›Was macht Ihr da?‹

›Was mir gerade Spaß macht …‹, antwortete ich … ›Und was mischst du dich da ein, alter Geizkopf? … Laß mich in meinem Stall … bleib du bei deinen Kerzenlöschern! … Hast du mich verstanden? Also dann … raus mit dir!‹

Der alte Baron nahm seinen ganzen Mut zusammen und erklärte mir in feierlichem Ernst:

›Die Art, wie Ihr Euren Dienst tut, gefällt mir nicht … Ihr seid entlassen … In acht Tagen packt Ihr eure Sachen und verschwindet …‹

›Wie bitte? … wie bitte? … Sag das noch mal … Nein, so was … sag das noch mal, damit ich sehe, ob ich richtig gehört habe.‹

Ich suchte nach meiner Mistgabel … Aber Bombyx war verschwunden. Während er bereits über den Hof floh, schrie ich ihm hinterher:

›Einverstanden … Einverstanden … Auch ich habe genug von deiner Bruchbude … Ich habe genug von deiner miesen Visage … Verstehst du mich? … He! He! … Verstehst du mich, alter Schwachkopf?‹

Dann verließ ich den Stall, zog mich hastig an und ging aus … Eine wahre Sauftour, die sich drei Tage und drei Nächte hinzog. Und erst am vierten Tag kehrte ich bei Morgengrauen und so betrunken, daß ich mich kaum noch auf den Beinen halten konnte, zu dem Haus in der Rue du Cherche-Midi zurück … Ich mußte auf dem Trottoir zwischen den Abfällen hockend warten, bis die Tür geöffnet wurde … Mein einziger Gedanke war, mich ins Bett zu werfen, meinen Rausch auszuschlafen, Stunden und Stunden und Stunden zu schlafen … Nein, ich hatte wirklich keinen anderen … Und welchen Gedanken hätte ich sonst noch haben können bei einem solchen Rausch, der mein Hirn verflüssigte und mir in schweren Wogen von Übelkeit den Magen umdrehte? …

Ich fand die Tür zu meiner Kammer verschlossen, die Tür

zum Speicher aber offen … So stieg ich zu diesem hinauf und ließ mich wie ein Sack auf die Heuballen fallen, die mir wie ein mollig weiches, zauberhaftes Bett vorkamen.

Ich lag noch keine zehn Minuten dort, als der alte Bombyx seine gebeugte, gebrochene Silhouette aus lauter sonderbaren Winkeln im Rechteck der Tür zeigte. Er kam einen Ballen Heu für Fidèle holen, und ich begriff, daß er während jener drei Tage der Abwesenheit meinen Dienst erledigt hatte … Diese Feststellung amüsierte mich.

Er hatte mich nicht gesehen, er wußte nicht, daß ich zurückgekehrt war … Und während er an mich gerichtete Flüche wie ›Bandit! … Elender Säufer! … Mörder! …‹ vor sich hin brummte, kam er so dicht in meine Nähe, daß seine Hand mich streifte.

Sofort war ich vollkommen nüchtern … Ich fühlte, wie eine gewaltige, beinahe lustvolle Freude in mich eindrang, mich durchströmte, etwas Mächtiges, ich weiß nicht was, das meinen Gliedern wieder ihre Geschmeidigkeit und Kraft verlieh. Ich packte die Hand des Alten, zog ihn mit einem heftigen Ruck zu mir herab. Er stürzte zu Boden, stieß einen Schrei aus … Aber mit meiner anderen frei gebliebenen Hand hatte ich eine Faustvoll Heu ergriffen und ihm in den Mund gestopft. Dann sprang ich mit einem Satz auf, und während ich den mageren Greis mit meinen Knien auf dem Boden hielt, preßte ich meine beiden Hände, in die, so schien mir, sämtliche auf Erden verstreuten Kräfte zusammengeflossen waren, fest um seinen Hals …

So verharrte ich lange, lange Zeit, denn ich erinnerte mich der Worte meiner Freunde: »Die Alten umzubringen, ist teuflisch schwer!« Dann, als die Sache erledigt war, häufte ich Ballen und nochmals Ballen Heu und darüber noch Stroh auf die Leiche … Erleichtert und glücklich streckte ich mich auf dem Haufen aus und fiel in einen tiefen, wunderbar sanften Schlaf … ohne Träume.«

23

Bevor ich die Pyrenäen und Clara Fistule und Robert Hagueman und Triceps, lauter arme lächerliche oder armselige Wesen, die mich nicht einen Augenblick von meiner Langeweile abgelenkt haben, verlassen würde, wollte ich unbedingt noch meinen Freund Roger Fresselou treffen, der seit Jahren und Aberjahren in Le Castérat, einem kleinen, im Bergland der Ariège versteckten Dorf, lebt.

Eine lange und beschwerliche Reise. Nach sechs Tagen harter Fußmärsche und beschwerlicher Aufstiege kam ich abgeschlagen und zerschunden bei Einbruch der Nacht in Le Castérat an. Stellen Sie sich drei Dutzend Häuser, gruppiert auf einem engen Hochplateau, vor, das von allen Seiten ein dicht vor Ihnen aufragender Horizont von schwarzen Bergen und schneebedeckten Gipfelgraten umgibt. Ganz zu Anfang ist ihr Anblick grandios, vor allem dann, wenn der Dunst den Horizont ein wenig zurückrückt, ihn opalisiert und mit Goldstaub überzieht. Aber dieser Eindruck verschwindet rasch, und vor diesen hohen Wänden fühlt man sich sofort von einer düsteren Traurigkeit, von der unbeschreiblichen Angst und Beklemmung eines Gefangenen überfallen.

In der Höhe, auf der dieses Dorf erbaut ist, haben die Bäume aufgehört zu wachsen, und außer dem schwerfälligen Alpenschneehuhn mit seinen gefiederten Beinen zeigt sich kein einziger anderer Vogel mehr. Der schieferreiche Boden nährt nur einige wenige Büschel sehr magerer Rhododendren und hier und da einige Exemplare der Eberwurz, die nur in der vollen Mittagssonne ihre großen gelben Blüten mit spitzen und stechenden Dornen öffnen. Auf den Abhängen des Plateaus wächst nach Norden hin ein kurzes, rundes und fahlgraues Gras, das während des Sommers die Kuh-, Ziegen- und Schafherden abweiden, deren Glocken man ununterbrochen bimmeln hört, ein Gebimmel, das an jenes erinnert, das bei uns auf dem Lande die Bimmel des Priesters erklingen läßt, der des Abends den Kranken die letzte Wegzehrung bringt. Nichts ist so trist, nichts ist so wenig Blume wie die wenigen Blumen, die sich erkühnen, in dieser ungefälligen und freudlosen Natur zu leben; ärmliche, kümmerliche Pflanzen mit behaarten, weißlichen Blättern, deren schuppige Blütenkronen den farblosen Ton, die milchige Undurchsichtigkeit toter Augen haben. Der Winter trennt mit seinen sich türmenden Schneemassen, mit seinem Gürtel schneebedeckter Abgründe das Dorf vom Rest der Welt, vom Rest des Lebens ab. Die Viehherden sind in die niederen Täler geflohen; die gesunden und kräftigen Männer sind fortgegangen, um woanders, manchmal sehr weit weg, Arbeit und Abenteuer zu suchen; sogar die Post kommt nicht mehr an … Während Monaten und Abermonaten ist man ohne Nachricht über das, was sich jenseits dieses unüberwindlichen Schnees ereignet.

Das einzige, was an Leben noch übrig ist, sind ein paar Greise und die Frauen und Kinder, die sich wie die Murmeltiere in ihre Baue zurückziehen. Sie treten kaum vor die Tür, außer um sonntags die Messe zu hören in der Kirche, einer Art kleinem viereckigen Turm, der überall Risse hat und an dessen Flanken ein hölzernes scheunenförmiges Seitendach klebt. Oh!, und der Ton der Glocke, der im Schnee erstickt!

Und doch wohnt mein Freund Roger Fresselou dort bereits seit zwanzig Jahren. Ein kleines Haus mit flachgedrücktem Dach, ein kleiner felsiger Garten und als Nachbarn grobe, schweigsame und eifersüchtige Menschen, trübsinnig und mürrisch, gekleidet in rohen Wollfilz und auf dem Kopf das typische Käppchen, Leute, mit denen Roger nur sehr wenig Kontakt hat.

Wie hat es ihn dorthin verschlagen? Wie vor allem kann er dort leben? In Wahrheit weiß ich es nicht, und er, so stelle ich mir vor, weiß es genausowenig. Jedesmal wenn ich ihn nach dem Grund dieser Verbannung gefragt habe, hat er mir mit wiegendem Kopf geantwortet: »Was soll ich denn machen? ... Was soll ich denn machen? ...«, ohne sich weiter zu äußern.

Ein eigenartiges Phänomen: Roger ist nur sehr wenig gealtert. Er hat nicht ein einziges graues Haar auf dem Kopf, nicht eine einige Falte im Gesicht. Aber ich erkenne ihn kaum wieder in seinem Gebirglergewand. Seine Augen sind trübe geworden; nie strahlt aus ihnen das mindeste Leuchten. Und sein Gesicht hat den aschfahlen Ton des Bodens angenommen. Das ist ein anderer Mensch, der demjenigen, den ich gekannt habe, nicht mehr ähnlich sieht. Ein vollkommen neues Leben ist in ihm, das ich nicht kenne. Vergeblich versuche ich es zu entschlüsseln.

Früher habe ich ihn als begeistert, erfüllt von lebendigen Leidenschaften und voller Charme gekannt. Er war zwar nicht von überschwenglicher Fröhlichkeit in Worten und Taten, und seine Melancholie war die aller jungen Menschen, die vom Gift der Metaphysiker gekostet haben. In unserem kleinen Kreis von Gleichgesinnten in Paris prophezeite man ihm aber keine schlechte Zukunft. Er hatte jungen Zeitschriften literarische Artikel geschickt, die zwar nicht die absoluten Meisterwerke waren, aber von ernstzunehmender Qualität, neugierigem Sinn fürs Leben und deutlichem Streben nach Größe zeugten. Mit seinem klaren Verstand und der robusten, schnörkellosen Form seines Stils gehörte er zu denen, die über kurz oder lang aus den engstirnigen Sekten, in denen sich die Talente duckten, ausbrechen würden, um das wahre Publikum zu erobern. In der Kunst, der Literatur, der Philosophie und der Politik zeigte er keinerlei Starrsinn eines Sektierers, so fest er auch der Rebellion und der Schönheit die Treue hielt. Keine Spur des Morbiden an ihm, keine abnormen fixen Ideen oder geistigen Perversionen. Sein Verstand hielt sich auf solidem Fundament ... Und einige Monate später erfuhren wir plötzlich, daß er im Gebirge lebt.

Seit ich mit Roger zusammensitze, haben wir nicht ein einziges Mal über Literatur gesprochen. Mehrmals wollte ich das Gespräch auf dieses Thema bringen, das er früher so sehr liebte, aber er hat es sofort mit übellauniger Miene von sich gewiesen. Er hat sich nach niemandem erkundigt, und Namen, die ich voller Nachdruck aussprach, Namen, die uns einst lieb und teuer und die nun hochberühmt waren, lösten bei ihm nicht die geringste innere Erschütterung, nicht einmal ein flüchtiges Zucken der Augenlider aus. Ich habe in ihm nicht die Verbitterung eines Bedauerns gespürt. Er scheint das alles vergessen zu haben, und seine einstigen Passionen, seine einstigen Freundschaften sind nur noch Träume, für immer erloschene Träume! Über meine Arbeiten, über meine Hoffnungen, die teils erfüllt, teils enttäuscht wurden, hat er nicht ein einziges Wort verloren. Im übrigen habe ich ein Buch, eine Zeitschrift, irgendein Bild in seinem Haus vergeblich gesucht. Es gibt einfach nichts darin, und seine Einrichtung ist so arm an intellektuellem Leben wie die der Gebirgsbewohner überhaupt.

Als ich ihn ein letztes Mal belästigte, um das Geheimnis dieser unerklärlichen Entsagung zu lüften, hat er zu mir gesagt:

»Was soll ich denn machen? ... Was soll ich denn machen? ... Der Zufall hat mich während eines Sommerurlaubs hierhergeführt ... Die Gegend hat mir wegen ihrer unsäglichen Armut gefallen ... oder ich habe zumindest geglaubt, sie würde mir gefallen ... Im darauffolgenden Jahr bin ich ohne besondere Pläne wiedergekommen ... Ich wollte nur ein paar

Tage hier verbringen ... Aber ich bin zwanzig Jahre geblieben! ... Das ist alles! ... Mehr steckt nicht dahinter ... Die Sache ist sehr einfach, wie du siehst ...«

Heute abend hat Roger mich gefragt:

»Denkst du manchmal an den Tod?«

»Ja ...«, habe ich geantwortet ... »Und das erschreckt mich ... und ich bemühe mich, das erschreckende Bild zu verdrängen ...«

»Das erschreckt dich? ...«

Er hat mit den Achseln gezuckt und fuhr fort:

»Du denkst an den Tod ... und du gehst hierhin, gehst dorthin ... und du drehst dich um dich selbst ... und du regst dich rastlos in alle Richtungen? ... Und du arbeitest an vergänglichen Dingen? ... Und du träumst womöglich von Freude und Vergnügen – vielleicht gar von Ruhm und Ehre? ... Armer Tropf! ...«

»Gedanken sind doch keine vergänglichen Dinge«, protestierte ich ..., »denn sie sind es, die die Zukunft vorbereiten, die den Fortschritt steuern ...«

Mit einer langsamen Handbewegung hat er auf die Arena der düsteren Berge gezeigt:

»Die Zukunft ... der Fortschritt! ... Wie kannst du angesichts von dem hier solche Worte aussprechen, die noch dazu keinen Sinn haben? ...«

Und nach einer kurzen Pause meinte er:

»Gedanken! ... Nichts als Wind, Wind, Wind ... Sie kommen und gehen vorüber ... der Baum regt sich für einen Augenblick ... seine Blätter zittern ... Und dann sind sie fort ... Der Baum wird wieder so reglos wie zuvor ... Nichts hat sich verändert ...«

»Du täuschst dich ... Der Wind ist voller Keime, er trägt den Blütenstaub, weht die Samen weiter ... er befruchtet ...«

»Und dann gebärt er die Monster ...«

Wir verharrten einen Moment in Schweigen ...

Von der Arena der düsteren Berge uns gegenüber, um uns herum, von diesen unerbittlichen Wänden aus Fels und Schiefer ging etwas Deprimierendes, etwas Erstickendes auf mich über ... Ich hatte ganz real die Schwere dieser Felsbrokken auf meiner Brust, auf meinem Schädel ... Roger nahm seine Worte wieder auf:

»Als plötzlich der Gedanke an den Tod in mir aufkam, habe ich zur gleichen Zeit die ganze Geringfügigkeit, die ganze Nichtigkeit des Bemühens empfunden, in dem ich stumpfsinnig mein Leben aufzehrte ... Aber ich habe die Dinge hinausgezögert ... ich habe mir gesagt: ›Ich habe den falschen Weg gewählt ... Es gibt vielleicht noch etwas anderes zu tun als das, was ich gerade mache ... Die Kunst ist eine Verfälschung ... die Literatur eine Lüge ... die Philosophie eine Täuschung ... Ich werde mich den einfachen Menschen, den ungeschliffenen und jungfräulichen Herzen annähern ... Mit Sicherheit gibt es irgendwo an reinen Orten, fern von all diesen Städten, einen menschlichen Rohstoff, aus dem man noch Schönheit zum Sprießen bringen kann ... Also los ... Laßt sie uns suchen!‹ ... Aber nein, die Menschen sind überall die gleichen ... Sie unterscheiden sich nur durch die Taten ... Und von dem schweigenden Gipfel aus, von wo ich sie betrachte, verschwinden selbst die Taten ... Und was bleibt, ist nichts als ein Gewühl der Herde, die sich, egal was sie tut, egal wohin sie zieht, auf den Tod zu bewegt ... Der Fortschritt, sagst du? ... Aber der Fortschritt ist, nur rascher, nur bewußter, ein Schritt weiter vor, dem unausweichlichen Ende zu ... Also bin ich hier geblieben, wo es nur noch Asche, verbrannte Steine, versiegte Säfte gibt, wo alles bereits wieder eingegangen ist in das große Schweigen der toten Dinge! ...«

»Warum hast du dich nicht umgebracht? ...«, so habe ich, von der Stimme meines Freundes genervt und auch selbst ergriffen von der grauenhaften Obsession des Todes, geschrien, die über den Bergen und um die Gipfel schwebt, über den

Abgründen hängt und aus dem Gebimmel der Glocken, das hundertfach von den Hängen des Hochplateaus hallt, wie ein hundertfaches Schlagen der letzten Stunde an mein Ohr dringt …

Darauf hat Roger mit ruhiger Stimme wiederholt:

»Was tot ist, braucht man nicht mehr zu töten … Ich bin seit zwanzig Jahren, seit ich hier bin, tot … Und auch du bist seit langem tot … Warum regst du dich so rastlos? … Bleibe dort, von wo du gekommen bist! …«

Ich habe den Führer bestellt, der mich wieder zurückbringen soll zu den Menschen, dem Leben, dem Licht … Morgen, gleich bei Tagesanbruch, fahre ich ab …

Anmerkungen

7 *... an rabenschwarzer Entmutigung ... tödlicher Atmosphäre*: Um den 30. 8. 1897 schrieb Mirbeau nach der Rückkehr aus Luchon an Rodin: »Oh! lieber Freund, fahren Sie nie ins Gebirge ... Das bedeutet den Tod, denn das bedeutet den abrupten Stillstand allen zerebralen Lebens«.

8 *... Stadt, in der ich gerade weile*: Diese fiktive Stadt ist unverkennbar das Thermalbad Luchon (heute: Bagnères-de-Luchon) im Kanton Haute-Garonne, wo Mirbeau im August 1897 wegen seines Kehlkopfleidens zur Kur weilte.

9 *O diese Seen!*: Auch heute noch für jeden Franzosen eine deutliche Anspielung und böse Parodie auf »O Lac!«, eines der berühmtesten Gedichte der französischen Romantik von Alphonse de Lamartine (1790–1869); während dort der See schwärmerisches Nachtrauern um eine ideale, doch ausweglose Liebe auslöst, sind die genannten Bergseen für Mirbeau die Inkarnation des Falschen, Grausamen und Kitschigen. – *Guillaume Dubufe* (1853–1909): akademischer Maler, spezialisiert auf allegorische Szenerien. Im folgenden Jahr (6. 1. 1902) wirft Mirbeau ihm vor, er verschließe den Salon »einer Menge von jungen Künstlern, die in seinen Augen einen schweren Fehler haben, nämlich den, Talent zu besitzen«. – *Monsieur Leygues*: Georges Leygues (1857–1933), seit 1885 Abgeordneter des Dép. Lot-et-Garonne und seit kurzem (1. 11. 1898) Unterrichtsminister; einer der schwarzen Schafe und Sündenböcke, die der Polemiker Mirbeau besonders gern attackiert. Für ihn ist er das Symbol des Demagogischen und siegenden Mittelmaßes in der Politik.

10 *... auf dem Großen Sarah-Bernhardt*: Er meint natürlich den Großen Sankt Bernhard. Diesen Kalauer leistet sich Mirbeau in Erinnerung daran, daß sich die große Schauspielerin Sarah Bernhardt nach seiner Rückkehr aus Luchon im Herbst 1897 sehr begeistert über sein Streikdrama *Les Mauvais bergers* geäußert hatte.

13 *Paul Deschanel* (1856–1922): Seit 1885 Abgeordneter von Nogent-le-Rotrou, im Juni 1898 zum Präsidenten der Abgeordnetenkammer gewählt. 1920 wird er französischer Staatspräsident, muß jedoch schon nach wenigen Monaten »aus gesundheitlichen Gründen«, d. h. aufgrund geistig-psychischer Probleme, demissionieren.

18 *Zwischenmensch*: Anspielung auf Nietzsches Opposition zwischen Mensch und Übermensch. – *Clara Fistule*: Hier der erste jener farcenhaft sprechenden Namen fiktiver Figuren, die der Autor auf boshafte Art gleichrangig neben real existierende Personen reiht. Den hier androgynen Vornamen trug auch die sadistische Protagonistin in Mirbe-

aus berüchtigtem Roman *Jardin des supplices* (1899); *fistule* bedeutet Fistel, laut Lexikon »meist im Mastdarm- und Afterbereich«. – ***Abyssus abyssum fricat*** (Ein Abgrund schmeichelt dem anderen): Verdrehung der antiken Redensart *asinus asinum fricat* (Ein Esel schmeichelt dem anderen).

19 ***Bodinière***: Von Bodinier gegründetes Theater in Paris, Rue Saint-Lazare; es diente als Übungsraum für junge Schauspieler sowie als Ausstellungsraum für Künstler. Maler wie Renoir, Jeanne Gonzalès, Lépine sowie auch Vertreter des Symbolismus, stellten dort ihre Werke aus. – ***Œuvre***: Im Oktober 1893 von Lugné-Poe gegründetes symbolistisches Theater, in dem zahlreiche Dramen von Ibsen aufgeführt wurden.

19 ***Projektionen meiner selbst***: In seinem Artikel »Artistes de l'âme« (23.2. 1896) hatte sich Mirbeau bereits über Symbolisten wie Maurice Denis lustig gemacht, die angeblich so taten, als könnten sie sich »weder in Betten legen, noch in Spiegeln spiegeln, noch auf Stühle setzen, noch in Nachttöpfe pissen«.

21 ***Kosmogonische Virtualitäten***: Parodierende Anspielung auf den »dekadenten« Komponisten Erik Satie auf dem »Salon de la Rose-Croix« von 1892.

29 ***Dr. Triceps***: Diesen parodistischen Namen (nach dem anatomischen Terminus Trizeps) trug bereits der wissenschaftsgläubige Arzt in Mirbeaus Bühnenfarce *L'Epidémie* (1898). – ***Folrath***: fiktiver Ort, vom Autor in Ungarn angesiedelt. – ***… die Armut eine Neurose***: Mirbeau spinnt diese Satire über die Thesen des italienischen Arztes und Kriminologen Cesare Lombroso (1835–1909) in seiner Farce *Interview* (1904) weiter aus. – **… einen Igel**: Aus einem Brief an Claude Monet geht hervor, daß Mirbeau tatsächlich einmal *einen Igel* aufzog.

36 ***Deiblers Behandlung***: Louis Deibler (1823–1904), Pariser Henker und Scharfrichter bayrischer Herkunft; sein geächtetes Amt war erblich, ging jeweils vom Vater auf den Sohn über. – ***Lancereaux, Pozzi, Bouchard, Robin, Dumontpallier***: Etienne Lancereaux (1829–1910), Präsident der Académie de Médecine, betrieb Forschungen über Alkoholismus, Diabetes und Syphilis; Samuel-Jean Pozzi (1846–1918), Chirurg, war 1901 Professor für Klinische Gynäkologie am Hôpital Broca; Charles Bouchard (1837–1905), Mitglied der Académie de Médecine sowie der Académie des Sciences, war Bakteriologe und Professor für Pathologie; Albert Robin (1847–1928), seit 1887 Mitglied der Académie de Médecine, Spezialist für Gastroenterologie, war Mirbeaus persönlicher Arzt. Victor-Amédée Dumontpallier (1826–1899), Gynäkologe, hat sich daneben auch mit Okkultismus befaßt und war eine Zeitlang der Arzt von Alice Mirbeau.

39 ***… das Ganze gleicht der Abgeordnetenkammer***: Bereits am 6.8. 1884 schrieb Mirbeau in seinen »Lettres de Versailles«, erschienen in *Le Gaulois*, über die Abgeordnetenkammer, sie sei »ein verrückter Haufen ungepflegter und unehrenhafter Subjekte ohne Courage, ohne Würde, ohne Gewissen, ohne Vaterland, die mit ihrem Mandat schachern und ihre Überzeugungen an den meistbietenden Minister verkaufen«.

40 ***Marquise d'Espard***: Muster einer Frau ohne Herz und Hemmungen, die wiederholt in Balzacs *Comédie humaine* auftritt; sie ist die Protagonistin der Novelle *L'Interdiction* und spielt auch in den Romanen *Illusions perdues* und *Splendeurs et misères des courtisanes* eine Rolle. – ***Madame de Beauséant*** ist die Hauptfigur seines Romans *La Femme abandonnée* und tritt auch im *Père Goriot* auf. – ***Clotilde de Grandlieu*** ist eine Figur aus *Splendeurs et misères des courtisanes.*

44 ***... das Gefängnis ... neuestes Modell***: Anspielung auf die damals gerade stattfindende Strafvollzugsreform; man hatte die gefürchteten Gefängnisse Mazas und Sainte-Pélagie abgerissen und gerade die moderne Haftanstalt Fresnes errichtet, die heute noch existiert.4"

46 ***Silvio Pellico*** (1789–1854): italienischer Schriftsteller und Patriot, verbrachte acht Jahre auf der Festung Spielberg, dem Gefängnis von Brünn. Seine Haftzeit hat er in seinem Buch *Le mie prigioni* (1833) geschildert, das ein großer kommerzieller Erfolg wurde.

52 ***Louis-Pilate***: Diesen in Mirbeaus Ohren albern klingenden Vornamen hatte auch Brinn'Gaubast (1865–1944), Dichter, Romancier und einstiger Sekretär von Alphonse Daudet.

55 ***... nur äußerlicher Schein***: Karikaturhafte Formulierung der Thesen Baudelaires und der Symbolisten. Nach Mirbeau sind nur die großen Künstler in der Lage, bis zum Wesen der Dinge vordringen, vorausgesetzt jedoch, sie gegen dabei in realistischer Weise von den äußeren Erscheinungsformen aus.

57 ***Semiramis***: Berühmte *Opera seria* von Rossini, 1823 in Venedig mit nur mäßigem Erfolg uraufgeführt. Die munter »hüpfende« Ouvertüre steht im Gegensatz zu dem düsteren Charakter der Handlung. – ***Maître du Buit***: Charles-Henri Du Buit (1837-?), berühmter Strafverteidiger, spezialisiert auf Wirtschaftsaffären. – ***Emile Ollivier*** (1825–1913): Im II. Kaiserreich zunächst republikanischer Abgeordneter, schloß sich 1869 jedoch dem neuen, republikanischen Regime an und wurde 1870 mit der Regierungsbildung betraut. Bereits am 15. Juli des gleichen Jahres erklärte er, er werde den Krieg *d'un cœur léger* (mit leichtem Herzen) akzeptieren, daher der Spottname »Monsieur de Cœurléger«, den Mirbeau ihm verleiht. – ***General Archinard***: Louis Archinard (1850–1932), seit 1896 Brigadegeneral, zeichnete sich während der Eroberung der westafrikanischen Republik Dahome durch extrem grausame Härte aus. – ***Georges Leygues***: Mirbeau hatte tatsächlich Gelegenheit, den Minister persönlich zu treffen, und zwar am 18.12. 1899 während der Kampagne zur Schaffung eines Volkstheaters.

58 ***Monsieur Gailhard***: Direktor der Pariser Oper. - ... ***das Dekorative bei Flameng***: François Flameng (1834–1911), akademischer Porträt- und Historienmaler. – ... ***da Sie sie alle geleitet haben***: Mirbeau übertreibt hier stark, denn Leygues war dreimal Unterrichtsminister und einmal Innenminister (1895). – ... ***die großen Eiszeiten***: In seinem großen Artikel »Pourquoi des Expositions?« (Wozu Ausstellungen?) vom Dezember 1895 sah Mirbeau für die Weltausstellungen keine andere Rechtfertigung, als daß sie »bei uns alle zehn Jahre wiederkehren wie große Eiszeiten« (*Combats esthétiques*, Bd. II, S. 107).

61 *Comédie Française ... Langeweile ... Stillstand*: Mirbeau hat die Schauspieler des Théâtre Français häufig kritisiert. Bei Erscheinen der *21 Tage eines Neurasthenikers* hatte er sogar noch einen zusätzlichen Grund, diesem Theater gram zu sein, denn kurz zuvor, am 24. 5. 1901, hatte die Jury dort sein Stück *Les Affaires sont les affaires* nur mit starken »Korrekturen« angenommen, was ihn maßlos empörte. Dennoch ließ er, wenn auch erst nach heftigen Auseinandersetzungen, dieses Stück sowie *Le Foyer* in der Comédie-Française aufführen.

64 *... solidarisch mit Ihrem Kabinett*: Gemeint ist die Regierung Waldeck-Rousseau, die sich immerhin drei Jahre lang hielt und die längste der III. Republik war. – *Waldeck, Méline, Ribot, Dupuy, Millerand oder Déroulède*: Pierre Waldeck-Rousseau (1846–1904) ist seit 1899 Präsident des Ministerrats und hat die nationalistischen und klerikalen Bewegungen unterdrückt. Jules Méline (1838–1925), gemäßigt-republikanischer Abgeordneter der Vogesen, Prediger des Protektionismus, zu Beginn der Dreyfus-Affäre Präsident des Ministerrates und von Mirbeau häufig wegen seiner Anti-Dreyfus-Haltung angegriffen. Alexandre Ribot (1842–1923), seit 1878 Mitte-Links-Abgeordneter, war 1893 und 1895 Präsident des Ministerrates. Charles Dupuy (1851–1923), konservativ-republikanischer Abgeordneter, war zweimal Ministerratspräsident, vor allem während der Dreyfus-Affäre, weshalb Mirbeau ihn häufig in seiner Artikelserie darüber attackierte. Alexandre Millerand (1859–1943), zunächst Abgeordneter der Radikalen, dann der unabhängigen Sozialisten, war der erste Sozialist, der einen Sitz in einer bürgerlichen Regierung (Kabinett Waldeck-Rousseau) innehatte. Paul Déroulède (1846–1943), Führer der Nationalisten, wurde wegen Verschwörung gegen den Staat mit zehn Jahren Verbannung bestraft.

67 *... während des berühmten Prozesses*: Dieser Prozeß – den Mirbeau persönlich mit verfolgt hatte – fand im Mai 1890 statt. Dabei wurden die Spekulanten verurteilt, die sich der Staatlichen Kreditanstalt (Comptoir d'escompte) bedient hatten, um auf dem Weltmarkt in großem Umfang Kupfer aufzukaufen und damit die Preise in die Höhe zu treiben. Edmond Joubert, Mirbeaus einstiger Brotgeber während seiner Arbeit an der Zeitung *Grimaces*, war in die Affäre verwickelt, wurde aber freigesprochen, nachdem er sich mit 200000 Francs das Schweigen der Presse erkauft hatte (vgl. *Journal des Goncourt*, 20.4. 1890). – *Monsieur Secrétan*: Industrieller und Gründer der Société des Métaux; er wurde nur zu wenigen Monaten Gefängnis verurteilt.

70 Berryer: Pierre Antoine Berryer (1790–1868), Anwalt und katholisch-legitimistischer Politiker. – Jules Favre (1809–1880): Berühmter Anwalt und republikanisch-antibonapartistischer Abgeordneter.

72 *Bazaine*: Marschall Bazaine (1811–1888), wurde im Jahr 1873 wegen Verrats während der Kapitulation von Metz (27. 10. 1870) zum Tode verurteilt, dann aber von Mac Mahon, der ab 1873 Staatspräsident der III. Republik war, zu zwanzig Jahren Festungshaft begnadigt; im August 1874 floh er aus der Festung auf der Insel Sainte-Marguerite und verbrachte den Rest seines Lebens in Spanien.

73 *Monsieur de Cœurléger*: Direkt nach der Veröffentlichung des Romans forderte Emile Olliviers Sohn vom Autor Satisfaktion mit der Waffe, da er die nun folgende Passage als Verletzung der Ehre seines Vaters empfand. Mirbeau lehnte das Duell natürlich ab.

78 *Monsieur d'Haussonville*: Gabriel-Othenin d'Haussonville (1843–1924), legitimistischer Abgeordneter im Jahr 1871, wurde 1888 in die Académie Française aufgenommen, verfaßte literarische Studien und ist einer der Theoretiker der Wohltätigkeit als Mittel zur Lösung der sozialen Frage. Er ist eines der Vorbilder für die Figur des Baron Courtin in Mirbeaus späterem Drama *Le Foyer* (1908).

82 *Galliffet*: Französischer General (1830–1909), hatte sich als grausamer »Schlächter« bei der Niederschlagung der Pariser Commune einen Namen gemacht und war jüngst zum Kriegsminister im Kabinett Waldeck-Rousseau ernannt worden, das sich am 22. Juni 1899 konstituierte. Auf die »Mörder!«-Rufe, mit denen ihn die sozialistischen Abgeordneten empfingen, hatte er ungerührt geantwortet: »Mörder? Hier, zur Stelle!«

83 *... auf seine Insel zurückschickt*: Gemeint ist die Teufelsinsel (Französisch-Guayana).

86 *Georges d'Esparbès* (1864–1944): Zeichner, Journalist und Romancier, Spezialist für drastische Schilderungen von Kriegsszenen.

87 *Gomme*: auch *Rogomme*, altes Wort für einen besonders starken Schnaps. – *Rue de Caire*: Damals die Adresse des Kolonialministeriums.

88 *Negerleder*: Eine der makabersten Szenen des Romans und typisch für Mirbeaus provozierende Radikalität. Mitten in der Blütezeit des Kolonialismus, in der die europäischen Staaten ihren Reichtum und Wohlstand zum größten Teil auf die Ausbeutung der Kolonien gründen, prangert Mirbeau seit Jahren in der Presse so hart wie kaum jemand außer ihm die Greuel der Kolonialherrschaft an, und zwar gerade nicht, wie damals in nationalistischer Propaganda üblich, die der sog. »feindlichen Großmächte«, sondern die der eigenen Nation! In dem Aufsatz »Colonisons« (*Le Journal*, 13. 11. 1892), schrieb er z. B. kühn und völlig wider den Zeitgeist: »Die Geschichte der kolonialen Eroberungen wird die unauslöschliche Schande unserer Zeit sein« (*Contes cruels*, Bd. II, S. 271).

103 *Pläne unserer Immobilmachung*: Spöttische Anspielung auf militärische Geheimdokumente, die der französische Abwehrchef Major Esterhazy dem deutschen Militärattaché Major Schwartzkoppen zugespielt hatte. Um den jungen, elsässischen und noch dazu jüdischen Hauptmann Dreyfus zu diffamieren, wurde er jedoch dieses Verrats beschuldigt. Auch diesen Text hatte Mirbeau bereits früher publiziert, und zwar gleich zu Beginn der Dreyfus-Affäre, nur drei Wochen nach dem skandalösen Freispruch Esterhazys.

103 *Maurice Denis* (1870–1943): zunächst Maler der avantgardistischen Nabi-Gruppe, dann zum Katholizismus konvertierter Theoretiker des Symbolismus. – *Giovanni Boldini* (1842–1931): in Frankreich lebender italienischer Maler, spezialisiert auf mondäne Gesellschaftsporträts.

104 *... sie kennt De Mun und De Mackau*: Albert de Mun (1841–1914) stammte wie Mirbeau aus Rémalard, wollte die Sozialdoktrin der Kirche von Rom in die Tat umsetzen. Baron de Mackau (geb. 1829), zunächst bonapartistischer Abgeordneter des Dép. Orne, hat sich später dem Boulangismus angeschlossen. – *Bazar de la Charité*: Berühmter Pariser Wohltätigkeitsbasar, gegründet 1885. Ein verheerender Brand am 4. 5. 1897 forderte 117 Todesopfer, fast ausschließlich Frauen.

104 *Ingwertörtchen*: Ingwer wurde damals als Aphrodisiakum geschätzt.

106 *Yvette Guilbert* (1867–1944): erfolgreiche Sängerin, die wegen ihrer langen schwarzen Handschuhe berühmt war und durch Toulouse-Lautrecs Lithographie unsterblich wurde; sie ist noch heute auf Postern und Postkarten weltweit die populärste Inkarnationen der Pariser Belle Epoque.

108 *Boule-de-Neige* (wörtl. »Schneeball«): der Name ist das spöttische Gegenstück zu der »pummelig« naiven Kurtisane Adrienne Legay, genannt *Boule de suif* (»Fettkugel«) aus der gleichnamigen Novelle (1880), mit der Maupassant berühmt wurde.

113 *Eine echte Natur*: programmatischer Ausruf, Pflichtübung und Mode in allen Romanen des Naturalismus als Beleg für Authentizität in der Darstellung der »wahren Natur des Menschen«. Mirbeau treibt dies spöttisch auf die Spitze.

115 *Sir John Lubbock* (1834–1913): darwinistischer Naturforscher, u. a. Autor einer Studie über Instinkt und Intelligenz der Tiere.

115 *Baron de Courcel*: Alphonse de Courcel (1835–1919), seit 1898 französischer Botschafter in London. – *Der Alchimist Van Helmont*: Jean-Baptiste Van Helmont (1577–1644), Mediziner und Chemiker aus Brüssel. Er wies die Existenz der Gase und der Magensäure nach.

116 *Dr. Charcot*: Jean-Martin Charcot (1825–1893), machte sich vor allem durch seine Forschungen über Anatomie und Pathologie des Nervensystems sowie über die Hysterie einen Namen. – *Arnaud de Villeneuve* (um 1240–1313): katalanischer Arzt und Alchimist, betrieb Forschungen über den Stein der Weisen und wurde daher exkommuniziert. – *Henni[n]g Brandt* (gest. 1692): Hamburger Alchimist, betrieb ebenfalls Forschungen über den Stein der Weisen und entdeckte dabei das Phosphor. – *Experimentia fallax*: »Die Erfahrung (und hier: das wissenschaftliche Experiment!) ist trügerisch«. Zugleich ein Seitenhieb auf die von Zola postulierte wissenschaftliche Aussagekraft des *roman expérimental*.

123 *Giulio Romano* (1492–1546): Schüler von Raphael, schuf u. a. erotische Kupferstiche, nach deren Verbreitung er aus Rom fliehen mußte. – *Félicien Rops* (1833–1898): belgischer Maler und Kupferstecher, Mirbeaus Freund und Bewunderer, schuf eine Vielzahl erotisch freizügiger Radierungen.

124 *Fünfzigtausend Francs*: entspricht einer Million heutiger Francs.

126 *Vanitas vanitatum*: die berühmte Eingangsformel im Buch des Predigers Salomo bzw. Kohelet (Pr/Koh 1,1): »Windhauch, Windhauch, das ist alles Windhauch« oder wie Luther übersetzt: »Es ist alles gantz eitel!«

128 *Dramen, die ein junger Mann verfaßt hat*: Auch Mirbeau hatte sich zunächst lange Jahre als käuflicher Ghostwriter betätigt und fünf triviale Feuilletonromane verfaßt, die erst vor wenigen Jahren als seine Werke identifiziert wurden.

129 *Paul Bourget* (1852–1935): gesellschaftspsychologischer Romancier, in früheren Jahren Mirbeaus Freund, wurde später jedoch zur bevorzugten Zielscheibe seines Spotts und z. T. böser Diffamierungen (s. in seinem Automobil-Reisebericht *La 628-E-8* das Kap. »Balzacs Tod«, dt. als Buch 1992 im Manholt-Verlag erschienen). – *René Doumic* (1860–1937): Universitätsprofessor, konservativer Literaturkritiker der *Revue des deux mondes* und Autor zahlreicher Werke über die zeitgenössische Literatur. – *Melchior de Vogüé* (1848–1910): Vertreter der idealistischen, neo-christlichen Reaktion gegen den Naturalismus und den Positivismus; trug neben Mirbeau wesentlich dazu bei, den russischen Roman in Frankreich bekannt zu machen.

129 *Leopold und ich*: Léopold II. (1835–1909), seit 1865 König von Belgien, war als skrupelloser Geschäftemacher berüchtigt. Mirbeau widmete ihm 1907 ein ätzendes Kapitel in seiner Automobil-Reisechronik *La 628-E-8*.

134 *... auf Reisen in Rußland*: Abgewandelte Fassung einer Zeitungsglosse, die am 3. 10. 1893 im *L'Echo de Paris* erschien, d. h. zu einem Zeitpunkt, als gerade hochoffiziell die Allianz zwischen der Französischen Republik und der zaristischen Autokratie besiegelt wurde, die Mirbeau wiederholt als widernatürlich anprangerte.

135 *Als er den Juden erblickte* ... : Bei einem Treffen von Dreyfus-Anhängern am 16. 12. 1898 erzählte Mirbeau diese erschütternde Szene, die er fünfzehn Jahre zuvor angeblich während einer Ungarnreise selbst erlebt hatte.

142 *... einen Febvre gibt es nur einmal*: Frédéric Febvre (1835-?), stellvertretender Direktor der Comédie Française, ging 1893 in den Ruhestand. Mirbeau hat ihn in seinen Zeitungsartikeln häufig verspottet. – *... eine Art russischer Laffont*: gemeint ist Pierre-Charles Laffont (1797–1873), Schauspieler des Vaudeville-Theaters, besonders wegen seiner Rollen des Verliebten bzw. Liebhabers berühmt.

143 *Raoul Gunzbourg*: Um wen es sich hier handelt, ist nicht zu ermitteln. – *... bei Ihrem Sarcey*: Francisque Sarcey (1827–1899), berühmter Theaterkritiker der Zeitung *Temps*, vereinte alle Eigenschaften in sich, die Mirbeau verabscheute, insbesondere die Verherrlichung des eleganten, perfekt komponierten Gesellschaftsstücks, das keinerlei Anstoß erregt.

157 *Frédérick Lemaître* (1800–1876): der größte Schauspieler aus der Zeit der Romantik. Etienne *Mélingue* (1808–1875) war damals ein bekannter Boulevardschauspieler, ebenso Louis-François *Dumaine* (1831–1893). Jean *Mounet-Sully* (1841–1916) war Tragödiendarsteller der Comédie-Française. Constant *Coquelin* (1841–1909) hatte in der Comédie-Française Karriere gemacht; in Mirbeaus Augen ist er die Inkarnation des affektierten Schmierenschauspielers.

159 *Poidatz*: Henry Poidatz, Bankier und Werbeagent; war seit 1897 der Herrscher über die Zeitung *Le Matin*, der mächtigsten Konkurrenz

des *Journal*, der auflagenstärksten Zeitung, für die Mirbeau auf der Höhe seines Erfolgs an häufigsten schrieb. – ***Rouvier***: Maurice Rouvier (1842–1911), opportunistischer Abgeordneter, war mehrmals Finanzminister und Präsident des Ministerrates. Er war eng mit dem Großkapital liiert und in den Panama-Skandal verwickelt.

160 ***... hatte ich etwas da drin***: freche Abwandlung der Bemerkung und Geste, die der berühmte französische Dichter André Chénier (1762–1794) beim Besteigen der Guillotine getan haben soll. Dieser hatte auf sein Herz gedeutet zum Zeichen, daß er Mut besitzt.

163 ***Diesmal fängt Arton ...*** : Emile Arton (1850–1905), einer der Hauptbeteiligten am politischen Skandal um den Panama-Kanal, der sich rechtzeitig nach England abgesetzt hatte.

165 ***Subskription Floquet***: Charles Floquet (1826–1896) war sieben Jahre lang Präsident der Abgeordnetenkammer und 1888 Ministerratspräsident. Mit der Subskription, auf die hier angespielt wird, sollte die Errichtung eines Denkmals für ihn in Paris finanziert werden.

168 ***... in Finanzgeschäften***: Anspielung auf einen Finanzskandal von 1896, der Edmond Magnier, Senator des Dép. Var, kompromittierte; dieser war zugleich auch Eigentümer der Zeitung *L'Evénement*, für die Mirbeau unter Pseudonym von 1884 bis Anfang 1886 schrieb.

191 ***... kreidebleich geworden***: Auch bei Dreyfus erhärtete sein Erbleichen den Verdacht, daß er schuldig sein muß.

192 ***Mein Fall war klar***: Der oberflächlich geführte Prozeß, die absurde Verurteilung aufgrund von Indizien, die in keinerlei Bezug zu dem Fall stehen, die offensichtliche Komplizenschaft zwischen dem Verteidiger und dem Gericht, die feindselige Haltung der Öffentlichkeit gegenüber dem »Fremden«, all dies sind bereits frappante Parallelen zu dem Prozeß gegen Meursault in Camus' Roman *L'Etranger*.

202 ***... mit dem Herzog von Orléans***: Philippe Robert d'Orléans (1869–1926), Sohn des Grafen von Paris, seit September 1894 Anwärter der Monarchisten auf den Thron Frankreichs. Er lebte in Spanien und machte im September 1898 durch sein Anti-Dreyfus-Manifest von sich reden. – ***Arthur Meyer*** (1844–1924): Pariser Pressemagnat, Herausgeber der monarchistisch-mondänen Tageszeitung *Le Gaulois*.

231 ***... unter strengster Geheimhaltung***: Ein Gesetz vom 23. 6. 1886 verbot den Familien der Königshäuser, die einst über Frankreich geherrscht hatten, das Land zu betreten. Der Herzog von Orléans war am 12. 2. 1890 zu zwei Jahren Gefängnis verurteilt worden, da er gegen dieses Gesetz verstoßen hatte; die Regierung zog es jedoch vor, ihn des Landes zu verweisen.

233 ***Monsieur de Comondo***: Isaac de Comondo, ein schwerreicher Sammler, hatte dem Petit Palais für die Retrospektive der französischen Kunst von 1900 eine prächtige Pendule, verziert mit den *Drei Grazien* von Falconet, als Leihgabe zur Verfügung gestellt. – ***Monsieur de Saint-Marceaux***: Charles-René de Saint-Marceaux (1845–1915), auf Grabmonumente spezialisierter Bildhauer. – ***Monsieur Goblet***: René Goblet (geb. 1828), Rechtsanwalt, war mehrmals Minister verschiedener Ressorts und 1886 Präsident des Ministerrates.

234 *Emile Loubet* (1838–1929): Abgeordneter, dann Senator des Dép. Drôme, wurde am 18. 2. 1899 zum französischen Staatspräsidenten gewählt. Er war derjenige, der Dreyfus nach dem Prozeß von Rennes begnadigte.

237 *Binder*: berühmter Carrossier in Paris.

245 *Jules Simon* (1814–1896): republikanisch-konservativer Politiker mit betont philanthropischer Haltung, die Mirbeau jedoch wiederholt als Heuchelei bezeichnet.

249 *Clubman aus Paris*: Die folgende Erzählung war bereits am 26. 1. 1896 unter dem Titel »Scrupules« im *Journal* erschienen. Schon im Jahr nach Erscheinen der *21 Tage ...* dramatisiert Mirbeau sie zu der gleichnamigen Bühnenfarce in einem Akt, die am 2. 6. 1902 im Théâtre du Grand-Guignol uraufgeführt und bald auch in Deutschland unter dem Titel *Der Räuber* ein gewaltiger Erfolg wird. Der hier auftretende »Gentleman-Einbrecher« ist Mirbeaus Erfindung, also bereits vier Jahre vor der Schöpfung des Arsène Lupin, der ab 1905 durch die Kriminalromane von Maurice Leblanc berühmt wurde und dort ebenfalls stets als *gentleman-cambrioleur* bezeichnet wird.

252 *... diese verdammte Influenza*: Im Winter 1891 / 1892 hatte eine Grippeepidemie in ganz Frankreich Hunderte von Todesopfern gefordert.

254 *... von Bankrotteuren und zwielichtigen Finanziers*: Anspielung auf den Panama-Unternehmer Eugène Letellier, genannt »Papa Nama«; er gründete 1892 die Zeitung *Le Journal*, um sich vor eventuellen juristischen Verfolgungen zu schützen. Bereits nach zwei Jahren ist sie die auflagenstärkste Zeitung Frankreichs, zahlt großzügigste Honorare und gewinnt dadurch alle Größen der Literatur als Mitarbeiter, darunter selbst den unbequemen Anarchisten Mirbeau.

255 *Monsieur de Montesquiou*: Robert de Montesquiou (1855–1921), französischer Dichter und Lebemann, berühmt wegen seines Dandytums und seiner prunkvollen Empfänge. Er diente als Modell für Des Esseintes in Huysmans Roman *rebours* und Charlus in Prousts *La recherche du temps perdu*. – *Modegetränks à la Kina*: gemeint ist Chinin (quinquina), populäre Bezeichnung für den Mariani-Wein, damals ein Modegetränk ähnlich wie Coca Cola.

256 *Diebstahl ... aufrichtig betreiben*: Mit genau diesem Argument werden schon bald darauf Einbrecher aus anarchistischer Ideologie ihre Aktionen begründen, so etwa der in der französischen Anarchistenszene berühmte Alexandre Jakob (geb. 1879), der im Jahr 1905 zu lebenslänglichem Zuchthaus verurteilt wurde und sich 1945 im Bagno das Leben nahm.

263 *... sitzt in der Nouvelle ein*: gemeint ist das damals »neue« und bereits sprichwörtlich gefürchtete Gefängnis in der heute nicht mehr existierenden Hafenfestung von Narbonne.

266 *... was ein anderer erzählte*: Wiederaufnahme einer Glosse, die am 25. 12. 1900 im *Journal* in einer Artikelserie mit dem Titel »Dépopulation« (Entvölkerung) erschien, worin Mirbeau zu einer Kampagne gegen das Projekt des Gesetzes zur Geburtenförderung aufrief, das der Senator Edme Piot (1828–1908) ersonnen hatte.

267 *Funktionsweise des Piotschen Gesetzes*: Es sah vor, Unverheiratete sowie kinderlose Ehepaare zu besteuern und einen Teil dieser Einnahmen kinderreichen Familien zukommen zu lassen.

268 *Ein Kind, das zählt rein gar nichts*: Mirbeau hat diese Analyse bereits in »La Pouponnière« (*Le Journal*, 12. 12. 1897) entwickelt. Er erinnerte dabei besonders an das Los der Kinder von Arbeiterinnen, die zu Pflegemüttern in die Normandie geschickt wurden, »wo sie mangels an Pflege schon bald sterben«, was ein wahres »Massaker an unschuldigen Kindern« sei.

271 *Im Namen Gottes, zeugt Kinder!*: Die Vertreter der Geburtenförderung beschworen das Schreckgespenst des Geburtenrückgangs mit dem Argument, die Geburtenrate sei in Frankreich niedriger als in Deutschland, weshalb die französische Armee zum Zeitpunkt der ersehnten »Revanche« für die »Schmach« von 1870/71 unterlegen sein werde. Mirbeau empfindet es als ungeheuerlich, nur unter dem Gesichtspunkt der Beschaffung von Kanonenfutter Kinder zu »produzieren«. – *Wohlstand in der Bevölkerung vermehren*: Dieses Ziel haben sich nach Mirbeau verantwortungsbewußte Politiker zu setzen. Ganz ähnlich formuliert es Camus später in seinem Roman *La Peste* in der Forderung, »die Not in der Welt arithmetisch zu verringern«.

273 *Fünfzig Ecus*: Als Ecu wurde das Fünf-Franc-Stück in Silber bezeichnet; 50 Ecus entsprächen heute einem Wert von 1500 DM.

277 *Dann erzählt ein vierter*: Wiederaufnahme des erst kurz davor publizierten Aufsatzes »Le Portefeuille«, erschienen in *Le Journal*, 23. 6. 1901.

279 *... zehn Tausend-Francs-Scheine*: Der Wert entspräche 200000 heutigen Francs.

281 *Prix Montyon*: der sog. »Tugendpreis«, testamentarisch gestiftet von Jean-Baptiste de Montyon (1733–1820), einem philanthropischen Millionär, und von der Académie Française jeweils dem »Armen« verliehen, der die »tugendhafteste Tat« vollbracht hatte. – *Und er heißt auch noch Jean Guenille*: Mirbeau verletzt hier wieder einmal die Gesetze der logischen *vraisemblance* oder »Wahrscheinlichkeit«, indem er sich selbst über den symbolischen Namen lustig macht, den er seiner Figur gibt (*guenilles* = Lumpen, zerschlissene Kleider; Lumpenpack, Bettler).

286 *Trompe-la-Mort* (»Todtäuscher«): Tarn- und Spottname des berüchtigten Vautrin in Balzacs Roman *Le Père Goriot*.

288 *Roujon*: Henry Roujon (1853–1914), Direktor der Académie des Beaux-Arts.

299 *Zweite Geschichte*: Mirbeau verarbeitet hier die erste Begegnung mit seiner neuen Köchin namens Marianne Boucher in Kérisper. Diese Anekdote erschien bereits am 16. 8. 1887 im *Gil Blas* unter dem Titel »Le nid d'abeilles« (Das Bienennest) und danach am 29. 10. 1889 in *L'Echo de Paris* mit dem Titel »Le nid de frelons« (Das Hornissennest). – *... ein bezauberndes und sehr altes Haus*: Mirbeau beschreibt hier sein eigenes Haus in Kérisper bei Auray, das er Anfang Juli 1887 bezog.

303 *Das da, das ist ein Zündholz ...* : Mirbeau gibt hier fast wörtlich die

wirren Reden seiner Köchin wieder, wie er sie bereits in einem Brief an Paul Hervieu berichtet hatte.

307 *Dritte Geschichte*: Der Vorfall ist authentisch; Mirbeau, der ihn selbst miterlebt hatte, schilderte ihn bereits in einem Brief vom 30. 8. 1888 an Paul Hervieu.

313 *... in der Nähe des Jesuitenkollegs*: gemeint ist das Collège Saint-François Xavier, in dem Mirbeau als Schüler vier Jahre der »Hölle« verbrachte und von dem er 1863 aus ungeklärten Gründen »verwiesen« wurde; aus seinem stark autobiographischen Roman *Sébastien Roch* (1890) ist jedoch zu schließen, daß er nach sexuellen Belästigungen durch die Patres freiwillig die Flucht ergriff.

316 *Belle-Isle*: Anfang Juni 1887, am Tag nach seiner Heirat mit Alice Regnault, setzte auch Mirbeau in der Hoffnung, dort ein Haus zu finden, nach der Insel Belle-Isle über; er wurde jedoch nicht fündig und ließ sich statt dessen in Kérisper nieder.

319 *Ile de Sein*: Wann Mirbeau Gelegenheit hatte, die Insel zu besuchen, ist nicht zu ermitteln; möglicherweise im Frühjahr 1884.

329 *Wie angegossen ... Comme un gant .... Carolus Duran*: kaum übersetzbar rasantes Wortspiel aus der Redensart »Das müßte passen *wie angegossen*« (*comme un gant*, wörtl.: »wie ein Handschuh«, die den Maler sofort an das gefeierte Gemälde *La Dame au gant* (Die Dame mit dem Handschuh; heute Musée d'Orsay) erinnert; auf den Titel des Bildes reimt sich wiederum »wie angegossen« der Name seines Schöpfers, des akademischen Malers Carolus-Duran (1837–1917). – *... begann er, wie besessen zu arbeiten*: Mirbeau erinnerte sich hier vermutlich an das Gemälde *L'Enfant mort* von Dubois-Pillet (1846–1890), das im *Salon des Indépendants* von 1884 ausgestellt wurde. Auch Zola behandelt in seinem Roman *L'Œuvre* (1886) bereits ein ganz ähnliches Thema.

330 *Monsieur Bonnat ... Monsieur Gérôme*: Anspielung auf Léon Bonnat (1833–1922), Spezialist für fotografisch genaue Portraits, und Léon Gérôme (1824–1904), Schöpfer antiker Genregemälde.

334 *Degenerierte ... Entartete*: Diese Begriffe, die mit den bekannten grauenhaften Folgen schon bald die NS-Ideologie prägten, wurden durch den Arzt, Dramatiker und rationalistisch-materialistischen Kulturkritiker Max Nordau (geb. 1849 in Budapest, gest. 1923 in Paris) und seine voluminösen Bestseller *Die Krankheit des Jahrhunderts* (2 Bde. 1888) sowie *Entartung* (2 Bde. 1892; frz. *Dégénerescence*, 1894) um 1900 in ganz Europa zu modisch grassierenden Schlagworten.

340 *... das folgende sonderbare Geständnis*: Diese Geschichte war bereits 1897 in vier Fortsetzungen unter dem Titel »La Livrée de Nessus« (Die Nessus-Livree) in *Le Journal* erschienen.

341 *... des Heiligen Tugen*: Bretonischer Heiliger, der in einer Kapelle zwischen Audierne und der Pointe du Raz (Westkap der Bretagne) jeweils am Sonntag vor dem 24. Juni durch eine Wallfahrt verehrt wurde; man glaubte, er könne von der Tollwut heilen.

374 *Gedanken ... Zukunft ... Fortschritt ...*: Der Dialog zwischen dem Erzähler und Roger Fresselou ist im Grunde ein innerer Dialog, in

dem sich die zwei konträren Gesichter Mirbeaus gegenüberstehen (ein Thema, das in seinem Werk häufig wiederkehrt); auf der einen Seite steht der Nihilist, der weder an die Möglichkeit glaubt, zu Schönheit, Wahrheit oder Gerechtigkeit zu gelangen, noch daran, daß man den Menschen bessern kann; auf der anderen Seite steht der engagierte Schriftsteller, der an all dies dennoch glauben muß – oder so tun muß als ob –, um seine Kämpfe an vielen Fronten gleichzeitig zu rechtfertigen und sein Leben überhaupt erträglich zu machen.

375 ***... die ganze Nichtigkeit des Bemühens***: Dies wird Camus später als »das Gefühl des Absurden« bezeichnen.

Diese Anmerkungen schöpfen zum großen Teil aus dem zur Zeit ihrer Abfassung noch unveröffentlichten Apparat der dreibändigen kritischen Gesamtausgabe von Mirbeaus Romanen (Société Octave Mirbeau / Editions Buchet-Chastel, Angers, Paris 2000/1), die ihr Herausgeber Pierre Michel dem Übersetzer bereits freundlicherweise zur Einsicht gab, wofür ihm an dieser Stelle ebenso wie für seine zahllosen anderen Auskünfte gedankt sei. Weitere Aufschlüsse zu Anspielungen auf Namen, Fakten und Skandale der damaligen Zeit, die vor allem für deutsche Leser notwendig oder hilfreich sein dürften, wurden zumeist der umfangreichen Mirbeau-Biographie *Octave Mirbeau – L'Imprécateur au cœur fidèle* von Jean-François Nivet und Pierre Michel (Paris 1990) entnommen.

Nachwort

Octave Mirbeau ist
der größte französische Schriftsteller unserer Zeit
und derjenige, der in Frankreich den Geist des Jahrhunderts
am besten repräsentiert.
Leo Tolstoi
Der Rächer der Entrechteten,
der sein Herz den Ärmsten der Armen
und den Leidenden dieser Welt geschenkt hat
Emile Zola

Nach Art der Propheten hat er zeitlebens
die Mächtigen das Zittern gelehrt
Thadée Natanson

I. Ein Anarchist der Belle Epoque

Octave Mirbeau (1848–1917) zählte in Frankreich und weit über seine Grenzen hinaus zu den bekanntesten, literarisch kühnsten und politisch provokantesten Romanciers, Dramatikern und Feuilletonisten um 1900 – in jener Zeit, die von Philosophen und Künstlern als »Décadence« betrachtet, von Pessimisten als »Fin de siècle« betrauert und nur von Optimisten, Glücksrittern und Finanzbaronen als »Belle Epoque« genossen wurde.

Sein Leben
Geboren am 16. 2. 1848 in dem Dorf Trévières (Calvados), wächst Mirbeau in dem Weiler Rémalard (Orne) auf und erlebt deprimierende Oberschuljahre im Jesuiten-Collège in Vannes, von dem er mit 15 Jahren aus ungeklärten Gründen verwiesen wird (vermutlich flieht er aber nach sexueller Belästigung durch einen der Patres freiwillig aus der Anstalt), und erreicht nach Besuch mehrerer privater Internate den Schulabschluß in Caen. 1866 beginnt er ein Jurastudium in Paris, das er bald wieder abbricht (dabei erster Entwurf eines Romans, Thema: die Torturen der Liebe). Auf Druck des Vaters nimmt er eine erste Anstellung bei einem Notar im Heimatdorf Rémalard an, ist wieder zum stumpfsinnigen Leben in der Provinz gezwungen. 1871 bei Kriegsausbruch wird er in ein Reserve-Kavallerie-Regiment eingezogen, er erkrankt, wird von Lazarett zu Lazarett verlegt und lernt dort das Grauen von Verwundung und Sterben kennen (1886 schildert er den Krieg in seinem ersten Roman als perversen Irrsinn, weshalb er fortan im Ruf des »Vaterlandsverräters« und Ultralinken steht); er kehrt, vermutlich als Deserteur, nach Rémalard zurück und hat nur ein Ziel: der Provinz zu entrinnen.

Nun beginnt eine »lange Periode politischer Prostitution«[1] - er verkauft sich an die erstbesten Arbeitgeber: zuerst an den Bonapartisten Dugué de la Fauconnerie, der ihn 1873 als Privatsekretär, Ghostwriter und Wahlkampfleiter nach Paris mitnimmt, in sein Parteiblatt *L'Ordre de Paris* und in die Gesellschaft einführt, wo sich Mirbeau bald mit wichtigen Größen der Literatur wie Maupassant und Bourget liiert. 1877 folgt er dem bonapartistischen Abgeordneten Baron de Saint-Paul in die südliche Provinz Ariège, führt seinen Wahlkampf und schreibt in seiner Zeitung *L'Ariégois*. Schließlich dient er, zurück in Paris, dem mächtigen Zeitungsmagnaten Arthur Meyer, wiederum als Privatsekretär sowie als Ghostwriter in dessen Zeitung *Le Gaulois*. Daneben Auftragstexte unter Pseudonym auch in anderen Blättern wie *Illustration*, *Figaro*, *Paris-Journal*. Dramatischer Höhepunkt und katastrophales Ende seiner Lehrjahre, 1883 – 1884: Inzwischen ist er Chefredakteur des Massen-Nachrichtenblatts *Paris-Midi Paris-Minuit* und wird gleichzeitig auch noch Chefredakteur des antisemitischen Satirepamphlets *Grimaces* – was er an der Zeitung aber schätzt, ist ihre antibürgerliche, antirepublikanische, antiklerikale und antikapitalistische Tendenz, er schärft seine Feder in ihrem frechen Ton. In diesen Jahren hat er als reine Brotarbeiten unter Pseudonym drei kommerzielle Zeitungsromane im geforderten Zeitgeschmack geliefert (und schreibt sogar noch bis 1886 mindestens vier weitere – die z. T. erst jüngst als seine Werke identifiziert wurden)[2]. Seine Lage wird zusehends dramatischer, er provoziert allein im Jahr 1883 zwei erste Duelle (weitere werden folgen), hat eine selbstzerstörerische Liaison mit der Halbweltdame Judith Vimmer (sie wird die Juliette im Roman *Le Calvaire*) und flüchtet in die bretonische Provinz, nach Audierne. Von dort treibt es ihn wieder zurück nach Paris und sofort in eine neue, doch dauerhafte Liaison, diesmal mit der leicht zwielichtigen Ex-Actrice Alice Regnault (die er 1887 heiratet, was einen Skandal auslöst); wegen ihr hat er schon 1884 sein drittes Duell, nun mit dem Décadence-Kollegen und -pornographen Catulle Mendès.

Mirbeau zieht Resümee, empfindet sein bisheriges Leben und Tun als »gescheitert«, stürzt in tiefe Depression (Neurasthenie) und beschließt, fortan seine nun geschulte, scharfe Feder nur noch persönlichen Anliegen zu widmen: der Förderung der künstlerischen Avantgarde, dem Kampf gegen soziales Unrecht und politische Verbrechen.

In den fruchtbaren Jahren 1885 – 1990 etabliert er sich rasch als virtuoser Romancier, kämpferischer Journalist und visionärer Förderer künftiger Größen der Literatur, Malerei und Musik. Nicht zuletzt provoziert durch Alices Konkurrenz (die ebenfalls schreibt und ihren ersten Roman noch vor ihm veröffentlicht), beginnt er unter eigenem Namen zu schreiben: 1885 *Lettres de ma chaumière*, bedrückende Novellen über das primitive, abgestumpfte Leben in der Normandie und dem Finistère, pessimistische Gegenstücke zu den lieblichen Idyllen der erfolgreichen *Lettres de mon moulin* von Alphonse Daudet; in den Jahren 1886 bis 1890 seine drei wichtigen, autobiographisch geprägten Romane, in denen es nacheinander um die Vernichtung des jungen Menschen durch die Liebe, durch Religion und Kirche und schließlich durch die Gesellschaft insgesamt (ihre Grundpfeiler Erziehung, Klerus, Militär) geht; *Le Calvaire* (1886), Mirbeaus Verarbeitung seiner ersten Liebeserfahrung, die Geschichte einer nymphomanen Halbweltdame, die einen Jungen aus der Provinz in die Liebe einweiht, ihn hemmungslos betrügt, ausbeutet und in den Wahnsinn treibt; *L'Abbé Jules* (1888), die Geschichte eines jungen Mannes, der sich zum geistlichen Stand berufen fühlt, doch schon bald Kirche, Religion, Gott und Keuschheitsgelübde als »Scharlatanerie«, »Lüge« und »Hirngespinst« empfindet, nur noch dem Sexualtrieb als »Verwirklichung der wahren Natur des Menschen« frönt und im Wahnsinn endet, ein stilistisch kühner, stark von Dostojewski geprägter Roman und inspiriert von seinen eigenen traumatischen Erlebnissen bei den Patres; *Sébastien Roch* (1890), die Geschichte eines Jungen, der von brutalen Eltern, unsittlichen Erziehern (Jesuitenpatres, denn sie hatten das Erziehungsmonopol) und sadistischen Militärs (im Krieg 1870/71) psychisch, moralisch und physisch vernichtet wird; für Mirbeau verüben Eltern, Erziehung und Staat einen dreifachen »Mord an einer Kinderseele«, den »Mord an tausend Mozarts«. Daneben schreibt Mirbeau unter zahlreichen Pseudonymen für immer bedeutendere Zeitungen wie *Le Gaulois*, *Gil Blas*, *L'Evénement*, *Le Matin*, *Le Figaro* und andere. Er führt erfolgreiche »ästhetische Kämpfe« (für Künstler wie Rodin und Monet sowie für Außenseiter wie van Gogh, Camille Claudel und Maillol)[3], verfolgt mutige politische Kampagnen (gegen Kolonialismus, Nationalismus und Militarismus)[4], rechtfertigt Anarchisten, Prostituierte und Kriminelle als Opfer der Gesellschaft und kämpft immer wieder für die Verbesserung des Schicksals der Kinder[5].

In den neunziger Jahren fällt Mirbeau trotz dieser Erfolge und engagierten Kämpfe in tiefe Schaffenskrisen, gefolgt von neurasthenischen Anfällen; hinzu kommen Krisen in seiner Ehe, er empfindet sein Leben als sinnlos, kommt sich in seinem Wirken machtlos vor. Und doch gelingt ihm ein kleiner prä-existentialistischer Roman *Dans le Ciel*, veröffentlicht 1892/93 in *L'Echo de Paris*, ein pessimistischer Künstlerroman, inspiriert durch das Leben des Vincent van Gogh, dessen überragende Bedeutung er als erster erkennt. Entwürfe der späteren Romane *Journal d'une femme de chambre* und *Jardin des supplices* bleiben jedoch jahrelang unvollendet liegen. 1894 befürchtet er, wahnsinnig zu werden, seine Neurasthenie zeigt psychosomatische Folgen, 1897 muß er sich erstmals wegen eines Kehlkopfleidens nach Luchon in den Pyrenäen zur Kur begeben. Seinen größten Erfolg hat Mirbeau in diesen Jahren als Dramatiker, denn inzwischen schreibt er auch erfolgreich für die Bühne: Ende 1897 wird seine proletarische Tragödie *Les mauvais bergers* – ein Drama, das erstmals offen auf der Bühne einen Arbeiterstreik als positiv und notwendig darstellt – durch die gefeierten Bühnenstars Sarah Bernhardt und Lucien Guitry uraufgeführt. In jenen Wochen erhitzt gleichzeitig die Dreyfus-Affäre die Gemüter: Der junge Hauptmann Dreyfus wird des Hochverrats angeklagt, denn er hat das Pech, kein erfahrener Kriegsteilnehmer und noch dazu Elsässer und Jude zu sein. Als der wahre Schuldige, der französische Abwehrchef Esterhazy, freigesprochen wird, erwacht Mirbeau aus seiner Lethargie, setzt sich als inzwischen gefürchtetster Journalist beharrlich bis zum Erfolg für die Wiederaufnahme des Verfahrens ein und trägt durch seine intensive Pressekampagne[6] ebenso entscheidend, wenn nicht gar mehr als Emile Zola dazu bei, die III. Republik und ihren Antisemitismus in Regierung, Klerus und Militär bis in die Grundfesten zu erschüttern.

Genau um die Jahrhundertwende, auf dem Gipfel seines literarischen Schaffens und seiner publizistischen Wirkung, zugleich aber auf dem Tiefpunkt des Pessimismus, veröffentlicht er in erstaunlich dichter Folge drei extreme, stark unterschiedliche Romane: im Jahr 1899 *Le Jardin des supplices*, ein sadistisches Monsterwerk, worin eine Engländerin europamüde nach China emigriert, um sich im Dschungelpark eines Zuchthauses im Lustrausch am Zutodefoltern von Menschen und im Duft exotischer Pflanzen verwesender Kadaver zu ergötzen (das im Grunde einzig Provokative an dieser heute nur noch schwer goutierbaren Folterorgie ist, daß Mirbeau sie zynisch den »Blutberufen«, d. h. den »Priestern, Soldaten, Richtern« widmet); im Jahr 1900 *Journal d'une femme de chambre*, worin er die »moderne Sklaverei des Dienstbotentums« analysiert und aus der Sicht einer Kammerzofe im Laufe ihrer verschiedenen Stellungen die Décadence der Bourgeoisie in all ihrer Pathologie und Perversion Revue passieren läßt (der Roman wurde berühmt durch zwei Verfilmungen: 1946 in den USA von Renoir mit Paulette Goddard, 1963 in Frankreich von Buñuel mit Michel Piccoli und Jeanne Moreau); und im Jahr 1901 den vorliegenden Roman *Les 21 jours d'un neurasthénique*, sein formal radikalstes, destruktivstes Werk, mit dem er das Genre als solches verspottet, was dementsprechend große Empörung auslöst. 1900 gründet er mit anderen die berühmte Académie Goncourt, die noch heute den wichtigsten französischen Literaturpreis verleiht, und ist fast 15 Jahre lang ihr entscheidendes Jurymitglied. 1903 hat Mirbeau seinen größten Theatererfolg mit *Les Affaires sont les affaires*, einer bewußt traditionellen Charakter- und Sittenkomödie, in der er Parvenüs, Finanzjongleure, bestechliche Politiker und die Allmacht des Geldes verspottet. Das Stück hat kurz darauf in allen Ländern Europas sowie in Rußland (Petersburg, Moskau, Odessa), in den USA (New York) und Lateinamerika (Rio, Buenos Aires) gewaltige Erfolge; allein in Deutschland erlebt es in nur zwei Jahren über 130 Inszenierungen). Sein Drama *Le Foyer* (1908), ein Plädoyer gegen die sexuelle Ausbeutung von Jugendlichen durch die Institution der Ehe, erregt so große Furcht, daß er die vertraglich festgesetzte Aufführung in der Comédie Française erst gerichtlich erzwingen muß.

Durch seine Bühnenerfolge reich geworden, reduziert er deutlich seine journalistische Arbeit, schreibt fast nur noch für das Kampfblatt *La Révolte* des Anarchisten Jean Grave. In langem Abstand entstehen nur noch zwei Prosawerke, in denen – so menschenfeindlich ist er inzwischen – nun ein Auto bzw. ein Hund die Hauptrolle spielen: *La 628 E-8* (1907), der Bericht seiner Automobilreise durch Frankreich, Belgien, Holland und Deutschland in der Epoche von Jugendstil, Kolonialismus, Großmachtpolitik und Wilhelminismus (ein brillantes, böses Werk nach Art des Neurastheniker-Romans, das mit dem Kapitel »Berlin-Sodome« endet) sowie *Dingo* (1913), ein letztes furioses Werk im Stil des *Journal d'une femme de chambre*, worin die Hauptfigur, ein Riesenhund, »mit gesundem Instinkt« sämtliche Figurentypen der Gesellschaft zerfleischt, die der Autor zeitlebens haßte.

Ab 1910 wird Mirbeau zusehends schwächer und hinfälliger, er trägt einen langen weißen Bart wie sein Freund Leo Tolstoi und verschließt sich, umgeben von seinen Pflanzen und den Werken seiner Malerfreunde, in seinem Phantasiehaus in Triel, das er sich 1909 erbauen ließ. Das Attentat in Sarajewo, die österreichischen, deutschen, russischen und französischen Kriegserklärungen, die Ermordung von Jean Jaurès bei hellichtem Tag in einem Café sowie die Kriegsbegeisterung in Frankreich versetzen 1914 dem Anarchisten und Pazifisten Mirbeau den letzten Schlag, er stirbt am 16. 2. 1917, an seinem 69. Geburtstag.

Der öffentliche Ankläger

Mirbeau ist entschieden ein Kämpfer der Öffentlichkeit, alles andere als ein strenger, ausschließlich der Roman- und Stilkunst verschriebener Autor wie etwa Flaubert. Mit seinen Romanen und Dramen will er von Anfang an provozieren, die dekadente Gesellschaft verspotten, den Staat in seinen Grundfesten erschüttern. Als Pionier dessen, was wir heute als »Enthüllungsjournalismus« bezeichnen, stand er durch seine journalistische und feuilletonistische Aktivität – aus der sich in direkter Folge, man müßte eher sagen: in konsequenter Fortführung, seine literarische Aktivität entwickelte – zeitlebens im Zentrum heftiger Fehden und Skandale, die er meist selbst auslöste, indem er so mutig wie risikofreudig die inhumanen, unmoralischen und kriminellen Aspekte der damals noch sakrosankten Institutionen Kirche, Militär, Justiz und Erziehungswesen in der Tages- und Massenpresse kritisierte.

Wie in seinen Roman- und Bühnenwerken attackiert er unermüdlich angesehene Politiker und hochdekorierte Militärs, verteidigt Entrechtete und Diffamierte, geißelt Wettrüstung und Kolonialismus, kämpft für Pressefreiheit, Trennung von Kirche und Staat, Abschaffung der Todesstrafe und für die Verbreitung von Verhütungsmitteln statt sexueller Enthaltsamkeit. Mirbeau stellt selbst die Lüge in den Dienst der Wahrheit: Durch fiktive Interviews mit realen Personen fordert er deren Gegendarstellung heraus, worin sie sich aber gerade so entblößen, wie er es bezweckt.

Im Jahr 1888 ruft er in einer Artikelserie zu einem »Wählerstreik« auf, da er das damals praktizierte allgemeine Wahlrecht als Farce entlarvt; ab 1889 arbeitet er an der Zeitung *La Revolte* des Anarchisten Jean Grave mit und verteidigt immer offener anarchistische Intellektuelle; 1895 verurteilt er in der Presse die barbarische Bestrafung des wegen Homosexualität verurteilten Oscar Wilde; im gleichen Jahr plädiert er als Antwort auf eine gemeinsame Umfrage des *Mercure de France* und der *Neuen deutschen Rundschau* für die geistige und gesellschaftliche Annäherung an den Erzfeind Deutschland und meint: »Es liegt auf der Hand, daß es für uns Franzosen und Deutsche von großem Vorteil wäre, wenn wir uns auf andere Art als durch Berichte von Spionen kennen lernen würden.«[7] Noch vor Zola fordert er 1897 eine Wiederaufnahme des Dreyfus-Prozesses; 1898 zahlt er aus eigener Tasche die 7555 Francs Strafe, zu der Zola für seinen berühmten Artikel »J'accuse« (13. 1. 1898 in *L'Aurore*) verurteilt wurde; als heftiger Kritiker des russischen Zarenregimes, mit dem sich die III. Republik damals durch Freundschafts- und Wirtschaftsverträge liiert, ist er 1905 Mitbegründer einer »Gesellschaft der Freunde des russischen Volkes« und plädiert für die Revolution in Rußland; 1909 protestiert er gegen die Hinrichtung des Anarchisten Francisco Ferrer; 1910 signiert er mit Jack London eine Petition an die japanische Botschaft, um die Begnadigung japanischer Intellektueller zu erwirken, denen Hinrichtung droht.

Nicht minder aktiv und visionär ist Mirbeaus Engagement für die Avantgarde in Literatur, Musik und Malerei: Er ist mit allen Außenseitern der literarischen »Décadence« eng befreundet; er macht 1890 als erster auf die Bedeutung des Belgiers Maurice Maeterlinck aufmerksam (der 1911 dann sogar den Literaturnobelpreis erhält); er fördert das junge Genie Alfred Jarry, den Erfinder des *Ubu Roi*, und unterstützt ihn bis zu dessen Tod (1907); er macht Tolstoi und Dostojewski in Frankreich bekannt (die kühne Härte und pessimistische Tendenz seines Romans *Abbé Jules* ist stark von Dostojewski beeinflußt) und wird auch seinerseits von diesen geschätzt (Tolstoi pflegte jedesmal zu toben, wenn die Lieferung eines neuen Mirbeau-Romans durch die russische Post verzögert wurde). Auf dem Gebiet der bildenden Kunst fördert und verteidigt er künstlerische Größen wie Monet, Manet, Rodin, Cézanne, Pissarro, Maillol und Gaugin und erkennt als erster das Genie van Goghs (er ist jener berühmte Käufer von dessen *Sonnenblumen* und *Schwertlilien*, die er 1891 für 600 Francs erwirbt und von denen er ein Werk 21 Jahre später für 40000 Francs – das wären heute ca. 240000 DM – wieder verkauft, womit er den weltweiten Marktwert des Malers begründet). In der Musik ist er der entscheidende Entdecker von künftigen Größen wie Claude Debussy, und er wirbt sogar bereits seit 1876 – so kurz nach dem *Débâcle* von 1871 höchst unpatriotisch und riskant – für die Kunst Richard Wagners.

Welterfolg, Purgatorium, Wiederentdeckung

Zur Zeit des Fin de siècle zählt Mirbeau zu den auflagenstärksten Autoren Frankreichs; fast alle seine Romane und Dramen sind in den ersten Jahren nach 1900 in zahlreiche Sprachen übersetzt (auf Deutsch zumeist in Wien und Budapest – wenn auch mit den Unzulänglichkeiten der damaligen Übersetzungspraxis und teilweise entschärfenden Zensureingriffen); in Europa bis hin nach Rußland, Nord- und Südamerika ist er der meistgespielte französische Bühnenautor.

Nach dem I. Weltkrieg gerät er für mehr als ein halbes Jahrhundert in Vergessenheit: Man versteht ihn nicht zu lesen, man mißversteht ihn als wahren »Naturalisten«, verdammt ihn als Pornographen oder verachtet ihn als gewissenlosen Opportunisten.

Ende der siebziger Jahre entdeckt Hubert Juin ihn neu und ediert mehrere seiner Werke in der Fin de siècle-Reihe der Editions 10/18, sie sind jedoch bald wieder vergriffen. Die große Renaissance des Autors setzt mit der voluminösen Monographie *Octave Mirbeau, l'imprécateur au cœur fidèle* von Pierre Michel und Jean-François Nivet ein, die gleichzeitig eine Fülle bisher nie erschienener Texte des Autors in verschiedenen Verlagen zu edieren beginnen. 1993 gründet der Mirbeau-Forscher Pierre Michel in Angers die Société Octave Mirbeau (Angers) und bald einen Fonds Octave Mirbeau in der Université d'Angers. Seither nimmt das Interesse an Mirbeau sprunghaft zu, es finden jährliche Mirbeau-Symposien statt, seine Werke (Novellen, Romane, Dramen, Korrespondenzen und journalistische Texte) erscheinen systematisch in kritischer Edition, und seit etwa 1998 wagen sich mehrere Bühnen zwischen Paris und Berlin wieder an die Aufführung seiner Stücke.

II. Eine literarische Monstrosität

Der Roman *Les 21 jours d'un neurasthénique* aus dem Jahr 1901 ist formal der radikalste, zugleich aber auch der repräsentativste des Autors Octave Mirbeau, denn er bietet zugleich ein Resümee seines gesamten Wirkens als Romancier, Dramatiker, Feuilletonist und *agent provocateur.*

Die Form: Mirbeau treibt hier seine Verachtung für die Gesetze des traditionell komponierten realistischen Romans, wie ihn der Naturalismus forderte, bis zum Exzeß: Es gibt keine begrenzte Gruppe von Hauptfiguren, keine Entwicklung, keine Handlung mehr, keine so recht zu fassende Form. Es passiert nichts, es wird im Grunde nur »geredet« – wenn auch über die komischsten, absurdesten, schauderhaftesten Dinge, die diesem und jenem tatsächlich oder angeblich passierten. Noch schlimmer, noch anarchistischer: der Autor macht sich nicht einmal die Mühe, einen neuen Stoff, eine neue Geschichte zu erfinden, sondern verwertet altes, noch dazu bereits bekanntes Material »aus der Schublade«, und zwar nicht weniger als 55 Prosatexte, Pamphlete, Glossen, authentische oder fiktive Interviews und *faits divers*, die er zum Teil bereits vor langen Jahren, zum Teil aber auch noch in den ersten Monaten des Jahres 1901, also kurz vor Erscheinen des Romans (er erscheint am 15. August in den Editions Fasquelle), in Pariser Zeitschriften, zumeist in *Le Journal*, aber auch anderswo – in einigen Fällen sogar gleich mehrfach mit lediglich verändertem Titel! – veröffentlicht (und dafür sein Honorar kassiert) hatte.

Allein dies löst sofort helle Empörung aus: Die erotisch-dekadente Skandalautorin Rachilde (Autorin des Romans *Monsieur Vénus*) spricht vom »Bodensatz aus der Schublade eines Journalisten«[8], der erste Mirbeau-Biograph Maxime Revon urteilt, »das Etikett *Roman* auf dieses Produkt zu setzen, ist eine Fiktion, die an eine Verbindung glauben machen will, die nicht existiert«[9], und Pierre Michel, der Herausgeber der kritischen Gesamtausgabe des Œuvres, gibt seinem Vorwort der letzten Einzeledition des Romans den Titel »Vom Anarchismus zum Tod des Romans«[10]. Doch auf all diese Kritik an seiner dekompositorischen Radikalität kontert Mirbeau lediglich mit der Frage: »Gibt es etwa Komposition bei Tolstoi und Dostojewski?«[11]

Der Ort: Den einzigen Textzusammenhalt bildet der Schauplatz, ein mondänes beliebiges Thermalbad, genannt »X …«, rings umschlossen von Gebirge – ausgerechnet im Gebirge! Denn wie der Autor mehrmals in seinen Briefen, so schildert der Erzähler das Gebirge gleich eingangs als absolut geist- und lebenstötend. Überrascht wähnt man sich in diesem Roman vom Beginn des 20. Jahrhunderts fast wörtlich in die alpophobe Welt des Österreichers Thomas Bernhard versetzt oder in die des Bayern Herbert Achternbusch, der gesagt haben soll: »Solange es Berge gibt, gibt es keine Gerechtigkeit.« Die 21 Kurtage in dieser Höhenluft müssen demnach zu einer einzigen Höllenqual werden, und sie werden es – und für den Autor wie den Leser oft zu einem höllischen, grauenhaften Vergnügen. Nur geht es hier natürlich nicht um eine Abrechnung mit dem Gebirge; eine solche ergäbe kein ganzes Buch, sondern im Höchstfall eine feuilletonistische Sottise. Das Gebirge als einschließende Mauer und versteinerte Masse ist vielmehr eine Metapher für die Isolation und Lebensferne jener geschlossenen Gesellschaft der dekadenten gesellschaftlichen Elite, die sich hier trifft. Dieses Bild kehrt auch ganz am Schluß, im letzten Kapitel wieder, wo der Erzähler einen früheren, einst vielversprechenden, doch nun völlig abgestumpften Freund im Hochgebirge besucht, das nun vollends als Todeslandschaft geschildert wird: Dieses Bild ist in der literarischen Décadence-Bewegung stark in Mode und spiegelt zum einen in popularisierter Form die Philosophien von Schopenhauer und Eduard von Hartmann wieder, zum anderen beruht es auf den damals sensationellen Entdeckungen der Entropie und des zweiten Gesetzes der Thermodynamik[12].

Das Heilbad: Als Treffpunkt der Größen und Möchtegerngroßen aus Politik, Wissenschaft, Adel, Militär, Hautevolee und Halbwelt ist ein solcher Ort für Mirbeaus Beobachtungen und Attacken die dramaturgisch ideale Bühne. Hier versammeln sich die Vertreter all jener gesellschaftlichen und politischen Kreise, die dem Autor ein Dorn im Auge sind, um Gesellschaftsklatsch zu pflegen und daneben auch die Modekrankheit »Neurasthenie«, an der sie alle leiden – wie der Autor in zunehmendem Maße auch selbst und erst recht sein *alter ego*, der Erzähler.

Der Erzähler: Er, Georges Vasseur, verleiht dem Ganzen einen weiteren losen Zusammenhalt, indem er all die Beobachtungen, Geschichten und Histörchen in lockerem Konversationston verknüpft (und dies höchst nachlässig, da er die Abfolge der 21 Tage in 23 sehr ungleich lange Kapitel unterteilt, undatiert aneinanderreiht und zuweilen durch reine Erinnerungen unterbricht): Er beobachtet von der Parkbank aus, im Casino oder auf den ständigen Dîners die Berühmten und Berüchtigten, er gibt ihre Gespräche wieder, erinnert sich an frühere eigene Erlebnisse oder belauscht Intimstes – sein besonderes Faible (vgl. Kap. 15) – durch die Wand des Hotelzimmers. Dieser provokante Kunstgriff – der die Tradition des modernen, logisch strukturierten naturalistischen Romans verspottet, zugleich aber auf die uralte Tradition von Chaucers *Canterbury Tales*, Boccaccios *Decamerone*, Marguérite de Navarres *Heptaméron*, Casanovas *Icosaméron*, ja sogar auf die der »Narrenliteratur« seit Sebastian Brant zurückgreift – ermöglicht es dem Autor zum einen, alle Facetten seiner Stilkunst und sämtliche Themen seines gesellschaftskritischen Engagements zu präsentieren, zum anderen kann er mit dieser Neuverarbeitung seiner Presse-Polemiken nun auch die eher bürgerliche Zielgruppe der Roman-Leser mit seinen gesellschaftskritischen Schocktherapien erreichen.

Eine weitere Provokation: Mirbeau rückt – wie bald nach ihm auf ganz ähnlich schonungslose Art Karl Kraus in seinem Endzeit-Pandämonium *Die letzten Tage der Menschheit* – nicht nur frühere oder noch aktuelle Skandale der französischen Politik, Finanzwelt und Gesellschaft, die möglichst verschwiegen werden sollen, erneut in grelle Beleuchtung, sondern er stellt fiktive Figuren, pseudoauthentische (»Es versteht sich von selbst, daß ich die Namen dieser Geschichte geändert habe«, vgl. Kap. 22) und real existierende, noch lebende Personen unter Nennung ihres echten Namens (z. B. den Dauerminister Georges Leygues in Kap. 7, den kriegstreibenden Ex-Premierminister Emile Ollivier in Kap. 8 oder den blutrünstigen Kolonialgeneral Archinard in Kap. 9) auf eine Ebene und gleichwertig nebeneinander und scheut sich nicht, auch letztere hemmungslos bis ins Diffamierende, Groteske und Grauenhafte zu überzeichnen. Mit anderen Worten: angesehene Politiker, ruhmreiche Militärs und andere ehrenwerte Stützen des Staates stehen hier auf einer Stufe mit Verbrechern, Betrügern, Trotteln und Psychopathen – und dies deckt sich mit Mirbeaus Überzeugungen und Beobachtungen des Tagesgeschehens. In der Darstellung des Emile Ollivier, der 1870 als Regierungschef sein Volk »mit leichtem Herzen« in den Krieg geschickt hatte, wird Mirbeau, der ihm dies als radikaler Pazifist nicht verzeihen kann, sogar so »ehrverletzend«, daß Olliviers Sohn den Autor nach Erscheinen des Romans zum Duell fordert.

Die sprechenden Namen: Ebenso vielsagend wie die Namen der authentischen Berühmtheiten der damaligen Zeitgeschichte sind für französische Leser die porträtierenden Namen, die der Autor – in uralter Komödientradition seit Aristophanes – seinen fiktiven Figuren verleiht. Dem naiven, bestechlichen Provinzpolitiker und -ganoven gibt Mirbeau den Namen Parsifal (in der damals anstößig deutschen Schreibweise Richard Wagners!). Der Name der abstrusesten Figur, Clara Fistule, gemahnt noch deutlich genug an »Fistel« oder »Abszeß« und der des Dr. Triceps an den sogenannten Trizeps-Muskel. Wer mit der französischen Sprache nicht näher vertraut ist, assoziiert mit den meisten anderen Namen zunächst jedoch wenig, weshalb sie der Erläuterung bedürfen:

Dr. Fardeau-Fardat läßt die Worte *fardeau* (Last), *fard*, *fardé* (Schminke; geschminkt, beschönigt) oder *fat* (eitel, arrogant; Fatzke) anklingen; der Name von Monsieur Tarte, der erst wieder vor Glück strahlt, nachdem er einen anderen Kurgast getötet hat, bedeutet *tarte* (also Torte, aber auch dämlich, potthäßlich oder vertrottelt); der pathetisch patriotische Gymnasiallehrer Isidor-Joseph Tarabustin erweckt die Assoziation von *tarabuster* (belästigen, langweilen, auf die Nerven fallen), er heißt also »Langweiler« bzw. »Nervensäge«; die Marquise de Parabole evoziert in Frankreich die Bedeutungen »religiöse Erzählung aus der Bibel«, »Gleichnis mit sittlicher Lehre«, daneben aber auch »gewunden, unklar, obskur«; und Maître Barbot erweckt Assoziationen mit der wenig noblen Fischart *barbeau* (Flußbarbe) und *barbotte* (Bartgrundel) sowie mit *barboter* (im Wasser, Morast oder Dreck »planschen«); die Namen der beiden ärmsten Teufel, des Clochards Jean Guenille und des geistig verwirrten Jean Loqueteux, bedeuten »Lumpen«, »Fetzen«, »wertloser Plunder« bzw. »in Fetzen gekleideter, heruntergekommener Kerl«.

Die zunehmende Aktualität: Noch vor 10 bis 15 Jahren konnte man diese *Chronique scandaleuse* mit voyeuristischem Vergnügen und prickelndem Grauen lesen, vor allem aber mit dem höchst beruhigenden Gefühl, daß die darin geschilderten Zustände und Skandale, die die III. Republik um 1900 erschütterten, längst und unwiederholbar Vergangenheit und heute nicht mehr – und schon gar nicht bei uns in Deutschland, Österreich oder der Schweiz – möglich sind. Heute, ein Jahrhundert später, ja sogar zu Beginn eines neuen Jahrtausends, frönen wir wieder dem gleichen haarsträubenden Fortschrittsoptimismus, müssen aber seit wenigen Jahren in immer dichterer Abfolge haargenau den gleichen rapiden Verfall der Republik, haargenau die gleiche Kriminalität in Politik, Wirtschaft und Finanzwelt beobachten, so daß uns das beunruhigende Gefühl beschleichen könnte, daß sich die Geschichte offenbar doch wiederholt – auf alle Fälle aber die Erkenntnis ergreifen muß, daß Mirbeaus Roman plötzlich wieder, und bestürzend rasch, an Aktualität zunimmt, denn was sich im Vergleich zu seiner Zeit und seinem Buch geändert hat, sind im Grunde nur ein paar Namen. Mit anderen Worten: die Zeit ist reif, *Die 21 Tage eines Neurasthenikers* wieder zu lesen und den Ruf *Nie wieder Höhenluft* womöglich als Warnung zu verstehen.

»Die Zukunft«, so urteilte bereits Mirbeaus frühester Entdecker und erster Biograph Gustave Geffroy, »wird seine Gabe der Voraussicht würdigen müssen, da sie sich so oft mit herrlicher Kraft bewiesen hat.«[13]

Wieland Grommes

1 So wird diese Zeit treffend in der Mirbeau-Monographie *Octave Mirbeau, l'imprécateur au cœur fidèle*, Paris 1990, S. 939, von Jean-François Nivet und Pierre Michel bezeichnet.

2 Alle bisher entdeckten oder ihm zugeschriebenen anonym verfaßten Romane erschienen erstmals in Bd. I der krit. Roman-Ausg. *Octave Mirbeau*, *Œuvre romanesque* (Hrsg. Pierre Michel), 3 Bde., Paris 2000/1.

3 Siehe *Combats esthétiques*, 2 Bde. Paris 1993 sowie *Correspondances avec Rodin*, Tusson 1988, *Correspondances avec Claude Monet*, Tusson 1990, *Correspondances avec Camille Pissarro*, Tusson 1990, sowie *Correspondance générale*, 4 Bde., Lausanne (2000 ff.), alle hrsg. von J.-F. Nivet und P. Michel.

4 Siehe J.-F. Nivet, P. Michel (Hrsg.): *Combats politiques*, Paris 1990, sowie P. Michel (Hrsg.): *Correspondance Octave Mirbeau – Jean Grave*, Paris 1993, und P. Michel: »Lettres à Emile Zola« in *Cahiers naturalistes* Nr. 64 (1990), S. 7–34.

5 Siehe *Combats pour l'enfant* (Hrsg. P. Michel), Vauchrétien 1990.

6 Siehe seine gesamten Glossen, Berichte und Aufrufe dazu in J.-F. Nivet, P. Michel (Hrsg.): *L'Affaire Dreyfus*, Paris 1991.

7 Zitiert in J.-F. Rivet, P. Michel, *Octave Mirbeau* ..., a. a. O. S. 902.

8 In *Mercure de France*, Oktober 1901, zitiert in J.-F. Rivet, P. Michel, *Octave Mirbeau* ..., a. a. O. S. 679.

9 In ders.: *Octave Mirbeau, son œuvre*, Paris 1924; zit. in *Les 21 jours d'un neurasthénique* (Hrsg. P. Michel), Nantes 1998, S. 7.

10 In *Les 21 jours d'un neurasthénique* (Hrsg. P. Michel), a. a. O., S. 7.

11 In einem Interview mit Maurice Le Blond in *L'Aurore*, 7.6. 1903; zit. in J.-F. Rivet, P. Michel, *Octave Mirbeau* ..., a. a. O., S. 679.

12 Siehe Anm. zu Kap. 23 der krit. Ausg. von *Les 21 jours d'un neurasthénique* in *Octave Mirbeau*, *Œuvre romanesque* (Hrsg. Pierre Michel), Paris 2001, Bd. III.

13 Siehe Katalog der Wanderausstellung *Octave Mirbeau*, Angers 1898, S. 42 (und *Octave Mirbeau*, Internet http://193. 49. 146.58/SiteMIRBEAU.html, S. 4).